황폐한 집 2

황폐한 집 2

초판 1쇄 발행 2020년 11월 19일

지은이 찰스 디킨스
옮긴이 김옥수
펴낸이 김소연
디자인총괄 이유빈

펴낸곳 비꽃
등록 2013년 7월 18일 제2013-000013호
주소 서울 강북구 삼양로16길 12-11
이메일 rain_ _flower@daum.net **전화** 02)6080-7287 **팩스** 070-4118-7287
홈페이지 www.rainflower.co.kr

ISBN 979-11-85393-87-2
    979-11-85393-19-3 (세트번호)

이 도서의 국립중앙도서관 출판시도서목록(CIP)은 서지정보유통지원시스템 홈페이지
(http://seoji.nl.go.kr)와 국가자료공동목록시스템(http://www.nl.go.kr/kolisnet)에서
이용할 수 있습니다.
(CIP제어번호: CIP2020047764)

값 14,000원

Bleak House

황폐한 집 2

찰스 디킨스 지음 · 김옥수 옮김

비꽃

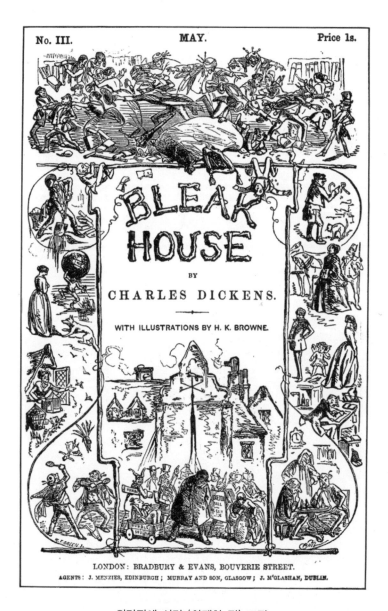

월간지에 실린 '황폐한 집' 표지.

· 일러두기 ─────────────

· ˈOxford World Classic 1998년 판본ˈ과 ˈ구텐베르크 〔eBook #1023〕 판본ˈ을 참고해서
번역했다.
· 일반명사를 따서 이름을 정하는 방식은 찰스 디킨스가 등장인물의 캐릭터를 묘사하고
규정하는 독특한 기법이다. 이번 번역에서는 일반명사를 활용한 이름을 가능하면 우리
말로 번역하고자 애썼다.

목 차

CHAPTER XX

새로 들어온 동료

강물이 들판에서 바다로 느릿느릿 한가로이 흐르듯 기나긴 휴정기는 개정기를 향해 느릿느릿 나아가고, 거피 역시 느긋한 세월을 한가로이 보낸다. 펜촉 깎는 칼로 책상을 이리저리 찍어서 칼날을 무디게 하다 칼끝을 분지르는 게 일이다. 책상에 원한이 있는 건 아니지만 무어든 해야 하는데, 기본적으로 따분해야 한다. 육체로도 정신으로도 너무 많은 에너지를 쏟는 일은 안 된다. 그러다 보니 걸상 다리 하나를 축으로 빙글 돌면서 칼끝으로 책상을 찍고, 그런 다음에 하품을 늘어지게 하는 게 딱 어울린다.

켄지와 카보이는 런던을 빠져나가고, 수습 변호사는 사냥 허가증을 받아 시골에 있는 아버지 집으로 떠나고, 동료 직원은 휴가를 떠났다. 그래서 거피와 리처드 카스톤이 변호사 사무실의 권위를 독점한다. 하지만 켄지 전용 사무실을 리처드가 차지하니, 거피는 불만이 많다. 불만이 너무 많아, 어머니와 단둘이 '구 거리 도로(the Old Street Road)' 에서 가재와 양상추를 씹으면서도, 잘난 척하는 놈에게는 우리 사무실로 부족한 것 같다고, 그런 놈이 오는 줄 알았더라면 페인트라도 새로 칠했을 거라고 빈정댄다.

거피는 '켄지와 카보이' 변호사 사무실에 자리를 차지하러 오는 사람이라면 누구나 당연히 자신에게 불길한 음모를 꾸민다고 의심한다. 하나같이 자신을 몰아내려 한다고 확신한다. 그 이유와 방법과 시기와 장소라도 물으면, 거피는 한쪽 눈을 감고 고개를 절레절레 흔드는 게 전부다. 하지만 심오한 견해에 근거해서 거피는 있지도 않은 음모에 더없이 독특한 방식으로 대응하느라 끝없는 고통을 감내하며, 상대도 없는 체스 게임에 깊이 빠져든다.

그래서 새로 들어온 동료가 '잔다이스 대 잔다이스' 관련 서류만 계속해서 파고드는 게 거피로서는 굉장히 만족스럽다. 파고들면 파고들수록 혼란과 좌절만 몰려든다는 사실을 너무나 잘 알기 때문이다. 이렇게 만족하는 모습은 '켄지와 카보이' 변호사 사무실에서 기나긴 휴정기를 함께 보내는 또 다른 인물, '꼬마 스몰위드'[1]에게도 기쁘게 다가온다.

꼬마 스몰위드는 ('꼬마 병아리 잡초'라는 별명으로 불리기도 하는데) 과연 소년 시절이 있었을까 의심스럽다. 열다섯 살이 채 안 되는 나이에 법률 앞잡이가 다 됐으니 말이다. 게다가 대법정 거리 담뱃가게 아가씨를 연모한 결과, 또 다른 아가씨와 몇 년 전에 맺은 언약을 깨뜨리는 우스꽝스러운 사태까지 일어났으니 말이다. 꼬마 스몰위드는 런던 출신으로 키가 작고 깡마른 체구지만, 유난히 높고 길쭉한 모자 때문에 멀리서도 한눈에 보인다. 스몰위드는 거피 같은 인물이 되는 게 야심만만한 목표다. 그래서 거피처럼 옷 입고 거피처럼 말하고 거피처럼 걷는 등, 모든 점에서 거피를 따라 한다. 거피가 보이는 특별한

---

1) 스몰위드(Smallweed)는 '꼬마 잡초'라는 뜻이다.

관심을 중시하며, 거피가 연애 문제로 힘들어할 때마다 오랜 경험에서 우러난 조언까지 한다.

거피는 아침 내내 창가에 얼굴을 내민 채 축 늘어진다. 걸상마다 차례대로 빙글 돌다 제대로 되는 게 하나도 없다는 걸 확인하더니, 조금이라도 시원한 느낌을 즐기려고 철제 금고에 머리를 이리저리 집어넣은 다음이다. 스몰위드는 벌써 청량음료 심부름을 두 번이나 다녀와, 사무실 컵 두 잔에 두 번이나 따라서 줄자로 젖고, 거피는 청량음료를 마실수록 목이 타들어 가는 역설을 궁금해하며, 지루해서 못 견디겠다는 표정으로 창턱에 머리를 기댄다.

그래서 링컨 법학원 광장 그늘에 있는 벽돌과 회반죽을 지겹도록 바라보는데, 회랑 산책로에서 남자다운 구레나룻이 불쑥 나오더니, 자신 쪽으로 고개를 돌린다. 그와 동시에 나지막한 휘파람 소리와 함께 잔뜩 억누른 소리가 법학원 전역으로 흩어진다.

"이봐! 거어피!"

거피가 화들짝 놀란다.

"맙소사, 말도 안 돼! 꼬마야! 조블링이 왔어!"

꼬마도 창문 밖으로 머리를 내밀어서 조블링에게 고개를 끄덕이며 인사한다.

"어디서 불쑥 나타나는 거야?"

거피가 묻자, 조블링이 대답한다.

"뎃퍼드[2] 근교 과수원에서. 더는 못 견디겠어. 차라리 군대나 들어가는 게 좋겠어. 이봐! 반 크라운만 빌려주면 고맙겠네. 정말이지 배가 너무나 고프거든."

조블링은 배가 잔뜩 고픈 데다 뎃퍼드 근교 과수원에서 고생까지

[2] 런던 템스 강 남쪽 지역.

11

했기에 몰골이 앙상하다.

"이봐! 여유가 된다면 반 크라운만 던져. 무어든 먹어야겠어."

"이리 와서 나랑 식사할래?"

거피가 말하며 동전을 던지고, 조블링은 멋지게 받아내며 되묻는다.

"얼마나 기다려야 하는데?"

"삼십 분도 안 돼."

거피가 대답하곤 안쪽으로 머리를 까닥이며 덧붙인다.

"경쟁 상대가 나갈 때까지만 기다리면 되거든."

"어떤 경쟁 상대?"

"새로 온 직원. 수습으로 일하는. 기다릴래?"

"그럼 기다리는 동안 읽을거리라도 줄래?"

조블링이 말하자, 스몰위드가 '법원 연감'을 제시한다. 하지만 조블링은 넌더리가 난다는 어투로 "그건 싫어!"라고 소리친다. 그러자 거피가 다시 말한다.

"그럼 신문을 읽어. 밑으로 보낼게. 하지만 다른 사람 눈에 안 띄는 게 좋아. 우리 건물 계단에 앉아서 읽어. 꽤 조용한 곳이야."

조블링이 그러겠다는 표시로 고개를 끄덕인다. 눈치 빠른 스몰위드는 신문을 재빨리 갖다 주더니, 상대가 기다리다 지쳐서 멋대로 떠나지 않도록 층계참에서 툭하면 내다본다. 마침내 경쟁 상대는 떠나고, 스몰위드는 조블링을 데려온다.

"그래, 잘 지냈나?"

거피가 말하면서 손을 맞잡아 흔든다.

"그저 그래. 잘 지냈나?"

거피가 자랑할 만한 일은 없다고 하니, 조블링이 "그 여자는 어때?"라고 과감하게 묻는다. 거피는 실례되는 질문에 불끈하며 "조블링, 사람은 누구나 마음속에 아픔이 있는 법이야'라 나무라고, 조블링은 사과한다. 그러자 거피는 마음속 상처를 우울하게 즐기며 다시 말한다.

"그 이야기만큼은 하지 말자고! 아픔이라는 게 있으니, 조블링……"

조블링이 다시 사과한다.

짧은 대화를 하는 동안, 스몰위드는 함께 식사하러 가려고 종이쪽지에 법률 서체로 '금방 돌아옵니다'라고 재빨리 쓴다. 그래서 관심이 있는 사람 모두에게 알리는 쪽지를 우편함에 넣고, 거피가 쓴 각도 그대로 길쭉한 모자를 쓰더니, 이제 나가도 된다고 알린다.

세 사람은 단골 사이에서 싸구려라는 평판이 도는, 마흔 살짜리 통통한 여성 종업원이 다정다감한 스몰위드에게 나이 차이를 아무렇지 않게 여기는 이상한 사내라고 말해서 강한 인상을 준, 동네 식당으로 간다. 스몰위드는 수백 년을 살아온 늙은이처럼 군다. 요람에 누운 적이 있다면 연미복 차림으로 누웠을 것 같을 정도다. 눈빛은 진짜 노인네같고, 술과 담배는 원숭이처럼 마시고 피우며, 목은 뻣뻣하고, 속임수에 넘어가는 경우는 절대 없고, 세상일이라면 무엇이든 잘 안다. 한마디로 헌법과 형평법 속에서 전형적인 애늙은이로 성장했으니, 아버지는 '존 도'고 어머니는 '로' 가문에 하나밖에 없는 여자였으며, 처음 입은 배내옷 역시 파란 자루[3]로 만들었다는 소문이 돈다.

스몰위드는 손님을 유혹하려고 창가에 진열한 모조품 양배추와 닭고기와 완두콩이 가득한 녹색 바구니, 시원하고 생생한 오이, 꼬치용 살코기에 눈길조차 안 주고 앞장서서 들어선다. 종업원들이 한눈에 알아보고 공손하게 인사한다. 스몰위드는 전용칸으로 성큼성큼 들어가, 신문을 모두 가져오라고 요구하니, 대머리 아저씨 손님이라도 신

---

3) '존 도'와 '로'는 법정소설에 나오는 인물로 원고와 피고를 상징하며, 파란 자루(blue bag)는 변호사가 서류와 법복 등을 넣는 자루다.

문을 10분 이상 붙잡고 있으려면 스몰위드에게 경멸당할 각오를 해야 한다. 빵도 풀사이즈 이하로 가져오거나, 제일 훌륭한 솜씨로 잘라낸 살코기가 아니면 소용이 없다. 고기 소스에 대해서도 까다롭기는 마찬가지다.

스몰위드 특유의 꼬마요정 마법과 섬뜩한 경력을 아는 터라, 거피는 여종업원이 요리 목록을 되풀이해서 말할 때 호소하는 표정으로 쳐다보며 "스몰위드, 너는 뭘 먹을 거니, 병아리?"라고 묻는다. 병아리는 심오한 기교를 부리며 "송아지 고기랑 햄이랑 강낭콩"이라 말하더니, 근엄한 눈으로 섬뜩하게 쏘아보며 "채소도 잊지 말고, 폴리"라고 덧붙이고, 거피와 조블링도 똑같이 주문한다. 흑맥주와 맥주를 반씩 섞은 500밀리 3잔도 추가로 주문한다.

여종업원은 바벨탑 모델처럼 생긴 쟁반을 잔뜩 들고 다시 나타나는데, 음식 접시와 양철 덮개를 쌓아 올린 거다. 스몰위드는 자기 앞에 내려놓은 음식이 마음에 들어서 늙은이 눈빛으로 자상하고 의미심장하게 쳐다보며 윙크한다. 그러더니, 사람들이 끊임없이 들락거리고, 이리저리 뛰어다니고, 그릇이 쨍그랑대고, 주방에서 잘 자른 살코기를 담은 승강기가 덜커덕대며 오르내리고, 말하는 연통에 대고 잘 자른 살코기를 더 올려보내라며 날카롭게 소리치고, 음식값을 커다랗게 말하고, 자르고 안 자른 뜨거운 갈빗살에서는 김과 열기가 모락모락 올라오고, 지저분한 나이프와 식탁보는 고기 기름과 맥주 얼룩을 금방이라도 뿜어댈 것처럼 정신없이 바쁜 가운데, 법조인 세 명은 허기를 채운다.

조블링은 단추를 필요 이상으로 바짝 채우고, 모자는 테두리가 묘하게 반짝이는 게 달팽이가 즐겨 다니는 산책길처럼 보인다. 겉옷에도 비슷하게 반짝이는 부분이 있는데, 이음매 부분이 특히 그렇다. 난처한

15

상황에 시달리는 신사 모습이다. 멋들어진 구레나룻조차 초라하게 축 늘어졌다. 왕성한 식욕은 한동안 궁핍하게 살았다는 걸 보여준다. 송아지 고기와 햄 요리를 급하게 먹어치우다 두 동료가 절반을 먹을 즈음에 끝장내니, 거피는 하나 더 주문하라 제안하고, 조블링은 "고마워, 거피, 잘 모르겠지만 하나 더 시킬게"라고 대답한다.

요리가 나오자, 조블링은 다시 허겁지겁 먹기 시작한다.

거피가 힐끔힐끔 쳐다보는 가운데 조블링은 두 번째 음식을 반쯤 해치운 다음에 비로소 나이프와 포크를 내려놓고 (역시 새로 주문한) 맥주를 쭉 들이켜더니, 두 팔을 뻗고서 두 손을 문지른다. 얼굴에 만족스러운 느낌이 가득한 걸 보고서 거피가 말한다.

"인제야 사람 얼굴 같군, 조블링!"

"으음, 아직은 아니야. 이제 막 태어난 거야."

"그럼 채소를 더 시킬까? 아스파라거스? 강낭콩? 여름 양배추?"

"고마워, 거피. 잘 모르겠지만 여름 양배추를 먹을게."

스몰위드가 주문하면서 "민달팽이 없는 거로, 폴리!"라고 익살맞게 장난친다.

이윽고 양배추가 나오자, 조블링은 나이프와 포크를 꾸준히 집요하게 움직이며 말한다.

"이제 한창 자라는 것 같아, 거피."

"다행이군."

"사실, 십 대 소년으로 막 접어들었어."

조블링은 더 말하지 않고 음식을 열심히 먹다, 거피와 스몰위드가 식사를 마칠 즈음에 함께 마친다. 송아지 고기와 햄과 양배추를 두 동료보다 두 배나 많이 해치운 다음이다.

"자, 스몰, 후식으로 무얼 먹을까?"

거피가 묻자, 스몰위드가 대답한다.

"호박 푸딩."

그러자 조블링이 쳐다보며 감탄한다.

"좋아, 좋아! 정말 멋지군. 고마워, 거피, 잘 모르겠지만 나도 호박 푸딩을 먹을게."

호박 푸딩 3인분이 나오고, 조블링은 만족스러운 어투로 이제 자기 나이로 빠르게 자란다고 말한다. 호박 푸딩 다음에는 스몰위드가 추천한 대로 "체셔 치즈 3인분", 그다음에는 "럼주 3인분"을 해치운다. 드디어 배가 가득 차자, 조블링은 융단을 깐 (텅 빈) 의자에 두 다리를 올려서 쭉 뻗고 벽에 등을 기대며 말한다.

"이제 다 자랐어, 거피. 어른이 됐지."

"아까 말한 건 어떻게 생각…… 스몰위드가 있어도 괜찮지?"

"당연하지. 스몰위드의 건강을 위해서 기꺼이 건배하겠어."

"선생님 건강을 위해서!"

스몰위드도 답례하고, 거피는 다시 묻는다.

"군대에 들어가겠다는 생각은 이제 어떻게 되었나?"

"맙소사, 배를 채우기 전과 배를 채운 다음은 당연히 다르지. 하지만 배가 그득한 다음에도 그 생각은 골몰히 하는 중이야. 앞으로 무얼 할까? 무얼 하면서 먹고살까? Ill fo manger[4]라고 하잖아."

조블링이 프랑스어 'manger'를 영어로 마구간 여물통처럼 발음하며 계속 말한다.

"Ill fo manger. 프랑스 속담이야. 프랑스 사람이 먹어야 하는 만큼은 나도 먹어야 한다고. 아니, 더 많이."

"당연하지요."

---

[4] 불어 'il faut manger'를 발음대로 말했다. '인간은 먹어야 산다'는 뜻이다.

스몰위드가 단호하게 동조하고, 조블링이 이어 말한다.

"어떤 사람이 나한테 말했더라면, 최근에 자네랑 링컨셔까지 간 김에, 거피, 캐슬 대저택으로 마차를 타고 갔을 때조차……"

스몰위드가 "체스니"라 고쳐주고, 조블링은 계속 말한다.

"그래, 체스니 대저택. (그때 나를 데리고 가서 고마워, 친구.) 내가 지금처럼 어렵게 살아야 한다고 누가 말했더라면, 나는……아아, 당장 달려들어……"

조블링이 말하더니, 물 탄 럼주를 자포자기한 심정으로 들이켜며 덧붙인다.

"당장 달려들어, 그 면상에 주먹을 날렸을 거야."

"하지만, 조블링, 자네는 당시에도 그랬어. 마차에서 그 얘기만 했다고."

"거피, 부인하지는 않겠어. 당시에도 똑같았으니까. 하지만 일이 매끈하게 풀릴 줄 알았다고."

힘든 상황이 매끈하게 풀릴 거라는 유명한 믿음! 매끈하게 되도록 애쓰지도 않고 매끈하게 만들지도 않고, 저절로 매끈하게 풀릴 거라니! 어떤 미친놈이 지구는 삼각형이 분명하다고 확신하는 것처럼!

조블링이 정말 애매하게 다시 말한다.

"나는 모든 일이 매끈하고 평평하게 풀릴 거라고 확신했어. 하지만 뜻대로 안 됐어. 단 한 번도. 채권자들은 사무실로 몰려들어 난동을 부리고 거래하던 사람들은 외상값을 안 준다며 투덜대니, 인간관계는 그걸로 끝날 수밖에. 새롭게 맺은 직업적 관계까지. 추천서를 받는다 해도 소문이 돌아서 소용이 없고. 그럼 어떻게 해야겠어? 그곳을 떠나 과수원 주변에서 싸구려로 살아가는 수밖에. 하지만 돈이 없는데 싸구려로 산다고 해서 무슨 소용이겠어? 차라리 멋쟁이로 살고 말지."

"그게 좋긴 하지요."

스몰위드가 끼어들자, 조블링이 대답한다.

"당연하지. 멋있잖아. 나는 패션과 구레나룻을 무엇보다 좋아하거든, 누가 뭐라 해도. 정말 무엇보다 좋아해, 대단히."

조블링이 물 탄 럼주를 도전적으로 들이켜며 이어간다.

"으음, 그런 놈한테 무슨 방법이 있겠어, 군대에 들어가는 것 말고?"

거피는 그런 놈이 할 만한 걸 말하려고 대화에 깊이 빠져든다. 짝사랑하는 슬픔 말고는 인생의 쓴맛 단맛을 조금도 모르는 사내답게 근엄하면서도 자신만만한 어투다.

"조블링, 나는 우리 모두의 친구 스몰위드한테……"

스몰위드는 겸손하게 "두 선생님을 위해!"라며 술잔을 들이켜고, 거피는 계속 말한다.

"……이 문제에 대해서 한두 번 얘기한 적이 있어, 자네가……"

"그래, 해고당한 다음에! 어서 말해, 거피. 그 말이잖아."

조블링이 씁쓸하게 말하자, 스몰위드가 우아하게 수정한다.

"아닙니다! 법학원을 떠난 다음입니다."

그러자 거피도 똑같이 말한다.

"그래, 자네가 법학원을 떠난 다음에, 조블링. 우리 모두의 친구 스몰위드한테도 내가 최근에 떠올린 계획을 말했는데, 자네, 문방구점 주인 스낙스비를 아나?"

"그런 문방구점 주인이 있다는 건 알지. 우리랑 거래하지 않았으니까 개인적으로 만난 적은 없지만."

"우리랑 거래해, 조블링, 그래서 개인적으로 만난다고, 선생! 그런데 최근에 살림집까지 들어가는 우연한 상황을 겪으면서 좀 더 친해졌다네. 우연한 상황이 무언지 굳이 얘기할 필요는 없겠지. 내 인생에 그림자를 드리울 수도 있고 아닐 수도 있는 문제와 관련될 수도 있고 아닐 수도 있으니."

자신이 겪은 슬픔을 떠벌려서 친구가 관심을 보이도록 유혹하고, 친구가 관심을 보이는 순간에 마음속 가득한 아픔을 통렬하고 구슬프게 털어놓는 복잡한 방식에, 조블링도 스몰위드도 침묵하는 방법으로 함정을 피하고, 거피는 계속 말한다.

"그럴 수도 있고 아닐 수도 있는 상황이야. 하지만 이번 문제와 상관은 없어. 내가 부탁하면 스낙스비 부부가 기꺼이 들어줄 수밖에 없다는 정도를 말하는 거로 충분해. 스낙스비는 성수기 때 외주로 돌리는 작업이 엄청나게 많거든. 토킹혼 작업을 독점하는 것 말고도 좋은 작업이 많아. 우리 모두의 친구 스몰위드를 배심원단에 넣는다면, 충분히 증명할 수 있겠지?"

스몰위드는 고개를 끄덕이는 게 맹세라도 하고픈 표정이고, 거피는 다시 말한다.

"자, 배심원 여러분……아니, 내 말은 조블링……그렇게 사는 건 전망이 없다고 말할 법하겠지. 당연해. 하지만 아무것도 안 하는 편보단 좋다고. 군대로 가는 것보다도 좋고. 자네한테는 시간이 필요해. 최근에 겪은 충격을 깨끗하게 날려버릴 시간이 필요하다고. 까딱하다 간 스낙스비 문구점에서 대서 일을 하는 이상으로 끔찍하게 살 수도 있거든."

조블링이 끼어들려고 할 때 눈치 빠른 스몰위드가 헛기침하면서 "헴! 셰익스피어!"[5]라는 말로 억누르고, 거피는 계속 말한다.

"내가 말하려는 건 두 개야, 조블링. 지금 말한 게 첫 번째. 이제 두 번째를 말하지. 자네도 대법정 뒷골목에 사는 크룩, 대법관, 알지?"

---

5) '피크위크 페이퍼'에도 비슷한 표현이 있다. '침묵하라, 아니면 화제를 바꾸겠다'는 의미다.

거피가 갑자기 심문하는 투로 재촉한다.

"어서, 조블링. 대법정 뒷골목에 사는 크룩, 대법관, 자네도 알지?"

"본 적은 있어."

"본 적은 있다. 좋아. 그럼 조그만 플라이트 노파도 알지?"

"누구나 알지."

"누구나 안다. 좋아. 일주일에 한 번씩 플라이트 노파에게 생활비를 건네는 임무를 최근에 맡았다네. (지시받은 그대로) 노파가 있는 앞에서 크룩한테 일주일 방세를 지급하고 남은 총액을 노파에게 건네는 거야. 그래서 크룩과 교류하다 보니 그 집 분위기를 알게 되었네. 우선, 크룩한테 세를 줄 방이 하나 생겼어. 자네가 마음에 드는 이름으로 낮은 가격에 지낼 수 있어, 백 킬로미터 주변에 아무도 없는 것처럼 조용히. 내가 말하면 크룩은 자네한테 아무것도 안 묻고 방을 내줄 거야, 방이 아직 안 나갔으니, 자네가 원한다면. 하나 더 말할 게 있는데, 조블링……"

거피가 갑자기 목소리를 낮춰서 친밀한 어조로 이어 말한다.

"크룩은 대단한 늙은이야. 늘 서류를 샅샅이 뒤지고 혼자서 쓰기와 읽기를 배우려고 애써, 내가 보기에는 나아지는 것도 없는 것 같은데. 정말 독특한 늙은이야, 선생. 잘 모르겠지만 잠시나마 가까이 지내면 좋을 것 같아."

"자네 말은……"

조블링이 입을 열자, 거피가 겸손한 표정으로 어깨를 으쓱하며 대답한다.

"내 말은 그 늙은이를 잘 모르겠다는 거야. 잘 모르겠다는 말은 우리 모두의 친구 스몰위드한테도 한 것 같아."

"조금!"

스몰위드가 짤막하게 증언하자, 거피가 다시 말한다.

"지금까지 나는 업계에서 많은 걸 보고 겪은 터라 사람을 보면 어느 정도는 파악할 수 있어. 그런데 이 늙은이는 (늘 술에 취한 것 같은데도) 속이 음흉하고 입이 무거워서 제대로 파악이 안 돼. 뭔가 대단한 늙은이가 분명해. 영혼이 없다고. 그런데 굉장한 부자라는 소문이 있어. 밀수를 할 수도 있고, 장물을 취급할 수도 있고, 불법으로 전당포를 할 수도 있고, 일수놀이를 할 수도 있거든. 내가 보기에는 이 모든 걸 할 가능성이 커. 그래서 정체를 파악하는 게 정말 어려워. 하지만 자네가 거기에 살면서 파악하면 되잖아, 모든 게 딱 맞아떨어지니까."

조블링과 거피와 스몰위드는 식탁에 팔꿈치를 대고 두 손에 턱을 괸 채 천장을 바라본다. 그러다 술을 모두 들이켜고 등받이에 천천히 기댄 채 손을 주머니에 넣고 서로를 쳐다본다. 마침내 거피가 한숨을 내쉬며 말한다.

"나한테 예전 같은 활력만 있다면, 조블링! 그런데 마음속에 아픔만 가득하니……"

거피는 허전한 마음을 물 탄 럼주로 달래면서 조블링에게 모험을 할지 여부에 관한 결정을 맡기더니, 휴정기라는 불경기 동안에도 자신이 지갑에서 "3~4파운드는 물론 5파운드까지도 기꺼이" 내주겠다고 알린다. 그리고 당당하게 덧붙인다.

"윌리엄 거피가 친구한테 등을 돌린다는 건 말이 안 되거든!"

마지막 말은 정곡을 찌르고, 조블링은 감격해서 "거피, 좋은 친구, 손을 줘!"라 말하니 거피가 손을 내밀면서 "조블링, 내 친구, 여기 있네!"라 말하고, 조블링은 그 손을 잡으면서 "거피, 우리가 친구로 지내온지도 벌써 몇 년이 흘렀군!"이라며 감격하니 거피는 "맞아, 조블링"이라고 대답한다.

그래서 두 사람은 손을 흔들고, 조블링은 감동한 어투로 마무리한다.

"고맙네, 거피, 잘 모르겠지만 오래된 친구를 위해서 한 잔 더 마시겠네."

"크룩네 세입자가 그 방에서 죽었다네."

거피가 아무렇지 않은 어투로 말하자, 조블링이 맞장구친다.

"그랬군!"

"판결이 나왔어. 사고사. 신경에 거슬리진 않겠지?"

"응. 신경에 안 거슬려. 하지만 다른 데서 죽으면 좋았을 텐데. 다른 데로 갈 수도 있는데 내가 살 곳에서 죽었다는 게 찜찜하군!"

조블링은 세입자가 멋대로 죽었다는 사실에 분개하며, "죽을 데는 다른 데도 많다고!"라거나 "자기가 살 집에서 내가 죽으면 그 사람도 분명히 싫어했을 테지!"라는 식으로 계속 투덜댄다.

그러나 약속은 한 상태고 거피는 믿음직한 스몰위드를 보내서 크룩 노인이 집에 있는지 확인하자고, 집에 있다면 당장 찾아가서 협상을 마무리하자고 제안한다. 조블링은 동의하고, 스몰위드는 높다란 모자를 쓰고 거피처럼 걸으며 식당을 빠져나간다. 그러더니 곧바로 돌아와서 크룩 노인은 집에 있다고, 고물상 입구에서 쳐다보니까 의자에 앉아서 "오후 1시처럼" 자는 중이라고 알려준다.

"그렇다면 내가 낼 테니 함께 가서 만나보자고. 스몰, 값이 얼마지?"

거피가 묻자, 스몰위드는 한쪽 눈썹을 추켜세운 채 여종업원에게 묻고는 곧바로 대답한다.

"송아지 네 접시와 햄 네 접시가 3실링, 감자 네 접시가 3이랑 4, 여름 양배추 한 접시가 3이랑 6, 호박 세 접시가 4랑 6, 빵 여섯 개가 5, 체셔 치즈 세 접시가 5랑 3, 맥주 500밀리 네 잔이 6이랑 3, 럼주 네 잔이 8이랑 3, 폴리 팁 3펜스를 합치면, 8실링 6펜스. 8실링 6펜스니까 반 파운드 금화를 내면, 폴리, 거스름돈은 18펜스!"

엄청난 금액에도 스몰위드는 아무렇지 않게 고개를 끄덕여서 두 친구를 시원하게 내보내더니, 뒤에 남아서 행여나 기회가 있을까 폴리에게 슬며시 관심을 보이며 일간신문을 펼치는데, 덩치에 비해 신문이 너무 커서 모자만 보인다. 기사를 쭉 훑으려고 '타임스'를 펼쳐 든 모습이 침대에서 이불보를 뒤집어쓴 것 같을 정도다.

거피와 조블링이 단둘이서 고물상으로 가니, 크룩은 여전히 오후 1시처럼 삐딱하게 자면서 턱을 가슴에 대고 코를 고느라, 밖에서 일어나는 소리는 물론 가볍게 흔들어도 모른다. 바로 옆 탁자에는 잡동사니 사이에 텅 빈 술병과 술잔이 있다. 탁한 공기에 술 냄새가 얼룩지고, 선반에서 쳐다보는 녹색 고양이조차 눈을 떴다 감으며 흐리멍덩하게 쳐다보는 모습이 술에 취한 것 같다.

"어서 일어나세요! 크룩 노인! 여보세요, 노인네!"

거피가 축 늘어진 노인을 다시 흔들지만, 술 냄새로 찌든 헌옷더미를 깨우는 편이 차라리 쉬울 것 같다.

"술을 퍼마시고 이렇게 축 늘어져서 잠자는 사람을 본 적 있어?"

거피가 묻자, 조블링이 깜짝 놀란 표정으로 대답한다.

"이게 평소에 자는 모습이라면, 최소한 하루는 지나야 깨어날 것 같군."

"낮잠을 자는 게 아니라 기절한 것 같아."

거피가 말하곤 노인을 다시 흔들며 소리친다.

"여보세요, 대법관님! 맙소사, 도적이 수없이 들어와도 모르겠어요! 어서 눈을 뜨세요!"

야단법석을 한참 편 다음에 비로소 노인은 눈을 뜨지만, 정신이 제대로 안 돌아온 것 같다. 한쪽 다리는 다른 다리에 걸치고, 두 손은 맞잡고, 바싹 마른 입술은 벌렸다 닫기를 반복하지만, 잠잘 때처럼 무엇 하나 못 알아보는 눈치다.

"그래도 살아는 있군요. 안녕하세요. 대법관님. 볼일이 있어서 친구를 데려왔어요, 대법관님."

거피가 말하는데도 노인은 가만히 앉아서 마른 입술만 쩝쩝댈 뿐, 정신이 조금도 없다. 그래도 일어나려고 애쓴다. 두 사람이 붙잡아서 일으켜 세우자 노인어 벽으로 비틀비틀 걸어가서 두 사람을 노려본다.

"안녕하세요, 크룩 선생님? 잘 지내셨어요? 매력적으로 보이시네요, 크룩 선생님. 그동안 잘 지내셨죠?"

거피가 쩔쩔매며 인사하자, 노인은 거피인지 뭔지 모를 대상을 목표로 주먹을 힘없이 날리다, 자기 몸이 빙글 돌아서 벽에 얼굴을 댄다. 크룩은 잠시 그렇게 축 늘어지다, 고물상 입구로 비틀대며 걸어간다. 공기 때문인지 바깥에서 일어나는 움직임 때문인지 시간이 흘러선지 아니면 이 모든 게 작용해선지, 크룩은 정신을 차려서 모피 모자를 고쳐 쓰고는 두 사람을 매섭게 쳐다본다.

"어서 오세요, 두 신사분. 깜빡 졸았습니다. 안녕하세요! 나는 깨우기 힘들 때가 있다오, 가끔."

"정말 그렇더군요, 선생님."

거피가 대답하니, 크룩이 의심스러운 눈초리로 묻는다.

"뭐요? 그럼 나를 깨웠단 말이오, 당신이?"

"조금요."

거피가 대답하고, 노인은 텅 빈 술병을 쳐다보다 손으로 들어서 살피더니, 거꾸로 천천히 뒤집는다. 그러다 동화에 나오는 괴물처럼 소리친다.

"맙소사! 어떤 놈이 살금살금 들어와서 다 마셔버렸군!"

"우리가 들어올 때도 없었습니다. 가져가서 가득 채워올까요?"

거피가 제안하자, 크룩이 좋아하며 대답한다.

"그러면 고맙지요! 당연히 고맙겠지요! 말할 필요도 없다오! 바로 옆에 있는 술집으로 가서 대법관의 14페니짜리를 가득 채워달라 하면 사람들이 알아들을 거요!"

그러더니 텅 빈 술병을 내밀어, 거피는 그 술병을 받아들고 친구에게 고개를 끄덕이고 급히 나가더니 가득한 술병을 들고 다시 급히 들어온다. 노인은 사랑스러운 손주라도 되는 듯 술병을 두 팔로 받아들고 다정하게 쓰다듬다, 한 모금 들이켠 다음에 쌍심지를 돋우며 속삭인다.

"맙소사, 이건 대법관의 14페니짜리가 아니야. 18페니짜리야!"

"더 좋아하실 것 같아서요."

거피가 말하자, 크룩이 한 모금 더 마시고 뜨거운 입김을 불처럼 내뿜으며 대답한다.

"당신은 귀족이시로군, 선생. 지방에서 올라온 남작이 분명해."

거피는 우호적인 분위기를 틈타, 그 자리에서 정한 위블이라는 이름으로 친구를 소개하고 자신들이 찾아온 이유를 설명한다. 크룩은 (취한 것도 맨정신도 아닌 상태로) 술병을 팔꿈치에 끼운 채, 새로 들어온다는 세입자를 자세히 살피다 마음에 든다는 표정으로 말한다.

"방을 보겠소, 젊은이? 아! 정말 좋은 방이라오! 회칠을 새로 하얗게 싹 칠하고. 물비누와 소다로 깨끗하게 청소하니. 방세보다 두 배는 좋을뿐더러 필요하면 내가 말 상대도 하고 멋진 고양이가 쥐도 몰아낸다오."

노인은 자랑을 늘어놓다 두 사람을 데리고 위층으로 올라간다. 실제로 방은 예전보다 훨씬 깨끗한 데다 고물상에 가득한 고물을 뒤져서 가구까지 몇 점 갖다 놓았다. 대법관은 '켄지와 카보이'에서 일하며

'잔다이스 대 잔다이스'를 비롯한 유명사건을 전문적으로 다루는 거피에게 심하게 할 수 없어서 임대 조건은 쉽게 마무리되고, 위블은 하루 뒤에 들어오기로 합의한다. 그런 다음에 거피는 위블을 영장발행 거리 법률 전문 문방구점으로 데려가서 계획한 대로 스낙스비에게 소개하고, 스낙스비 부인이 커다란 관심을 보이며 지지하는 가운데 바람직한 결과까지 얻는다. 그런 다음에 두 사람은 사무실로 가서 높다란 모자를 쓰고 기다리는 훌륭한 스몰위드에게 진행 과정을 보고하고 헤어지니, 거피는 친구에게 이제 자신은 극장에 가서 연극을 보겠지만, 마음속은 공허한 슬픔만 가득할 거라고 한탄한다.

　다음 날 황혼 녘에 위블은 짐 하나 없이 소박한 차림새로 크룩 고물상을 찾아와서 새로 얻은 방에 들어가니, 덧문에 박힌 눈 한 쌍이 잠자는 위블을 물끄러미 바라보는 게, 정말 걱정스럽다는 표정이다. 다음 날에 위블은 쓸데라곤 하나도 없는 재주를 발휘해서 플라이트 노파에게 바늘과 실을 빌리고 집주인에게 망치를 빌려서 창문에 명색뿐인 커튼을 달고 여기저기에 명색뿐인 선반을 설치한 다음, 조그만 싸구려 걸쇠에 컵 두 개, 주전자 하나, 잡다한 그릇 몇 개를 거니, 난파한 뱃사람이 무인도에서 그나마 최선을 다하는 광경 그대로다.

　그렇지만 위블에게 (사나이 가슴에 자부심을 일깨우는 구레나룻 다음으로) 가장 소중한 보물은 전국에 유명한 '앨비언[6]의 여신'이나 '영국 미인의 최고봉 갤러리' 같은 잡지에서 오려낸 동판화 그림 모음으로, 온갖 미녀가 아름다운 차림으로 다양한 미소를 머금은 모습이 압권이다. 과수원에서 지내는 동안에는 아쉽게도 판지 상자에 처넣었지만, 이제 널찍한 방에 들어와서 근사한 그림으로 사방을 장식하니, 영국 최고 미인들이 화려한 옷을 다양하게 입고 다양한 악기를 연주하고

6) 앨비언(Albion)은 England의 옛날 이름이다.

다양한 강아지를 껴안고 다양하게 윙크하고 난간에서 다양한 화병을 배경으로 자태를 뽐내는 게 더없이 훌륭하지 않을 수 없다.

하지만 조블링이 패션을 무엇보다 좋아하듯, 위블 역시 패션을 무엇보다 좋아한다. 그래서 초저녁마다 동네 술집에 가서 하루 지난 신문을 빌려, 화려한 하늘을 배경으로 모든 각도에서 찍은 화려하고 놀라운 혜성을 보는 게 이루 말할 수 없는 기쁨이다. 화려하고 놀라운 미녀 가운데 어떤 인물이 어제 얼마나 화려하고 놀라운 업적을 이룩했는지, 똑같이 화려하고 놀라운 업적을 내일 어떻게 이룩할 예정인지 파악하다 보면 온몸에 짜릿짜릿한 전율이 흐른다. '영국 미인의 최고봉 갤러리'가 무얼 하는지, 앞으로 무얼 할 예정인지, 어떤 최고봉이 결혼하고, 어떤 최고봉에 대해서 어떤 소문이 떠도는지 파악하다 보면 영국에서 가장 화려한 미녀와 사귄다는 느낌마저 든다. 흥미진진한 소식에 푹 빠져들다 벽마다 가득 달라붙은 최고봉으로 눈길을 돌리면 실존 인물이 손짓하는 것도 같다.

이것만 빼면 위블은 꽤 조용한 세입자로, 앞에서 말한 것처럼 목공일은 물론이고 요리와 청소도 잘하는 데다, 동네에 그늘이 깔리는 초저녁이면 사교를 즐기는 성향도 충분히 발휘한다. 거피나 까만 모자를 눌러쓴 꼬마가 안 찾아올 때면 (잉크 세례를 잔뜩 받은 허술한 책상이 그대로 있는) 지루한 방을 나와서 크룩과 대화하거나, 동네 사람들 말대로, 누구나 대화를 원하는 사람하고 "스스럼없이" 대화한다. 그래서, 동네 분위기를 선도하는 파이퍼 부인은 퍼킨스 부인에게 두 가지를 말할 수밖에 없었다. 하나는 자기 아들 조니가 구레나룻을 기르겠다면 저 젊은이와 똑같이 기르길 바란다는 내용이고, 또 하나는 "제발 부탁인데, 퍼킨슨 부인, 내 말을 듣고 놀라지 마, 저 젊은이가 크룩 노인의 돈을 노리고 온 거라 해도!"라는 내용이다.

CHAPTER XXI
스몰위드 가문

  '바르톨로뮤'라는 세례명을 받아 집안에서 '바르트'라고 불리는 꼬마요정 스몰위드는 사무실 등 바깥에서 지내고 남은 시간을 불쾌하고 꺼림칙하긴 해도 불쑥 올라온 지면 때문에 '유쾌한 산'이라 불리는 동네에서 보낸다. 사는 집은 좁은 길가에 있어서 늘 외지고 그늘진 데다 벽돌이 무덤처럼 틀어막아서 칙칙하지만, 옛날에 숲을 이루던 그루터기는 아직도 남아서 앳된 스몰위드만큼이나 싱그럽고 자연스러운 내음이 감돈다.

  스몰위드 가문은 어린애라곤 몇 세대에 걸쳐서 딱 한 명밖에 없다. 쪼그라든 노인과 노파는 언제나 있어도, 지금 살아있는 스몰위드 할머니가 노망나서 어린 상태로 (처음) 빠져들기 전까지 어린애는 없었다. 스몰위드 할머니는 관찰력도 기억력도 이해력도 관심도 사라져, 벽난로만 쬐다 잠드는 아이 같은 매력으로 가족 전부를 환하게 밝혀온 것 같으니 말이다.

  스몰위드 할아버지도 비슷하긴 하다. 하체는 부실하고 상체는 무기력해서 팔다리를 제대로 움직일 수 없고 정신만 멀쩡하다. 더하기 빼기와 곱하기 나누기는 물론이고 매우 어려운 사실까지 예전만큼 또렷하게 기억한다. 상대편 얼굴을 보고서 상상력, 존경심, 경외감 등을 나타내는 특징 역시 예전보다 나쁘지 않다. 하지만 머리에 넣어둔 내용은 하나같이 처음에도 애벌레고 지금도 애벌레다. 나비를 낳은 적이 평생에 걸쳐서 한 번도 없다.

이렇게 유쾌한 할아버지의 아버지는 '유쾌한 산'이 있는 동네에서 피부는 딱딱하고 다리는 두 개고 먹는 건 돈밖에 없는 거미처럼 살았다. 조심성 없는 파리를 잡으려고 거미줄을 친 다음에 구멍 속으로 물러나서 파리가 걸리기만 기다리는 식이었다. 늙은 이교도가 섬기는 신은 '복리 이자'였다. 이 신을 섬기고, 이 신과 결혼하고, 이 신 때문에 죽었다. 모든 손실을 상대에게 떠넘기는 사업을 정직하게 하다 치명적인 손실을 겪는 순간에 무언가가 – 생존에 꼭 필요한 무언가가, 따라서 마음은 아닌 게 분명한 무언가가 – 무너지면서 생애를 마무리했다. 인격은 안 좋은 데다, 자선 학교에서 '아모리인'과 '히타이트족' 같은 고대 민족의 이름을 묻고 대답하는 공부나 하며 성장한 터라 교육이 실패한 사례로 툭하면 인용될 정도였다.[7]

그 정신은 아들을 통해서 환하게 빛나니, 툭하면 세상에 일찍 "나가라"고 설교하다, 열두 살 나이에 험상궂은 돈놀이 사무실에서 머슴으로 일하게 만든 것이다. 어린 아들은 그곳에서 늘 가냘픈 체구에 불안한 성격으로 버티다, 가문의 장점을 살려서 확실한 채권을 할인 구매하는 분야로 조금씩 나아갔다. 아버지가 세상에 일찍 나가고 결혼은 늦게 한 것처럼 아들도 그랬으니, 마찬가지로 가냘픈 체구에 성격이 불안한

---

7) 자선 학교는 가난한 아이를 무료로 가르치던 학교다. 여기에서 성서에 나오는 고대부족
   이름이나 기계적으로 주입하고 암기하는 교육방식을 디킨스는 비판한다.

아들을 낳고, 그 아들 역시 사회에 일찍 나가고 결혼은 늦다, 바르톨로뮤와 주디 스몰위드라는 아들과 딸을 쌍둥이로 낳았다. 가문이 천천히 성장하는 내내, 사회에 늘 일찍 나가고 결혼이 늦던 스몰위드 집안은 실용적인 특징을 강화하느라, 재미난 일을 모두 폐기하고 동화책과 이야기책과 소설책과 우화집을 무엇 하나 못 보게 하는 식으로 경솔한 짓을 말끔하게 몰아냈다. 결과는 놀라웠다. 집안에 아이는 하나도 없고 조그만 애늙은이만 태어나, 늙은 원숭이처럼 영혼을 억누르는 모습을 그대로 닮아간 것이다.

지금 현재, 도로보다 몇 미터는 확실히 낮아서 어둡고 조그만 거실에는 – 장식이라곤 거친 녹색 식탁보와 다 찌그러진 양철 쟁반밖에 없어, 스몰위드 할아버지의 정신을 그대로 보여주는, 모질고 딱딱하고 황량한 거실에 – 병약한 스몰위드 노부부가 문지기용 까만 말총머리 의자 두 개를 벽난로 양쪽에 하나씩 놓고 앉아서 황홀한 시간을 보낸다. 벽난로에 삼발이 두 개가 있어서 냄비와 주전자를 올리니, 그걸 감시하는 게 스몰위드 할아버지가 평소에 하는 일이고, 두 부부 사이로 굴뚝에서 삐져나온 건 일종의 꼬치구이용 시설인데, 그것을 감시하는 것 역시 스몰위드 할아버지가 평소에 하는 일이다. 존경스러운 할아버지가 앉아서 가느다란 다리로 지키는 의자 밑에는 서랍이 있는데, 엄청난 재산을 넣어두었다는 소문이 돈다. 바로 옆에는 예비용 방석이 있으나, 이건 존경스러운 부인이 – 유난히 민감한 주제를 – 돈 얘기를 입에 담을 때마다 그쪽으로 던지는 용도일 뿐이다.

"그런데 바르트는 어디에 있지?"

스몰위드 할아버지가 묻자, 바르트 쌍둥이 주디가 대답한다.

"집에 아직 안 왔어요."

"지금 다과를 들 시간이 아니니?"

"아니에요."

"그럼 언제냐?"

"10분 뒤요."

"뭐라고?"

"10분 뒤요."

주디가 커다랗게 소리치자, 스몰위드 할아버지가 중얼댄다.

"아! 10분 뒤."

스몰위드 할머니는 삼발이를 쳐다보고 머리를 흔들며 웅얼대다, 숫자가 들리는 순간에 돈을 떠올리곤, 다 늙어서 깃털 하나 없는 끔찍한 앵무새처럼 새된 소리를 내지른다.

"십(10) 파운드 지폐 열 장(10)!"

스몰위드 할아버지가 그 즉시 방석을 던지며 소리친다.

"빌어먹을 것아, 조용해!"

갑자기 내던진 방석은 두 가지 결과로 나타난다. 스몰위드 할머니는 머리가 문지기용 의자 옆면으로 꼬꾸라져서 손녀딸이 제대로 앉혀줄 때까지 이상하게 처박히고, 스몰위드 할아버지 자신은 방석을 던진 반동에 뒤로 벌러덩 나뒹구는 모습이 줄 끊어진 꼭두각시 같다. 이럴 때면 훌륭한 할아버지는 세탁물 주머니에 까만 해골을 올려놓은 형상이니, 손녀딸이 두 손으로 커다란 병처럼 붙잡고 흔들면서 덧베개처럼 손으로 찌르고 때리는 과정을 겪은 다음에 비로소 만화처럼 우스꽝스러운 형상에서 벗어난다. 그러면 목이 제대로 돌아오는 징후가 나타나고, 황혼기를 맞이한 동반자와 함께 문지기용 의자에 앉아서 서로를 마주 보니, 죽음을 알리는 저승사자가 보초 한 쌍을 세워놓고 오래전에 깜빡 잊은 것처럼 보일 뿐이다.

쌍둥이 주디는 노부부에게 중요한 일꾼이다. 주디는 바르트 스몰위드의 쌍둥이 누이가 너무나 확실하며, 두 사람을 반죽해서 한 명으로 만들어도 평균 신체 비율을 가진 젊은이 한 명이 안 나올 것 같은 모습이 앞에서 말한 원숭이 부족 같은 가문의 특징을 쏙 물려받은 터라, 반짝이는 의상과 모자를 걸치고 원숭이처럼 손풍금 위를 걸어 다닌다 해도 신기할 건 없을 것 같다. 하지만 현재는 갈색 천으로 풍성하고 소박하게 만든 가운을 걸쳤다.

주디는 인형을 가져본 적도, 신데렐라를 들어본 적도, 어떤 놀이를 해본 적도 없다. 열 살 즈음에 동네 아이들과 한두 차례 어울렸는데, 아이들은 주디와 가까워질 수 없고 주디는 아이들과 가까워질 수 없었다. 인간과 종이 다른 동물 같아, 양측은 서로를 본능적으로 거부했다. 주디가 웃는 법을 아는지조차 의심스럽다. 누가 웃는 모습을 실제로 본 적이 없으니 모를 가능성이 크다. 따라서 젊은이처럼 싱그럽게 웃는다는 개념은 생각조차 못 할 게 분명하다. 행여나 웃으려 하다가는 이빨이 묘하게 갈리는 게 전부니, 무의식적으로 다양한 표정을 흉내낼 때 그런 것처럼 웃는 동작을 흉내 내려 하다가는 얼굴에 추악한 노파 형상만 떠오른다. 바로 이게 주디다.

쌍둥이 남동생 역시 인생의 최고봉을 즐길 순 없었다. '거인을 죽인 잭'이나 '신드바드의 모험'을 외계인 이야기 이상으로 모른다. 개구리 놀이나 귀뚜라미 놀이 역시 자신이 개구리나 귀뚜라미로 변신한 적이 없는 만큼이나 해본 적이 없다. 쌍둥이 누이보다 다행스러운 점은 좁디 좁은 세상에서 훨씬 넓은 세상으로 나아갈 기회가 생긴 데다 거피에게 인정까지 받는다는 사실이니, 화려한 마법사를 숭배하고 흉내 내는 건 너무나 당연하다고 할 수 있다.

주디는 징을 때리듯 양철 쟁반을 식탁에 우당탕 내려놓고 컵과 쟁반을 내려놓는다. 빵은 쇠로 만든 바구니에 넣고, 버터는 조그만 백납 접시에 덜어낸다. 스몰위드 할아버지는 앞에 놓인 차를 뚫어지게 쳐다보다 주디에게 여자애는 어디에 있느냐고 묻는다.

"찰리 말이에요?"

"뭐?"

"찰리 말이에요?"

주디가 소리치는 순간, 스몰위드 할머니는 오랜 기억을 떠올리곤, 평소처럼 삼발이를 보고 낄낄대며 "물 위에! 물 위에 있는 찰리, 물 위에 있는 찰리, 물 위로 찰리에게, 물 위에 있는 찰리, 물 위로 찰리에게!"[8]라고 신나게 소리친다. 할아버지는 방석을 쳐다보지만 아직은 조금 전 충격에서 충분히 못 벗어난 상태다. 그래서 조용해진 다음에 입을 연다.

"아하! 그게 여자애 이름이었군. 그 애는 많이 먹어. 걔한테도 먹을 걸 주어야겠구나."

주디가 쌍둥이 남동생처럼 윙크하곤 머리를 절레절레 흔들면서 입술을 삐죽 내밀어 '안 돼요'라는 모양만 만들자, 노인이 묻는다.

"안 돼? 왜?"

"하루에 6펜스를 달라는데, 훨씬 싸게 부려먹을 수 있다고요."

"정말?"

주디는 그렇다는 표정으로 고개를 끄덕이더니, 조금도 낭비하지 않도록 조심스럽게 버터를 발라서 빵을 자르며 소리친다.

"야, 찰리, 어디에 있니?"

그러자 거친 앞치마에 커다란 보닛 모자를 쓴 여자애가 겁에 질린 표정으로 나타나서 무릎을 구부리며 인사하는데, 두 손에는 비눗물이

---

8) 황태자 찰스 3세가 프랑스로 망명한 동안, 자코뱅파가 '국왕'을 새겨넣은 물잔, 즉, '물 위에 있는 국왕'을 들고서 축배를 든 역사적 사실을 빗댄 표현이다.

가득하고 한 손에는 수세미를 들고 있다.

"무슨 일을 하는 중이니?"

주디는 마귀할멈처럼 매섭게 소리치고, 찰리는 대답한다.

"2층 뒷방을 청소하는 중이었어요, 아가씨."

"깨끗하게 청소해, 빈둥거리지 말고. 뺀들거리는 짓은 나한테 안 통해. 서둘러! 가서 일해! 너 같은 계집애는 쓸모없이 귀찮기만 하다고."

주디가 소리치며 발로 바닥을 쾅쾅 내리찍는다.

모진 간수가 다시 버터를 바르고 빵을 자르는데, 창문을 들여다보는 쌍둥이 그림자가 어린다. 그래서 칼과 빵을 한 손에 든 채 현관문을 열어준다.

"좋아, 좋아, 바르트! 네가 왔구나, 그치?"

스몰위드 할아버지가 말하자, 바르트가 대답한다.

"네, 제가 왔어요."

"친구랑 어울리다 왔니, 바르트?"

고개를 살짝 끄덕인다.

"친구 돈으로 밥도 먹었니, 바르트?"

다시 고개를 살짝 끄덕인다.

"잘했구나. 친구 돈을 최대한 많이 쓰고 그 멍청한 모습을 반면교사로 삼도록. 그런 친구는 그런 식으로 이용하는 거야. 그런 친구를 이용할 방법은 그것밖에 없어."

존경스러운 현자가 말하자, 손자는 훌륭한 충고를 성실하게 받아들이는 대신 살짝 윙크하며 고개를 끄덕이는 것으로 대답한 채 식탁 의자에 앉는다. 늙은 얼굴 넷이 섬뜩한 천사처럼 식탁 위를 맴돈다. 스몰위드 할머니는 머리를 씰룩대며 삼발이에게 끝없이 중얼대고, 스몰위드 할아버지는 까맣고 커다란 병처럼 몇 번이고 일으켜 앉혀야 한다. 그러던 할아버지가 지혜로운 교훈으로 돌아온다.

"그럼, 그럼. 너희 아버지도 똑같이 조언했을 거야, 바르트. 너는 아버지를 한 번도 못 봤잖아. 정말 안타까워. 나한테는 진정한 아들이 있거든."

아들을 특히 좋아했다는 말을 하려는 건지 모르겠지만, 특별히 그런 표정은 안 보이다, 버터 바른 빵을 무릎에 올려놓고 반으로 접으면서 다시 말한다.

"진정한 아들이었어. 훌륭한 회계사였는데 15년 전에 죽었지."

스몰위드 할머니는 평소대로 본능에 따라 "천오(15)백 파운드. 까만 상자에 천오(15)백 파운드가 있어, 천오(15)백 파운드를 넣고 잠갔어, 천오(15)백 파운드를 숨겼어!"라 소리치고, 훌륭한 남편은 버터 바른 빵을 옆에 내려놓는 즉시 방석을 날려서 부인을 옆으로 꼬꾸라뜨리고, 그 반동으로 자신 역시 뒤로 벌러덩 나자빠진다. 부인에게 이처럼 경고한 다음은 유난히 인상적이긴 해도 보기 좋은 모습이 결코 아니니, 그 이유는 첫째, 까만 해골이 뒤틀리며 한쪽 눈까지 덮어서 사악한 도깨비처럼 보이고, 둘째, 부인에게 저주를 퍼부어대고, 셋째, 강력한 표현과 무기력한 모습이 대비되어, 행여나 그럴 수만 있다면 지극히 사악한 짓을 거리낌 없이 저지를 듯한 느낌을 주기 때문이다. 하지만 할아버지는 덜덜 떨기만 할 뿐 마음속 분노는 모조리 사그라들고, 방석은 원래대로 옆에 놓이고, 할머니는 머리가 제자리로 돌아오든 안 돌아오든 의자에 다시 앉혀서 볼링 핀 아홉 개처럼 쓰러질 준비를 한다.

그런 상태로 시간이 조금 흐르자, 할아버지는 다시 설교할 정도로 냉정한 마음을 되찾긴 해도, 정신이 나간 채 삼발이만 쳐다보며 중얼대는 부인을 저주하고픈 마음이 뒤엉켜서 이런 말이 튀어나온다.

"네 아버지가 오래 살았더라면, 바르트, 돈을 많이도 벌었을 거야……쓸데없이 재잘대는 표독스러운 계집!……하지만 오랫동안 기초를 쌓다 드디어 가문을 일으켜 세우다……까치, 갈까마귀, 앵무새보다 주절대길 좋아하는 년!……병에 걸려서 열도 없는데 죽었어, 항상 바쁘게 일했거든, 늘 할 일이 많아서……방석이 아니라 고양이를 던지겠어, 멍청한 바보처럼 비위를 거스르면!……그러자 총명한 너희 어머니도 장작개비처럼 마르더니, 너랑 주디를 낳고는 장작개비처럼 사라졌어……늙은 돼지! 표독스러운 돼지! 돼지 대가리!"

주디는 툭하면 듣던 말이라 관심조차 없어, 꼬마 파출부에게 저녁을 주려고 컵과 쟁반 바닥에 그리고 주전자 바닥에 얼마 안 남은 차를 설거지통에 모으기 시작한다. 쇠로 만든 바구니에 남은 빵 쪼가리나 껍질도 대단한 보물처럼 꼼꼼히 긁어모으고, 할아버지는 계속 말한다.

"하지만 네 아버지와 나는 좋은 동업자였으니, 바르트, 내가 떠날 때 너랑 주디한테 전부 물려주마. 사회에 일찍 나간 너희 둘한테는 – 주디는 꽃집으로, 너는 변호사 사무실로 – 정말 소중한 거야. 그러니 헛되이 쓰지 말렴. 쓰지 말고 더 모아. 내가 떠나면, 주디는 꽃집에 다시 나가고 너는 변호사 사무실에 바싹 달라붙는 거야."

주디를 본 사람이라면 꽃이 아니라 가시와 관련된 일을 하는 사람으로 여길 것 같은데, 실제로 주디는 예전에 조화를 만드는 곳에서 도제로 일한 적이 있다. 하지만 자세히 살펴본 사람이라면 그 눈과 쌍둥이 눈에서 훌륭하신 할아버지가 빨리 떠나기만 기대하는 눈빛과 언제 떠날지 궁금한 눈빛은 물론 떠날 때가 벌써 지났는데 안 떠난다는 분노마저 느꼈을 것이다. 어쨌든 주디는 준비를 마치고 말한다.

"자, 다 먹었으면, 여자애한테 다과를 먹으라고 부르겠어요. 여기에서 먹어야 하니까요, 주방에서 먹다간 마냥 구물거릴 테니."

찰리는 부름을 받고 나와서 묵직한 눈총 세례를 받으며, 고대 돌무덤 같은 빵조각과 설거지통 앞에 앉는다. 어린 여자애를 열심히 감독한다는 점에서 주디 스몰위드는 태곳적부터 완벽한 실력을 쌓은 것 같다. 핑곗거리가 있든 없든 갑자기 달려들어 체계적으로 몰아붙이면서 노련한 변호사도 쉽게 도달치 못할 경지를 더없이 훌륭하게 보여주니 말이다.

"아니, 온종일 쳐다만 보지 마라, 어서 먹고 가서 일해."

주디 스몰위드가 소리치면서 머리를 절레절레 흔들고 발을 쿵쿵 구른다. 찰리가 설거지통에 있는 차를 힐끗 쳐다본 것이다.

"네, 아가씨."

찰리가 대답하니, 주디가 다시 말한다.

"'네'라고 대답하지도 마. 너희 계집애들 꿍꿍이는 내가 다 아니까. 말로 하지 말고 행동으로 보여. 그러면 믿을지도 모르니."

찰리는 복종하는 표시로 차를 한 모금 꿀꺽 삼키고 고대 돌무덤 같은 빵조각을 흩뜨리니, 주디가 게걸스럽게 먹지 말라고, "너희 계집애들은" 정말 구역질 난다고 소리친다. 계집애들에 대한 주디의 편견을 충족시키려면 찰리로선 훨씬 많은 어려움을 겪어야 할 것 같은데, 다행히도 현관문을 두드리는 소리가 인다.

"누군지 나가봐, 문을 열 때는 음식을 씹지 말고!"

주디가 소리친다. 그래서 감독할 대상이 현관문으로 간 사이에 기회를 안 놓치고 남은 빵을 짓이기는 건 물론, 차가 많이 줄어든 설거지통에 다 쓴 찻잔 두세 개를 넣는다. 먹고 마시는 시간이 끝났다는 암시다.

"누구니? 무슨 일로 찾아왔다니?"

주디가 성마르게 묻는데, 조지 선생이라는 말과 함께, 특별한 선언도 의례도 없이, 당사자가 불쑥 들어오며 말한다.

"어휴! 여기는 정말 덥군요. 벽난로 불을 늘 피우시나요, 네? 으음! 빨리 적응하는 게 좋겠군!"

조지 선생이 마지막 말을 혼자 중얼대면서 스몰위드 할아버지에게 꾸벅 인사한다.

"야! 당신이군! 어떻게 지냈소? 어떻게 지냈어?"

스몰위드 할아버지가 묻자, 조지 선생이 의자에 앉으며 대답한다.

"대충. 손녀 따님은 예전에 만나는 영광을 누렸지요. 잘 부탁합니다, 아가씨."

그러자 스몰위드 할아버지가 말한다.

"이쪽은 손자라오. 예전에 못 봤지요. 변호사 사무실에서 일하느라 집을 비울 때가 많다오."

"마찬가지로 잘 부탁해요! 손자가 손녀딸이랑 똑 닮았네요. 정말 비슷해요. 섬뜩할 정도로 똑같아요."

조지 선생이 유난히 강조해서 말하는데, 칭찬하는 건 전혀 아닌 어투다.

"그래, 하는 일은 어떻소, 조지 선생?"

스몰위드 할아버지가 물으면서 두 다리를 천천히 문지른다.

"평소랑 똑같답니다. 축구처럼."

조지 선생은 살이 까무잡잡하고, 체격이 좋고, 얼굴이 잘생기고, 까만 곱슬머리에 눈빛이 또렷하고 가슴이 넓은 오십 대 남성이다. 두 손은 강해서 힘줄이 불끈하고, 얼굴은 햇볕에 그을린 느낌인 걸 보면 꽤 거친 삶을 살아온 게 분명하다. 이상한 사실은 보통 사람과 다르게 의자 앞쪽에 앉는다는 건데, 옷이나 장비를 올려놓을 공간을 충분히 확보하려는 오랜 습관 같다. 걸음걸이도 정확하고 묵직한 게, 박차를 쟁그랑대며 힘차게 걸으면 딱 어울릴 것 같다. 지금은 말끔하게 면도했지만, 입 모양을 보면 윗입술에 묵직한 콧수염이 있었을 것 같고, 이따금 넓찍한 갈색 손을 펼쳐서 그 부위에 올리는 느낌도 그렇다. 전체적으로 볼 때, 예전에 기병으로 근무한 분위기다.

조지 선생은 스몰위드 가족하고 놀랍게 대비된다. 기병은 자신과 이렇게 다른 집안에 묵은 적이 한 번도 없으니, 커다란 칼 옆에 굴까는 나이프를 갖다 댄 격이다. 한쪽은 체구가 떡 벌어졌는데 한쪽은 하나같이 쪼그라들고, 한쪽은 호방하고 시원한데 한쪽은 잔뜩 움츠러들어서 답답하고, 한쪽은 목소리가 당당한데 한쪽은 목소리가 교활하게 기어드니, 정말 더없이 강력하게 대비된다. 조지 선생이 황량한 거실 한가운데 앉아서 상체를 앞으로 살짝 숙인 채 두 손을 넓적다리에 올리고 팔꿈치를 직각으로 만드니, 그곳에 오랫동안 머문다면 가족 전체는 물론이고 방 네 칸에다 조그만 주방까지 모조리 빨아들일 것 같다.

"생기를 불어넣으려고 다리를 문지르나요?"

조지 선생이 실내를 둘러본 다음에 묻자, 스몰위드 할아버지가 대답한다.

"아아, 반은 습관이고, 조지 선생, 그리고…… 그래…… 반은 혈액순환에 좋기 때문이라오."

"혈-액-순-환! 그 정도는 아닐 것 같은데요?"

조지 선생이 또박또박 말하며 두 팔을 가슴에 겹치자 몸뚱이가 두 배는 커진 것처럼 보인다.

"정말이지, 나는 늙었다오, 조지 선생. 하지만 수많은 세월을 너끈히 견딜 수는 있겠지."

스몰위드 할아버지가 말하면서 부인 쪽으로 고갯짓하며 덧붙인다.

"저 여편네가 나보다 어린데, 어떤지 보시구려."

그러더니 갑자기 조금 전처럼 화내며 소리친다.

"쓸데없이 재잘대는 표독스러운 계집!"

그러자 조지 선생이 그쪽을 쳐다보며 안타까워한다.

"가련한 노부인! 너무 나무라지 마세요. 저 모습을 보세요, 모자는 반쯤 흘러내리고 머리칼은 잔뜩 헝클어진 모습을. 똑바로 앉으세요, 부인. 훨씬 낫네요. 자, 됐어요! 자신을 기른 어머니를 생각하세요, 스몰위드 선생, 부인으로 충분하지 않다면."

조지 선생이 스몰위드 할머니를 거든 다음에 돌아오면서 말하니, 노인이 짓궂은 눈으로 쳐다보며 슬쩍 묻는다.

"훌륭한 아들이었나 보군요, 조지 선생."

그 순간에 조지 선생은 얼굴을 빨갛게 물들이며 대답한다.

"어이쿠, 아닙니다. 그러지 못했습니다."

"놀랍구려."

"저도 마찬가집니다. 좋은 아들이 되어야 마땅하며 저 역시 그런 아들이 되고픈 마음이 가득하지만, 그렇게 못했습니다. 한마디로, 저는 한없이 나쁜 아들일 뿐, 자랑스러운 아들 역할은 한 번도 못 했습니다."

"놀랍구려!"

스몰위드 할아버지가 놀라고, 조지 선생은 다시 말한다.

"하지만 지금으로선 그만 말하는 게 좋겠습니다. 자! 계약대로 하십시다. 두 달 이자를 낼 때마다 파이프 담배 한 대! (맙소사! 모두 맞습니다. 걱정하지 마시고 파이프 담배를 가져오라고 하세요. 자, 여기에 새 청구서가 있고, 여기에 두 달 이자가 있습니다. 나 같은 일을 하는 사람으로선 땡전 한 푼까지 싹 긁어온 돈이랍니다.)"

조지 선생이 앉아서 팔짱을 끼고 가족과 거실을 빤히 쳐다보는 동안에 스몰위드 할아버지는 주디에게 자물쇠를 채운 서랍에서 까만 가죽 상자

두 개를 꺼내게 하더니, 방금 받은 청구서를 하나에 넣고 다른 하나에서 비슷한 서류를 꺼내어 건네고, 조지 선생은 그것을 받아서 파이프 담배에 불붙일 용도로 비비 꼰다. 하지만 노인이 안경을 쓰고 두 서류 모두 한 자 한 자 꼼꼼하게 검사한 다음인 데다, 돈을 세 번이나 세고서도 지금까지 나온 말을 최소한 두 번씩 되풀이하는데, 말과 행동은 상상하기 어려울 정도로 느리니, 일 자체를 진행하는 데 오랜 시간이 걸릴 수밖에 없다. 어쨌든 일이 마무리된 다음에 비로소 노인은 탐욕스러운 눈길과 손길을 거두고 조지 선생이 마지막으로 한 말에 대답한다.

"걱정하지 마시고 파이프 담배를 가져오라? 우리는 그렇게 계산적이지 않답니다, 선생. 주디, 어서 가서 파이프 담배와 시원한 브랜디 한 잔을 갖다 드리렴."

활동적인 쌍둥이 남매는 까만 가죽 상자에 열중할 때 말고는 눈앞에서 벌어지는 광경을 열심히 바라보다, 방문객이 경멸스럽긴 하지만 사냥감을 엄마 곰에게 맡기는 곰 새끼 두 마리처럼 노인에게 맡기고 함께 물러난다.

"그런데 온종일 거기에 앉아계시나 보죠?"

조지 선생이 팔짱을 끼우면서 묻자, 노인이 고개를 끄덕인다.

"그런 셈이랍니다, 그런 셈."

"다른 일은 안 하시고요?"

"불길을 감시한답니다…… 주전자 끓는 것과 고기 굽는 것도……"

"그런 게 있을 때는 그러시겠죠."

"그런 셈입니다. 그런 게 있을 때는."

"책을 읽거나 읽어달라고 하진 않나요?"

조지 선생이 묻자, 노인은 교활하면서도 의기양양하게 고개를 젓는다.

"아니랍니다, 아니에요. 우리 집안에서는 누구도 책을 안 읽는답니다. 돈이 안 되니까요. 멍청하고. 게으르고. 나태하고. 아니랍니다, 아니에요!"

"선택할 게 별로 없겠군."

방문객은 노인의 안 좋은 청력에 안 들릴 정도로 나지막하게 말하더니, 다시 커다랗게 말한다.

"그렇군요!"

"다 들린답니다."

"제날짜에 못 갚으면 나를 팔아먹겠죠, 그죠?"

방문객이 묻자, 스몰위드 할아버지가 두 손을 내밀어서 껴안으려 하며 대답한다.

"소중한 친구여! 절대! 절대 아니라오, 소중한 친구여. 하지만 나를 통해서 그대한테 돈을 빌려준 도심지 친구라면…… 그럴지도 모르겠네요."

"아! 직접 대답할 순 없는 건가요?"

조지 선생이 묻더니, 다시 나지막한 목소리로 마무리한다.

"늙어빠진 거짓말쟁이 악당 같으니!"

"친애하는 친구여, 그 친구를 믿으면 안 된다오. 나 역시 안 믿으려 애쓴다오. 그 친구라면 채권을 행사할 테니까요, 친애하는 친구여."

"악마도 안 믿겠지요."

조지 선생이 말하다, 파이프와 약간의 담배와 브랜디가 있는 쟁반을 들고 찰리가 나타나니, 이렇게 묻는다.

"여기에 너 같은 사람도 있구나! 이 집 식구들과 얼굴이 다른데."

"일하러 왔습니다, 선생님."

찰리가 대답하자, (현역인지 퇴역인지 모를) 기병이 강한 손으로 보닛 모자를 벗겨서 머리를 부드럽게 쓰다듬으며 말한다.

"너 덕분에 집안이 그나마 건강해 보이는구나. 이 집에도 신선한 공기가 필요한 만큼 어린애가 필요해."

그러더니 찰리를 보내고 파이프에 불을 붙이고 도심지에 사는 스몰위드 노인의 친구를 위해 - 존경스러운 노인이 가짜로 만들어낸 외로운 인물을 위해 - 건배한다.

"그렇다면 노인께서는 그분이 나를 곤경에 빠뜨릴 수도 있다고 생각하시는군요, 그죠?"

"그렇다고 봐야죠…… 안타깝게도 진짜 그럴 거예요. 예전에도 그러는 걸 보았거든요, 스무(20) 번이나."

스몰위드 할아버지가 경솔하게 덧붙인다.

이 말이 경솔한 이유는, 망령든 동반자가 불길 앞에서 꾸벅꾸벅 졸다 그 즉시 깨어나, "천 파운드 스무(20) 개, 돈궤에 20파운드 지폐 스무(20) 장, 금화 20개, 20 백만 퍼센트, 20……"라고 재잘대다, 날아오는 방석에 맞고서 입을 다물기 때문이다. 너무나 독특한 장면에 방문객은 노파 얼굴에서 평소처럼 찌그러뜨린 방석을 낚아채고, 노인은 의자에 엎어진 채 가쁜 숨을 몰아쉰다.

"표독스럽고 멍청한 계집. 전갈……표독스러운 전갈 같은 년! 축축한 두꺼비 같은 년. 불 태워죽여야 마땅한 마녀 같은 년! 친애하는 친구여, 나를 좀 일으켜서 흔들어주겠소?"

조지 선생은 처음에 넋 나간 사람처럼 이쪽을 보고 저쪽을 보다 부탁하는 말을 듣고, 의자에 널브러진 훌륭한 노인의 목을 잡아서 인형처럼 가볍게 쭉 끌어당기다 마구 흔들어, 앞으로 방석을 두 번 다시 못 던지게 만들어버릴까 아니면 무덤으로 그냥 보내버릴까 고민하는 것 같더니, 유혹을 억누르긴 해도 완전히 떨쳐내진 못해서 노인 머리를 어릿광

대 머리처럼 이리저리 돌아가게 하다, 의자에 다시 내려놓고 해골을 바로 세운다. 노인은 한동안 눈만 껌뻑껌뻑하다, 가쁜 숨을 몰아쉬며 말한다.

"하느님 맙소사! 이제 됐소. 고맙소, 친애하는 친구여, 이제 됐소. 아, 하느님 맙소사. 까딱하다 숨이 달아날 뻔했소. 하느님 맙소사!"

노인은 이렇게 말하는 사이에도 소중한 친구가 앞에 큼지막하게 버티고 있는 모습을 두려워하는 것 같다.

하지만 두려운 상대는 자기 의자로 천천히 물러나서 담배를 오랫동안 빨아대며 철학적으로 명상하다 이렇게 중얼댄다.

"도심지에 산다는 노인 친구는 이름이 D[9]로 시작하니, 채권을 행사할 거라는 노인 판단이 맞겠군."

"뭐라고 했소, 조지 선생?"

노인이 묻자, 기병은 고개를 젓고는 상체를 앞으로 기울여서 군인처럼 오른팔 팔꿈치를 오른 무릎에 직각으로 올리고 그 손으로 파이프를 들고, 왼팔 역시 팔꿈치를 왼 무릎에 직각으로 올린 채 담배를 태운다. 그러면서 스몰위드 노인을 유심히 살피다, 또렷하게 보려고 이따금 손을 흔들어서 연기를 날려 보낸다. 그러다 술잔을 입술에 대려고 자세를 살짝 바꾸면서 말한다.

"노인장께 파이프 담배를 얻어 피울 자격이 있는 사람은, 산 사람이든 죽은 사람이든, 나뿐인 것 같군요."

"으음, 사실 나는 사람도 안 만나고, 조지 선생, 대접도 안 한다오. 그럴 만한 여유가 없거든. 하지만 선생은 파이프 담배를 조건으로 기분 좋게 제시했으니……"

"맙소사, 이건 특별한 가치가 있는 게 아니에요. 대단한 게 아니니까

---

9) 'Devil'을 뜻한다.

요. 노인장께 얻어 피우고 싶었을 뿐이에요. 이잣돈을 주는 대신에 무어라도 받고 싶어서."[10]

"하! 정말 세심하군, 정말 세심해요, 선생!"

스몰위드 할아버지는 두 다리를 문지르며 감탄하고, 조지 선생은 느긋하게 담배를 태우며 다시 말한다. "그래요. 예전에는 늘 세심했지요." 연기를 내뿜고. "내가 여기까지 찾아왔다는 자체가 세심하다는 증거지요." 연기를 내뿜고. "또한, 그게 나란 사람이기도 하고요." 연기를 내뿜고. "세심하기로 유명하거든요. 그래서 출세도 했고."

"낙담하지 마시오, 선생. 아직은 다시 일어설 수 있으니."

조지 선생이 웃으면서 술을 들이켜자, 스몰위드 할아버지가 눈빛을 번뜩이며 묻는다.

"가족은 없소, 얼마 안 되는 원금을 갚아주거나 보증을 서줄 가족 한두 명? 그럼 선생한테 돈을 더 빌려주도록 도심지에 사는 친구를 설득할 수 있으니 말이오. 보증 설 사람 두 명이면 도심지 친구를 충분히 설득할 만할 거요. 그런 가족이 없소, 조지 선생?"

조지 선생은 여전히 느긋하게 담배를 태우며 대답한다.

"있더라도 가족한테 그런 부담까지 끼치고 싶지 않습니다. 예전에 이미 충분히 끼쳤으니까요. 부랑자가 인생의 황금기를 낭비하다, 폐만 끼친 가족한테 돌아가서 얹혀사는 것도 회개하는 방법일 수 있겠지만, 나는 그런 유형이 아니랍니다. 한번 집 나간 부랑자가 회개하는 가장 좋은 방법은 그 집에 얼씬도 안 하는 거라고 생각하니까요."

"하지만 혈육의 정이라는 게 있잖소, 조지 선생."

---

10) 중세유럽은 '돈이 돈을 낳는' 걸 하느님에 대한 불경으로 여겼다. 유대인 역시 동족한테는 '이잣돈'을 못 받았다. 그래서 동족이 아닌 사람에게 돈놀이하고, 이는 유럽에서 유대인을 경멸하는 원인으로 작용했다.

스몰위드 노인이 하는 말에, 조지 선생은 담배를 여전히 느긋하게 태우면서 머리를 절레절레 흔든다.

"보증을 설만 한 혈육의 정? 아닙니다. 그것 역시 내 방식은 아닙니다."

스몰위드 노인은 부축받아서 똑바로 앉은 이후로 옆으로 조금씩 미끄러지다 옷 꾸러미처럼 변하더니, 옷 꾸러미 속에서 주디를 부른다. 그러자 매혹적인 여인이 나타나서 노인을 평소처럼 일으켜 앉히고 흔들고, 노인은 곁에 있으라 지시한다. 방문객에게 조금 전에 치른 곤욕을 또 치를 수 없다고 각오한 것 같다. 그래서 다시 제대로 앉자, 이렇게 말한다.

"하! 대위를 찾아낼 수만 있다면 당신한테도 좋을 텐데요, 조지 선생. 우리가 신문에 낸 광고를 보고서 ─ 여기서 말하는 '우리'란 도심지에 사는 친구랑, 똑같은 방식으로 자본을 굴리는 또 다른 친구 한두 명을 말하는 건데 ─ 당신이 처음 찾아왔을 때, 그때 우리를 도와주었더라면, 조지 선생, 당신한테 정말 좋았을 텐데요."

"나 역시 노인이 말한 것처럼 '좋게 되길' 바라는 마음은 많았지만, 전체적으로, 그렇게 안 한 걸 다행스럽게 생각한답니다."

조지 선생이 말하는데, 주디가 할아버지 의자 옆에 선 모습을 숭배하는 마음과 정반대 마음으로 쳐다보며 황홀경에 빠져드느라, 담배를 태우는 모습이 조금 전만큼 느긋하지 않다.

"왜요, 조지 선생? 감히 묻겠소…… 표독스러운 계집의 이름으로, 왜요?"

스몰위드 노인이 잔뜩 화난 기색으로 말한다. (표독스러운 계집이라는 말까지 한 걸 보면 꾸벅꾸벅 조는 부인을 우연히 쳐다본 게 분명하다.)

"두 가지 이유가 있습니다, 동지."

"두 가지 이유가 뭐요, 조지 선생? 감히 묻겠소……"

"도심지에 사는 우리 친구 이름으로?"

조지 선생이 넌지시 제안하며 술잔을 느긋하게 기울인다.

"좋소, 그렇게 말하고 싶다면. 두 가지 이유가 뭐요?"

"첫 번째 이유는 당신네가 나를 끌어들였기 때문이지요. 호돈 선생이 ('한 번 대위는 영원히 대위'라는 속담에 집착하신다면 호돈 대위라는 호칭도 괜찮을 텐데) 찾아오면 바람직한 방법을 제시하겠다고 광고하는 식으로요."

조지 선생이 대답하지만, 여전히 주디만 쳐다본다. 손녀딸이나 할아버지나 너무 늙고 너무 비슷하게 생겨서 누구에게 말해도 상관없다고 생각하는 것 같다.

"그래서?"

노인이 날카롭게 받아치자, 조지 선생이 담배 연기를 내뿜으며 대답한다.

"으음! 하지만 런던에 나도는 어음 전체를 책임지고 감옥으로 들어가는 게 호돈 선생한테 바람직한 방법이라고 보긴 어렵겠지요."

"그걸 당신이 어떻게 알지요? 돈 많은 가족 가운데 일부가 빚을 갚아줄 수도 있잖소. 게다가 그 사람은 우리를 끌어들였소. 우리 모두한테 엄청난 액수를 빚졌으니까. 빌려준 돈을 못 받는다는 걸 깨닫는 순간에 그 목을 졸라서 그냥 죽여버리면 좋았을 거요. 지금 이 순간조차 목 졸라 죽이고 싶은 마음뿐이란 말이오!"

노인이 무기력한 손가락 열 개를 펼치며 으르렁대더니, 끓어오르는 분노를 못 참고 죄 없는 부인에게 방석을 냅다 던지지만 다행히도 의자 옆으로 떨어지고, 기병은 입술에 문 파이프를 빼낸 채 방석이 날아가는 방향을 쳐다보다, 나지막이 타오르는 담뱃대로 눈길을 돌리며 대답한다.

"호돈 선생이 힘겹게 살다 파멸로 떨어졌다는 말을 나한테 할 필요는 없습니다. 파멸을 향해 전속력으로 돌격할 때 나는 그 옆에서 수많은 나날을 보냈으니까요. 나는 호돈 선생이 아플 때도 건강할 때도, 잘살 때도 못할 때도 곁을 지켰으니까요. 모든 게 끝장나고 모든 게 무너질 때도…… 그래서 자기 머리에 권총을 갖다 댈 때도 내가 이 손으로 잡았으니까요."

"그때 방아쇠를 당겨서 나한테 빌려 간 금화 숫자만큼 머리가 박살 나야 하는데!"

자애로운 노인이 말하자, 기병이 차분하게 대답한다.

"그러면 실제로 산산조각이 났겠지요. 어쨌든 호돈 선생이 원래는 젊고 희망차고 잘생긴 청년이었는데, 그 모든 게 사라진 상태에서 못 찾아낸 게, 그나마 바람직한 결과를 찾아서 새롭게 살아가도록 한 게 나는 다행스럽습니다. 이게 첫 번째 이유랍니다."

"두 번째 이유도 그렇게 좋은 거겠지요?"

노인은 으르렁대고, 조지 선생은 대답한다.

"맙소사, 아닙니다. 두 번째 이유는 훨씬 이기적입니다. 내가 그 사람을 찾으려면 저승까지 쫓아가야 할 테니까요. 이미 저승으로 떠났거든요."

"저승으로 떠났다는 걸 어떻게 알지요?"

"이승에 없으니까요."

"이승에 없다는 걸 어떻게 알지요?"

"돈도 중요하지만 이성을 잃지 마세요. 그 사람은 오래전에 익사했습니다. 확실합니다. 배에서 떨어졌습니다. 일부러 그런 건지 사고인지 모르겠습니다. 도심지에 산다는 노인장 친구분은 알 수도 있겠지만 말입니다."

조지 선생이 파이프를 톡톡 쳐서 재를 차분하게 털어내더니, 텅 빈 파이프로 탁자를 때리는 박자에 맞춰서 갑자기 휘파람을 불다가 묻는다.

"무슨 곡조인지 아십니까, 스몰위드 노인?"

"곡조! 모르오. 우리 집은 곡조를 흥얼대지 않소."

"헨델이 작곡한 장송곡이랍니다. 군인을 묻을 때 부르는 장송곡. 그러니 그 문제는 끝난 것이오. 이제 어여쁜 손녀 따님께서 이 파이프를 두 달 동안 보관하시어, 다음번에 새로 사는 비용을 절약할 수 있으면 좋겠군요. 안녕히 계시오, 스몰위드 노인!"

"친애하는 친구여!"

노인이 두 손을 모두 내민다.

"그래, 내가 이자 날짜를 제대로 못 지키면 도심지에 사는 친구분이 가혹한 조처를 내릴 거라는 생각은 맞겠죠?"

기병이 말하며 거인처럼 내려다보자, 노인이 난쟁이처럼 올려다보며 대답한다.

"친애하는 친구여, 안타깝게도 내 생각이 맞을 거요."

조지 선생은 웃으면서 스몰위드 노인을 쳐다보고 경멸스러운 주디에게 고개를 숙여서 작별인사하고 뚜벅뚜벅 걸어서 밖으로 나가는데, 발을 내디딜 때마다 기병대 칼을 비롯한 금속성 장식물이 철컹대는 것 같다.

"저주받을 악당 놈! 하지만 석회로 묻어버리고 말겠어, 똥개 자식아, 내가 석회로 묻어버리고 말겠다고!"

노인은 조지 선생이 닫은 문을 험상궂게 노려보며 사랑스러운 악담을 퍼붓다 여태 살아온 방식대로 황홀한 명상에 빠져드니, 두 부부는 저승사자가 오래전에 세워놓고 잊어버린 보초처럼 다시 황홀한 시간으로 빨려든다.

보초 한 쌍이 초소를 충실히 지키는 동안, 조지 선생은 당당한 걸음과 엄숙한 표정으로 거리를 뚜벅뚜벅 걸어간다. 벌써 여덟 시라 태양이 빠르게 물러난다. 조지 선생은 워털루 다리에서 걸음을 멈추고 연극 전단을 훑어보다, 애슐리 극장에 가기로 정한다. 극장에 들어서니 말을 타고 신나게 칼싸움한다. 무기를 예리한 눈으로 살피고, 검술 실력이 부족한 전투 장면에 실망하지만, 옛날 분위기에 빠져드는 데는 충분하다. 마지막 장면에, 타타르 황제가 전차에서 일어나 하나로 합친 연인을 축복하며 영국 국기를 흔들 때는 감격해서 눈동자마저 촉촉하게 젖는다.

연극은 끝나고, 조지 선생은 템스 강을 넘어서 헤이마켓과 레스터 광장이 있는 기묘한 지역으로 나아간다. 평범한 외국인 전용 호텔과 평범한 외국인들, 배드민턴장, 격투사, 검술사, 근위보병, 오래된 도자기, 도박장, 전시관 등이 모인 런던 서쪽 끝 번화가다. 조지 선생은 그 중심가를 꿰뚫으며 지나다 어떤 마당에 들어서서 하얗게 회칠한 기다란 통로를 지나 휑한 벽, 바닥, 천장 서까래, 채광창이 있는 커다란 벽돌 건물로 다가가는데, 행여나 건물 정면이라는 게 있는지는 모르겠지만, 바로 거기에 '조지 사격장'이라는 페인트 글씨가 있는 건 확실하다.

조지 선생은 '조지 사격장'으로 들어간다. 안에는 (대부분 끄고) 일부만 켠 가스등, 하얗게 칠한 소총 사격용 표적 두 개, 궁술 시설, 펜싱 설비, 영국식 권투에 필요한 시설이 모두 있다. 당장은 어떤 경기도 연습도 없는 터라 '조지 사격장'에는 아무도 없고 조그만 키에 커다란 머리가 이상하게 보이는 사내 혼자 바닥에 누워서 자는 중이다.

조그만 사내는 녹색 면 앞치마에 모자를 쓴 총기 수리공 차림이고, 소총에 화약을 재느라 얼굴과 두 손은 까맣고 지저분하다. 하얀 표적을 비추는 가스등 앞에 누워있어서 까맣고 지저분한 게 돋보인다. 멀지 않은 곳에는 사내가 작업하던 장비가 널브러진, 튼튼하고 소박하고 거친 탁자가 있다. 사내 얼굴은 사방이 으깨지고 뺨에 파란 점까지 박힌 걸 보면 작업 도중에 화약이 폭발한 것처럼 보인다.

"필!"

기병이 조용한 목소리로 부르자, 필이 황급히 일어나며 대답한다.

"이상 무!"

"아무 일 없었나?"

"넷, 아주 한가했습니다. 연습 사격용, 소총 50발에 권총 10발이 전부였습니다!"

필이 우렁차게 대답한다.

"가게를 닫게, 필!"

필이 명령대로 움직이는 순간, 다리를 저는 것 같은데 걸음은 정말 빠르다. 얼굴에 파란 점이 박힌 쪽은 눈썹이 없는 반면에 반대편은 까만 눈썹이 덥수룩한 게 섬뜩하면서도 독특하다. 손가락은 모두 달려도 찌부러지고 찢어지고 봉합한 흔적이 곳곳에 있는 걸 보면 두 손 역시 산전수전 다 겪은 것 같다. 묵직한 벤치를 가볍게 들어 올리는 걸 보면 힘은 매우 센 게 분명하다. 그런데 목표물로 가려고 사격장을 곧장 가로지르지 않고 벽에 어깨를 댄 채 절뚝거리며 돌아가는 모습이, 그래서 벽마다 "필 흔적"이라고 부르는 얼룩이 생기는 것 역시 매우 독특하다.

조지 선생이 없을 때 '조지 사격장'을 관리하는 필은 커다란 대문을 전부 잠그고 가스등을 하나만 남긴 채 모두 꺼서 임무를 마친 다음에 나무로 만든 모서리 창고에서 매트리스 두 장과 담요와 시트를 질질 끌어낸다. 그래서 사격장 양쪽 끝에 한 장씩 갖다 놓자, 기병은 자신이 누울 잠자리를 준비한다.

사격장 주인은 겉옷과 조끼를 벗어서 훨씬 더 군인다운 상체를 드러 낸 채 필에게 다가간다.

"필! 자네가 건물 입구에 버려진 상태로 발견됐다고 했나?"

"배수구요. 경비원이 내 몸에 걸려서 넘어졌어요."

"그렇다면 방랑생활이 처음부터 자연스러웠겠군."

"네, 더없이 자연스러웠습니다."

"잘 자도록!"

"안녕히 주무십시오, 대장님."

필은 잠자리로도 곧장 갈 수 없어, 벽에 어깨를 대고 사격장을 빙글 돌아서 맞은편 매트리스로 간다. 기병은 소총 발사대를 한두 차례 돌아 보고 채광창 너머로 반짝이는 달을 올려다본 다음, 자기 매트리스로 곧장 뚜벅뚜벅 걸어가서 잠자리에 든다.

CHAPTER XXII
버킷

천장 벽화가 링컨 법학원 토킹혼 변호사 방에서 꽤 시원하게 보인다. 초저녁은 무더우나 건물 창문을 모두 활짝 열어젖힌 데다 천장이 높고 바람이 몰아치고 어둑어둑한 덕분이다. 안개와 진눈깨비가 심한 11월이나 얼음과 눈이 심한 1월이라면 하나같이 바람직하지 않겠지만, 후덥지근한 데다 기나긴 휴정기 날씨에는 그나마 바람직한 조건이 아닐 수 없다. 천장 벽화 인물들은 뺨이 복숭아 같고, 무릎이 꽃다발 같고, 장밋빛 장딴지는 정강이로 부풀고 팔마다 근육이 불끈불끈한 데도 오늘 밤에는 꽤 시원해 보인다.

먼지는 토킹혼네 창문으로 끝없이 들어오고, 가구와 서류 사이에는 더 많은 먼지가 쌓인다. 먼지가 사방에 두껍게 쌓인다. 시골에서 산들바람이 길을 잃고 헤매다 들어와서 화들짝 놀라 허둥지둥 달아나느라 천장 벽화 인물군의 눈에 먼지를 흩뿌리는 모습은 헌법이 - 혹은 충실한 대변인 가운데 하나인 토킹혼 변호사가 - 문외한의 눈에 흩뿌리는 것처럼 보인다.

켜켜이 쌓인 먼지 속으로 세상만사와 모든 고객이. 생명이 있고 생명이 없는 우주의 모든 물질이. 녹아드는 가운데, 토킹혼은 열린 창가에 앉아서 오래된 적포도주를 즐긴다. 성격이 단단하고 건조하고 조용하고 딱딱하긴 해도, 오래된 최상품 적포도주만큼은 충분히 즐길 수 있다. 건물 밑 웅장한 지하실에 값을 못 매길 포도주 저장소가 있는데, 이는 토킹혼의 수많은 비밀 가운데 하나다. 방에서 혼자 식사할 때면, 그래서 오늘처럼 근처 식당에서 생선과 스테이크나 치킨을 사서 올 때면, 촛불을 들고 아무도 없는 대저택 밑 메아리치는 공간으로 내려가, 문을 여닫는 소리를 멀리 굵직하게 퍼트린 다음, 죽음의 사신처럼 흙냄새를 풍기며 돌아와서 50년이나 묵은 액체를 따른다. 그러면 반짝이는 액체는 자신이 더없이 유명하다는 사실을 깨닫고 술잔 속에서 얼굴을 빨갛게 물들이며 남쪽 나라 포도 향기로 실내를 메운다.

토킹혼은 노을 지는 창가에 앉아서 잔을 기울인다. 포도주가 침묵 속에 은둔한 오십 년 세월을 속삭이는 것 같아, 토킹혼은 입술을 한층 더 꼭 다문다. 그래서 여느 때보다도 속을 알 수 없는 모습으로 앉아서 포도주를 들이켜며, 지방의 짙은 숲이나 도시의 육중한 저택이 관련된 비밀을 하나씩 떠올린다. 그러다 보면 가끔은 자신과 관련된 비밀도, 아는 사람 하나 없는 자신의 가족사와 재산과 유언도, 자신과 마찬가지로 독신으로 살면서 변호사를 하던 오랜 친구도, 일흔다섯이 되도록 한결같이 살다, (추측건대) 모든 게 너무나 단조롭다는 생각을 갑자기 떠올리고 여름날 초저녁에 이발사에게 금시계를 건네고 템플에 있는 집으로 느긋하게 걸어가서 목을 매단 친구도 떠오른다.

하지만 오늘 밤은 혼자가 아니라서 평소처럼 오랫동안 생각에 빠져들지는 않는다. 같은 식탁에 표정이 온화한 사내가 의자를 약간 뒤로 빼서 겸손하고 불편한 자세로 대머리를 반짝이며 앉아, 변호사가 술잔을 채우라고 권할 때 손으로 입을 가린 채 조심스럽게 기침하니, 변호사가 다시 말한다.

"자, 스낙스비, 이상한 이야기를 다시 해보게."

"네, 나리."

"자네가 친절하게도 간밤에 들러서 말하길……"

"제가 너무 주제넘었다면 사과드리겠습니다, 나리. 하지만 나리께서 관심 비슷한 걸 보이신 기억이 나서, 어쩌면 나리께서……알고……싶으실 수……있겠다고 생각해서……"

토킹혼은 상대가 결론을 내리도록 돕거나 자신에 관한 어떤 가능성도 인정할 사람이 아니다. 그래서 스낙스비는 말끝을 흐리다 어색하게 기침하며 덧붙인다.

"제가 너무 주제넘었던 걸 사과드려야 할 것 같습니다, 나리."

"그렇지 않아. 자네는 자네 마누라한테 아무 말도 안 한 채 모자를 얼른 쓰고 여기로 왔다고 했어. 나는 그걸 조심성이 있는 행동이라고 생각해. 굳이 말해야 할 정도로 중요한 문제는 아니거든."

"저, 나리, 잘 아시겠지만, 우리 마나님은 - 굳이 말씀드릴 필요는 없는데 - 호기심이 많답니다. 정말 호기심이 많아요. 심할 때는 발작까지 하니 차라리 다른 문제에 관심을 기울이는 편이 낫답니다. 우리 마나님은 모든 일에 - 굳이 말씀드린다면 자신과 관계가 있든 없든 상관없이 손에 잡히는 모든 일에, 관계가 없는 일이라면 더더욱 - 관심을 기울이거든요. 호기심이 왕성해서요, 나리."

스낙스비가 술을 마시곤 손으로 입을 가리고 감탄하는 기침을 하며 중얼거린다.

"맙소사, 훌륭한 포도주군요!"

"그래서 간밤에 여기에 온 걸 아무한테도 말하지 않았나? 그리고 오늘 밤에도?"

"네, 나리, 오늘 밤에도. 우리 마나님은 지금 - 굳이 말씀드릴 필요는 없는데 - 경건한 상태에 빠져들어, 아니, 자신이 그렇다고 생각하는 상태에 빠져들어 차드밴드라는 목사가 주도하는 '초저녁 노력'이라는 모임에 갔답니다. 차드밴드 목사는 말솜씨가 좋기는 하지만, 저는 그런 스타일을 좋아하지 않는답니다. 이건 아무래도 상관없겠지요. 우리 마나님이 그런 상태라서 제가 살그머니 찾아올 수 있었답니다."

"술잔을 채우게, 스낙스비."

토킹혼이 공감하며 말하니, 문방구점 주인이 조심스럽게 기침하며 대답한다.

"고맙습니다, 나리. 포도주가 대단히 훌륭합니다, 나리!"

"요즘은 보기 드문 포도주지. 오십 년짜리니까."

"정말요, 나리? 하지만 그렇다 해도 전혀 놀라지 않겠습니다. 더 오래 묵었을 수도 있으니까요."

스낙스비가 찬사를 늘어놓은 뒤, 귀한 포도주를 마셔서 미안하다는 표정으로 손을 입에 대고 조심스럽게 기침한다.

"아이가 한 말을 다시 알려주겠나?"

토킹혼이 묻고는 빛바랜 짧은 바지 주머니에 두 손을 찌르고 의자에 등을 가만히 기댄다.

"네, 알겠습니다, 나리."

그러더니, 문방구점 주인은 조가 자기네 집에 모인 손님들 앞에서 한 말을 다소 장황하지만 성실하게 되풀이한다. 그러다 말이 끝날 즈음에 깜짝 놀라며 불쑥 말한다.

"맙소사, 나리, 다른 신사분이 계신지 몰랐습니다!"

스낙스비는 자신과 변호사 사이로 탁자랑 약간 떨어진 지점에서 열심히 듣는 얼굴을 보고 당황한다. 자신이 들어올 때도 못 보고 나중에 문이나 창문으로 들어온 적도 없는 사내가 두 손에 모자와 지팡이를 들고 가만히 서 있는 게 아닌가! 옷장이 있긴 하지만, 옷장 문이 삐걱대는 소리도, 바닥을 걷는 소리도 없었다. 그런데도 다른 사내가 모자와 지팡이를 두 손에 하나씩 들고 뒷짐 진 채 가만히 서서 차분하면서도 침착하게 열심히 듣는다! 까만 옷차림에 몸집은 단단하고 표정은 차분하고 눈매는 매서운 사내로, 나이는 중년 같다. 스낙스비를 열심히 쳐다보는 표정이 초상화라도 그리려는 것 같다는 점만 빼면, 유령처럼 나타났다는 사실 말고는 언뜻 보기에 특이한 부분은 없다.

"신사분은 신경 쓰지 말게. 버킷 선생이니까."

토킹혼이 차분하게 말하자, 문방구점 주인은 버킷 선생이 누군지 모르겠다는 표정으로 헛기침하며 대답한다.

"아, 그런가요, 나리?"

"이번 이야기를 저 친구한테 들려주고 싶었네. (모종의 이유로) 좀 더 자세히 알고 싶은 마음이 있는데, 저 친구는 조사하는 실력이 좋거든. 이야기를 들으니 느낌이 어떤가, 버킷?"

"간단합니다, 나리. 우리 부하가 그 아이를 계속 움직이게 했으니 사거리 청소하던 곳에는 없을 테고, 스낙스비 선생이 '톰 올 얼론스'까지 함께 가서 그 아이를 알려주는 의견에 반대하지 않는다면, 앞으로 한두 시간 안에 여기로 데려올 수 있습니다. 물론 스낙스비 선생이 없어도 찾을 순 있겠지만, 함께 가는 게 제일 빠른 방법이지요."

"버킷 선생은 경찰 수사관이네, 스낙스비."

토킹혼이 설명하자, 스낙스비는 머리끝이 쭈뼛 서는 걸 느끼며 대답한다.

"아, 그런가요, 나리?"

"자네가 버킷 선생과 함께 가는 걸 반대하지 않는다면, 그래서 함께 가준다면, 나로선 정말 고맙겠네."

토킹혼이 재촉하자, 스낙스비는 순간적으로 망설이고, 버킷은 그 마음을 읽으며 말한다.

"아이한테 해롭지 않으니 걱정하지 마세요. 그럴 필요는 없습니다. 그 아이한테도 좋은 일이랍니다. 데려와서 한두 가지 물은 다음에 수고비를 주고 돌려보낼 테니까요. 사내로서 약속하는데, 그 아이는 무사히 돌아갑니다. 아이한테 해로울까 걱정하지 마세요. 그런 일은 결코 없습니다."

"좋습니다, 토킹혼 나리!"

스낙스비가 흔쾌히 대답하더니, 재차 다짐을 받는다.

"아이한테 해가 안 된다면……"

"당연하지요! 여길 보세요, 스낙스비 선생."

버킷이 다시 말하고는 스낙스비 팔을 잡고 옆으로 잡아끌어서 그 가슴을 툭툭 치며 친숙한 어투로 덧붙인다.

"당신은 세상 물정을 알잖아요, 사업도 하고 상식도 있고. 당신은 그런 사람이라고요."

"좋게 생각하시니 고맙긴 합니다만……"

문방구점 주인이 겸손하게 헛기침하며 말하는데, 버킷이 대뜸 차단한다.

"당신은 그런 사람이라고요. 당신 같은 사람한테, 사업체를 운영하느라 수많은 사람을 믿음과 상식으로 대하면서도 정신을 바짝 차려야 하는 사람한테, (우리 삼촌도 예전에 똑같은 사업을 하셨는데) 당신 같은 사람한테 이번 문제에 관한 한 입을 꽉 다무는 게 가장 바람직하고 지혜로운 행동이라는 말은 굳이 할 필요는 없겠지요. 알겠습니까? 입을 꽉 다무는 거!"

"물론입니다, 물론이에요."

스낙스비가 대답하니, 버킷은 솔직히 털어놓는다는 어투로 다시 말한다.

"당신한테 말해도 괜찮을 것 같은데, 내가 보기에 죽은 사람한테 상속받을 재산이 있는 것 같고, 그 여자는 그것 때문에 장난치는 걸 수 있습니다, 알겠습니까?"

"아!"

스낙스비가 깜짝 놀라지만 확실히 알겠다는 표정은 아니고, 버킷은 스낙스비 가슴을 다시 툭툭 치며 다정하게 말한다.

"당신은 모든 사람이 자신의 권리를 정의롭게 누리길 바랍니다. 그게 당신이 바라는 겁니다."

"당연하지요."

스낙스비가 대답하며 고개를 끄덕인다.

"그것도 그렇고, 동시에 훌륭한…… 선생 사업체에서는 뭐라고 부르나요, 손님, 고객? 우리 삼촌이 예전에 뭐라고 불렀는지 잊었거든요."

"대체로 고객이라고 부른답니다."

스낙스비가 대답하자, 버킷이 다정하게 손을 맞잡고 흔들며 다시 말한다.

"맞아요! 그것도 그렇고, 동시에 훌륭한 고객한테 답례하려면, 나와 함께 '톰 올 얼론스'로 은밀히 다녀와서는 입을 다물고 아무한테도 말하지 않아야 한답니다. 당신도 똑같은 생각이죠, 내가 제대로 이해했다면?"

"당연합니다, 나리. 당연해요."

스낙스비가 대답하자, 버킷은 자신이 만들기라도 한 것처럼 모자를 다정하게 건네며 말한다.

"그렇다면, 자, 모자를 받으시고, 나는 준비가 끝났으니 어서 출발합시다."

두 사람은 그곳을 떠나고, 토킹혼은 속내를 알 수 없는 표정으로 포도주를 조용히 들이켠다.

계단을 내려갈 때는 버킷이 다정하게 묻는다.

"혹시 그리들리라는 착한 사내를 아시나요?"

스낙스비는 곰곰이 생각하며 대답한다.

"아니요. 모르는 사람인데, 왜요?"

"별거 아닙니다. 착한 사람이 성질을 못 참고 존경스러운 인물을 협박하고는 내가 발부받은 체포영장을 피해서 도망 다니는데…… 상식 있는 사람이 이상하게 군다는 게 안타까워서요."

두 사람이 나란히 걷는 동안, 스낙스비는, 둘이 아무리 빨리 걸어도 상대는 은밀하게 숨어서 느릿느릿 걷는 느낌이고, 오른쪽이나 왼쪽으로 꺾어야 할 때마다 앞으로 곧장 갈 것처럼 단호하게 걷다 마지막 순간에 방향을 홱 돌리는 모습이 신기하기만 하다. 가끔가다 순찰 중인 경찰관을 지나칠 때는 양쪽 모두 깊은 상념에 빠진 표정으로 못 본 척하며 공중을 쳐다보는 모습도 신기하긴 마찬가지다. 가끔은 조그마한 젊은이가 반짝이는 모자를 쓰고 머리칼을 양쪽으로 꼬아 올린 채 걸어가면 바로 뒤로 다가가서 쳐다보지도 않은 채 지팡이로 툭 건들고, 젊은이는 뒤를 돌아보자마자 재빨리 사라지는 모습도 신기하기만 하다. 대체로 버킷은 주변 모든 걸 바라보지만, 얼굴은 새끼손가락에 긴 커다란 유품 반지나 다이아몬드 여러 개로 멋들어지게 세팅해서 셔츠에 낀 브로치만큼이나 변화가 없는 것도 신기한 건 마찬가지다.

마침내 '톰 올 얼론스'에 이르자, 버킷은 모서리에서 기다리던 경찰관에게 경찰용 등잔을 받아들고, 그 경찰관은 또 다른 경찰용 등잔을 허리춤에 끼우고 함께 걷는다. 그래서 스낙스비는 두 경찰관이랑 고약한 거리 한가운데를 나아가는데, 다른 도로는 모두 말랐어도 이곳은 배수가 안 되고 통풍도 안 되어 새까만 진흙탕에 더러운 물이 가득 고여서 악취를 내뿜으니, 런던에서 평생을 산 스낙스비도 더없이 역겨운 풍경을 도저히 못 믿을 정도다. 거리에서 갈라지는 골목마다 마당에 가득한 쓰레기와 폐허에 스낙스비는 몸과 마음이 아프고, 한 발을 내디딜 때마다 지옥으로 깊숙이 빠져드는 느낌에 시달린다.

사람들이 초라한 들것 같은 걸 에워싸고 나타나자, 버킷이 경고한다.

"이쪽으로 비켜나세요, 스낙스비 선생. 열병 환자가 다가오고 있으니!"

보이지도 않는 열병 환자는 지나가고, 인파는 구경거리를 벗어나 세 방문객 주변을 꿈에서나 볼 것 같은 끔찍한 얼굴로 서성이다 골목으로 들어가고 폐허로 들어가고 담장 뒤로 사라지더니, 커다란 소리와 날카로운 휘파람 소리를 내지르며 위협하고, 세 사람은 황급히 벗어난다.

"저 집들에서 열병이 발생했나, 다비?"

버킷이 차갑게 물으며 고약한 냄새가 진동하는 폐허를 등잔으로 비추자, 다비는 "하나같이 그렇다"고 대답한 다음, 몇 달에 걸쳐서 "수십 명씩 쓰러진다"는, 그래서 죽은 사람과 죽어가는 사람을 "죽어 나자빠진 양처럼" 내간다는 얘기까지 한다.

세 사람이 다시 걸을 때, 버킷은 얼굴이 안 좋아 보인다며 걱정하고, 스낙스비는 공기가 너무 역겨워서 숨을 못 쉴 것 같다고 대답한다.

집집이 돌아다니며 '조'라는 아이를 아느냐고 묻는다. '톰 올 얼론스'에는 본명을 쓰는 사람이 거의 없는 터라 사람들은 스낙스비에게 그게

'당근'이냐, '육군 대령'이냐, '교수대'냐, '꼬마 사기꾼'이냐, '똥강아지'냐, '병신'이냐, '범죄자'냐며 묻는다. 스낙스비는 또 설명하고 또 설명한다. 스낙스비가 묘사하는 인물에 대해 다양한 의견이 나온다. 일부는 '당근'이 분명하다고, 일부는 '꼬마 사기꾼'이 분명하다고 주장한다. '육군 대령'도 나오지만, 하나같이 다른 인물이다. 스낙스비와 경찰관 두 명이 찾아가는 곳마다 인파는 에워싸고, 지저분한 인파 사이에서는 버킷에게 비굴하게 제안하는 말이 쌓인다. 세 사람이 움직일 때마다, 그래서 잔뜩 성난 등잔불을 비출 때마다 인파는 조금 전처럼 골목으로, 폐허로, 담장 뒤로 슬금슬금 사라진다.

마침내 '거친 놈'이 밤에 잠잔다는 빈민굴을 찾아내는데, '조'일 가능성이 크다. 스낙스비가 한 말과 빈민굴 여주인이 – 개집 같은 잠자리에서 술 취한 얼굴을 까만 천으로 단단히 묶은 채 노려보던 여주인이 – 한 말을 비교해서 내린 결론이다. '거친 놈'은 어떤 아줌마가 아파서 약을 사러 갔으나 곧 돌아올 예정이다.

버킷은 다른 방문을 열고 등잔불로 실내를 비추며 묻는다.

"오늘 밤에는 여기에 누가 있을까? 술 취한 사내 두 명? 그리고 아줌마 두 명? 사내 두 명은 곯아떨어졌군."

버킷은 두 사내 얼굴에 가린 팔을 하나씩 들어서 쳐다보고 원래대로 내려놓으며 다시 묻는다.

"당신네 남편들이오?"

아줌마 한 명이 대답한다.

"네, 나리. 우리네 남편들입니다."

"벽돌공?"

"네, 나리."

"여기서 뭘 하시오, 런던 출신이 아닌데?"

"네, 나리. 하트퍼드셔에서 왔어요."

"하트퍼드셔 어디?"

"세인트 올번스."

"일거리를 찾아왔소?"

"네, 어제, 온종일 걸어서. 시골에는 일거리가 없거든요. 하지만 여기도 똑같은 것 같아요."

"좋은 방식은 아니군."

버킷이 말하면서 바닥에 쓰러진 두 사내를 바라보자, 아줌마가 한숨을 내쉬며 대답한다.

"그렇더군요. 제니도 나도 잘 안답니다."

실내 공간은 천장이 방문보다 1m쯤 높기는 해도 너무 낮아서 키가 큰 사람이 똑바로 일어서면 새까만 천장에 머리가 닿을 것 같다. 아무리 봐도 비참한 공간에 역겨운 냄새만 가득해, 굵은 양초조차 골골하고 희미하게 타오른다. 벤치가 두 개, 탁자로 쓰는 높은 벤치가 하나다. 두 사내는 나자빠진 곳에 그대로 누워서 자지만, 두 여인은 촛불 옆에 앉아있다. 지금까지 대답한 여인은 갓 태어난 아기를 품에 안고 있다.

"맙소사, 아기는 언제 태어났소? 어제 막 태어난 것처럼 보이는구려."

버킷이 조금도 무례하지 않은 어투로 물으면서 등잔불로 가만히 비추니, 스낙스비 머릿속에는 성화에서 본, 광채를 내뿜는 또 다른 아기가 이상하게 떠오른다.

"삼 주가 안 됐답니다, 나리."

"당신 아기요?"

"네."

다른 여인이, 세 사람이 들어올 때도 아기에게 허리를 숙이고 있더니, 다시 허리를 숙여서 곤하게 자는 아기 얼굴에 뽀뽀한다.

"당신 아기라도 되는 것처럼 귀여워하는군."

버킷이 말하자, 여인이 대답한다.

"나한테도 저런 아기가 있었답니다, 나리, 죽었지만."

다른 여인[11]이 그 여인에게 말한다.

"아, 제니, 제니! 차라리 그게 좋아. 산 아기보다 죽은 아기를 떠올리는 편이 좋다고, 제니! 그게 훨씬 좋아!"

"맙소사, 아기가 죽기를 바라는 몰인정한 어미처럼 들리는군!"

버킷이 단호한 어투로 나무라자, 여인이 대답한다.

"그렇지 않습니다, 나리. 절대로 그렇지 않다는 건 하느님이 아십니다. 여느 귀부인처럼 저 역시 생명을 바쳐서라도 아기를 살리려 애쓰니까요."

"그렇다면 너무 험한 말은 마시오. 그렇게 말하는 이유가 뭐요?"

버킷이 다소 누그러진 어투로 묻자, 여인은 눈물이 그렁그렁한 눈으로 대답한다.

"아기가 잠자는 모습을 내려다볼 때 문득 떠올랐답니다, 나리. 제가 미쳤다고 생각하시겠지만, 아기가 다시 깨어나지 않는다면 저로선 한없이 슬프겠지요. 저도 잘 압니다. 제니가 아기를 잃을 때 옆에 있었으니까요. 그렇지, 제니? 그래서 얼마나 슬퍼했는지 잘 아니까요. 하지만 이곳을 둘러보세요. 저 두 사람을 보세요."

여인은 바닥에서 잠자는 두 사내를 힐끗 쳐다보며 계속 말한다.

"그리고 나리가 기다리는 아이를, 내가 아픈 걸 보고 약을 구하러 간 착한 아이를 떠올려보세요. 나리가 직업상 툭하면 마주치는 아이들을, 그 아이들이 자라는 모습을 보세요!"

---

11) 1권에 나오는 벽돌공 부인으로, 아기가 죽은 제니와 그 친구다.

"으음, 아기를 잘 기르세요. 그러면 많은 위안이 될 테고, 나중에 당신이 늙으면 보살펴줄 테니까."

버킷이 위로하자, 여인이 눈물을 훔치며 대답한다.

"저도 최선을 다할 생각이에요. 하지만 오늘 밤은 열병 때문에 힘들고 피곤해서 그런지, 앞으로 아기가 겪을 고생과 고통만 계속 떠오르네요. 우리 주인님은 아기를 제대로 기르는 걸 반대할 게 뻔하니 아기는 자신도 맞고 어미까지 맞는 광경을 지켜보다 집을 지겨워할 테고, 그러다 보면 옆길로 새겠지요. 아이를 제대로 키우려고 혼자서 아무리 몸부림쳐도 도와주는 사람은 없을 테니, 제가 아무리 애써도 아이가 나쁜 길로 접어든다면, 나중에 잠자는 아이 옆에 앉아, 지금 이 자리에서 어미 품에 안긴 채 차라리 제니 아기처럼 죽는 게 훨씬 좋지 않았을까 하는 생각을 떠올릴 수도 있겠지요!"

"아니야, 아니야! 리즈, 지금 아프고 지쳐서 그러는 거야. 내가 볼 테니 아기를 줘."

제니가 말하곤 아기를 건네받느라 들춘 아기 엄마 옷을 재빨리 덮어주는데, 아기가 기대고 잠자던 가슴에 가득한 상처와 멍은 이미 드러난 다음이다. 하지만 제니는 아기를 안고 이리저리 거닐면서 다시 말한다.

"제가 아기를 더없이 사랑하는 이유는 제 아기가 죽었기 때문이며, 리즈가, 차라리 죽어버리는 게 좋겠다고 생각하면서도, 아기를 더없이 사랑하는 이유 역시 제 아기가 죽었기 때문입니다. 리즈는 그렇게 생각할지언정 저는 우리 아기를 되살릴 수만 있다면 없는 재산이라도 모조리 바칠 것 같답니다. 하지만 리즈나 저나, 슬픈 마음을 안고 사는 우리 엄마들은 누구나 똑같은 마음이랍니다, 제대로 말하는 방법을 모를 뿐!"

스낙스비가 코를 풀고 동정 어린 헛기침을 몇 차례 할 때 바깥에서 발소리가 들린다. 버킷은 문가로 등잔 빛을 비추면서 스낙스비에게 묻는다.

"어때요, 맞소? 저 아이가 맞소?"

"네, 저 아이가 '조'입니다."

스낙스비가 대답하고, '조'는 마법 불빛에 사로잡힌 누더기처럼 깜짝 놀라서 환한 빛을 받으며 멀뚱히 선 채, 자신이 충분히 멀리 이동하지 않아서 법을 어긴 거로 여기며 덜덜 떤다. 하지만 스낙스비가 "돈벌이가 생겨서 찾아왔단다, 조"라고 설명하며 달래니 그때 비로소 정신을 차리고는, 잠시 얘기하자는 버킷에 이끌려 밖으로 나가서 묻는 말에 대답하는데, 목소리는 여전히 떨린다.

이윽고 버킷이 돌아와서 말한다.

"아이한테 충분히 들었소. 자, 스낙스비 선생, 그만 출발합시다."

하지만 먼저 '조'는 자신이 구해온 약을 여인에게 건네고 "지금 당장 모두 먹으라"며 복용방법을 알려준다. 그러자, 스낙스비는 거의 모든 고통을 치료하는 만병통치약으로 반 크라운 은화 한 잎을 탁자에 내려 놓지 않을 수 없다. 그다음에 버킷은 팔꿈치 약간 위를 붙잡고 '조'를 앞에서 걷게 한다. 이러지 않고서는 '거친 놈'이든 '어떤 놈'이든 링컨 법학원까지 제대로 데려갈 수 없기 때문이다. 준비를 마치자 그들은 두 여인에게 잘 있으라 말하고, 모든 게 어둡고 불결한 '톰 올 얼론스' 골목으로 다시 나온다.

악취가 진동하는 길을 따라 들어온 대로 빈민굴을 조금씩 벗어나다, 수많은 사람이 고함지르고 휘파람 불며 슬금슬금 쫓아오는 가운데 마침내 모서리에 도달하자, 버킷은 경찰용 등잔을 다비에게 건넨다. 여기에서 비로소 빈민굴 주민은 감옥에 간힌 악마 집단처럼 고함지르고 돌아서서 사라진다. 더없이 깨끗하고 상쾌한, 스낙스비 눈에는 생전 처음 보는 것처럼 깨끗하고 상쾌한 거리를 지나, 걷기도 하고 마차도 타니, 토킹혼 저택 대문이 나온다.

(토킹혼이 있는 방은 2층이라) 그들은 어두운 계단을 오르는데, 버킷이 자신에게 열쇠가 있으니 초인종을 누를 필요가 없다고 알린다. 그런 일에 익숙한 사람치고는 버킷이 시간도 걸리고 소음도 내면서 자물쇠를 연다. 안에 있는 사람에게 알리려고 일부러 그러는 걸 수도 있다.

어쨌든 마침내 그들은 안으로, 등잔불이 환하게 타오르는 곳으로, 토킹혼이 평소에 머무는 방으로, 오늘 밤에 오래된 포도주를 마시던 곳으로 들어선다. 그런데 토킹혼이 없다. 고풍스러운 촛대 두 개가 타올라서 실내를 환하게 밝힐 뿐이다.

버킷은 스낙스비가 보기에 여전히 사방에 눈이 달린 사람처럼 '조'를 붙잡은 채 방으로 살짝 들어서는데, 갑자기 '조'가 놀라며 걸음을 멈춘다.

"왜 그래?"

버킷이 조그맣게 속삭이고, '조'는 소리친다.

"저기에 그 여자가 있어요!"

"어떤 여자!"

"그 여자!"

여인 형상 하나가 얼굴을 망사로 감싼 채 불빛이 환한 실내 한가운데 서 있다. 입도 몸뚱이도 꼼짝을 않는다. 일행이 다가가지만, 여인 형상은 눈길조차 안 주고 석상처럼 꼼짝을 않는다.

"어서 말해, 저게 그 여자라는 걸 어떻게 알지?"

버킷이 커다랗게 묻자, '조'가 물끄러미 바라보며 대답한다.

"저 망사, 저 보닛 모자, 저 드레스를 봤어요."

"잘 살펴보고 말해, '거친 놈'. 잘 살펴보라고."

버킷은 가늘게 뜬 눈으로 쳐다보며 말하고, '조'는 깜짝 놀란 눈으로 대답한다.

"최대한 열심히 살펴보는데, 내가 본 망사와 보닛 모자와 드레스가 맞아요."

"그럼 네가 말한 반지는?"

버킷이 묻고, '조'는 여인 형상을 계속 바라보며 왼손 손가락으로 오른손을 문지르며 대답한다.

"여기가 전부 반짝거렸어요."

여인 형상은 오른손 장갑을 벗어서 손을 보여주고, 버킷은 다시 묻는다.

"자, 저건 뭐지?"

'조'가 머리를 젓는다.

"전에 본 반지들이 아니에요. 저런 손이 아니에요."

"무슨 소릴 하는 거야?"

버킷이 나무라는데, 목소리는 기쁜, 매우 기쁜 느낌이다.

"손이 훨씬 하얗고 우아하고 작았어요."

'조'가 대답하니, 버킷이 또 나무란다.

"맙소사, 이제 나를 보고 우리 어머니라 하겠군. 그 여자 목소리를 기억해?"

"그럴 거예요."

'조'가 대답하자, 여인 형상이 입을 연다.

"이 목소리랑 비슷하니? 네가 확실히 기억할 때까지 말하지. 이 목소리였니, 이 목소리가 아니었니?"

'조'가 겁에 질린 표정으로 버킷을 바라본다.

"아니에요!"

버킷이 여인 형상을 가리키며 또 다그친다.

"그렇다면 뭐야? 이 여잘 보고서 왜 그 여자라고 한 건데?"

'조'는 당혹스럽긴 하지만 확신은 조금도 안 흔들리는 눈빛으로 쳐다보며 대답한다.

"저 망사, 저 보닛 모자, 저 드레스 때문이에요. 그 여자가 맞는데, 그 여자가 아니에요. 손도 그 여자가 아니고, 반지도 그 여자가 아니고, 목소리도 그 여자가 아니에요. 하지만 저 망사, 저 보닛 모자, 저 드레스, 저것들은 그 여자가 몸에 걸친 모습과 똑같고 키도 똑같아요. 그 여자가 나한테 금화 한 닢을 주고서 도망쳤어요."

"으음! 네놈한테 캐낸 게 거의 없군. 하지만 5실링을 주지. 아껴 쓰도록, 엉뚱하게 걸려들지 말고."

버킷이 조그맣게 말하고 이럴 때마다 흔히 그러는 것처럼 한 손에서 다른 손으로 동전을 천천히 떨어뜨리더니 아이 손에 건네주곤 밖으로 데려가, 스낙스비는 망사를 쓴 형상이랑 단둘이 있는 독특한 상황이 괜히 어색하기만 하다. 하지만 토킹혼이 나타나는 순간에 망사를 걷으니, 잘 생기긴 했지만 인상이 강렬한 프랑스 여자가 나타난다.

"고맙네, 마드무아젤 오르탕스. 이번에 내기한 것 때문에 더 괴롭히지 않겠네."

토킹혼이 평소처럼 차분하게 말하자, 마드무아젤이 묻는다.

"제가 일자리를 잃었다는 사실을 기억하는 친절을 베풀어주시겠지요?"

"당연하지, 당연해!"

"선생님께서 탁월한 추천서를 써주시겠지요?"

"당연하지, 마드무아젤 오르탕스."

"토킹혼 변호사님이 써주신 추천서라면 충분히 강력하겠지요?"

"부족하진 않을 걸세, 마드무아젤."

"정말 고맙습니다, 선생님."

"잘 가게."

마드무아젤은 세련된 분위기로 물러나고, 버킷은 예의 바른 신사처럼 계단까지 정중하게 배웅한다. 그리고 돌아오자, 토킹혼이 묻는다.

"어떤가, 버킷?"

"딱 들어맞습니다, 나리, 확실합니다. 그 여자 옷차림이 저 여자와 똑같았다는 정황은 의심할 여지가 없습니다. 아이 말이 색상은 물론 모든 게 정확히 맞아떨어집니다. 스낙스비 선생, 내가 사내답게 아이를 무사히 돌려보내겠다고 약속했지요? 혹시나 약속을 안 지켰다는 말은 하지 마시오!"

버킷이 말하자, 문방구점 주인이 대답한다.

"네, 약속을 지켰습니다, 나리. 제가 도울 일이 없다면, 토킹혼 나리, 우리 마나님이 많이 불안해할 테니……"

"고맙네, 스낙스비, 더 도울 일은 없네. 내가 오늘 자네한테 빚을 많이 졌구먼."

"아닙니다, 나리. 그럼 안녕히 계십시오."

스낙스비가 인사하고 물러나자, 버킷이 현관까지 따라와서 손을 맞잡은 채 흔들고 또 흔들면서 다짐한다.

"알겠지만, 스낙스비 선생, 선생은 아무리 유도신문해도 소용없다는 사실을, 바로 그게 당신이란 사실을, 나는 좋아하오. 선생은 올바른 일을 했으면 가슴에 묻어둔 채 완전히 잊어버리는 게 좋다는 사실을 알아요. 선생은 바로 그런 사람이에요."

"네, 확실히 그러려고 노력한답니다, 나리."

스낙스비가 대답하자, 버킷은 손을 다시 맞잡고 흔들면서 지극히 다정하게 축복한다.

"아니에요, 그러면 안 되지요. 선생은 노력할 필요조차 없어요. 그냥 그러는 사람이니까요. 선생 같은 일을 하는 사람은 당연히 그래야 하니까요."

스낙스비는 적당히 대답하고 집으로 가는데, 초저녁에 일어난 일이 하나같이 놀랍기만 하다. 꿈을 꾼 게 아닌가 하는 의심마저 든다. 아니, 지금 걸어가는 거리조차 실제인지 의심스럽고, 위에서 반짝이는 달조차 실제인지 의심스럽다. 하지만 스낙스비 부인이 종이를 둘둘 말아서 벌통처럼 만든 머리로 수면 모자를 쓰고 앉아서 기다리는 너무나 확실한 현실을, 구스터를 경찰서에 보내서 남편이 실종됐다 신고하고, 지난 두 시간 동안 수없이 졸도했다는 더없이 예의 바른 현실을 맞닥뜨리는 순간에 비로소 실제라는 확신이 든다. 그래서 사무치게 다그치는 마나님에게 미안하다는 말을 마냥 되풀이한다!

CHAPTER XXIII

에스더 이야기

    우리는 보이손 선생 댁에서 6주일을 즐겁게 보내고 집으로 왔어요. 6주일 동안 공원에도 숲에도 자주 들어가고, 태풍을 피한 관리인 오두막을 지날 때는 일부러 들러서 관리인 부인과 대화도 했어요. 하지만 데드록 귀부인은 더는 못 보았어요, 일요일 교회 예배 때 말고는. 체스니 대저택에 손님이 몰리고, 그래서 예배 때 아름다운 얼굴이 주변을 에워싸지만, 데드록 귀부인 얼굴은 저에게 처음에 그런 것과 늘 똑같은 영향을 미쳤어요. 그게 고통인지 기쁨인지, 제 마음이 귀부인에게 달려가는 건지 움츠러드는 건지 지금 이 순간조차 모르겠어요. 데드록 귀부인을 숭배한 것 같아요. 데드록 귀부인을 볼 때마다 머릿속에는 처음에 그런 것처럼 어릴 적 기억이 늘 떠오르기도 하고요.

    그런 일요일이면, 제가 그런 것처럼 귀부인 역시 저에게 지긋한 호기심을 품지 않을까, 제가 그런 것처럼 귀부인 역시, 내용은 약간 다를지언정, 나를 볼 때마다 머리가 복잡하지 않을까 하는 망상을 떠올리곤 했어요. 하지만 힐끗 쳐다보면 귀부인은 차분하고 냉정하고 쌀쌀맞게 보일 뿐이라, 제가 연약해서 멍청한 생각을 떠올린 것만 같았어요. 정말이지, 귀부인을 바라보는 제 마음이 더없이 연약하고 비이성적이라는 느낌만 떠올라 스스로 힘껏 꾸짖곤 했어요.

보이손 선생 댁을 떠나기 전에 일어난 사건을 여기에서 짚고 넘어가면 좋을 것 같아요.

저는 에이다와 함께 정원을 거닐다 누가 찾아왔다는 전갈을 들었어요. 그래서 거실로 들어서니, 천둥 번개가 치던 날에 신발을 벗어 던지고 축축한 풀밭을 맨발로 걸어간 프랑스인 하녀가 보였어요. 그 여자는 너무 강렬한 눈빛으로 뚫어지게 바라보며, 하지만 표정은 상쾌하고 말투는 교만하지도 비굴하지도 않게, 저에게 말했어요.

"마드무아젤, 무례를 무릅쓰고 불쑥 찾아왔지만, 상냥한 분이시니 용서하시길 바랍니다, 마드무아젤."

"용서를 청할 필요는 없습니다, 할 말이 있어서 찾아오신 거라면."

"제가 바라는 게 바로 그겁니다, 마드무아젤. 허락하셔서 고맙습니다. 그럼 말씀을 드려도 괜찮을까요?"

프랑스인 하녀는 자연스러운 목소리로 빠르게 말하고, 저는 대답했어요.

"당연하지요."

"마드무아젤, 정말 상냥하시군요! 그렇다면 말씀을 드리겠습니다. 저는 귀부인 곁을 떠났습니다. 서로 마음이 안 맞았습니다. 귀부인은 너무나 교만하시고, 더없이 교만하십니다. 용서하세요! 마드무아젤, 진실이 그러니까요!"

저는 생각만 했을 뿐인데도 상대는 무슨 말이 나올지 예상하고 재빨리 덧붙였어요.

"제가 굳이 찾아와서 우리 귀부인을 흉보는 건 옳지 않습니다. 하지만 분명히 말씀드리는데, 그분은 너무나 교만하시고, 더없이 교만하십니다. 다른 말은 안 하겠습니다. 온 세상이 아는 사실이니까요."

"계속하시죠."

"알겠습니다, 마드무아젤, 예의 바른 모습에 감사드립니다. 마드무아젤, 저는 선량하고 교양있고 아름다운 아가씨를 모시고 싶은 갈망이 말할 수 없을 정도로 강합니다. 아가씨는 선량하고 교양있고 천사처럼 아름다운 분이니, 아, 제가 아가씨를 모시는 영광을 누릴 수 있을까요!"

"미안하지만……"

제가 입을 여는 순간, 상대는 자신도 모르게 예쁘고 까만 눈썹을 찡그렸습니다.

"너무 성급하게 내치지 마세요, 마드무아젤! 잠시나마 희망을 주세요! 마드무아젤, 제가 지금 막 관둔 일보다는 이 일이 훨씬 힘들다는 건 저도 압니다. 아아! 제가 바라는 게 바로 그겁니다. 제가 지금 막 관둔 일보다 이 일이 덜 고귀하다는 것도 압니다. 아아! 이것 역시 바라는 바입니다. 여기에서 일하면 임금도 훨씬 적을 수밖에 없다는 것도 압니다. 좋습니다. 저는 만족합니다."

저는 몸종을 둔다는 생각부터 당혹스러워서 이렇게 대답했어요.

"분명히 말씀드리지만, 저는 몸종을 안 두……"

"아, 마드무아젤, 도대체 왜 안 두시나요? 누구보다 헌신적으로 아가씨를 모실 몸종이 있는데, 아가씨를 모시는 걸 황홀하게 여길 몸종이 있는데, 매일매일 마음을 다해 열정적으로 충실하게 모실 몸종이 있는데, 왜 곁에 안 두시나요! 마드무아젤, 저는 온 마음을 다해서 아가씨를 모시길 바랍니다. 당장은 돈 얘길 하지 마세요. 그냥 받아주세요. 공짜로!"

상대가 이상할 정도로 진지한 나머지 저는 멈칫했어요. 무서울 정도였어요. 그런데도 상대는 눈치를 못 채고 설득하려는 목소리로 빠르게 말하며 열심히 밀어붙였어요. 하지만 우아한 자세와 예의까지 잃은 건 아니었어요.

"마드무아젤, 저는 남쪽 나라 출신이라 성미가 급한 데다 좋고 싫은 게 분명합니다. 우리 귀부인은 저한테 너무나 교만하시고, 저 역시 그분한테 너무나 교만했습니다. 이제 다 끝났습니다! 저를 몸종으로 받아주세요, 잘 모시겠습니다. 아가씨가 생각하는 이상으로 열심히 모시겠습니다. 쯧쯧! 마드무아젤, 저는…… 아닙니다, 어떤 일이든 최선을 다하겠습니다. 받아주신다면 후회하지 않으실 겁니다. 마드무아젤은 절대 후회하지 않으실 테고, 저는 잘 모시겠습니다. 아가씨는 짐작도 못 할 정도로!"

제가 (몸종을 고용할 마음이 조금도 없다고 말하고픈 생각을 접은 채) 그럴 일은 조금도 없다고 말하는 동안, 가만히 서서 쳐다보는 상대 얼굴에 섬뜩한 느낌이 감도는 게, 대혁명 당시에 파리 거리를 떠돌던 여자가 눈앞에 나타난 것 같았어요.

상대는 중간에 끼어들지 않고 끝까지 듣더니, 온순한 목소리에 예쁜 억양으로 말했어요.

"그렇군요, 마드무아젤, 대답을 잘 들었습니다! 안타깝군요. 하지만 다른 데로 가서 일자리를 알아봐야겠네요. 아가씨 손에 키스해도 괜찮을까요?"

상대는 제 손을 잡으면서 더욱 뜨겁게 바라보는 게, 손에서 뛰는 혈관을 일일이 확인하는 것 같았어요. 그러더니 무릎을 구부려서 작별하며 말했어요.

"태풍이 불던 날에 저한테 많이 놀라신 것 같군요, 마드무아젤!"

저는 우리 모두 놀랐다고 솔직히 대답했어요. 그러자 상대는 빙그레 웃으며 말했어요.

"저는 맹세하고, 마드무아젤, 가슴에 새겼으니, 맹세를 성실하게 지켜야 하겠지요. 아니, 꼭 지키겠어요! 안녕히 계시길, 마드무아젤!"

이걸로 만남은 끝나고, 저는 무사히 끝난 게 기뻤어요. 제가 보기에 프랑스인 하녀는 마을을 떠난 것 같아요. 두 번 다시 안 보였거든요. 그래서 조용한 여름 휴가를 망치는 일 없이 6주를 보내다, 조금 전에 말한 것처럼, 집으로 돌아왔답니다.

당시에도, 이후에도 몇 주 동안, 리처드는 우리 집을 자주 찾아왔습니다. 토요일이나 일요일마다 와서 월요일 아침까지 머무는 것 말고도, 갑자기 말을 몰며 달려와서 우리와 저녁을 함께 보내고 다음 날 일찍 말에 올라타서 황급히 떠나기 일쑤였습니다. 리처드는 정말 열심히 공부한다고 예전처럼 쾌활하게 말하지만, 저는 마음이 편치 않았습니다. 제 눈에는 리처드가 열심히 한다는 공부는 한결같이 엉뚱한 방향으로 보였거든요. 수많은 슬픔과 파멸이라는 파괴적인 결과만 초래한 소송에 말도 안 되는 망상만 품었으니까요. 리처드는 '불가사의한 소송의 핵심을 파악했다, 유언장에 따르면 자신과 에이다는 수천 파운드를 확실히 받는다, 만약 대법정에 상식과 이성만 있다면 - 아, '만약'이라는 단어가 얼마나 커다란 장벽으로 들리던지요! - 막대한 유산을 받는 행복한 결론을 이제 곧 맞이할 거'라고 했어요. 지루한 논쟁을 일일이 검토하면서 충분히 확인했다는, 이제 완벽하게 확신한다는 거예요. 심지어 대법정까지 들락거렸어요. 우리에게 말하길, 그곳에서 플라이트 할머니를 매일 본다는, 그래서 매번 대화한다는, 얼마 안 되는 돈이나마 도와준다는, 플라이트 할머니를 속으로 비웃기도 하지만 마음 깊이 동정도 한다는 거예요. 젊디젊은, 더없이 소중한 자신을, 앞으로 훌륭한 일을 하면서 수많은 행복을 누릴 수 있는 자신을, 더없이 소중한 젊음을 다 늙은 플라이트 할머니하고, 자유롭고 상큼한 영혼을 새장에 갇힌 새하고, 초라한 다락방하고, 끝없이 방황하는 할머니하고 쇠사슬로 단단히 엮어서 파멸의 길로 간다는 생각은 조금도 못 하고서요.

에이다는 리처드를 깊이 사랑하기에 연인이 하는 말이라면 무어든 믿고, 잔다이스 아저씨는 동풍이 분다고 투덜대면서 속풀이 비밀방에 툭하면 들어가서 평소보다 오랫동안 지내긴 해도 이 문제에 관한 한 입을 꼭 다물었어요. 그래서 저는 캐디가 만나자고 간청해서 런던으로 올라가는 김에, 리처드에게 할 얘기가 있으니 역마차 사무실로 나오라고 부탁했어요. 역마차가 도착할 때 리처드가 기다리고 있어서 우리는 서로 팔짱을 끼고 걸어가고, 그래서 진지하게 말해도 괜찮은 순간에 제가 말했어요.

"아, 리처드, 자리를 잡는 느낌이 슬슬 드는 것 같니?"

"당연하지, 에스더, 다 잘 풀려."

"그럼 자리를 잡는 건?"

"무슨 말이야, 자리를 잡는다는 게?"

리처드가 쾌활하게 웃으면서 물어, 제가 대답했어요.

"법조계에 자리를 잡는 거."

"아, 그럼. 다 잘 풀려."

"예전에도 똑같이 말했어, 친애하는 리처드."

"그렇다면 그게 대답이 안 된다고 생각하는 거구나, 그치? 으음! 대답이 안 될 수도 있겠지. 자리를 잡는다? 네 말은, 내가 자리를 잡고 정착한 느낌이 드냐는 뜻이니?"

"그래."

"맙소사, 아니야, 내가 자리를 잡고 정착한다고 말할 순 없어."

리처드는 정말 어렵다는 어투로 "정착한다"는 부분을 유난히 강조하며 이어갔어요.

"이 일이 미해결 상태로 남아있는 한 누구도 자리를 잡고 정착할수 없기 때문이야. 내가 말한 '이 일'이란 당연히…… 금지된 주제고."

"그 일이 해결될 수 있다고 생각해?"

"그건 한 치도 의심하지 않아."

리처드가 대답하고 우리 둘 다 한동안 말없이 걷는 가운데, 마침내리처드는 특유의 솔직하고 감성적인 어투로 설명했어요.

"친애하는 에스더, 무슨 말인지 알아. 나도 지금보다 성실한 놈이면좋겠어. 에이다한테 성실하지 않다는 뜻은 아니야, 에이다를 사랑하니까 - 매일매일 더욱더 - 하지만 나 자신한테도 성실한 놈이면 좋겠어. (제대로 표현을 못 하는 것 같은데, 너라면 무슨 말인지 알 거야.) 지금보다 성실한 놈이라면 '배저'든 '켄지와 카보이'든 악착같이 매달려서이즈음에는 체계적으로 차분하게 돈도 벌고 빚도 갚고……"

"빚이 있니, 리처드?"

"응. 조금 있어, 에스더. 게다가 당구 같은 오락을 너무 많이 해.비밀이 드러났군. 경멸스럽지, 에스더, 그치?"

"아닌 거 알잖아."

"너는 나한테 나 자신보다 다정해. 친애하는 에스더, 나는 불행한개자식이야, 자리도 잡을 수 없는. 하지만 어떻게 자리를 잡겠어? 문제투성이 집안에 산다면 누구도 자리를 잡을 수 없다고. 어떤 일을 시작해도 도중에 중단할 저주를 받았다면 누구도 어떤 일에든 적응할 수 없다고. 그게 바로 나야. 나는 온갖 기회와 변화를 내포한 분쟁 상태에서태어났고, 이 분쟁은 법률 소송(suit)과 양복 정장(suit)이 다른 걸 깨닫기도 전부터 나를 애매한 성격으로 만들었어. 현재까지도 애매한 상태로 만들고. 그러다 보니 내가 하는 말이라면 무어든 곧이곧대로 믿는 에이다를 더는 사랑할 자격조차 없는 놈이란 생각마저 들어."

외진 곳이라서 그런지 리처드가 갑자기 한 손으로 두 눈을 감싼 채 흐느끼기 시작했어요.

"아, 리처드! 너무 흥분하지 마. 너는 천성이 고귀하니, 에이다가 사랑하는 마음으로 도와줄 거야."

제가 달래자, 리처드는 제 팔을 꼭 잡으며 대답했어요.

"나도 알아, 에스더. 다 알아. 내가 약간 나약하게 구는 건 모른 척해. 오랫동안 이랬으니까. 너한테 말하려 했지만, 때로는 기회가 없고 때로는 용기가 없었어. 에이다를 생각하면 정신 차려야 한다는 걸 알지만, 잘 안 돼. 마음이 흔들려서 그럴 수가 없어. 에이다를 열렬히 사랑해. 그런데 에이다를 망치는 것 같아, 나를 망치는 식으로, 매일 매시간. 하지만 영원히 그러진 않을 거야. 조만간에 최종 심리가 열려서 바람직한 판결이 나올 테니까. 그러면 너도 에이다도 정말이지 내가 어떤 사람인지 알게 될 거야!"

리처드가 흐느끼는 소리를 듣고 손가락 사이로 흘러내리는 눈물을 보니 마음이 아팠어요. 하지만 희망과 활력이 가득한 어투로 말하는 소리가 들리는 순간에 비하면 그 충격은 정말 사소했어요. 리처드가 순식간에 쾌활한 어투로 덧붙였거든요.

"그동안 서류를 쭉 훑어보았어, 에스더. 몇 달 동안 깊이 빠져들다 보니 결국 우리가 승소하는 판결이 나오리란 확신이 들었어. 오늘날까지 수많은 세월을 질질 끌었으니 앞으로 더 질질 끌 이유가 없다는 건 하늘이 알아! 그래서 우리 사건을 신속하게 마무리할 가능성이 매우 커, 실제로. 서류만 보면 그래. 결국엔 모든 게 제대로 풀릴 테니, 두고 보라고!"

아까 리처드가 '켄지와 카보이'를 '배저'랑 똑같은 범주로 말한 사실이 떠올라, 저는 링컨 법학원에 수습 변호사로 언제 등록할 예정이냐고 물었어요. 그러자 리처드가 어렵게 대답하더군요.

"또 그 얘기군! 그럴 생각은 딱히 없어, 에스더. 이제 충분히 겪은 것 같아. 잔다이스 대 잔다이스 소송을 지겹도록 파고들었더니 법에 대한 갈망이 충분히 풀렸어. 게다가 법정에 꾸준히 나가니까 불안한 마음이 계속 커지기만 하고."

리처드는 이번에도 자신만만하게 덧붙였어요.

"그러니 어떤 분야로 생각을 돌리면 바람직할까?"

"모르겠어."

"너무 심각한 표정으로 쳐다보지 마, 이게 내가 제일 잘하는 거니까, 친애하는 에스더. 나는 평생 일할 직업을 찾을 필요가 없어. 이번 소송만 끝나면 충분한 유산을 받는다고. 그럼, 당연하지. 그 일은 다소 불안할 수밖에 없는 직업 같아. 현재 조건에나 적합하다고 할까? 그래, 맞아. 그러니 이제 어떤 쪽으로 생각을 돌리는 게 자연스러울까?"

저는 물끄러미 쳐다보며 고개를 젓고, 리처드는 확신 가득한 어투로 선언했어요.

"그래, 군인이야!"

"군인?"

"그래, 군인. 지금 내가 할 일은 장교로 임관하는 거야. 그래, 맞아!"

그러더니 수첩을 꺼내서 정교하게 계산하며 자신이 군대 밖에 있던 지난 6개월 동안 이백 파운드를 빚졌다고 가정한다면, 군대에 있는 동안에는 빚을 안 지기로 단단히 결심했으니, 군대에 들어간다면 일 년에 사백 파운드, 혹은 오 년에 이천 파운드를 절약하는 셈이라는, 대단한 금액이라는 결론을 끌어냈어요. 그리곤, 그런 동안에는 에이다와 떨어지는 희생을 감수해야 한다고 진지하면서도 천진난만하게 말한 다음, 자신은 에이다의 사랑에 보답하고픈, 에이다를 행복하게 하고픈, 자신에게 부족한 부분을 이겨내서 단호한 정신을 키우고픈 마음이 더 없이 간절하다고 - 늘 이 생각을 해서 너무나 잘 안다고 - 진지하게 말하니, 저는 마음이 참 쓰리고 아팠답니다. 새롭게 시작하는 일마다 모조리 망가뜨리는 치명적인 질병에 남자다운 자질도 당연히 순식간에 감염될 수밖에 없으니, 이번 일은 또 어떻게 끝날까 하는 생각이 절로 떠올랐거든요.

저는 마음을 다해서, 그리고 전혀 느낄 수 없는 희망까지 모두 담아서 리처드에게 말했어요. 에이다를 위해서라도 대법원을 조금도 믿지 말라고 간청했어요. 리처드는 내 말에 기꺼이 공감하면서도 법정을 비롯한 모든 것을 특유의 느긋한 자세로 모조리 무시한 채 - 아아, 고통스럽고 비참한 소송으로 자신을 얽어맨 사슬만 풀린다면 - 앞으로 어떤 인물로 살아갈지 화려한 청사진을 펼쳤어요! 우리는 오랫동안 대화했지만, 결론은 매번 똑같았어요.

그런 가운데 소호 광장이 나타났어요. 뉴맨 거리 주변의 조용한 동네로, 캐디가 만나자고 약속한 곳이었어요. 캐디는 어느 집 정원에서 기다리다 저를 보자마자 달려왔어요. 그래서 쾌활한 인사를 몇 마디 주고받다, 리처드는 우리를 둔 채 떠나고, 캐디는 이렇게 말했어요.

"프린스가 저쪽에서 학생을 가르치느라, 에스더 언니, 우리한테 열쇠를 맡겼어. 그러니 나랑 정원을 거닐겠다면 문을 잠근 다음, 내가 소중하고 잘생긴 얼굴을 만나길 바란 이유를 차분하게 알려줄게."

"그래, 캐디. 그러는 게 좋겠어."

제가 대답하자, 캐디는 자기 입으로 말한 소중하고 잘생긴 얼굴을 다정하게 꼭 껴안고는 제 팔을 잡고, 우리는 아늑한 마음으로 정원을 산책하기 시작했어요. 캐디는 은밀한 비밀을 마음껏 즐기며 말하고요.

"알겠지만, 에스더 언니, 엄마 몰래 결혼하는 건, 혹은 우리가 약혼한 걸 엄마한테 쭉 숨기는 건 옳지 않다는 말을 언니한테 듣고서 ─ 비록 나는 엄마가 관심을 기울이는 일은 없으리라 보지만 ─ 언니 의견을 프린스한테 말해야 한다고 생각했어. 무엇보다 먼저, 언니가 나를 위해서 한 말을 충분히 존중하고 싶고, 둘째로, 프린스한테 비밀이 있으면 안 되니까."

"그 사람도 동의했어, 캐디?"

"맙소사, 언니! 장담하건대 그 사람은 언니가 하는 말이라면 무엇이든 동의할 거야. 그 사람이 언니를 어떻게 생각하는지 언니는 조금도 몰라!"

"정말!"

제 말에 캐디가 머리를 흔들고 웃으며 대답했어요.

"에스더 언니, 다른 사람이었다면 크게 질투했을 거야. 하지만 나는 기쁘기만 해. 언니는 내가 처음 사귄 친구인 데다 두 번 다시 없을 좋은 친구라, 다른 사람이 언니를 존중하고 좋아하는 게 나는 더없이 좋거든."

"나를 좋은 사람으로 만들려고 작당했나 보구나. 그래서 어떻게 됐는데?"

캐디는 제 팔을 두 손으로 가만히 잡으면서 설명했어요.

"으음! 지금부터 말할게. 우리는 오랫동안 상의했어, 그러다 프린스한테 말했지. '프린스, 에스더 아가씨는……'"

"설마 진짜 '에스더 아가씨'라고 말한 건 아니겠지?"

제가 묻자, 캐디는 한없이 환한 얼굴로 기뻐하며 대답했어요.

"그래, 그건 아니야! '에스더 언니'라고 했어. 프린스한테 이렇게 말했어. '에스더 언니는 그런 의견이 강한 데다, 프린스, 편지를, 내가 읽어주는 걸 당신이 그토록 좋아하는 편지를 보낼 때마다 비슷하게 말하니, 나는 당신이 적당하다고 생각할 때 엄마한테 진실을 털어놓기로 작정했어. 에스더 언니는 당신이 당신 아버지한테도 똑같이 말할 때 비로소 내가 훨씬 바람직하고 진실하고 명예로운 며느리가 되리라고 생각하는 것 같아.'"

"맞아, 캐디. 에스더 언니는 확실히 그렇게 생각해."

"그러면 내 말이 맞았구나! 그런데 프린스는 이야길 듣고 엄청나게 고민했어. 내 말을 조금이라도 의심해서가 아니라, 터비드롭 아버지가 어떻게 받아들일지 걱정스러워서. 그 말을 하면 터비드롭 아버지는 마음이 무너지거나, 기절하거나, 애처로운 상태로 빠져들지나 않을까 늘 걱정하거든. 불효로 여기지나 않을까, 그래서 엄청난 충격을 받지 않을까 하고. 터비드롭 아버지는 행실을 중시하는 데다 감성이 정말 예민하거든, 에스더 언니."

"정말 그럴까, 캐디?"

"그래, 정말 예민해. 프린스가 그렇게 말했어. 그래서 우리 귀여운 아가는……"

캐디가 말하다, 갑자기 얼굴을 빨갛게 물들이며 사과했어요.

"맙소사, 일부러 말한 건 아닌데, 평소에 프린스를 우리 귀여운 아가라고 불러서……"

제가 웃자, 캐디도 얼굴을 붉히며 웃더니, 계속 말했어요.

"그래서 그 사람은, 에스더 언니……"

"그 사람이 누군데, 캐디?"

"맙소사, 짓궂어!"

캐디는 예쁜 얼굴을 다시 빨갛게 물들이고 웃으면서 말했어요.

"언니가 굳이 놀리겠다면, 우리 귀여운 아가! 그래서 그 사람은 몇 주일을 걱정하고 불안해하며 하루하루를 미뤘어. 그러다 마침내 이러는 거야. '캐디, 우리 아버지께서는 에스더 아가씨를 좋아하시니, 내가 사실을 털어놓을 때 에스더 아가씨가 옆자리를 지켜주신다면, 나도 말할 수 있을 것 같아.' 그래서 내가 언니한테 물어보겠다고 약속했어."

캐디가 희망과 두려움이 뒤섞인 표정으로 쳐다보다 덧붙였어요.

"언니가 그렇게만 해준다면, 나도 그 직후에 엄마를 함께 찾아가자고 부탁하려 해. 내가 중요하게 부탁할 게 있으니 꼭 도와주길 바란다고 편지에 쓴 얘기는 바로 이거야. 언니가 그렇게만 해준다면 우리로선 더없이 고마울 거야."

저는 곰곰이 생각하는 척하면서 대답했어요.

"가만있자, 캐디. 정말이지, 도움이 절실하다면 그보다 더한 일도 할 수 있을 것 같아. 너랑 귀여운 아가를 언제든 도와줄 테니 아무 때나 말만 해."

캐디는 크게 좋아했어요. 마음이 다정해서 조금만 용기를 북돋거나 도움의 손길을 내밀어도 좋아하며 감동하는 성격이거든요. 어쨌든 우리는 정원을 한두 바퀴 더 돌고, 그러는 동안 캐디는 새로 산 장갑을 끼는 등, '탁월한 품행의 대가'에게 창피하지 않도록 최대한 단장한 다음, 뉴맨 거리로 출발했어요.

당연히 프린스는 교습하는 중이었어요. 가능성이 그다지 안 보이는 학생을 - 이마에 고집과 심술이 가득한 꼬마 여자애를, 엄마가 굵직한 목소리로 중얼대며 불만이 가득한 표정으로 지켜보는 가운데 - 가르치는데, 우리가 나타난 걸 보고서 선생이 당황하는 순간, 그다지 안 보이던 가능성마저 확실하게 사라졌어요. 그래도 억지로 진행하던 교습은 마침내 끝나고, 여자애는 신발을 갈아신고 하얀 모슬린 댄스 의상을 숄로 말끔하게 감싸곤 엄마 손에 이끌려 나갔어요.

우리가 몇 마디 주고받으며 준비한 이후에 찾아가자, 터비드롭 아버지는 자기 방에서 – 그 집에 딱 하나뿐인 아늑한 방에서 – '예의범절 모델'처럼 모자와 장갑과 나란히 소파에 앉아있었어요. 가볍게 식사하는 중간중간에 옷맵시를 여유롭게 단장하던 중이었는지, 화장품 상자와 빗 등, 온갖 화려한 물건이 주변에 널렸고요.

"아버지, 에스더 아가씨, 그리고 캐디 아가씨요."

"매력적이군요! 매혹적이에요!"

터비드롭 아버지가 높이 키운 어깨로 허리를 숙여서 인사하며 일어나더니, 의자 두 개를 내밀며 "실례하겠소! 앉으시오!"라고 권하고는 자기 왼손 손가락 끝에 키스했어요. 그리고 두 눈을 감고서 눈알을 굴리며 감탄했어요.

"정말 기쁘군요! 초라한 거처가 천국으로 변했어요."

그리곤 유럽에서 둘째가는 신사[12]처럼 소파에 다시 앉으며 말했어요.

"사소한 기술을 활용해서 단장하고 또 단장하는 우리를 또 찾아주셨군요, 에스더 아가씨! 그래서 사랑스러운 자태로 우리를 격려하시는 상을 주시는군요. (굳이 말씀드린다면 제가 후원자로 여기는 섭정 황태자 폐하 이후로 예의범절은 끔찍하게 타락했으니) 기술자들 발밑에 짓밟히지 않은 예의범절을 대하는 자체가 요새는 쉽지 않답니다. 아름다운 미인의 미소를 온몸으로 받는 것도 그렇고요, 아가씨."

제가 가만히 있는 게 좋겠다 생각하고 아무런 대답을 안 하자, 상대는 코담배를 살짝 빨아들이고는 다시 말했어요.

"친애하는 아들, 오늘 오후에 교습이 네 군데 있구나. 샌드위치라도

---

12) 터비드롭 아버지에게 유럽에서 첫째가는 신사는 섭정 황태자다.

빨리 먹어야겠더구나."

"고맙습니다, 아버지. 시간에 안 늦도록 하겠습니다. 존경하는 아버지, 곧 드릴 말씀에 대해서 마음을 준비하시길 간청드려도 될까요?"

아들이 말하더니 캐디와 손을 맞잡고 허리를 숙이며 인사하자, 모델은 소스라치게 놀라서 창백한 얼굴로 소리쳤어요.

"맙소사! 지금 뭐하는 거냐? 머리가 돌았구나! 그게 아니면 지금 뭐하는 거냐?"

"아버지, 저는 이 아가씨를 사랑합니다, 그래서 약혼을 했습니다."

프린스가 더없이 공손하게 대답하자, 터비드롭 아버지는 소파에 몸을 기댄 채 두 눈을 한 손으로 가리며 소리쳤어요.

"약혼! 내 손으로 낳은 자식이 내 머리에 화살을 꽂는구나!"

"저희는 예전에 약혼했습니다, 아버지. 에스더 아가씨가 들으시곤 아버지께 알려드려야 한다 조언하시고 이 자리에 참석하는 친절까지 베풀어주셨습니다. 캐디 아가씨는 아버지를 진심으로 존경하고요, 아버지."

프린스는 덜덜 떠는 목소리로 말하고, 터비드롭 아버지는 괴로워서 끙끙대는 소리를 뱉어냈어요.

"제발 그러지 마세요! 제발 그러지 마세요, 아버지. 캐디 아가씨는 아버지를 진심으로 존경하며, 우리가 무엇보다 바라는 것은 아버지를 편안히 모시는 거예요."

아들이 사정하고 아버지는 흐느꼈어요.

"아, 제발 그러지 마세요, 아버지!"

아들이 간청하자, 아버지가 말했어요.

"아들아, 성스러운 네 어머니가 이런 고통을 안 겪어서 다행이로구나. 그래, 마음껏 찌르려무나, 인정 사정 보지 말고, 마음껏 찌르려무나,

마음껏 찔러!"

"아버지, 제발 그러지 마세요. 마음이 너무 아파요. 분명히 말씀드리는데, 아버지, 우리가 무엇보다 바라고 의도하는 것은 아버지를 편안히 모시는 거예요. 캐디와 저는 효성을 잃지 않아요 – 제가 효도하는 만큼 캐디도 효도할 거라고 저희끼리 종종 말했으니 – 아버지께서 인정하시고 허락하신다면, 우리는 아버지가 편히 사시도록 최선을 다할 거예요."

아들은 울면서 하소연하고, 아버지는 다시 중얼댔어요.

"그래, 마음껏 찌르려무나, 마음껏 찔러!"

하지만 제가 보기에는 가만히 듣는 것도 같았어요.

"존경하는 아버지, 저희는 아버지께서 편히 살아오시고 그럴 권리도 있다는 걸 아니, 무슨 일이 있더라도 아버지를 편히 모시는 걸 늘 자랑스럽게 여기며 노력하겠습니다. 아버지께서 인정하시고 허락하신다면, 그리고 축복하신다면, 아버지가 편하게 여기실 때까지 결혼을 미룰 생각이며, 그러다 결혼한다면, 저희는 당연히 아버지부터 늘 편안히 모실 겁니다. 아버지는 영원히 이 집의 가장이며 주인이시니, 행여나 그 사실을 잊거나 아버지를 모든 점에서 기쁘게 해드리길 잊는 건, 저희 둘 다 자식 된 도리가 아니라고 여깁니다."

아들이 호소하자, 터비드롭 아버지는 내적으로 심한 갈등을 겪다가 뻣뻣한 넥타이 너머로 뺨을 부풀린 채 소파에 똑바로 앉아, 예의범절이 완벽한 아버지 모습을 연출했습니다.

"아들아! 그리고 딸아! 너희 기도를 외면할 수 없구나. 행복하게 살려무나!"

터비드롭 아버지는 미래의 며느리를 자애롭게 일으키고 한 손을 뻗어서 (애정과 존경과 감사한 마음이 가득한 표정으로 그 손에 키스하는)

아들을 잡는데, 저로서는 그 광경이 너무나 당혹스러웠어요.

터비드롭 아버지는 부성애를 발휘해서 바로 옆에 앉은 캐디를 왼팔로 다정하게 감싸고 오른손을 자기 엉덩이에 우아하게 대며 계속 말했어요.

"얘들아, 아들아, 딸아, 너희 행복은 내가 책임지마. 내가 너희를 지켜주마. 너희는 언제나 나랑 사는 거야."

나는 너희와 계속 살겠다는 뜻이었어요.

"이 집은 이제부터 내 집도 되는 만큼 너희 집도 되니, 너희 집으로 여기려무나. 이 집에서 나랑 오래도록 행복하게 살자꾸나!"

예의범절이 어찌나 강력한 힘을 발휘하던지, 두 사람은 정말이지 노인네가 두 사람에게 평생을 빌붙어 먹고사는 게 아니라 두 사람을 위해서 아낌없이 희생하는 것이라 여기면서 한없이 감동하고, 노인네는 계속 말했어요.

"나는, 얘들아, 이제 쇠락한 가을이며 누런 잎으로[13] 전락하니, 기계로 천을 짜는 시대에 흔적만 희미하게 남은 신사다운 예의범절을 얼마나 오랫동안 지킬지 모르겠구나. 하지만 살아있는 동안에는 사회에 대한 의무를 다하면서 평소처럼 도심지에 모습을 드러낼 거야. 내가 바라는 건 간단하단다. 이 조그만 공간, 몸단장에 꼭 필요한 몇 가지, 소박한 아침 식사, 가벼운 저녁 식사면 충분하겠지. 이러한 필수사항을 공급하는 건 너희 효성에 맡기고, 나머지는 다 내가 알아서 하마."

자비로운 말에 두 사람은 또다시 감동하고, 노인네는 계속 말했어요.

"아들아, 너한테 부족한 사소한 결점은 천성적으로 타고나는 것이라 후천적으로 노력하면 조금은 좋아지겠지만 큰 차이는 없으니, 그건 나한테 전적으로 맡기는 게 좋아. 나는 섭정 황태자 폐하 이래로 역할을

---

13) 맥베스 5막 3장 22~23; '내 인생도 이제 누런 잎이요, 쇠락한 가을이 아닌가.'

충실히 해왔으니 인제 와서 포기하진 않겠어, 그럼, 당연히 그러고말고. 아들아, 네 아버지의 초라한 처지에 그나마 자부심을 품은 적이 있다면, 그건 앞으로도 전혀 훼손되지 않으리라 확신해도 괜찮아. 너는, 프린스, 나랑 성향이 다르니 (사람은 누구나 다를 수밖에 없으니, 우리 성향이 똑같은 건 바람직하지 않아) 열심히 일해서 돈을 벌려무나, 사업 영역을 최대한 늘리면서."

"알겠습니다, 존경하는 아버지, 온 힘을 다해서 그러겠습니다."

프린스는 대답하고, 터비드롭 아버지는 다시 말했어요.

"그래, 나도 그걸 의심하진 않아. 너는 눈부신 재능이 없지만, 친애하는 아들, 성실하고 유용한 재능은 있어. 그러니 너희 둘한테, 얘들아, 굳이 하고픈 말은, 성스러운 여인이 살아가는 길에 내가 환한 빛을 행복하게 비춘 것처럼, 너희 역시 지금 하는 일을 열심히 하면서 소박한 내 소망을 지켜주려무나. 그러면 너희 둘을 축복하마!"

터비드롭 아버지는 끝없이 명랑하게 축복하기 시작해, 저는 캐디에게 오늘 엄마를 만나러 가려면 지금 떠나야 한다고 말했어요. 그래서 캐디는 약혼자와 지극히 사랑스럽게 작별한 다음에 저와 함께 밖으로 나가는데, 길을 걷는 동안 터비드롭 아버지에게 감동했다며 마냥 행복하게 칭찬을 늘어놓아, 저는 그분에 대해서 비판하는 말을 어떤 식으로든 한마디도 할 수 없었답니다.

젤리비 여사가 사는 건물은 창문마다 세놓는다는 벽지를 붙여서 예전보다 지저분하고 황량하고 섬뜩했어요. 불쌍한 젤리비 선생 이름이 신문 파산 명단[14]에 나타난 게 불과 하루 이틀 전이라, 지금 젤리비 선생은 식당에서 신사 두 명과 변호사용 파란 가방과 회계장부와 서류 더미에 갇힌 채, 사태를 정확히 파악하려고 필사적으로 애쓰는 중이었

---

14) 런던 가제트는 일주일에 두 번씩 파산 명단을 실었다.

어요. 하지만 도저히 파악할 수 없는 상태로 제 눈에 보였어요. 캐디가 실수로 저를 데리고 식당으로 들어서는 순간, 젤리비 선생이 안경을 쓴 채 커다란 식탁과 두 신사에게 갇힌 절망적인 모습을 맞닥뜨렸는데, 기가 막히고 넋이 나가서 만사를 포기한 표정이었거든요.

(아이들은 주방에서 비명을 질러대며 놀고 하녀는 한 명도 안 보여) 위층으로 올라가자, 젤리비 여사는 수북한 편지 더미 사이에서 봉투를 열고 내용을 읽고 편지를 분류하는 일에 열중하는데, 바닥에는 뜯긴 봉투가 수북했어요. 젤리비 여사는 일에 열중하느라, 처음에는 누군지 알아보지도 못한 채 가만히 앉아서 맑은 눈에 호기심을 가득 품고 먼 곳을 쳐다보듯 물끄러미 쳐다보았어요. 그러다 말했어요.

"아! 에스더 아가씨! 다른 일에 흠뻑 빠져드느라 못 알아봤네요! 잘 지냈죠? 다시 만나서 반가워요. 잔다이스 선생님과 에이다 아가씨도 잘 지내죠?"

제가 그 대답으로 젤리비 선생님께서도 잘 지내시길 바란다고 말하자, 젤리비 여사는 차분하게 대답했어요.

"아니랍니다, 아가씨. 그이는 하던 일에 실패해서 넋이 살짝 나갔어요. 하지만 다행히도 나는 할 일이 많아서 그 생각에 빠져들 시간이 없답니다. 평균 가족 구성원이 다섯 명이나 되는 백칠십 세대가, 에스더 아가씨, 지금 이 순간에 니제르 강 서쪽 지역으로 출발했거나 출발할 예정이거든요."

저는 바로 눈앞에 있는 가족이야말로 니제르 강 서쪽 지역으로 떠나거나 떠날 준비를 해야 하는 건 아닌가 하는 생각이 절로 났어요. 젤리비 여사가 어떻게 그리도 차분할 수 있는지 궁금도 하고요. 그런데 젤리비 여사가 딸을 힐끗 보며 말했어요.

"캐디를 데려왔군요. 요새는 집에서 저 아이를 보기가 정말 힘들답니다. 예전에 하던 일을 거의 내팽개쳐서 사실 사내아이를 한 명 고용했지요."

"분명히 말씀드리지만, 엄마……"

캐디가 입을 열자마자 엄마가 상냥하게 가로막았어요.

"내가 사내아이를 고용했다는 건, 그래서 지금 저녁을 먹으러 갔다는 건 이제 너도 알아, 캐디. 반대해봤자 무슨 소용이 있겠니?"

"반대하는 게 아니에요. 제가 하려던 말은, 분명히 말씀드리지만 이 지겨운 일에 제 인생을 묶어둘 순 없다는 거예요."

캐디가 말하자, 젤리비 여사는 맑은 눈으로 편지봉투를 훑어보고 뜯어서 분류하며 말했어요.

"나는 엄마가 너한테 좋은 사업 모델이었다고 믿어, 캐디. 그런데, 지겨운 일? 인류가 나아갈 길에 조금이라도 공감한다면 진취적인 영감이 떠올라서 그런 말을 안 하겠지. 하지만 너한테는 그런 게 없어. 내가 쭉 말한 것처럼, 캐디, 너는 그런 일에 공감을 못 해."

"아프리카에 관한 한, 엄마, 당연히 공감을 못 할 밖에요."

"그래, 당연히 공감을 못 해. 다행히도 나는 할 일이 너무 많으니, 에스더 아가씨……"

젤리비 여사가 막 뜯은 편지를 어디에 놓을까 고민하는 동시에 저를 다정하게 쳐다보면서 덧붙였어요.

"이런 말을 들으면 실망스럽고 고통스럽겠지요. 하지만 보리오부라-가와 관련해서 생각할 거리가 너무 많은 게, 그래서 집중하는 게 저한테는 치료제랍니다."

캐디는 간청하는 시선으로 저를 쳐다보고 젤리비 여사는 제 보닛 모자와 머리 너머로 머나먼 아프리카를 쳐다보는 터라, 저는 제가 찾아온 이유를 꺼낼 좋은 기회로 여기고 젤리비 여사의 관심을 끌려고 말했

어요.

"제가 여기까지 찾아와서 여사님을 방해하는 이유가 무언지 궁금하시겠네요."

"에스더 아가씨가 찾아온다면 언제든 환영한답니다."

젤리비 여사가 말하고 차분하게 웃으며 하던 일에 몰두하더니, 고개를 저으며 덧붙였어요.

"아가씨가 프로젝트에 더 많은 관심을 기울이길 바라는 마음도 있고요."

"제가 캐디랑 찾아온 이유는, 캐디가 엄마한테 비밀이 있으면 안 된다는 올바른 생각을 하니, 그 비밀을 말하는데 제가 (방법은 잘 모르지만) 조금이나마 도와서 용기를 북돋아 주면 좋겠다고 생각했기 때문이랍니다."

젤리비 여사는 하던 일을 잠시 멈추고 고개를 절레절레 젓더니, 하던 일에 다시 차분하게 빠져들며 말했어요.

"말도 안 되는 소리를 하려는 것 같구나, 캐디."

캐디는 보닛 모자 줄을 풀어서 벗고, 손으로 줄을 잡아서 모자를 대롱거리게 한 채 슬프게 흐느끼면서 말했어요.

"엄마, 내가 약혼했어요."

"아, 멍청한 계집애! 바보 얼간이!"

젤리비 여사가 멍한 표정으로 말하면서 막 펼친 속달우편을 쳐다보자, 캐디가 흐느꼈어요.

"내가 약혼했다고요, 엄마, 댄스 교습소를 운영하는 터비드롭이랑. (누구보다 신사다운) 그분 부친께서도 허락하시어, 지금 엄마도 허락하시길 간청하는 거예요, 엄마, 엄마가 허락하지 않으면 저는 결코 행복할 수 없어요, 절대로, 절대로!"

캐디가 수없이 쌓인 불만을 모두 잊고 진심으로 간청하며 흐느끼는 데도, 젤리비 여사는 차분하게 말했어요.

"보다시피, 에스더 아가씨, 이렇게 집중할 일이 있다는 게, 그래서 깊이 빠져든다는 게 나는 정말 행복하답니다. 캐디가 춤 선생 아들이랑 약혼하고, 인류가 나아갈 길에 조금도 공감을 못 하는 사람이랑 어울려도 말이에요! 퀘일 선생이, 우리 시대에 제일가는 자선가가 캐디한테 진정으로 관심이 있다는 말까지 했는데도요!"

"엄마, 나는 그 사람을 경멸하고 증오해요!"

캐디가 흐느끼며 말하자, 젤리비 여사는 또 다른 편지봉투를 침착하게 뜯으며 대답했어요.

"캐디야, 캐디야! 당연히 그렇겠지. 네가 어떻게 안 그러겠니, 그 사람한테 넘치는 공감이 너한테는 조금도 없는데! 공적인 업무가 나한테 사랑스러운 자녀 역할을 안 했더라면, 내가 광범위한 일에 대규모로 관여하지 않았더라면, 이런 사소한 일에도 참 슬퍼했을 테지요, 에스더 아가씨. 하지만 캐디가 엉뚱한 일을 저질렀다 해도, 나는 캐디한테 기대하질 않으니, 위대한 아프리카 대륙과 나 사이에 미세한 틈새라도 생기는 걸 내가 어떻게 용인하겠어요? 안 되지요, 안 돼."

젤리비 여사가 차분하고 또렷한 목소리로 말하면서 환하게 웃더니, 다른 편지봉투를 뜯고 분류하며 덧붙였어요.

"그럼, 안 되고말고."

저는 완벽한 냉대를 받으리란 예상은 했을지언정 미처 대비는 못한 터라, 뭐라고 말해야 좋을지 몰랐어요. 캐디 역시 망연자실한 표정이었어요. 젤리비 여사는 편지봉투를 계속 뜯고 계속 분류하며, 완벽하게 편안한 미소를 머금은 채 매혹적인 어투로 되풀이했어요.

"그럼, 안 되고말고."

"엄마, 나한테 화난 건 아니죠?"

마침내 캐디가 가련한 표정으로 흐느끼며 묻자, 젤리비 여사가 대답했어요.

"아, 캐디, 마음에 다른 일이 가득하다는 말을 듣고도 그렇게 묻다니, 정말 멍청한 아이로구나."

"그럼, 엄마, 우리 결혼을 허락하고 축복해주시겠어요?"

캐디가 묻자, 젤리비 여사가 대답했어요.

"그런 일을 저지르다니, 정신머리 없는 아이로구나. 사회적으로 중요한 일에 헌신할 수 있는데, 타락했어. 하지만 어차피 그렇게 했다면, 나는 사내아이를 고용했으니 더 말할 거 없다. 부탁이니, 이제, 캐디……"

바로 그때 캐디가 엄마한테 뽀뽀하려 하고, 젤리비 여사는 계속 말했어요.

"작업을 방해하지 말렴. 오후 우편이 오기 전에 여기에 가득한 편지 묶음을 모두 정리해야 하니까!"

저는 그만 떠나는 편이 좋겠다고 생각했지만, 캐디가 하는 말을 듣고 잠시 망설였어요.

"그럼 그 사람을 데려와서 엄마한테 소개하는 건 반대하지 않으세요, 엄마?"

그러자 이미 머나먼 생각에 빠져든 젤리비 여사가 소리쳤어요.

"맙소사, 캐디, 다시 시작하는 거니? 누굴 데려와?"

"그 사람이요, 엄마."

이 대답에 젤리비 여사는 한없이 사소한 문제가 너무나 지겹다는 어투로 말했어요.

"캐디야, 캐디야! 그렇다면 어버이 모임이나 분회 모임이나 지부 모임이 없는 날 초저녁에 데려오렴. 내 시간에 맞춰서 와야 해. 친애하는 에스더 아가씨, 멍청한 일까지 도와주러 오다니 친절하시네요. 안녕히 가세요! 제조업에 종사하는 가족들이 원주민과 커피 농장을 자세히 알고 싶어서 오늘 아침에 보낸 편지가 오십팔 통이나 된다는 사실을 알려 준다면, 내가 여유시간을 못 내는 걸 사과할 필요는 없겠지요."

캐디가 계단을 내려오면서 울적해 하는 걸, 제 목에 얼굴을 파묻고 흐느끼는 걸, 이렇게 무심한 취급을 받으니 차라리 야단이라도 맞는 편이 낫겠다고 말하는 걸, 초라한 옷밖에 없으니, 이제 어떻게 해야 점잖게 결혼할 수 있을지 모르겠다고 솔직하게 고백하는 걸, 저는 하나도 이상하게 여기지 않았어요. 하지만 결혼해서 집이 생기면 불행한 아버지와 피피에게 해줄 수많은 일을 하나씩 말하면서 그 기분을 조금씩 북돋아 주었어요. 그런 다음에 저는 어둡고 눅눅한 주방으로 내려가서 돌바닥을 기어 다니며 노는 피피 및 어린 형제자매들과 신나게 놀다, 옷이 갈가리 찢겨나가는 걸 예방하는 차원에서 옛날이야기에 의존했답니다. 위층 거실에서는 때때로 커다랗게 외치는 소리도 들리고, 가구가 험하게 쓰러지는 소리도 들렸어요. 가구가 쓰러지던 소리는 가련한 젤리비 선생이 사태를 새롭게 이해하려 애쓰다 창문 밖으로 몸을 던지려고 식탁 밖으로 도망치면서 일어난 소리가 아닌가 염려스러웠어요.

저는 온종일 요란하게 보내고 밤에 역마차를 타고 집으로 돌아오면서 캐디가 약혼한 사실을 곰곰이 생각하다, (터비드롭 아버지가 문제긴 해도) 캐디가 결혼하면 현재보단 행복하고 바람직하겠다고 확신했어요. 예의범절 모델이 어떤 인간인지 캐디와 남편이 알아낼 기회가 조금이라도 있다면 훨씬 바람직하겠지만, 현재보다 똑똑해지길 누가 기대할 수 있겠어요? 최소한 저는 두 사람이 더 똑똑해지길 바라지 않는

데다, 터비드롭 아버지를 전혀 못 믿는 저 자신이 창피하단 생각마저 들었어요. 그래서 별을 올려다보며 먼 나라에서 별을 쳐다볼 여행자를 떠올리고, 누군가에게 조금이나마 도움이 되는 은총과 행복을 늘 누릴 수 있기를 기도했답니다.

집으로 돌아오니 언제나 그런 것처럼 모든 사람이 즐거이 반겨주어, 저는 그 자리에 그대로 앉아서 기쁨의 함성을 내지르고 싶었어요, 다른 사람이 불쾌하게 여기지만 않는다면. 모든 사람이, 제일 낮은 사람부터 제일 높은 사람까지, 환한 얼굴로 반기면서 쾌활하게 말하고 저를 위해 무어든 하려고 애쓰니, 이렇게 많은 복을 받는 사람은 세상 어디에도 없을 것 같았어요.

우리는 그날 밤에 온갖 수다를 떠는데, 에이다와 잔다이스 아저씨가 꼬드겨서 캐디 이야기를 모두 꺼내게 하는 바람에 저는 오랫동안 이야기하고 또 이야기하고 또 이야기했답니다. 그러다 마침내 방으로 올라간 다음에 비로소 제가 얼마나 장황하게 말했는지 떠올리고 얼굴을 빨갛게 물들이는데, 방문을 조그맣게 두드리는 소리가 들리는 거예요. 그래서 제가 "들어오세요!"라 말하니, 예쁜 여자애가 깔끔한 상복 차림으로 들어와서 무릎을 구부리며 조그만 목소리로 인사하는 거예요.

"괜찮으시다면, 아가씨, 저는 찰리예요."

저는 깜짝 놀라서 웅크리고 앉아 찰리에게 뽀뽀하며 말했어요.

"맙소사, 정말 너로구나. 만나서 반가워, 찰리!"

그러자 찰리가 똑같이 조그만 목소리로 다시 말했어요.

"괜찮으시다면, 아가씨, 저는 아가씨 하녀예요."

"찰리!"

"괜찮으시다면, 아가씨, 저는 잔다이스 선생님이 사랑하는 마음으로 보내신 선물이에요."

저는 찰리 목에 손을 올리고 앉아서 가만히 쳐다보았어요. 그러자 찰리는 보조개 뺨으로 눈물을 흘리다 손뼉을 쳤어요.

"아, 그리고, 괜찮으시다면, 아가씨, 톰은 기숙학교에 들어가서 열심히 공부해요! 그리고 갓난아기 엠마는 블라인더 할머니와 지내면서 보살핌을 받고요, 아가씨! 그런데 톰은 기숙학교에 좀 더 일찍 들어가고 - 엠마는 블라인더 할머니한테 좀 더 일찍 맡기고 - 저는 여기에 좀 더 일찍 오는 건데, 아가씨, 잔다이스 선생님께서 톰과 엠마와 제가 아직은 너무 어리니까 처음 헤어지는 일에 약간 익숙해지는 기간이 필요하다고 생각하셨어요. 울지 마세요, 괜찮으시다면, 아가씨!"

"마음대로 안 되는구나, 찰리."

"맞아요, 아가씨, 저도 마음대로 안 돼요. 그런데 괜찮으시다면, 아가씨, 잔다이스 선생님께서는 사랑하는 마음으로, 아가씨께서 저한테 공부를 가끔 가르쳐주길 바라실 거로 생각하세요. 그리고 괜찮으시다면, 아가씨, 톰과 엠마와 저는 한 달에 한 번씩 만날 수 있어요. 그래서 행복하고 감사하답니다, 아가씨. 그러니 좋은 하녀가 되도록 노력하겠어요!"

찰리가 가슴을 들썩이며 울었어요.

"아, 얘야, 찰리, 모든 일을 도와주신 분을 절대로 잊지 말려무나!"

"네, 아가씨, 절대로 안 잊을 거예요. 톰도 그럴 거예요. 엠마도 그럴 거예요. 바로 아가씨께서 모든 일을 도와주셨으니까요."

"나는 하나도 모르는 일이야. 모든 일을 도와주신 분은 잔다이스 선생님이셔, 찰리."

"네, 아가씨. 하지만 아가씨를 사랑하시기 때문에 도와주신 거니, 제 주인님은 아가씨세요. 괜찮으시다면, 아가씨, 저는 잔다이스 선생님께서 사랑으로 보내신 조그만 선물이며, 이 모든 건 아가씨를 사랑하시기 때문이에요. 저랑 톰은 확실히 알아요."

찰리는 두 눈에 가득한 눈물을 닦고 할 일을 시작해, 아줌마처럼 실내를 돌아다니며 손에 닿는 물건마다 정리했어요. 그러더니 제 옆으로 살그머니 다가와서 말했어요.

"아, 울지 마세요, 괜찮으시다면, 아가씨."

"마음대로 안 되는구나, 찰리."

"맞아요, 아가씨, 저도 마음대로 안 돼요."

저는 기뻐서 울고, 찰리도 기뻐서 울었어요.

CHAPTER XXIV
항소

제가 앞에서 설명한 대화를 한 직후에 리처드는 자신의 마음 상태를 잔다이스 아저씨에게 알렸어요. 아저씨는 많이 놀라진 않았지만, 마음이 불편하고 크게 실망한 것 같았어요. 아저씨는 늦은 밤에도 이른 새벽에도 리처드와 방 안에 단둘이 들어가서 오랜 시간을 보내기도 하고, 런던에서 며칠을 보내기도 하고, 켄지 변호사와 수없이 만나기도 하며, 내키지 않은 일을 힘겹게 해냈어요. 두 사람이 그러는 동안, 아저씨는 동풍에 끝없이 시달려서 머리를 끊임없이 문질러, 제자리에 있는 머리털이 하나도 없는데도, 에이다와 저에게 평소처럼 다정하게 대할 뿐 진행하는 일에 대해서는 입을 꾹 다물었어요. 그래서 우리는 리처드에게 들으려고 했지만, 그 입에서 나오는 대답이라고는 모든 일이 잘 진행되니 결국에는 다 잘 풀릴 거라는 말이 전부라, 우리는 걱정스러운 마음을 하나도 달랠 수 없었어요.

그렇게 시간을 보내는 사이에 리처드는 피후견인이자 초심자 자격으로 대법관에게 호소문을 보내고, 다양한 심리가 열리고, 대법관은 귀찮고 변덕스러운 초심자가 재판을 새로 시작하려 한다고 판단하니, 그 문제는 연기되고 다시 연기되다, 조회하고, 보고서를 작성하고, 다시 청원하느라, 리처드는 (우리에게 말한 바에 따르면) 설사 군대에 들어간다 해도 나이가 칠십이나 팔십이 된 다음이겠다는 의심마저 들기 시작했어요. 그러다 마침내 대법관이 리처드를 자기 사무실에서 직접 만나겠다는 약속을 잡고, 그 자리에서 뭐가 뭔지도 모른 채 시간을 헛되이 낭비한다며 리처드를 심각하게 꾸짖더니 - 리처드 말에 따르면 "처음부터 말도 안 되는 소리"를 하더니 - 입대 신청을 허락했어요. 그래서 소위로 임관하겠다는 신청서를 근위기병대에 제출하고, 구매 대금[15]을 담당 관청에 내고, 리처드는 예전에 그런 것처럼 군인 훈련에 열중하느라 새벽 5시만 되면 일어나서 검술을 연습했어요.

이런 식으로 휴정기는 개정기로 나아가고, 개정기는 휴정기로 나아갔어요. 우리는 잔다이스 대 잔다이스 사건이 신문에 실렸다거나 안 실렸다거나, 누가 언급할 예정이라거나 누구 입에서 나왔다는 소문을 가끔 들었어요. 그 사건은 그렇게 다가오다 그렇게 멀어졌어요. 리처드는 런던에 있는 교수 집에 머무르느라 우리와 자주 못 어울리고, 잔다이스 아저씨는 여전히 입을 꾹 다물었어요. 시간이 흐르는 가운데 리처드는 소위로 임관되고 아일랜드에 있는 연대로 입대하라는 명령을 받았고요.

리처드는 명령을 받자마자 어느 날 초저녁에 급히 달려와서 잔다이스 아저씨와 오랫동안 의논했습니다. 한 시간 정도가 지날 즈음에 아저씨는 에이다와 제가 있는 방으로 머리를 빼꼼 들이밀고 "너희도 들어오렴!" 하고 말했어요. 우리가 안으로 들어가니까 리처드는 지난번만 해

---

15) 1871년까지 돈을 주고 장교 자리를 샀다. 1850년 당시에 그 비용은 450파운드로, 중산층 1년 연봉에 해당하는 꽤 커다란 액수였다.

도 의기양양하더니 이번에는 굴욕감을 못 참겠다는 표정으로 벽난로 선반에 몸을 기대고, 잔다이스 아저씨는 이렇게 말했어요.

"에이다, 리처드와 나는 생각이 크게 다르구나. 그러지 말고, 리처드, 표정 좀 환하게 펴렴!"

"아저씨는 저한테 너무 가혹하세요. 이번에는 정말 가혹하세요. 다른 문제는 하나같이 사려 깊게 배려하실 뿐 아니라 제가 모르는 친절까지 베푸시더니요. 아저씨가 아니면 저로선 올바른 방향으로 나갈 수도 없었을 텐데요."

리처드가 말하자, 잔다이스 아저씨가 대답했어요.

"아아! 나는 네가 그보다 더 올바른 방향으로 나가길 바란단다. 나는 너 스스로 더 올바른 방향으로 나아가면 좋겠어."

"이런 말씀을 드려도 용서하길 바라는데, 저 자신은 제가 제일 잘 안다고 생각합니다."

리처드가 공격적이면서도 공손하게 대답하자, 잔다이스 아저씨는 좋은 마음으로 다정하고 쾌활하게 말했어요.

"이리 말하는 걸 용서하길 바라는데, 친애하는 리처드, 네가 그렇게 생각하는 건 너무나 당연하지만, 나는 그렇게 생각하지 않아. 나는 내 의무를 다해야 돼, 리처드. 그러지 않으면 너는 마음이 차분할 때도 내 말을 안 들을 거야. 그런데 나는 네가 차분할 때나 흥분할 때나 내 말을 늘 들어주면 좋겠어."

에이다 얼굴이 창백하게 변해서 아저씨는 에이다를 독서용 의자에 앉히고 그 옆에 앉아서 위로했어요.

"얘야, 아무 일도 아니란다, 아무 일도 아니야. 리처드와 나 사이에 우호적인 차이가 있을 뿐이야, 네 문제를 둘러싸고. 그래서 너한테 말하려는 거야. 그게 무언지 걱정스러운가 보구나."

"걱정스럽지 않아요, 아저씨가 직접 말씀하실 테니."

에이다가 미소를 머금으며 대답하자, 아저씨는 이렇게 말했어요.

"고맙구나, 에이다. 잠시만 집중해서 내 말을 들으렴, 리처드를 쳐다보지 말고. 꼬마 아줌마도 잘 듣고."

아저씨는 안락의자 팔걸이에 올린 에이다 손에 자기 손을 올리며 물었어요.

"얘야, 꼬마 아줌마가 해준 조그만 사랑 이야기, 우리 넷이 있을 때 한 이야기, 기억하니?"

"그날 저희가 아저씨께 느낀 고마움을 리처드든 저든 어떻게 잊겠어요, 아저씨."

"저 역시 절대로 못 잊을 거예요."

리처드가 말하고, 에이다도 말했어요.

"저 역시 절대로 못 잊고요."

그러자 아저씨는 명예를 중시하는 마음으로 얼굴을 환하게 펴며 다정하게 이야기했어요.

"그러면 나도 훨씬 편하게 말할 수 있고, 우리 모두 쉽게 동의할 수 있겠구나. 에이다, 우리 귀여운 아가씨, 리처드는 이번에 선택한 직업이 마지막이라는 사실을 너도 알아두어야 해. 장비를 충분히 갖추려면 리처드한테 남은 돈을 전부 써야 한다는 사실도. 자신이 쓸 수 있는 자금을 모두 탕진했으니, 앞으로는 풀뿌리만 먹고 살아야 해."

"지금까지 쓸 수 있는 돈을 모두 탕진한 건 맞고, 저도 충분히 인정해요. 하지만 지금까지 쓴 돈이 제가 쓸 수 있는 전부는 아니에요."

리처드가 말하자, 아저씨는 갑자기 두려움이 몰려드는 듯, 두 귀를 막기라도 할 것처럼 두 손을 들어 올리며 덜덜 떠는 목소리로 소리쳤어요.

"리처드, 리처드! 제발 부탁인데, 우리 가문을 박살 낸 저주에 어떤 희망이나 기대도 품지 말렴! 무덤 이쪽에서 무엇을 할지언정, 오랜 세월에 걸쳐 우리한테 출몰한 끔찍한 유령한테는 어떤 눈길도 주지 말렴! 그러느니 차라리 돈을 빌리는 편이, 구걸하는 편이, 죽는 편이 훨씬 나으니까!"

너무나 단호한 경고에 우리 모두 깜짝 놀랐어요. 리처드는 입술을 질근 깨문 채 숨을 멈추고, 자신에게는 그게 더없이 절실하다는 듯, 그리고 저 역시 그걸 안다는 듯, 저를 쳐다보았어요. 하지만 잔다이스 아저씨는 다시 쾌활한 표정을 되찾으며 말했어요.

"얘야, 에이다, 충고하는 말이 너무 강하다만, 나는 '황폐한 집'에 살아. 여기서 많은 걸 보았지. 그걸로 충분해. 리처드는 인생이라는 경주를 시작하면서 모든 걸 걸었어. 그래서 리처드와 너를 위해, 리처드 자신이 우리 곁을 떠나기 전에 너희 둘 사이에 아무런 부담도 책임도 없다는 사실을 충분히 확인해야 한다는 충고를 리처드와 너한테 하고 싶어. 더 구체적으로 말하지. 너희 둘한테 솔직히 말하겠어. 너희 둘이 나한테 거리낌 없이 털어놓았으니, 나도 너희한테 거리낌 없이 털어놓아야지. 나는 너희 둘이 친척이란 관계를 제외한 다른 모든 관계를 포기하면 좋겠어, 당장으로선."

"저에 대한 믿음을 모두 포기했다고, 그러니 에이다도 그렇게 하길 바란다고 노골적으로 말씀하시는 게 좋겠군요, 아저씨."

리처드가 말하자, 잔다이스 아저씨는 이렇게 대답했어요.

"그렇게 말하지 말려무나, 리처드, 그런 뜻이 아니니까."

"아저씨는 내가 출발이 나빴다고 생각하세요. 맞아요, 저도 알아요."

리처드 말에 아저씨는 따뜻하게 격려하는 어투로 설명했어요.

"네가 어떻게 시작하고 어떻게 노력하길 바랐는지는 지난번에 우리가 얘기할 때 다 했어. 너는 아직 그렇게 시작하지 않았지만 모든 건 다 때가 있는 법이고, 너는 아직 그때를 놓치지 않았어. 아니, 이제 전면적으로 다가온다는 표현이 옳겠지. 그러니 완전히 새롭게 시작하렴. 너희 둘은 (너무 어리고 소중한) 친척이야. 당장으로선 그 이상이 아니야. 그 이상의 관계는 노력으로 만들어 나가야 하는데, 리처드, 쉽게 되진 않을 거야."

"아저씨는 저한테 너무 가혹하세요. 제가 상상하는 이상으로 가혹하세요."

리처드 말에 잔다이스 아저씨가 대답했어요.

"친애하는 리처드, 너한테 어떤 고통이든 가할 때 나는 나 자신한테 훨씬 가혹해. 너를 치료할 방법은 네 손안에 있어. 에이다, 리처드를 자유롭게 만들어주는 게 리처드 자신한테 훨씬 좋아. 너무 어린 나이에 너랑 약혼하는 건 좋지 않아. 리처드, 그게 에이다한테도 좋아, 훨씬 좋아. 너는 에이다한테 그렇게 할 의무가 있어. 어서! 너희 둘 다 서로에게 가장 좋은 방법을 선택하는 거야, 자신에게 가장 좋은 방법은 아닐지언정."

"무엇이 가장 좋은 방법인가요, 아저씨? 저희가 아저씨한테 속마음을 털어놓았을 때는 그게 최선이 아니었잖아요. 당시엔 이런 말씀을 안 하셨잖아요."

리처드가 급히 반박하는 말에 아저씨가 대답했어요.

"그러고 나서 쭉 지켜보았지. 너를 탓하는 건 아니야, 리처드. 그러고 나서 쭉 지켜보았어."

"저를 지켜보았다는 뜻이군요, 아저씨."

"으음! 그래, 너희 둘 다. 너희 둘이 서로한테 맹세할 시기는 아직 안 왔어. 그건 옳지 않아. 나로선 인정할 수 없어. 그러니, 리처드든 에이다든 모두 새롭게 시작해! 지난 일은 훌훌 털어버려. 그러면 너희 앞에 새로운 페이지가 열릴 거야."

아저씨는 다정하게 말하고, 리처드는 에이다를 초조한 눈으로 쳐다볼 뿐 아무 말이 없어, 아저씨가 다시 말했어요.

"너희 둘 각자한테도 에스더한테도 지금까지 이 말만큼은 안 하려고 했어, 모두 동등한 자격으로 서로를 열린 마음으로 대해야 하니까. 하지만 지금은 온 마음을 다해서 충고해야겠어, 지금은 간절한 마음으로 간청해야겠어, 너희 둘이 여기에 올 때처럼 떨어지기를. 시간과 진실과 단호한 마음에 모든 걸 맡기는 거야. 그러지 않으면 너희는 실수하는 거고, 너희를 여기로 데려온 나도 실수한 게 되는 거야."

오랜 침묵이 흘렀어요. 그러다 에이다가 파란 눈을 들어서 리처드를 다정하게 쳐다보며 말했어요.

"리처드 친척, 아저씨 말씀을 들으니 우리는 선택할 여지가 없는 것 같아. 너는 나에 관해서 믿어도 좋아, 아저씨가 여기서 나를 보호하시니까, 나는 흠 잡힐 일을 조금도 못하니까, 내가 아저씨 가르침대로 따른다면 그럴 수밖에 없으니까."

에이다가 약간 혼란스럽게 이어갔어요.

"리처드 친척, 나는…… 나는 네가 나를 좋아하는 마음을 의심하지 않아, 그리고 나는…… 나는 네가 다른 사람이랑 사랑에 빠지리라 생각하지도 않아. 하지만 그런 일이 생길 때 충분히 고려하면 좋겠어, 나는 네가 모든 점에서 행복하길 바란다는 걸. 너는 나를 믿어도 돼, 리처드 친척. 나는 조금도 변하지 않으니까. 하지만 나는 합리적인 인간이니, 너를 탓하지는 않겠어. 친척이라도 서로 떨어지는 건 마음이 아플 거야. 실제로 나는 마음이 너무나 너무나 아파, 리처드. 하지만 너를 위해서 그래야 한다는 걸 알아. 나는 언제나 사랑하는 마음으로 너를 떠올릴 거야. 에스더하고 네 얘기도 하고. 그러니 너도 나를 때때로 조금씩 생각하길 바라, 리처드 친척."

에이다가 리처드에게 다가가서 덜덜 떨리는 손을 내밀며 덧붙였어요.

"그러니 우리는 이제 친척만 하는 거야, 리처드 – 당장은 – 친애하는 친척이 어디를 가든 늘 은총이 가득하길 빌겠어!"

리처드 자신이 제 앞에서 지금보다 강한 어조로 스스로 자책한 내용을 잔다이스 아저씨가 말한 걸 리처드로서는 도저히 용서할 수 없다는 게 저는 이상했어요. 하지만 실제로 그랬어요. 그 시간 이후로 리처드는 잔다이스 아저씨를 예전처럼 허심탄회하게 대하지 않고, 저는 그런 모습을 안타까운 마음으로 지켜보았어요. 솔직하게 털어놓아야 할 이유가 많은데도 리처드는 안 그러니, 오로지 리처드 쪽에서만 두 사람 사이에 간격이 생기는 것 같았어요.

리처드와 잔다이스 아저씨와 저는 일주일 예정으로 런던에 올라오고 에이다 혼자 하트퍼드셔에 남았는데, 리처드는 준비도 하고 장비도 사는 일에 정신이 팔려서 에이다와 헤어진 슬픔을 금방 잊었어요. 간헐적으로 에이다를 떠올리며 눈물까지 흘리는데, 그럴 때마다 저한테 자책감을 묵직하게 털어놓았어요. 하지만 곧바로 이상한 생각을 무작정 떠올리곤, 언젠가는 두 사람 모두 부자가 돼서 영원히 행복하게 살 거라며 좋아했어요.

정말 바쁜 일주일 동안, 저는 리처드와 함께 온종일 뛰어다니며 필요한 물품을 다양하게 구매했어요. 제가 안 막았다면 리처드가 샀을 엄청난 물품에 대해서는 말하지 않겠어요. 리처드는 저를 완벽하게 신뢰하고, 그래서 자신이 저지른 다양한 잘못과 굳은 결심을 툭하면 감성적으로 털어놓고, 그러면서 새로운 힘을 얻는 터라, 저는 아무리 피곤해도 결코 피곤할 수 없었어요.

그 일주일 동안 예전에 기병으로 복무하던 사람이 우리가 묵는 집에 들락거리며 리처드에게 펜싱을 가르쳤어요. 지난 몇 개월 동안 리처드에게 검술을 가르치던, 겉모습이 진실하고 솔직해 보이는 사람이었어요. 리처드뿐 아니라 잔다이스 아저씨에게도 자주 들은 터라, 하루는 아침 식사를 마친 뒤에 일부러 그 방에 앉아서 뜨개질하다, 그 사람이 오는 걸 지켜보았어요. 우연히 저와 단둘이 남은 잔다이스 아저씨가 먼저 말했어요.

"어서 오세요, 조지 선생. 리처드는 곧 나옵니다. 그동안 에스더 아가씨가 기꺼이 말동무해줄 겁니다. 의자에 앉으시죠."

상대가 의자에 앉는데, 저를 보고서 약간 당황한 눈치였어요. 저에게 눈길을 안 준 채, 햇볕에 탄 묵직한 손으로 윗입술만 문지르고 또 문질렀거든요.

"태양처럼 시간이 정확하군요."

잔다이스 아저씨가 말하자, 상대가 대답했어요.

"군대식입니다, 선생님. 습관의 힘. 단순한 습관에 불과합니다. 저는 사무적인 성격이 아니거든요."

"사업체가 크다고 들었는데요?"

"크지는 않습니다. 사격장을 운영하는데, 별로 안 큽니다."

"그런데 리처드는 사격 솜씨와 검술 솜씨가 어떤가요?"

잔다이스 아저씨가 묻자, 상대는 널찍한 가슴에 두 팔을 올려서 팔짱을 껴, 더욱 듬직하게 보이며 대답했어요.

"훌륭합니다. 집중해서 몰두했다면 상당한 실력을 쌓았을 겁니다."

"하지만 그러지 않았나 보죠?"

"처음에는 그러더니, 나중엔 아니더군요. 집중하질 않았습니다. 다른 일에 몰두했겠지요…… 젊은 아가씨한테."

상대가 맑고 까만 눈으로 이제 비로소 힐끗 쳐다보아, 저는 웃으면서 대답했어요.

"저한테 몰두한 건 아닌 게 분명한데, 저를 의심하는 것 같군요, 조지 선생님."

상대는 갈색 얼굴을 빨갛게 물들이곤 군인 식으로 고개를 숙이며 사과했어요.

"무례할 의도는 없었습니다, 아가씨. 제가 말을 함부로 했군요."

"아니에요. 칭찬으로 받아들일게요."

제가 대답하자, 상대는 조금 전까지 눈길조차 안 주었다면, 이제는 서너 번 연속으로 힐끗 쳐다보더니 사내답게 수줍어하는 표정으로 잔다이스 아저씨에게 물었습니다.

"죄송합니다만, 조금 전에 아가씨 성함을 알려주시는 영광을 베푸셨는데……"

"에스더 양입니다."

"에스더 아가씨라……"

상대가 그대로 말하면서 저를 다시 쳐다보았어요. 그래서 제가 물었지요.

"그 이름을 아세요?"

"아닙니다, 아가씨. 제가 아는 한 처음 듣는 이름입니다. 예전에 어디선가 만났다는 느낌이 들어서요."

저는 뜨개질하다 고개를 들어서 상대를 쳐다보는데, 말투나 행동 하나하나에 진심이 어린 것 같아서 저는 이번 만남이 기뻤답니다.

"아닐 거예요. 한번 만난 얼굴은 모두 기억하거든요."

그러자 상대는 까만 눈과 넓은 이마로 제 시선을 똑바로 바라보면서 대답했어요.

"저도 그렇답니다, 아가씨! 으음! 그런데 갑자기 그런 느낌이 왜 들었을까요!"

상대는 갈색 얼굴을 다시 빨갛게 물들이곤 당황한 표정으로 기억을 떠올리느라 애쓰는데, 잔다이스 아저씨가 구원의 손길을 내밀었어요.

"배우는 학생이 많은가요, 조지 선생?"

"많을 때도 있고 적을 때도 있답니다. 대체로 입에 풀칠하는 정도지요."

"그렇다면 어떤 사람이 사격장에 연습하러 옵니까?"

"다양하답니다. 내국인과 외국인. 신사부터 도제까지. 한번은 프랑스 여인들이 들어와서 놀라운 사격 솜씨를 과시했답니다. 물론 미친 사람도 있겠지만, 문을 늘 열어놓는 곳이라면 그런 사람은 어디든 나타나는 법이지요."

"사람들이 원한을 품고서 살아있는 표적을 맞출 생각으로 오지는 않겠지요?"

아저씨가 묻고는 빙그레 웃었어요.

"많지는 않지만 가끔 있습니다. 하지만 대체로 실력을 쌓으러 오지요…… 아니면, 시간을 죽이거나. 반반입니다."

조지 선생이 상체를 똑바로 펴고 양쪽 무릎에 팔꿈치를 직각으로 올리면서 물었어요.

"죄송합니다만 대법정 소송이 있다던데, 제가 제대로 들었는지요?"

"유감스럽게도 그렇답니다."

"예전에 그런 사람이 우리 사격장에 온 적이 있습니다."

"대법정 소송이 있는 사람요? 어째서요?"

"이리 몰리고 저리 몰리면서 괴롭힘을 당하고 걱정에 시달리고 불안에 떠느라 넋이 나갔더군요. 누구를 겨냥한 것 같지는 않지만, 잔뜩 화난 상태로 들어와서 총알 오십 발을 사더니, 얼굴이 빨갛게 달아오를 때까지 마구 쏘아대더군요. 그러면서 자신이 당한 부당한 처우에 분개했답니다. 그래서 하루는 주변에 사람이 없을 때 제가 말했답니다. '사격 연습이 안전장치라면, 동지, 아주 잘하는 겁니다. 하지만 그런 마음으로 사격에 몰두하는 건 좋아 보이지 않는군요. 차라리 다른 걸 하는 게 좋겠습니다.' 저는 주먹이 날아올 걸 예상하고 준비했어요. 그 사람이 그만큼 폭력적이었거든요. 하지만 제 말을 좋게 받아들이고 곧장 떠나더군요. 우리는 손을 맞잡고 흔들면서 나름대로 우정을 느꼈답니다."

"어떤 사람이었나요?"

잔다이스 아저씨가 흥미를 느끼는 어투로 새롭게 묻자, 조지 선생이 대답했어요.

"미끼를 매단 황소처럼 시달리기 전에 슈롭셔에서 조그만 농장을 운영했다더군요."

"그 사람 이름이 그리들리 아니었나요?"

"맞습니다, 선생님."

조지 선생은 아저씨와 제가 동시에 놀라면서 한두 마디 주고받는 모습을 맑은 눈으로 살피고, 그래서 저는 우리가 그 이름을 어떻게 아는지 설명했어요. 조지 선생은 고개를 군대식으로 숙이며 답례하더니, 저를 똑바로 보며 다시 말했답니다.

"아까 떠오른 느낌이 또다시 떠오르는데 도대체 이유를 모르겠군요. 아, 멍청한 놈! 머리가 제대로 돌아가질 않아요!"

그리고는 조각난 머릿속 생각을 쓸어내리는 것처럼 묵직한 손으로 뻣뻣한 까만 머리칼을 훑더니, 상체를 살짝 숙여서 한쪽 팔은 허리춤에 대고 다른 팔은 다리에 기댄 채 바닥을 내려다보며 기억을 더듬었어요.

그러자 아저씨가 말했답니다.

"안타깝게도 그리들리라는 사람이 그런 마음 상태로 문제를 일으키고 숨어 산다고 들었습니다."

"저도 비슷하게 들었습니다, 선생님."

조지 선생이 대답하면서도 여전히 바닥을 내려다보며 곰곰이 생각했어요.

"어디에 숨어 사는지 아세요?"

아저씨가 묻자, 기병은 백일몽에서 깨어난 표정으로 고개를 들고 쳐다보며 대답했어요.

"모릅니다, 선생님. 그 사람에 대해서 아는 건 거의 없어요. 그렇게 숨어 살다 보면 금방 지칠 거예요. 강인한 사내의 심장을 갉아내는 데는 정말 오랜 세월이 걸리지만, 마지막은 순식간에 오거든요."

리처드가 들어오면서 대화는 끝났어요. 조지 선생이 일어나서 저에게 군대식으로 고개를 숙이며 인사하고, 잔다이스 아저씨에게 작별인사를 한 다음, 뚜벅뚜벅 묵직하게 걸어서 나갔답니다.

리처드가 떠나기로 예정한 날 아침이 왔어요. 더 살 것도 없고, 리처드가 가져갈 짐은 오후 이른 시각에 제가 모두 싸놓아, 리처드가 밤에 리버풀에서 홀리헤드 섬[16]으로 떠날 때까지 우리는 할 일이 특별히 없었어요. 마침 그날 잔다이스 대 잔다이스 재판이 열릴 예정이라, 리처드는 재판정에 가서 어떻게 흘러가는지 지켜보자고 제안했어요. 리처드가 마지막 날이라며 꼭 가고 싶어 하는 데다 저는 여태껏 가본 적이 없는 터라 함께 가는 데 동의하고, 우리는 당시에 재판이 열리는 웨스트민스터로 걸어갔어요. 그러면서 앞으로 리처드가 편지를 보내고 저 역시 답장을 보내기로 약속하는 등, 희망 어린 계획을 다양하게

---

16) 웨일스 서해안 먼바다에 있는 섬.

세웠어요.

재판정에 들어서니 대법관은 - 링컨 법학원 사무실에서 본 대법관이 - 기다란 의자에 화려하면서도 근엄하게 앉아있고, 바로 밑 빨간 탁자에는 권능을 나타내는 지팡이와 인장, 그리고 꽃다발을 조그만 정원처럼 펼쳐놓아서 재판정 전역에 향기를 뿜었어요. 탁자 밑에는 사무 변호사들이 한 줄로 길게 앉고 바로 옆 양탄자 바닥에는 서류가 가득했어요. 그다음에는 가발과 법복을 걸친 변호사들이 있는데 - 일부는 잠자고, 일부는 깨어있고, 일부는 말하는데, 그 말에 누구도 관심을 안 기울였어요. 대법관은 안락의자에 등을 편히 기대고 방석을 놓은 팔걸이에 팔꿈치를 댄 채 그 손에 이마를 기대고, 방청객 가운데는 조는 사람도 있고 신문을 읽는 사람도 있고 이리저리 걸어 다니거나 삼삼오오 모여서 속닥대는 사람도 있는 게, 하나같이 완벽하게 느긋하고 무사태평하고 편안할 뿐, 누구 하나 서둘지 않았어요.

만사가 태평하게 흘러가는 모습을 바라보며 삶과 죽음의 경계선에서 힘겹게 살아가는 소송 당사자들을 떠올리니, 화려한 복장과 의식이 상징하는 온갖 낭비와 갈망과 가난한 처지를 떠올리니, 못 이룰 희망으로 수많은 가슴이 멍드는 동안에 이렇게 화려한 쇼를 이렇게 질서정연하고 차분하게 매일매일 거듭하는 걸 생각하니, 대법관과 그 밑에 늘어앉은 변호사들이, 그 자리에 그들을 모아놓은 헌법이, 영국 전역에서 씁쓸하게 조롱하는 대상이, 엄청난 공포와 경멸과 분노의 대상이, 너무나 극악무도한 나머지, 기적이 안 일어나는 한 누구에게도 좋을 수 없다는 사실이, 이런 광경을 처음 보는 저로서는 너무나 이상한 자기모순으로 보여, 처음에는 도저히 믿을 수 없고 이해할 수도 없었답니다. 리처드가 데려간 자리에 앉아서 가만히 들으며 주변을 둘러보는데, 벤치에 올라서 일어나 사방을 둘러보며 고개를 끄덕이는 조그맣고 가련한 플라이트 할머니 말고는 모든 장면이 실제가 아닌 것 같았답니다.

　플라이트 할머니는 금방 알아보고 우리가 앉은 곳으로 왔어요. 그리곤 자신의 활동 영역으로 온 것을 우아하게 환영하고 주요인물을 지극히 만족스럽고 자랑스럽게 가리키며 알려주었어요. 켄지 변호사 역시 겸손하고 온화한 주인처럼 다가와서 이런 곳을 찾아주시니 영광이라며 반겨주었어요. 그러면서, 오늘은 참관하기에 그리 좋은 날이 아니라고, 개정 첫날에 오면 좋았을 거라고, 하지만 구경할 만하다고 덧붙였어요.

　그곳에서 삼십 분 정도를 보내자, 심리 중인 사건은 출두할 당사자가 안 나타나서 별다른 결론도 못 낸 채 – 우스꽝스럽게 – 저절로 김이 빠지며 끝나는 것 같았어요. 그런 다음에 대법관은 자기 책상에 있던 서류 더미를 아래쪽 변호사들에게 내려보내고, 누군가 "잔다이스 대 잔다이스"라고 중얼거렸어요. 동시에 웅성대는 소리와 웃는 소리가 일면서 구경꾼들은 빠져나가고, 엄청난 서류 더미와 파란 가방은 쌓이기 시작했어요.

　제가 이해하기에는 너무 복잡하고 혼란스러운 비용 청구서에 대한 "지침을 추가"하려는 것 같았어요. 하지만 가발을 둘러쓴 스물세 명이 "자신도 관련이 있다"고 말하는데, 사건 내용 자체를 저보다 많이 아는 변호사는 딱히 없는 것 같았어요. 변호사들은 대법관과 토론하고 자기네끼리 반박하고 설명하면서 일부는 이렇게 말하고 일부는 저렇게 말하고 일부는 부피가 엄청난 진술서를 읽어보라고 익살맞게 제안하는데, 웅성대는 소리와 웃어대는 소리가 한층 더 일어나는 걸 보면, 관련된 변호사 모두 느긋하게 즐길 뿐, 해결하려는 사람은 한 명도 없는 것 같았어요. 다양한 주장이 나오고 차단당하는 식으로 한 시간 정도가 지나자, 켄지 변호사 설명에 따르면 "나중으로 연기되고", 각종 서류는 직원들이 다 꺼내기도 전에 다시 들어갔어요.

희망 없는 소송이 끝나는 순간, 저는 리처드를 힐끗 쳐다보다, 잔뜩 지친 기색이 젊고 잘생긴 얼굴에 또렷하게 어리는 모습을 보고 충격을 받았어요. 리처드가 할 수 있는 건 "영원히 이러진 않을 거야, 더든 아줌마. 다음번에는 잘 풀리겠지!"라고 말하는 게 전부였어요.

거피가 서류를 들고 와서 켄지 변호사 앞에 차례대로 펼쳐놓는 모습을 보는데, 거피가 저에게 고개를 숙이며 쓸쓸한 표정으로 인사해, 저는 당장에라도 나가고 싶었어요. 그래서 리처드가 팔을 내밀고 에스코트하며 나갈 때, 거피가 다가오며 말했어요.

"실례합니다, 리처드 선생."

그리곤 저에게 속삭였어요.

"에스더 아가씨한테도요. 하지만 제가 잘 아는 숙녀분이, 에스더 아가씨를 아는 분이 인사나 하자고 하십니다."

거피가 말하는 사이에 기억 속에서 불쑥 튀어나온 듯한 인물이, 대모님 하녀로 일하던 레이첼 부인이 눈앞에 나타나며 말했어요.

"잘 지내니, 에스더? 내가 기억나니?"

나는 상대에게 손을 내밀며 그렇다고, 모습이 하나도 안 변했다고 말했어요.

그러자 레이첼 부인이 예전처럼 퉁명스럽게 대답했어요.

"당시를 기억한다니 놀랍군, 에스더. 모든 게 변했는데 말이야. 그래! 이렇게 만나서 기쁘군. 나를 모르는 척할 정도로 거만하지 않은 것도 기쁘고."

하지만 그 표정은 제가 거만하지 않은 걸 실망스럽게 여기는 것 같았어요.

"거만하다니요, 레이첼 부인!"

제가 나무라자, 상대가 차가운 어투로 지적했어요.

"나는 결혼했어, 에스더, 지금은 차드밴드 부인이야. 으음! 그럼 잘 가도록. 잘 지내길 빌겠어."

거피는 짧은 대화를 열심히 엿듣다 내 귀에 대고 한숨을 내쉰 다음, 다른 소송을 시작하는데, 마침 우리가 있던 곳은 사람들이 복잡하게 들락거리는 통로 한가운데라. 레이첼 부인을 데리고 사람을 헤치며 나아갔어요. 저 역시 뜻밖의 인물을 만난 충격이 여전한 상태로 리처드랑 인파를 헤치며 나아가는데, 조지 선생이 다가오는 게 보였어요. 우리를 못 보고 재판정 내부만 열심히 살피면서 인파를 헤치고 뚜벅뚜벅 다가오는 중이었어요.

제가 알려주자, 리처드가 불렀어요.

"조지 선생님!"

"만나서 잘됐소, 리처드. 아가씨도요. 내가 찾는 사람을 알려주겠소? 나는 이곳을 잘 모르니 말이오."

조지 선생이 말하면서 우리가 나갈 길을 열어주더니, 인파를 피해서 빨간 커튼이 커다란 모서리 뒤로 들어선 다음에 걸음을 멈추고 다시 말했어요.

"약간 미치고 조그만 노파가 있는데……"

저는 손가락을 재빨리 올렸어요. 플라이트 할머니가 바로 옆에서 따라오며 재판정 친구가 보일 때마다 불러서 그 귀에 대고 (당혹스럽게도) "쉿! 왼편에 있는 이가 잔다이스 후손과 피츠-잔다이스야!"라고 속삭이곤 했거든요.

그러자 조지 선생이 손으로 입을 가린 채 나지막이 속삭였어요.

"으흠! 오늘 아침에 우리가 안부를 걱정하던 사내를 기억하세요, 아가씨? 그리들리."

"네."

"그 사람이 우리 집에 있어요. 아까는 말하지 못했답니다. 허락을 못 받았거든요. 그 사람은 죽음을 앞두고 마지막 행진을 하는 중인데, 할머니를 만나고 싶답니다. 서로가 겪는 사정을 서로 안타깝게 여겨, 자신이 여기에 올 때마다 늘 친구처럼 다정하게 대해주었답니다. 그래서 할머니를 찾으러 왔어요. 오늘 오후에 그리들리를 만났는데, 까만 천으로 감싼 드럼 소리[17]가 들리는 것 같아서요."

"그럼 제가 말할까요?"

제가 제안하니, 조지 선생은 플라이트 할머니를 알아본 듯한 표정으로 힐끗 쳐다보며 대답했어요.

"그래 주시겠습니까? 아가씨를 만난 건 신의 섭리입니다. 할머니를 찾는다 해도 과연 설득할 수 있을지 의심스러웠거든요."

그러더니 한 손을 가슴에 댄 채 군대식으로 똑바로 서고, 저는 귀에 대고 그 사람이 선의로 찾아온 목적을 설명하니, 플라이트 할머니가 감탄했어요.

"슈롭셔에서 왔다는 잔뜩 화난 친구! 나만큼이나 유명하지요! 당연히! 기쁜 마음으로 만나러 가리다, 아가씨."

"그 사람은 조지 선생님 댁에 계세요. 쉿! 이분이 조지 선생님입니다."

제가 말하자, 플라이트 할머니가 대답했어요.

"저엉말! 이처럼 대단한 영광을! 군인이구려, 아가씨. 완벽한 장군!"

할머니가 저에게 속삭였어요.

가련한 플라이트 할머니는 군대를 존경한다는 표시로 무릎을 구부리며 정중하게 인사해야 한다 생각하고, 툭하면 무릎을 구부리며 인사하

---

17) 드럼을 까만 천으로 싸서 나지막이 치는 군대 장례식을 빗댄 표현이다.

는 바람에 재판정 밖으로 데리고 나오는 게 쉽지 않았어요. 하지만 마침내 밖으로 나오니, 조지 선생을 "장군님"이라고 부르면서 한쪽 팔을 내밀어, 빈둥대던 사람들이 더없이 즐겁게 구경하니, 조지 선생은 평상심을 잃고선 저에게 "그냥 떠나지 말라"고 정중하게 부탁해서 저로선 어째야 좋을지 마음을 정할 수 없는데, 플라이트 할머니가 졸졸 쫓아다니며 "피츠 잔다이스, 아가씨, 당연히 우리랑 함께 가야지요"라고 말해서 특히 더했어요. 리처드도 목적지까지 안전하게 바래다주어야 한다고 생각하는 정도가 아니라 꼭 그러고 싶은 것처럼 보여, 우리는 권유를 받아들였어요. 게다가 오늘 아침에 만났다는 얘기를 듣고 나서 그리들리가 오후 내내 잔다이스 선생님 얘기를 했다고 조지 선생이 알려줘, 저는 연필로 쪽지를 급히 써서 아저씨에게 우리가 무슨 일로 어디로 가는지 알리고, 조지 선생은 내용을 아무도 못 보도록 식당에서 봉인하고 심부름꾼 편으로 보냈어요.

일을 끝내곤 삯마차를 타고 레스터 광장이 있는 마을로 달렸어요. 그래서 조지 선생이 사과하는 가운데 좁은 골목을 여럿 지나니 마침내 사격연습장이 나오는데, 입구가 닫힌 상태였어요. 조지 선생이 입구 기둥에 달린 초인종 손잡이를 당기자, 훌륭하게 보이는 백발 노신사가 안경을 쓰고 까만 상의에 각반을 하고 챙이 넓은 모자 차림으로 황금 손잡이가 커다란 지팡이를 들고 다가와서 조지 선생에게 물었어요.

"미안합니다만, 이곳이 조지 사격연습장인가요?"

조지 선생이 하얗게 회칠한 벽에 페인트로 큼지막하게 쓴 글씨를 힐끗 쳐다보며 대답했어요.

"그렇습니다, 선생님."

그러자 노신사가 그 시선을 쫓아가며 말했어요.

"아! 그렇군요! 고맙소. 초인종을 울렸소?"

"제가 조지입니다, 선생님. 그리고 초인종을 울렸습니다."

"아, 정말? 당신이 조지? 그렇다면 우리가 동시에 도착했구려. 당신이 나를 불렀나요?"

"아닙니다, 선생님. 무슨 말씀인지 모르겠습니다."

"아, 정말요? 그럼 나를 부른 사람은 선생 밑에서 일하는 젊은이로군요. 나는 의사인데, 조지 사격연습장에 아픈 사람이 있으니 왕진을 오라는 부탁을 오 분 전에 받았다오."

"까만 천으로 감싼 드럼 소리."

조지 선생이 말하더니, 리처드와 저를 쳐다보고 침통한 표정으로 고개를 젓다 대답했어요.

"맞습니다, 선생님. 안으로 들어오십시오."

바로 그때 문이 열리고 정말 이상하게 생긴 난쟁이가 녹색 모자와 앞치마 차림으로 나타났어요. 얼굴과 손과 옷이 온통 까맸어요. 황량한 통로를 지나니, 사방을 벽돌로 둘러친 커다란 공간이 나오고, 사격 표적과 총과 칼을 비롯한 장비가 보였어요. 우리가 안으로 들어오자, 의사는 걸음을 멈추고 모자를 벗으면서 마법처럼 사라지는 대신에 완전히 다른 사내로 변신했어요. 그러더니 재빨리 돌아서서 커다란 집게손가락으로 조지 선생 가슴을 콕콕 찌르며 말했어요.

"여길 보게, 조지. 당신은 날 알고 나는 당신을 알아. 당신은 세상 물정을 잘 알고 나 역시 세상 물정을 잘 알아. 당신이 알듯이 나는 버킷으로, 그리들리 체포영장을 가지고 왔어. 그동안 오랫동안 숨겨준 걸 보면, 실력이 괜찮아. 칭찬할 만해."

조지는 상대를 뚫어지라 바라보며 입술을 깨문 채 머리를 절레절레 젓고, 상대는 바싹 다가가며 말했어요.

"자, 조지, 당신은 상식이 있고 행실이 바른 사람이야. 그게 당신이라

122

고, 의심할 바 없이. 명심하도록. 나는 평범한 사람한테 말하는 게 아니야. 당신은 국가를 위해 복무했으니, 국가가 부르면 응해야 한다는 걸 알아. 따라서 당신이 문제를 일으킬 가능성은 없어. 내가 지원을 요청하면 당신이 도와야 해. 당신은 그래야 한다고. 필 스쿼드, 그렇게 옆으로 살금살금 걷지 마."

더러운 난쟁이는 어깨를 벽에 대고 살금살금 걸으면서 침입자를 무섭게 노려보고, 버킷은 계속 말했어요.

"나는 자네를 아니까, 그러지 말도록."

"필!"

조지 선생이 부르자, 난쟁이가 대답했어요.

"네, 주인님."

"가만히 있어."

난쟁이는 나지막이 으르렁대며 멈추고, 버킷은 다시 말했어요.

"신사 숙녀 여러분. 불쾌하게 보일 수도 있겠지만 이해하십시오. 나는 경찰 수사관 버킷으로, 현재 임무 수행 중이니 말입니다. 조지, 내가 찾는 사람이 있는 곳을 알아. 어젯밤에 지붕에서 채광창으로 보았거든, 당신이 같이 있는 모습을. 그자는 저기에 있어."

버킷이 손가락으로 가리키며 계속 말했어요.

"바로 저기, 소파에. 이제 그자를 만나서 자수를 권유하겠어. 하지만 자네는 나를 아니 곤란한 사태가 일어나길 바라지 않는다는 것도 알겠지. 약속하게, 사나이 대 사나이로 (군인답게) 명예를 지키겠다고, 그럼 나도 자네를 위해 최선을 다하겠네."

"약속합니다. 하지만 당당하지 않군요, 버킷 선생."

"맙소사, 조지! 당당하지 않다니?"

버킷이 상대의 널찍한 가슴을 다시 콕콕 찌르다 손을 맞잡고 흔들면서 이어갔어요.

"나는 자네가 범인을 숨긴 걸 당당하지 않다고 말하지 않았어, 그치? 자네도 그만한 선의는 보여야지, 친구! 정다운 윌리엄 텔, 정다운 쇼,[18] 근위기병! 신사 숙녀 여러분, 저 친구는 영국군 전체의 모범이랍니다. 저이처럼 당당한 풍채로 단련한 사람이 있다면 내가 오십 파운드를 주겠소!"

상황이 이렇게 되자 조지 선생은 가만히 생각하다 플라이트 할머니를 데리고 동지에게 (조지 선생은 그리들리를 동지라고 불렀어요) 먼저 들어가겠다 제안하고, 버킷은 동의했어요. 두 사람은 사격장 안쪽으로 들어가고, 우리는 총이 가득한 탁자 옆에 서거나 앉았어요. 버킷은 가벼운 대화를 시작해, 젊은 여성 대부분이 그런 것처럼 저 역시 무기를 보면 무섭냐고 묻고, 리처드에게는 사격 솜씨가 좋으냐고 묻고, 필 스쿼드에게는 어떤 소총이 제일 좋으냐고, 직접 사려면 가격이 얼마냐고 묻더니, 아까 성질을 부려서 미안하다고, 자신은 천성적으로 젊은 아가씨 같은 온순한 성격이라고, 그래서 사람들이 자신을 좋아한다고 말했어요.

잠시 뒤에 버킷은 우리를 따라서 사격연습장 끝으로 가고, 리처드와 저는 조용히 떠나려는데 조지 선생이 쫓아왔습니다. 그리곤 우리가 반대하지 않는다면 동지를 만나달라고, 그러면 동지가 아주 좋아할 거라고 했어요. 그 말이 나오는 동시에 초인종이 울리더니 잔다이스 아저씨가 나타나서 "불행한 일을 겪은 사람을 무어든 도울 게 있는지 보려고" 찾아왔다고 슬픈 표정으로 말했어요. 그래서 우리 네 사람은 그리들리가 있는 곳으로 함께 들어갔어요.

---

18) 윌리엄 텔은 활을 잘 쏘는 영웅이고, 존 쇼는 '제2근위기병대' 병장으로 워털루 전투에서 프랑스군 열 명을 칼로 죽이고 전사한 국민 영웅이다.

페인트조차 안 칠한 판자로 연습장과 분리한 황량한 방이었어요. 3m 높이에 불과한 칸막이는 측면만 막고 꼭대기는 안 막아, 머리 위로 연습장 천장 서까래가 지나고, 버킷이 내려다보았다는 채광창이 보였어요. 태양이 나지막이 떨어지는 중이라 햇빛은 공중에서 빨갛게 빛날 뿐 밑으로 내려오지는 않았습니다. 평범한 천을 댄 소파에 슈롭셔 사내가 누워있는데, 옷차림은 예전 그대로지만 얼굴은 너무나 창백해서 처음에 제대로 알아보지도 못했어요.

숨어서 지내는 동안에도 글을 계속 썼으며, 당시에도 자신이 겪은 불편부당한 사례를 열심히 정리하는 중이었어요. 그 증거로 탁자와 선반에는 닳은 펜촉과 원고 같은 문방구류가 널려있었습니다. 정신이 살짝 돈 조그만 할머니는 병자에게 애처롭게 바싹 달라붙은 게 한 몸처럼 보였어요. 할머니는 의자에 앉아서 그리들리 손을 꽉 잡고, 우리는 누구도 가까이 다가가지 않았어요.

그리들리는 목소리에 힘이 없고, 예전에 떠올린 표정도, 체력도, 분노도, 불의에 맞서 싸우던 의지도 모조리 가라앉았어요. 예전에 우리가 만난 슈롭셔 사내는 활력과 분노가 희미한 흔적만 남은 채 그렇게 누워 있었습니다.

그리들리가 리처드와 저에게 머리를 기울이고는 잔다이스 아저씨에게 말했어요.

"잔다이스 선생님, 이렇게 와주시다니 정말 다정하시군요. 저는 이게 마지막인 것 같습니다. 선생님 손을 잡을 수 있어서 다행입니다. 선생님은 불의를 뛰어넘는 좋은 분으로, 제가 존경한다는 걸 하늘이 안답니다."

두 사람은 진심으로 악수하더니, 잔다이스 아저씨가 몇 마디 위로하자 그리들리가 대답했어요.

"이상하게 들리겠지만, 선생님, 예전에 만난 적이 없다면 지금도 만나지 않았을 겁니다. 하지만 선생님은 제가 열심히 싸웠다는 걸, 이 손 하나로 저들 모두와 맞서 싸웠다는 걸, 마지막까지 저들에게 진실을 말했다는 걸, 저들이 어떤 인간인지, 나한테 무슨 짓을 했는지 말했다는 걸 아십니다. 그래서 제가 이렇게 무너진 모습도 보여드릴 수 있는 겁니다."

"그래요, 선생은 여태까지 저들과 수없이 용감하게 싸웠지요."

잔다이스 아저씨가 대답하자, 그리들리는 미소를 희미하게 떠올리며 말했어요.

"네, 선생님, 맞습니다. 제가 그 싸움을 멈추면 어떻게 될지 말씀드렸으니, 자, 보십시오! 우리를 보십시오…… 우리를 보십시오!"

그리들리는 플라이트 할머니가 팔에 끼운 손을 빼서 할머니를 바싹 잡아당기며 이어갔어요.

"이게 그 결말입니다. 수많은 사람을 만났지만, 수많은 일을 겪고 희망을 품었지만, 산 자와 죽은 자가 가득한 세상에서 이렇게 가련한 영혼만 자연스레 다가오고, 나 역시 어울렸습니다. 우리 두 사람은 오랜 세월에 걸친 고통으로 단단히 엮였으니, 지상에서 맺은 인연 가운데 대법정도 못 끊은 유일한 인연입니다."

"내 축복을 받아주게, 그리들리. 내 축복을 받아줘!"

플라이트 할머니는 울면서 말하고, 그리들리는 계속 말했습니다.

"나는 저들한테 무너지지 않겠다고 자만했습니다, 잔다이스 선생님. 절대로 그럴 수 없다는 다짐도 했습니다. 몸이 병나서 죽을 때까지 저들이 저지른 짓을 고발하겠다고, 그럴 수 있다고 확신했습니다. 하지만 완전히 지쳤습니다. 얼마나 오래전부터 지쳤는지는 모르겠습니다. 하지만 얼마 뒤면 나는 죽습니다. 그러나 이런 꼴로 죽었다는 소리가 저들 귀에 결코 안 들어가길 바랍니다. 여기에 계신 모든 분 덕분에 내가 오랜 세월 그런 것처럼 확실하고 줄기차게 맞서 싸우다 죽었다고 저들이 믿기를 바랍니다."

여기에서 버킷이 문가 모서리에 앉아, 선의로 할 수 있는 위로를 했습니다.

"그러지 마시게, 그러지 마! 그런 식으로 말하지 말라고, 그리들리 선생. 지금 기운이 없어서 그러는 것뿐이야. 사람은 누구나 기운이 없을 때가 있다고, 나도 마찬가지야. 기운 내, 기운을 내라고! 그 사람들을 만나서 성질부리고 또 부려야지. 나는 체포영장을 발부받아서 당신을 스무 번은 체포하고, 나한테 행운이 따른다면."

그리들리는 머리만 내젓고, 버킷은 다시 말했어요.

"머리를 젓지 마. 끄덕여. 내가 보고 싶은 건 당신이 머리를 끄덕이는 거야. 아아, 하느님, 얼마나 많은 시간을 함께 보냈는데! 내가 당신을 모욕죄로 플리트 감옥에 잡아넣고 또 잡아넣었잖아! 당신이 대법정에서 대법관을 불도그처럼 공격하는 광경을 보려고 내가 오후 법정에 얼마나 자주 갔는데? 당신이 변호사를 협박하기 시작할 때가, 체포영장이 일주일에 두세 번씩 나올 때가 기억나? 옆에 있는 조그만 할머니한테 물어보라고. 할머니도 그 자리에 늘 있었으니까. 기운 내, 그리들리 선생. 기운 내라고, 선생!"

"저 사람을 어떻게 할 작정인가요?"

조지 선생이 나지막이 묻자, 버킷이 똑같이 나지막한 목소리로 대답했어요.

"모르겠네."

그러더니 목소리를 키우며 다시 격려했습니다.

"지쳤다고, 그리들리 선생? 몇 주일이나 도망 다녀서 나한테 고양이처럼 저 지붕까지 오르고 의사로 변장한 채 여기까지 오게 한 사람이? 그건 지친 게 아니야. 절대 아니라고! 당신한테 필요한 걸 내가 말하지. 당신은 흥분해서 기운을 차려야 해. 그게 당신한테 필요하다고. 툭하면 그랬잖아! 안 그러면 못 산다고! 나도 그렇고. 좋아. 토킹혼 변호사가 받은 체포영장이 여기에 있네, 여섯 개 주에 적용되는 거. 그러니 나랑 가는 건 어때, 그리고 순회판사 앞에서 잔뜩 화내며 덤벼드는 건? 그럼 당신한테 좋아. 기운도 펄펄 나고 대법관이랑 싸우는 연습도 되고. 포기한다고? 맙소사, 당신처럼 팔팔한 사내 입에서 포기한다는 말이 나오다니 놀랍구먼. 조지, 그리들리 선생을 도와주게. 누워있는 편보다 앉아있는 편이 더 좋은지 보세."

"저 사람은 그럴 기운이 없어요."

기병이 나지막이 말하자, 버킷이 걱정스레 대답했어요.

"그래? 나는 저 사람이 기운 내게 하고 싶을 뿐이야. 오랫동안 알고 지내던 사람이 저런 식으로 포기하는 건 보고 싶지 않다고. 내가 화나게 하면 기운 내는 데 도움이 될 거야. 저이가 나를 때리고 싶다면 오른뺨이든 왼뺨이든 마음껏 때리라고 해. 트집 잡지 않을 테니."

플라이트 할머니가 내지른 비명이 지붕에 울렸는데, 지금 이 순간에는 제 귀에도 울린답니다.

"아, 안 돼, 그리들리! 내 축복도 안 받고. 그리도 오랜 세월 고생만 하다니!"

해는 떨어지고, 서서히 물러나던 햇살은 지붕에서 완전히 사라지고 어둠만 가득했어요. 하지만 제 눈에는 어둠에 싸인 두 사람이, 한 명은 살고 한 명은 죽어, 새롭게 출발하는 리처드를 가장 깊은 밤보다 묵직하게 감싼 어둠이 보였어요. 리처드가 헤어지는 인사를 할 때도 제 귀에는 이런 소리만 울렸어요.

"수많은 사람을 만났지만, 수많은 일을 겪고 희망을 품었지만, 산 자와 죽은 자가 가득한 세상에서 이렇게 가련한 영혼만 자연스레 다가오고, 나 역시 어울렸습니다. 우리 두 사람은 오랜 세월에 걸친 고통으로 단단히 엮였으니, 지상에서 맺은 인연 가운데 대법정도 못 끊은 유일한 인연입니다!"

CHAPTER XXV

스낙스비 부인, 모든 걸 꿰뚫다

영장발행 거리, 법률 전문 문방구점에는 긴장이 감돈다. 평화로운 지역에 암울한 의혹이 깃든다. 영장발행 거리 주민들은 마음 상태가 평소와 비슷하여 더 좋지도 더 나쁘지도 않지만, 스낙스비는 변했고, 우리 마나님은 눈치챘다.

'톰 올 얼론스'와 토킹혼 변호사 저택이, 제어 못 할 준마 두 마리가, 스낙스비가 펼치는 상상력이라는 마차를 매달고 줄기차게 달리는데, 마차를 모는 사람은 버킷이고 거기에 올라탄 사람은 조와 토킹혼 변호사로, 문방구점 주변을 하루 24시간 내내 맴돈다. 가족이 식사하는 조그만 주방에도 마차가 연기처럼 나타나서 내달리니, 스낙스비는 감자와 함께 구운 양다리 고기를 나이프로 자르다 주방 벽을 물끄러미 바라본다.

스낙스비는 자신이 할 수밖에 없었던 일이 어떤 의미인지 이해가 안 된다. 뭔가 문제는 있지만, 결과가 언제 어디에서 누구에게 들도 보도 못한 방식으로 어떻게 불쑥 나타날지 정말 모른다. 토킹혼 변호사방 먼지 사이에서 반짝이던 법복과 모자, 별 모양 훈장이 아련하게 다가오고, 누구나 감탄하며 인정할 정도로 훌륭한 법조계 인물이며 가까운 고객이 이해 못 할 일을 이상하게 진행하고, 버킷 형사가 집게손가락을 자신만만하게 흔드는 걸 피할 수도 거부할 수도 없던 장면이 떠오르니, 스낙스비는 자신이 아무것도 모른 채 뭔가 매우 위험하고 은밀한 사건에 끼어들었다는 확신이 든다. 이런 상태는 공포를 몰고 오는 특징이 있으니, 문방구점에서 일할 때도, 상점문이 열릴 때도, 초인종이 울릴 때도, 심부름꾼이 들어오거나 편지가 올 때도, 비밀이 순식간에 드러나서 모든 걸 날려버릴 것만 같은데, 그 대상이 누군지는 버킷만 안다.

이런 이유로 (손님은 대부분 모르는 사람일 수밖에 없는데도) 모르는 손님이 문방구점으로 들어와서 "스낙스비 선생이 계시느냐?"고 물을 때마다 스낙스비는 죄책감 가득한 가슴에 심장이 쿵 내려앉는다. 누가 그렇게 물을 때마다 그러니, 상대가 꼬마일 때는 계산대 너머로 그 귀에 대고 불쑥 대답한 다음, 왜 그러느냐, 찾아온 이유를 당장 말하라며 다그친다. 하지만 쉽게 못 다룰 사내와 꼬마들이 꿈속으로 줄기차게 들어와서 뭔지 모를 질문을 해대며 공포를 일으키니, 그러다 보면 새벽에 영장발행 거리 조그만 우유 판매점 지하에서 수탉이 울 때마다 스낙스비는 악몽에 시달리고, 우리 마나님은 마구 흔들며 깨워서 "도대체 무엇 때문에 그러느냐!"고 묻는다.

우리 마나님도 스낙스비에게는 어려운 대상 가운데 하나다. 비밀을 털어놓으면 안 되는데, 어떤 상황에서든 입을 꼭 다물어서 욱신거리는 덧니를 숨겨야 하는데, 우리 마나님은 언제든 능숙한 치과의사처럼 입을 벌려서 덧니를 빼낼 준비가 되어있다는 사실을 아는 터라, 스낙스비는 주인에게 숨길 게 있어서 눈빛을 피하려고 다른 데만 바라보는 강아지 같을 수밖에 없다.

이리도 다양한 징후와 특징은 당연히 눈에 띌 수밖에 없으니 우리 마나님이 놓칠 리 만무하다. 우리 마나님 입에서 "스낙스비가 뭔가 마음에 걸리는 게 있다!"는 말이 저절로 나올 정도다. 그래서 영장발행 거리 법률 전문 문방구점에 의심이 싹트고, 스낙스비 부인에게 의심이 질투로 나아가는 길은 법률 전문 문방구점에서 대법원 거리로 가는 거리만큼 짧고 자연스러울 수밖에 없다. 그래서 영장발행 거리 법률 전문 문방구점에 질투가 스민다. (질투는 주변에 숨어서 늘 기회를 엿보다) 한번 스며드는 순간, 질투는 그 가슴속에서 활발하고 민첩하게 움직이니, 밤이면 주머니를 뒤지고, 편지를 몰래 읽고, 일기장과 장부와 계산대 서랍과 현금 상자와 철제 금고까지 뒤지고, 창가에서 몰래 지켜보고, 문 뒤에서 몰래 엿들어, 이것저것을 연결하며 엉뚱한 결론으로 치닫는다.

스낙스비 부인이 관심을 늘 기울이는 탓에 그 집은 바닥 판자가 삐걱대고 옷이 바스락대는 유령의 집으로 돌변한다. 두 도제는 오랜 옛날에 이 집에서 어떤 사람이 살해당했을지 모른다고 생각할 정도다. 구스터는 (투팅에서 고아 사이에 떠돌던 이야기를 떠올리고) 지하실 밑에 황금이 묻혔는데 하얀 수염 노인이 그걸 지키다 주기도문을 거꾸로 외운 탓에 7천 년 동안이나 밖으로 못 나오는 거라는 애매한 느낌마저 받는다.

스낙스비 부인은 속으로 끊임없이 묻는다.

'니므롯[19]이 누구더라? 그 여자가 누구더라? 그 꼬마는 누굴까?'

그런데 니므롯은 스낙스비 부인이 이름을 엉뚱하게 부른 구약 창세기의 힘센 사냥꾼과 마찬가지로 죽어버리고, 여자는 도무지 생각이

---

19) 일 권 11장 '역주 73'을 참고하라.

안 나서 당장은 꼬마에게 집중할 수밖에 없다. 그래서 다시 끊임없이 중얼댄다.

'그 꼬마는 누구지? 도대체 어떤 꼬마길래……!'

그때, 스낙스비 부인 머리에 어떤 생각 하나가 불쑥 떠오른다.

꼬마는 차드밴드 목사를 존경하지 않아. 맞아, 확실해, 사악한 환경에 찌들었으니 당연히 그럴 수밖에. 하지만 차드밴드 목사는 꼬마한테 어디로 찾아오라고, 그래서 설교를 들으라고 했어. 맞아, 내 귀로 똑똑히 들었어! 그런데 꼬마는 안 찾아갔어! 왜 안 찾아갔을까? 가지 말라는 말을 들었기 때문이야. 그럼 누가 가지 말라고 했을까? 누굴까? 아하! 스낙스비 부인은 모든 걸 꿰뚫어 본다.

스낙스비 부인이 고개를 딱딱하게 젓고 딱딱한 미소를 머금으며 골똘히 생각한다. 그런데 다행히도 차드밴드 목사는 어제 거리에서 꼬마랑 마주쳤어. 그래서 선택받은 신도들의 영적 환희를 끌어올릴 대상으로 선택하고, 자신이 사는 곳으로 안 찾아오면, 그리고 내일 밤에 법률 전문 문방구점으로 안 오면 경찰에 넘기겠다고 협박했어.

"내-일-밤!"

스낙스비 부인이 한 글자씩 강조하고는 딱딱한 미소를 머금은 채 고개를 딱딱하게 젓는다. 내일 밤에 꼬마가 여기에 오는 거야. 그러면 꼬마와 또 한 사람을 자세히 감시하는 거야. (스낙스비 부인이 경멸하는 어투로 오만하게 속삭인다) 아, 당신은 비밀을 오랫동안 숨길 순 있을지언정, 내 눈까지 가릴 순 없어!

스낙스비 부인은 누구 귀에도 속닥이지 않은 채 마음속 목표를 간직하고 조용히 침묵한다. 내일이 오고, '기름 공장'이 먹을 맛난 음식을 준비하고, 초저녁이 다가온다. 스낙스비는 까만 웃옷 차림으로 오고, 차드밴드 부부도 오고, (뚱뚱한 선박이 게걸스럽게 먹어치우자) 두 도제와 구스터도 설교를 들으러 오고, 마침내 조가, 차드밴드가 영적 환희를 끌어올릴 재료가, 지저분한 머리로 발을 앞으로 질질 끌고 뒤로 질질 끌고 오른편으로 질질 끌고 왼편으로 질질 끌며, 흙 묻은 손으로 털모자를 움켜쥔 채 자신이 잡은 더러운 새라도 되는 듯, 그래서 날것으로 먹으려고 털이라도 뽑는 듯, 쥐어뜯으며 나타난다.

스낙스비 부인은 구스터가 조그만 거실로 데려오는 조를 물끄러미 바라본다. 조가 들어오면서 남편을 쳐다본다. 아하! 저 애가 왜 남편을 쳐다볼까? 남편 역시 조를 쳐다본다. 저 양반이 왜 쳐다봐야 할까? 그게 아니라면 두 사람이 무엇 때문에 시선을 주고받는단 말인가, 그게 아니라면 남편이 당황하며 손으로 입을 가리고 기침해서 신호할 이유가 무어란 말인가? 스낙스비 부인은 모든 걸 꿰뚫어 본다. 남편이 저 아이 아버지라는 사실이 또렷하게 드러난 것이다.

차드밴드 목사가 존경스러운 얼굴에서 기름진 분비물을 닦아내고 일어나며 말한다.

"평화, 친구 여러분. 우리 모두에게 평화가 깃들기를! 친구 여러분, 왜 우리는 평화를 바랄까요?"

차드밴드 목사가 기름진 미소를 떠올리며 대답한다.

"평화는 우리를 해롭게 못 하며, 평화는 우리 모두에게 바람직하기 때문입니다. 평화는 딱딱하지 않으며, 평화는 부드럽기 때문입니다. 평화는 독수리처럼 싸우지 않고 비둘기처럼 다가오기 때문입니다. 따라서, 친구 여러분, 우리 모두에게 평화가 있기를! 우리 어린 친구, 이리 오도록!"

차드밴드 목사가 통통한 손을 앞으로 내밀어서 팔을 잡고 조를 어디에 앉힐지 생각한다. 조는 존엄한 친구의 의도가 의심스러운 건 물론 뭔가 커다란 시련과 고통을 가할 것만 같아, 이렇게 중얼거린다.

"놓아주세요. 나는 당신한테 아무 짓도 안 했어요. 그냥 놓아주세요."

하지만 차드밴드는 유창하게 대답한다.

"안 되지, 우리 어린 친구, 너를 놓아줄 수 없어. 왜냐고? 나는 추수꾼이기 때문이야. 힘들게 일해서 곡식을 추수하는 사람이고, 너는 나한테 인도되어 소중한 도구로 쓰여야 해. 친구 여러분, 이 도구가 여러분한테 유익하고, 도움이 되고, 소득이 되고, 복지가 되고, 부자가 되는 데 부합하기를! 어린 친구, 걸상에 앉도록!"

조는 존엄한 신사가 머리를 자르려 한다는 느낌을 받고, 두 팔로 머리를 감싼 채 저항하다 걸상에 강제로 앉혀져, 싫다는 의사를 다양하게 드러낸다.

차드밴드 목사는 그런 조를 나무 인형처럼 자세를 이리저리 바꾸다, 식탁 뒤로 물러나서 곰 발 같은 손을 추켜올리며 말한다.

"친구 여러분!"

모두 조용히 하라는 신호다. 두 도제는 속으로 킥킥대며 서로를 쿡쿡 찌른다. 구스터는 더없이 존경하는 차드밴드 목사에 압도당하기도 하고, 처지가 너무나 비슷한 거지 소년이 불쌍하기도 해서 멍한 시선으로 쳐다본다. 스낙스비 부인은 화약 심지를 조용히 설치한다. 차드밴드 부인은 벽난로 옆에 차갑게 달라붙어 무릎을 따뜻하게 데우며, 설교를 듣는 바람직한 자세를 취한다.

차드밴드 목사는 설교단에 오를 때마다 신자 가운데 한 명에게 시선을 고정한 채 주장을 펼치는 묘한 습관이 있으니, 그 신자는 간헐적으로 감탄하며 신음하고 숨을 헐떡이는 식으로 내적 감동을 드러내고, 그 내적 감동은 바로 옆에 앉은 나이 많은 여성에게 옮겨가고 그래서 벌금 물기 놀이처럼 자리에 참석한 모든 죄인에게 옮겨가는 식으로 모두가 시끌벅적하게 찬양해서 차드밴드 목사에게 힘을 불어넣어야 한다. 이

처럼 단순한 습관 때문에 차드밴드 목사는 "친구 여러분!"이라고 외치며 스낵스비에게 시선을 고정해, 안 그래도 당혹스러워하던 운수 사나운 문방구점 주인을 표적으로 삼는다.

"친구 여러분, 지금 우리 가운데는 이방인이자 이교도가, '톰 올 얼론스' 움막 거주자가, 지표면을 끊임없이 움직여야 하는 자가 있습니다."

차드밴드 목사는 이 사실을 더러운 엄지손톱으로 풀어헤치며 스낵스비에게 기름기 감도는 미소를 보내, 아직도 바닥에 안 쓰러졌다면 자신이 설교로 곧 박살 낼 것을 암시하며 이어간다.

"친구 여러분, 지금 우리 가운데는 우리 형제인 소년이 있습니다. 부모도 없고 친척도 없고 양 떼와 소 떼도 없고 금과 은과 보석도 없는 아입니다. 그렇다면, 친구 여러분, 이 아이는 가진 게 하나도 없다는 말을 내가 왜 할까요? 왜요? 이 아이는 왜 그런 게 없을까요?"

차드밴드 목사가 묻는데, 스낵스비에게 지극히 독창적이고 훌륭한 수수께끼를 냈으니 포기하지 말라고 간청하는 것 같다.

안 그래도 스낵스비는 – 차드밴드 목사가 부모라는 단어를 언급하는 순간 – 우리 마나님이 쳐다보는 이상한 시선에 엄청나게 당황한 터라, 겸손하게 "정말이지, 모르겠습니다, 목사님"이라고 대답한다. 그와 동시에 차드밴드 사모님이 매섭게 노려보고, 스낵스비 부인은 "창피한 줄 알아!"라 타박하고, 차드밴드 목사는 이렇게 말한다.

"어떤 목소리가 들립니다. 그 소리는 조용하고 여린 소리[20]일까요, 친구 여러분? 나는 그러길 간절히 바라지만, 안타깝게도 아니니……"

"아……아!"

스낵스비 부인이 신음을 뱉어낸다.

---

20) '조용하고 여린 소리'는 열왕기상 19장 12절에 나오는 표현으로 신 혹은 양심이 말하는 소리를 뜻한다.

"그 소리는 '나는 모르겠다'고 합니다. 그렇다면 내가 이유를 말하겠습니다. 지금 우리 가운데 있는 형제에게 부모도 없고 친척도 없고 양 떼와 소 떼도 없고 금과 은과 보석도 없다고 했는데, 그건 이 형제에게 우리 대부분을 비추는 빛이 없기 때문입니다. 그 빛은 무엇입니까? 그것은 무엇입니까? 여러분에게 묻습니다, 그 빛은 무엇입니까?"

차드밴드 목사는 머리를 뒤로 물리고 말을 멈추지만, 스낙스비는 파멸을 불러올 또 다른 유혹에 안 넘어간다. 그러자 차드밴드 목사가 식탁 너머로 상체를 기울여, 앞에서 말한 엄지손톱으로 스낙스비를 찌른다.

"그건 빛 중의 빛이며, 태양 중의 태양이며, 달 중의 달이며, 별 중의 별입니다. 그건 설교의 빛입니다."

차드밴드 목사가 몸을 다시 물리고 의기양양하게 쳐다보는 게, 스낙스비에게 느낌이 어떠냐고 묻는 것 같다. 그러다 스낙스비를 또 찌르며 말한다.

"설교의 빛. 그건 등불 중의 등불이 아니라는 말을 하지 마시오. 그건 등불 중의 등불이라는 걸 나는 여러분에게 분명히 말합니다. 정말 그렇다고 여러분에게 수백만 번이라도 말합니다. 정말 그러니까요! 나는 그 진실을 여러분에게 공표합니다, 여러분이 좋아하든 싫어하든. 아니, 여러분이 싫어할수록 나는 여러분에게 더욱 커다랗게 공표합니다. 확성기를 들고서! 여러분에게 말하건대, 그것을 반대하는 사람은 쓰러질 것이며, 고통을 겪을 것이며, 두들겨 맞을 것이며, 결딴이 날 것이며, 박살이 날 것입니다."

한껏 달아오른 설교는 - 신봉자들이 그 놀라운 권능에 감탄하니 - 차드밴드 목사 몸뚱이를 보기 흉하게 달아오르게 하는데 그치지 않고 순진무구한 스낙스비를 무정한 철면피에 완벽하게 비도덕적인 인간으로 만드니, 불행한 문방구점 주인은 한층 더 당황해서 한층 더 의기소침하고 기운이 떨어지고 난처한 처지로 전락하는데도, 차드밴드는 마지막 펀치를 날린다. 기름기 가득한 머리를 손수건으로 닦으면서 - 머리에서 연기가 펄펄 나는 건 물론 그걸 여러 번 닦은 손수건조차 불에 붙을 것처럼 연기가 나는 가운데 - 이렇게 말한 것이다.

"친구 여러분, 우리가 비천한 능력으로 파악하고자 애쓰는 주제를 계속 파고들려면, 내가 지금까지 언급한 설교란 무엇인가를 사랑하는 마음으로 알아보아야 합니다."

차드밴드 목사가 갑자기 지적해서 두 도제와 구스터를 깜짝 놀라게 한다.

"왜냐하면, 젊은 친구들, 의사가 나한테 염화수은이나 아주까리기름이 좋다고 한다면, 당연히 나는 염화수은이 무엇이며 아주까리기름이 무어냐고 물을 겁니다. 둘 다 혹은 둘 가운데 하나를 복용하기 전에 충분한 정보를 들으려 할 겁니다. 그렇다면 설교는 무엇일까요, 젊은 친구들? (사랑하는 마음으로) 먼저, 평범한 설교는 - 우리가 매일 입는 작업복은 - 무엇일까요, 젊은 친구들? 속임수일까요?"

"아……아!"

스낙스비 부인이 감동한다.

"억압일까요?"

스낙스비 부인이 아니라는 뜻으로 부르르 떤다.

"의심일까요?"

스낙스비 부인이 머리를 젓는다, 오랫동안 힘껏.

"아닙니다, 친구 여러분, 그건 절대 아닙니다. 지금까지 말한 어떤 것도 아닙니다. 지금 우리 가운데에 존재하는 어린 이교도한테 - 친구 여러분, 깊이 잠자는 건 무관심과 파멸의 상징이 눈꺼풀에 어렸다는 뜻이니, 깨우지 마세요, 내가 씨름하고 싸워서 정복해야 마땅하니까요 – 영혼이 딱딱하게 굳은 어린 이교도한테 수탉에 대해, 황소에 대해, 숙녀에 대해, 금화에 대해 말한다 해도 그게 설교일까요? 아닙니다. 행여나 부분적으로 그랬다면, 전체적으로 온전하게 그랬나요? 아닙니다, 친구 여러분, 아닙니다!"

두 눈으로, 영혼의 창으로, 우리 마나님의 시선이 파고들어 샅샅이 뒤지는 걸 견딘다면 그건 스낙스비가 아니니, 스낙스비는 잔뜩 움츠러든 채 고개를 푹 숙인다.

차드밴드는 사람들 수준에 맞추려고 기나긴 계단을 한참 내려왔다는 표시를 눈에 거슬리게 하며 기름기가 번지르르한 미소를 온화하게 머금는다.

"아니면, 젊은 친구들이여, 이 집 바깥양반이 도심지에 들어가서 장어를 보고 돌아와, 이 집 안주인을 불러다 '사라, 기뻐해 줘, 코끼리를 보았거든!'이라고 말한다면, 그게 설교일까요?"

스낙스비 부인이 눈물을 흘린다.

"아니면, 젊은 친구들이여, 이 집 바깥양반이 코끼리를 보고 돌아와서 '아, 도심지가 텅 비었으니, 내가 본 건 장어밖에 없도다'라고 말한다면, 그게 설교일까요?"

스낙스비 부인이 엉엉 운다.

차드밴드 목사가 고무되어 목소리를 키운다.

"아니면, 젊은 친구들이여, 여기서 곤히 잠든 이교도의 이상한 부모가 – 이 아이도 부모가 분명히 있었을 테니, 젊은 친구들 – 아이를 늑대와 독수리, 들개와 어린 영양, 독사에게 던져주고 집으로 돌아와서 파이프 담배를 태우고 맛난 요리를 먹고 피리를 불며 춤춘다면, 그러면서 쇠고기와 닭고기를 먹고 맥주를 마신다면, 그게 설교일까요?"

스낙스비 부인이 발작하고 날카로운 비명을 내지르면서 엉엉 울어대는 소리가 법률 전문 문방구점에 울려 퍼진다. 급기야 몸마저 굳어버려, 그랜드 피아노처럼 사람들에게 들린 채 좁은 계단을 지나간다. 그래서 모든 사람이 말할 수 없이 고생하고 극단적으로 놀란 뒤에 스낙스비 부인이 고통에서 벗어났으나 많이 지쳤다는 말이 침실에서 들려오니, 스낙스비는 그랜드 피아노를 옮기면서 짓밟히고 짓뭉개졌는데도, 더없이 당혹스러운 상황에 기운은 없고 공포는 몰려드는데도, 용기 내서 거실 방문을 나온다.

그러는 내내 조는 잠에서 깨어난 자리에 그대로 서서 털모자를 뜯어 입에 넣는다. 그러다 후회하는 표정으로 뱉어낸다. 자신은 하느님에게 버림받은, 개선할 여지조차 없는 존재라고, 깨어있으려 애써도 아무런 소용이 없다고, 자신이 할 수 있는 건 아무것도 없다고 느낀다. 하지만, 조, 그대처럼 아는 게 하나도 없는 사람조차 흥미진진하고 재미있는 역사책이, 지상에서 평범한 사람들이 해낸 놀라운 업적을 기록한 역사책이 있으니, 차드밴드 부부가 빛을 안 가리고 그대에게 알려준다면, 개선하지 말고 그대로 놔둔다면, 차드밴드 부부 방식으로 돕는 대신 그런 책이 있다는 것만 알려준다면, 그대는 새롭게 배우고, 그래서 늘 깨어있을 텐데!

조는 그런 책이 있다는 소릴 한 번도 못 들었다. 조에게는 책을 편찬한 사람이나 차드밴드 목사나 똑같다. 다른 게 있다면 차드밴드 목사를 개인적으로 안다는 사실, 5분 동안 설교를 들으니 차라리 한 시간 이상 도망치고 싶다는 사실이다. '이제 여기에 있어도 아무런 소용이 없겠어. 스낙스비 아저씨는 오늘 밤에 나한테 아무 말도 안 할 거'라는 생각도 든다. 그래서 조는 발을 질질 끌며 아래층으로 내려간다.

하지만 아래층에는 마음씨 착한 구스터가 스낙스비 부인의 비명에 자극받아서 발작이 이는 걸 억누르려고 주방 난간을 꼭 잡고 있다. 그런 구스터가 자신이 저녁 식사로 먹을 빵과 치즈를 건네며 처음으로 용기 내서 말을 건넨다.

"자, 이걸 먹으렴, 불쌍한 아이야."

"고맙습니다, 아줌마."

"배고프니?"

"지독히!"

"너희 아버지랑 어머니는 어디에 있니, 응?"

조는 음식을 먹다 말고 화석처럼 굳는다. 투팅 무덤의 성자 밑에서 자란 고아 여자가 어깨를 도닥이는데, 그렇게 점잖은 손이 자신을 어루만지는 건 생전 처음이기 때문이다.

"아버지랑 어머니는 하나도 몰라요."

"그건 나도 마찬가지란다."

구스터가 말한다. 그리곤 금방이라도 발작할 것 같은 느낌을 억누르다, 뭔가에 놀란 듯 계단을 재빨리 내려가며 사라진다.

조가 계단에서 머뭇거리는데, 문방구점 주인이 나타나서 다정하게 속삭인다.

"조."

"네, 스낙스비 아저씨!"

"네가 사라진 걸 몰랐구나. 자, 반 크라운 은화를 주마, 조. 지난밤에 우리가 찾아갔을 때 여인 이야기를 안 한 건 정말 잘한 일이야. 문제가 생길 수 있거든. 입을 꼭 다물려무나, 조."

"네, 아저씨!"

그리고 작별한다.

유령 같은 그림자가, 주름 장식이 달린 수면 모자 차림으로, 문방구점 주인이 나온 방에서 슬그머니 나와 위층으로 미끄러지듯 올라간다. 그런 다음부터 스낙스비가 어디를 가든, 또 다른 그림자 역시 스낙스비 그림자처럼 끊임없이, 스낙스비 그림자처럼 조용히 따라다닌다. 그래서 스낙스비 그림자가 아무리 은밀한 곳으로 들어가도 모든 비밀이 드러난다! 스낙스비 부인 역시 그곳으로 스며들어 감시하기 때문이니, 그 뼈에서 나온 뼈요, 그 살에서 나온 살이요, 그 그림자에서 나온 그림자로다!

CHAPTER XXVI
저격병

    겨울 아침은 창백한 얼굴과 둔감한 눈초리로 레스터 광장 인근을 바라보고, 사람들은 잠자리에서 일어나려 하질 않는다. 대체로 태양이 높이 뜰 때 잠자리에 들고 별이 반짝일 때 깨어나서 먹잇감을 찾아다니는 야행성 조류라, 화창한 날에도 일찍 일어나지 않는다. 위층과 다락방 지저분한 블라인드와 커튼 안에는 가짜 이름과 가짜 머리칼과 가짜 직함과 가짜 보석과 가짜 경력을 제시하며 숨어든 도적들이 이제 막 누워서 잠자는 중이다. 이들은 국내와 해외에서 감옥생활 하던 경험을 자랑할 법한 카드 사기꾼, 공포에 끊임없이 시달리며 덜덜 떠는 강대국 간첩, 끝장난 배신자, 겁쟁이, 깡패, 노름꾼, 사기 도박꾼, 야바위꾼, 가짜 증인들로, 일부는 더러운 머리칼 밑에 낙인까지 찍히고, 대부분은 네로 황제보다 잔인하고 감옥에 갇힌 죄수보다 범죄를 자주 저지른다. 무명이나 작업복을 입은 악마도 충분히 사악하나 (둘 다 입은 악마는 더더욱 사악하나) 셔츠에 장식 핀을 꽂고, 신사라 자칭하고, 화려하게 꾸미고, 당구 내기하고, 어음에 대해서 조금 아는 악마야말로 누구보다 사악하고 지독하고 교활하다. 버킷이 마음만 먹는다면 레스터 광장 골목마다 이런 악마가 가득하다는 사실을 충분히 깨달을 것이다.

하지만 겨울 아침은 악마를 바라지 않으니 깨우지도 않는다. 그 대신 사격연습장의 조지 선생과 필을 깨운다. 두 사람이 일어나더니 매트리스를 말아서 치운다. 조지 선생은 조그만 거울 앞에서 면도하고, 모자도 안 쓰고 가슴마저 드러낸 채 조그만 마당 펌프로 뚜벅뚜벅 걸어가, 노란 비누와 지독히 차가운 물로 온몸을 번뜩인다. 그래서 둥글게 돌아가는 커다란 수건으로 온몸을 닦으면서 물 밖으로 막 나온 잠수병처럼 숨을 몰아쉬는데, 머리칼은 문지를수록 햇볕에 탄 관자놀이에 단단하게 꼬이니, 쇠갈퀴나 말 빗 같은 도구가 아니면 도저히 못 빗을 것 같다. 숨이 편하도록 머리를 양옆으로 돌리고, 튼튼한 다리로 물이 안 떨어지도록 상체를 앞으로 숙인 채, 몸을 문지르고 숨을 몰아쉬고 물을 닦고 숨을 몰아쉰다. 필은 무릎을 꿇고 불을 피우다 고개를 돌려서 바라보는데, 주인이 닦는 걸 보는 거로 자신은 다 닦았다고, 주인이 드러낸 강인한 상체를 보는 거로 하루에 필요한 원기를 충분히 회복했다고 생각하는 표정이다.

조지 선생은 몸을 다 씻고서 단단한 빗 두 개로 머리칼을 무지막지하게 빗는 작업에 들어가고, 필은 연습장을 청소하다 말고 고개를 돌려서 불쌍하다는 표정으로 눈을 찡그린다. 힘든 작업이 끝나니, 옷을 차려입는 건 금방이다. 평소라면 조지 선생은 필이 뜨거운 롤빵과 커피 향을 강하게 피우며 아침을 준비하는 동안 파이프에 담배를 재우고 불을 붙이고 파이프를 빨면서 힘차게 행진할 것이다. 하지만 지금은 파이프를 엄숙하게 빨며 천천히 행진한다. 오늘 아침 파이프는 무덤에 묻힌 그리들리를 추모하는데 전념하는 것 같다. 그래서 말없이 몇 바퀴를 돌다 불쑥 말한다.

"그런데, 필, 간밤에 꿈에서 시골을 봤다고?"

참고로 말하자면, 필은 잠자리를 꿈틀대며 나오다 놀란 어투로 그렇게 말한 적이 있다.

"네, 주인님."

"어땠나?"

필이 곰곰이 생각하며 대답한다.

"어땠는지 모르겠어요, 주인님."

"시골이라는 건 어떻게 알았지?"

필이 한층 더 곰곰이 생각하며 대답한다.

"풀밭을 본 것 같아요. 백조도 있고요."

"백조가 풀밭에서 뭘 했는데?"

"풀을 먹었던 것 같아요."

필이 대답하고, 주인은 다시 행진하고, 필은 다시 아침을 준비한다. 두 사람이 먹을 아침 식사는 녹슨 석쇠에 올려놓고 굽는 베이컨이 전부라서 오랫동안 준비할 필요는 없다. 하지만 필요한 게 있을 때마다 필이 옆걸음으로 사격장을 돌아야 하는 데다 물건 두 개를 한꺼번에 들고 오는 법이 없어서 시간이 걸린다. 그래도 아침 식사는 마침내 준비가 끝난다. 필이 알리자, 조지 선생은 벽난로 안쪽 시렁에 대고 툭툭 쳐서 재를 털어내고 파이프를 굴뚝 모서리에 세워놓고서 식탁에 앉는다. 음식을 들자, 필도 그러는데, 조그만 타원형 식탁 제일 끝에 앉아서 음식 접시를 무릎에 내려놓은 상태다. 겸손해서 그럴 수도 있고, 까만 손을 안 보이려고 그럴 수도 있고, 그렇게 먹는 게 자연스러워서 그럴 수도 있으리라.

조지 선생이 나이프와 포크를 부지런히 움직이며 묻는다.

"시골이라니, 맙소사, 너는 시골을 본 적이 없잖아, 필?"

"습지는 한 번 봤어요."

필이 아침을 맛나게 먹으며 대답한다.

"어떤 습지?"

"그냥 습지요, 대장님."

"어디에 있는데?"

"어디에 있는지는 모르지만 한 번 봤어요, 주인님. 편편했어요. 안개가 끼고요."

주인님과 대장님은 필이 존경심과 복종심을 담아서 번갈아가며 쓰는 호칭으로, 대상은 오로지 조지 선생 한 명이다.

"나는 시골에서 태어났어, 필."

"정말요, 대장님?"

"그래. 거기서 자랐고."

필이 한쪽 눈썹을 추켜세운 채 흥미로운 표정으로 주인을 존경스럽게 바라보다, 커피를 한 모금 꿀꺽 삼킨 뒤에도 계속 바라본다.

"내가 모르는 새는 하나도 없어. 내가 모르는 잎사귀와 산딸기도 없고. 내가 오르지 못하는 나무도 별로 없었지. 예전에는 진짜 시골아이였거든. 좋으신 어머니도 시골에 사셨고."

"나이도 많고 정말 훌륭하신 분이었겠어요, 주인님."

"그래! 하지만 나이는 안 많으셨어, 35년 전에는. 아흔이 되셔도 나처럼 허리는 꼿꼿하시고 어깨는 널찍하실 게 분명해."

"아흔 살에 돌아가셨나요, 주인님?"

"아니. 아아! 어머니 얘기는 그만두자. 하느님, 우리 어머니를 보살펴 소서! 내가 시골아이였다는 둥 사방을 싸돌아다녔다는 둥 쓸데없는 얘기를 왜 한 거야? 그래, 너 때문이야! 그래, 너는 시골을 본 적이 없어, 습지와 꿈에서 본 것 말고는, 그치?"

주인이 묻자, 필이 고개를 끄덕인다.

"시골을 보고 싶나?"

"아, 아닙니다. 보고 싶은지 아닌지 모르겠습니다."

"도시로 충분한가?"

"대장님, 저는 아무것도 모릅니다. 색다른 곳으로 가기에는 나이가 너무 많은 것 같기도 하고요."

필이 대답하자, 기병은 김이 모락모락 나는 커피를 접시째 들어서 입술로 가져가다 멈추며 묻는다.

"몇 살이지, 필?"

"여덟 살은 들어갑니다. 여든 살일 순 없습니다. 열여덟 살일 수도 없고요. 그 사이 어딘가 있습니다."

조지 선생은 커피를 맛보지도 않고 접시를 천천히 내려놓고 웃으며 "맙소사, 말도 안 돼, 필······" 하고 말하다, 필이 더러운 손가락으로 열심히 센다는 걸 깨닫는다.

"저는 여덟 살이었어요, 교구 계산 방식[21]에 따르면, 땜장이를 따라갔을 때. 당시에 심부름을 가다 땜장이가 낡은 건물 옆에 앉아서 모닥불을 편안하게 쬐는 걸 보았는데, 땜장이가 '나를 따라올래, 꼬마?' 하고 말해서, 저는 '좋다'고 대답하고 '클라큰웰'로 갔어요. 그날이 만우절이었어요. 제가 셀 수 있는 수는 열까지가 전부라, 다음 만우절이 왔을 때 '이제, 친구, 너는 한 살하고 여덟 살이야'라고 혼자 중얼거렸어요. 그다음 만우절이 왔을 때 '이제, 친구, 너는 두 살하고 여덟 살이야'라고 중얼거렸어요. 시간이 흘러서 저는 열 살하고 여덟 살이 되고, 열 살두 개와 여덟 살이 되었어요. 그러다 숫자가 너무 올라가서 손가락으로

---

21) 당시에 고아나 떠돌이는 교구 고아원에서 길렀는데, 대체로 나이와 생일을 몰라 교구에
   서 대충 정해주었다.

셀 수 없게 되었지만, 여하튼 여덟 살이 들어가는 건 확실해요."

"아!"

조지 선생이 감탄하고 다시 식사하며 물었어요.

"그럼 땜장이는 어디로 갔지?"

"술 때문에 병원에 갔는데, 주인님, 병원 측이 유리 상자에 넣었다[22]고 들었어요."

필이 알아듣지 못할 말로 대답한다.

"그래서 승진한 거야? 가게를 물려받는 거, 필?"

"네, 대장님, 가게를 물려받았어요. 그렇게 돼서. 하지만 샤프론 언덕, 해튼 가든, 클라큰웰, 스미펠드 등등, 주전자를 아예 못 고칠 때까지 쓰는 가난한 동네를 주로 돌아다녀서 재미는 그다지 없었어요. 떠돌이 땜장이 대부분이 우리 가게에 와서 묵었어요. 예전 주인은 대체로 그걸로 수입을 올렸지요. 그러나 저로 바뀌면서 그들도 안 왔어요. 예전 주인과 달랐거든요. 예전 주인은 재미난 노래도 많이 해줬는데, 저는 노래를 못했거든요! 예전 주인은 쇠그릇이든 양철 그릇이든 다양하게 늘어놓고 다양한 곡조를 연주했는데, 저는 그릇을 고치고 상대를 짜증나게 하는 것 말고 아무것도 못 했거든요. 음악을 한 가락도 몰랐거든요. 게다가 너무 못생겨서 그 사람들 부인네들이 싫어했거든요."

"그들이 더 강했군. 하지만 일반 사람 사이에선 검열에 통과했을 거야, 필!"

기병이 유쾌한 미소를 머금으며 말하자, 필은 고개를 저으며 대답한다.

"아닙니다, 주인님. 그렇지 않았습니다. 땜장이를 할 때는 그나마 넘어갔어요, 물론 당시에도 자랑할 건 하나도 없었지만. 젊을 때 입으

___
22) 해부용 시신으로 썼다는 뜻이다.

로 불을 피우다, 얼굴이 까맣게 변하고 머리칼을 태워 먹고 연기를
마셨는데, 운이 지지리도 없는 터라 뜨거운 음식에 데서 흉터도 생기고,
나이를 먹으면서 땜장이가 술에 취할 때마다 – 거의 맨날 – 툭하면
싸우니, 저는 당시에도 얼굴이 정말 이상했답니다. 그런 뒤로 툭하면
사고가 나는 어두운 대장간에서 12년 일하고, 가스 공장에서 화상을
입고, 폭죽 공장에서 화약을 통에 넣다 창문 밖으로 날아갔으니, 구경
거리가 될 만큼 추악할 밖에요!"

필은 그런 자신에 완벽하게 만족한다는 자세로 체념하곤, 커피를
한 잔 더 따른다. 그래서 그걸 마시며 덧붙인다.

"대장님을 처음 만난 게 화약이 폭발한 직후였어요. 기억나세요?"

"기억나, 필. 그때 너는 태양이 쨍쨍한 길을 혼자 걸어갔지."

"기어갔어요, 주인님, 담벼락에 붙어서……"

"맞아, 필…… 담벼락을 어깨로 밀면서……"

필이 흥분하며 소리친다.

"수면 모자까지 쓰고요!"

"그래, 수면 모자까지 쓰고……"

필이 한층 더 흥분하며 소리친다.

"지팡이 두 개를 짚고 쩔뚝이면서!"

"그래, 지팡이 두 개를 짚고. 바로 그때……"

조지 선생이 말하는데, 필이 컵과 쟁반을 내려놓고 무릎에서 음식쟁
반을 급히 치우며 소리친다.

"바로 그 순간, 주인님이 가던 길을 멈추고 저한테 물었어요. '맙소
사, 전우여! 전쟁터에 다녀왔구먼!' 당시에 저는 아무런 말도 안 했어요,
대장님, 이렇게 건장하고 강인한 분을 보고서, 가죽만 남은 몸으로 절
뚝거리며 가는 저한테 다가와서 말을 걸 정도로 대범한 분을 보고서

너무나 놀랐거든요. 하지만 대장님은 가슴에서 우러나오는 말씀을 저한테 하셨어요. '무슨 사고를 당했나? 부상이 심하군. 어디를 다쳤나, 전우여? 기운을 내, 자세히 말해보게!' 기운을 내! 저는 벌써 기운이 났어요! 그래서 대장님한테 말하고, 대장님은 더 많이 말하고, 저도 더 많이 말하고, 대장님도 더 많이 말하고, 그래서 여기까지 왔어요, 대장님! 그래서 제가 여기까지 왔어요, 대장님!"

필이 의자에서 일어나 옆으로 이상하게 걸으며 이어간다.

"사격 표적이 필요하다면, 그래서 사업에 도움이 된다면, 고객한테 저를 표적으로 쏘게 하세요. 그래도 저는 더 흉측할 수 없으니까요. 저는 괜찮으니까요. 그렇게 하세요! 권투 글러브를 끼고 때릴 상대가 필요하면, 저를 때리라고 하세요. 얼굴을 마구 때리라고 하세요. 저는 괜찮으니까요. 레슬링에서 내던지는 연습을 할 경량급 상대가 필요하다면, 저를 내던지라고 하세요. 그래도 저는 안 다치니까요. 지금까지 살아오면서 온갖 형태로 나뒹굴었으니까요!"

필은 갑작스럽게 연설하면서 다양한 동작을 하더니, 사격연습장 삼면에 어깨를 대고 나아가다, 갑자기 대장 쪽으로 방향을 틀어, 무슨 일이든 헌신적으로 하겠다는 의도를 드러낸다. 그런 다음에 아침 먹은 걸 싹 치우기 시작한다.

조지 선생은 신나게 웃고는 필 어깨를 도닥인 다음에 식탁 치우는 일을 돕고, 연습장 문을 열 준비를 한다. 다 끝나자 아령을 차례대로 들고, 이어서 체중을 재며 "살이 너무 쪘다" 한탄하고, 혼자서 큰 칼 연습에 엄숙하게 빠져든다. 그러는 동안 필은 평소처럼 작업대에서 총마다 나사를 풀고 조이고, 청소하고 줄질하고, 조그만 구멍을 입으로 불며 작업하느라 온몸에 까만 걸 계속 묻히는 게, 총을 들고서 해야 할 일은 다 하고 하면 안 될 일은 다 피하는 것 같다.

주인과 하인이 그럴 때 입구에서 발소리가 복잡하게 일어나는데, 그 소리가 평소와 다른 걸 보면 여느 때와 다른 손님인 것 같다. 발소리는 연습장으로 꾸준히 다가오다, 얼핏 보면 일 년 가운데 11월 5일[23]만 특별히 좋아할 것 같은 무리가 나타난다.

짐꾼 두 명은 축 늘어진 추악한 형상이 앉은 의자를 들고, 옆에는 깡마른 가면처럼 생긴 얼굴에 체구도 깡마른 여인이 따라오는데, 여인은 낡은 영국을 산 채로 폭파할 음모를 꾸밀 당시를 기념하는 유명한 시구를 당장에라도 암송할 것처럼 입술을 도전적으로 굳세게 닫은 채 아무 말도 안 하니, 의자는 바닥으로 그대로 내려온다. 그와 동시에 의자에 담긴 추악한 형상이 가쁜 숨을 몰아쉬며 "하느님 맙소사! 아, 온몸이 떨려!"라며 한탄하곤 "어떻게 지내시오, 친애하는 친구, 어떻게 지내시오?"라고 덧붙인다. 조지 선생은 그때 비로소 존경스러운 스몰위드 노인이 손녀 주디를 데리고 바람 쐬러 나왔다는 걸 깨닫는다.

"조지 선생, 친애하는 친구여, 어떻게 지내시오? 나를 보고 놀랐구려, 친애하는 친구여."

스몰위드 노인이 오른팔로 목을 움켜잡아 짐꾼 한 명이 숨 막혀 죽을 것 같을 때 비로소 그 목을 풀어주며 덧붙이자, 조지 선생이 대답한다.

"도심지에 산다는 친구분이 찾아왔다 해도 이렇게 놀랍지는 않을 것 같군요."

"나는 밖에 잘 안 나온다오. 이렇게 나온 것도 여러 달 만이라오. 불편하거든…… 돈도 들고. 하지만 당신을 보고 싶었다오, 친애하는 조지 선생. 어떻게 지내시오, 선생?"

---

23) 영국 가톨릭 신자들이 '가이 폭스'를 중심으로 의회를 폭파하고 제임스 1세를 암살하려다 잡힌 1605년 11월 5일을 말한다. 영국에서는 이날을 '가이 폭스의 날'이라 칭하며, 해마다 못생긴 인형을 '가이 폭스'라며 불에 태운다.

스몰위드 노인이 숨을 헐떡이며 묻자, 조지 선생이 대답한다.

"잘 지냅니다. 노인도 마찬가지길 바랍니다."

그러자 스몰위드 노인이 두 손을 움켜잡으며 말한다.

"정말 잘 지내시는구려, 친애하는 친구. 우리 손녀딸 주디를 데리고 왔다오. 주디가 없으면 안 되거든. 주디도 당신을 보고 싶어 했다오."

"으음! 그러기엔 표정이 너무 차분하군!"

조지 선생이 중얼거리고, 노인은 계속 말한다.

"사업체를 운영하는 친애하는 친구를 직접 보고 싶어, 삯마차를 잡아서 의자를 넣고, 바로 저 앞에서 나를 마차에서 꺼내 의자에 넣고, 사람들을 시켜서 여기로 운반했다오."

숨 막혀 죽을 뻔하다 물러나서 숨통을 문지르는 짐꾼을 노인이 가리키며 다시 말한다.

"저 짐꾼은 마차를 모는 마부라오. 추가 요금이 없지. 요금에 다 포함하기로 약속했거든. 옆에 있는 짐꾼은 바로 저 앞에서 맥주 한 잔 값을 주기로 했고. 2펜스. 주디, 저 사람한테 2펜스를 주렴. 여기에 일꾼이 있다는 걸 몰랐거든. 알았다면 채용하지 않았을 텐데."

스몰위드 노인이 필을 흘깃 쳐다보자, 무서워서 기가 반쯤 꺾인 표정으로 "하느님 맙소사!"라며 한탄한다. 하지만 겉만 보고서 노인이 겁내는 것도 이유는 있으니, 필은 까만 벨벳 모자를 쓴 유령 같은 형상을 본 적이 없는 터라 총을 한 손에 들고 노려보는 게, 늙고 추악한 까마귀 종족으로 착각하고 금방이라도 총알을 날릴 것 같았기 때문이다. 그래서 다시 황급히 말한다.

"얘야, 주디, 저 사람한테 2펜스를 주렴. 한 일에 비하면 너무 많구나."

상대는 런던 서쪽 지역에서 자연스럽게 생겨나는 인간 곰팡이 가운데 탁월한 종자로, 낡은 빨간 윗도리를 입고서 언제든 뛰쳐나가 말을 잡아주고 마차를 부르는 "임무"에 충실할 만반의 준비를 한 사람이니, 간단한 운송이 결코 아닌 일을 한 대가로 2펜스 동전을 받고 공중에 던지다 낚아채며 물러난다.

그러자 스몰위드 노인이 다시 말한다.

"친애하는 조지 선생, 나를 벽난로 앞으로 운반하도록 도와주시겠소? 나는 불을 쬐야 한다오, 다 늙어서 몸이 금방 식거든. 아, 하느님 맙소사!"

마지막 한탄은 저절로 터졌으니, 필이 마법사라도 되는 것처럼 의자째 갑자기 들어다 벽난로 앞에 내려놓은 것이다.

"하느님 맙소사! 아, 하느님 맙소사! 아, 별이 보이네! 당신네 일꾼은 힘이 장사구려…… 동작도 빠르고. 하느님 맙소사, 동작이 정말 빨라! 주디, 나를 뒤로 옮겨다오. 다리가 타는구나."

노인이 숨을 헐떡이며 말하는데, 정말로 모직 스타킹 타는 냄새가 난다.

다정한 주디는 할아버지를 불가에서 뒤로 약간 빼내고, 평소처럼 할아버지 몸을 흔들면서 일으켜 앉히고, 한쪽 눈을 가린 까만 벨벳 촛불끄개[24]를 올려주고, 노인은 "아, 하느님 맙소사!"를 내뱉으며 사방을 둘러보다 조지 선생과 시선이 마주치자 두 손을 또 내민다.

"친애하는 친구여! 이렇게 만나니 좋구려! 그래, 여기가 선생 사업체요? 쾌적하구려. 그림 같아! 실수로 뭐가 폭발하는 일은 없겠지요, 친애하는 친구?"

스몰위드 노인이 마지막 말을 불안한 시선으로 덧붙인다.

"그런 일은 없으니 걱정하지 마세요."

---

24) 촛불끄개는 촛불을 끄는 물건이나, 여기에서는 모자를 뜻함과 동시에 죽을 날을 앞둔 노인의 처지를 암시한다.

"그리고 당신 일꾼. 저 사람 – 아, 하느님 맙소사! – 저 사람이 저 총을 무심코 쏘는 일도 없겠지요, 친애하는 친구?"

"저 친구는 자신 말고 다른 사람을 다치게 한 적이 없습니다."

조지 선생이 웃으며 대답하자, 노인이 다시 말한다.

"하지만 그럴 수도 있잖아요. 자신을 저렇게 많이 다치게 했다면 다른 사람도 다치게 할 수 있으니. 무심코 그럴 수도 있고, 일부러 그럴 수도 있고. 조지 선생, 끔찍한 총을 내려놓고 다른 데로 가라고 하면 안 되겠소?"

기병이 고갯짓하자, 필은 총을 순순히 내려놓고 사격연습장 반대편 끝으로 물러난다. 노인은 안심하고 다리를 문지르는데 몰두하다, 한 손에 긴 칼을 들고 자신을 똑바로 바라보는 기병에게 묻는다.

"그래, 잘 지내시오, 조지 선생? 번창하는 중인가요?"

조지 선생은 차갑게 고개를 끄덕이다 말한다.

"말씀하시지요. 그런 말이나 물어보려고 찾아오진 않으셨을 테니까."

"성격이 정말 쾌활하구려, 조지 선생. 당신은 참 좋은 친구예요."

"하하! 그런 말씀도 그만하시지요!"

"친애하는 친구여! 하지만 당신 칼이 끔찍하게 번뜩이는 게 너무 날카로워 보이는구려. 실수로 찌를 수도 있겠어요. 그래서 몸이 떨린다오, 조지 선생."

노인이 말하더니, 기병이 칼을 내려놓으려고 옆으로 한두 걸음 멀어지는 순간에 주디에게 말한다.

"저주받을 놈! 저놈은 나한테 돈을 빚졌으니까 사람 죽이는 연습을 하는 여기에서 원한을 갚으려 들지 몰라. 표독스러운 네 할머니가 와서 저놈한테 목을 깨끗하게 잘리면 좋겠는데."

이윽고 조지 선생이 돌아와서 두 팔을 가슴에 팔짱 끼고, 의자 밑으로 마냥 기우는 노인을 내려다보면서 조용히 말한다.

"이제 시작합시다!"

그러자 노인이 두 손을 문지르며 교활하게 웃는다.

"하! 좋아요. 이제 시작해요. 그런데 무엇을 시작하나요, 친애하는 친구?"

"파이프 담배."

조지 선생이 말하고는 굴뚝 모서리 의자에 느긋하게 앉아, 옆에 세워 놓은 파이프를 집어서 담배를 재우고 불을 붙여서 담배를 느긋하게 태운다.

그 모습을 보는 순간, 스몰위드 노인은 무언지 모를 목적을 달성하기 어렵겠다는 걸 깨닫고 당황한 나머지, 잔뜩 화나서 손톱으로 남몰래 허공을 할퀴는 모양이 당장에라도 조지 선생 얼굴을 갈가리 찢어발기고 싶은 것 같다. 하지만 훌륭한 노신사는 손톱이 기다란 납빛이고, 두 손은 깡말라서 정맥이 불거지고, 두 눈은 흐릿해서 물기가 고이니, 손톱으로 허공을 할퀴는 동안에도 몸뚱이는 의자 밑으로 계속 미끄러지다 옷 무더기처럼 무너지고, 그 모습에 익숙한 주디 눈에조차 섬뜩하게 보여, 젊은 처녀가 뜨거운 애정 이상으로 힘껏 달려들어 할아버지를 흔들고 가라앉은 부위를 때리고 찌르면서, 호신술에서 명치라고 부르는 부위를 특히 심하게 찌르면서 일으켜 앉히자, 노인은 극심한 고통을 못 견디고 도로 포장공이 망치로 연달아 내려치는 소리를 힘겹게 내뱉는다.

그래서 주디는 얼굴이 백지장 같고 코에 서리가 내린 채 여전히 손톱을 휘두르는 할아버지를 똑바로 일으켜 앉힌 다음, 쭈글쭈글한 집게손가락을 뻗어서 조지 선생 등을 쿡 찌른다. 기병이 고개를 들자, 주디는 존경스러운 할아버지를 다시 찔러서 두 사람을 마주 보게 하고 벽난로 불만 뚫어지게 바라본다.

"아야, 아야! 호, 호! 우-우-우-욱!"

스몰위드 노인이 비명을 질러대다 분노를 삼키고는 손톱으로 허공을 여전히 할퀴며 말한다.

"친애하는 친구여!"

그러자 조지 선생이 단호하게 말한다.

"분명히 말씀드리겠는데, 나와 대화하고 싶다면 툭 까놓고 말하세요. 나는 성질이 급해서 이리저리 돌리는 걸 못합니다. 그러는 기술도 모르고요. 영리한 편이 아니거든요. 이런 건 성격에 안 맞습니다."

기병이 파이프를 입에 다시 물면서 덧붙인다.

"계속 빙빙 돌려서 말씀하시니, 제기랄, 숨통이 막히는 것 같군요!"

그리고는 아직은 숨통이 안 막혔다는 걸 확인하려는 듯 널찍한 상체를 최대한 부풀린 다음에 다시 말한다.

"우호적인 목적으로 방문하신 거라면 고맙겠습니다. 하지만 어떤 자산이 있는지 확인하러 오신 거라면, 기꺼이 환영하니, 마음껏 둘러보세요. 가져가고 싶은 물건이 있다면 마음껏 가져가시고!"

젊디젊은 주디가 불길에서 시선조차 안 돌린 채 할아버지를 또다시 살짝 찌르니, 조지 선생은 생각에 잠긴 시선을 주디에게 고정하며 다시 말한다.

"보세요! 손녀딸도 같은 의견입니다. 그런데 젊은 여자가 보통 사람처럼 의자에 안 앉는 이유는 뭡니까. 이해할 수 없군요."

그러자 스몰위드 노인이 대답한다.

"옆에서 나를 보살펴야 한다오, 선생. 나는 늙은이라, 친애하는 조지 선생, 많은 보살핌이 필요하다오. 나는 표독스러운 앵무새가 아니라서 (으르렁대던 노인이 무의식적으로 방석을 찾으며) 앞으로도 한참이나

158

살 수 있거든요. 하지만 보살핌이 필요하답니다, 친애하는 친구."

기병이 의자를 빙글 돌려서 노인을 정면으로 쳐다보며 묻는다.

"으음! 이번엔 뭡니까?"

"도심지에 사는 친구가 조지 선생한테 배운 학생하고 조그만 계약을 맺었답니다."

"그래요? 안됐군요."

조지 선생이 대답하자, 스몰위드 노인이 두 다리를 문지르며 말한다.

"맞아요, 선생. 이제 젊고 훌륭한 군인이 되었는데, 조지 선생, 이름이 리처드랍니다. 친구들이 나서서 빚을 싹 갚아주었지요, 명예롭게."

"그래요? 그럼 노인께서는 도심지에 사는 친구분이 조언을 바란다고 생각하시나요?"

"그렇소, 친애하는 친구. 당신한테."

"그렇다면 조언하겠소, 그 사람이랑 더 거래하지 말라고. 더 나올 건 없다고. 내가 아는 한, 젊은 신사는 막다른 골목에 이르렀으니까."

조지 선생이 말하자, 노인이 깡마른 다리를 문지르며 교활하게 반발한다.

"아니요, 아니요, 친애하는 친구여. 아니요, 아니요, 조지 선생. 아니요, 아니요, 아니요, 선생. 내가 보기에는 막다른 골목에 이른 게 절대 아니요. 좋은 친구가 여럿이고, 봉급도 괜찮고, 장교 직위를 파는 가격도 상당하고, 법정 소송에서 이길 가능성도 꽤 되고, 부인이 생길 가능성도 있으니, 조지 선생, 도심지에 사는 친구는 그 젊은이한테 나올 게 여전히 많다고 생각하지 않겠소?"

스몰위드 노인이 말하며 벨벳 모자를 돌려서 귀를 원숭이처럼 긁는다.

조지 선생은 파이프를 옆에 내려놓고 등받이에 한쪽 팔을 올려서

오른발로 바닥을 톡톡 치는 게 이런 식으로 진행하는 대화가 흡족하지
않은 기색이고, 스몰위드 노인은 농담하듯 말한다.

"하지만 화제를 바꿉시다. 대화를 승진시키는 거예요. 소위에서 대
위로, 조지 선생."

조지 선생이 (없는) 콧수염을 떠올리며 쓰다듬다 얼굴을 찡그리며
묻는다.

"무슨 말을 하려는 겁니까? 무슨 대위요?"

"우리 대위. 우리가 아는 대위. 호돈 대위."

조지 선생은 할아버지와 손녀딸이 열심히 쳐다보는 걸 깨닫고 나지
막이 휘파람을 불면서 한탄한다.

"아! 또 그 말이군요, 또 그 말! 또 그 말이에요! 그게 뭐요? 어서
말하세요, 더는 숨통이 막히고 싶지 않으니까. 어서 말하세요!"

"친애하는 친구여, 어제 - 주디, 살짝 흔들어다오! - 어제 대위에
대한 질문을 들었는데, 내 의견은 아직도 대위가 안 죽었다는 거라오."

"허튼소리!"

"뭐라고 했소, 친애하는 친구?"

노인이 물으며 한 손을 귀에 갖다 댄다.

"허튼소리!"

"하! 조지 선생, 내가 보기에는 상대가 나한테 한 질문과 그 이유를
따져본 다음에 판단하는 게 좋겠구려. 그렇게 질문한 변호사가 바라는
게 무엇 같소?"

"일감."

"그건 아니오!"

"그렇다면 변호사가 아니겠군요."

조지 선생이 대답하고 단호한 태도로 두 팔을 팔짱 낀다.

"친애하는 친구여, 그 사람은 변호사라오, 유명한 변호사. 변호사가 바란 건 호돈 대위가 직접 쓴 쪽지였소. 가지려고 찾는 건 아니오. 자신 품에 있는 필체와 비교하길 바랄 뿐이오."

"그래서요?"

"으음, 조지 선생. 변호사는 호돈 대위에 관한 광고를, 그리고 관련 정보를 우연히 떠올리고 나를 찾아왔다오. 그대가 그런 것처럼, 친애하는 친구여. 나랑 악수해 주겠소? 그날 그대가 찾아와서 기뻤다오! 그대가 안 찾아왔다면 이런 우정을 못 쌓았을 테니 말이오!"

조지 선생이 악수하는 의식을 뻣뻣하게 치른 다음에 다시 묻는다.

"그래서요?"

"나는 그런 서류가 없었다오. 나한테 있는 건 서명이 전부라오. 그놈이 역병과 유행병과 기근에 시달리다 전쟁터에서 총 맞아 죽거나 급살당하길."[25]

노인은 몇 개 모르는 기도 가운데 하나로 저주를 퍼붓고는 잔뜩 화나서 두 손으로 벨벳 모자를 쥐어짜며 이어간다.

"그놈 서명이라면 오십만 개는 있을 거요!"

바로 그때 주디는 해골바가지 같은 노인 머리에 모자를 다시 씌워주고, 노인은 숨을 몰아쉬다 차분하게 말한다.

"하지만 당신은, 친애하는 조지 선생, 그 목적에 합당한 편지나 서류가 있겠지요. 그놈 손으로 직접 쓴, 그 목적에 딱 맞는 물건이."

기병이 곰곰이 생각하며 대답한다.

"그분 손으로 직접 쓴 거라면 있을 수도 있겠지요."

"친애하는 친구!"

---

25) 영국 성공회 기도서 구절 '번개와 폭풍에서, 역병과 유행병과 기근에서, 전투와 살인에서, 급사에서, 착하신 주여, 우리를 구하소서'를 비틀었다.

"없을 수도 있고."

"하!"

스몰위드 노인은 풀 죽은 어투로 한탄하고, 기병은 이렇게 말한다.

"하지만 설사 한가득 있다 해도, 총알로 쓰일지도 모르는 걸 이유조차 모른 채 보여줄 순 없습니다."

"선생, 내가 이유를 말했잖소. 친애하는 조지 선생, 내가 이유를 말했잖소."

하지만 기병은 고개를 절레절레 흔들며 반박한다.

"충분하지 않습니다. 더 알아보고 충분히 인정할 만해야 합니다."

"그렇다면 변호사를 만나러 함께 가겠소? 친애하는 친구여, 나와 함께 그 신사를 만나러 가겠소?"

스몰위드 노인이 묻더니, 시침과 분침이 해골 다리처럼 가늘고 오래된 은시계를 꺼내며 덧붙인다.

"변호사한테 오늘 오전 열 시에서 열한 시 사이에 찾아갈 것 같다고 했는데, 지금이 열 시 반이구려. 나랑 같이 변호사를 만나러 가겠소, 조지 선생?"

조지 선생이 근엄하게 말한다.

"으음! 그건 아무래도 상관없습니다. 하지만 노인장이 그것에 관심을 보이는 이유가 무언지 모르겠군요."

"그놈이랑 관련된 일이라면 나는 무어든 관심이 있다오. 그놈이 우리 모두를 속이지 않았소? 그놈이 우리한테 엄청난 빚을 지지 않았소? 내가 관심을 보이는 이유요? 그놈에 대해서 나만큼 관심을 가질 이유가 있는 사람이 또 어디에 있겠소?"

노인이 갑자기 목소리를 낮추며 말한다.

"친애하는 친구여, 내가 바라는 건 당신이 누굴 배신하는 게 아니라

162

오. 절대 아니라오. 그럼 함께 갈 준비가 되었소, 친애하는 친구?"

"좋습니다! 금방 준비하겠습니다. 하지만 다른 약속은 않겠습니다."

"좋소, 친애하는 조지 선생. 좋아요."

"그렇다면 그곳이 어디든, 내가 그곳까지 타고 갈 마차 비용은 노인장이 부담하시는 건가요, 나한테 비용을 안 물리고?"

조지 선생이 물으면서 모자를 쓰고 두꺼운 인조가죽 장갑을 낀다.

즐거운 농담이 재미있는지 스몰위드 노인이 벽난로 앞에서 기다랗고 나지막이 웃는다. 하지만 그렇게 웃는 사이에도 마비된 어깨너머로 조지 선생을 끈덕지게 쳐다본다. 조지 선생이 사격연습장 끝에서 초라한 벽장 맹꽁이자물쇠를 열고 높은 선반 여기저기를 살피다, 마침내 종이 한 장을 부스럭거리며 꺼내서 접고 가슴 안주머니에 넣는 광경을 열심히 바라본다. 주디는 할아버지를 콕 찌르고, 노인 역시 손녀딸을 콕 찌른다.

"준비를 마쳤습니다. 필, 노인을 마차로 옮기도록, 안 다치게."

기병이 돌아와서 지시하니, 스몰위드 노인이 재빨리 말한다.

"아, 하느님 맙소사! 아, 하느님! 잠깐만! 저 사람은 너무 빨라요! 안 다치도록 가만가만 운반하겠나, 소중한 친구?"

필은 대답도 없이 의자째 집어 들어 옆걸음으로 움직이며, 말문조차 막힌 노인이 단단히 매달린 상태에서 통로를 쏜살처럼 나아가는 게, 마치 근처 화산구에 노인을 내던지는 멋진 임무라도 수행하는 것 같다. 하지만 임무는 마차 앞에서 끝나고 필은 노인을 안에 앉히니, 잘 생긴 주디는 바로 옆에 앉고, 의자는 지붕을 장식하고, 조지 선생은 텅 빈 마부 조수석에 앉는다.

조지 선생이 등 뒤 창문으로 마차 내부를 이따금 훔쳐볼 때마다 당혹스럽게도, 주디는 꼼짝을 않은 채 모질게 앉아있고, 노인은 모자에 한

쪽 눈이 덮인 채 의자에서 밀짚[26] 속으로 꾸준히 미끄러지다, 등이
덜거덕댄다는 표정을 무기력하게 떠올리며, 남은 눈으로 조지 선생을
올려다본다.

---

26) 당시에는 마차 바닥에 밀짚을 깔았다.

CHAPTER XXVII

노병은 혼자가 아니다

조지 선생이 마부 조수석에서 팔짱을 낀 채 오래 달릴 필요는 없었다. 목적지가 링컨 법학원 광장이기 때문이다. 마부가 말을 세우자, 조지 선생은 홀쩍 뛰어내려, 창문을 들여다보며 묻는다.

"맙소사, 노인장이 말한 사람이 토킹혼 변호사예요?"

"그렇소, 친애하는 친구. 아시오, 조지 선생?"

"들어본 적은 있지요, 직접 본 것도 같고. 하지만 직접 아는 건 아닙니다. 그 사람 역시 나를 모르고."

곧이어 스몰위드 노인을 위층으로 옮기는데, 기병이 거들어서 완벽하게 해낸다. 토킹혼 변호사의 널찍한 방으로 들려가서 벽난로 앞 터키 양탄자에 그대로 내려놓은 것이다. 토킹혼 변호사는 없지만 금방 돌아올 예정이다. 입구 의자에 앉은 사람이 그렇게 알려주더니, 벽난로 불길을 지펴서 세 사람이 불을 쬐게 하고 나간다.

조지 선생은 호기심 가득한 눈으로 실내를 둘러본다. 천장에 그린 그림을 올려다보고, 낡은 법률 서적을 둘러보고, 위대한 고객이 담긴 초상화들을 찬찬히 구경하고 아래에 적힌 이름들을 커다랗게 읽는다.

"준남작, 데드록 레스터 경. 하! 체스니 장원. 흥!"

조지 선생이 가만히 서서 ─ 초상화 자체라도 되는 듯 ─ 여러 이름을 한참 쳐다보다, 벽난로로 돌아와서 중얼댄다.

"준남작, 데드록 레스터 경, 체스니 장원!"

스몰위드 노인이 두 다리를 문지르며 속삭인다.

"돈이 정말 많다오, 조지 선생! 권력도 대단하고!"

"누가요? 이 집 주인이요, 아니면 준남작이요?"

"이 집 주인, 이 집 주인."

"나도 한두 가지 들었습니다. 이 방도 나쁘지 않군요."

조지 선생이 말하면서 다시 둘러보다 덧붙인다.

"저기에 있는 금고를 보세요!"

여기에 대한 대답은 토킹혼 변호사가 들어서면서 막힌다. 토킹혼 변호사는 변한 부분이 당연히 없다. 옷은 낡고 한 손에 안경을 들었는데, 안경집은 실밥이 터져 나왔다. 태도는 쌀쌀맞고 말이 없다. 목소리는 쉬어서 나지막하다. 얼굴은 가면을 쓴 채 상대를 가만히 살피는데, 남을 얕잡아보고 비판하는 습관이 있는 것 같다. 모든 게 알려진다면, 귀족 사회는 토킹혼을 외면한 채 훨씬 온화하게 열렬히 숭배하는 사람으로 눈길을 돌릴 것 같다. 그런 토킹혼이 안으로 들어오면서 인사한다.

"안녕하시오, 스몰위드 선생, 안녕하시오! 병장을 데려오셨군. 앉게, 병장."

토킹혼 변호사는 장갑을 벗어서 모자에 넣으며 실내 맞은편에 있는 기병을 살짝 뜬 눈으로 쳐다보는 게, 속으로 이렇게 중얼거리는 것 같다.

'자네라면 되겠군, 친구!'

166

"의자에 앉게, 병장."

토킹혼 변호사가 재차 권하면서 벽난로 앞 탁자로 가더니, 안락의자에 앉으며 덧붙인다.

"아침 날씨가 추워서 얼얼하군, 추워서 얼얼해!"

그리고는 벽난로 쪽으로 손바닥과 손등을 대서 번갈아 데우며, 자신 앞에 반원을 그리고 앉은 세 사람을 (늘 그러듯 가면을 쓴 채) 가만히 쳐다본다. 그러다 다시 말한다.

"이제 대충 살 것 같군요, 스몰위드 선생." (그 의미는 두 가지 같다.)

토킹혼 변호사는 주디와 새롭게 악수하며 먼저 시작한다.

"우리 좋은 친구를, 병장을 데려오셨군."

"네, 나리."

스몰위드 노인이 토킹혼 변호사의 부와 권력에 아부한다.

"이번 일에 대해서 병장은 뭐라고 합디까?"

토킹혼 변호사가 묻자, 스몰위드 노인은 쪼그라든 채 덜덜 떨리는 손을 휘저으며 서로를 소개한다.

"조지 선생, 이쪽은 변호사 선생님이라오."

조지 선생은 토킹혼 변호사에게 고개를 한 차례 끄덕일 뿐 상체를 쭉 펴고 침묵하는데, 의자 앞에 앉은 모습이 군복 장식을 완벽하게 갖추고 야외 행사라도 참석한 것 같을 뿐이라, 스몰위드 노인이 한 말을 토킹혼 변호사가 이어받는다.

"으음, 조지…… 그대 이름이 조지 맞지?"

"그렇습니다, 선생님."

"자네 생각은 어떤가, 조지?"

"죄송합니다만 선생님 생각부터 듣고 싶습니다."

"보상이란 측면을 말하는 건가?"

"모든 측면을 말하는 겁니다."

퉁명스러운 대답에 분노가 솟구치는지, 스몰위드 노인은 갑자기 "표독스러운 개자식!"이라 소리치고는, 동시에 주디에게 "너희 할머니가 생각나서 그랬단다"라는 식으로 말이 헛나왔다고 변명하며 토킹혼 변호사에게 용서를 구한다.

토킹혼 변호사는 의자 한쪽에 몸을 기대고 두 다리를 꼬면서 다시 말한다.

"스몰위드 선생이 이번 문제를 충분히 설명했으리라 생각하네, 병장. 하지만 내용은 간단하네. 자네는 호돈 대위 밑에서 근무하고 아플 때는 간호하는 등, 호돈 대위를 일상적으로 거들며 신뢰를 쌓았다고 들었네. 맞는가, 틀리는가?"

"네, 선생님, 맞습니다."

조지 선생이 군대식으로 간단하게 대답한다.

"그렇다면 자네한테 ─ 계산서든 지시서든 명령서든 편지든, 무어든 상관없는데 ─ 호돈 대위가 직접 쓴 서류가 있겠군. 그 글씨체를 내가 가지고 있는 글씨체와 비교하고 싶네. 그럴 기회를 제공한다면, 수고한 대가를 톡톡히 치르겠네. 3기니든, 4기니든, 5기니든, 자네한테는 상당한 돈이 될 것 같군."

토킹혼 변호사가 말하자, 스몰위드 노인이 두 눈을 추켜 뜨며 부추긴다.

"대단한 돈이라오, 친애하는 친구!"

"아니면 얼마가 좋겠는지, 군인으로서 양심을 걸고 자네 입으로 말하게. 마음에 안 내킨다면 굳이 서류를 내줄 필요는 없네…… 나로선 약간 불편하겠지만."

조지 선생은 똑같은 자세로 상체를 쭉 펴고 앉아서 천장화를 쳐다볼 뿐 대답이 없다. 성마른 스몰위드 노인이 공중을 할퀸다. 토킹혼 변호사는 아무래도 괜찮다는 듯 논리적으로 차분하게 말한다.

"문제는 첫째, 자네한테 호돈 대위가 쓴 글이 있는가 여부야."

"문제는 첫째, 나한테 호돈 대위가 쓴 글이 있는가 여부군요, 선생님."

조지 선생이 그대로 되풀이한다.

"둘째, 그걸 내주는 수고에 어떻게 보답해야 자네가 만족하겠는가?"

"둘째, 그걸 내주는 수고에 어떻게 보답해야 내가 만족하겠는가?"

조지 선생이 다시 되풀이한다.

"셋째, 필체가 같은지 여부를 자네가 직접 판단해도 좋네."

토킹혼 변호사가 말하더니, 하나로 묶은 종이 꾸러미를 불쑥 내민다.

"필체가 같은지 여부를 직접 판단해도 좋다."

조지 선생이 또 되풀이한다. 세 가지 문장을 기계적으로 되풀이한 다음에는 직접 살펴보라며 내민 잔다이스 대 잔다이스 사건 진술서에 눈길조차 안 주고, 걱정스러운 표정으로 토킹혼 변호사만 쳐다본다.

"어떤가? 자네 생각은?"

토킹혼 변호사가 묻자, 조지 선생이 똑바로 일어나서 거대한 몸집으로 내려다보며 대답한다.

"으음, 선생님, 양해하신다면 저는 이번 일에 관여하지 않겠습니다."

토킹혼 변호사는 겉으로 조금도 흔들리는 기색 없이 묻는다.

"왜인가?"

"저는 군대 방식에 익숙할 뿐 사업가가 아닙니다. 일반인 사이에 들어서면 사람들이 흔히 말하는 '젬병'입니다. 서류를 보는 눈도 없습니다, 선생님. 집중포화는 충분히 견뎌도 질문 포화는 못 견딥니다. 불과 한 시간 전에 스몰위드 노인한테도 말했습니다, 이런 일을 겪을 때마다 숨통이 조여드는 느낌이라고."

조지 선생이 일행을 둘러보며 말을 맺는다.

"지금 이 순간에 바로 그런 느낌입니다."

그리고는 앞으로 세 걸음 뚜벅뚜벅 걸어서 변호사 탁자에 서류를 내려놓고 세 걸음 뚜벅뚜벅 걸어서 원래 위치로 돌아와, 상체를 쭉 펴더니, 바닥을 내려다보고 천장 그림을 올려다보며 두 손을 뒷짐 지는 게 어떤 서류든 두 번 다시 안 받을 것 같다.

스몰위드 노인은 잔뜩 화나서 평소에 즐기던 욕설이 목구멍까지 치솟아, "표독"과 동시에 "우리 친애하는 친구여"를 말해서 언어장애라도 일으킨 것처럼 "표도여"라는 말이 나올 정도다. 하지만 위기를 곧바로 벗어나, 친애하는 친구에게 더없이 다정한 어투로 경솔하게 행동하지 말라고, 저명한 토킹혼 변호사가 바라는 대로 하라고, 우아하게 따르라고, 그래야 손해를 안 보고 이익을 본다고 열심히 타이른다. 토킹혼 변호사는 "자네한테 뭐가 이로운지는 자네가 제일 잘 알아, 병장"이라든지, "이번 일로 해를 안 입도록 조심하게"라든지, "마음대로 하게, 마음대로 해"라든지, "자네가 무슨 짓을 하는지 안다면 그걸로 충분하네"라는 말을 툭툭 던질 뿐이다. 그러면서도 완벽하게 무관심한 표정으로 탁자에 놓인 서류를 훑어보다 편지를 쓸 채비에 들어간다.

조지 선생은 의심스러운 표정으로 바닥을 보다 천장화를 보고, 바닥을 보다 스몰위드 노인을 보고, 스몰위드 노인을 보다 토킹혼 변호사를 보고, 토킹혼 변호사를 보다 천장화를 다시 보며 체중이 실린 다리를 이리저리 바꾸다, 결국은 말한다.

"정말이지 이 자리에 계신 두 분한테 무례한 말을 안 하고 싶지만, 제 숨통이 지금까지 쉰 번도 넘게 막혔습니다. 정말입니다, 선생님. 저는 두 분 같은 신사분하고 상대가 안 됩니다. 대위님 필체를 확인하려는 이유가 무언지 물어도 되겠습니까, 대위님이 쓴 서류를 제가 찾는다면?"

토킹혼 변호사가 고개를 저으며 대답한다.

"안 되네. 자네가 사업가라면, 병장, 내가 속한 분야에서는 아무런 해가 안 되는 일이라도 비밀을 지킬 이유가 다양하다는 말을 굳이 할 필요는 없었을 거야. 하지만 호돈 대위한테 해가 될까 걱정스럽다면 그 부분은 안심해도 되네."

"네! 그분은 돌아가셨으니까요, 선생님."

"그 사람이 정말 죽었는가?"

토킹혼 변호사가 편지를 쓰려고 자리에 앉으니, 기병이 입을 연다.

"으음, 선생님."

그리곤 모자를 들여다보며 침묵하다 말한다.

"도움이 안 돼서 죄송합니다. 괜찮다면 저보다 사업가 머리가 좋은 친구를, 어려운 문제가 있을 때마다 상담하는 노병을 만나서 제 판단이 옳은지부터 확인하겠습니다. 당장은 숨통이 막혀서 어떻게 해야 좋을 지 모르겠습니다."

조지 선생이 마무리하면서 손으로 이마를 힘없이 문지른다.

스몰위드 노인은 상담할 사람이 노병이란 얘길 듣고서 잘 상담해보라고 강하게 설득하며 5기니 이상이 생길 수 있다는 언급을 확실히 하라 덧붙이고, 조지 선생 역시 그만 나가서 상의하겠다고 다짐하나, 토킹혼 변호사는 말이 없다.

"그럼 이만 물러나서 친구와 상의하겠습니다, 선생님. 그리고 오늘 중으로 찾아와서 최종 대답을 드리는 실례를 무릅쓰겠습니다. 스몰위드 노인, 아래층으로 내려가겠다면……"

기병이 말하자, 스몰위드 노인이 황급히 대답한다.

"잠깐만, 친애하는 친구, 잠깐만. 그전에 우선 이 신사분과 사적인 대화를 몇 마디 나눠도 되겠소?"

"당연합니다. 나 때문에 서둘지 마세요."

기병이 대답하고는 멀찌감치 물러나서 초상화 이름과 금고 등을 호기심 어린 눈으로 다시 쳐다보고, 스몰위드 노인은 토킹혼 변호사 외투 옷깃을 잡아서 자기 눈높이로 끌어당기고는 잔뜩 화난 눈으로 반쯤 억누른 녹색 불꽃을 번뜩이며 속삭인다.

"제가 우리 집 표독스러운 아기처럼 힘이 없지만 않다면, 나리, 저놈한테 서류를 빼앗았을 겁니다. 가슴 안주머니에 넣고 단추를 채웠거든요. 저놈이 거기에 넣는 걸 봤습니다. 저놈이 집어넣는 걸 주디도 보았고요. 얘야, 지팡이 가게 표지판처럼 심술궂은 표정만 하지 말고 저놈이 갖다넣는 모습을 너도 봤다고 어서 말해!"

노인이 강력하게 주문하면서 손녀딸을 떠미는데, 그 힘에 비해 체력이 너무 약한 나머지 의자에서 그대로 미끄러지며 토킹혼 변호사까지 잡아당기니, 주디가 얼른 붙잡아서 마구 흔들며 일으켜 앉힌다.

"폭력은 나한테 안 좋다오, 친구."

토킹혼 변호사가 차분하게 말하자, 스몰위드 노인이 대답한다.

"그럼요, 그럼요, 압니다, 저도 알아요, 나리. 하지만 저놈 안주머니에 필요한 물건이 있는데도 내놓질 않으니…… 너희 할망구가 뭣도 모르면서 수다를 떨 때보다……"

노인은 벽난로 불길만 태연하게 바라보는 주디에게 갑자기 말하다, 다시 토킹혼 변호사에게 말한다.

"속이 뒤틀리고 부아가 치미네요. 저놈이 내놓을 생각을 안 하니! 저놈! 악당! 하지만 염려하지 마세요, 나리, 염려하지 마세요. 저놈이 버티는 것도 잠깐입니다. 기회가 날 때마다 제가 숨통을 조이겠습니다. 이리저리 쥐어짜겠습니다, 나리. 꼼짝을 못하게 만들겠습니다, 나리.

저놈이 순순히 안 내놓겠다면 억지로라도 내놓게 하겠습니다, 나리! 자, 친애하는 조지 선생, 이제 친절한 도움을 받을 준비가 다 되었소, 훌륭한 친구!"

스몰위드 노인이 마무리하고, 변호사에게 섬뜩하게 윙크하면서 놓아준다.

토킹혼 변호사는 차분한 자세로 재미있다는 표정을 살짝 드러내며 양탄자에 서서 불길에 등을 댄 채 스몰위드 노인이 떠나는 모습을 바라보고, 작별인사하는 기병에게 고개를 살짝 끄덕인다.

조지 선생은 노인을 아래층으로 운반하는 것보다 노인 손을 떼어내는 일이 더 어렵다는 걸 깨닫는다. 노인을 들어 올린 순간에 금화 기니 얘기를 떠들어대면서 가슴에 달린 단추를 꼭 움켜쥐는 바람에 - 그래서 안주머니에 있는 물건을 살그머니 꺼내려는 바람에 - 기병으로서는 손을 떼어내려고 상당한 노력을 기울여야 했기 때문이다. 그러다 마침내 마차 앞에 도달하고, 기병은 상담자를 찾아서 혼자 길을 나선다.

조지 선생은 수도원 같은 '템플'을 지나고, '화이트프라이어스'[27]를 지나고, (그러면서 자신의 직업과 관계가 있을 수 있는 행잉소워드 앨리[28]를 쳐다보고) 블랙프라이어스[29] 다리와 블랙프라이어스 도로를 지나, 켄트와 서리에서 올라오는 도로가 만나고, 런던 다리에서 오는, 아무리 유명한 코끼리라도 단번에 다진고기로 만들어버릴 것 같은 쇳덩이 괴물 때문에 사두마차가 천 대나 되는 성을 잃은 한가운데로,[30] 조그만 상점이 쭉 늘어선 거리로 침착하게 행진한다. 그래서

---

27) 카르멜 수사회로, '하얀 옷을 입는 수사회'라는 뜻이다.
28) Hanging-Sword Alley; '칼을 걸어놓은 골목'이란 뜻으로, 16세기에 펜싱학교가 문을 열면서 이름이 생겼다.
29) 도미니크 수사회로, '까만 옷을 입는 수사회'라는 뜻이다.
30) 런던에 철로가 깔리면서 역마차 여인숙이 사라진 걸 의미한다. 실제로 'elephant and castle'이라는 유명한 여인숙이 있었다.

조그만 상점 가운데 한 곳으로, 진열창에 바이올린 몇 대와 팬파이프와 탬버린과 트라이앵글과 악보가 있는 악기점으로 묵직하게 걷는다. 그러다 서너 걸음 떨어진 거리에 멈추어, 군인처럼 당당한 아줌마가 치마를 접어 올린 모습으로 조그만 나무통을 들고나와서 도로 모서리에 앉은 채 물을 튀기며 채소 씻는 광경을 물끄러미 바라보며 속으로 생각한다.

'매트 부인이 평소처럼 채소를 씻는군. 짐마차에 올라탈 때 말고는 늘 채소를 씻어!'

이렇게 명상한 대상은 채소를 씻는 일에 열중하느라 조지 선생이 다가온 것도 모른다, 통을 들고 일어나서 하수도에 물을 부을 때 비로소 바로 옆에 선 걸 깨닫는다. 하지만 별로 좋아하지 않는 눈치다.

"조지, 당신을 볼 때마다 백 리는 떨어진 곳에서 살고 싶다는 생각이 들어!"

기병은 이 말에 별 대답 없이 악기점으로 따라 들어가니, 매트 부인은 채소 통을 계산대에 올려놓고 조지와 악수한 다음에 두 팔을 계산대에 걸치며 말한다.

"당신이 옆에 있으면 우리 남편 마음이 흔들리는 것 같아. 정착을 못 하고 떠돌기만 하니⋯⋯"

"그래! 나도 알아, 매트 부인. 나도 알아."

"당신도 안다! 그게 무슨 소용이야? 도대체 왜 그러는 거야?"

"동물적 본능이겠지."

기병이 씩씩하게 대답하자, 매트 부인이 한탄한다.

"아! 하지만 그 동물적 본능이 나한테 무슨 소용이지, 그 동물이 우리 남편 매트한테 악기점을 포기하고 뉴질랜드나 오스트레일리아로 떠나도록 충동한다면?"

매트 부인은 못생긴 여인이 절대 아니다. 뼈가 굵고 살결이 약간 거칠고 햇볕과 바람에 시달려서 이마에 주근깨가 있지만, 기본적으로 건강하고 건전하며 눈빛이 맑다. 강인하고 부지런하고 활달하며 얼굴이 정직한, 마흔다섯에서 쉰 사이로 보이는 여인이다. 깨끗하고 다부지며, 옷을 경제적으로 입으니, 몸에 걸친 장식이라곤 결혼반지가 전부처럼 보이는데, 반지를 낀 이후로 손가락이 커져서 유골과 뒤섞일 때까지 두 번 다시 못 뺄 것 같다.

"매트 부인, 나는 당신한테 유예기간이잖아. 나 때문에 매트가 해를 입는 일은 없어. 그 정도는 믿어도 좋아."

"으음, 믿어야 하겠지. 하지만 당신은 표정부터 불안해. 아, 조지, 조지! 북미에서 전사한 조 파우치 미망인과 결혼하고 정착했다면, 부인이 당신 머리를 빗겨줄 텐데."

매트 부인이 말하자, 기병은 반쯤 웃고 반쯤 진지하게 대답한다.

"예전에는 그럴 기회라도 있었지만, 지금은 존경스러운 가장으로 정착할 기회조차 없어. 조 파우치 미망인은 큰 도움이 되었겠지. 사람도 대단하고 성격도 대단했으니까. 하지만 나는 그쪽으로 마음이 기울지 않았어. 매트 부인 같은 여인을 만나는 행운이 있다면 모를까!"

선량한 동료에게 허물이 없는 듯하면서도 나름대로 정숙한 매트 부인은 채소 머리로 조지 얼굴을 툭 치는 식으로 조지가 던진 칭찬을 받아들이고, 나무통을 들어서 상점 안쪽 조그만 내실로 들어간다.

조지는 안으로 들어오란 말을 듣고서 뒤따라 들어가다 감탄한다.

"맙소사, 퀘벡, 우리 예쁜이! 그리고 귀여운 몰타! 이리 와서 허풍선이 아저씨한테 뽀뽀하렴!"

조그만 여자애 두 명이 – 지금 부른 이름은 실제 이름이 아니라 각자 태어난 부대가 있던 지역에 따라서 가족이 늘 부르는 별명인데 – 다리

세 개짜리 걸상에 각자 앉아, (대여섯 살로 보이는) 동생은 1페니짜리 교본을 놓고 글자를 배우다, (여덟아홉 살로 보이는) 언니는 동생을 가르치면서 바느질에 흠뻑 빠져들다, 조지 선생을 오랜 친구처럼 반기며 달려와서 뽀뽀하며 신나게 떠들고는 바로 옆으로 걸상을 옮긴다.

"그래, 울위치도 잘 지내고?"

조지 선생이 묻자, 매트 부인이 스튜 냄비에서 고개를 돌리고 환하게 달아오른 얼굴로 소리친다.

"아! 이제 됐어! 믿을 수 있겠어? 극장에 취업해서 자기 아버지와 함께 군악대 피리를 분다고."

"잘됐네, 내 대자가!"

조지 선생이 환호하며 자기 넓적다리를 철썩 치고, 매트 부인은 소리친다.

"당신 말이 맞아. 울위치는 영국인이야. 바로 그게 울위치라고. 영국인!"

"게다가 매트는 바순을 부니, 가족 전부가 하나같이 훌륭한 시민이군. 가정적인 시민. 아이들도 자라고. 매트 어머니는 스코틀랜드에서, 당신 아버지는 다른 어딘가에서 서로 우편을 주고받으며 조금씩 돕고…… 아, 아! 내가 백 리 떨어진 곳으로 안 가고 싶은 이유를 도무지 모르겠어, 나는 그 모든 일과 아무런 상관이 없는데 말이야!"

조지 선생이 말하곤, 벽은 하얗게 회칠하고 바닥에는 모래가 있어서 병영 느낌이 나고 화려한 물건은 없지만 퀘벡과 몰타 얼굴은 물론 선반에서 반짝이는 양철 그릇과 냄비까지 먼지 한 점 없는 방에서 벽난로 앞에 앉으며 생각에 잠긴다. 조지 선생이 조용히 앉아서 깊은 생각에 잠기는 동안 매트 부인은 바삐 일하는데, 마침 매트가 아들 울위치와 함께 돌아온다. 매트는 포병 출신으로, 허리가 곧고 키가 크며, 짙은 눈썹과 구레나룻은 코코넛 섬유질 같고, 머리에는 머리칼 한 올 없고, 얼굴은 햇볕에 그을렸다. 무뚝뚝한 목소리는 깊고 굵직한 게 자신이 연주하는 악기와 소리가 비슷하다. 인간 오케스트라가 있다면 실제로 매트는 바순처럼 굽히지도 않고 밀리지도 않는 완고한 느낌일 것 같다. 아들 울위치는 드럼 치는 소년 인상이 그대로 묻어나온다.

아버지와 아들은 기병을 따뜻하게 반긴다. 기병은 상의할 일이 있어서 왔다 말하고, 매트는 저녁을 먹기 전까지 아무런 얘기도 안 듣겠다고, 친구 역시 돼지찜과 채소를 먹기 전까지 아무 얘기도 하지 말라고 다정하게 선언한다. 기병은 초대를 받아들이고, 음식을 준비하는데 방해가 안 되도록 매트랑 밖으로 나가, 팔짱을 끼고 규칙적으로 행진하며 골목길을 오가는 게 마치 요새 성벽 위라도 거니는 것 같다.

"조지, 자네는 나를 알아. 상담을 잘하는 사람은 우리 마누라야. 마누라는 머리가 좋아. 하지만 마누라 앞에서 이런 말은 결코 안 해. 규율을 유지해야 하거든. 마누라 머릿속에서 채소 생각이 모두 사라질 때까지 기다려. 그런 다음에 상의해. 우리 마누라가 뭐라고 하든 그대로 해…… 그대로!"

매트가 말하자, 조지도 인정한다.

"나도 같은 생각이네, 매트. 나는 학자보다 자네 부인 의견을 중시하거든."

그러자 매트가 바순처럼 짧게 끊어서 말한다.

"학자. 다른 나라에서 - 유럽으로 나갈 때 - 학자가 줄 수 있는 게 - 회색 망토와 우산 말고 - 뭐가 있어? 우리 마누라는 그런 걸 하루면 해결해. 예전에도 그랬잖아!"

"맞아."

조지 선생이 공감하니 매트가 계속 말한다.

"어떤 학자가 – 석회 2펜스어치 – 산성백토 1페니어치 – 모래 반 페니어치 – 6펜스도 안 되는 돈으로 – 인생을 살아갈 수 있겠어? 바로 그걸 우리 마누라는 해냈어. 저 악기점에서."

"악기점이 번창한다는 소리를 들으니 기쁘네, 매트."

조지 선생이 말하자, 매트도 묵묵히 인정한다.

"우리 마누라는 저금도 해. 어딘가 스타킹이 있어. 그곳에 돈을 넣어. 나는 한 번도 못 봤어. 하지만 그곳에 저금하는 건 알아. 우리 마누라 머릿속에서 채소 생각이 싹 사라질 때까지 기다려. 그러면 자네한테 좋은 방법을 알려줄 거야."

"자네 부인은 보물이야!"

"우리 마누라는 그 이상이야. 하지만 마누라 앞에서는 이런 말을 절대 안 해. 규율을 유지해야 하거든. 나한테 맞는 악기를 찾아준 사람도 우리 마누라야. 마누라가 아니었다면 지금까지 포병으로 근무했을 거야. 나는 바이올린을 6년간 열심히 켰어. 플롯은 10년. 우리 마누라가 안 되겠다더군. 열심히는 하는데 유연성이 없으니, 바순을 불어보라는 거야. 그러더니 소총연대 군악대에 가서 바순을 빌려왔어. 나는 참호에서 연습했지. 또 연습하고 또 연습하고, 그러다 그걸로 먹고살게 됐어!"

조지는 부인이 장미처럼 싱그럽고 사과처럼 건강하게 보인다 하고, 매트는 대답한다.

"우리 마누라는 완벽하게 쾌활한 여자야. 그래서 하루가 완벽하게 쾌활해. 나이를 먹을수록 더 쾌활해. 지금까지 우리 마누라 같은 여자를 본 적이 없어. 하지만 마누라 앞에서는 이런 말을 결코 안 해. 규율을 유지해야 하거든!"

이렇게 대수롭지 않은 주제만 주고받으며 박자와 걸음을 맞춰서 골목길을 오가며 거니는데, 퀘벡과 몰타가 돼지고기와 채소가 다 됐다 알리고, 안으로 들어가서 식탁에 앉으니, 매트 부인은 군종신부처럼 짧게 식전기도를 한다. 먹을거리를 나누어주는 것도 매트 부인은 다른 모든 집안일과 마찬가지로 정확한 방식을 개발했으니, 접시를 앞에 나란히 놓고 돼지고기와 고깃국물, 채소, 감자, 심지어 겨자까지 일인분씩 완벽하게 나눈다. 깡통에 든 맥주까지 그렇게 나눈 다음에 음식 접시를 모두에게 나누어주더니, 그런 다음에 비로소 매트 부인도 배고픔을 달래는데, 식욕이 왕성하다. 식사 장비는, 식탁에 놓인 장비를 이렇게 부를 수 있다면, 주석과 뿔로 만들어 전 세계 군부대에서 용도를 다한 식기류가 대부분이다. 특히나 어린 울위치가 쓰는 나이프는 굴 껍데기를 깨는 용도로 쓰던 나이프라 한번 닫으면 열리질 않는 특징이 있어서 어린 음악가의 식욕을 방해할 때가 잦은데, 외국 주둔 부대를 모두 돌면서 다양한 손을 거친 나이프라는 말이 있다.

식사를 마치자 매트 부인은 (각자 사용한 컵과 접시와 나이프와 포크를 각자 설거지하는 식으로) 아들딸이 돕는 가운데 식기류를 예전처럼 반짝거리게 설거지해서 정돈한 다음, 벽난로를 청소해서 남편과 손님이 파이프 담배를 편하게 태우도록 한다. 집안일에 몰두하다가도 툭하면 나막신을 신고 물통을 들고 뒷마당에 나갔다 돌아오길 되풀이하는데, 물통은 마지막으로 매트 부인이 몸을 깨끗하게 씻는 일까지 기꺼이 도와준다. 그래서 마누라가 싱그러운 모습으로 나타나서 뜨개질하려고 자리에 앉으니, 그때 비로소 - 마누라 머릿속에서 채소 생각이 깨끗하게 사라졌다 판단하고 - 매트는 기병에게 상담할 내용이 무엇인지 묻는다.

그러자 조지 선생은 신중하게 말하는 게 매트에게 말하는 것 같으면서도 한쪽 눈은 그 마누라를 계속 쳐다보고, 매트 역시 마찬가지다.

매트 부인 역시 뜨개질에 몰두하면서 똑같이 신중하게 듣는다. 이야기가 끝나자 매트는 규율을 유지하는 차원에서 흔해 빠진 술책을 동원한다.

"그게 전분가, 조지?"

"이게 전부야."

"내 의견대로 하겠나?"

"전적으로 그리 하겠네."

조지가 대답하자, 매트가 말한다.

"마누라, 내 의견을 알려줘. 당신이 알잖아. 내 의견이 뭔지 저 친구한테 알려줘."

그 의견은 감당하기 어려울 정도로 음흉한 사람들하고는 안 얽히는 게 좋다. 이해 못 할 사건에는 안 끼어드는 게 좋다. 기본 원칙은 어두운 데서 아무것도 하지 말고, 이해 못 하거나 모호한 일에 가담하지 않고, 바닥이 안 보이는 곳에 발을 내딛지 않는 것이다. 매트가 부인을 통해서 전달한 의견은 바로 이것이고, 조지 선생은 다 듣고 자신도 똑같은 의견이라 모든 의혹을 떨쳐낼 수 있어서 마음이 놓인 나머지, 파이프를 한 대 더 태우는 거로 기념하며, 다양한 경험 수준에 맞춰서 매트 가족이랑 옛이야기를 주고받는다.

이렇게 시간을 보내다 보니 극장에 모인 영국 관객들 앞에서 바순과 피리 소리를 들려줄 시간은 다가오고, 조지 선생은 자리에서 일어난다. 그런데 허풍선이 기질 때문에 조지 선생은 퀘벡과 몰타와 헤어지는 것도, 대자가 성공한 걸 축하하며 은화 한 개를 주머니에 몰래 집어넣는 것도 시간이 꽤 걸리니, 링컨 법학원 광장으로 방향을 잡은 건 사방이 어두워진 다음이다.

조지 선생은 그쪽으로 행진하며 깊은 생각에 잠긴다.

'가족이 모여 사는 가정은, 아무리 조그만 가정이라도, 나 같은 사내를 외롭게 만들어. 하지만 결혼하지 않은 건 잘했어. 나는 가정적인 사내가 될 수 없거든. 아직도 방랑을 좋아하니, 지금 이 순간에도 마찬가지니, 가정에 얽매인다면, 혹은 집 안에서 집시처럼 야영이라도 안 한다면, 사격연습장을 한 달도 유지할 수 없을 거야. 맞아! 나는 누구도 망신스럽게 안 만들고 누구도 안 괴롭혀. 중요한 건 바로 이거야. 오랜 세월을 살아오면서 단 한 번도 안 그런 거!'

조지 선생이 휘파람을 불며 계속 나아간다.

링컨 법학원 광장에 도착해서 토킹혼 변호사 방으로 올라갔으나 방문은 닫히고 안에는 아무도 없다는 걸 깨닫는다. 하지만 계단은 어두워, 기병이 스스로 방문을 열거나 초인종 밧줄이라도 걸리길 바라며 주변을 더듬는데, 토킹혼 변호사가 (당연히 조용히) 계단을 올라와서 벌컥 화내며 소리친다.

"누구야! 뭘 하는 거야?"

"죄송합니다, 선생님. 조지입니다. 병장."

"그럼 조지는, 병장, 방문이 잠긴 걸 모르나?"

"맙소사, 몰랐습니다, 선생님. 전혀 몰랐습니다."

기병이 대답하는데, 짜증이 약간 치미는 어투다.

"마음을 바꿨나? 아니면 그대론가?"

토킹혼 변호사가 묻는다. 하지만 한번 쳐다보면 알 수 있다.

"그대로입니다, 선생님."

"그럴 줄 알았네. 이제 됐네. 그만 가보게."

토킹혼 변호사가 열쇠로 방문을 열면서 묻는다.

"그리들리를 숨겨준 자가 자네였다지?"

기병이 계단을 두세 개 내려가다 멈추고 대답한다.

"그렇습니다, 제가 그랬습니다. 그게 어때서요, 선생님?"

"그게 어때서? 나는 자네가 어울리는 사람들이 마음에 안 들어. 자네가 그랬다는 걸 생각했다면 오늘 아침에 이 방으로 안 들였을 거야. 그리들리? 툭하면 협박하는, 흉악하고 위험한 놈."

토킹혼 변호사는 유난히 높은 톤으로 강조하고 안으로 들어가서 문을 쾅 닫는다.

조지 선생은 이런 대우에 크게 분개하고, 계단을 올라오던 일꾼이 마지막 말만 듣고서 경멸하는 눈치로 쳐다보는 느낌에 한층 더 분개한다. 그래서 계단을 성큼성큼 내려가며 욕설을 뱉어낸다.

"웃기는 작자로군. 툭하면 협박하는, 흉악하고 위험한 놈이라니!"

그러다 올려보니 일꾼이 내려다보다 어서 나가라며 전등을 흔든다. 조지 선생은 한층 더 분노가 치솟아, 언짢은 기분으로 5분 정도를 걷는다. 하지만 휘파람을 다시 불면서 모두 털어내고, 사격연습장으로 행진한다.

CHAPTER XXVIII
기계 제작자

데드록 레스터 경은 대대로 내려오는 통풍에서 당장은 벗어나, 상징적인 관점이 아니라 실질적인 관점에서 똑바로 일어선다. 그는 지금 링컨셔 체스니 대저택에 있다. 하지만 저지대에 물이 범람해, 철저히 방어하는데도 추위와 습기가 스며들어 뼛속까지 파고든다. 태곳적 숲 데드록 수목에서 나오는 장작과 석탄을 불길이 활활 일어나게 태워도, 그래서 널찍한 벽난로를 날름대는 불길이 (나무들이 희생하는 걸 울적하게 바라보며) 잔뜩 찌푸린 숲을 희미하게 밝혀도, 적군을 몰아내지 못한다. 건물 전역을 지나는 온수 파이프도, 방문과 창문 틈새를 모조리 막은 방석도, 곳곳에 둘러친 칸막이와 커튼도 불길의 약점을 보완할 수 없으니 레스터 경은 추위를 피할 수 없다. 그래서 상류사회 소식지는 어느 날 아침에 데드록 귀부인이 런던으로 가서 몇 주일 보낼 예정이라고 만방에 선포한다.

아무리 위대한 인물도 가난한 친척이 있다는 건 우울한 현실이다. 실제로 위대한 인물일수록 가난한 친척이 많을 수밖에 없어,[31] 혈통이 우수한 새빨간 피도 부당하게 흩뿌리는 열등한 피처럼 사방에서 울부짖는다. 레스터 경 친척은, 아무리 먼 친척이라도, '밖으로 드러난다'는 점에서 매우 위험하다. 이런 친척들 가운데는 너무나 가난한 나머지, 금수저 데드록 가문에서 태어나는 대신에 평범하게 태어나서 천박한 일이라도 하며 살아가면 훨씬 행복했을 거라고 감히 생각하는 사람조차 있다.

하지만 이들은 존엄한 데드록 혈통을 이어받은 터라 (점잖긴 해도 돈벌이는 안 되는 일을 할지언정) 천박한 일은 할 수 없다. 그래서 돈 많은 친척을 찾아가 돈을 최대한 빌리며 살아가거나, 못 빌리는 만큼 초라하게 살아가며, 여자는 남편이 없고 남자는 부인이 없어, 마차를 빌려 타고 달려서 자신이 한 번도 주최하지 못할 파티에 참석하는 식으로 화려한 생활을 즐기는 정도다. 돈 많은 친척이 유산을 여러 차례 나눠주긴 하지만, 무슨 일을 벌일 정도로 넉넉한 액수는 한 번도 아니었다.

데드록 레스터 경이 사고하고 주장하는 방식을 지지하는 사람은 하나같이 혈통이 같은 친척으로 보인다. 부들 경에서 푸들 공작을 거쳐 누들까지, 레스터 경은 화려한 거미처럼 인맥이란 줄로 모두를 엮어낸다. 그래서 세도가하고 당당한 인척 관계를 맺으면서도, 힘없는 친척을 당당하면서 친절하고 관대하게 대한다. 지금 이 순간에는 추위와 습기가 기승을 떠는데도, 체스니 대저택에 방문한 몇몇 친척이랑 순교자처럼 성실하게 어울린다.

이 가운데 가장 눈에 띄는 사람은 볼룸니아 데드록이라는 (예순 살)

---

31) 당시 영국 명문가는 세력을 유지하기 위해 장남에게 모든 권력과 재산을 남겨주고, 딸이나 차남 등에게는 전혀 남겨주질 않아. 남자는 성직자가 돼서 권력을 유지하고, 여자는 명문가에 시집가는 식으로 권력을 유지했다. 나머지는 돈 많은 형제자매에게 빌붙으며 가난하게 살아가야 했다.

젊은 숙녀로, 외가 쪽 역시 명문가라, 명문가와 이중으로 연결된 가난한 친척이라는 영광을 누리는 사람이다. 볼룸니나 아가씨는 색종이를 잘라서 장식하는 실력이 탁월하고 기타를 치면서 스페인 노래를 부르는 실력이 놀라운 데다 시골 호족 집안에서 프랑스어로 재미난 수수께끼를 내는 식으로, 스무 살부터 마흔 살까지 이십 년이라는 세월을 꽤 즐겁게 보냈다. 그러다 시대에 뒤떨어지고 스페인 노래를 부르는 건 더없이 따분하게 느껴지다 보니, 온천 도시 '바스'로 은퇴해서 레스터 경이 매년 보내는 돈으로 근근이 살아가다, 친척 집에 가끔 방문하는 식으로 부활한다. 바스에서는 가냘픈 다리에 유행이 지난 목면 바지를 걸친 섬뜩한 노신사들과 널리 교제해, 황량한 도시에서 높은 위치를 유지하며 살아간다. 하지만 다른 곳에서는 공포의 대상이니, 연지를 너무 심하게 바를 뿐 아니라 색바랜 진주 목걸이를 조그만 새알로 만든 묵주처럼 끈질기게 걸치기 때문이다.

국가가 건전하면 볼룸니나는 연금 수급 명단에 올랐을 게 분명하다. 실제로 그 명단에 오르려는 노력도 했으며, 윌리엄 버피가 있을 때는 일 년에 이백 파운드 정도는 충분할 것 같았다. 하지만 윌리엄 버피는 사정이 완전히 변했다는 걸, 그런 시대는 지났다는 걸 깨달으니, 이는 레스터 경에게 국가가 난장판으로 변한다는 사실을 확실하게 보여주는 첫 번째 징후였다.

명예로운 밥 스테이블스도 좋은 사례인데, 그는 수의사처럼 놀라운 실력으로 따뜻한 말죽을 만드는 데다 사냥터에서 사격 솜씨가 누구보다 훌륭하다. 그래서 보수는 좋고 힘든 일이나 책임질 필요는 없는 자리에서 국가에 봉사하고픈 열망을 오랫동안 키웠다. 통제가 잘 되는 국가라면 고관대작과 친분이 있는 활달한 청년이 이토록 열망하는 건 자연스럽게 이루어지겠지만, 윌리엄 버피가 노력하는 순간, 그렇게 사소한 문제도 마음대로 할 시대가 아니라는 사실을 발견하고, 이것은 데드록 레스터 경에게 국가가 난장판으로 변한다는 두 번째 징후였다.

나머지 친척은 나이와 능력이 다양한 신사 숙녀로, 대체로 상냥하고 분별력이 있어서 가문만 극복한다면 나름대로 잘 살아갈 것 같으나, 실제로는 못 그런 채 인생을 하나같이 낭비하고 무의미한 길을 걸어가며 미적지근하게 빈둥대니, 다른 사람이 인생행로를 놓친 것처럼 그들 역시 인생행로를 완벽하게 놓친 게 분명하다.

이 사회에서 최고 권력은 데드록 귀부인이 차지한다. (남극에서 북극까지 상류사회가 만연할 순 없으니) 데드록 귀부인의 조그만 세상에서 가장 아름답고 우아하고 교양있고 강력한 사람은, 레스터 경 저택에서 그 부인은, 아무리 교만하고 무심하더라도, 막대한 영향력을 발휘해서 그 세계를 위대하고 세련되게 발전시킨다. 그러니 친척들은, 레스터 경이 그 여인과 결혼할 때 경기마저 일으키며 반대하던 늙은이들조차 데드록 귀부인에게 봉건시대의 충성을 다하니, 명예로운 밥 스테이블스는 아침과 점심 사이에 그 유명하면서도 독창적인 표현을, 데드록 귀부인은 모든 종마 가운데서 손질을 제일 잘한 암말이라는 표현을, 선택된 몇몇 사람에게 매일같이 되풀이한다.

이런 손님들이 체스니 대저택 기다란 응접실에서 오늘처럼 우중충한 밤에 모여있으니만치 (이곳에서 안 들리는) 유령길 발소리는 이미 죽어서 추위에 사로잡힌 어느 친척의 발소리 같을 뿐이다. 이제 잠자리에 들 시간이다. 건물 전역에 널린 침실마다 벽난로 불을 환하게 지펴서 벽마다 천장마다 우울한 가구 그림자가 유령처럼 어린다. 침실로 들고 갈 촛대는 방문에서 멀찌감치 떨어진 탁자에 쭉 늘어서고, 친척들은 긴 의자에서 하품한다. 피아노 앞에 있는 친척도 있고, 음료수 쟁반 옆에 있는 친척도 있고, 카드놀이용 테이블에서 일어나는 친척도 있고, 벽난로 주변에 모인 친척도 있다. (벽난로가 두 개라) 레스터 경 전용 벽난로 앞에는 레스터 경이 있다. 맞은편 널찍한 벽난로 옆에는 우리 귀부인이 탁자 앞에 있다. 볼룸니나는 특권을 누리는 친척답게, 두 사람 사이에서 화려한 의자에 앉아있다. 레스터 경은 진하게 바른 연지와 진주 목걸이를 더없이 불쾌한 눈으로 쳐다보고, 볼룸니나는 초저녁 내내 쓸데없는 말을 쉬지 않고 늘어놓은 터라 머릿속에 잠잘 생각만 가득한 채 느릿느릿 말한다.

"층계참에서 가끔 어떤 여자애랑 마주치는데 얼굴이 생전 처음 볼 정도로 아름답더군요."

"우리 부인이 아끼는 아이랍니다."

레스터 경이 답하자, 볼룸니나 아가씨가 그동안 아껴둔 말을 꺼낸다.

"그럴 줄 알았어요. 탁월한 안목을 지닌 분이 골랐을 게 분명하다고 느꼈답니다. 실제로 대리석 조각 같거든요. 인형처럼 예쁜 것 같기도 한데, 더 완벽해요. 그렇게 활짝 편 얼굴은 처음 봤어요!"

레스터 경은 진한 연지에 불쾌한 눈빛을 던지지만 생각은 똑같은 것 같고, 우리 귀부인은 관심 없다는 어투로 끼어든다.

"사실, 탁월한 안목을 지닌 사람은 라운스웰 부인이랍니다, 내가 아니라. 로사를 찾아낸 건 라운스웰 부인이니까요."

"그래서 몸종으로 쓰겠죠?"

"아니에요. 몸종이 아니라, 귀염둥이 - 비서 - 심부름꾼 - 뭔지 모르겠어요."

"귀부인께서 그 여자애를 꽃이나 새나 그림이나 푸들처럼 - 아니, 푸들은 아니고 - 그렇게 예쁜 것처럼 옆에 두는 걸 좋아하시나 보죠? 그래요, 정말 매혹적이에요! 라운스웰 부인 역시 건강하고 쾌활해 보이고. 나이가 많을 텐데 아직도 매력적이고 활동적이에요! 나한테는 제일 소중하고 확실한 친구랍니다!"

볼룸니아 아가씨는 공감하고, 레스터 경은 체스니 대저택 하인을 통솔하는 장이라면 그 정도는 되어야 한다고 생각한다. 게다가 개인적으로 라운스웰 부인을 소중하게 여기는 터라 칭찬하는 소리를 들으면 기분이 좋다. 그래서 "당신 말이 맞습니다, 볼룸니아"라고 말하니, 볼룸니아는 이 말을 듣고서 크게 기뻐하며, 묻는다.

"그 부인은 딸이 없죠?"

"라운스웰 부인이요? 없어요, 볼룸니아. 아들이 하나 있어요. 원래는 두 명이었죠."

우리 귀부인은 볼룸니아 때문에 초저녁부터 만성적인 따분함이 특히 심한 터라, 쭉 세워놓은 촛대만 힘없이 쳐다보며 조용히 하품하고, 레스터 경은 울적한 표정을 당당하게 드러내며 말한다.

"이 시대가 혼란에 빠져들었다는, 획기적인 시대를 말살하고 몹쓸 것을 마구 받아들이는, 신분을 뿌리째 뽑아내는 놀라운 사례가 있는데, 토킹혼 변호사가 알려준 바에 따르면 라운스웰 부인 아들이 국회에 들어오라는 초대를 받았답니다."

볼룸니아 아가씨는 날카로운 비명을 살짝 내지르고, 레스터 경은 다시 강조한다.

"정말이랍니다. 국회로."

"생전 처음 듣는 말이에요! 맙소사, 아들이 뭘 하는데요?"

볼룸니아가 깜짝 놀라며 묻자, 레스터 경은 아들 직업이 무언지 애매하다는 어투로 천천히 대답한다.

"기계 제조업자[32]라는 것 같더군요."

---

32) 찰스 디킨스는 기계 제조업자를 산업혁명의 주역이자 시대를 선도하는 주역으로 높이

볼룸니나 아가씨는 날카로운 비명을 살짝 내지르고, 레스터 경은 다시 말한다.

"하지만 제안을 거절했다더군요, 토킹혼 변호사가 알려준 정보가 옳다면. 물론 틀릴 가능성은 없어요. 토킹혼 변호사는 늘 정확하니까. 그렇다 해서 해괴한 측면이 줄어드는 건 아니에요. 내 눈에는 이 사회가 망해가는, 어이없게 망해가는 징후로 보이거든요."

볼룸니나 아가씨가 촛대 쪽을 바라보며 일어나니, 레스터 경이 친절하게도 거실을 한 바퀴 돌며 촛대 하나를 가져와서 우리 귀부인의 갓등 쓴 등잔에 불을 붙여준다. 그러면서 말한다.

"미안하지만 부인, 잠시 머물러야 하겠소. 방금 말한 당사자가 오늘 초저녁 정찬 전에 와서 정중하게 쪽지를 건네며 요청했소."

레스터 경이 사실을 중시하는 습관대로 쪽지를 내보이며 이어간다.

"꽤 점잖게 표현한 쪽지라고 할 만한데, 아까 말한 여자애 문제로 나랑 당신을 짧게 만나보고 싶다는 내용이오. 오늘 밤에 떠날 예정인 것 같아, 나는 우리가 물러나기 전에 한번 만나자고 답했다오."

볼룸니나 아가씨는 세 번째 비명을 가늘게 내뱉더니, 부부에게 – 하느님 맙소사! 뭐라고요? 그 기계 제조업자를 잘 해결하세요 – 기원하며 재빨리 도망친다.

다른 친척들도 곧이어 흩어지고 마지막 친척까지 사라지자, 레스터 경이 종을 울려서 지시한다.

"라운스웰 부인 방에 있는 라운스웰 선생에게 만나겠다는 말을 전하게."

우리 귀부인은 겉으로 아무 관심이 없는 듯 듣더니, 라운스웰 선생이 들어오자 똑바로 바라본다. 나이는 쉰이 약간 넘은 것 같고 체구는

평가했다. 하지만 구세력은 그만큼 경계했다.

189

자기 어머니처럼 좋고, 목소리는 맑고 이마는 까만 머리가 물러난 부분이 훤하며, 얼굴은 솔직하면서도 날카로운 느낌이다. 까만 옷차림이 믿음직한 신사로, 몸집은 불었어도 강인하고 민첩하다. 완벽하게 자연스럽고 편안한 분위기는 눈앞에 있는 위대한 인물에 조금도 위축되지 않는다.

"레스터 경, 그리고 데드록 귀부인, 이렇게 방해한 걸 이미 사과드렸으니, 본론으로 곧장 들어가는 편이 좋겠습니다. 고맙습니다, 레스터 경."

데드록 가문의 가장은 자신과 귀부인 사이에 있는 소파를 가리키고, 라운스웰 선생은 거기에 차분히 앉는다.

"커다란 사업이 많아서 곳곳에 일하는 직공 역시 많은 터라, 저 같은 사람은 늘 여기저기 바쁘게 뛰어다녀야 한답니다."

레스터 경은 기계 제조업자가 여기에서는, 조용한 공원에 뿌리내리고 담쟁이와 이끼가 느긋하게 자라고 옹이투성이 울퉁불퉁한 느릅나무와 잎사귀 무성한 참나무가 수백 년 쌓인 잎사귀랑 양치류 사이로 단단히 틀어박힌 오래된 저택에서는, 테라스에서 해시계는 수백 년 세월을 묵묵히 가르고, 그 세월조차 저택과 토지와 마찬가지로 – 자신이 살아있는 한 – 데드록 집안의 재산일 수밖에 없는 오래된 저택에서는, 서둘 필요가 없다고 여긴다. 그래서 안락의자에 앉아, 자신의 평안함과 체스니 대저택의 평온함으로 마냥 바쁜 기계 제조업자에 맞서고, 라운스웰 선생은 공손하게 쳐다보고 고개를 숙여서 인사하며 계속 말한다.

"데드록 귀부인께서 친절하시게도 로사라는 젊은 미인을 옆에 두셨습니다. 그런데 제 아들이 로사와 사랑에 빠져, 로사에게 청혼하겠다면서, 그리고 로사가 승낙하면 – 제 생각에는 분명히 승낙할 것 같은데 – 약혼하겠다면서 제 허락을 청하더군요. 저는 로사를 오늘 처음 보았지만 아들이 훌륭한 판단력을 지녔다고 믿습니다 – 사랑에 빠질 때조차. 제가 판단하기에 로사는 아들이 말한 그대로며 어머니께서도 로사를 많이 칭찬하시니까요."

"로사는 모든 점에서 칭찬받을 자격이 있지요."

우리 귀부인이 말한다.

"그렇게 말씀하시니 다행입니다, 데드록 귀부인. 고귀한 부인께서 그렇게 생각하신다는 게 저한테 중요하다는 말을 굳이 할 필요는 없겠지요."

"그럴 필요는 당연히 없습니다."

레스터 경이 말할 수 없이 장엄하게 끼어든다. 기계 제조업자가 너무 유창하게 말한다는 생각이 든 것이다.

"그렇습니다, 레스터 경. 제 아들은 젊은 사내고 로사는 젊은 여인입니다. 제가 내 길을 개척했듯이, 아들놈 역시 자기 길을 개척해야 하는 만큼 당장 결혼한다는 생각은 할 수 없습니다. 하지만 아들놈이 아름다운 여인과 약혼하는 걸 제가 허락하고, 아름다운 여인 역시 아들놈과 약혼하겠다면, 지금 이 순간에 말씀드리는 게 솔직할 것 같은데 – 레스터 경, 그리고 데드록 귀부인, 두 분께서 분명히 이해하고 양해하실 터인데 – 저는 그 여인이 체스니 대저택에서 나와야 한다는 조건을 전제할 수밖에 없습니다. 해서 아들놈한테 자세히 말하기 전에 실례를 무릅쓰고 말씀드리건대, 여인을 빼내는 걸 조금이라도 불편해하시거나 반대하신다면, 필요한 동안은 아들놈 문제를 더 거론하지 않고 현재 상태로 놓아둘 생각입니다."

체스니 대저택에서 나온다. 그게 조건이다! 농민 반란군 워트 타일러가 철강 지대에서 횃불을 들고 날뛴다는 오랜 불신이 마구 솟구치니, 레스터 경은 너무 화나서 고운 백발 머리에다 콧수염까지 부들부들 떨린다. 그래서 귀부인을 들먹이며 말하는데, 첫째는 부인에 대한 예의며 둘째는 부인의 변별력에 의존하려는 신중함 때문이다.

"나한테 이해하라는 건가요, 라운스웰 선생, 그리고 우리 부인한테 이해하라는 건가요, 선생, 그 여인은 체스니 대저택에 너무 과분하며 그래서 여기 있으면 안 된다는 말을?"

"아닙니다, 레스터 경."

"다행이군요."

레스터 경이 거만하게 대꾸하니, 우리 귀부인은 예쁜 손을 살짝 움직여서 레스터 경을 날벌레처럼 가볍게 억누르며 말한다.

"무슨 뜻으로 하시는 말씀인지 설명하시지요, 라운스웰 선생."

"알겠습니다, 데드록 귀부인. 저 역시 그러고 싶었습니다."

데드록 귀부인은 차분한 얼굴로, 냉정한 표정을 습관적으로 떠올려도 예민하고 활발한 지성을 못 숨기는 얼굴로, 결단성과 인내심이 돋보이는 강인한 앵글로색슨 얼굴을 마주 보며 가만히 듣다, 이따금 고개를 살며시 *끄덕*인다.

"저는 이 집 하녀장 아들이며, 데드록 귀부인, 이 집에서 어린 시절을 보냈습니다. 저희 어머니는 여기에서 반세기를 사셨으며 여기서 돌아가실 게 분명합니다. 어머니는 사랑과 집착의 표본으로, 영국 전역에서 자랑스럽게 여길 수도 있는 표본으로 여기에서 충성을 다하며 살았으니, 그 자부심과 가치는 어떤 계급도 독차지할 수 없습니다. 어머니 같은 사례는 양쪽 모두에 — 고귀한 계급은 물론, 비천한 계급에도 그만큼 — 고상한 가치가 있다는 증거니까요."

레스터 경은 콧방귀를 살짝 날리지만, 명예와 진실을 중시하는 성격 탓에 속으로는 기계 제조업자의 주장이 옳다는 걸 인정하지 않을 수 없다. 하지만 기계 제조업자는 그런 레스터 경에게 눈길조차 안 주고 계속 말한다.

"너무나 분명한 얘길 굳이 말씀드려서 죄송하지만, 저는 어머니가 이곳에서 일하는 게 창피하지 않으며 체스니 대저택과 명문가에 대한 존경심 역시 부족하지 않다는 사실을 먼저 밝히겠습니다. 물론 예전에는 어머니께서 오랫동안 해오던 일을 관두시고 제 집에서 여생을 보내시길 바란 적도 있습니다, 데드록 귀부인. 하지만 이렇게 질긴 인연을 끊으려 하는 건 어머니한테 크나큰 불효라는 사실을 깨닫고 옛적에 포기했습니다."

레스터 경은 라운스웰 부인이 오랫동안 산 저택을 떠나서 여생을 기계 제조업자랑 보낼 수도 있다는 사실에 다시 엄숙해지고, 방문객은 소박하면서도 또렷하게 이어간다.

"저는 도제와 직공을 거쳤습니다. 직공 임금으로 한참을 살면서도 상당 수준까지 독학했습니다. 집사람은 공장장 딸로, 소박하게 성장했습니다. 우리는 조금 전에 말한 아들 말고도 딸이 셋으로, 다행히도 우리 자신보다 많은 혜택을 누릴 수 있어, 우리는 아이들을 훌륭하게, 꽤 훌륭하게 교육했습니다. 아이들 모두 어떤 신분을 만나든 충분히 어울리도록 만들려고 기쁘게 노력했습니다."

기계 제조업자는 아버지 특유의 자부심이 가득한 어투로 말하는 모양이 속으로는 '체스니 대저택 같은 신분조차'라고 덧붙이는 것 같다. 그래서 레스터 경은 그만큼 더 엄숙해진다.

"데드록 귀부인, 제가 사는 곳에서 제가 속한 계급 사이에는 이런 일이 흔하여, 신분이 다른 결혼을 이상하게 보지 않습니다. 아들이 공장에 다니는 아가씨를 사랑한다고 아버지에게 털어놓는 경우가 종종 있고, 그러면 아버지는 자신이 예전에 공장에서 일했기에 처음에는 약간 실망하기도 한답니다. 아들에 대한 기대가 크니까요. 하지만 아가씨에게 특별한 결점이 없다는 걸 확인한 다음에는 아들에게 말한답니다. '네가 진심으로 사랑하는지 확인해야겠다. 결혼은 두 사람 모두에게 중요한 문제다. 따라서 나는 그 아가씨를 2년 동안 공부를 시키겠다'거나 '너희 누나들이 다니던 학교에 아가씨를 넣을 테니, 그동안 너는 자주 만나기만 하겠다고 명예를 걸고 약속하거라. 아가씨가 공부를 마치면, 둘이 동등하게 살아갈 정도로 충분한 지식을 쌓으면, 그래도 두 사람 마음이 변치 않는다면, 나 역시 너희가 행복하게 살아가도록 돕겠다.' 이런 사례는 주변에 여럿이며, 데드록 귀부인, 지금 이 순간에는 제가 나아갈 방향을 알려주기도 한답니다."

레스터 경은 마침내 엄숙함이 폭발한다. 차분하게, 하지만 섬뜩하게. 화랑에 걸어놓은 초상화처럼 파란 외투 가슴에 오른손을 넣고서 이렇게 말한 것이다.

"라운스웰 선생, 귀하는 체스니 대저택을……" 여기에서 숨통이 막혀 잠시 주저하다 내뱉는다. "공장과 비교하는 겁니까?"

"두 공간이 매우 다르다는 대답을 군이 할 필요는 없겠지요, 레스터 경. 하지만 이런 사례를 언급할 때는 충분히 비교할 수 있다고 생각합니다."

레스터 경은 위엄 어린 시선으로 기다란 응접실 한쪽을 훑어보다 다른 쪽을 훑어보는 식으로 자신이 깨어있음을 확인한다.

"귀하는 우리 부인이 옆에 둔 아가씨가 마을학교에서 공부했다는 사실을 압니까?"

"레스터 경, 잘 압니다. 좋은 학교죠, 이 가문에서 많이 후원하는."

"그렇다면 라운스웰 선생, 조금 전에 말한 이유를 나로선 이해할 수 없군요."

레스터 경이 말하자, 기계 제조업자는 얼굴을 살짝 붉히며 반문한다.

"우리 며느리가 알아야 할 지식을 마을학교가 모두 가르치는 건 아니라고 제가 대답한다면 이해할 수 있겠습니까?"

데드록 머릿속은 마을학교에선 여태껏 언급조차 안 한 사회 구조 전체 문제로, 사회 구조 전체에서 기계 제조업자든 뭐든 교리문답에 관심조차 없어, 하늘이 내린 신분에서 벗어나려는 사람들 때문에 뿌리부터 금가는 신분 구조 문제로, 레스터 경의 성급한 이론에 따르면 하늘이 자신에게 내린 일등 신분을 영원히 유지하는데 꼭 필요한 신분 구조 문제로, 다른 사람까지 신분을 타파하도록 교육하고 몹쓸 것을 마구 받아들이는 문제로 빠르게 나아간다. 그래서 부인이 입을 열려는 순간에 재빨리 말한다.

"부인, 미안하지만, 잠시 말하겠소! 라운스웰 선생, 우리는 의무에 대한 견해도 신분에 대한 견해도 교육에 대한 견해도 – 한마디로 모든 견해가 – 완벽하게 정반대니, 대화를 계속하면 선생 기분도 상하고 내 기분도 상할 게 분명하오. 귀하가 말한 아가씨는 우리 부인이 유별난 관심을 기울이며 총애하오. 그 아가씨가 그런 관심과 총애에서 벗어나길 바라거나, 이상하게 생각하는 사람이 – 이상하게 생각하는 사람이라 표현할 수밖에 없는 걸 양해하시오, 나 역시 그렇게 생각하는 이유를 굳이 해명할 책임이 귀하한테 없다는 걸 인정하니 말이오 – 시키는 대로 하는 쪽을 선택하겠다면, 그건 언제든 아가씨 자유요. 우리는 귀하가 솔직하게 말한 걸 고맙게 생각하오. 하지만 그것 때문에 그 아가씨가 이 저택에서 하는 일은 아무런 영향을 안 받을 것이오. 이것 말고 우리가 할 약속은 없소. 그러니 – 당신만 괜찮다면 – 이 문제는 이걸로 마무리합시다."

손님은 잠시 침묵해서 귀부인에게 말할 기회를 주어도 아무런 대답이 없자, 자리에서 일어서며 말한다.

"레스터 경, 데드록 귀부인, 시간을 내주신 걸 감사드립니다. 저로서는 아들놈한테 마음을 정리하라고 진지하게 조언하겠다는 말씀을 드릴 수밖에 없군요. 그럼 안녕히 계시길!"

그러자 레스터 경도 신사도 정신을 최대한 발휘하며 말한다.

"라운스웰 선생, 많이 늦어서 길이 어둡소. 바쁘지 않다면 체스니 대저택에서 하룻밤이라도 묵도록 하시오."

"그렇게 하세요."

귀부인이 거든다.

"고마운 말씀이지만, 밤새도록 마차를 달려서 내일 아침 약속한 시각까지 먼 곳에 도착해야 합니다."

이 말과 함께 기계 제조업자가 떠나니, 레스터 경은 종을 울리고 우리 귀부인은 내실로 가려고 일어선다.

귀부인은 내실에 들어서서 유령길에 무심한 채 벽난로 앞에 앉아 깊은 생각에 잠기다, 안쪽 방에서 글을 쓰는 로사를 쳐다본다. 그러다 로사를 부른다.

"얘야, 이리 오렴. 사실대로 말해. 혹시 사랑에 빠졌니?"

"어머나! 마님!"

귀부인은 로사가 얼굴을 붉힌 채 바닥만 내려다보는 모습을 바라보고 빙그레 웃으며 묻는다.

"누구니? 라운스웰 부인 손자니?"

"네, 마님. 하지만 제가 그 사람을 사랑하는지는 모르겠어요…… 아직은."

"아직은? 멍청한 것! 그 사람이 너를 사랑하는 건 아니, 아직은?"

"저를 조금 좋아하는 것 같긴 해요, 마님."

로사가 대답하다 눈물을 터트린다.

시골 처녀 옆에서 까만 머리칼을 자애롭게 쓰다듬으며 흥미진진한 표정으로 바라보는 사람이 정말 데드록 귀부인인가? 맞다, 정말 데드록 귀부인이다!

"얘야, 내 말 잘 들어. 너는 젊고 진실하며, 나는 네가 나를 좋아한다고 믿어."

"맞아요, 마님. 증명할 수만 있다면 무엇이든 하겠어요."

"그리고 너는 연인이 생기더라도 아직은 내 곁을 떠날 생각이 없어, 로사, 그치?"

"그럼요, 마님! 아, 아!"

로사가 처음으로 고개를 드는데, 생각만 해도 끔찍하다는 표정이다.

"얘야, 날 믿으렴. 두려워할 것 없어. 나는 네가 행복하길 바라며, 실제로 행복하게 살도록 도와줄 거야 – 누구든 내가 행복하게 해줄 사람이 이 세상에 있다면."

로사는 다시 눈물을 터트리며 그 발치에 무릎을 꿇고 귀부인 손에 키스한다. 우리 귀부인은 손을 붙잡힌 채 가만히 서서 벽난로 불길만 쳐다보다, 그 손을 두 손으로 잡고서 조금씩 내려놓는다. 귀부인이 깊은 생각에 잠기자 로사는 조용히 물러나지만, 귀부인 눈길은 여전히 불길만 바라본다.

무얼 찾는 걸까? 지금 떠나간 손, 아니면 존재한 적조차 없는 손, 아니면 자신의 인생을 마법처럼 바꾸어놓을 손길? 아니면 유령길 소리에 귀를 기울이면서 제일 비슷한 발걸음 소리를 떠올리는 걸까? 남자 발걸음? 여자 발걸음? 아장아장 다가오고 또 다가오고 또 다가오는 아기 발걸음? 뭔가 우울한 느낌에 사로잡힌 걸까? 그게 아니라면 자부심 강한 귀부인이 문을 모두 닫고 혼자서 벽난로 앞에 저리도 쓸쓸하게 앉아있는 이유는 무얼까?

볼룸니나는 다음 날 떠나고, 다른 친척은 정찬 전에 모두 흩어진다. 아침 식사 때 레스터 경에게 획기적인 시대를 말살하고 몹쓸 것을 마구 받아들여 사회 구조를 무너뜨리는 놀라운 사례가 라운스웰 부인 아들을 통해 증명되었다는 얘길 듣고서 안 놀라는 친척은 한 명도 없으니, 하나같이 분개하며, 그건 윌리엄 버피가 내각에서 너무 무기력하기 때문이라고, 사악한 사기에 속아 넘어가, 나라에서 기둥 하나를 – 연금 수급 자격을 – 무엇인가를 – 무너뜨렸기 때문이라고 나무란다. 볼룸니나는 레스터 경에게 손을 내밀고 에스코트 받으며 웅장한 계단을 내려가다, 북부 사람들이 연지 그릇과 진주 목걸이를 빼앗으려고 반란이라도 일으킨 듯 열변을 토한다. 데드록 친척은 자기 한 몸 건사하는 것조차 힘들어도 하녀와 하인만큼은 꼭 있어야 하는 터라, 이윽고 하녀와 하인들이 재잘대는 가운데 하나같이 사방으로 흩어지니, 오늘 불어닥친 겨울바람이 쓸쓸한 대저택 주변에 가득한 나무를 흔들면서 소낙비를 흩뿌리는 순간에는 모든 친척이 나뭇잎으로 변한 것만 같다.

CHAPTER XXIX
젊은 사내

체스니 대저택은 모든 문이 닫히고, 양탄자는 하나같이 돌돌 말려서 방구석에 쓸쓸히 놓이고, 화려한 능직 천은 갈색 삼베를 입고 참회하며, 조각과 금박은 금욕에 들어가고, 데드록 조상은 환한 햇살을 다시 멀리한다. 대저택 주변으로 낙엽은 묵직하게 떨어지지만 절대로 안 서두니, 하나같이 가볍고 우울하게 맴돌며 천천히 내려온다. 정원사가 잔디를 쓸고 또 쓸어도, 그래서 손수레에 꼭꼭 눌러서 싣고 또 실어서 치워도 낙엽은 늘 발목 높이까지 쌓인다. 날카로운 바람은 울부짖으며 체스니 대저택을 맴돌아 창문마다 덜거덕대고 굴뚝마다 으르렁대고, 비까지 매섭게 때린다. 안개는 가로수길마다 숨어들어서 시야를 가린 채 둔덕을 가로지르며 장례 행렬처럼 나아간다. 대저택 곳곳에 차갑고 공허한 냄새는 왠지 조그만 교회 냄새 같으면서도 퀴퀴한 게, 죽어서 묻힌 데드록 조상들이 기나긴 밤에 돌아다니며 무덤 냄새라도 남긴 것 같다.

하지만 런던에 있는 저택은 체스니 대저택과 동시에 똑같은 분위기로 빠져드는 경우가 거의 없으니, 한쪽이 기뻐할 때 함께 기뻐하고 한쪽이 슬퍼할 때 함께 슬퍼하지 않는다, 데드록이 죽었을 때만 빼고. 그래서 런던 저택은 잠에서 깨어나 화려하게 빛난다. 사정이 허락하는 선에서 최대한 따듯하고 화려하게, 온실에서 자라는 꽃처럼 겨울 흔적은 조금도 없이 상쾌한 향기를 섬세하게 내뿜으며 부드러운 적막이 에워싸, 시계가 똑딱이는 소리와 불길이 장작을 때리며 타오르는 소리만 정적을 깨뜨리니, 무지개 색깔 털실로 감싼 레스터 경을 뼛속까지 따듯하게 감싸는 것 같다. 레스터 경은 서재 커다란 벽난로 앞에서 고귀한 만족감에 쌓인 채 편히 쉬며 책등에 적힌 제목을 쭉 훑거나 감미로운 시선으로 예술품을 감상한다. 오래된 그림과 현대식 그림을 소장했는데, 대체로 거장이 되려고 애쓰는 '가장무도회 화풍'으로, 그 이름은 시중에 판매하는 잡동사니를 그대로 흉내 내는 듯하다. '등받이 높은 의자 세 점', '식탁과 식탁보', '(포도주가 든) 목이 긴 술병', '플라스크 병 한 점', '스페인 여성의 옷차림', '모델 조그 아가씨의 3/4 초상화', '돈키호테를 담아낸 갑옷', '(금이 간) 석조 테라스', '멀리서 바라본 곤돌라', '베네치아 상원의원의 완벽한 복장', '모델 조그 아가씨의 옆얼굴 초상화와 화려하게 수놓은 하얀 비단 의상', '보석 손잡이에 금을 멋지게 입힌 언월도', '(극히 희귀한) 무어식 우아한 드레스', '오셀로' 등이 그렇다.

토킹혼 변호사는 자주 들락거리는데, 부동산 문제도 해결하고 임대차도 갱신하는 등 다양한 문제를 처리하기 때문이다. 그래서 우리 귀부인하고도 자주 마주치지만, 두 사람은 늘 그런 것처럼 냉랭하고 무관심할 뿐 서로에게 관심을 기울이는 경우가 거의 없다. 우리 귀부인이 토킹혼 변호사를 두려워해서 그럴 수 있고 토킹혼 역시 그걸 알 수 있다. 토킹혼 변호사가 동정심이나 가책이나 연민 같은 건 조금도 없이 귀부인의 뒤를 집요하고 끈질기게 캐서 그럴 수도 있다. 귀부인이 온갖 미모와 화려한 신분을 만끽하는 걸 보고, 토킹혼 변호사가 그만큼 더 열심히 확고하게 추적하는 걸 수도 있다. 토킹혼 변호사가 냉혹하고 잔인하게 행동하든 아니든, 한번 세운 목표를 줄기차게 추구하든 아니든, 권력욕에 사로잡히든 아니든, 모든 걸 파헤쳐서 비밀이란 비밀은 모조리 파악하겠다고 다짐하든 아니든, 자신을 초라하게 만드는 화려함을 마음속으로 경멸하든 아니든, 호화로운 고객의 사근사근한 행동 뒤에 숨은 경멸과 모욕을 가슴에 늘 품든 아니든, 이 가운데 어느 하나 때문이든 모든 것 때문이든, 우리 귀부인으로서는 색바랜 옷차림에 조그만 넥타이를 하고 까맣고 우중충한 반바지 차림에 무릎을 리본으로 장식한 변호사의 두 눈동자보다 불신 가득한 상류 인사 눈빛 오천 쌍을 마주하는 게 훨씬 편할 수 있다.

레스터 경은 우리 귀부인 방에 - 토킹혼 변호사가 잔다이스 대 잔다이스 사건 진술서를 읽던 바로 그 방에 - 유난히 만족스러운 표정으로 앉아있다. 우리 귀부인은, 그날 그런 것처럼, 벽난로 앞에 앉아서 한 손에 가리개를 들고 열기를 막는다. 레스터 경이 유난히 만족스러운 이유는 몹쓸 것을 마구 받아들여서 사회 구조를 무너뜨린다는 내용을 노골적으로 언급한, 자신과 의견이 똑같은 기사가 신문에 실렸기 때문이다. 자신이 최근에 주장한 내용과 너무나 비슷한 나머지, 그 내용을 커다랗게 읽어주려고 서재에서 귀부인 방으로 건너온 것이다. 그래서 정상에 올라선 인간이 아래를 굽어보며 고개를 끄덕이듯 벽난로 불빛을 보고 고개를 끄덕이며 머리말처럼 말한다.

"이 기사를 쓴 기자는 정신이 제대로 박혔다오."

그 기자는 따분할 정도로 정신이 제대로 박힌 나머지, 우리 귀부인은 처음에 들어보려고 늘쩍지근하게 노력하다, 듣는 척하는 것조차 늘쩍지근하게 포기하고, 복잡한 마음을 달래며 벽난로 불길을 가만히 바라보는데, 체스니 대저택 내실 벽난로 불길이라는 착각마저, 아직도 그곳에 있다는 착각마저 일어난다. 레스터 경은 아무것도 모른 채 코걸이 안경을 쓰고 기사를 읽다가 때때로 멈춰서 코안경을 벗고 "맞는 말이야", "제대로 썼어", "나도 똑같은 말을 자주 했어"라는 식으로 공감을 드러내고는, 자신이 읽던 곳을 제때 못 찾아 기사를 이리저리 훑으며 찾아가곤 한다.

레스터 경이 마냥 엄숙하고 진지하게 기사를 낭독할 때 문이 열리더니, 가발에 파우더를 뿌린 하인이 "젊은 사내가 찾아왔습니다, 마님, 이름이 거피라고 합니다"라는 이상한 내용을 알린다.

레스터 경은 낭독을 멈추고 물끄러미 쳐다보며 섬뜩한 목소리로 묻는다.

"젊은 사내, 거피라고 하는?"

그리고 쳐다보니, 거피라는 젊은 사내가 쭈뼛쭈뼛 서 있는데 차림새도 태도도 전혀 인상적이지 않다. 그래서 가발에 파우더를 뿌린 하인에게 묻는다.

"거피라는 젊은 사내를 이런 식으로 갑자기 데려오다니, 도대체 뭐 하자는 건가?"

"죄송합니다, 나리, 하지만 마님께서 이 사내가 찾아오면 데려오라고 하셨습니다. 나리께서도 계신 줄 몰랐습니다."

가발에 파우더를 뿌린 하인은 이렇게 사죄하면서 경멸하고 분개하는 눈빛으로 거피라는 젊은 사내를 쳐다본다. '뭐하러 찾아와서 곤란하게 만드냐'고 나무라는 눈빛이다.

귀부인이 말한다.

"괜찮아요. 내가 지시했어요. 저 사내한테 기다리라 하도록."

"그럴 필요 없소, 부인. 당신이 지시했다면, 방해하면 안 되지."

레스터 경이 말리곤 당당하게 일어나, 젊은 사내가 허리를 숙이는 인사를 외면한 채, 도적놈 같은 차림새를 보면 구두제조업자가 분명하다고 장엄하게 생각하며 밖으로 나간다.

데드록 귀부인은 하인이 떠난 다음에 방문객을 오만하게 바라보며 머리끝부터 발끝까지 훑는다. 그리고 문가에 그대로 서 있게 한 채 바라는 게 뭐냐고 묻고, 거피는 쩔쩔매며 대답한다.

"마님께서 친절하시게도 저와 조금 대화하시는 겁니다."

"바로 당신이 나한테 툭하면 편지를 보낸 사람이겠지요?"

"몇 통입니다, 마님. 마님께서 답신을 보내는 은혜를 베푸시기 전에 몇 통 보냈습니다."

"그렇다면 불필요한 대화를 생략하고 편지로 대신할 순 없었나요? 지금도 그런가요?"

거피는 입술을 쭉 내밀고 "네!"라는 모양을 만들며 머리를 끄덕인다.

"이상할 정도로 끈질기게 굴던데, 별 볼 일 없는 얘기 같으면 – 무슨 내용인지 모르겠지만, 별 볼 일 없을 것 같은데 – 바로 중단시킬 테니 그리 알기 바라오. 말해보시오."

귀부인은 거피라는 젊은 사내에게 등을 돌린 채 가리개를 아무렇게나 흔들면서 불길로 몸을 돌리고, 젊은 사내는 말한다.

"마님께서 허락하시니 본론으로 곧장 들어가겠습니다. 헴! 저는 첫번째 편지에서 말씀드린 것처럼 법조계에 있습니다. 법조계에서 일하다 보면 글이라는 증거를 안 남기는 습관이 생긴답니다. 그래서 마님께 제가 일하는 법률회사 이름을 언급하지 않았는데, 저는 그곳에서 꽤 좋은 위치에 있으며 수입도 상당합니다. 은밀하게 말씀드리자면, 지금 언급한 법률회사 이름은 링컨 법학원에 있는 '켄지와 카보이'라고 하며, 마님 역시 잔다이스 대 잔다이스 사건과 관련이 있으니 완전히 모르진 않으실 겁니다."

귀부인이 조금은 관심이 생기는 눈치다. 그래서 가리개 흔드는 걸 멈추고 가만히 있는 게 귀를 기울이는 것 같다. 그러자 거피가 약간 대담하게 말한다.

"하지만 앞으로 할 이야긴 잔다이스 대 잔다이스 사건과 전혀 상관이 없다는 언급을 미리 해야겠는데, 그러면서도 마님께 드릴 말씀이 있다고 간청했으니, 얼핏 보기에는 주제넘게 참견하는 사람 같았을 게, 아니, 불한당 같았을 게 분명합니다."

그렇지 않다는 대답이 나오길 잠시 기다리다 아무런 반응이 없자 거피는 계속 이어간다.

"잔다이스 대 잔다이스 사건과 관련이 있다면 마님께서 주로 거래하시는 토킹혼 변호사를 찾아갔을 겁니다. 토킹혼 변호사와 – 지나다 마주치면 아는 척할 정도로 – 개인적으로 아는 즐거움을 누리니, 그런 유형과 관계가 있다면 그분한테 당장 갔을 겁니다."

귀부인이 고개를 살짝 돌리며 권한다.

"의자에 앉는 게 좋겠군요."

"고맙습니다, 마님."

거피가 의자에 앉는다.

"이제, 마님."

그리곤 말할 내용을 정리한 조그만 쪽지 한 장을 들여다보는데, 보면 볼수록 난해하기만 하다.

"저는 – 아, 맞아요 – 저는 마님 손에 달려있습니다. 제가 찾아온 걸 '켄지와 카보이'나 토킹혼 변호사한테 불평하신다면, 저는 대단히 곤란한 처지에 놓일 테니까요. 확실합니다. 따라서, 저로선 마님의 은

204

충만 바랄 뿐입니다."

귀부인은 가리개 든 손을 오만하게 흔들어, 자신이 그러는 일은 결코 없다고 표시한다.

"고맙습니다, 마님, 안심이 됩니다. 이제 - 저는 - 제기랄! - 사실 말씀드릴 내용을 여기에 적어놓았는데, 약자로 너무 간략하게 적어서 무슨 뜻인지 알아먹을 수가 없네요. 마님께서 잠시 양해하신다면 제가 이걸 가지고 창가에 가서……"

거피는 창가로 가다 잉꼬 한 쌍과 부닥치고 당황한 나머지 "죄송합니다, 정말입니다"라고 사과한다. 그것 때문에 쪽지 내용을 파악하는 게 더 어려워진 것 같다. 거피는 당황해서 빨갛게 달아오른 얼굴로 종이쪽지를 눈앞에 바싹 대기도 하고 떨어뜨리기도 하면서 중얼댄다.

"C.S., C.S.가 뭐지? 아, E.S.! 아, 알겠다! 그래, 맞아!"

그리고 분명히 파악한 표정으로 돌아와, 귀부인과 자신이 앉던 의자 한가운데 서서 말한다.

"혹시 에스더 서머슨(E.S.)이라는 아가씨 이름을 듣거나 만나신 적이 있는지 모르겠습니다."

귀부인이 정면으로 바라보며 대답한다.

"그런 이름을 가진 아가씨를 얼마 전에 만났어요. 지난가을에."

거피가 팔짱을 끼고 머리를 한쪽으로 기울인 채 쪽지로 입가를 긁으며 묻는다.

"그렇다면 그 아가씨가 누굴 닮았다는 느낌이 뇌리를 스치던가요?"

귀부인은 거피에게서 시선을 더는 안 떼어낸다.

"아니요."

"귀부인 친척과 비슷하지 않던가요?"

"네."

"마님께서 에스더 아가씨 얼굴을 기억하지 못하시는 건 아닌가요?"

"아니요, 똑똑히 기억합니다. 그게 나와 무슨 상관이 있나요?"

"마님, 우선 에스더 아가씨 얼굴을 제 가슴에 또렷하게 새겼음을 은밀히 알리며, 친구와 함께 링컨셔에 출장 간 김에 마님의 체스니 대저택을 방문하는 영광을 누리다, 마님 초상화가 에스더 서머슨 아가씨와 너무나 똑같은 걸 보고 넋이 나간 적이 있다는 말씀부터 드리겠습니다. 당시는 충격이 너무 커서 뭐가 뭔지 이해할 수조차 없었습니다. 그런데 지금 마님을 가까이 뵙는 영광을 누리니, (감히 말씀드리자면 마님께서 저를 모르실 때 마님께서 마차를 타고 공원을 지나시면 무례를 무릅쓴 채 유심히 살폈지만, 이렇게 가까이 뵙는 건 처음인데) 제가 생각한 이상으로 놀라울 따름입니다."

거피라는 젊은 사내야! 귀부인이 성채에서 살 때는 근처에 무서운 시종이 대기하니, 너 같은 불쌍한 인생이 귀부인의 아름다운 눈이랑 시선이 마주치는 순간에 곧바로 끌려가서 목숨을 잃던 시절이 있다는 걸 아느냐!

귀부인은 조그만 가리개를 부채처럼 천천히 흔들면서, 두 사람 얼굴이 비슷한 게 자신과 무슨 상관이 있는지 묻는다.

거피는 쪽지를 다시 들여다보며 대답한다.

"마님, 이제 그 점을 말씀드리겠습니다. 지랄 맞을 쪽지! 아! '차드밴드 부인.' 맞아."

거피가 의자를 앞으로 살짝 잡아당겨서 다시 앉는다. 귀부인은 몸을 뒤로 빼서 의자에 등을 차분하게 기대지만, 우아한 시선이 조금이나마 돌아가지도, 차분한 눈길이 조금이나마 흔들리지도 않는다.

"아……하지만, 잠깐만요!"

거피가 쪽지를 다시 살핀다.

"E.S.가 두 번? 아, 그래! 맞아, 다 풀렸어."

거피가 연설할 때 가리키는 도구처럼 종이쪽지를 돌돌 말면서 다시 말한다.

"마님, 에스더 서머슨 아가씨는 출생과 성장에 모호한 부분이 있습니다. 제가 그 사실을 알 수 있었던 건 - 은밀하게 말씀드린다면 - '켄지와 카보이'에 근무하기 때문입니다. 이제, 마님께 말씀드린 것처럼, 저는 에스더 아가씨 얼굴을 가슴에 새겼습니다. 제가 수수께끼를 풀어준다면, 그래서 명문가와 친척이라는 사실을 입증하거나, 잔다이스 대 잔다이스 사건에 정당하게 관여할 권리가 있는 마님 친정 쪽이랑 먼 친척이 된다는 영광스러운 사실을 찾아낸다면, 아아, 제가 청혼한 것에 대해서 예전에 보인 반응보다 훨씬 긍정적으로 고려하길 에스더 아가씨에게 촉구할 수 있을 겁니다."

잔뜩 화난 미소가 귀부인 얼굴에 어리고, 거피는 계속 말한다.

"매우 독특한 상황이지만, 마님, 우리처럼 전문적인 업무를 하다 보면 - 아직은 정식 변호사 자격증이 없으나, 저희 어머니께서 얼마 안 되는 수입을 긁어모아 비용을, 적지 않은 비용을 낸 덕분에 '켄지와 카보이' 수습 변호사로 일해서, 저 역시 전문가라 할 만하니 - 이런 일이 종종 일어나는데, 에스더 아가씨가 잔다이스 선생님께 가기 전에 지내던 마님 집에서 하녀로 일하던 사람을 우연히 만났답니다. 그 마님은 바바리 아씨였고요, 마님."

귀부인 얼굴이 납빛으로 변한 건 손으로 물끄러미 든 채 까마득히 잊은 녹색 비단 가리개 때문일까, 아니면 갑자기 혈색이 사라졌기 때문일까?

"마님께서도 바바리 아씨 이름을 들어보신 적이 있는지요?"

"모르겠어요. 들어본 것도 같군요. 그래요, 들어봤어요."

"바바리 아씨는 마님 친정 쪽과 관련이 있나요?"

귀부인이 입술을 움직이지만 아무런 소리도 안 나온다. 그래서 고개를 젓는다.

"관련이 없다고요? 아! 마님께서 모르시는 건 아니고요? 아! 하지만 가능성은 있겠지요? 그렇죠?"

거피가 계속 심문하자 귀부인은 고개를 숙인다.

"좋습니다! 그런데 바바리 아씨는 입이 극도로 무거웠습니다. 여성은 대체로 수다 떠는 걸 좋아하는 법인데, 여성치고 유난히 무거웠던 모양입니다. 그래서 제가 만난 증인은 바바리 아씨한테 친척이 있는지조차 모르더군요. 하지만 한 번, 딱 한 번, 제 증인을 믿었던 것 같습니다, 여자애는 진짜 이름이 에스더 서머슨이 아니라 에스더 호돈이라는 말을 했으니까요."

"하느님!"

귀부인이 깜짝 놀라고 거피는 물끄러미 쳐다본다. 데드록 귀부인이 앞에 앉아서 멍하니 쳐다보는데, 얼굴이 납빛이다. 가리개를 든 자세도 똑같고 입술도 살짝 벌리고 이마도 살짝 찡그리지만, 순간적으로 죽었다. 거피는 귀부인이 정신을 차리는 걸 보고, 수면에 이는 잔물결처럼 온몸으로 퍼지는 전율을 보고, 입술이 떨리는 걸 보고, 그런 자신을 가다듬으려 애쓰는 모습을 보고, 거피가 앞에 있다는 사실을 떠올리려, 거피가 한 말을 떠올리려 애쓰는 모습을 본다. 하지만 모든 과정이 순식간에 지나니, 귀부인의 절규와 죽은 상태 역시 오랫동안 보존한 시신이 무덤을 열어서 공기를 쐬는 순간에 연기처럼 사라지듯 사라지는 것 같다.

"혹시 호돈이라는 이름을 아십니까?"

"들어본 적은 있소."

"마님 친정 쪽 인물이거나 관계가 있는 인물인가요?"

"아니오."

"그렇다면 마님, 마지막 부분으로 넘어갈 텐데, 제가 아는 한에서 그렇다는 뜻입니다. 사건은 계속 진행되고 저는 정보를 계속 모을 테니까요. 마님께서는 – 행여나 모르신다면 – 대법정 거리 근처 크룩이라는 노인 집에서 얼마 전에 쪼들려 살던 대서인이 사망한 채 발견됐다는 사실을 아셔야 합니다. 그래서 검시 재판이 열렸는데, 대서인이 가명을 사용해서 실명은 안 드러났습니다. 하지만 마님, 최근에 저는 대서인 이름이 호돈이라는 사실을 발견했습니다."

"그게 나랑 무슨 상관인가요?"

"네, 마님, 바로 그게 문젭니다! 그런데 마님, 그 남자가 사망한 뒤에 이상한 일이 일어났습니다. 어떤 부인이 변장한 채 나타나서 사망한 현장과 묻힌 곳을 보러 간 겁니다. 네거리에서 청소하는 아이한테 길 안내를 시키고 돈을 주면서요. 이 말이 맞는지 확인하고 싶다면 아이를 당장 불러올 수도 있습니다, 마님."

귀부인은 비참하게 사는 아이는 아무런 상관이 없으니 굳이 데려올 필요까지 없다고 대답한다.

"아, 분명히 말씀드리지만, 애초에 그건 너무 이상한 사건이 아닐 수 없습니다. 그 부인이 장갑을 벗는 순간에 손가락 여기저기에서 반지가 반짝였다는 아이 말을 들으면 정말 로맨틱하다는 생각이 절로 들 겁니다."

가리개를 든 손 여기저기에서 다이아몬드가 반짝인다. 귀부인은 가리개를 만지작거려서 다이아몬드마다 더욱 반짝이게 하더니, 예전 같으면 거피라는 젊은 사내는 곧바로 죽었을 거라는 표정을 다시 떠올린다.

"마님, 대서인은 신분이 드러날 만한 옷이나 서류를 하나도 안 남겼다고 하더군요. 하지만 사실 조금도 안 남긴 건 아니었습니다. 옛날 편지를 한 다발이나 남겼으니까요."

가리개가 조금 전처럼 다시 올라간다. 그러는 내내 귀부인은 거피에게서 눈을 한 번도 안 뗀다.

"편지는 은밀하게 수거되었습니다. 그래서 내일 밤, 마님, 제 손에 들어올 예정입니다."

"다시 묻겠는데, 그게 나하고 무슨 상관이죠?"

귀부인이 묻자, 거피가 일어서며 대답한다.

"마님, 이제 결론을 내리겠습니다. 지금까지 말씀드린 정황을 하나로 모은다면, 젊은 아가씨가 마님 얼굴이랑 너무나 비슷한 나머지, 배심원 눈에도 그렇게 보일 수밖에 없다는 사실, 그 아가씨가 바바리 아씨 밑에서 성장했다는 사실, 바바리 아씨가 에스더 아가씨는 진짜 이름이 호돈이라고 말한 사실, 마님께서 모두 아는 이름이라는 사실, 그리고 호돈이 그렇게 사망했다는 사실을 하나로 연결한다면, 그래서 마님께서 친정 문제와 관련이 있다고 생각하실 이유가 충분하다면, 방금 막 말씀드린 편지 다발을 여기로 가져오겠습니다. 내용이 무엇인지는 모릅니다, 옛날 편지라는 점 말고는. 지금까지 손에 넣은 적이 없으니까요. 저는 편지 다발을 손에 넣는 즉시 여기로 가져와서 마님과 함께 읽을 생각입니다. 여태까지 저는 제가 찾아온 목적을 말씀드렸습니다. 마님께서 불평하신다면 아주 불편한 상황에 부닥칠 수밖에 없으니, 극비로 해달라는 말씀도 함께 드리면서요."

거피라는 젊은 사내는 이게 목적 전부일까, 아니면 다른 목적이 또 있을까? 여기까지 온 목적과 의심을 하나도 안 빼고 낱낱이 세세히 말한 것일까? 아니라면 무엇을 숨긴 걸까? 이 점에 관한 한 거피는 귀부인에 견줄 만하다. 귀부인이 꾸준히 살피지만, 증인석에 선 표정을 유지하며 탁자만 내려다볼 뿐 무엇하나 안 드러내니 말이다. 마침내 귀부인이 승낙한다.

"편지 다발을 가져오세요, 그러고 싶다면."

"마님께서 별로 안 내키시는 것 같군요."

거피가 말하는데, 약간 기분 나쁘다는 어투다.

귀부인이 똑같은 어투로 다시 말한다.

"편지 다발을 가져오세요, 그러고 싶다면…… 부디."

"알겠습니다. 그럼 안녕히 계십시오."

귀부인 옆 탁자에 화려한 상자가 있는데, 오래된 금고처럼 빗장을 지르고 자물쇠로 채웠다. 귀부인은 거피를 가만히 바라보면서 그것을 잡아당겨 자물쇠를 열고, 거피는 재빨리 반발한다.

"맙소사! 분명히 말씀드리지만 마님, 저는 그런 것 때문에 이러는 게 아니며, 따라서 무엇도 받을 수 없습니다. 그럼 안녕히 계십시오. 이렇게 만나주셔서 정말 고맙습니다."

젊은 사내가 허리를 숙이며 인사하고 아래층으로 내려가자, 가발에 파우더를 뿌린 하인은 통로 벽난로에 앉아서 거만하게 바라볼 뿐, 의자에서 일어나 밖으로 안내할 생각조차 않는다.

레스터 경은 서재에서 불기를 쬐며 신문을 읽다 꾸벅꾸벅 조는데, 그런 레스터 경을 깜짝 놀라게 할 만한 게 이 집에 있을까, 체스니 대저택에서 울창한 나무들이 옹이진 나뭇가지를 마구 흔들어대고 초상화마다 눈살을 찡그리고 갑옷이 꿈틀대는 것처럼?

없다. 말소리도 흐느끼는 소리도 울부짖는 소리도 공기에 불과하며, 공기는 안에서 철저하게 차단하고 밖에서도 건물 전체를 차단했으니, 내실에서 일어나는 소리가 레스터 경 귀에 조금이라도 울리려면 귀부인이 나팔을 불듯 커다랗게 소리쳐야 한다. 실제로 한 여인이 무릎을 꿇고 미친 듯이 울부짖는 소리가 집 안에서 일어난다.

"아, 아가야, 아가야! 잔인한 언니가 말한 대로 네가 태어나자마자 죽은 게 아니었구나! 그 손에서 엄하게 자란 거였구나, 언니가 나와 모든 관계를 끊고 이름까지 포기한 다음에! 아, 아가야, 아, 아가야!"

CHAPTER XXX
에스더 이야기

리처드가 멀리 떠나고 상당한 시간이 흐른 어느 날, 손님 한 분이 우리와 며칠을 보내려고 찾아왔어요. 중년이 지난 부인이었어요. 앨런 우드코트 선생의 어머니로, 배저 부인 댁에 머물려고 웨일스에서 온 김에 "아들 앨런의 청으로" 우리 아저씨에게 편지를 건네서 아들이 잘 지내며 "여러분 모두에게 안부를 전해달라 했다"고 알리자, 우리 아저씨께서 '황폐한 집'을 방문해주십사 하고 초대한 거예요. 그분은 우리랑 거의 삼 주를 머무르셨어요. 저에게 특별히 친절하시고 속 얘기도 많이 하시어, 저를 불편하게 만들 때가 많았어요. 물론 속 얘기를 털어놓는 거라서 불편해하면 안 된다는 건 저도 알고, 그런 느낌이 드는 자체가 부당하다는 생각도 했어요. 그래서 최선을 다했지만, 어쩔 도리가 없었답니다.

그분은 매우 예민하고 조그만 부인이며, 두 손을 깍지끼고 앉아서 저에게 말하는 사이에 열심히 살펴보는 습관이 있는데, 제가 너무 어색해서 그렇게 느낀 걸 수도 있어요. 혹은 허리를 꼿꼿이 펴고 너무 깔끔해서 그런 걸 수도 있고요. 하지만 지금 생각하면 그것 때문은 아닌 것 같아요. 그런 걸 나쁘다고 여기지는 않거든요. 노부인치고 생기가 넘치는 예쁜 얼굴에 툭하면 떠올리던 표정 때문에 그런 것 같지도 않아요. 불편한 느낌이 들던 이유를 지금 생각하면 이해하기 어려워요. 아니, 최소한 지금은 알지언정, 당시에는 도무지 모르겠다고 생각했어요. 아니, 최소한…… 하지만 이제 아무래도 상관없어요.

제가 밤에 잠자러 위층으로 올라가려고 할 때마다, 노부인은 저를 당신 방으로 초대해서 벽난로 앞 커다란 의자에 앉혔어요. 그리고, 맙소사, 제가 완전히 지칠 때까지 '모건 앞-케리그' 얘기를 늘어놓았어요! 어떨 때는 (장담은 못 하겠지만 이름이 맞는다면) '크룸링왈린워' 시인이 쓴 시 몇 편과 '뮤린윌인워드'를 암송하다 그 감성에 흠뻑 빠져들곤 했어요. 하지만 (웨일스 언어라서) 저는 무슨 내용인지 몰랐어요, '모건 앞-케리그' 혈통을 높이 찬양한다는 것 말고는. 그런데도 노부인은 의기양양하게 말하곤 했어요.

"그래, 에스더 아가씨도 알겠지만 이 시는 우리 아들이 물려받을 재산이라오. 우리 아들이 어디를 가든지 '앞-케리그' 혈통이란 사실을 주장할 수 있으니 말이오. 우리 아들은 돈이 없지만 훨씬 좋은 게 - 가문이라는 게 - 있다오, 아가씨."

인도나 중국에서 '앞-케리그'를 얼마나 인정할지 의심스럽지만, 당연히 저는 이 말을 안 했어요. "명문가 혈통이라니, 훌륭하네요"라고 말하는 게 전부였어요.

그럴 때마다 노부인은 이렇게 대답했어요.

"맞아요, 아가씨, 훌륭하지요. 하지만 불이익도 있다오. 가령, 우리 아들은 부인을 선택하는 폭이 한정된다오. 그러나 왕실 가족 역시 똑같은 이유로 결혼 상대를 선택하는 폭이 한정되지요."

그러더니 제 팔을 쓰다듬고 옷을 부드럽게 펴주는 게, 우리 사이에 격차는 또렷하지만, 그래도 당신은 저를 좋게 생각한다며 위로하는 것 같았어요. 노부인은 고상한 혈통에 다정한 마음을 지닌 터라, 툭하면 감상에 젖어서 이런 말을 하기도 했어요.

"돌아가신 우리 남편은, 아가씨, 위대한 하이랜드 가문의 후손으로 맥쿠얼트 가운데 맥쿠얼트였다오. 영국 하이랜드 연대 장교로 국왕과 국가에 봉사하다 전쟁터에서 전사했지요. 우리 아들은 두 명문가의 마지막 후예랍니다. 하늘이 축복하는 가운데 두 가문을 다시 일으켜 세우고 다른 명문가와 인연을 맺을 거라오."

저는 매번 화제를 바꾸려 했지만 소용이 없었답니다, 새로운 이야기를 하고 싶기도 하고, 그러다 보면…… 이런 말까지 할 필요는 없겠네요. 어차피 노부인은 한 번도 허락하지 않았으니까요.

어느 날 밤에는 노부인이 이런 얘길 하셨답니다.

"아가씨는 분별력도 상당하고 세상을 차분하게 바라보는 눈이 나이에 걸맞지 않게 탁월하니, 나도 우리 가족 문제를 편안하게 언급할 수 있구려. 아가씨는 우리 아들을 많이 몰라요. 하지만 기억이 날 만큼은 알 거예요, 그죠?"

"네, 부인. 기억은 납니다."

"그래요, 아가씨. 그렇다면, 아가씨는 사람 보는 눈이 있는 것 같으니, 우리 아들을 어떻게 생각하는지 듣고 싶네요."

"아, 부인, 너무 어려워요!"

"뭐가 어렵나요, 아가씨? 내가 볼 땐 어려울 게 하나도 없는데?"

"의견을 말한다는 게……"

"많이 만나질 않아서 그러는 거라면, 아가씨, 맞는 말이긴 하네요."

제 말은 그런 뜻이 아니었습니다. 우드코트 선생은 우리 집에 자주 놀러 오고 우리 아저씨와 가깝게 지냈으니까요. 저는 이렇게 말하고, 우드코트 선생은 의술이 훌륭한 것 같다고, 그분이 플라이트 할머니에게 다정하고 친절한 관심을 보여주신 건 정말 대단한 거라고, 우리 모두 그렇게 생각한다고 덧붙였답니다.

그러자 노부인이 제 손을 꼭 잡으며 말했어요.

"제대로 평가하네요! 우리 아들을 정확히 평가했어요. 우리 아들은 천성이 착하고 의술도 탁월하지요. 하지만 나는 그 아이 엄마랍니다. 그래서 고백하는데, 그 애도 결점이 없는 건 아니랍니다, 아가씨."

"그건 누구나 그렇지요."

제가 말하자, 예민한 노부인이 고개를 매섭게 저으며 대답했어요.

"아! 하지만 그 아이 결점은 고치려고만 들면 확실히 고칠, 무슨 일이 있어도 고쳐야 할 결점이랍니다. 아가씨는 이해관계가 없는 제삼자인 데다, 내가 아가씨를 유난히 좋아해서 솔직히 고백하는데, 그 아이는 변덕 그 자체라오, 아가씨."

그분이 그동안 쌓아 올린 평판에 근거할 때, 의술에 끊임없이 정진하면서 환자를 열정적으로 치료하는 줄만 알았기에 저는 그런 생각을 조금도 못 했다고 대답했어요. 그러자 노부인이 반박하더군요.

"그 말도 맞아요, 아가씨. 하지만 직업을 말하는 게 아니라오."

"아!"

"그래요. 내가 말한 건 아가씨, 사교 활동이라오. 젊은 아가씨한테 사소한 관심을 늘 보이거든요, 열여덟 살 이후로 쭉. 그런데 아가씨, 그게 어떤 아가씨한테 특별한 관심이 있어서 그런 게 아니라오. 물론 해를 끼치려고 그런 것도 아니고, 단지, 착한 성격에 예의를 다하는 것뿐이지요. 하지만 옳지 않아요, 그죠, 아가씨?"

"네."

제가 대답했어요, 노부인이 대답을 기다리는 것 같았거든요.

"게다가 엉뚱한 오해를 살 수도 있고요, 그죠, 아가씨?"

저는 그럴 수 있겠다고 대답했어요.

"그래서 정말이지 조심해야 한다고, 너 자신한테도 정당해야 하며 상대한테도 정당해야 한다고 누차 타일렀다오. 그럴 때마다 그 애는 '어머니, 알겠습니다. 하지만 어머니는 저를 누구보다 잘 아시니 저한테 악의가 없다는 것 역시, 한마디로 아무런 의미도 없다는 것 역시 잘 아세요'라고 대답한다오. 하나같이 맞는 말이지만, 아가씨, 그게 정당한 건 아니잖아요. 하지만 어차피 지금은 기약 없이 멀리 떠나서 좋은 사람을 소개받고 만날 기회가 많을 테니, 우리로선 다 지난 일로 칠 수밖에요."

노부인이 말하더니, 갑자기 고개를 끄덕이면서 환하게 웃는 얼굴로 물었어요.

"그런데 아가씨는 어떻게 하실 생각인가요?"

"저요, 부인?"

"내가 이기적으로 굴면 안 되는데, 행운을 찾고 부인을 찾아서 멀리 떠난 우리 아들 얘기만 늘어놓았으니…… 아가씨는 언제 행운을 찾고 남편을 찾을 생각인가요? 어머나! 얼굴이 빨개지네요!"

얼굴을 붉힌 것 같지는 않아요 - 하지만, 설사 그랬다 해도 중요한 건 아니에요 - 저는 현재의 행운에 만족한다고, 이걸 바꿀 생각은 없다고 대답했답니다. 그러니까 노부인이 이러시더군요.

"내가 아가씨를 볼 때마다 아가씨한테 어떤 행운이 찾아오면 좋겠다고 생각했는지 말해볼까요, 아가씨?"

"훌륭한 예언가라고 생각하신다면요."

"좋아요. 아가씨는 엄청난 부자에 신분이 높은 사람이랑 결혼할 거예요, 나이가 아가씨보다 훨씬 많은 사람…… 대략 25세 이상. 그래서 아가씨는 훌륭한 부인으로 사랑을 받으며 행복하게 살 거예요."

"대단한 행운이군요. 저한테 어째서 그런 행운이 어울리나요?"

"아가씨, 세상에는 뭐든지 어울리는 게 있다오. 아가씨는 부지런하고 깔끔하고 독특한 처지라서 그게 어울리니, 그런 행운이 금방 찾아올 거예요. 그래서 결혼한다면, 내가 아가씨를 누구보다 많이 축하할게요."

이 말이 저에게 더없이 불편했다면 이상하겠지만, 정말 불편했던 것 같아요. 그래요, 정말 불편했어요. 그날 밤 그 시간이 많이 불편했어요. 제가 어리석었던 게 너무 창피해서 에이다한테 솔직하게 털어놓고 싶지도 않았고, 그래서 한층 더 불편했어요. 노부인이 속마음을 허심탄회하게 털어놓는 자리만 피할 수 있다면 뭐든지 했을 거예요. 그런 얘기를 듣다 보니, 앞뒤가 안 맞는 생각도 들었어요. 노부인이 이야기꾼이란 생각이 들다가도 다음 순간에는 진실을 묘하게 왜곡한다는 느낌도 드는 거예요. 매우 노련하다는 생각이 들다가도 다음 순간에는 완벽하게 순수하고 단순하고 솔직한 웨일스 사람이란 느낌이 들고요. 그런데 그게 저랑 무슨 상관이고, 또 왜 상관이 있어야 할까요? 열쇠 바구니를 들고 침실로 가는 도중에 노부인 방에 들러서 벽난로 앞에 앉아, 노부인이 저에게 하는 순수한 이야기를, 최소한 다른 사람에게 그러는 것처럼, 잠시나마 속을 안 끓이고 편하게 들어주는 일이 그렇게 어려웠을까요? 제가 무엇 때문에 노부인에게 집착했을까요? 노부인이 저를 좋아하길 바라고 노부인이 실제로 좋아하는 걸 그렇게 기뻐하며, 노부인이 한 말 한마디 한마디를 스무 번씩이나 되씹으면서 고통스러운 번민에 빠져든 이유는 도대체 무엇일까요? 노부인을 우리 집에 모시는 걸, 그래서 밤마다 속마음을 털어놓는 걸 제가 무엇 때문에 그리도 힘들어했을까요, 그러면서도 왜 다른 집보다는 우리 집에 모시는 게 바람직하고 안전하다고 느꼈을까요? 정말 당혹스러울 정도로 모순된 생각을 도저히 설명할 수 없었어요. 최소한, 설명할 수 있다면…… 하지만 나중에 천천히 자세히 얘기할 때가 올 테니, 지금 언급하는 건 안 좋을 것 같네요.

노부인이 떠나자, 저는 빈자리가 아쉬우면서도 편안했어요. 그리고 캐디가 이야기보따리를 잔뜩 들고 찾아와서 우리 모두 흠뻑 빠져들었답니다.

제일 먼저 캐디는 저를 자신이 아는 가장 훌륭한 조언자라고 선언했어요. (처음에 다른 말은 아예 꺼내지도 않으려 했답니다.) 이 말에 에이다는 누구나 아는 이야기라 하고, 저는 당연히 말도 안 되는 소리라고 했습니다. 그러자 캐디는 앞으로 한 달 뒤에 결혼한다고, 에이다와 제가 신부 들러리를 해준다면 자신은 세상에서 가장 행복한 신부가 될 거라고 말했답니다. 너무나 엄청난 소식에 저는 아무리 많이 얘기해도 모자랄 거고, 우리는 캐디에게 할 말이 정말 많고 캐디 역시 우리에게 할 말이 정말 많을 거라고 생각했어요.

불쌍한 캐디 아버지는 채권자들이 가엽게 여기고 자비를 베푼 덕분에 파산 신세를 – 무슨 동굴이라도 되는 듯, 캐디 표현에 따르면 "신문 공고를 모두 거쳐서" – 피하고, 도대체 뭐가 문제인지 이해조차 못한 채 문제를 해결하고, 자신이 소유한 모든 것을 (상태로 판단하건대 가치는 그리 안 나갈 모든 가구를) 포기하고, 가련하게도 자신이 할 수 있는 건 이제 더 없다는 사실을 모든 채권자에게 이해시켰습니다. 그리고 "사무실로" 명예롭게 돌아와서 세상살이를 다시 시작했어요. 캐디 아버지가 사무실에서 어떤 일을 하는지는 모르겠는데, 캐디는 아버지가 "세관 대리인"이라고 했어요. 하지만 제가 그 일에 대해 아는 거라곤 돈이 평소보다 많이 필요할 때 선창으로 돈을 구하러 가지만 제대로 못 구한다는 게 전부였어요.

캐디 아버지는 이렇게 털 깎인 양 신세가 되어서 마음을 진정시키고, 가족은 세를 얻어 '해튼 가든'에 가구가 딸린 연립주택으로 이사하고 (나중에 찾아가니, 아이들은 말총 의자 시트를 잘라서 말총을 잔뜩 먹고는 숨이 막힐 지경이었는데) 직후에 캐디는 아버지 터비드롭과 자기 아버지가 만나는 상견례 자리를 마련했어요. 그런데 불쌍한 젤리비 선생은 풀이 꺾인 상태라서 아버지 터비드롭의 화려한 옷차림에 그대로 말려들고, 그래서 두 사람은 가까운 친구가 되었어요. 아버지 터비드롭은 이런 과정을 거치면서 아들이 결혼한다는 생각을 점차 현실로 받아들이고 결혼식이 바로 코앞이라는 사실에 책임감을 느끼더니, 두 사람이 결혼하면 뉴맨 거리 댄스 교습소에서 신혼살림을 시작하는데 우아하게 동의했어요.

"그럼 너희 아빠는, 캐디. 아빠는 뭐라고 하셨니?"

"아! 불쌍한 아빠는 그저 울면서 우리가 엄마 아빠보다 잘살기를 바라셨어. 프린스 앞에서는 안 하시고 나한테만 얘기하셨어. 그리고 '우리 불쌍한 딸, 지금까지 남편을 위해서 살림하는 법을 제대로 못 배웠지만, 힘껏 노력해서 제대로 할 것 같지 않으면, 차라리 프린스랑 결혼하지 말고 그냥 죽여버리는 게 좋아…… 프린스를 진정으로 사랑한다면' 하고 말씀하셨지."

"그래서 너는 아빠를 어떻게 안심시켜 드렸니, 캐디?"

"불쌍한 아빠가 너무나 의기소침한 모습으로 끔찍한 말까지 하는 걸 견디기 힘들어서 나도 함께 울었어. 하지만 온 마음을 다해서 열심히 살아갈 생각이라고, 아빠가 초저녁에 찾아와서 편히 쉬실 곳을 우리 집에 마련하길 늘 희망했다고, 우리 집에서 아빠를 편히 모시기만 생각하고 희망했다고 말씀드렸어. 그리고는 피피가 와서 함께 지내도 좋다고 말씀드리니, 아빠가 다시 우시면서 우리 집 아이들은 인디언이라고 말씀하셨어."

"인디언, 캐디?"

"그래, 사나운 인디언. 그러더니 아빠는……" - 캐디는 세상에서 제일 행복한 신부가 아니라 제일 가련한 여자애처럼 울며 - "아이들한테 제일 바람직한 건 도끼에 찍혀서 모두 죽어버리는 거라고 했어."

에이다는 젤리비 선생님이 나쁜 말씀을 진심으로 하시진 않았을 테니까 마음 편히 가지라고 넌지시 말했어요. 그러자 캐디가 대답했어요.

"그래, 아이들이 피범벅으로 죽는 걸 바란다는 의미가 아니라는 건 나도 알아. 아빠 말은 아이들이 그런 엄마 밑에 태어나서 불행하다는, 당신 역시 그런 사람의 남편이라서 정말 불행하다는 뜻이야. 그런데 나 역시 그 말이 옳다고 생각해, 이렇게 말하는 게 이상하겠지만."

결혼날짜가 정해진 걸 젤리비 여사가 아느냐고 제가 물으니, 캐디가 대답했어요.

"아! 엄마가 어떤 사람인지 알잖아, 에스더 언니. 나는 엄마가 아는지 모르는지조차 모르겠어. 물론 말씀은 자주 드리지만, 엄마는 그런 말을 들을 때마다 내가 멀리 떨어진 첨탑이라도 되는 듯 물끄러미 쳐다보기만 해. 그러다 고개를 저으면서 '아, 캐디, 캐디, 사람을 참 괴롭히는구나!'라 말하고는 보리오부라-가 편지 작업에 몰두해."

"그럼 결혼 예복은, 캐디?"

제가 물었어요. 캐디는 우리한테 숨기는 게 없었거든요.

캐디가 눈물을 훔치며 대답했어요.

"아아, 친애하는 에스더 언니, 그저, 사랑하는 프린스가 결혼식에 나타난 내 모습을 보고 너무 초라하게 기억하는 일이 없도록 모든 노력을 다하는 수밖에 없어. 보리오부라-가를 단장하는 일이라면 엄마가 잔뜩 신나서 관심을 가지겠지만, 이 문제에 관한 한 알지도 못하고 관심도 없으니깐."

캐디는 엄마를 사랑하는 마음이 없지 않지만 누구도 부정할 수 없는 사실이라면서 우는데, 안타깝게도 저 역시 부정할 순 없었어요. 불쌍한 여자애가 그렇게 힘든 환경에도 좋은 성격이 살아남은 게 감탄스럽기도 하고 안타깝기도 한 터라, 우리는 (에이다와 저는) 캐디 기분을 완벽하게 풀어줄 조그만 계획을 동시에 제안했어요. 앞으로 삼 주일을 우리 집에서 함께 지내고 남은 한 주일은 제가 캐디네 집에서 지내며, 캐디가 가진 옷을 열심히 재단하고 자르고 바느질해서 우리가 생각할 수 있는 가장 좋은 옷을 만들자는 거였어요. 아저씨도 이 계획을 캐디만큼이나 좋아해, 우리는 바로 다음 날 캐디를 데리고 캐디 집으로 가서 캐디 옷을 상자에 담아 의기양양하게 나오고, 젤리비 선생이 캐디에게 주려고 선창에서 구한 돈 10파운드 지폐로 필요한 물품을 샀어요. 아저씨에게 말하면 필요한 물품을 어느 정도 구했겠지만, 그런 말을 하기 어려워, 웨딩드레스와 보닛 모자만 부탁하는 거로 만족하자고 했어요. 아저씨도 절충안에 동의하니, 캐디는 우리가 함께 앉아서 작업할 때만큼 행복한 적이 없었을 거예요.

캐디는 가련하게도 바느질 솜씨가 너무 서툴러서 툭하면 잉크를 묻힌 것처럼 바늘에 찔렸어요. 이따금 얼굴이 살짝 달아오르기도 하는데, 손가락이 아픈 이유도 있고 바느질을 더 잘할 수 없다는 사실에 짜증이 나기도 했기 때문이지만, 금방 이겨내더니 실력이 빠르게 좋아지기 시작했어요. 그래서 매일매일, 에이다와 꼬마 하녀 찰리와 런던에서 온 모자 기술자와 저는 즐겁게 열심히 작업했어요.

여기에 더해서 캐디는 "살림하는 법을 배우려고" 노심초사했어요. 아, 우리에게 은총이 있기를! 캐디가 살림 경험이 많은 저에게 살림하는 법을 배우겠다는 것은 말도 안 되는 소리라, 캐디가 이 말을 할 때는 웃음이 절로 나고 얼굴이 빨갛게 달아오르고 우스꽝스러운 혼란에 휩싸였답니다. 그래도 "캐디, 그래, 나한테 배울 게 있다면 무엇이든 환영이야"라 대답하곤, 제가 작성한 가계부를 보여주고 어떻게 썼는지 등 어설픈 방법을 모두 알려주었어요. 그래서 캐디가 열심히 공부하는 모습을 보았다면, 아마 여러분은 제가 정말 놀라운 발명품을 보여준 게 분명하다는 생각이 절로 들었을 거예요. 그리고 제가 열쇠 바구니를 쨍그랑댈 때마다 벌떡 일어나서 따라다니는 모습을 보았다면, 캐디 젤리비처럼 맹목적인 추종자를 거느린 저 같은 사기꾼은 어디에도 없을 거라는 생각도 들었을 테고요.

　집안일을 하고 바느질을 하고 찰리에게 공부를 가르치고 초저녁에는 아저씨와 주사위 놀이를 하고 에이다와 이중창을 부르다 보니, 삼 주일이 순식간에 흘러갔어요. 마침내 저는 무얼 어떻게 하면 좋을지 살피러 캐디와 함께 캐디네 집에 가고, 에이다와 찰리는 집에 남아서 아저씨를 보살폈어요.

　제가 캐디와 함께 간 캐디네 집은 '해튼 가든'에 가구가 딸린 셋집이에요. 뉴맨 거리로 두세 번 갔는데, 그곳 역시 ─ 아버지 터비드롭이 편히 지내도록 하는 일 중심으로 신혼부부를 돈이 안 드는 건물 꼭대기로 올려보내는 일까지 살짝 하는 등 ─ 준비가 한창이지만, 우리 관심사는 가구가 딸린 셋집을 근사한 결혼식 아침 식사 공간으로 만들고, 그 일이 있기 전에 젤리비 여사에게 결혼식 생각을 조금이라도 불어넣는 것이었어요.

　둘 가운데서 후자는 특히 어려웠어요. 젤리비 여사가 병자 같은 사내아이와 (뒤쪽 거실은 옷장에 불과해서) 앞쪽 거실을 차지했는데, 못 쓰는 종이와 보리오부라-가 관련 서류가 사방에 널린 모습이 지저분한 마구간에 잔뜩 널린 밀짚 같았거든요. 젤리비 여사는 거기에 온 종일 앉아서 진한 커피를 마시며 구술하고, 사전에 약속한 보리오부라-가 관련 미팅까지 했어요. 병자 같은 사내아이는 금방이라도 쓰러질 것 같지만 식사는 바깥에서 했고요. 젤리비 선생이 집에 오면, 사내아이는 불만스러운 소리를 끙끙대다 주방으로 내려갔어요. 그래서 하녀가 무어든 먹을 거라도 준다면 그걸 먹고, 자신이 방해된다 느끼고 밖으로 나가서 비를 축축하게 맞으며 '해튼 가든' 주변을 걸어 다녔어요. 불쌍한 아이들은 여느 때처럼 집 안 곳곳을 기어오르거나 굴러떨어지고요.

이렇게 헌신적이고 불쌍한 희생자들을 일주일 사이에 남 앞에 내보일 상태로 만든다는 건 불가능한 터라, 저는 캐디에게 결혼식 날 아침에 아이들을 잠자는 다락방에 모두 집어넣곤 재미나게 놀도록 해주고, 우리는 젤리비 여사를 꾸미고 그 방에서 깨끗한 아침 식사를 준비하는 데 노력을 모으자고 제안했어요. 실제로 젤리비 여사는 손이 정말 많이 필요했어요. 제가 처음 만난 이후로 드레스 틀이 계속 벌어지다 못해 등이 보이고 머리칼은 청소부가 끄는 말이 지저분하게 휘날리는 갈기 같았거든요.

이 문제를 해결할 제일 좋은 방법은 캐디가 입을 결혼 의상을 보여주는 거라 여기고, 저는 병자 같은 사내아이가 떠난 초저녁에 캐디 침대에 결혼 의상을 쭉 펼쳐놓고 젤리비 여사에게 구경하도록 초대했어요. 그러자 젤리비 여사는 평소처럼 다정한 모습으로 책상에서 일어나며 말했어요.

"친애하는 에스더 아가씨, 아가씨가 친절하다는 증거는 되겠지만 나한테는 하나같이 우스꽝스러울 따름입니다. 캐디가 결혼하다니, 그건 정말 어리석은 짓이에요! 아, 캐디, 멍청하고, 멍청하고, 멍청한 계집애!"

그래도 젤리비 여사는 위층으로 올라와서 침대에 펼쳐놓은 의상을 특유의 먼 곳을 바라보는 시선으로 쳐다보았어요. 그러다 어떤 생각이 또렷하게 떠오른 것 같았어요. "친절한 에스더 아가씨, 이 비용 절반이면 무기력한 캐디가 아프리카로 가는 데 필요한 장비를 충분히 구했을 텐데요!"라고 말하면서 차분한 미소를 머금고 고개를 절레절레 저었거든요.

우리가 아래층으로 다시 내려가니, 젤리비 여사는 이리도 귀찮은 짓을 다음 주 화요일에 정말 하느냐고 물었어요. 제가 그렇다고 대답하니, 젤리비 여사는 "그래서 내 방이 정말 필요한 건가요, 에스더 아가씨? 내가 서류를 치우는 건 실제로 불가능하거든요"라고 말했어요.

저는 실례를 무릅쓰고 그 방이 정말 필요하다고, 우리가 서류를 다른 데로 치우겠다고 대답했어요. 그러자 젤리비 여사는 "으음, 에스더 아가씨, 내가 장담하는데, 아가씨 생각이 옳겠지요. 하지만 캐디 때문에 나는 사내아이를 고용할 정도로 당혹스러운 데다, 공적인 업무가 너무나 많아서 어떻게 해야 좋을지 모르겠어요. 게다가 화요일 오후엔 분회 모임까지 있고요"라고 말했어요.

그래서 저는 미소를 머금은 얼굴로 대답했어요.

"이런 일은 두 번 다시 없답니다. 캐디는 한 번밖에 결혼하지 않을 테니까요."

"맞는 말이에요, 맞는 말. 그렇다면 우리로서는 최선을 다하는 수밖에 없겠군요!"

마침내 젤리비 여사도 이해하자, 이제 남은 건 결혼식 때 젤리비 여사에게 어떤 옷을 입히느냐는 문제였어요. 캐디와 제가 이 주제를 논하는 동안, 젤리비 여사는 책상에 앉아서 차분히 쳐다보다, 탁월한 영혼의 소유자가 사소한 문제로 골머리를 앓는 하찮은 영혼을 쳐다보듯 반쯤 나무라는 미소를 머금은 채 고개를 절레절레 흔들곤 하는 모습이 정말이지 저는 마냥 신기하기만 했어요.

부인이 입은 옷도 그렇고 부인이 보관한 옷도 너무나 혼란스러운 상태라서 정말 어려웠지만, 마침내 우리는 결혼식 때 평범한 엄마들이 입을 것 같은 옷차림을 생각해 냈어요. 재단사가 드레스를 가봉할 때 젤리비 여사가 얼빠진 자세를 보인 것도, 그런 다음에 제가 아프리카로 생각을 돌리지 않은 게 정말 안타깝다고 다정하게 말한 것도, 젤리비 여사가 그동안 보여준 행동과 더없이 잘 맞아떨어졌고요.

셋집은 매우 비좁지만, 젤리비 여사네 식구가 세인트 폴 대성당이나 성 베드로 대성당을 혼자 세내서 산다고 해도 더럽힐 공간이 그만큼 많다는 장점밖에 없겠다는 생각이 들었어요. 지금 생각하면 캐디 결혼식을 준비하는 동안에도 집안 살림 가운데 부서뜨릴 수 있는 건 모조리 부서뜨리고, 망가뜨릴 수 있는 건 모조리 망가뜨리고, 아이들 무릎부터 문패까지 더럽힐 수 있는 건 모조리 더럽힌 것 같아요.

불쌍한 젤리비 선생은 집에 돌아오면 늘 아무 말 없이 벽에 머리를 기댄 채 앉아있다, 캐디와 제가 쓰레기 난장판 한가운데서 조금이라도 정리하려고 애쓰는 모습을 보고는 관심을 느끼고 우리를 도우려고 외투를 벗어 던졌어요. 하지만 찬장을 여는 순간에 곰팡이 핀 파이, 쉰내 나는 병, 젤리비 여사 모자, 편지, 차, 포크, 짝없는 아이들 부츠와 신발, 땔감, 과자, 냄비 뚜껑, 설탕이 눅눅하게 달라붙은 종이봉투, 발판, 염색약이 까맣게 달라붙은 빗, 빵, 젤리비 여사 보닛 모자, 표지에 버터가 달라붙은 책, 거꾸로 뒤집혀서 촛농이 잔뜩 흘러내린 채 부러진 촛대, 호두 껍데기, 새우 머리와 꼬리, 식탁 깔개, 장갑, 커피 찌끼, 우산 등과 같은 놀라운 물건이 쏟아지니 겁에 질려서 손을 뗐어요. 하지만 젤리비 선생은 매일 초저녁마다 규칙적으로 나타나서 외투를 벗은 채 머리를 벽에 기대고 앉아있는 게, 방법만 안다면 언제든 우리를 도울 것 같았어요.

우리가 나름대로 준비를 마친 결혼식 전날 밤에 캐디는 저에게 이렇게 말했어요.

"불쌍한 아빠! 아빠 곁을 떠나자니 마음이 너무 아파, 에스터 언니. 하지만 내가 머문다고 무엇이 달라지겠어! 언니를 처음 만난 다음부터 집을 정리하고 또 정리했지만, 소용이 없어. 엄마와 아프리카가 집 안을 단번에 망가뜨리거든. 하녀라도 구하면 하나같이 술만 마시고, 엄마가 전부 망가뜨렸어."

젤리비 선생은 캐디가 하는 말을 똑똑히 들을 순 없지만, 크게 의기소침해서 눈물까지 흘리는 것 같았어요. 그러자 캐디 역시 울면서 말했어요.

"아빠를 생각하면 마음이 아파, 더없이! 내가 프린스와 행복하게 살기를 바라는 만큼, 사랑하는 아빠 역시 엄마와 행복하게 살기를 얼마나 바랐을까 하는 생각이, 그런데 모든 게 망가졌다는 생각이 오늘 밤에 절로 떠올라."

그러자 젤리비 선생이 벽에서 천천히 고개를 돌리며 말했어요.

"사랑하는 우리 딸 캐디!"

젤리비 선생이 세 마디 말하는 소리를 제가 들은 건 그 날이 처음이에요.

"네, 아빠!"

캐디가 울면서 다가가 아빠를 꼭 껴안고, 젤리비 선생은 이렇게 말했

어요.

"사랑하는 우리 딸 캐디. 절대로 하지 말아라……"

"프린스요, 아빠? 프린스랑 결혼하지 말아요?"

캐디가 떨리는 목소리로 묻자, 젤리비 선생이 다시 말했어요.

"아니야, 우리 딸. 프린스랑 결혼해, 당연히. 하지만, 절대로 하지
말아라……"

예전에 젤리비 여사네를 처음 방문했을 때, 리처드는 만찬 뒤에 젤리
비 선생이 뭔가 말하려고 입을 열다가도 아무 말 없더라고 한 적이
있는데, 그건 젤리비 선생의 습관이었어요. 이번에도 입을 수없이 열
다, 우울하게 머리를 절레절레 젓기만 했거든요.

"제가 무얼 하지 말라는 거예요? 무얼 하지 말라는 거예요, 사랑하는
아빠?"

캐디가 묻고는 두 팔로 목을 꼭 껴안으며 달랬어요.

"어떤 일도 절대로 사명감을 가지고 하지 말렴, 사랑하는 캐디."

젤리비 선생은 힘겹게 말하고 머리를 벽에 다시 기대는데, 제가 듣는
앞에서 젤리비 선생이 보리오부라-가 문제에 대한 감정을 드러낸 건
이게 처음이었어요. 젤리비 선생 역시 예전에는 말이 많고 활기가 넘쳤
겠지만, 제가 만나기 오래전에 완전히 지쳐버린 것 같아요.

그날 밤 역시 젤리비 여사는 차분하게 서류를 검토하며 커피 마시기
를 결코 안 끝낼 것 같았어요. 마침내 우리가 그 방을 접수한 건 열두
시가 된 다음인데, 청소할 게 너무나 많은 나머지 안 그래도 지칠 대로
지친 캐디는 크게 낙담하고는 먼지 한가운데 주저앉아서 엉엉 울었어
요. 하지만 곧바로 기운을 차리고, 우리는 잠자리에 들기 전에 모든
작업을 기적처럼 해냈답니다.

많은 비누와 물을 사용하고 꽃 몇 개를 놓고 배치를 약간 바꾼 덕분에

아침에는 정말 그럴싸하게 보였어요. 소박한 아침 식사 자리로는 매우 상쾌하고, 캐디는 완벽하게 매혹적이었어요. 하지만 에이다가 오니, 그렇게 아름다운 얼굴은 생전 처음 본다는 생각이 들었어요 - 지금 생각해도 그렇고요.

우리는 아이들을 위한 잔치를 다락방에 조그맣게 열어주고, 피피를 식탁 상석에 앉히고, 신부 의상을 한 캐디를 보여주자, 아이들 모두 손뼉 치며 환호하고 캐디는 그런 동생들과 떨어진다는 생각에 눈물을 글썽이면서 한 명씩 껴안고 또 껴안아 결국 우리는 프린스를 데려와서 데려가도록 했는데, 안타깝게도 그 순간에 피피가 프린스를 깨물었어요. 아래층으로 내려가니, 아버지 터비드롭은 멋을 잔뜩 낸 모습으로 캐디를 다정하게 축복하고, 잔다이스 아저씨에게 아들이 행복하게 지내는 건 부모의 역할이라 자신은 그걸 보장하려 상당히 희생했다고 주장하더니, 이렇게 말했어요.

"친애하는 선생, 두 젊은이는 저랑 같이 산답니다. 우리 집은 신혼부부가 살기에 널찍하며 부족한 게 없답니다. 선생께선 저를 후원하시는 저명하신 섭정 황태자 폐하를 아실 테니, 잔다이스 선생, 비유해서 드리는 말씀을 이해하시리라 믿는데, 저는 제 아들이 예의범절이 훨씬 뛰어난 가문과 결혼하길 바랄 수도 있지만 하늘의 뜻에 따르기로 했답니다!"

파디글 여사 부부도 아침 식사에 참석했는데, 파디글 선생은 커다란 조끼에 억센 머리칼이 완고하게 보이는 사내로, 자신이 기부한 것이나 파디글 여사가 기부한 것이나 사내아이 다섯 명이 기부한 것을 묵직한 저음으로 툭하면 자랑했어요. 퀘일 역시 평소처럼 머리칼을 뒤로 넘기고 관자놀이 여드름이 반짝거리는 모습으로 참석했는데, 사랑에 실패한 분위기가 아니라 젊은 - 최소한, 결혼하지 않은 - 여성으로 그 자리에 함께 참석한 위스크 아씨의 사랑을 쟁취한 분위기였어요. 위스키 아씨의 사명은, 우리 아저씨 말씀에 따르면, 여성의 사명은 남성의 사명과 똑같다는 사실을, 남성과 여성이 가슴에 품어야 할 진짜 사명은 공공모임에서 모든 문제에 단호하게 결단하는 거라는 사실을 세상에 보여주는 것이었어요. 손님은 얼마 없지만, 젤리비 여사 댁에서 만나는 사람은 공공문제에만 헌신하는 사람뿐이었어요. 여태 언급한 사람 말고도 지저분한 여성이 또 있었는데, 보닛 모자는 찌그러지고 드레스 가격표는 그대로 달렸으며, 캐디가 설명한 바에 따르면, 그 여자가 사는 집은 더러운 황무지 같지만, 그 여자가 다니는 교회는 장식품 전시장 같았어요. 마지막으로 논쟁을 좋아하는 신사도 참석했는데, 이 신사는 모든 사람과 형제처럼 지내는 걸 사명으로 삼지만, 식구가 많다는 자기네 가족하고는 하나같이 서먹한 관계인 것처럼 보였어요.

공통점이라곤 없는 사람들이 아침 식사 자리에 모인 것도 참 신기했어요. 이들은 집안일 같은 천박한 사명을 하나같이 못 견뎌 했어요. 실제로, 위스크 아씨는 가정이라는 좁은 공간에만 머무는 게 여성의 사명이라는 주장은 남자들이 전제군주처럼 군림하려고 중상모략한 것에 불과하다고 식탁에 앉기 전에 우리에게 알려주며 분개했어요. 또 다른 독특한 사실은 ─ 모든 사람의 사명에 열중하는 걸 자신의 사명으로 여긴다고 예전에 주장한 퀘일만 제외하면 ─ 자신의 사명에 열중할 뿐 다른 사람의 사명에 관심을 기울이는 사람이 하나도 없다는 것이었어요. 파디글 여사는 의심할 바 없이 확실한 방법은 가난한 사람들 집으로 쳐들어가서 구속복을 씌우듯 강제로 자선을 베푸는 것이라고, 위스크 아씨는 세상에서 가장 바람직한 방향은 전제군주인 남성의 속박에서 여성을 해방하는 것이라고 또렷하게 주장했어요. 그러는 동안 젤리비 여사는 보리오부라─가밖에 안 보이는 한정된 시각으로 가만히 앉아서 미소만 머금고요.

끝내 우리 모두 교회로 가고, 젤리비 선생은 캐디 손을 프린스에게 넘겨주었어요. 아버지 터비드롭은 모자를 왼쪽 팔꿈치에 끼우고 (그래서 안쪽을 대포처럼 성직자에게 내보이고) 가발에 눌려서 두 눈을 가늘게 뜬 채, 결혼식 내내 신부 들러리로 선 우리 뒤에 어깨를 높이고 뻣뻣하게 서 있었어요. 결혼식이 끝난 다음에는 우리에게 허리를 숙이며 정중하게 인사하는데, 저로선 그 동작 하나하나를 도저히 말로 표현할 수 없을 정도랍니다. 위스크 아씨는 겉모습에 호감이 간다고 말하기 어려운 사람으로, 결혼식 내내 차디찬 표정으로 열심히 듣다, 여성의 부덕에 대해서 언급할 때는 경멸스럽단 기색을 띠었어요. 특유의 차분한 미소에 반짝이는 눈빛을 한 젤리비 여사는 그 자리에 참석한 누구보다 무관심한 표정이었고요.

우리는 피로연을 차린 곳으로 돌아오고, 젤리비 여사는 식탁 머리에 앉고 젤리비 선생은 맞은편 끝에 앉았어요. 캐디는 그 전에 다락방으로 살그머니 가서 동생들을 다시 껴안고, 이제 자신은 성이 터비드롭이라고 알려주었어요. 하지만 이 말을 하자마자 피피가 깜짝 놀라며 좋아하는 대신, 바닥에 누워서 발길질하며 슬픔을 내 차는 바람에 저는 피피를 피로연 자리에 데려가자는 제안을 받아들일 수밖에 없었답니다. 그래서 피피도 내려와서 제 무릎에 앉았어요. 젤리비 여사는 기다란 잠옷차림을 보고서 "맙소사, 버릇없는 피피, 깜짝 놀란 꼬마 돼지 같구나!"라고 말한 뒤로 평상심을 조금도 안 잃고요. 피피는 정말 착하게 있었어요. 다락방에서 나올 때 (우리가 교회로 가기 전에 제가 피피에게 준 방주에서 꺼낸) 노아를 가져와, 포도주잔마다 노아 머리를 집어넣었다 빼서 자기 입에 넣곤 한 게 전부였어요.

잔다이스 아저씨는 다정한 성격과 빠른 이해력과 상냥한 얼굴로,

불친절한 손님들까지도 공감하며 함께 어울리게 했습니다. 이 사람들은 자신의 관심사 말고는 무엇도 말할 줄 모르는 것 같았어요. 각자의 관심사를 다른 모든 관심사와 마찬가지로 세상사 일부로 다룰 능력도 없는 것 같았고요. 하지만 잔다이스 아저씨는 그 모든 관심사를 돌려서 캐디를 격려하고 결혼을 축하하는 자리로 만들어, 우리 모두 피로연을 고상하게 즐길 수 있었답니다. 잔다이스 아저씨가 없었다면 어떻게 됐을까, 지금 생각해도 아득합니다. 모든 사람이 신부와 신랑과 (예의 범절을 뽐내며 자신을 다른 모든 사람보다 우월하게 여기는) 아버지 터비드롭을 경멸해, 서로 화합할 가능성이 제 눈에는 조금도 안 보였거든요.

마침내 불쌍한 캐디가 신혼여행을 떠날 시간이, 그래서 빌린 이두마차에 물건을 싣고 남편이랑 그레이브젠드로 떠날 시간이 다가왔습니다. 그런데 캐디가 친정집에 집착하는 모습이, 어머니 목에 매달린 채 울면서 한없이 다정하게 말하는 모습이 너무 애처로웠어요.

"편지 받아쓰기를 계속 못 해서 정말 미안해요, 엄마. 이제 저를 용서해주시면 고맙겠어요."

그러자 젤리비 여사가 대답했답니다.

"아, 캐디야, 캐디야! 사내아이를 고용했다고, 그래서 그 문제는 다 끝났다고 몇 번이나 말하니."

"그럼 이제 저한테 조금도 화나지 않으셨나요, 엄마? 제가 떠나기 전에 그렇다고 말씀해주세요, 엄마."

그러자 젤리비 여사는 이렇게 대답했어요.

"멍청한 캐디. 내가 지금 화난 것처럼 보이니, 아니면 너한테 화낼 정신이 있는 것 같니, 아니면 화낼 시간이 있는 것 같니? 어떻게 그런 질문을 하니?"

"제가 없는 동안 아빠를 잘 보살펴주세요, 엄마!"

캐디가 부탁하자, 젤리비 여사는 엉뚱한 말에 크게 웃더니 캐디 등을 도닥이면서 말했어요.

"정말 낭만적인 아이로구나. 그만 가보렴. 그동안 즐거웠다. 잘 가, 캐디, 행복하게 살렴!"

그러자 캐디는 아버지를 꼭 껴안고 그 뺨에 자기 뺨을 대는 게, 고통에 휩싸인 불쌍한 아이를 달래는 느낌이었어요. 모든 장면이 일어난 곳은 현관 앞이었어요. 아버지는 캐디를 놓아주고 손수건을 꺼내선 계단에 앉아 벽에 머리를 기댔어요. 그나마 벽이라도 그분께 충분한 위로가 되었으면 좋겠어요. 실제로 위로가 된 것 같기도 했고요.

프린스는 캐디 팔을 자기 팔에 끼우고 사랑과 존경이 가득 묻어나오는 얼굴로 자기 아버지를 바라보고, 그 손에 키스하며 인사했어요.

"고맙고 또 고맙습니다, 아버지! 저는 우리 결혼에 아버지께서 보여주신 친절과 관심에 더없이 감사하며, 캐디 역시 마찬가지입니다."

캐디도 흐느끼며 덧붙였어요.

"더없이 많이요, 더없이!"

그러자 아버지 터비드롭이 대답했어요.

"친애하는 아들, 친애하는 딸아, 나는 내 의무를 다했단다. 행여나 성스러운 여인의 영혼이 지금 우리 위를 맴돌면서 내려본다면, 그리고 너희가 늘 효도한다면 나는 충분히 만족한단다. 너희 의무를 소홀히 하지는 않겠지, 아들과 딸?"

"존경하는 아버지, 절대요!"

프린스가 커다랗게 대답하고 캐디도 대답했어요.

"절대요, 절대요, 존경하는 터비드롭 아버님!"

아버지 터비드롭도 대답했어요.

"꼭 그래야 한다. 얘들아, 내 집은 너희 집이고, 내 마음도 너희 것이고, 내가 가진 모든 게 너희 것이다. 나는 너희 곁을 절대로 안 떠나, 죽음이 우리를 갈라놓을 때까지. 사랑하는 아들아, 자리를 일주일 비울 예정이지?"

"네, 일주일이요, 존경하는 아버지. 다음 주 오늘, 집에 도착한답니다."

"사랑하는 아들아, 아무리 독특한 상황이라도 날짜는 꼭 지키도록 하렴. 서로 유대감을 가지는 건 극히 중요하거든. 그걸 무시한다면 교습소 학생들이 서운하게 여길 거야."

"다음 주 오늘, 아버지, 저녁 식사 때 확실히 집으로 갈게요."

"다행이구나! 사랑하는 캐디, 내가 너희 방 벽난로에 불을 피워놓고 내 방에 저녁을 차려놓으마. 그래, 그래, 프린스!"

아버지 터비드롭이 말하다, 아들이 반대할 걸 스스로 예상하고 위대한 인물 같은 분위기로 제안했어요.

"너랑 캐디한테 꼭대기 층이 낯설 테니까 그날은 내 방에서 식사하자꾸나. 어서 출발하렴!"

두 사람은 마차에 올라타서 떠나고, 저는 그 마음속이 가장 궁금한 사람이 젤리비 여사인지 아버지 터비드롭인지 애매했어요. 제가 그런 말을 하니, 에이다와 잔다이스 아저씨도 같은 생각이었어요. 하지만 우리 역시 마차를 타고 떠나기 직전에, 뜻밖에도 젤리비 선생이 감동적인 인사를 했어요. 저에게 다가와서 두 손을 꼭 잡고는 입을 두 번 연 거예요.[33] 저는 젤리비 선생이 무슨 말을 했는지 아는 터라 크게 당황하며 "아닙니다, 선생님. 그런 말씀 마세요!"라고 대답했고요. 그리고 마차를 타고 올 때 우리 셋은 이렇게 말했어요.

---

33) Thank you.

"이 결혼이 최선이면 좋겠어요, 아저씨."

"나도 그러면 좋겠구나, 꼬마 아줌마. 조금만 기다리자꾸나. 그럼 알겠지."

"오늘도 동풍이 부나요?"

제가 용기 내서 묻자, 아저씨는 크게 웃으면서 대답했어요.

"아니."

"하지만 오늘 아침에는 동풍이 불었을 것 같아요."

제 말에 아저씨는 또다시 "아니"라 하고, 이번에는 에이다 역시 자신만만하게 "아니"라고 하며 사랑스러운 머리를, 금발에 활짝 피운 꽃을 꽂아서 화창한 봄날 자체처럼 보이는 머리를 흔들었어요. 그래서 저는 "동풍을 잘 아시는군, 못생긴 아가씨"라면서 너무나 아름다운 뺨에 뽀뽀했어요. 도저히 참을 수 없었거든요.

두 사람은 제가 있는 곳에는 동풍이 불 수 없다고 했어요. 더든 아줌마가 가는 곳이라면 어디든 햇살과 여름철 산들바람이 분다고요. 아아! 이 모든 건 두 사람이 저를 사랑하기 때문이라는 걸 잘 알아요, 아주 오래전 이야기란 사실도. 그래서 설사 이 글을 지우는 한이 있더라도 쓸 수밖에 없었어요. 이런 글을 쓸 수 있어서 정말 즐거웠거든요.

CHAPTER XXXI
환자와 간병인

집으로 돌아오고 며칠 안 된 초저녁에 위층 제 방으로 올라가서 찰리가 하는 글자 쓰기 공부를 찰리 어깨너머로 보았습니다. 글자 쓰기는 찰리에게 힘든 일이었어요. 펜을 제대로 잡을 줄 몰라서 손이 펜대만 쥐면 안장 없는 당나귀처럼 엉뚱한 방향으로 비뚤비뚤 나아가다 멈추고 옆으로 새고 모서리로 이리저리 옆걸음질하는 것 같았거든요. 찰리는 어린데 그 손으로 쓰는 글자는 늙어 보인다는 사실이 이상했어요. 손은 통통하고 동그란데, 글자는 쭈글쭈글 오그라들고 비틀거렸거든요. 다른 일은 못 하는 게 없고 조그만 손은 매우 빠른데 말이에요. 저는 O라는 글자를 사각형이나 삼각형이나 호리병 등 온갖 이상한 모양으로 만드는 걸 지켜보다 격려했어요.

"그래, 찰리, 점차 좋아지는구나. 저 글자만 동그랗게 만든다면 완벽하겠어, 찰리."

그리곤 제가 O를 쓰고 찰리도 O를 쓰는데, 펜은 찰리가 쓴 O를 말끔하게 만드는 대신에 비뚤비뚤 나아가다 엉켜버렸어요.

"괜찮아, 찰리. 열심히 하다 보면 좋아질 거야."

찰리는 글쓰기가 끝나자 펜을 내려놓고 쥐가 난 조그만 손을 오므렸다 펴길 되풀이하다, 반쯤 자랑스럽고 반쯤 의심스러운 표정으로 일어나서 무릎을 구부리며 인사했어요.

"고맙습니다, 아가씨. 괜찮다면, 아가씨, 제니라는 불쌍한 아줌마를 아세요?"

"벽돌공 부인, 찰리? 그럼."

"며칠 전에 외출했을 때 그 아줌마가 다가와서 아가씨를 안다고 했어요. 그리고 저한테 젊은 마님 하녀가 - 젊은 마님은 아가씨를 말하는 건데 - 아니냐고 물어서 그렇다고 했어요, 아가씨."

"나는 그분이 이 동네를 완전히 떠나신 줄 알았어, 찰리."

"맞아요, 아가씨. 하지만 원래 살던 곳으로 돌아왔어요 - 리즈 아줌마랑 같이. 리즈라는 불쌍한 아줌마도 아세요, 아가씨?"

"아는 것 같아, 찰리, 이름을 아는 건 아니지만."

"그 아줌마도 똑같이 말했어요! 두 아줌마 모두 돌아와서, 아가씨, 여기저기 떠돌아요."

"여기저기 떠돈다고, 두 아주머니가, 찰리?"

내가 묻는 말에 찰리가 쳐다보는 눈처럼 O를 동그랗게 쓸 수만 있다면 좋을 텐데.

"네, 아가씨. 불쌍한 아줌마가 우리 집 근처를 사나흘 맴돌았대요, 아가씨랑 마주치기만 바라면서 - 그게 소원이었다면서 - 아가씨가 집에 안 계실 때요. 그러다 저를 본 거예요. 아줌마 말이……"

찰리가 자랑스러움과 기쁨이 가득 배인 웃음을 짧게 터트리며 말했어요.

"제가 걸어가는 모습을 보고는 아가씨 하녀라고 생각했대요!"

"정말, 찰리?"

"네, 아가씨. 정말이에요."

찰리가 기뻐하는 웃음을 다시 짧게 터트리고는, 두 눈을 동그랗게 해서 제 하녀답게 진지한 표정을 떠올렸어요. 크게 기뻐하며 환하게 웃는 찰리를 보면, 어린 얼굴과 몸매로 차분하게 서서 즐거운 표정으로 이따금 어린애처럼 기뻐하는 찰리를 보면 저 역시 그만큼 기뻤어요. 그래서 물었어요.

"아주머니를 어디서 만났니, 찰리?"

"병원 앞에서요, 아가씨."

어린 하녀가 갑자기 침울한 표정을 떠올렸어요. 여전히 까만 상복 차림으로요.

저는 벽돌공 부인이 아프냐 묻고 찰리는 아니라고 대답했어요. 아픈 건 다른 사람이었어요. 자기 움막에 있는, 세인트 올번스까지 와서 어딘지도 모를 목적지를 향해 떠돌던 사내아이라고요. 찰리는 아빠도 없고 엄마도 없고 일가친척 하나 없는 불쌍한 아이라면서 "톰도 똑같았을 거예요, 아가씨, 아빠가 돌아가셨는데 엠마와 저까지 죽으면"이라고 하는데, 동그란 눈에 눈물이 가득했어요.

"그래서 아주머니가 아이한테 주려고 약을 구하던 거니, 찰리?"

"아줌마 말은 그랬어요, 아가씨, 그 아이 역시 예전에 자신이 아플 때 약을 구해다 주었다면서."

어린 하녀가 물끄러미 바라보는데, 얼굴에는 갈망이 가득하고 두 손은 차분하게 맞잡으니, 저는 그 마음을 어렵지 않게 읽고서 말했답니다.

"그래, 찰리, 제니 아주머니네 집에 같이 가서 어떤 사정인지 알아보면 좋겠구나."

찰리는 제 보닛 모자와 망사를 재빨리 가져와서 씌워주고, 자신은 따듯한 숄을 이상하게 뒤집어써서 조그만 할머니처럼 꾸미고는 다 준비되었다는 표정으로 쳐다보았어요. 그래서 아무에게도 말하지 않은 채 찰리를 데리고 밖으로 나갔어요.

밤 날씨가 춥고 매서웠어요. 바람에 나무가 흔들렸어요. 며칠간 비가 끊임없이 내렸는데 그날 역시 온종일 억수로 뿌려댔어요. 하지만 당장은 비가 한 방울도 안 내렸어요. 하늘은 일부 갰을 뿐 여기저기 잔뜩 찌푸리고요. 별 몇 개가 바로 우리 머리 위에서 반짝이는 정도였어요. 태양은 세 시간 전에 지고, 북쪽과 북서쪽 하늘에는 더없이 창백한 빛이 아름다우면서도 섬뜩하게 일었어요. 바로 그쪽으로 구름이 우울하게 몰려드는 게, 파도가 일다 갇혀서 꼼짝을 못하는 바다 같았어요. 무섭게 이글거리는 빛이 런던 쪽으로 광활하게 걸쳐, 두 빛이 묘한 대조를 이루면서 새빨간 빛을 초현실적인 화염처럼 내뿜어, 눈에 안 보이는 대도시 건물 전체와 그곳에서 이상하게 여길 주민 전체를 비출 것 같은 느낌이 엄숙하게 밀려들었어요.

저는 앞으로 제가 겪을 일을 그날 밤에 조금도 ─ 눈곱만큼도 ─ 예상치 못했어요. 하지만 그때 이후로 늘 기억하는데, 저는 우리가 하늘을 올려다보려고 대문 앞에서 멈출 때, 우리가 길을 나설 때, 바로 그 순간에 저 자신이 완전히 다른 존재로 변하는 묘한 느낌을 받았답니다. 바로 그때 그 자리에서 그런 느낌을 받은 거예요. 그다음부터는 똑같은 느낌이 들 때마다 그때 그 지점을, 마을에서 멀찌감치 들려오는 목소리, 개가 짖어대는 소리, 진흙투성이 언덕을 내려오는 마차 소리, 그때 그 지점에서 듣고 느낀 모든 것을 떠올린답니다.

토요일 밤이어서 우리가 가는 곳에 사는 사람 대부분은 다른 데서 술을 마시는 중이었어요. 그래서 예전에 찾아갈 때보다 조용했어요,

비참한 건 똑같지만. 벽돌 굽는 가마는 활활 타올라, 푸르스름한 빛과 함께 숨 막히는 증기를 뿜어댔고요.

움막으로 다가가니 누덕누덕 기운 창문에 촛불 불빛이 희미하게 어렸어요. 우리는 문을 두드리고 안으로 들어갔어요. 죽은 갓난아기 어머니가 침대 옆 초라한 벽난로 한쪽 옆 의자에 앉아있고, 맞은편에는 불쌍한 사내아이가 벽난로 선반에 기댄 채 바닥에 누워서 몸을 바싹 움츠렸어요. 사내아이는 너덜너덜한 모피 모자를 조그만 보따리처럼 팔꿈치 밑에 놓은 채 몸을 따듯하게 하려는 듯 흔들어댔어요, 창문이 삐걱거리면서 흔들릴 정도로. 실내는 예전보다 좁고, 정말 이상하고 불결한 냄새가 났어요.

저는 안으로 들어서서 아주머니에게 말하기 전까지 망사를 걷어 올리지 않았어요. 그런데 사내아이가 곧바로 비틀대며 일어나서 저를 쳐다보았어요. 놀라움과 두려움이 가득한 표정이었어요.

행동이 정말 빠른 데다 저 때문이라는 사실이 너무나 분명한 터라, 저는 그대로 멈춰서 꼼짝을 못했어요.

"그 사람이 묻힌 곳에 이제 안 가요. 분명히 말하지만, 이제 거기에 안 가요!"

사내아이가 중얼거렸어요.

저는 망사를 걷어 올리며 아주머니에게 인사하고, 아주머니는 나지막한 목소리로 말했어요.

"아이는 신경 쓰지 마세요, 마님. 정신이 곧 돌아올 거예요."

그리고 사내아이에게도 말했어요.

"조, 조, 조, 왜 그러니?"

"저 여자가 왜 왔는지 알아요!"

사내아이가 소리쳤어요.

"누구?"

"저 숙녀요. 나를 데리고 그 사람이 묻힌 곳으로 가려는 거예요. 나는 그 사람이 묻힌 곳에 안 가요. 정말 싫어요. 저 여자가 나까지 그곳에 묻을 거예요."

사내아이가 다시 온몸을 떠는데, 벽에 등을 기댄 상태라 움막 전체가 흔들렸어요.

"아이가 온종일 이상한 소리를 떠들어댄답니다, 마님."

제니 아주머니가 부드럽게 설명하더니, 사내아이에게 말했어요.

"맙소사, 왜 그렇게 보니! 이분은 나를 찾아오신 숙녀야, 조."

그러자 사내아이가 팔을 들어서 열기로 뜨거운 눈에 그늘을 만들며 의심스러운 눈초리로 쳐다보았어요.

"그래요? 내 눈에는 다른 숙녀로 보여요. 보닛 모자도 다르고 드레스도 다르지만, 내 눈에는 다른 숙녀로 보여요."

어린 찰리는 나이에 걸맞지 않게 질병과 고통을 많이 겪어본 터라, 보닛 모자와 숄을 벗더니 늙은 간병인처럼 의자를 들고 조용히 다가가서 사내아이를 앉혔어요. 어떤 간병인도 찰리처럼 어린 얼굴일 수 없기에 사내아이가 믿는 것 같았어요. 그래서 찰리에게 물었어요.

"너한테 물을 테니 대답해! 저 숙녀가 다른 숙녀 아니니?"

찰리는 고개를 끄덕이며 사내아이 누더기를 차분하게 끌어당겨서 최대한 따뜻하게 덮어주고, 사내아이는 중얼거렸어요.

"아! 그렇다면 다른 숙녀가 아닌가 보다."

"나는 너를 도울 방법을 알아보려고 찾아왔단다. 어디가 어떻게 아프니?"

제가 묻자, 사내아이는 야윈 표정으로 살피며 쉰 목소리로 대답했어요.

"온몸이 춥다 열이 나다, 다시 춥다 열이 나요, 한 시간에도 여러 번씩. 머리는 몽롱해서 금방 미칠 것 같고, 목이 말라요…… 뼈마디마다 안 아픈 데가 없어."

"아이가 언제 여기에 왔나요?"

제가 묻자, 아주머니가 대답했어요.

"오늘 아침요, 마님. 읍내 모서리에 있는 걸 발견했어요. 저 너머 런던에서 알고 지냈거든요. 그렇지 않니, 조?"

"'톰-올-얼론스'에서요."

사내아이가 대답했어요. 관심이나 시선을 집중해도 순간에 불과했어요. 머리가 빙빙 도는지, 다시 축 늘어뜨린 채 비몽사몽처럼 중얼댔거든요.

"아이가 런던에서 언제 왔나요?"

제가 다시 묻자, 사내아이는 열이 올라서 빨갛게 달아오른 얼굴로 직접 대답했어요.

"어제 왔어요. 어디로든 계속 움직여야 해."

"아이가 어디로 가는 건데요?"

제가 묻고, 이번에도 사내아이가 직접 커다랗게 대답했어요.

"어디로든. 움직이고 또 움직였어요, 예전에 그런 것처럼, 다른 숙녀가 나한테 금화 한 닢을 준 다음부터. 스낙스비 부인은 나를 늘 감시하고 늘 몰아대요 - 무슨 잘못을 했다고! - 사람들이 나를 늘 감시하면서 몰아대요. 모두 다 그래요, 내가 못 일어나는 시간부터 잠자리에 못 드는 시간까지. 그래서 어디로든 가야 해요. 그게 내가 가는 곳이에요. '톰-올-얼론스'에서 아줌마가 말했어요, 세인트 올번스에서 왔다고, 그래서 나도 세인트 올번스로 왔어요. 어디로 가나 마찬가지라서."

사내아이는 마지막 말을 늘 찰리에게 하는 식이었어요.

저는 아주머니를 옆으로 데려가서 물었어요.

"아이를 어떻게 할 건가요? 저 상태로는 설사 목적이 있고 갈 곳을 안다고 해도 못 움직여요!"

아주머니가 안타까운 눈으로 사내아이를 힐끗 쳐다보며 대답했어요.

"저는 죽은 사람보다 모르겠어요, 마님. 죽은 사람이 더 잘 알 테니, 우리한테 알려주면 좋겠어요. 저 아이가 불쌍해서 온종일 머물도록 하면서 죽도 끓여주고 약도 주었어요. 리즈는 아이가 들어갈 시설이 있나 알아보러 나갔고요. (여기 침대에 누운 우리 예쁜 아기를 보세요. 리즈 아기지만 저는 우리 아기라고 부른답니다.) 하지만 오래 머물게 할 순 없어요. 남편이 돌아와서 보고 거칠게 쫓아내서 아이가 다칠 수도 있으니까요. 들어보세요! 리즈가 왔어요!"

아주머니가 말할 때 다른 아주머니가 급히 들어오고, 사내아이는 자신이 떠나야 한다 막연히 느끼며 일어났어요. 갓난아기가 깨고, 언제 어떻게 그랬는지 모르겠는데, 찰리는 아기를 침대에서 안아 들고 이리저리 거닐며 달래기 시작했어요. 진짜 엄마처럼 자상해 보였어요. 블라인더 할머니네 다락방에서 톰과 엠마와 다시 사는 것 같았어요.

아주머니 친구는 여기저기 돌아다니고 이 사람 저 사람에게 간청했지만, 떠날 때와 마찬가지로 빈손으로 돌아왔어요. 처음에는 사내아이가 적절한 시설에 들어가기에 너무 이르다더니 나중에는 너무 늦었다고 했대요. 한 관리는 아주머니 친구를 다른 관리에게 보내고, 다른 관리는 처음 관리에게 돌려보내는 식으로 이리 보냈다 저리 보냈다 하는 게, 두 사람 모두 임무를 다하는 게 아니라 회피하는 기술이 뛰어나서 그 자리에 있는 것처럼 보일 정도였다는 거예요. 그래서 겁도 나고 바삐 뛰어오기도 한 터라, 가쁜 숨을 몰아쉬며 말했어요.

"제니, 자네 주인이 집으로 오는 중이고, 우리 주인도 멀지 않아올 테니 저 아이는 하느님께 맡기는 수밖에 없어, 우리가 도울 방법은 더 없으니까!"

그러더니 두 아주머니는 반페니 동전을 서너 개 모아서 사내아이 손에 황급히 쥐여 주고, 사내아이는 정신이 없어서 반은 고맙고 반은 몽롱한 상태로 발을 질질 끌며 밖으로 나갔어요. 그러자 아기 엄마가 찰리에게 말했어요.

"얘야, 아기를 이리 주렴. 잘 봐줘서 고맙구나! 제니, 좋은 친구, 잘 있어! 젊은 아가씨, 우리 주인이 안 때린다면 기회가 날 때 벽돌 굽는 가마로 가볼게요, 저 애는 그 옆에 있을 테니, 아침에 또 가보고!"

다른 아주머니가 말하면서 급히 나가고, 곧이어 우리는 자기 집 문 앞에서 술 취한 남편이 오는지 불안한 눈으로 살피며 갓난아기에게 콧노래를 흥얼대는 아주머니 옆을 지나갔어요.

너무 오래 머물면 어느 아주머니든 곤란한 사태가 생길까 두려웠어요. 하지만 사내아이가 이대로 죽게 둘 순 없다고 찰리에게 말했어요. 그러자 그런 일을 훨씬 잘 알며 동작도 빠른 찰리가 앞서 나가더니, 벽돌 가마 바로 앞에서 조를 따라잡았어요.

지금 생각하면 조는 길을 처음 나설 때 팔 밑에 끼우고 있던 조그만 보따리를 잃어버리거나 도난당한 게 분명해요. 볼품없이 너덜너덜한 모피 모자를 팔꿈치에 보따리처럼 끼운 채 어느새 마구 쏟아지는 비 사이를 맨머리로 걸어갔거든요. 우리가 부르자 조가 멈추더니, 제가 다가가는 순간에 열기가 번뜩이는 눈으로 노려보다, 가만히 서서 덜덜 떨던 동작까지 멈추고 두려운 표정을 또다시 드러냈어요.

저는 조에게 우리를 따라오라고, 오늘 밤 묵을 곳을 구해주겠다고 했어요. 그러자 조가 대답했어요.

"묵을 곳은 필요 없어요. 따뜻한 벽돌 옆에 누우면 되니까."

"하지만 그러다 죽는 거 모르니?"

찰리가 묻자, 조가 대답했어요.

"사람은 어디서나 죽어. 셋방에서도 죽고…… 저 여자도 알아, 내가 가르쳐주었거든…… '톰-올-얼론스'에서 무더기로 죽어. 산 사람보다 죽은 사람이 많아, 내 눈으로 보기에는."

그러더니 쉰 목소리로 찰리에게 속삭였어요.

"저 여자가 다른 여자가 아니라면, 저 여자가 외국 여자가 아니라면. 그럼 저 여자가 세 명이야?"

찰리는 약간 무서워하는 표정으로 저를 쳐다보았어요. 조가 노려볼 때는 저 역시 살짝 무서운 느낌이 들었어요.

하지만 제가 손짓하자 조는 발길을 돌려서 따라오고, 저는 조가 말을 듣는다는 걸 확인하고 앞장서서 집으로 곧장 갔어요. 멀지 않았어요, 눈앞에 있는 언덕 꼭대기만 올라가면 되니까요. 도중에 한 사람을 지나친 게 전부였어요. 조는 걸음이 불확실하고 덜덜 떨려, 집까지 가려면 우리가 부축해야 하지 않을까 의심스러웠어요. 하지만 조는 조금도 투덜대지 않았어요. 이상하게 들리겠지만, 자신에게 이상할 정도로 무관심했어요.

조는 현관에 들어서자마자 복도 모서리 창가 의자에 풀썩 주저앉아 아무런 관심도 없이, 환하고 아늑한 실내를 신기하게 여긴다고 할 수 없는 눈빛으로 물끄러미 쳐다보고, 저는 그런 조를 놔둔 채 잔다이스 아저씨에게 말하러 거실로 갔어요. 거실에는 스킴폴 선생도 있었어요. 아무런 예고도 없이 툭하면 역마차에 올라탄 채 갈아입을 옷조차 없이 찾아와서 필요한 건 뭐든지 빌려 쓰는 식이었거든요.

잔다이스 아저씨와 스킴폴 선생은 저와 함께 사내아이를 보러 곧장 나왔어요. 하인들은 현관 복도로 벌써 모여들고, 조는 찰리 바로 옆에서 창가 의자에 앉아 덜덜 떠는 모습이 함정에 빠져서 심하게 다친 짐승 같았어요.

잔다이스 아저씨는 조에게 한두 가지 물어보고 이마를 짚고 두 눈을 살펴본 다음에 말했어요.

"안타까운 상황이군. 자네 생각은 어떤가, 스킴폴?"

"당장 내보내는 게 좋아."

스킴폴 선생 대답에 잔다이스 아저씨가 단호하게 물었어요.

"무슨 뜻인가?"

"친애하는 잔다이스, 자네는 나를 알아. 어린애지. 잘못했다면 마음껏 화내. 하지만 나는 이런 걸 체질적으로 반대하네. 언제나 그랬어, 의사 활동을 할 때도. 저 애는 안전하지 않아. 저 애가 앓는 건 아주 심한 열병이라고."

스킴폴 선생은 현관 복도에서 거실로 물러나, 피아노 걸상에 앉아서 가만히 서 있는 우리를 유쾌하게 바라보며 쾌활하게 말했어요.

"여러분은 내가 유치하다고 하겠지. 그래, 맞을 수도 있어. 하지만 나는 어린애야, 단 한 번도 아닌 척하지 않는다고. 저 아이를 내보내는 건 저 아이를 원래 있던 곳으로 돌려보내는 것뿐이야. 예전보다 나빠지는 게 아니라고. 아니, 원한다면 더 좋게 만들어줄 수도 있어. 6펜스나 5실링이나 5파운드 10실링을 주어서 - 나는 수학을 못 하지만 자네는 잘하니까 - 그리고 내보내!"

"그럼 저 아이는 어떻게 될까?"

잔다이스 아저씨가 묻자, 스킴폴 선생은 어깨를 으쓱하고는 매력적으로 웃으며 대답했어요.

"어떻게 될지야 나는 당연히 모르지. 하지만 어떻게든 되겠지."

저는 두 아주머니가 애썼지만 소용이 없었다는 말을 급히 하고, 잔다이스 아저씨는 이리저리 서성이면서 머리칼을 박박 긁었어요.

"저 불쌍한 아이가 유죄 선고를 받은 죄수라면 병원문을 활짝 열어서 여느 집 아이가 아픈 것처럼 치료할 거라 생각하니, 황당하기 그지없군."

"친애하는 잔다이스, 너무 간단한 질문을 용서하게. 세속적인 문제에 완벽하게 단순한 어린애가 묻는 거니 말이야. 하지만 저 아이가 죄수가 안 된 이유는 뭐지?"

스킴폴 선생이 묻자, 잔다이스 아저씨는 걸음을 멈추고 재미도 있고 화도 난다는 표정으로 묘하게 쳐다보고, 스킴폴 선생은 태연하고 솔직하게 덧붙였어요.

"내가 보기에 우리 어린 친구한테는 미묘한 측면이 없는 것 같아. 잘못된 에너지를 발산해서 감옥에 들어가는 편이 훨씬 존경스럽고 지혜로울 것 같거든. 그러면 모험 정신이 살아나고, 시적 감성 역시 활발할 테니까."

"세상에 자네 같은 어린애는 어디에도 없을 거야."

잔다이스 아저씨가 대답하며 불편한 마음으로 다시 걷자, 스킴폴 선생이 말했어요.

"정말? 아마 그럴 거야! 하지만 솔직히 말해서 우리 어린 친구가, 저런 상태에서, 자신한테 활짝 열린 시적 감흥에 안 빠져드는 이유를 나는 이해할 수 없네. 저 아이도 식욕을 가지고 태어났겠지…… 어쩌면, 지금보다 건강할 때는, 저 아이도 식욕이 대단할 테고. 그렇다면 우리 어린 친구가 식사할 시간에, 정오일 가능성이 큰데, 사회에 대고 '배가 고픕니다. 숟가락과 먹을 걸 주시겠습니까?'라고 말하는 거야. 사회는 모든 사람에게 숟가락을 배분할 의무가 있으니 우리 어린 친구가 먹을 숟가락도 가지고 있는데, 그 숟가락을 안 주거든. 그래서 우리 어린 친구는 '내가 그 숟가락을 빼앗더라도 양해하세요'라고 말하는 거야. 내가 잘못된 에너지라고 한 건 바로 이걸 말하는데, 여기에는 구체적인 이유와 구체적인 로맨스가 있어. 그래서 잘 모르긴 해도, 나는 우리 어린 친구가 그냥 불쌍한 부랑자가 아니라 – 이런 사람은 누구나 될 수 있으니 – 자기 먹을 숟가락을 직접 빼앗는 사람이 된다면 훨씬 흥미로울 것 같아."

"이러는 동안에도 아이는 계속 나빠집니다."

제가 용기 내서 끼어들자, 스킴폴 선생이 쾌활하게 말했어요.

"이러는 동안에도, 실용적으로 생각하는 에스더 아가씨 말씀대로, 저 아이는 계속 나빠져. 그래서 나는 저 아이가 더 나빠지기 전에 내쫓으라는 거야."

이렇게 말하던 상냥한 얼굴을 저는 영원히 못 잊을 것 같아요.

하지만 잔다이스 아저씨는 저를 바라보며 말했어요.

"그래, 맞아, 꼬마 아줌마. 내가 관청에 가서 저 아이를 적절한 시설에 넣도록 요구하는 게 당연하겠지. 하지만 굳이 그래야 한다는 현실이 안타까워. 지금은 시간이 늦은 데다 날씨는 궂고 아이는 완전히 녹초가 됐어. 마구간 옆에 건초를 쌓아두는 안전한 다락방 침실이 있으니 아이를 그곳에서 재우고, 아침에 옷을 두툼하게 입혀서 이동해야 하겠어. 그래, 그렇게 하자꾸나."

그래서 우리가 자리를 뜨자, 스킴폴 선생은 피아노 건반에 두 손을 올린 채 물었어요.

"아! 어린 친구한테 다시 가려고?"

"그래."

잔다이스 아저씨가 대답하자, 스킴폴 선생은 감탄하는 어조로 장난스럽게 말했어요.

"자네 성격이 부럽군, 잔다이스! 궂은일을 마다치 않으니 말이야, 에스더 아가씨도 똑같고. 자네는 누구든 찾아가서 도울 준비가 늘 되어 있어. 정말 대단한 의지야! 나는 그런 의지가 조금도 없는데…… 앞으로도 없고…… 있을 수도 없어."

잔다이스 아저씨가 반쯤 화난 표정으로 – 스킴폴 선생을 책임감 있는 사람으로 여긴 적이 없기에 반만 화난 표정으로 – 돌아보며 물었어요.

"아이한테 도움이 될만한 방법을 알려줄 수도 없나?"

"친애하는 잔다이스, 아이 주머니에 해열제 약병이 있는 걸 보았는데, 바로 먹이는 게 무엇보다 좋아. 하인한테 아이가 잘 곳 주변에 식초를 살짝 뿌리고, 실내는 적당히 시원하고 몸은 적당히 따듯하게 하라고 해. 하지만 내가 이런 방법까지 추천하는 건 주제넘는 짓이야. 에스더 아가씨가 잘 아는 데다 자세히 지시할 능력도 있으니 말이야."

우리는 현관 복도로 돌아가서 앞으로 어떻게 할지 조에게 설명하고 찰리는 그걸 다시 설명하지만, 조는 앞에서 목격한 대로 관심도 없고 흥미도 없는 표정으로 다른 사람 일처럼 힘없이 쳐다보았어요. 하인들은 너무나 비참한 모습에 동정하며 어떤 식으로든 도우려 애쓰니, 건초를 쌓아두는 다락방은 순식간에 준비가 끝나, 남자 몇 명이 옷으로 조를 충분히 감싼 다음에 비 오는 마당을 가로질러서 옮겼어요. 사람들이 조에게 친절한 모습이, 툭하면 "어린 친구"라고 불러서 기운을 차리는 데 도움을 주려고 애쓰는 모습이 보기 좋았어요. 찰리는 작전을 지휘하고, 조에게 도움이 될만한 각성제와 음식을 들고서 건초 다락방과 집을 오갔어요. 잔다이스 아저씨는 조가 잠자기 전에 가서 보고는 속풀이 비밀방으로 돌아와, 조가 편한 마음으로 잠자리에 들 것 같다고, 조를 돕는 데 필요한 편지를 써서 아침에 날이 밝으면 심부름꾼 편으로 보내야겠다고 저에게 알려주었어요. 환각 상태에 빠질 경우에 대비해서 사람들이 문 바깥을 단단히 잠갔지만, 무슨 소리가 나면 재빨리 대처하도록 준비했다는 사실도 알려주고요.

에이다는 감기에 걸려서 우리 방에 머무는 터라, 스킴폴 선생은 혼자 있으면서 (우리가 멀리서 들은 것처럼) 구슬픈 곡조를 한 소절씩 연주하다 풍부한 감성과 느낌을 담아서 노래까지 불렀어요. 우리가 거실로 들어서자, 스킴폴 선생은 "어린 친구를 보고서" 문뜩 떠오른 발라드 몇 소절을 불러주겠다더니, '농부 소년'을 멋들어지게 불렀어요.

"부모를 잃고 집까지 잃은 채
넓은 세상에 나뒹구니,
이리저리 떠돌며 방랑할 운명이로구나."

이 노래를 부르다 보면 눈물이 절로 흐른다는 말까지 했어요.

스킴폴 선생은 남은 저녁 시간 내내 쾌활했어요. 직접 표현한 바에 따르면, 남을 열심히 돕는 사람이 주변에 가득하다고 생각하니 노래가 절로 나온다면서요. 음료수 잔을 들고서 "어린 친구의 건강을 위해" 건배까지 하고는, 자신이 휘팅턴처럼 런던 시장이 될 수도 있다고 자랑했어요. 그리된다면 당연히 '잔다이스 재단'과 '에스더 사설 구빈원'을 설립하고 세인트 올번스 순례단을 연례행사로 조직하겠다면서요. 그러면서 덧붙였어요. 어린 친구가 훌륭한 소년이라는 사실을 의심할 여지는 없지만, 어린 친구가 가는 길과 스킴폴이 가는 길은 다르다, 스킴폴이 어떤 사람인지는, 자신을 처음 대면하는 순간에 직접 알아내고 깜짝 놀랐다, 자신은 결점이 다양한 스킴폴을 있는 그대로 받아들이고, 그 상태에서 최선의 이익을 추구하는 게 건강한 철학이라 생각한다, 자신은 우리도 똑같이 하기를 희망한다.

250

찰리는 조가 차분하게 잠잔다고 마지막으로 보고했어요. 제 방 창문에서는 사람들이 조에게 남겨놓은 등잔불이 가만히 타오르는 게 보여, 저는 조가 편히 쉰다 생각하고 행복한 마음으로 잠자리에 들었답니다.

그런데 동녘이 트기 직전에 평소보다 와자지껄한 소리에 잠에서 깼어요. 저는 옷을 입으면서 창문 밖을 내다보며, 간밤에 조를 힘껏 도와준 남자 하인에게 무슨 일이냐고 물었어요. 건초 다락방에서 등잔불은 여전히 타올랐거든요.

"아이 때문에요, 아가씨."

"병이 심해졌나요?"

"떠났어요, 아가씨."

"죽었다는 뜻인가요?"

"죽었냐고요, 아가씨? 아니에요. 깨끗하게 사라졌어요."

간밤 어느 시간에 어떤 식으로 왜 사라졌는지를 파악할 순 없었어요. 문은 간밤에 잠근 그대로고, 등잔불 역시 창가에 그대로 있으니, 아래층 텅 빈 짐마차 창고로 통하는 문을 들어서 사닥다리로 내려가고 사라졌다고 추측하는 수밖에 없었어요. 하지만 그렇다 해도 다시 닫힌 문은 애초에 들어 올린 적조차 없는 것 같았어요. 사라진 물건 역시 하나도 없었고요. 이런 사실을 모두 확인하자, 우리는 조가 간밤에 정신착란을 일으켜서 환상에 이끌리거나 공포에 이끌려선 꿈쩍도 못 할 상태로 비틀거리며 사라졌다는 고통스러운 확신에 빠져들었어요. 하지만 딱한 사람은, 스킴폴 선생은, 평소처럼 느긋한 자세로, 어린 친구는 몸 상태가 온전하지 않다는 걸, 자신이 심한 열병에 걸린 걸 알고, 얼른 사라지는 게 그나마 은혜에 보답하는 길이라 생각하고 사라졌을 거라고 말했어요.

물어볼 데는 다 물어보고 찾아볼 곳은 다 찾아보았어요. 벽돌 가마도 둘러보고 움막도 찾아갔지만, 그래서 두 아주머니에게 특별히 물었지만 그분들 역시 모르는데, 진심으로 걱정한다는 건 누구도 의심할 수 없었어요. 소낙비가 며칠째 내리고 그날 밤 역시 소낙비가 내려서 발자취를 좇는 건 불가능했어요. 조가 정신을 잃거나 쓰러져 죽으면 안 되니 남자 하인들이 꽤 먼 곳까지 울타리와 도랑, 담장, 장작더미와 건초더미를 모두 둘러보았지만, 조가 들렀다는 흔적은 어디에도 없었어요. 건초 다락방에 남겨놓은 이후로 조는 우리 시야에서 완벽하게 사라진 거예요.

닷새 동안 수색했어요. 그렇다 해서 수색을 완전히 중단했다는 뜻은 아니지만, 중요한 사건이 눈앞에 벌어지면서 관심이 흩어진 건 사실이에요.

찰리는 초저녁에 방에서 글쓰기를 하고 저는 맞은편에 앉아서 자수를 놓는데, 탁자가 떨리는 거예요. 저는 고개를 들어서 어린 하녀가 머리끝부터 발끝까지 덜덜 떠는 걸 보았어요.

"찰리, 춥니?"

"그런 것 같아요, 아가씨. 왜 이러는지 모르겠어요. 몸을 똑바로 못 두겠어요. 어제 이 시간에도 똑같은 느낌이었어요, 아가씨. 걱정하지 마세요, 병난 것 같아요."

바깥에서 에이다 목소리가 들리는 순간에 저는 황급히 뛰어가, 예쁜 우리 거실에서 제 방으로 들어오는 문을 재빨리 잠갔어요. 아슬아슬했어요. 문고리에서 손을 떼기도 전에 에이다가 문을 두드렸거든요.

에이다가 방문을 열어달라며 소리쳤지만, 저는 이렇게 말했어요.

"지금은 안 돼, 에이다. 그냥 가. 문제 될 건 없어. 너한테 금방 갈게."

아! 하지만 제가 에이다를 찾아가서 어울릴 때까지는 정말 많은 시간이 걸렸어요.

찰리가 병에 걸린 거예요. 12시간이 지난 뒤에는 꽹장히 심각했어요. 찰리를 제 방으로 옮겨서 침대에 누이고 옆에 앉아서 간호했어요. 잔다이스 아저씨에게 그 사정은 물론, 제가 자가격리해야 하는 이유를, 사랑하는 에이다를 만나면 절대로 안 되는 이유를 모두 말했어요. 처음에는 에이다가 툭하면 방문 앞으로 와서 저를 부르고, 눈물까지 흘리면서 흐느끼는 목소리로 나무랐지만, 저는 에이다에게 그러지 말라고, 마음이 아프다고, 나를 사랑하고 내 마음이 편안하길 바란다면 정원 이상 가까이 다가오지 말라고 간청하는 기나긴 편지를 보냈어요. 그런 다음부터 에이다는 방문 앞으로 올 때보다 자주 창문 밑 정원에 나타나는데, 우리 둘이 딱 붙어서 지낼 때 그 목소리가 어찌나 다정했는지 행여나 몰랐다 해도, 그때 창문 커튼 뒤에 숨어서 그 소리를 듣고 대답할 뿐 밖을 절대로 안 내다볼 때는 정말 또렷하게 느꼈어요! 훨씬 힘든 위기가 닥쳐올 때는 그 소리를 더욱 사랑했고요!

하인들은 우리 거실에 제가 쓸 침대를 놓고, 저는 방문을 활짝 열어서 에이다가 비운 방까지 하나로 만들어, 실내를 늘 환기하면서 신선하게 유지했어요. 우리 집에는 조금이라도 겁내거나 피하는 대신 낮이든 밤이든 기꺼이 찾아올 하인이 가득하지만, 저는 적당한 하녀 한 명을 골라서 미리 충분히 준비시키고 에이다를 절대로 안 만나도록 당부한 다음에 들락거리게 했어요. 하녀 덕분에 병간호도 다른 모든 것도 부족한 게 없었어요. 에이다와 마주칠 우려가 없는 시간을 파악하고 밖에 나가서 잔다이스 아저씨와 산책까지 할 정도였어요.

불쌍한 찰리는 전염병에 걸려서 나빠지기만 하다, 금방이라도 죽을 것 같은 위기에 빠져들어, 밤이고 낮이고 침대에 누워서 아파했어요. 그런데도 꾹 참을 뿐 불평 한마디 안 하는 다정한 성품을 보여주어,

저는 찰리 옆에 앉아서 그 머리를 가슴에 꼭 껴안고는 - 이러면 찰리가 편히 쉬는 것 같았어요 - 하늘에 계신 우리 아버지에게 속으로 기도했어요, 어린 자매에게 배운 교훈을 제가 결코 안 잊도록 해달라고.

찰리가 회복하더라도 예쁜 얼굴에 흉이 질 것 같아서[34] 무척 슬펐어요. 찰리는 보조개가 정말 예뻤거든요. 하지만 이런 생각은 훨씬 커다란 위험에 파묻히기 일쑤였어요. 심할 때는 병상에 누운 아버지와 어린 두 동생을 보살피던 시절로 돌아가서 헛소리하다가 제가 옆에 있다는 사실을 깨닫고 어디에도 누울 수 없는 몸으로 제 품에 가만히 안기고, 그런 다음에 비로소 헛소리가 차분하게 줄어들곤 했거든요. 그럴 때마다 저는 두 동생을 어머니처럼 열심히 보살피던 아기가 죽으면 남은 두 아기에게 어떻게 알려야 하나 골똘히 생각하곤 했고요!

찰리가 저를 알아보고 입을 열 때도 있었어요. 그럴 때면, 톰과 엠마한테 사랑한다 전해달라고, 자신은 톰이 훌륭한 남자로 자랄 거로 확신한다고 말했어요. 그럴 때면, 병석에 누워계신 아버지를 위로하면서 읽어준 내용을, 과부의 젊은 아들이 죽어서 무덤에 묻으려고 메고 나오는 내용[35]과 높은 사람 외동딸이 죽었을 때 주님께서 손을 붙잡아 일으켜 세운 내용[36]을 저에게 말하기도 했어요. 아버지가 돌아가셨을 때 자신이 무릎을 꿇고서 그 사람들처럼 아버지도 살려달라고, 불쌍한 아이들에게 돌려달라고 기도했는데, 이번에 회복을 못 하고 죽는다면 톰 역시 자신을 살려달라고 똑같이 기도할 거라는 말도 했어요. 그러면, 성서에서 사람이 죽었다 살아난 것은 우리 소망이 하늘나라에 있음을 보여주려는 뜻이라고 톰에게 알려주라는 거예요!

---

34) 보조개가 예쁜 찰리 얼굴에 곰보가 생길까 걱정하는 걸 보면 조와 찰리가 걸린 열병은 천연두일 가능성이 크다.
35) 누가복음 7장 11~18절
36) 누가복음 8장 41~50절

하지만 찰리는 심각한 위기에 다양하게 빠져들어도 앞에서 말한 다정한 성품을 잃지 않았어요. 먼저 사망한 불쌍한 아버지가 임종할 때 찰리 옆에 수호천사가 있는 걸 보았다던 강한 확신을, 그리고 하느님께 모든 것을 맡긴다던 높은 믿음을 저는 밤마다 수없이 떠올리고 또 떠올렸답니다.

결국 찰리는 죽지 않았습니다. 위험한 시기에 오랫동안 시달리다 온몸을 덜덜 떨면서도 천천히 돌아서더니, 마침내 회복하기 시작했어요. 찰리 얼굴에 아무런 흔적도 안 남길 바라던 희망 역시, 처음에는 불가능할 것 같더니, 점차 커졌습니다. 그러다 어린애 같은 얼굴이 점차 나타나는 걸 볼 수 있었습니다.

정원에 서서 쳐다보는 에이다에게 이 소식을 전한 아침은 정말 황홀했으며, 옆방에 찰리와 함께 앉아서 간식을 먹던 초저녁도 황홀했어요. 하지만 바로 그 초저녁에, 저는 온몸이 추워서 덜덜 떨리는 걸 느꼈답니다.

다행히도, 제가 전염병에 걸렸다는 생각을 처음 떠올린 것은 찰리가 침대에 올라가서 깊은 잠에 빠져든 다음이었어요. 간식을 먹을 때는 몸이 떨리는 걸 가볍게 숨겼지만, 이제는 그 단계를 넘어서 찰리가 걸어간 길을 급히 따라가고 있었습니다.

하지만 이른 아침에 일어나, 정원에서 에이다가 말하는 행복한 인사에 답하고 평소처럼 오랫동안 대화할 정도는 되었습니다. 그러나 간밤에 정신을 살짝 잃은 채 두 방을 돌아다녔다는 막연한 느낌이 들었습니다. 때때로 정신이 왔다 갔다 하는 느낌도 들고, 몸이 잔뜩 부풀어 오르는 묘한 느낌도 들고요.

초저녁에는 상태가 훨씬 나빠져, 찰리에게 마음의 준비를 시키는 게 좋겠다 판단하고 물었습니다.

"이제 체력을 충분히 회복했지, 찰리, 그렇지 않니?"

"네, 맞아요, 아가씨!"

"비밀을 말해도 괜찮을 만큼, 찰리?"

"네, 어떤 비밀을 들어도 충분히 괜찮을 정도로요, 아가씨!"

찰리가 대답했어요. 하지만 최고로 기쁜 순간에 찰리는 갑자기 낯빛이 흐려졌어요. 제 얼굴에 깃든 비밀을 본 거예요. 찰리는 커다란 의자에서 일어나, 제 품에 쓰러지며 흐느꼈어요. 고마운 마음에 미안한 마음이 더한 거예요.

저는 한동안 울도록 놔둔 뒤에 말했어요.

"이제, 찰리, 내가 쓰러진다면, 인간적으로 말해서, 너한테 전부 맡길 수밖에 없어. 그런데 네가 병에 걸렸을 때 내가 그런 것처럼 차분하고 침착하게 돌보지 않으면, 맡은 역할을 다할 수 없어, 찰리."

"조금만 더 울게 해주시면, 아가씨, 아, 아가씨, 사랑하는 아가씨! 제가 조금만 더 울게 해주시면, 아, 아가씨! 괜찮아질 거예요."

찰리는 제 목에 매달린 채 깊은 애정을 담고 온 마음을 다해서 말했어요. 당시를 떠올리면 저 역시 눈물이 절로 흐른답니다.

그래서 찰리를 조금 더 울게 하고, 결과는 우리 모두에게 좋았어요. 찰리가 차분하게 말했거든요.

"저를 믿으세요, 아가씨. 아가씨가 하시는 말씀이라면 무엇이든 따르겠어요."

"지금은 할 일이 별로 없어, 찰리. 오늘 밤에 의사한테 내가 몸이 안 좋은 것 같다고, 네가 나를 간호할 거라고 말할 거야."

불쌍한 아이는 마음을 다해서 저에게 고마워했어요.

"그리고 아침에 에이다 아가씨가 정원에서 부르는 소리를 들으면, 그런데 내가 평소처럼 창문 커튼으로 못 가면, 네가 가서, 찰리, 내가 깊이 잠들었다고 말해 – 잔뜩 지쳐서 곤히 잔다고. 실내는 내가 하던 대로 유지해, 찰리, 물론 아무도 못 들어오게 하고."

찰리는 약속하고 저는 침대에 누웠어요. 몸이 너무나 무거웠거든요. 그날 밤에 의사를 만나서 아프다는 사실을 알리고 아직은 집안사람에게 전하지 말라고 부탁했어요. 그날 밤은 낮으로 녹아들고 낮은 밤으로 녹아들던 느낌이 막연하게 일었어요. 하지만 첫날 아침에는 창가로 가서 에이다와 대화할 수 있었답니다.

둘째 날 아침도 바깥에서 부르는 에이다 목소리가 – 돌이켜 생각하면 너무나 사랑스러운 목소리가! – 들렸답니다. 저는 찰리에게 (말하는 자체가 고통스러워서) 아주 힘겹게, 어서 가서 내가 잔다고 말하게 했어요. 그러자 에이다가 다정하게 말하는 소리가 들렸답니다.

"그럼 깨우지 마, 찰리, 무슨 일이 있어도!"

"사랑스러운 에이다 아가씨 얼굴이 어떻든, 찰리?"

제가 묻자, 찰리는 커튼 사이로 내다보며 대답했어요.

"잔뜩 실망한 표정이에요, 아가씨."

"그래도 오늘 아침 역시 매우 아름답겠지?"

찰리가 커튼을 내다보며 대답했어요.

"네, 정말 아름다워요, 아가씨. 지금도 창문을 올려다보네요."

에이다는 그런 식으로 올려다볼 때 맑고 파란 눈이 언제나 최고로 사랑스러웠답니다!

저는 찰리를 불러서 마지막 지시를 내렸어요.

"이제, 찰리, 내가 아프단 걸 알면, 에이다 아가씨가 방으로 당장 들어오려고 할 거야. 네가 정말로 나를 사랑한다면 에이다가 못 들어오게 해, 찰리, 끝까지! 찰리, 에이다가 들어온다면, 그래서 내가 누워있는 모습을 단 한 순간이라도 쳐다본다면, 나는 그대로 죽어버리고 말

테니까."

"네, 알겠어요, 절대로 못 들어오게 하겠어요! 절대로!"

"그래, 너를 믿을게, 사랑하는 찰리. 이리 와서 곁에 앉아 네 손으로 나를 쓰다듬어주렴. 네가 안 보이거든, 찰리. 눈이 멀었어."

CHAPTER XXXII
지정된 시간[37]

링컨 법학원도 - 소송인이 햇빛을 거의 못 보는, 법으로 만든 어둠이 한없이 음산한 골짜기[38]도 - 밤이라, 사무실마다 묵직한 양초를 끄고 직원들은 삐걱대는 나무 계단을 우당탕 내려와서 흩어진다. 아홉 시를 알리는 종소리는 우울하게 뗑그렁대던 소리를 멈추고, 대문은 닫히고, 야간 경비원은, 잠자는 능력이 탁월하고 엄숙한 경비원은 경비실을 지킨다. 층계참 창문마다 희미한 불빛은 형평법 눈동자처럼 반짝이고, 흐릿한 아르고스[39]는 수없이 많은 눈을 깜빡이며 하늘에 가득한 별을 쳐다본다. 여기저기 지저분한 여닫이 창문으로 촛불을 희미하게 내비치는 사무실에서는 몇몇 직원이 양피지 열두 장에 토지 1에이커를 얽어매는 식으로 부동산 양도 서류 작성에 열중한다. 업무 시간이 훨씬 지나도 떡고물이 충분히 떨어지는 터라 여전히 사무실에 머물며 꿀벌

---

37) 구약 욥기 7장 1절: '지상에서 살아가는 인간에게는 지정된 시간이 없는가?'
38) 구약 시편 23장 4절: '나 비록 음산한 죽음의 골짜기를 지날지라도 내 곁에 주님 계시오니 무서울 것 없어라.'
39) 그리스 신화에 나오는 눈이 백 개나 된다는 거인.

처럼 일한다.

고물상 대법관이 사는 동네는 대체로 저녁 식사를 하면서 맥주를 곁들이는 분위기다. 파이퍼 부인과 퍼킨스 부인은 자기네 아이들이 몇 시간씩 숨바꼭질 놀이를 하면서 대법정 거리 골목에 숨거나 큰길을 뛰어다녀 지나가는 사람을 방해하다 비로소 잠자리에 든 걸 서로 축하하더니, 아직도 현관 입구에 머물며 작별인사를 몇 마디 주고받는다. 오늘도 평소와 마찬가지로 핵심 주제는 크룩과 젊은 세입자로, 크룩이 "매일 술에 절어 산다"는 사실과 젊은 세입자가 유산을 상속받을 가능성이다. 두 사람은 술집에서 열리는 음악회에 대해서도 할 말이 있다. 술집에서는 반쯤 열린 창문 사이로 피아노 소리가 골목으로 퍼지고, '꼬마 술찌끼'는 진짜 어릿광대처럼 음악애호가들을 박장대소하게 하더니, 이제는 합창곡에서 우락부락하게 노래하는 부분을, 동료들과 후원자들에게 감성적으로 하소연하는 소리를, "들어보세요, 들어보세요, 들어보세요, 폭포수가 떨어지는 소리를!" 흘려보낸다. 퍼킨스 부인과 파이퍼 부인은 음악회에 출연하는, 창문에 커다란 광고판까지 붙인, 처녀 여가수에 대한 의견도 주고받는다. 광고판에는 '목소리가 아름다운 멜빈슨 처녀'라고 하지만 사실은 일 년 반 전에 결혼하고, 그래서 갓난아기를 밤마다 몰래 데려오고 쇼하는 중간중간에 젖이라는 천연 영양식을 먹인다는 사실을 퍼킨스 부인이 아는 거다. "그러니 차라리 성냥을 파는 게 낫지"라는 의견까지 낼 정도다. 파이퍼 부인은 충분히 공감한다. 사람들 앞에서 환호받으며 사는 것보다 조용히 사는 편이 낫다는 주장도 하고, 자신이 (물론 퍼킨스 부인도) 그렇게 훌륭하게 산다는 사실을 하늘에 고마워한다. 이야기를 주고받는 사이에 술집 종업원은 거품이 뭉실뭉실한 커다란 맥주잔을 가져오고, 파이퍼 부인은 잔을 받아들고서 퍼킨스 부인에게 잘 자라고 인사한 다음에 안으로 들어간다. 퍼킨스 부인 역시 어린 아들을 잠자리로 보내기 전에 똑같은 술집에 보내서 똑같은 맥주잔을 벌써 사온 뒤다. 그러다 보면 상점마다 문 닫는 소리가 들리고 파이프 담배를 태우는 냄새가 일고, 채광창에 어리는 별똥별은 편히 잠잘 시간을 알린다. 그러면 경찰관은 모든 사람이 도적질 당하거나 도적질한다고 가정하며 대문마다 밀어서 잘 닫혔는지 확인하고, 보따리마다 의심하는 식으로 담당 구역을 순찰한다.

모든 게 닫힌 밤인데도 눅눅하고 매서운 냉기는 꾸준히 파고든다. 공중에는 안개가 우중충하게 어린다. 도살장, 건전하지 않은 장사, 하수도, 나쁜 물, 무덤가에서 바삐 움직이기에 좋은 밤이라, 사망 기록 담당 직원 역시 과외로 일한다.[40] 주변 공기 역시 무언가 이상하다. 아주 많이 이상하다. 어쩌면 마음만 그런 걸 수도 있다. 어쨌든 위블은, 조블링은, 마음이 조급해서 어쩔 줄 모른다. 자기 방과 열린 대문을 한 시간 사이에 스무 번은 오간다. 사방이 어두워진 다음부터 그러는 중이다. 대법관이 오늘 밤에 고물상 문을 유난히 일찍 닫은 뒤로, 위블은 (머리에 꽉 끼는 벨벳 모자를 쓰고 구레나룻을 이상하게 빗은 채) 오르내리고 또 오르내리는데 속도가 매번 빨라진다.

스낙스비 역시 좌불안석인 게 조금도 이상하지 않다. 자신에게 강력한 비밀이 달려든 뒤로 다소 차이는 있지만 계속 좌불안석이다. 관여는 했지만 얻어먹는 몫은 하나도 없는 수수께끼 때문에 스낙스비는 그 출처로 보이는 곳을 – 동네 고물상을 – 툭하면 맴돈다. 그 유혹을 도저히 견딜 수 없다. 지금도 동네를 가로질러 대법정 거리 끝에서 나와, 계획에 없던 식후 십 분 산책을 마무리할 요량으로 술집을 돌아가다 어떤 인물을 발견하고 다가가며 묻는다.

---

40) 무덤에 막 묻힌 시신을 파내서 해부용으로 밀매하는 걸 말한다.

"아니, 위블 씨? 위블 씨 아니오?"

"네! 접니다, 스낙스비 선생님."

"나처럼 잠자리에 들기 전에 공기라도 쐬러 나왔소?"

"맙소사, 여기는 바람조차 안 불고, 저기는 공기가 퀴퀴해서요."
위블이 대답하며 주변을 훑어본다.

스낙스비는 코를 킁킁대며 공기 냄새를 맡다가 묻는다.

"정말 그렇군요. 좋은 지적은 아닌데, 어디서 기름 냄새 같은 게
나는 것 같지 않소, 위블 씨?"

"맙소사, 오늘 밤에는 이상한 냄새가 유난히 심하다고 느꼈어요. 술
집에서 굽는 것 같아요."

"굽는 것 같다니? 아! 고기를?"

스낙스비가 다시 코를 킁킁대며 냄새를 맡다 대답한다.

"아, 그런 것 같구려. 하지만 저 술집 요리사는 감시할 필요가 조금
있어요. 고기를 바싹 태우거든요!"

스낙스비가 다시 코를 킁킁대며 냄새 맡더니 침을 뱉고 입을 닦으며
덧붙인다.

"좋은 지적은 아닌데, 내가 볼 때 저 술집에서 석쇠에 올리는 고기는
신선한 상태가 아닌 것 같다오."

"그럴 수 있습니다. 음식이 쉽게 상하는 날씨니까요."

"맞아요, 음식이 쉽게 상하는 날씨에요. 그래서 기분까지 가라앉는
답니다."

"맙소사! 저는 공포감마저 느껴요."

위블이 대답하자, 스낙스비는 상대편 어깨너머로 어두운 고물상 입
구를 쳐다보다 한발 물러나서 건물 전체를 바라보며 말한다.

"어두운 기운이 서린 방에 혼자 쓸쓸하게 지내서 그러는 거예요.

나는 저런 방에서 혼자 절대 못 살아요. 초저녁만 되면 안절부절못하면서 근심 걱정이 일어, 그대로 앉아있느니 차라리 여기로 나올 거예요. 하지만 사실 당신은 내가 당신 방에서 본 장면을 못 보았으니, 차이는 있겠지요."

"그 얘기는 저도 충분히 안답니다."

위블이 대답하자, 스낙스비는 상대를 설득하려는 듯 손으로 입을 가리고 얌전히 헛기침하며 말한다.

"좋은 느낌은 아니에요, 그죠? 크룩 씨는 그걸 고려해서 셋돈을 받아야 해요. 아마 그렇게 하겠지요?"

"그러면 좋겠지만, 안 그런답니다."

"세가 너무 비싼가요? 여기는 세가 정말 비싸다오. 왜 그런지 정확히 모르겠지만, 대법원이 있어서 그런 것 같아요."

스낙스비가 사과하듯 헛기침하며 덧붙인다.

"하지만 내가 밥벌이하는 법조계를 굳이 나쁘게 말할 의도는 없다오."

위블은 골목을 다시 훑어보다 문방구업자를 쳐다본다. 스낙스비는 그 눈빛을 멍하니 바라보다 고개를 들어서 별을 쳐다보며 헛기침하는데, 그만 떠날 핑곗거리를 찾는 것 같다. 그러다 두 손을 천천히 문지르며 말한다.

"참 묘해요, 그 사람이……"

"누구요?"

위블이 끼어들자, 스낙스비는 층계참 쪽으로 고개와 눈썹을 비틀고 상대 옷에 달린 단추를 톡톡 치며 대답한다.

"당연히 죽은 사람이지요."

"아, 그렇군요! 그 사람 얘기는 끝난 줄 알았습니다."

위블이 대답한다, 더 얘기하고 싶지 않은 눈치다.

"내가 말하려던 건, 그 사람이 여기에 와서 살다 우리 문방구점 대서인이 됐는데, 당신도 여기에 와서 살다 우리 문방구점 대서인이 되었다는 거예요. 참 묘하게요. 그렇다 해서 당신을 깔보는 말은 아니에요, 그런 건 절대로 없으니."

스낙스비는 자신이 위블에게 주인처럼 구는 무례를 범한 건 아닌가 걱정하며 입을 다물다, 자신이 문제를 제대로 못 풀었다는 생각이 들어서 이어 말한다.

"내가 알던 대서인 가운데는 양조장에 들어가서 정말 잘사는 사람도 있거든요. 정말 잘사는 사람."

"참 묘한 우연의 일치군요, 사장님 말씀처럼."

위블이 대답하고는 골목을 다시 훑어본다.

"뭔가 운명인 것 같아요, 그죠?"

"그렇네요."

위블이 대답하자, 문방구업자는 확인하듯 기침하며 말한다.

"그래요, 정말 대단한 운명이에요, 대단한 운명."

그러더니 대화를 시작한 이후로 도망칠 궁리만 떠올렸으면서도 떠나기 싫다는 표정으로 인사한다.

"안타깝게도 그만 가봐야겠네요. 안 그러면 우리 마나님이 찾아올 테니까요. 그럼 안녕히 계시길!"

우리 마나님이 찾아오는 수고를 덜어주려고 집으로 황급히 돌아가는 거라면, 스낙스비는 이 점에 관해서 염려할 필요가 조금도 없다. 우리 마나님은 술집 모서리에서 시종일관 훔쳐보다, 이제는 손수건으로 머리를 감싼 채 뒤를 살그머니 쫓아가니 말이다, 위블 옆을 지날 때는 위블과 고물상 입구를 매서운 눈으로 살피면서.

그래서 위블이 혼자 중얼거린다.

"나중에는 나를 다른 눈으로 바라보게 될 겁니다, 부인. 누군지 모르겠지만, 천으로 머리를 묶고 다니니 겉모습은 결코 칭찬할 수 없군요. 아, 이 녀석은 안 올 생각인가!"

위블이 말하는 사이에 이 녀석이 다가온다. 위블은 손가락을 입술에 대고 건물 입구로 끌어당겨서 대문을 닫는다. 그리고 위블은 무겁게 (이 녀석) 거피는 경쾌하게 계단을 올라간다. 위층 방으로 들어가서 방문을 닫은 다음에 비로소 위블이 나지막이 말한다.

"여기가 아니라 다른 데로 빠진 줄 알았잖아."

"아니, 열 시 경에 온다고 했잖아."

"열 시 경에 온다고 했다. 맞아, 열 시 경에 온다고 했어. 하지만 내 계산에 따르면 열 시가 열 번은 지났어. 지금은 백 시라고. 이런 밤은 평생 처음이라고!"

"무슨 일 있었어?"

"바로 그거야! 아무 일 없었거든. 하지만 이 방에서 조마조마하게 마음을 졸이다 보면 공포가 우박처럼 묵직하게 떨어지는 기분마저 들거든. 저 축복받은 촛불 좀 봐!"

위블이 말하고는, 탁자에서 심지가 커다란 양배추 머리처럼 기다랗게 말리며 묵직하게 타오르는 촛불을 가리킨다.

"저건 간단히 고쳐."

거피가 말하면서 한 손으로 심지 다듬는 가위를 집어 드니 친구가 대답한다.

"그래? 생각처럼 쉽지 않을 거야. 불만 붙으면 축 늘어지니까."

위블이 대답하며 탁자에 팔꿈치를 대고 앉자, 거피는 한 손에 심지 다듬는 가위를 든 채 가만히 쳐다보며 묻는다.

"맙소사, 도대체 왜 그래, 위블?"

"거피, 나는 우울증에 걸렸어. 못 견디게 지루한 데다, 이 방은 자살 충동마저 일으킨다고…… 아래층에는 귀신 같은 늙은이가 있고."

위블이 심지 다듬는 가위 접시를 팔꿈치로 우울하게 밀고는 손에 머리를 기대고 벽난로 불똥막이에 두 발을 올린 채 불길을 바라본다. 거피는 그런 친구를 바라보며 머리를 뒤로 젖힌 채 탁자 맞은편에 느긋하게 앉는다.

"너랑 말한 사람이 스낙스비 아니었어, 위블?"

"그래, 그 사람이…… 맞아, 스낙스비."

위블이 문장 구조를 바꾸며 대답한다.

"일 얘기?"

"아니, 일 얘기 아니야. 근처를 산책하다 우연히 마주친 것뿐이야."

"그 사람이 스낙스비 같아서 마주치지 않는 게 좋겠다 생각하고 그 사람이 갈 때까지 기다렸어."

거피가 말하는 순간, 위블이 재빨리 고개를 들고 쳐다보며 소리친다.

"또 시작이군, 거피! 수수께끼와 비밀! 제기랄, 우리가 살인을 꾸민다 해도 이렇게 아리송하지는 않을 거야!"

거피는 웃는 척하더니 주제를 바꿀 요량으로 사방에 가득한 '영국 미녀의 최고봉'을 쭉 둘러보며, 혹은 둘러보는 척하며 감탄하다, 벽난로 선반 위에 걸린 데드록 귀부인을 살피는데, 데드록 귀부인은 테라스에 있고, 테라스에는 받침대가 있고, 받침대에는 화병이 있고, 화병에는 귀부인 숄이 있고, 숄에는 커다란 모피가 있고, 커다란 모피에는 귀부인 팔이 있고, 팔에는 팔찌가 있다.

"데드록 귀부인이 당장에라도 말할 것 같군."

거피가 말하자, 위블은 자세를 조금도 안 고친 채 으르렁댄다.

"진짜 그러면 좋겠어. 그러면 상류사회다운 대화를 나눌 텐데, 여기에서."

거피는 친구가 감언이설에 더는 안 넘어간다는 사실을 깨닫고, 흔히 악용하던 수법대로 친구를 나무라기 시작한다.

"위블, 울적한 기분은 충분히 이해해, 그 느낌이 어떤지 나보다 많이 아는 사람은 없으니까. 나는 짝사랑하는 상대를 가슴에 새긴 채 애달파하는 사람이라고. 하지만 아무런 죄도 없이 분풀이 당하는 데도 한계는 있다고. 분명히 말하는데, 위블, 나는 네가 지금 보여주는 자세는 사람을 반기는 자세도 아니고 신사다운 자세도 아니라고 생각해."

"반발이 강하군, 거피."

"그럴지 모르지만, 내가 이렇게 반발할 때는 기분이 안 좋은 거야."

거피가 반박하자 위블은 잘못을 인정하고, 이제 그 얘기는 그만하자고 사정한다. 하지만 거피로서는 우위를 차지한 김에 조금 더 몰아치지 않을 수 없다.

"싫어, 빌어먹을, 위블, 정말이지 자네한테 필요한 건 짝사랑하는 상대를 가슴에 새긴 사나이 마음에, 가장 부드러운 감정이 조화를 부려도 전혀 행복하지 않은 사나이 마음에 생채기를 안 내는 자세야. 자네는, 위블, 여성의 눈빛을 끌고 마음을 잡아당기는 능력이 탁월해. 다행히도 자네는 꽃 한 송이 주변만 맴도는 성격이 아니라고. (나 역시 그런 성격이라고 말할 수 있으면 좋겠어.) 자네한테는 꽃밭이 활짝 열리니 날개를 우아하게 펄럭이며 사이사이를 돌아다니기만 하면 되거든. 하지만, 위블, 나는 그런 능력이 없어도, 위블, 자네 감정을 이유 없이 헝클어뜨리진 않는다고!"

위블은 또다시 간청하는 표정으로 "거피, 그만하자!"고 강하게 말한다. 거피는 "알았어, 내 입으로 다시 꺼내는 일은 절대 없을 거야, 위블"이라 대답하며 마지못해 따른다. 그러자 위블이 불길을 뒤척이며 말한다.

"그럼 편지 다발 이야기나 하자고. 크룩이 그걸 나한테 건네겠다면서 굳이 오늘 밤 자정을 지정한 게 이상하지 않아?"

"이상해. 왜 그렇게 말했을까?"

"왜 그렇게 말했냐고? 그건 크룩도 몰라. 오늘이 자기 생일이라면서 오늘 밤 자정에 건네주겠다더군. 그 시간이면 고주망태가 돼서 아무것도 안 보일 텐데. 아침부터 온종일 퍼마셨거든."

"지정한 시간을 잊어버리진 않겠지?"

"잊어버려? 그건 믿어도 돼. 크룩은 무얼 잊은 법이 없어. 오늘 밤 여덟 시 경에 크룩을 만났어. 고물상 문 닫는 걸 도와주었거든. 그런데 덥수룩한 모자 안에 그 편지 다발이 있는 거야. 크룩이 나한테 보여주었어. 문을 다 닫은 다음에는 편지 다발을 꺼내고 모자를 의자 등받이에 걸치더니, 벽난로를 등지고 그 불빛으로 편지를 보더군. 나중에는 크룩이 하나밖에 모르는 노래를 흥얼대는 소리가 이 바닥 밑에서 바람처럼 흘러들고. 카론[41] 노인과 비보에 관한 노랜데, 비보가 죽을 때 술에 취해서 이렇게 저렇게 했다는 내용이야. 그런 다음에는 늙은 쥐가 쥐구멍에 들어가서 깊이 잠든 것처럼 조용하더군."

"그래서 열두 시에 밑으로 내려갈 거야?"

"열두 시에. 그래서 아까 말한 것처럼, 자네가 온다는 열 시가 나한테는 백 시 같았다고."

위블이 말하자, 거피는 다리를 꼰 채 골똘히 생각하다 묻는다.

"위블, 크룩이 아직 글씨를 못 읽지, 그치?"

"글씨! 크룩은 영원히 못 읽어. 내가 가르쳐줘서 알파벳 하나하나는

---

41) 죽은 사람의 영혼을 배에 태워서 죽은 사람의 나라로 들여보내는, 그리스 신화에 나오는 뱃사공.

쓰고 읽는데, 그게 전부야. 알파벳을 합치질 못해. 그 비결을 깨우치기에는 너무 늙었거든…… 술도 너무 많이 마시고."

위블이 대답하자, 거피는 다리를 풀었다 다시 꼬며 묻는다.

"위블, 그럼 '호돈'이란 이름은 어떻게 읽었지?"

"크룩이 읽은 적은 없어. 노인네가 눈썰미는 정말 좋을 뿐이야. 그래서 눈으로 쳐다보기만 해도 글자를 그대로 베껴 쓴다고. 그 글씨 역시 편지를 보고 그대로 흉내 낸 게 분명해. 그래서 나한테 무슨 뜻이냐고 물은 거야."

거피가 다리를 풀었다 다시 꼬며 묻는다.

"위블, 편지 글씨체가 남자 건지 여자 건지 봤어?"

"여자 거야. 귀부인 글씨체. 'n' 글자 끝을 길게 흘기다 서둘러 마무리한 걸 보면."

대화하는 내내 거피는 엄지손톱을 깨물다, 꼰 다리를 바꾸면서 엄지손톱도 바꾼다. 그러다 상의 소매를 우연히 쳐다본다. 관심이 끌린다. 그래서 물끄러미 쳐다보다, 깜짝 놀란다.

"맙소사, 위블, 도대체 오늘 밤 이 집에 무슨 일이 있는 거야? 굴뚝에 불이라도 났나?"

"굴뚝에 불이 나다니!"

"아! 검댕이 떨어지는 거 좀 봐. 여길 봐, 내 팔! 여기도 보고, 탁자를! 제기랄, 아무리 털어도 떨어지질 않아…… 까만 기름처럼 달라붙는다고!"

두 친구가 서로를 쳐다본다. 위블은 방문으로 가서 바깥소리를 가만히 듣고 방문을 나가서 계단을 조금 내려가다, 다시 올라온다. 돌아와서는 아무런 이상도 없다고, 하나같이 조용하다고 말하더니, 조금 전에 스낙스비와 술집에서 고기를 굽는다고 말하던 걸 언급한다.

거피는 겉옷 소매를 역겨운 표정으로 쳐다보더니, 탁자 맞은편에 앉아서 상체를 숙이고 머리를 맞댄 채, 벽난로 앞에서 하던 대화를 다시 꺼낸다.

"그때 크룩이 너한테 하숙인 가방에서 편지 다발을 꺼냈다고 한 거야?"

위블이 구레나룻을 살짝 매만지며 대답한다.

"그래, 그렇게 말했어. 그래서 존경하는 친구 거피 각하한테 곧바로 쪽지를 보내, 오늘 밤으로 시간을 지정했다 알리고, 늙은이가 교활하니 그 전에 찾아가지 말라고 조언한 거야."

위블은 상류사회 특유의 경쾌하고 활달한 어투가 오늘 밤에는 타당하지 않은 것 같아, 그런 어투와 구레나룻 만지기를 포기한 채 어깨너머로 쳐다보는 모습이 또다시 공포에 사로잡히는 것 같다. 그래서 거피는 엄지손톱을 초조하게 물어뜯으며 다시 묻는다.

"편지 다발을 이 방으로 가져와서 확인한 다음에 크룩한테 내용을 알려주기로 했어. 그게 애초에 한 약속이야, 그치, 위블?"

"말 좀 조그맣게 해. 그래. 크룩이 그렇게 말했어."

"나한테 좋은 방법이 있어, 위블……"

"말 좀 조그맣게 하라고."

위블이 다시 다그치자, 거피는 영리한 머리를 끄덕이고는 앞으로 더 내밀면서 목소리를 조그맣게 떨어뜨린다.

"나한테 좋은 방법이 있어. 진짜와 똑같은 편지 다발을 만들어서 진짜는 내가 보관하고, 크룩이 진짜를 보여달라 하면 네가 가짜를 보여주는 거야."

"한순간에 가짜를 알아챌 거야. 눈썰미가 500배는 좋아서 들킬 가능성이 정말로 커."

"그럼 우리가 정면으로 대응하는 거야. 어차피 편지 다발은 크룩 소유가 아니잖아. 너는 그걸 발견하고 내 손에 – 법조계 친구 손에 – 안전하게 맡긴 거고. 그래도 크룩이 강하게 나오면 그때 내놓아도 되고, 안 그래?"

"그-으래."

위블은 마지못해 동의하고, 친구는 항의한다.

"맙소사, 위블, 왜 그런 표정이야! 설마 거피를 의심하는 건 아니겠지? 무슨 해가 있을까 걱정하는 건?"

"나는 내가 아는 이상 걱정하지 않아, 거피."

친구가 진지하게 대답하니, 거피는 "네가 아는 게 뭔데?"라고 묻는데, 목소리가 약간 올라가자, 친구는 "내가 말했지, 말 좀 조그맣게 하라고"라며 경고한다. 그러자 거피는 아무 소리 안 내고 입술로 "네가 아는 게 뭔데?"라는 모양만 만든다.

"내가 아는 건 세 가지야. 첫째, 지금 우리는 여기서 은밀히 속닥거리며 음모를 꾸민다."

"으음! 그래도 바보 멍청이가 되는 편보단 낫잖아. 아무런 준비도 않다가 바보 멍청이가 되는 편보다는. 우리가 원하는 물건을 손에 넣는 방법은 그것뿐이라고. 둘째는?"

"둘째, 나한테 어떤 이익이 되는지 조금도 모르겠다."

위블이 대답하자, 거피는 벽난로 선반 위에 있는 데드록 귀부인을 쳐다보다 대답한다.

"위블, 그 부분은 명예로운 자네 친구한테 맡기라고. 게다가 이번 일은 마음속에 아픔을 – 지금 언급해서 고통스러워할 필요가 전혀 없는 아픔을 – 담고 사는 자네 친구한테 도움이 되는 일이야. 자네 친구는 바보가 아니잖아. 저게 무슨 소리지?"

"세인트 폴 대성당에서 열한 시를 알리는 소리. 잘 들어보면 런던 전역에서 울리는 종소리가 전부 들릴 거야."

두 친구는 가만히 앉아, 가까이서 멀리서, 높이가 다양한 종탑에서 다양하게 울리는 금속성 소리를 듣는다. 그러다 마침내 멈추자, 모든 게 훨씬 이상하고 고요한 느낌이다. 조그맣게 속삭이다 보면 유난히 나쁜 것 하나는 분위기가 조용하게 변하면서 – 이상하게 삐걱대는 소리와 똑딱이는 소리, 아무런 형체도 감싸지 않은 의상이 부스럭대는 소리, 모래사장이나 겨울철 하얀 눈에 아무런 흔적도 안 남길 것 같은 섬뜩한 발소리 등 – 유령 소리 같은 게 툭하면 일어난다는 점이다. 두 친구는 너무나 민감한 나머지 공중에 유령이 가득하다 느끼고 동시에 어깨너머로 돌아보아서 문이 닫힌 걸 확인한다. 거피는 엄지손톱을 초조하게 깨물며 벽난로 앞으로 다가가서 묻는다.

"그래, 위블. 자네가 말하려던 셋째는 뭐야?"

"사람이 죽은 방에서 죽은 사람을 둘러싼 음모를 꾸미는 건 절대로 바람직하지 않다, 그 방에서 지내는 사람한테는 더더욱."

"하지만 우리가 꾸미는 음모는 그 사람한테 전혀 해롭지 않아, 위블."

"그럴 수도 있겠지만, 나는 마음에 안 들어. 여기서 너 혼자 지내봐. 그럼 알 테니까."

위블이 제안하지만 거피는 못 들은 척하면서 계속 말한다.

"그리고 죽은 사람이라고 하는데, 어떤 방이든 사람이 안 죽은 방은 없어."

"나도 알아. 하지만 그런 방에서는 죽은 사람을 안 건드려, 그리고…… 그리고 죽은 사람 역시 산 사람을 안 건들고."

위블이 대답하니 두 친구는 서로를 다시 쳐다본다. 그러다 거피는 죽은 사람에게 실제로 좋은 일이 될 수도 있다고, 자신은 그러길 바란다고 재빨리 말한다. 무거운 침묵이 흐른다. 위블은 갑자기 불길을 휘젓고, 거피는 불길이 아니라 자기 심장을 휘젓는 것처럼 깜짝 놀란다.

"맙소사! 지겨운 검댕이 더 많이 날리는군. 창문을 조금만 열고 신선한 공기를 쐬자. 여긴 너무 답답해."

거피가 말하고 창틀을 올리니, 두 친구 모두 몸뚱이 절반은 실내에 두고 절반은 바깥으로 나가도록 창턱에 몸을 걸친다. 주변에 주택이 다닥다닥 달라붙어서 하늘을 보려면 목을 길게 빼내야 하지만, 여기저기 더러운 창문마다 불빛이 어리고, 멀리서 마차 바퀴 구르는 소리가 들리고, 사람들이 돌아다니는 느낌이 새롭게 다가오니, 두 친구는 마음이 놓이는 걸 느낀다. 거피는 창턱을 소리 안 나게 톡톡 치면서 경쾌한 코미디처럼 속삭인다.

"그건 그렇고, 위블, 애어른 같은 스몰위드를 조심해. 나도 여태껏 아무 말 안 했어. 그놈 할아버지가 너무 예리해서. 그 집 식구는 누구나 예리해."

"알겠어. 걱정하지 마."

"그리고 크룩 말인데, 노인네한테 다른 중요한 서류도 정말 있는 것 같아? 둘이 친해지면서 노인네가 자랑했다고 했잖아."

위블이 머리를 젓는다.

"모르겠어. 추측조차 못 하겠어. 노인네 의심을 안 사고 이번 일을 마무리한다면 확실히 알 수 있겠지, 분명히. 하지만 크룩도 자세히 모르고 내 눈으로 본 적도 없으니, 내가 어떻게 알겠어? 크룩은 그런 서류에서 단어를 따다 탁자나 고물상 벽에 분필로 적은 다음, 이건 뭐냐 저건 뭐냐고 물어대. 하지만 내가 말할 수 있는 건, 처음부터 끝까지 자신이 고물로 산 헌종이에서 찾아낸 것 같다는 거야. 그러고는 중요한 서류를 찾아냈다고 확신하는 거지. 그래서, 크룩이 직접 말한 거로 판단하건대, 지난 25년 동안 읽는 법을 배우려고 애썼던 거야."

위블이 말하자, 거피는 가만히 생각한 뒤에 한쪽 눈을 감은 채 반론하듯 말한다.

"그런데 애초에 그럴 생각을 어떻게 했지? 그게 문제야. 자신이 산 고물에서, 서류가 들어가면 안 되는 곳에서, 뭔가 중요한 서류를 발견한 걸 수도, 단단히 감싼 모습을 보고서 날카로운 머리로 뭔가 중요한 물건이라 생각했을 수도 있거든."

"아니면 속아 넘어간 걸 수도 있고, 아니면 자신이 소유한 걸 오랫동안 노려보다, 술을 마시다, 대법정에 들락거리면서 서류 얘기를 듣다, 머리가 뒤죽박죽으로 엉킨 걸 수도 있고."

위블이 대답하니, 거피는 창턱에 앉아서 머리를 끄덕이며 모든 가능성을 따지느라 깊은 생각에 잠긴 채, 창턱을 톡톡 치고 움켜잡고 손바닥으로 길이도 재다, 손을 황급히 끌어당긴다.

"맙소사, 도대체 이게 뭐야! 이 손을 보라고!"

찐득하고 누런 액체가 손가락마다 가득한 게, 만지는 건 둘째치고 보는 자체로 역겨운데 냄새는 더욱 지독하다. 구역질이 절로 나는 기름에 두 친구 모두 부르르 떤다.

"도대체 여기에서 무얼 한 거야? 창문 밖으로 무얼 버렸느냐고?"

거피가 나무라자, 위블이 소리친다.

"내가 창문 밖으로 무얼 버렸다! 맹세코 아무것도 안 버렸어! 단 한 번도, 이 방에 들어온 이후로!"

하지만 여길 보라……그리고 여기도 보라! 거피가 촛불을 여기에 갖다 대고 저기에 갖다 대는데, 창턱 모서리에서 기름이 아래쪽 벽돌로 천천히 떨어지며 기어가고, 저기에는 묵직하게 고여서 메스껍다. 끝내 거피는 창문을 닫는다.

"정말 섬뜩한 집이야. 물 좀 갖다 줘, 아니면 이 손을 잘라버리고 말 테니까."

그래서 손을 씻고 문지르다 다시 박박 문지르고 냄새를 맡고 다시 문지르며 오랫동안 정신을 못 차린 채 벽난로 앞에 가만히 서서 브랜디 한 잔을 마시며 정신을 가다듬는데, 세인트 폴 성당 종소리가 열두 시를 알리고, 곧이어 높이가 다양한 종탑에서 다양한 어조로 어두운 공중에 열두 시를 일제히 울려댄다. 그러다 소리는 가라앉고, 위블이 말한다.

"마침내 지정한 시간이 되었군. 나 혼자 내려갈까?"

거피가 고개를 끄덕이고 행운을 빌면서 한 손으로 등을 톡톡 치는데, 제대로 닦은 손은 아니다, 그게 오른손인데도.

위블은 아래층으로 내려가고, 거피는 한참 기다릴 요량으로 벽난로 앞에서 자리를 편하게 잡으려 한다. 하지만 일이 분도 안 돼서 계단을 삐걱대는 소리가 일더니 위블이 순식간에 돌아온다.

"편지 다발을 받았어?"

"편지 다발을 받다니! 아니야. 노인이 없어."

위블이 어찌나 겁에 질렸던지, 친구까지 두려움에 휩싸인 채 급히 다가가며 커다랗게 묻는다.

"어떻게 된 거야?"

"아무 소리도 안 들리기에 방문을 살짝 열고 안을 들여다봤어. 그런데 뭔가 타는 냄새가 나더라고…… 검댕이 있고, 기름도 있고…… 그런데 노인은 없더라고!"

위블이 끙끙대는 소리로 마무리한다.

거피가 촛불을 든다. 두 친구 모두 산 사람이 아니라 죽은 사람처럼 서로 손을 꼭 잡고 내려간다. 그래서 고물상 안쪽 방문을 살며시 연다.

고양이가 문 앞으로 물러나서 이빨을 드러낸 채 으르렁대는데, 두 친구가 아니라 벽난로 앞 바닥에 있는 무언가에 으르렁대는 거다. 벽난로는 불이 거의 없지만 어디선가 연기가 피어오르며 숨을 틀어막고, 벽과 천장에는 까만 검댕이 가득하다. 의자와 탁자, 탁자에 없던 적이 없는 술병, 모든 게 평소 그대로다. 의자 등받이에는 노인의 덥수룩한 모자와 외투마저 걸렸다.

위블이 덜덜 떠는 손가락으로 가리키며 친구에게 속삭인다.

"봐! 내가 말했잖아. 마지막으로 보았을 때 노인이 모자를 벗어서 조그만 편지 다발을 꺼낸 다음, 저 의자 등받이에 걸어놓았어 – 외투는 그 전부터 걸리고, 가게 문을 닫으러 나가기 전에 벗어서 걸어놓았거든 – 까만 물체가 찌그러진 저 지점에서 노인이 편지를 들고 돌아설 때 나는 나오고."

목이라도 맨 건가? 두 친구가 고개를 들고 쳐다본다. 없다. 위블이 다시 속삭인다.

"보라고! 똑같은 의자 다리 밑에 펜을 다발로 묶을 때 쓰는 빨간색 가느다란 줄이 더럽게 떨어졌잖아. 편지 다발을 묶던 줄이야. 노인이 편지를 들고 돌아서기 전에 나를 보고 웃으면서 저 줄을 천천히 풀더니, 저기에 던졌다고. 내 눈으로 똑똑히 봤어."

"고양이는 왜 저러지? 고양이 좀 봐!"

"미친 것 같아. 이렇게 불길한 집에 살면 그럴 수밖에."

두 친구는 모든 광경을 살피면서 천천히 나아간다. 고양이는 처음에 있던 자리에 그대로 머문 채 벽난로 앞 의자 두 개 사이로 바닥에 찌부러진 무언가를 바라보며 여전히 으르렁댄다. 저게 뭐지? 촛불을 비춘다.

바닥에는 불에 탄 흔적이 있고, 종이 다발로 만든 불에 탄 조그만 부싯깃도 거기에 있지만, 생각처럼 안 가벼운 게 액체를 뿌린 것 같다. 그리고 저기에는……타다 남은 조그만 잿더미인가? 그리고 저건 하얀 재를 뒤집어쓴 장작인가, 아니면 석탄인가? 맙소사, 노인이다! 촛불까지 꺼뜨리면서 앞서거니 뒤서거니 밖으로 도망치느라, 두 친구가 본 건 그게 전부다.

도와주세요, 도와주세요, 도와주세요! 제발 부탁이니, 이 집으로 나오세요! 많은 사람이 나오지만 누구도 도울 수 없다. 고물상 대법관은 마지막 순간에 그 직함에 걸맞게, 툭하면 사람을 속이고 비리를 저지르는 법정의 모든 대법관이나 다양한 곳에서 비리를 저지르는 권력자와 똑같은 최후를 맞이했다. 그 죽음을 뭐라 부르고 누구 탓으로 돌리든, 그런 죽음을 예방하는 방법을 아무리 떠들어대든, 그것은 - 사악한 몸뚱이가 사악한 알코올을 잔뜩 쑤셔 넣다 썩어 문드러져 - 자연 발화[42] 하는 바로 그 영원한 죽음이니, 사람을 죽이는 다른 모든 죽음과 다를 게 없구나.

---

42) 당시에는 사람이 부패해서 몸에 기름기와 알코올 성분이 잔뜩 쌓이면 자연 발화한다고 믿는 이가 많았다.

CHAPTER XXXIII

새로운 인물들

지난번 동네 술집에서 열린 검시 재판 때 그런 것처럼, 소매와 단추 구멍이 깔끔치 않은 신사 두 명이 놀라울 정도로 신속하게 (실제로는 지적이고 활동적인 교구 관리에 붙잡혀 숨을 헐떡이며) 나타나, 주변을 철저하게 뒤지고 동네 술집 응접실로 뛰어들어서는 잔뜩 굶주린 조그만 펜을 바꿔가며 얇은 종이에 글을 쓴다. 그리하여, 어제 자정 즈음에 야경꾼이 순찰하다 놀랍고 끔찍한 사태를 발견하고, 대법정 거리에 있는 동네 전체가 심각하게 흔들리며 동요했다고 쓴다. 그런 다음에, 지긋한 나이에도 술에 빠져 사는 크룩이라는 괴팍한 노인이 누더기와 빈병 같은 걸 잔뜩 쌓아놓는 건물 2층에서, 아편 때문에 이상하게 사망한 사례로 세상이 떠들썩했다는 사실을 독자 여러분도 분명히 기억할 텐데, 동네 술집에서 열린, 극히 존경스러운 제임스 조지 복스비 사장님이 사고가 일어난 건물 바로 왼편에 허가를 받고 훌륭하게 운영하는 동네 술집에서 열린, 검시 재판에서 크룩 역시 심문을 받았다는 놀라운 우연의 일치에 여러분 모두 주목해야 한다고 적는다. 그러더니 두 기자는,

기사에 실린 비극적인 사건이 일어난 동네 주민은 어제 초저녁부터 매우 독특한 냄새를 오랫동안 맡아야 했는데, 그 냄새가 너무 심한 나머지, 복스비 사장이 전용 코미디 가수로 고용한 '꼬마 술찌끼' 선생이 우리 기자에게 직접 언급한 바에 따르면, 당시에 자신은 ('꼬마 술찌끼' 선생은) 멜빈슨 처녀 가수에게 – 마찬가지로 복스비 사장이 조지 2세 법령에 따라 동네 술집에서 여는 '음악회' 혹은 '음악모임'이라는 연주회에 출연해서 노래하도록 고용한, 노래 실력이 탁월하다고 자부하는 여가수에게 – 공기가 탁해서 목소리가 제대로 안 나온다고, 신청곡 쪽지가 하나도 없는 게 텅 빈 우체국 같다고, 익살스럽게 말했다고 (기사 한 줄당 1페니를 받는 터라 최대한 길게 늘여) 쓴다. '꼬마 술찌끼' 선생이 한 말은 같은 동네에 거주하는, 파이퍼 부인과 퍼킨스 부인으로 알려진, 지적인 기혼여성 두 분 역시 완벽하게 공감한다. 두 분 역시 코를 찌르는 악취를 느꼈다면서 그 냄새가 크룩 소유 건물에서 나오는 것 같았다는 말까지 했는데, 크룩은 불행하게 사망한 당사자라고도 쓴다. 울적한 참사를 맞이해서 우호적인 동반관계를 맺은 두 기자는 이런 내용 말고도 엄청나게 많은 기사를 현장에서 직접 작성하고, (잠자리에서 재빨리 빠져나온) 동네 아이들은 기사를 쓰느라 열중하는 기자들 머리 꼭대기라도 보려고 동네 술집 창문으로 몰려든다.

사건이 일어난 밤, 어른이든 아이든 주변 전체가 잠을 못 이루니, 제각기 머리를 감싼 채 불길한 얘기를 하면서 그 건물을 쳐다볼 수밖에 없다. 플라이트 할머니는 건물에 불이라도 난 것처럼 용감하게 구출되어, 동네 술집 침실에 눕는다. 동네 술집은 밤새도록 가스등도 안 끄고 문도 안 닫으니, 이처럼 커다란 사건이 일어나면 동네가 온통 술렁여서 술집 운영에 딱 좋기 때문이다. 지난번 검시 재판 이후로 식욕을 돋우는 정향이나 물 탄 브랜디가 많이 팔린 적은 없다. 그래서 동네 술집 종업원은 사건 얘기를 듣는 순간에 소매를 어깨까지 단단히 말아 올리며 "곧 사람들이 마구잡이로 몰려들겠군!"이라는 말까지 한다. 커다란 소리가 처음 들리는 순간, 어린 파이퍼는 소방 마차로 달려가서 횃불과 소방관이 가득한 피닉스[43] 꼭대기에 웅크리고 앉아 전설적인 불사조를 온 힘을 다해서 붙잡고 버티다 의기양양하게 돌아온다. 소방대는 갈라진 틈과 벌어진 틈새를 자세히 검사한 뒤, 소방관 한 명이 남아서 마찬가지로 건물을 지키는 경찰관 두 명 가운데 한 명을 벗 삼아, 건물 앞을 천천히 오가며 거닌다. 사람들은 6펜스 동전을 들고나와 세 사람에게 음료수라도 대접하려고 안달복달이다. 새로운 정보가 궁금하기 때문이다.

위블과 거피는 동네 술집에 있는데, 술집 측으로서는 두 사람이 머물기만 한다면 무얼 주문하든 충분히 제공할 가치가 있으니, 복스비 사장은 카운터 너머로 "지금은 가격이 중요치 않으니까 드시고 싶다면 무어든 주문만 하세요, 두 신사분, 모두 무료로 제공하겠습니다"라 말하고 매서운 눈으로 두 신사를 살핀다.

간절한 부탁을 받으니, 두 신사는 (특히 위블은) 다양한 술을 또렷하게 주문하다, 시간이 지나면서 무엇 하나 또렷하게 주문할 수 없게 되지만, 그래도 사람들이 새로 올 때마다 그날 밤에 자신들이 무얼 하고 무슨 말을 하고 무슨 생각을 하고 무엇을 보았는지 알려준다. 그러는 동안, 경찰관은 술집에 번갈아 다가와서 팔 길이만큼 문을 살짝 열고는 어두운 바깥에서 환한 내부를 살핀다. 무슨 의혹을 품어서가 아니라 두 신사가 안에서 무얼 하는지 알아두면 좋을 것 같아서다.

짙은 밤은 납덩이처럼 깔리고, 동네 사람들은 이례적으로 늦도록

---

43) 당시에는 정식 소방대가 없어서 보험회사가 자사 마크를 단 사설 소방대를 운영했다. 피닉스는 그런 보험회사 가운데 하나다.

잠자리에 안 든 채 예상치 못한 돈이라도 동네에 들어온 것처럼 여전히 술잔을 주거니 받거니 한다. 그런 가운데 마침내 밤은 천천히 물러나고, 주변을 도는 점등원은 어둠을 물리치길 갈망하는 가로등 희미한 불빛을 끄는 모습이 폭군의 목이라도 자르는 것 같다. 그래도 아침은 어김없이 찾아온다.

아침은 런던 특유의 흐릿한 눈이긴 해도 주변 전체가 밤새도록 깨어 있었음을 알아챈다. 탁자마다 쓰러져 자는 얼굴이나 침대 대신 딱딱한 마룻바닥에 기댄 발꿈치는 물론이고 동네 벽돌과 회반죽까지 지칠 대로 지쳐서 축 늘어졌기 때문이다. 이제는 나머지 동네 사람들이 잠에서 깨어나자마자 어떤 일이 있었는지 듣고는 옷을 대충 차려입은 채 어찌 된 영문인지 알아보려고 몰려드니, (겉보기에 동네 사람들보다 감수성이 많이 떨어지는) 두 경찰관과 소방관은 고물상 입구를 지키느라 바쁘다. 그런 가운데 스낙스비가 다가오며 한탄한다.

"맙소사, 여러분. 내가 들은 소문이 어떻게 된 겁니까!"

"사실이라오. 소문 그대로라오. 그러니 다른 데로 가세요, 어서!"

경찰관 한 명이 말하자, 스낙스비는 뒤로 재빨리 물러나면서 한탄한다.

"맙소사, 여러분. 간밤 열 시에서 열한 시 사이에 내가 바로 그 대문 앞에서 여기에 세 들어 사는 젊은이와 대화했다오."

"정말요? 그럼 저기 술집으로 가보시오. 젊은이는 바로 저기에 있으니. 이제 다른 데로 가세요, 여러분 전부."

경찰관이 말하자, 스낙스비가 묻는다.

"다치진 않았겠지요?"

"다쳐요? 아니에요. 다칠 일이 뭐겠소!"

스낙스비는 마음이 심란한 나머지 이 말은 물론 어떤 질문에도 대답할 수 없어서 동네 술집으로 가니, 위블이 잔뜩 흥분하다 지치고 담배 연기에 절어서 녹초가 된 표정으로 차와 토스트를 먹고 있다.

"거피 선생도 함께 있군요! 맙소사, 어쩌다 이런 일이! 모든 게 운명 같아요! 그래서 우리 마나……"

스낙스비는 "우리 마나님"이라고 말하려다 멈춘다. 이렇게 이른 시각에 얼굴을 잔뜩 찡그린 여자 한 명이 술집으로 들어와 맥주 펌프 앞에서 상처 입은 영혼처럼 노려보는 순간, 말문이 탁 막힌 것이다. 그러다 말문이 풀리는 순간에 붇는다.

"여보, 무얼 좀 마실래? 위스키에 과일주스 탄 거라도?"

"싫어."

"여보, 여기 두 신사분을 알지?"

"그래!"

스낙스비 부인이 대답하곤 두 사람에게 딱딱하게 아는 척하지만, 한쪽 눈은 여전히 스낙스비만 노려본다.

헌신적인 스낙스비는 이런 취급을 견딜 수 없다. 그래서 아내 손을 잡아 근처 맥주 통으로 데려간다.

"우리 마나님, 나를 왜 그런 눈으로 쳐다보는 거야? 제발 그렇게 쳐다보지 마."

"나도 어쩔 수 없어. 어쩔 수 있더라도 안 고칠 거고."

스낙스비는 굴복하는 헛기침을 하면서 "정말 안 고칠 거야, 여보?"라 묻고는 깊은 생각에 잠긴다. 그러다 힘들다는 표정으로 헛기침하면서 "이번 사건은 섬뜩한 미스터리라고, 여보!"라고 말하는데, 부인의 매서운 눈초리가 여전히 무섭기만 하다.

"그래, 섬뜩한 미스터리야."

스낙스비 부인이 대답하면서 머리를 절레절레 흔드니, 스낙스비는 불쌍할 정도로 애쓴다.

"우리 마나님, 제발 부탁이니, 무얼 탐색하는 눈초리로 쳐다보면서 모질게 말하지 마! 내가 이렇게 빌게. 맙소사, 설마 내가 어떤 사람을 자연 발화시킨다고 의심하는 건 아니겠지, 여보?"

"그야 알 수 없지."

부인이 대답하자 스낙스비는 자신의 불행한 처지를 재빨리 살피는데, '자신 역시 알 수 없다'. 자신이 이번 사건과 모종의 관계가 있을지 모른다는 의혹을 부인할 준비가 충분히 안 된 것이다. 무언지 모르지만, 자신도 수상한 일에 이리저리 관여했으니 이번 사건에도 뭔지 모를 관계가 있을 수 있다. 스낙스비는 손수건으로 이마를 힘없이 훔치고 숨을 헐떡인다. 그리고 말한다.

"여보, 평소에 신중하게 행동하던 당신이 식전 댓바람부터 술집에 들어온 이유를 설명하는 걸 반대하진 않겠지?"

"당신은 여기에 왜 왔는데?"

"여보, 그동안 뙤약볕에서 열심히 일하던 노인한테 갑자기 치명적인 사건이 일어난 이유가 무언지 알고 싶었을 뿐이야."

스낙스비는 저절로 나오는 한숨을 억누르려고 입을 다물다 다시 말한다.

"당신이 차린 롤빵을 먹으면서 모두 알려줄 생각이었다고."

"당연히 그렇겠지! 뭐든지 나한테 알려주니까, 스낙스비 선생."

"모든 걸…… 우리 마나……"

스낙스비 부인은 잔인하고 불길하게 웃으면서 남편이 당황하는 모습을 물끄러미 바라보다 말을 끊는다.

"지금 당장 집으로 가는 게 좋겠어. 당신은 다른 곳에 있는 것보다 집에 있는 게 안전하니까, 스낙스비 선생."

"여보, 잘 모르겠지만 그럴 수도 있겠군, 확실히. 그래, 그만 가자."

스낙스비는 술집 내부를 씁쓸하게 둘러보고는 위블과 거피에게 인사하며 두 사람이 안 다친 걸 확인하고, 동네 술집을 부인과 나란히 나간다. 동네 사람 전체가 술렁이는 참사에 자신에게 생각지도 못한 책임이 있을 수 있다는 의혹은, 부인이 집요하게 노려보는 눈빛을 겪는 사이에, 밤이 되기도 전에 구체적인 확신으로 변한다. 그래서 정신적 고통이 너무나 커다란 나머지, 경찰에 자수해서 죄가 없다면 깨끗하게 털어내고 죄가 있다면 법에서 정한 최고형을 받자는 막연한 생각마저 품는다.

위블과 거피는 아침 식사를 한 다음에 광장이라도 산책하려고 링컨 법학원으로 들어선다. 조금이라도 산책하면서 머릿속에 뒤엉킨 거미줄을 털어내려는 거다. 그래서 곰곰이 생각하며 광장을 한 바퀴 돈 다음에 비로소 거피가 말한다.

"우리가 말을 맞추기에 지금처럼 좋은 시간은 있을 수 없어, 위블."

위블이 핏발 선 눈으로 친구를 바라보며 대답한다.

"내가 분명히 말하겠어, 거피! 음모를 꾸미자는 얘기라면 굳이 할 필요 없어. 이미 충분히 겪어서 앞으론 두 번 다시 안 낄 테니까. 이제 남은 건 자네 몸뚱이에 불이 붙거나, 쾅! 폭발하는 게 전부라고."

그 장면을 상상하니 기분이 너무 나쁜 나머지, 거피는 도덕적으로 말하면서도 목소리가 떨린다.

"위블, 우리가 간밤에 겪은 사건을 나는 자네가 살아있는 한 더는 개인플레이 하면 안 된다는 교훈으로 삼을 줄 알았어."

"거피, 나는 그 사건을 자네가 살아있는 한 더는 음모를 꾸미면 안 된다는 교훈으로 삼을 줄 알았어."

그러자 거피가 묻는다.

"누가 음모를 꾸미는데?"

"당연히 너지!"

"아니야, 그렇지 않아."

"맞아, 그래!"

"아, 정말?"

"그래, 정말!"

위블이 반박한다. 두 사람은 열이 잔뜩 올라서 한동안 말없이 걸으며 열기를 식힌다. 그러다 거피가 말한다.

"위블, 친구한테 덤벼드는 대신에 친구 말을 잘 들으면 실수하는 일이 없어. 하지만 너는 성질만 급하고 인정이 없다고. 실제로는 매력이 많으면서도……"

"맙소사! 매력이 많기도 하겠다! 하고 싶은 말이나 해!"

위블이 중간에 끼어들며 소리치자, 거피는 친구가 잔뜩 화났다는 걸 깨닫고 자신 역시 잔뜩 상처받았지만 좋은 감정으로 대하려고 최대한 애쓴다는 어투로 말한다.

"위블, 우리가 말을 맞춰야 한다는 건 음모를 꾸미자는 뜻이 절대 아니야. 순수한 마음으로 한 말이라고. 어떤 사건이든 심리가 열리면 증인은 사전에 전문적으로 준비해야 하는 거라고. 불행한 거…… (거피는 '거물'이라고 말하려다 '노신사'라고 말하는 게 낫겠다고 생각한다) 노신사의 죽음에 대해서 심문할 때 우리가 입증할 사실을 미리 준비하는 게 현명한 거라고, 아니야?"

"우리가 입증할 사실? 구체적인 사실."

"심문받을 때 답할 사실. 그것은……"

거피가 손가락을 하나씩 접으며 이어나간다.

"노신사의 평소 습관에 대해 우리가 아는 것, 노신사를 마지막으로 본 시각, 당시에 어떤 상태였는가, 우리가 무엇을 목격했는가, 어떻게 발견했는가 등등."

"그래, 그게 구체적인 사실이지."

"우리가 그 장면을 목격한 건 노신사가 성격이 괴팍한 나머지, 그날 밤 열두 시에 자네를 만나자고 약속했기 때문이야. 자네는 노신사가 글을 못 읽어서 툭하면 대신 읽어준 것처럼 그날 밤에도 대신 읽어주기로 한 거고. 나는, 자네 방에서 저녁 시간을 보내다 부르는 소리를 듣고 밑으로 내려간 거고. 심문은 고인이 죽은 상황을 밝히자는 의도니 그 이상 말할 필요는 없다는 거, 자네도 동의하겠지?"

"아니! 동의하지 않는 것 같아."

위블 대답에 거피는 상처받은 어투로 묻는다.

"이걸 음모라고 할 순 없겠지?"

"없겠지, 이것 이상으로 나쁘지 않다면, 내 말을 취소하겠네."

위블이 대답하니 거피는 친구 팔을 다시 잡고 천천히 걸으며 말한다.

"친구로서 궁금해서 묻는 말인데, 위블, 그 집에 계속 살면 자네가 누릴 다양한 이익에 대해서 생각은 해봤나?"

"무슨 뜻이야?"

위블이 걸음을 멈추자 거피가 다시 잡아당기며 되풀이한다.

"그 집에 계속 살면 자네가 누릴 다양한 이익에 대해서 생각한 적 없어?"

"어떤 집? 저 집?"

위블이 고물상 쪽을 가리키자, 거피가 고개를 끄덕인다.

"맙소사, 자네가 어떤 조건을 제시하더라도 나는 저 집에서 단 하룻밤도 머물지 않겠어."

위블이 대답하며 초췌한 표정으로 쳐다본다.

"진심이야, 위블?"

"진심이냐! 내가 진심인 것처럼 보여? 그래, 내가 보기엔 진심인 것 같아. 그럼, 그렇고말고."

위블이 대답하면서 온몸을 부르르 떨자, 거피는 치미는 짜증에 엄지손톱을 깨물며 말한다.

"그러면 세상에 친척 하나 없는 것으로 보이는 외로운 노인네가 최근까지 소유한 걸 자네가 모두 가져도 뭐라 할 사람이 없을 가능성이나 개연성을, 그곳에 숨긴 비밀을 자네가 모두 찾아낼 확실성을 충분히 고려해야 하는데, 자네는 어젯밤 사건 때문에 전부 포기하겠다는 건가, 위블?"

"당연하지. 친구한테 저런 데서 살라는 얘기를 너무나 아무렇지 않게 하는군! 그럼 자네가 가서 살지그래."

위블이 화내자, 거피가 달랜다.

"아! 나는, 위블! 나는 저 집에서 산 적이 없는 데다 이제는 세조차 얻을 수 없는데, 자네는 저 집에 방이 있잖아."

"그럼 그 방을 자네가 쓰게 – 우웩! – 자네 마음대로 편하게 써."

"자네는 이 모든 것에서 진짜로 손을 완전히 떼겠다는 건가, 위블?"

거피가 묻자, 위블은 확고부동한 어투로 답한다.

"자네 입에서 나온 말 가운데 가장 진실한 말이로군. 그래, 손을 떼겠네!"

두 사람이 이렇게 대화하는 사이에 삯마차 한 대가 광장으로 들어오는데, 마부 조수석에서 아주 높은 모자가 유난히 눈에 띈다. 마차 안에는, 많은 사람 눈에는 안 띄지만, 마차가 바로 옆에 선 터라 두 친구 눈에는 확실히 보이는데, 존경스러운 스몰위드 부부와 손녀딸 주디가 있다.

마차에 탄 일행은 마음이 급하고 흥분한 분위기로, (어린 스몰위드가 머리에 쓴) 높은 모자는 밑으로 내리고 스몰위드 노인은 창문 밖으로 머리를 내민 채 거피에게 소리친다.

"안녕하시오, 선생! 안녕하시오!"

"병아리랑 그 가족이 아침 이 시각에 여기까지 온 이유가 무언지 궁금하군!"

거피가 어린 스몰위드에게 고개를 까딱이며 말하자, 스몰위드 노인이 다시 소리친다.

"선생, 부탁 하나만 들어주겠소? 선생과 친구분이 나를 동네 술집으로 옮겨주는 친절을 베풀어주시겠소? 손자와 손녀는 할망구를 옮겨야 한다오. 노인한테 친절을 베풀어주시겠소?"

거피는 친구를 바라보며 미심쩍은 어투로 되묻는다.

"동네 술집?"

그러더니 친구와 함께 노인을 동네 술집으로 운반할 준비에 들어간다. 그러자 노인은 마부에게 무기력한 주먹을 흔들고 이빨을 사납게 드러내며 말한다.

"자, 마차 삯! 한 푼이라도 더 달라고 하면 법적으로 응징하겠어. 친애하는 젊은 양반, 괜찮다면 천천히 다루시오. 젊은이 목 좀 잡게 해주시구려. 꽉 붙잡지 않으리다. 아이고, 하느님! 아이고, 나 죽네! 아이고, 뼈다귀야!"

동네 술집이 멀지 않아서 정말 다행이다. 절반도 가기 전에 위블은 당장에라도 목이 졸려서 기절할 것 같았기 때문이다. 하지만 그 증상은 숨이 막혀서 콜록대는 이상으로 심하지 않은 채 가마꾼 역할을 마치고, 자애로운 노인은 원하는 대로 동네 술집 응접실에 자리를 잡는다. 그러자 노인은 안락의자에 앉아서 주변을 둘러보며 숨을 헐떡인다.

"아이고, 하느님! 아이고, 죽겠네! 아이고, 뼈다귀야, 등뼈야! 아이고, 온몸이 콕콕 쑤시네! 어서 앉아, 앵무새야, 그렇게 춤추고 돌아다니거나 비틀대면서 기어 다니지 말고! 어서 앉아!"

노인이 부인에게 갑자기 퍼부어댄 이유는 불쌍한 할머니가 두 발을 대고 일어설 때마다 마녀가 춤추듯 비틀대고, 무생물에다 "무릎을 구부려서 인사"하며 중얼대는 경향 때문이다. 불쌍한 할머니가 이렇게 허약하게 행동하는 데는 신경질환과 관계가 있겠지만, 당장은 노인이 앉은 안락의자 옆에 있는 안락의자와 특별한 관계가 있는 것 같으니, 손녀딸이 붙잡아서 그 안락의자에 앉히는 순간에 조용하게 변하고, 그러는 동안에도 남편은 부인에게 "고집쟁이 수다쟁이"라는 사랑스러운 별명을 놀라울 정도로 많이 불러댄다. 그러다 거피에게 묻는다.

"선생, 끔찍한 사건이 일어났다는데 소문을 들었소?"

"소문이요! 맙소사, 우리 눈으로 목격했답니다."

"당신네 눈으로 목격했다. 두 사람이 목격했다! 바르트, 저 사람들이 직접 목격했다는구나!"

두 목격자가 물끄러미 쳐다보니 스몰위드 가족도 물끄러미 쳐다본다. 그러다 스몰위드 할아버지가 두 손을 내밀며 우는 소리로 말한다.

"친구 여러분, 우리 처남의 유골을 찾아내다니, 고맙구려."

"네?"

거피가 깜짝 놀라자, 스몰위드 할아버지가 설명한다.

"우리 마누라 동생이라오, 친구…… 하나뿐인 혈육. 사이가 안 좋았는데, 생각하자니 안타깝구려. 하지만 처남은 결코 우리랑 좋은 사이로 안 지냈을 거라오. 우리를 싫어했거든. 성격이 괴팍해서…… 정말 괴팍해서. 처남이 유언을 안 남겼다면 (군이 남길 이유는 없으니) 내가 유산 관리인으로 등록해야 한다오. 그래서 소유물을 둘러보러 온 거라오.

봉쇄해서 지켜야 하거든."

스몰위드 노인이 손가락 열 개로 공기를 끌어당기며 되풀이한다.

"그래서 소유물을 둘러보러 왔다오."

거피가 풀 죽은 목소리로 나무란다.

"그 노인이 자네 외삼촌 할아버지란 말을 했어야지, 스몰."

"두 분이 그 노인 말을 안 해서 나한테도 아무 말 않기를 바라는 줄 알았지요. 굳이 자랑하고 싶은 마음도 없고요."

스몰이 대답하며 눈빛을 은밀하게 반짝이니 주디 역시 눈빛을 은밀하게 반짝이며 끼어든다.

"게다가 노인이 우리랑 어떤 관계든 당신네가 상관할 바 아니지요."

"나는 그 노인을 평생 만난 적조차 없어요. 그런데 내가 왜 말해야 하는지 모르겠네요!"

스몰이 덧붙이자 이번에는 노인이 불쑥 끼어든다.

"그래, 맞아, 처남은 우리랑 교류하지 않았다오, 지금 생각하면 안타까울 뿐이지만, 그래도 처남 재산을 둘러보려고 이렇게 왔잖소…… 서류도 둘러보고, 재산도 둘러보려고. 우리가 권리를 확실히 챙길 생각이라오. 그래서 변호사한테 맡겼다오. 저쪽에 있는 링컨 법학원 토킹혼 변호사가 고맙게도 법적 절차를 밟기로 했다오. 내가 분명히 말하지만, 그분은 무엇 하나 놓치는 법이 없다오. 크룩은 우리 마누라한테 하나밖에 없는 동생이라오. 혈육이라곤 크룩밖에 없고, 크룩 역시 혈육이라곤 우리 마누라밖에 없지. 지금 당신 동생 얘기를 하는 거야, 표독스러운 바퀴벌레야, 일흔여섯(76) 살 먹은 당신 동생."

스몰위드 할머니는 즉시 머리를 흔들면서 커다랗게 소리친다.

"76파운드 7실링 7펜스! 돈다발 칠만육천 개! 지폐 다발 칠백육십만 개!"

그러자 남편이 잔뜩 화나서 던질만한 걸 찾는데 아무것도 안 보이자 소리친다.

"누구든 술병 하나만 주겠소? 침 뱉는 그릇이라도 주겠소? 아무거나 저 할망구를 내려칠 딱딱한 물건 하나만 주겠소? 마녀, 고양이, 강아지, 표독스런 마누라야!"

스몰위드 노인은 이렇게 소리치다 화가 최고로 치솟아, 실제로 주디를 잡아서 힘껏 미는 순간에 의자에서 축 꺼지며 옷 무더기처럼 변한다. 그래서 흐느적대는 옷 무더기 사이로 힘없는 소리를 뱉어낸다.

"누구든 나를 흔들어 일으켜서 앉혀주시오. 나는 처남 재산을 둘러보러 왔소. 나를 흔들어서 일으켜 앉힌 다음, 옆집에서 근무 중인 경찰관을 불러주시오, 권리관계를 설명하도록. 우리 변호사가 곧 와서 재산을 지킬 거요. 우리 재산에 손대는 놈은 해외로 유형을 보내거나 교수대에 올릴 것이오!"

효성이 지극한 손자 손녀가 숨을 헐떡이며 일으켜 앉혀서 평소처럼 흔들고 주먹으로 치면서 원 상태로 돌려놓는 동안, 노인은 메아리처럼 "교수대에 올린다고! 교수대! 교수대!"라는 말만 되풀이한다.

위블과 거피는 서로를 쳐다보는데, 전자는 이제 모든 걸 포기한 표정이고 후자는 아직도 미련이 남아서 당황한 표정이다. 하지만 스몰위드 가족의 권리에 맞설 방법이 없다. 건물 일 층에서 걸상에 앉아 사무 보던 토킹혼 변호사 직원까지 찾아와, 토킹혼 변호사가 유족의 권리를 대행하며 모든 서류와 재산은 적절한 절차를 거쳐서 적절한 시간에 공식적으로 접수하겠다는 사실을 경찰관에게 알린다. 스몰위드 노인은 단번에 우선권을 확보하고, 사람들에 실려서 옆 건물로 들어가고 위층으로 올라가, 아무도 없는 플라이트 할머니 방까지 들어가니, 그 모습은 플라이트 할머니가 새장에 새로 들여다 놓은 섬뜩한 맹금류처럼

293

보인다.

　상속인이 느닷없이 나타났다는 소문에 동네 술집은 다시 붐비고 동네 전역은 시끌벅적하다. 파이퍼 부인과 퍼킨스 부인은 정말로 아무런 유언장도 없다면 젊은이에게 너무 가혹한 처사라고, 부동산 몫을 일정하게 떼어주어야 한다고 생각한다. 어린 파이퍼와 어린 퍼킨스는 지칠 줄 모르는 장난꾸러기 무리로 대법정 거리를 지나는 사람에게 공포의 대상이니, 펌프 뒤나 아치길 밑에 시체처럼 온종일 누워있고, 놀이에 가담한 아이들은 비명을 내지르며 울부짖는다. '꼬마 술찌끼'와 처녀 가수 멜빌슨은 단골손님과 즐거운 대화를 나누다, 독특한 사건이 일어나면 전문가와 비전문가 사이에 장벽이 사라진다는 걸 느낀다. 복스비 사장은 이번 주에 특별 음악회로 "국왕의 죽음이라는 유명한 노래를 부른다, 관객 모두 온 힘을 다해서 후렴을 부른다"는 기획을 하고, "존경스러운 손님이 수없이 요청한 데다 최근에 크나큰 충격을 불러일으킨 우울한 사건을 추도하는 의미에서 복스비가 마침내 상당한 비용을 들여 무대를 꾸민다"는 전단을 만들어서 뿌린다. 고인과 관련해서 동네 사람들이 유별나게 걱정하는 게 하나 있으니, 유골은 잔뜩 쪼그라들었어도 관만큼은 정상 크기로 만들어야 한다는 것이다. 그래서 그날 나중에 동네 술집에서 장의사가 관을 "180㎝"로 제작하라는 주문을 받았다고 선언하자, 모든 걱정이 사라지면서 스몰위드 노인이 일 처리를 명예롭게 한다고 칭찬한다.

　동네 바깥까지, 아주 멀리까지 상당한 충격을 받아, 과학자들과 철학자들이 관찰하러 오고, 마차는 똑같은 의도로 찾아온 의사들을 모서리에 내려주니, 가연성 가스와 인화수소 등, 동네 사람들은 상상조차 못하던 유식한 말들이 돌아다닌다. 이런 권위자 가운데 제일 똑똑한 부류는 고인이 그런 식으로 죽는 게 아니었다며 분개하고, 또 다른 권위자

부류는 '영국 왕립학회' 6집, 꽤 유명한 법의학서, 베로나 성직자가 학문적으로 연구해서 생전에 이성의 화신이라 불릴 정도로 자세히 언급한 이탈리아의 코넬리아 바우디 백작 부인 사례, 이 문제를 시끌벅적하게 조사한 두 프랑스인 포데르와 메레의 증언, 그런 사례가 발생한 집에 살면서 조사하고 정리할 정도로 용감한, 예전에 꽤 유명하던 프랑스 외과 의사 르켓의 비슷한 증언 등에서 다른 죽음과 비교하는데, 이들 역시 크룩이 그런 식으로 고집을 피워서 세상을 빠져나간 건 완벽하게 부당하며 개인적으로 비열한 행위였다고 생각한다. 동네 사람들은 이해 못 할 주장일수록 좋아하니, 동네 술집으로선 재고품이 쭉쭉 팔린다는 사실이 무엇보다 좋다. 그러다 신문 삽화가가 나타나니, 코넬 해안 난파선부터 하이드파크 전경이나 맨체스터 노동자 집회까지 무엇이든 그릴 준비가 된 유명한 인물로, 퍼킨스 부인네 집에 묵으면서 크룩이 살던 건물을 실물 크기로, 실제로는, 훨씬 커다란 수도원 건물처럼 그리는 데 집중한다. 사람이 죽은 방까지 문 앞에서 살피도록 허락받은 터라, 그 방을 길이가 800m나 되고 높이가 50m나 되는 공간으로 그리자, 동네 사람들이 크게 좋아한다. 이러는 내내 앞에서 소개한 두 신사는 이 집 저 집을 들락거리며 철학적인 논쟁을 지원하고, 사방에 들러서 사람들이 하는 말을 열심히 듣고, 그런 다음에는 동네 술집 응접실로 뛰어들어, 잔뜩 굶주린 조그만 펜을 바꿔가며 얇은 종이에 글을 써댄다.

마침내 검시 재판이 예전처럼 열리지만 다른 게 있다면 재판장은 이번 사건을 독특한 사건으로 규정하고 배심원들에게 재판장 자격으로 "옆집은 불길한 집이 된 것 같습니다, 신사 여러분, 사악한 집이요. 하지만 세상을 살다 보면 이해할 수 없는 신비로운 현상도 일어나겠지요!"라고 말했다는 사실이다. 그런 다음에 180㎝ 관이 등장하고 사람들은 감탄한다.

재판이 진행되는 동안에 거피는 자신이 증언할 때 말고는 특별한 일이 없어 별 상관없는 사람처럼 밖으로 나가서 건물 주변을 은밀히 맴도는데, 스몰위드 노인이 대문에 채운 맹꽁이자물쇠를 볼 때마다 억울한 마음이, 이제 완전히 차단당했다는 씁쓸한 생각이 치솟는다. 하지만 재판이 끝나기 전에, 참사가 일어난 다음 날 밤에, 거피는 데드록 귀부인에게 꼭 말해야 할 게 생긴다.

그래서 침울한 마음으로, 그리고 비굴한 마음으로 저녁 일곱 시 즈음에 도심지 저택을 찾아가서 거피라는 젊은이가 귀부인을 만나러 왔다고 알린다. 가발에 파우더를 뿌린 하인은 마님께서 만찬 파티에 참석하러 가실 예정이라고, 문 앞에 세워놓은 마차가 안 보이느냐고 답한다. 그렇다, 문 앞에 세워놓은 마차가 보인다. 하지만 나는 귀부인을 꼭 만나야 한다.

가발에 파우더를 뿌린 하인은 "주먹을 한 방 먹이겠다"고 선언하고 픈 마음이 굴뚝 같지만 마님이 내린 지시는 또렷하다. 그래서 젊은이를 서재로 안내하자는 심술궂은 생각을 떠올린다. 그리고 불빛이 밝지 않은 커다란 서재에 젊은이를 남겨놓은 채 마님께 보고하러 간다.

거피는 어두운 구석구석을 둘러본다. 벽난로에는 석탄과 장작이 하얗게 타서 재만 가득하다. 곧이어 부스럭거리는 소리가 들린다. 혹시……? 아니다, 유령이 아니다. 잘 생긴 인간이다, 드레스를 화려하게 차려입은. 거피는 풀죽은 표정으로 말을 더듬는다.

"죄송합니다, 안 좋은 시간에 찾아와서……"

"내가 말했잖아요, 언제든 찾아오라고."

데드록 귀부인은 지난번처럼 상대를 똑바로 바라보며 의자에 앉는다.

"고맙습니다, 마님. 정말 친절하십니다."

"의자에 앉으세요."

친절한 느낌이라고는 조금도 없는 어투다.

"이렇게 앉아서 마님을 붙잡아둘 가치가 있는 내용인지 모르겠습니다. 제가…… 제가 지난번에 마님을 뵙는 영광을 누릴 때 말씀드린 편지를 손에 못 넣었거든요."

"단지 그 말을 하려고 찾아왔나요?"

"네, 단지 그 말씀만 드리려고요, 마님."

거피는 풀이 죽고 낙담하고 거북한 데다 상대의 더없이 화려하고 아름다운 외모에 한풀 꺾이고 들어간다. 데드록 귀부인은 그런 현실을 충분히 활용하는 법을 오랫동안 갈고 닦은 터라, 이번에도 완벽한 영향력을 행사한다. 그래서 차가운 눈으로 가만히 바라보니, 거피는 상대가 무슨 생각을 하는지 도무지 알 수 없고, 자신이 상대에게서 계속 멀어지기만 한다는 느낌에 시달린다.

상대는 아무 말도 안 할 게 분명하다. 그렇다면 자신이 말해야 한다. 거피는 죄를 뉘우치는 도적처럼 초라하게 말한다.

"짧게 말해, 마님, 편지 다발을 건네기로 한 사람이 갑자기 죽는 바람에, 그래서……"

거피는 입을 다물고, 데드록 귀부인은 차분하게 마무리한다.

"그래서 편지 다발도 그 사람과 함께 소멸했나요?"

거피는 그럴 수만 있다면 아니라고 대답하고픈 마음이 굴뚝 같다.

"그런 것 같습니다, 마님."

그 순간 그 얼굴에 안심하는 표정이 어린 걸 거피가 조금이라도 보았을까? 아니다, 못 보았다, 데드록 귀부인이 너무나 당당한 데다, 거피에게는 현상의 이면을 파악할 능력이 없다.

거피는 말을 더듬으며 실수를 한두 마디 변명하고, 데드록 귀부인은 끝까지 듣고서, 아니, 더듬거리는 말을 거의 듣고서 묻는다.

"말할 건 그게 전분가요?"

거피는 그런 것 같다.

"할 말이 없는지 확실히 따져보는 게 좋을 거예요, 이번이 마지막 기회니까."

거피는 확실하다. 게다가 당장은 더 말하고 싶은 생각 자체가 없다.

"그럼 됐군요. 변명할 수고를 덜어주지요. 안녕히 가시길!"

데드록 귀부인은 이렇게 말하고 종을 울려서 하인을 불러, 거피라는 젊은이를 배웅하도록 지시한다.

하지만 그 집에, 바로 그 순간에, 토킹혼이라는 노인이 우연히 있었다. 그래서 노인은 조용한 발걸음으로 서재까지 와서 손잡이를 잡고 안으로 들어가려다, 밖으로 나오는 젊은이와 얼굴이 마주친다.

노인과 귀부인이 서로를 쳐다보는데, 얼굴을 가린 가면이 순간적으로 사라진다. 의심, 욕망, 기만이 쳐다본다. 그와 동시에 가면이 얼굴을 가린다.

"실례했습니다, 데드록 귀부인, 미안합니다. 이런 시각에 여기에 계실 줄 몰랐습니다. 서재에 아무도 없는 줄 알았습니다. 정말 미안합니다!"

토킹혼이 말하자, 귀부인이 무심코 불러 세운다.

"잠깐! 그냥 들어오세요. 나는 만찬 때문에 나가니. 이 젊은이하고는 볼일이 없답니다!"

잔뜩 당황한 젊은이가 밖으로 나가다 허리를 숙이면서 토킹혼 변호사님께서 평안하시길 바란다며 인사한다. 그러자 변호사는 이맛살을 찡그린 채 상대를 쳐다본다. 하지만 두 번 쳐다볼 이유는 없다. 그 사내가 아니다.

299

"고맙군, 고마워. 켄지와 카보이 직원?"

"네, 토킹혼 변호사님. 거피라고 합니다, 변호사님."

"그렇군. 고맙네, 거피 군, 나는 평안하네!"

"다행입니다, 변호사님. 법조계의 자랑이시니 항상 평안하셔야죠, 변호사님."

"고맙네, 거피 군!"

거피는 살그머니 빠져나간다. 토킹혼은 새까맣고 색 바랜 구식 의상으로 화려한 의상을 더욱 돋보이게 하는 가운데 계단에서 손을 잡아주며 데드록 귀부인을 마차까지 에스코트한다. 그리고 턱을 문지르며 돌아오더니, 저녁 내내 턱을 수없이 문지른다.

CHAPTER XXXIV
엎친 데 덮친 격

"맙소사, 이게 뭐야? 공포탄이야, 실탄이야? 헛방이야, 총알이야?"

조지 선생이 말한다. 기병이 멀뚱히 쳐다보는 대상은 펼쳐놓은 편지로, 보면 볼수록 어리둥절한 느낌이다. 팔을 쭉 뻗어서 보기도 하고 바로 코앞에서 보기도 하고, 오른손으로 잡아서 보기도 하고 왼손으로 잡아서 보기도 하고, 머리를 한쪽으로 기울여서 보기도 하고 반대쪽으로 기울여서 보기도 하고, 눈을 가늘게 떠서 보기도 하고 크게 떠서 보기도 하는데, 도무지 이해할 수 없다. 그래서 탁자에 놓고 묵직한 손바닥으로 쭉 펴고는 이리저리 걸으며 깊이 생각하다 갑자기 멈춰서 새로운 눈으로 읽는다. 그래도 소용이 없어서 조지 선생은 여전히 "이게 공포탄이야, 실탄이야?" 하는 생각만 곰곰이 한다.

필 스쿼드는 멀리서 붓과 페인트통을 들고 과녁을 하얗게 칠하는 작업에 열중하며, 고향에 두고 온 아가씨한테 꼭 돌아가겠다는 노래를 고적대가 빠르게 행진하듯 휘파람으로 조그맣게 불어댄다.

"필!"

기병이 부르면서 손짓하자, 필은 평소처럼 처음에는 다른 데로 가듯 옆걸음질하다 총검을 들고 돌격하는 것처럼 다가오는데, 지저분한 얼굴에는 하얀 페인트 자국이 묻고 붓 손잡이로는 눈썹을 문지른다.

"차렷, 필! 잘 들어."

"넷, 대장님, 넷."

"'(귀하께서 잘 아시듯, 굳이 알릴 법적 책임은 없지만) 귀하께서 매트 선생 보증으로 발행하고 인수하신 총액 97파운드 4실링 9펜스 어음 두 달 만기가 내일임을 알려드리오니, 그 액수를 갚을 준비를 하시기 바랍니다. 조수아 스몰위드.' 자네 생각은 어때, 필?"

"재난입니다, 주인님."

"왜?"

필은 붓 손잡이로 이마에 십자 주름을 그으며 깊이 생각하다 대답한다.

"돈을 달라고 하는 건 항상 나쁜 상황이니까요."

기병이 탁자에 앉으며 말한다.

"잘 들어, 필. 무엇보다, 나는 지금까지 이자 등등으로 원금 절반을 갚았다고 할 수 있어."

필이 뒤틀린 얼굴을 한층 더 일그러뜨리면서 옆걸음으로 한두 발 물러서는 게, 그렇다 해서 이번 사태를 해결할 수는 없다고 암시하는 것 같다. 그래서 기병은 한 손을 흔들며 성급한 결론을 뱉어낸다.

"게다가, 필, 이 어음은 사람들이 말하는 갱신 어음이야. 지금까지 수없이 갱신되었다고. 자네 생각은 어때, 필?"

"마침내 그것도 끝날 때가 온 것 같다고 생각합니다."

"그래? 흥! 내 생각도 똑같아."

"조수아 스몰위드란 사람은 의자에 실려서 왔던 노인인가요?"

"그래."

기병이 대답하자, 필이 극도로 진지하게 말한다.

"주인님, 그 영감은 피를 빨아먹고 사는 거머리로, 행동은 더없이 사악하며 몸뚱이는 비비 꼬인 뱀이고 손톱은 가재 발이에요."

필은 자신의 느낌을 풍부하게 드러내고선 대장이 더 말하는지 기다리다, 일하던 과녁으로 평소처럼 옆걸음으로 돌아가, 고향에 두고 온 아가씨한테 꼭 돌아가겠다는 휘파람을 열심히 분다. 조지는 편지를 접으며 그쪽으로 다가간다. 그러자 필이 약삭빠른 표정으로 바라보며 말한다.

"문제를 해결할 방법이 있습니다, 대장님."

"돈을 갚아서? 그럴 수 있다면 좋겠군."

필이 머리를 젓는다.

"아니에요, 주인님, 아니에요. 그렇게 힘든 건 아니에요. 방법이 있습니다."

필이 붓을 예술가처럼 움직이며 덧붙인다.

"지금 제가 하는 방법이요."

"하얗게 칠하는 거?"[44]

필이 고개를 끄덕인다.

"그것도 좋은 방법이겠군! 하지만 그러면 내 친구 매트네 가족이 어떻게 되는지 알아? 내 빚 때문에 가족 전체가 깨진다는 거 알아? 사람이 그렇게 살면 안 되는 법이야, 필!"

조지가 잔뜩 화내며 노려보니, 필은 과녁 앞에서 한쪽 무릎을 꿇은 채 붓으로 페인트를 푹푹 찍어 바르고 엄지손가락으로 하얀 테두리를 매끈하게 문지르며, 매트 선생네 가족이 책임지는 건 미처 생각지 못했

---

44) 파산선고를 받는다는 의미다.

다고, 훌륭한 가족을 머리털 하나라도 해칠 생각은 조금도 없었다고 진심으로 항변하는데, 기다란 입구 통로에서 발자국이 일더니, 조지가 안에 있느냐고 쾌활하게 묻는 소리가 들린다. 필은 주인을 쳐다보며 황급히 일어나서 "네, 주인님은 여기에 계십니다, 매트 부인! 여기에 계십니다!"라 대답하고, 매트 부인은 남편과 함께 나타난다.

매트 부인은 어떤 계절이든 밖으로 나올 때 낡고 거칠지만 깨끗한 회색 망토를 걸치는데, 매트 부인과 우산과 함께 다른 대륙에서 유럽으로 넘어온 터라 매트가 늘 관심을 보이는 바로 그 망토다. 그래서 우산 역시 매트 부인이 외출할 때마다 들고 다니는 필수품이다. 색상은 이미 알아보기 어렵고, 손잡이는 나무에 물결무늬를 새기고, 꼭대기 같기도 하고 부리 같기도 한 부분에는 대문에 있는 부채꼴 채광창을 조그맣게 만든 모양 같기도 하고 안경에서 빼낸 타원형 눈알 같기도 한 금속 장식이 있는데, 이 장식은 영국 육군의 오랜 전통과 달리, 자기 자리에 찰떡처럼 달라붙으려는 강인한 기질이 없다. 게다가 우산 자체는 허리춤에 흐늘흐늘한 느낌이 있어서 버팀대가 필요한 것처럼 보이는데, 그 이유는 집에서 선반으로, 밖에서 손가방으로 오랫동안 사용한 것과 관련이 있다. 매트 부인은 널찍한 후드가 달린 망토에 의존할 뿐 우산을 펼치는 경우가 없으니, 시장에서 채소나 고기 뼈다귀를 가리키는 도구나 장사꾼을 살짝 찔러서 흥정을 시작하는 도구로 주로 사용한다. 부인은 일종의 고리버들 통에 뚜껑이 두 개 달린 장바구니 없이 밖으로 나가는 일도 없다. 그런 매트 부인이 충실한 동반자를 모두 지닌 채 햇볕에 탄 정직한 얼굴로 쾌활하게 웃으며 사격연습장에 들어와서 싱그럽게 반짝인다.

"조지, 오랜 친구, 어떻게 지내, 이렇게 화창한 아침에?"

매트 부인이 인사하면서 손을 맞잡고 다정하게 악수하더니, 한참 걸어와서 지친 몸으로 숨을 길게 들이마시며 의자에 앉는다. 짐마차에 하도 많이 올라타다 보니 어디서든 편히 쉴 능력이 있는 터라, 껄껄한 의자에 앉아서 끈을 풀어 보닛 모자를 뒤로 젖히고 팔짱을 낀 모습이 어찌나 편해 보이는지 모른다.

그동안 매트는 오랜 전우와 필과 차례대로 악수하고, 매트 부인 역시 환하게 웃는 얼굴로 필에게 고개를 끄덕인다. 그리고 쾌활하게 말한다.

"조지, 우리가 왔어, 유창목[45]과 내가" - 매트 부인은 남편을 처음 만날 때 더없이 단단하고 강인한 표정 때문에 부대에서 부르던 별명을 즐겨 부른다 - "평소처럼 어음 문제를 해결하려고 들렀어. 남편한테 다시 서명할 어음을 줘, 조지, 그러면 남편이 사내답게 서명할 테니까."

"안 그래도 오늘 아침에 찾아갈 생각이었어."

기병이 마지못한 표정으로 말하니 매트 부인이 맞장구친다.

"그래, 오늘 아침에 찾아오리란 생각은 했지만 우리가 먼저 나왔어, 당신이 보다시피, 누구보다 착한 울위치한테 동생들을 맡기고! 요새는 유창목이 일에 묶여서 운동을 거의 안 하니 걷기라도 해야 하거든. 그런데 무슨 일이야, 조지? 평소랑 달라 보여."

매트 부인이 쾌활한 말투를 멈추며 묻자, 기병이 대답한다.

"그래, 평소랑 달라. 문제가 생겼거든, 매트 부인."

부인은 날카롭고 영리한 눈으로 문제를 단숨에 알아채고 집게손가락을 올린다.

"조지! 유창목이 서명한 어음에 문제가 생겼다는 말은 하지 마! 절대 그러지 마, 조지, 아이들을 위해서라도!"

기병은 고통스러운 표정으로 쳐다보고, 매트 부인은 두 팔을 들어서 강조하다 손바닥을 자기 무릎에 대면서 말한다.

---

45) 열대성 참나무로 강인하고 단단해서 귀하게 여긴다.

"조지, 유창목이 서명한 어음에 문제가 생기게 한다면, 그 빚을 대신 갚게 한다면, 우리가 모든 걸 팔아야 할 위험에 처하게 한다면 – 당신 얼굴에 그런 기색이 또렷한데 – 그건 정말 창피한 짓이야. 우리를 잔인하게 속이는 짓이라고. 정말 잔인한 짓, 조지. 그럼, 그렇고말고!"

매트는 펌프나 가로등처럼 얼어붙은 채 소낙비라도 막으려는 듯, 커다란 오른손을 대머리에 올려놓고서 불안한 눈으로 부인을 쳐다보자, 부인이 말한다.

"조지, 기가 차서 말이 안 나와! 조지, 그러면 안 되는 거야! 조지, 당신이 그럴지 몰랐어! 나는 당신이 구르는 돌이라서 이끼가 안 낀다는 사실은 알았지만, 남편과 아이들이 먹고살 얼마 안 되는 이끼마저 뺏어 가리란 생각은 조금도 안 했어.[46] 우리 남편이 얼마나 성실하게 열심히 일하는지 당신은 알아. 퀘벡과 몰타와 울위치가 어떤지도 알아. 그래서 나는 당신이 우리한테 이런 짓을 하리라는 생각을 조금도 못했어."

매트 부인이 망토를 움켜잡고 눈물을 닦으며 한탄한다.

"아, 조지! 어떻게 이럴 수 있어?"

매트 부인이 말을 멈추니 매트는 소낙비가 끝났다는 듯, 머리에서 손을 내린 채 걱정스러운 눈으로 쳐다보고, 조지는 백지장처럼 하얗게 변한 얼굴로 회색 망토와 밀짚 보닛 모자를 고통스럽게 쳐다본다. 그러다 힘없는 목소리로 전우에게 말하지만 두 눈은 부인을 바라본다.

"매트, 자네를 힘들게 해서 정말 미안하네. 이런 사태가 벌어질 줄 몰랐어. 오늘 아침에 비로소 이 편지를 받았다네." – 기병이 편지를 커다랗게 읽는다 – "하지만 제대로 해결할 생각이야. 구르는 돌이라고

---

46) '구르는 돌은 이끼가 안 낀다'는 속담은 영국에서 '직업을 계속 바꾸는 사람은 돈을 못 모은다'는 뜻으로, 미국에서 '부지런히 움직여야 성공한다'는 뜻으로 쓰인다. 여기에서는 전자다.

한 자네 말이 맞아. 나는 구르는 돌이야. 좋은 쪽으로 못 구르긴 해도 다른 사람한테 피해를 주는 쪽으로 구른 적은 없어. 하지만 떠돌이 전우치고 자네 부인과 가족을 나만큼 좋아할 수는 없어. 내가 자네한 테 무얼 숨겼다는 생각은 하지 말게. 이 편지를 받은 게 15분도 안 되니까."

매트는 잠시 침묵하다 조그맣게 말한다.

"여보, 저 친구한테 내 생각을 알려줄래?"

그러자 매트 부인이 반쯤 웃고 반쯤 울며 대답한다.

"아! 저 친구는 북미에서 조 파우치 미망인이랑 결혼해야 마땅했어. 그러면 이런 문제도 없었어."

"마누라 말이 맞아 - 결혼해야 마땅했어."

매트가 말하니, 기병이 대답한다.

"으음, 지금쯤이면 그 사람도 훨씬 좋은 남편이 생겼을 거야. 어쨌든 지금 나는 조 파우치 미망인과 결혼하지 않고 이 자리에 이렇게 있어. 그렇다면 어떻게 해야 할까? 내가 가진 건 여기에 있는 게 전부야. 아니, 내 것도 아니야. 모두 자네 거야. 한마디만 하게, 그럼 모조리 팔아버릴 테니까. 팔아서 필요한 돈만 나온다면 예전에 팔았을 거야. 내가 자네와 자네 가족을 곤경에 빠뜨리고 모른 체할 거란 생각은 말게. 이 몸뚱이부터 팔 테니까. 여기에 있는 모든 걸 기꺼이 사줄 사람만 나온다면 나로선 더 바랄 게 없으니까."

기병이 자책하듯 주먹으로 자기 가슴을 때리니, 매트가 조그맣게 말한다.

"여보, 또 다른 내 마음을 저 친구한테 알려줘."

"조지, 곰곰이 생각하면 당신 잘못도 아니야, 돈도 없이 이런 일을 떠맡은 것만 빼면."

매트 부인이 말하자, 기병이 후회하는 표정으로 머리를 저으면서 탄식한다.

"그게 바로 나라고! 바로 나."

"조용하게! 마누라 말이 맞아 – 마누라는 내 생각을 말하는 거야 – 끝까지 들어보라고!"

매트가 말하니, 부인이 다시 말한다.

"모든 걸 고려할 때, 당신은 빚보증을 부탁하지 말아야 했어, 조지, 그것만큼은 말아야 했어. 하지만 이미 엎질러진 물을 주워 담을 순 없겠지. 당신은 능력이 되는 한 언제나 명예롭고 솔직했어, 약간 엉뚱하긴 해도. 그런데 당신은 이런 일에 걸린 우리로선 늘 불안하고 초조할 수밖에 없다는 사실을 인정하지 않아. 그러니 어쩌겠어, 모두 잊고 용서할 수밖에, 조지. 그래! 모두 잊고 용서하자고!"

매트 부인이 정직한 손을 기병에게 내밀고 다른 손을 남편에게 내밀자, 조지 역시 그 손을 붙잡고 다른 손을 전우에게 내밀어, 두 손을 꼭 잡은 채 말한다.

"두 사람한테 맹세해, 무슨 일이 있어도 이 채무만큼은 갚겠다고. 지금까지 돈을 버는 족족 긁어모아서 두 달에 한 번씩 빚을 갚았어. 우리는 여기서 소박하게 살고, 필과 나는. 그런데 사격장이 생각처럼 잘되질 않아…… 한마디로, 돈이 안 벌려. 내가 인수한 게 잘못이었다고? 그래, 잘못이었어. 하지만 어쩔 수 없었어. 이 일을 하면 마음을 잡고 한곳에 정착할 줄 알았거든. 내가 이렇게 기대한 걸 너그럽게 이해하면 고맙겠어. 그리고 명예를 걸고 말하는데, 나는 자네들 두 사람이 너무나 고마워, 나 자신은 창피하고."

조지는 말을 마치고 양쪽으로 잡은 손을 흔들다 놓더니, 가슴과 허리를 쭉 펴고 한두 걸음 물러나는 자세가 마지막으로 고백하고 명예롭게 총살당할 사람 같다.

그러자 매트가 부인을 힐끗 쳐다보며 말한다.

"조지, 내 말을 끝까지 듣게! 여보, 어서 말해!"

그래서 매트는 부인을 통하는 방식으로, 편지에 담긴 문제를 미루지 말고 당장 해결해야 한다고, 조지가 매트와 함께 스몰위드 노인을 당장 찾아가야 한다고, 아무런 잘못도 없는 매트를, 그 돈을 한 푼도 안 쓴 매트를 살려내는 게 무엇보다 중요하다고 말한다. 이 말에 조지는 전적으로 동의하고 매트와 함께 적진으로 돌격할 준비를 갖추면서 모자를 쓰니, 매트 부인이 그 어깨를 톡톡 치며 말한다.

"여자가 경솔하게 하는 말은 신경 쓰지 말고, 조지, 당신한테 다 맡길 테니 우리 유창목을 곤경에서 구해줘."

기병은 정말 고마운 말이라고, 어떻게 해서든 유창목을 곤경에서 구하겠다고 대답한다. 매트 부인이 망토와 바구니와 우산을 갖추고 다시 쾌활한 표정으로 식구가 기다리는 집으로 떠나자, 두 전우는 스몰위드 노인을 달랠 임무를 완수하려고 용감하게 출격한다.

스몰위드 노인과 만족스럽게 협상할 가능성이 조지와 매트만큼 적은 사람이 영국 전역에 또 있을까 의심스럽다. 두 사람 모두 겉모습이 듬직하고 어깨가 넓으며 걸음이 묵직하긴 해도, 돈 문제에 관한 한 스몰위드 가족이 보기에 그렇게 단순하고 무식한 어린애가 또 있을까. 두 사람이 '유쾌한 산' 동네로 엄숙하게 걸어갈 때, 매트는 전우가 깊은 생각에 잠긴 걸 보고서 부인이 조금 전에 흥분한 까닭을 말하는 게 친구한테 도리라고 생각한다.

"조지, 자네는 우리 마누라를 알아 – 우유처럼 다정하고 온순한 여자라는 걸. 하지만 아이들한테 – 혹은 나한테 해가 된다면 – 화약처럼 폭발하지."

"그래, 정말 훌륭한 여자야, 매트!"

조지가 공감하자, 매트는 고개를 똑바로 추켜들며 덧붙인다.

"조지, 우리 마누라는 - 훌륭하지 않은 일은 - 하질 않아. 어느 정도는. 하지만 나는 그런 말을 절대 안 해. 규율을 유지해야 하거든."

"자네 부인은 황금처럼 소중한 사람이야."

기병이 말하자, 매트가 반박한다.

"황금? 내가 말하지. 우리 마누라는 황금 이상으로 소중한 사람이야. 내가 우리 마누라를 황금과 바꿀 것 같은가? 아니야. 무엇 때문에? 우리 마누라는 황금보다 소중한데? 우리 마누라는 황금 이상이라고!"

"그래, 자네 말이 맞아, 매트!"

"내 청혼을 받아들였다는 건 - 그래서 결혼반지를 받았다는 건 - 우리 마누라가 나와 아이들한테 헌신하기로 결심했다는 뜻이야 - 마음과 머리를 다해서, 평생 - 자기 색깔에 충실하게 - 우리한테 손가락 하나라도 건들면 - 당장 돌아서서 - 맞서 싸우겠다고. 그래서 우리 마누라가 의무감 때문에 - 가끔 한 번씩 - 엉뚱하게 총질하더라도 - 용서하게, 조지. 충직해서 그러는 거니까!"

"당연하지, 매트. 나는 자네 부인을 매우 높이 평가하네!"

조지가 대답하자, 매트는 온몸이 잔뜩 긴장했으면서도 열정적으로 말한다.

"맞아! 우리 마누라는 - 지브롤터 바위[47]처럼 - 높이 평가해도 - 부족해. 하지만 마누라 앞에서는 이런 말을 절대로 안 한다네. 규율을 유지해야 하거든."

---

47) 지브롤터 해협을 상징하는 바위. '헤라클레스의 기둥'이라고도 한다. 지브롤터는 이곳을 장악한 나라가 지중해를 장악한다고 할 정도로 중요한 지역이다. 1704년 이후 현재까지 영국령이다.

이런 식으로 칭찬하다 보니 '유쾌한 산'이 나오고 스몰위드 노인네 집이 나온다. 초인종을 누르자 변함없는 주디가 대문을 열어 반갑다기보다는 악의가 가득한 눈으로 두 사람을 머리끝부터 발끝까지 훑어보다, 밖에 세워둔 채 두 사람을 안으로 들여도 되는지 어떤지 신탁을 들으러 간다. 그리고 돌아와서 들어오고 싶으면 들어오라고 달콤한 입술로 말하는 걸 보면 들여보내라는 신탁을 받은 것 같다. 두 사람이 신탁을 받고 안으로 들어가니, 스몰위드 노인은 종이 대야라도 되는 듯 의자 아래 서랍에 두 발을 집어넣은 상태고, 부인은 못 우는 새처럼 방석에 묻혀서 안 보인다.

"친애하는 친구여, 잘 지냈소? 잘 지냈소? 함께 오신 친구분은 누구시오, 친애하는 친구여?"

스몰위드 노인이 말하면서 말라비틀어진 두 팔을 다정하게 내미니, 조지는 처음에는 사정하는 어투가 입 밖으로 안 나와서 이렇게 답한다.

"매트라고 합니다, 우리 문제에서 나한테 도움을 준 친구."

"아! 매트 선생? 그렇군요!"

노인이 감탄하고는 손으로 눈에 그늘을 만들어서 쳐다보며 인사한다.

"안녕하시오, 매트 선생? 좋은 분이군요, 조지 선생! 군인 같아요, 선생!"

의자를 권하지 않으니, 조지 선생이 의자 하나를 매트에게 갖다 주고 자신도 하나를 가져온다. 그래서 두 사람 모두 앉는데, 매트는 의자에 앉은 엉덩이 말고는 굽힐 힘이 없는 것처럼 보인다.

"주디, 파이프를 가져오렴."

스몰위드 노인이 말하자, 조지 선생이 끼어든다.

"젊은 여성한테 굳이 부탁할 필요가 있을지 모르겠군요. 사실대로 말씀드리자면 오늘은 담배를 태울 마음이 없거든요."

311

"그래요? 주디, 파이프를 가져오렴."

노인이 다시 말하자, 조지도 다시 말한다.

"사실, 스몰위드 선생님, 나는 지금 마음이 불편합니다. 도심지에 산다는 선생 친구분께서 장난질을 치는 것 같아서요."

"맙소사, 아니에요! 그 친구는 그런 짓을 절대로 안 해요!"

"그래요? 으음, 그렇게 말씀하시니 다행이군요. 그분이 장난질을 친다고 생각했거든요. 제가 말한 건 이겁니다. 이 편지요."

스몰위드 노인은 편지를 알아보고서 흉측한 미소를 머금고, 조지는 다시 묻는다.

"이게 무슨 뜻인가요?"

그러자 노인이 묻는다.

"주디. 파이프 가져왔니? 이리 주렴. 무슨 뜻이냐고 물었소, 좋은 친구?"

기병은 펼쳐놓은 편지를 한 손에 들고 다른 손바닥을 넓적다리에 얹은 채 최대한 부드러우면서도 단호하게 말하려고 애쓴다.

"네! 우리 사이에 많은 돈이 오간 건 스몰위드 노인장도 잘 아십니다. 그래서 지금도 얼굴을 맞대는 거지요. 지금까지 공감한 사항 역시 우리 모두 잘 알고요. 저는 여태까지 정기적으로 지켜온 것처럼 하고자, 채무관계를 유지하고자 합니다. 예전에는 노인장께 이런 편지를 받은 적이 없는데, 오늘 아침에 이걸 보고서 기분이 살짝 상했습니다. 여기에 있는 친구 매트는, 선생도 잘 알다시피 돈이 없어서……"

"그거야 나는 모르지요."

노인이 차분하게 말하자, 조지가 반박한다.

"맙소사, 그래서 지금 말씀드리잖아요, 그죠?"

"맞아요, 당신이 지금 말하고 있어요. 하지만 나는 그걸 모른다오."

스몰위드 노인이 대답하자, 기병은 분노를 삭이며 반박한다.

"으음! 나는 알아요."

"아! 그건 완전히 다른 문제지요!"

스몰위드 노인이 재미있다는 표정으로 대답하더니 덧붙여 말한다.

"하지만 나하고는 상관이 없다오. 매트 선생 사정이 그렇든 말든."

불쌍한 조지는 스몰위드 노인이 한 말을 근거로 노인을 달래려고, 그래서 좋은 방향으로 풀려고 최선을 다한다.

"바로 그게 제가 말씀드리려는 겁니다. 스몰위드 노인장께서 말씀하신 것처럼, 여기에 있는 매트는 그렇든 말든 곤경에 처할 수밖에 없습니다. 그러면 이 친구의 훌륭한 부인은 마음이 너무나 불편할 테고 나 역시 마찬가지입니다. 나는 생기는 것 없이 덤벙대며 헛발질만 하지만, 이 친구는 가족을 성실하게 먹여 살리는 가장이란 걸 모르겠습니까?"

조지는 군인답게 말하는 사이에 자신감이 붙어서 이렇게 덧붙인다.

"스몰위드 선생과 나는 일정한 측면에서 충분히 좋은 친구지만, 내 친구 매트의 책임을 선생께 완전히 면제해달라고 부탁할 수 없다는 건 잘 압니다."

"아, 참으로 조심스럽게 말하는구려. 그대는 나한테 무어든 부탁해도 된다오, 조지 선생."

(능글맞게 말하는 노인이 오늘은 사람 잡아먹는 귀신처럼 보인다.)

"그래서 거절하면 그만이고요, 그죠? 아니면 도심지에 산다는 친구를 핑계 대고요? 하하하!"

"하하하!"

스몰위드 노인도 덩달아 웃는데, 그 자세는 너무나 딱딱하고 그 눈은 유난히 진한 녹색으로 번뜩여, 안 그래도 엄숙하던 매트는 존경스러운 노인을 보면서 더욱 엄숙하게 변하고, 조지는 자신만만하게 말한다.

"그래요! 양쪽 모두 유쾌할 수 있어서 다행이군요. 나는 이번 일을 유쾌하게 풀고 싶으니 말입니다. 내 친구 매트가 여기에 있고, 나도 여기에 있습니다. 그러니 괜찮다면 평소처럼 이 자리에서 문제를 풀어 봅시다. 우리 사이에 형성된 공감대가 무언지 말씀만 하신다면, 내 친구 매트도 그 가족도 모든 걱정이 사라질 겁니다."

바로 그 순간, 날카로운 귀신 소리가 조롱하듯 울려 퍼진다.

"아아! 어쩌면 좋담! 아아!"

장난기 많은 주디가 내지른 소리가 분명하지만, 두 방문객이 깜짝 놀란 눈으로 돌아보니, 당사자는 입을 꾹 다무는데도 이제 막 턱을 추켜든 모습에 경멸하는 표정이 가득해, 매트는 엄숙한 표정이 더욱 엄숙하게 변한다. 스몰위드 노인은 그동안 파이프를 손에 계속 들고 있다가 이제 비로소 말한다.

"편지가 무슨 뜻이냐고 물었지요?"

"네, 묻기는 했지만 알고 싶지는 않습니다, 원만하고 유쾌하게 해결만 된다면."

기병이 무심코 답하자마자 스몰위드 노인은 파이프를 기병 머리로 던질 것처럼 하다, 바닥에 던져서 산산이 깨뜨린다.

"바로 이게 그 뜻이라오, 친애하는 친구. 당신을 박살 내겠다는 거. 당신을 짓밟겠다는 거. 당신을 가루로 만들겠다는 거. 그만 꺼지라고!"

두 친구는 벌떡 일어나서 서로를 쳐다본다. 매트는 엄숙한 표정이 최고점에 도달하고, 노인은 다시 소리친다.

"그만 꺼지라고! 당신이 파이프를 태우면서 거들먹대는 꼴을 더는 못 보니까. 뭐? 용감한 기병? (전에 가봐서 어딘 줄 알 테니) 우리 변호사한테 가서 용감한 척이나 해보시라고! 알겠어? 어서, 친애하는 친구, 아직 기회는 있으니까. 주디, 대문을 열어서 잘난 척하는 두 사람을

내보내! 안 나가면 사람을 부르고!"

노인이 너무 커다랗게 소리쳐, 매트는 조지가 깜짝 놀란 마음을 추스르기도 전에 양쪽 어깨에 두 손을 얹고 밀면서 대문을 나오고, 동시에 주디는 의기양양하게 대문을 쾅 닫는다. 조지는 너무나 당황한 나머지, 한동안 못 움직인 채 대문 고리쇠만 쳐다본다. 매트는 완벽하게 딱딱한 얼굴로 초병처럼 오가며 조그만 거실 창문 앞을 지나칠 때마다 안을 들여다보는데, 머릿속이 복잡한 게 분명하다.

"가보세, 매트, 변호사를 만나야겠어. 자네가 보기에는 저 악당이 어떻던가?"

마침내 조지가 정신을 차리며 말하자, 매트는 걸음을 멈추고 거실을 마지막으로 들여다보면서 머리를 한 차례 흔든다.

"우리 마누라가 있었다면 나도 한마디 했을 텐데!"

아까부터 생각하던 내용을 털어놓더니, 매트는 기병과 나란히 행진한다.

곧이어 링컨 법학원으로 갔으나 토킹혼은 손님이 있어서 만날 수 없다. 아니, 만나고 싶은 생각 자체가 없다. 그래서 두 사람은 한 시간을 기다리다, 직원이 종소리를 듣고서 들어갔다 나온 걸 보고 다시 물어보니, 토킹혼 변호사는 할 말이 없다는, 기다릴 필요도 없다는 실망스러운 대답만 나온다. 그래도 두 사람은 불굴의 정신이라는 군대 전술에 따라 기다리고, 마침내 종이 다시 울리더니 토킹혼 변호사를 차지하던 고객이 방에서 나온다.

고객은 잘 생긴 노부인으로 다름 아닌 체스니 대저택의 하녀장, 라운스웰 부인이다. 라운스웰 부인은 고풍스럽게 무릎을 구부려 인사하며 성스러운 방을 나와서 방문을 조심스럽게 닫고는 꽤 좋은 대우를 받는다. 직원이 높은 걸상을 내려와서 바깥 사무실을 지나며 대문 밖까지 안내한 것이다. 노부인은 직원의 배려에 고맙다고 인사하다, 밖에서 기다리는 동지 두 명을 발견한다.

"실례합니다만 저 두 분은 군인이신가요?"

이 질문을 직원은 눈빛으로 두 사람에게 넘기는데, 조지는 벽난로 위에 있는 달력을 보느라 쳐다보질 않으니, 매트가 직접 대답한다.

"네, 부인. 예전에요."

"그럴 줄 알았어요. 저는 군인을 보면 마음이 편안하답니다. 두 분 같은 신사를 보면 늘 그렇지요. 하느님 은총이 가득하길, 두 신사분! 노인네가 하는 말을 양해하세요. 하지만 제 아들 역시 오래전에 군대로 들어갔답니다. 잘생긴 젊은이였지요, 용기도 대단하고, 몇몇 사람은 불쌍한 어미 앞에서 헐뜯기도 했지만. 괜히 귀찮게 해서 미안해요. 하느님 은총이 가득하길, 두 신사분!"

"부인도 하느님 은총이 가득하세요!"

매트가 좋은 마음으로 대답한다.

노부인 목소리에 가득한 진정성과 늙어서 묘하게 떨리는 몸뚱이가 더없이 애처롭다. 하지만 조지는 벽난로 위에 있는 달력에 정신이 팔려서 (앞으로 다가올 달을 계산하는지) 노부인이 떠나고 대문이 닫힐 때까지 돌아보지 않는다. 그러다 마침내 고개를 돌리자, 매트가 퉁명스럽게 속삭인다.

"조지, 상심하지 말게! '군인이 왜, 군인이 왜 – 우울해야 하는가?'라는 노래도 있잖은가! 기운 내게, 친구!"

직원이 들어가서 두 사람이 여전히 기다린다고 말하자, 토킹혼 변호사는 잔뜩 화내다 "그럼 들어오라고 해!"라 소리치고, 두 사람은 천장화가 있는 커다란 방으로 들어가서 벽난로 앞에 선 토킹혼을 발견한다.

"그래, 바라는 게 뭔가? 지난번에 만났을 때 내가 두 번 다시 만나기 싫다고 했잖나, 병장."

병장은 - 평소에 말하는 자세는 물론 평상시 태도까지 불과 몇 분 전에 포기한 터라 - 편지를 받았다고, 그래서 스몰위드 선생을 찾아가니 여기로 가라 했다고 대답한다. 그러자 토킹혼 변호사가 대꾸한다.

"나는 자네한테 할 말이 없어. 돈을 썼으면 갚든가 책임을 져야지. 그런 것도 몰라서 여기까지 찾아왔단 말인가?"

병장은 안타깝게도 그만한 돈이 없다고 대답한다.

"잘됐군! 그렇다면 다른 사람이 - 그 사람이 이 사람이라면 - 대신 갚아야 하겠군."

병장은 안타깝게도 이 친구 역시 그만한 돈이 없다고 대답한다.

"잘됐군! 그렇다면 두 사람이 나눠서 갚든가, 두 사람 모두 고소당해서 벌을 받으면 되겠군. 돈을 썼으면 갚아야지. 다른 사람 파운드와 실링과 펜스를 자기 주머니에 넣고 모른 척하면 안 되지."

변호사는 안락의자에 앉아서 벽난로 불을 휘젓고, 조지는 상대가 아량을 베풀기만 바란다.

"분명히 말하겠는데, 병장, 나는 더 할 말이 없어. 나는 자네가 어울리는 사람도 싫고 자네가 찾아오는 것도 싫어. 이 문제는 내가 상관할 일도 아니고 우리 사무실에서 맡은 일도 아니야. 스몰위드 선생이 나한테 맡기려 했지만, 내가 안 맡았어. 그러니 클리퍼드 법학원에 있는 멜키세덱 변호사 사무실로 가게."

"선생님과 마찬가지로 저 역시 이번 일이 기분 나쁘니, 계속 귀찮게 해서 죄송하지만, 개인적으로 한 말씀만 드려도 되겠습니까?"

조지가 묻자, 토킹혼 변호사는 안락의자에서 일어나 두 손을 주머니에 찌른 채 깊이 들어간 창문으로 걸어가, 완벽하게 무관심한 척하면서도 등으로 안 가린 불빛이 기병을 비추도록 자세를 잡은 채 날카롭게 지켜보며 대답한다.

"어서 해! 낭비할 시간이 없으니까."

"저, 선생님, 이 친구는 불행한 사태에 – 이름을, 이름만 – 빌려준 당사자로, 저는 이 친구가 저 때문에 어려움을 겪는 일이 없기를 바랄 뿐입니다. 이 친구는 부인과 자녀를 먹여 살리는 성실한 가장이며, 예전에 근위포병으로……"

"친구, 나는 근위포병에 관심 없어, 장교든, 병사든, 탄약운반차든, 짐마차든, 말이든, 대포든, 화약이든."

"그러시겠지요, 선생님. 하지만 저로서는 매트와 그 부인과 자녀가 저 때문에 고생하지 않는 게 무엇보다 중요합니다. 따라서 이 문제만 해결할 수 있다면, 선생님이 예전에 원하신 물건을 아무런 조건 없이 드리겠습니다."

"가지고 왔나?"

"네, 가지고 왔습니다."

조지가 대답하자, 변호사는 어떤 거래도 부정할 것처럼 무관심한 자세로 무뚝뚝하게 다가오며 말한다.

"병장, 내가 말하는 사이에 마음을 정하게, 마지막이니까. 말이 끝난 다음에는 아무리 애써도 소용없어. 두 번 말하지 않을 테니. 명심하게. 자네가 가져온 물건을 여기에 며칠 동안 놓아두게, 아니면 그냥 가져가든가. 자네가 놓아두는 쪽을 택한다면 나는 문제를 예전 상태로 돌려놓는 데 더해, 자네가 극한까지 안 몰리는 한, 그래서 돈을 못 갚는 게 아닌 한, 매트라는 친구를 다시는 귀찮게 안 하겠다는 각서를 써주겠네. 자네 친구를 자유롭게 풀어주겠다는 의미지. 그래, 마음을 정했나?"

기병은 한 손을 가슴에 넣고는 한숨을 길게 내쉬며 대답한다.

"다른 방법이 없겠군요, 선생님."

그러자 토킹혼 변호사는 안경을 쓰고 책상에 앉아서 각서를 쓰더니 그걸 천천히 읽으며 매트에게 설명하고, 매트는 지금까지 천장을 물끄러미 쳐다보다, 말이 소낙비처럼 쏟아지는 순간에 한 손을 대머리에 다시 올리는 모습이, 마누라를 통해서 자기 마음을 알리고 싶은 욕구가 대단한 것 같다. 그리고 기병은 가슴주머니에서 접은 종이를 꺼내, 변호사 팔꿈치 옆에 마지못해 내려놓으며 말한다.

"이건 명령서에 불과합니다, 선생님. 제가 그분한테 마지막으로 받은."

조지가 하나도 안 놓치고 바라보는 가운데, 토킹혼 변호사는 쪽지를 펼쳐서 내용을 읽는 순간에 얼굴이 변한다! 그러더니 주검처럼 차분한 표정으로 쪽지를 접어서 책상에 내려놓는다.

토킹혼 변호사는 더 할 말도 더 할 일도 없어, 딱딱하고 무례하게 고개를 한 차례 끄덕이며 짧게 명령한다.

"그만 나가게. 여봐, 이 사람들을 내보내!"

두 사람은 밖으로 나가, 출출한 배를 채우려고 매트네 집으로 나아간다.

예전에는 채소를 넣은 돼지고기 찜이 요리로 나왔다면 오늘은 채소를 넣은 소고기 찜이 나온다. 매트 부인은 이번에도 음식을 나눠주고 유쾌한 성격이라는 조미료를 친다. 좋은 걸 손에 넣으면 더 좋게 만들고, 어두운 주변에서 빛을 찾아내는 희귀한 장점이 있는 것이다. 지금 눈에 띄는 어두운 주변은 조지 얼굴에 어린 그늘이다. 평소와 달리 우울한 표정으로 깊은 생각에 잠겼다. 그래서 매트 부인은 처음에 귀염둥이 퀘벡과 몰타에게 기분을 풀어주게 했으나, 현재의 허풍선이는 예전처럼 재미나게 놀던 허풍선이가 아니란 사실을 두 딸이 깨닫자, 두 딸에게 눈을 껌벅여서 조지 혼자 널찍한 벽난로 앞에 편히 쉬게 한다.

하지만 조지는 편하지 않다. 그늘을 드리운 채 너무나 우울한 표정이다. 매트 부인이 설거지하고 주변을 정돈하는 동안, 조지는 매트와 함께 파이프 담배를 태우는데, 우울한 기색은 조금도 안 풀린다. 아니, 담배 태우는 자체를 잊어버린 채 깊은 생각에 잠겨서 벽난로 불길만 쳐다보니 담배는 저절로 꺼지고, 매트는 친구가 담배조차 외면하는 모습에 마음이 불안하고 초조하다.

그러다 마침내 매트 부인이 물통을 열심히 들고 다니느라 빨갛게 달아오른 얼굴로 나타나서 의자에 앉아 바느질감을 꺼내니, 매트는 "여보!"라고 퉁명스럽게 부르며 뭐가 문제인지 알아보라는 눈빛을 보낸다. 그러자 매트 부인은 차분히 바느질하면서 한탄한다.

"맙소사, 조지! 너무 울적해 보여!"

"내가? 안 좋아 보여? 으음, 그런 것 같군."

"예전 같은 허풍선이 아저씨가 아닌 것 같아요, 어머니!"

조그만 몰타가 말하자 퀘벡도 끼어든다.

"아저씨 기분이 안 좋은 것 같아요, 어머니."

그러자 기병이 두 여자애에게 뽀뽀하며 대답한다.

"그래, 허풍선이처럼 안 노는 것 역시 나쁜 징조야!"

그러다 한숨을 내쉬며 덧붙인다.

"하지만 어쩔 수 없구나, 안타깝게도. 꼬맹이들 말이 늘 맞아!"

조지가 말하자, 매트 부인이 열심히 바느질하며 사과한다.

"조지, 오늘 아침에 늙은 군인 마누라가 한 말 때문에 그러는 거라면 정말 미안해. 그러면 안 되는 건데, 아차 싶었어."

"사랑스러운 친구, 그런 거 전혀 아니야."

"내가 진심으로 하고 싶은 말은 우리 유창목을 당신에게 기꺼이 맡긴다는 거, 당신이라면 이번 사태를 무사히 해결하리라 확신한다는 거였어. 그래서 이렇게 무사히 해결했잖아, 명예롭게!"

"고마워, 사랑하는 친구! 그렇게 말해줘서 고마워."

조지가 말하더니, 마침 바로 옆자리에 앉은 터라, 바느질하는 매트 부인 손을 잡고 다정하게 흔들면서 그 얼굴을 가만히 바라본다. 그리고 바느질하는 모습을 바라보다, 모서리에서 걸상에 앉은 울리치를 보고는 가까이 오라고 손짓한다. 그리고는 매트 부인 머리칼을 한 손으로 다정하게 쓰다듬으며 말한다.

"여길 보렴, 울리치, 너를 사랑하는 아름다운 이마를! 너를 사랑하는 마음이 반짝이는구나. 네 아빠를 이리저리 쫓아다니고 너희를 돌보느라 풍파에 시달리긴 했지만, 나무에서 잘 익은 사과처럼 상쾌하고 신선하지."

목석처럼 딱딱한 매트 얼굴에 정말 그렇다는 표정이 떠오르고, 기병은 계속 말한다.

"이런 어머니 머리칼도 나중에 하얗게 변하고 이마에는 주름살이 어리고 겹치는 날이 올 거야. 그러면 훌륭한 노부인이 되겠지. 나중에 '나는 사랑스러운 어머니 머리칼이 한 올이라도 하얗게 세게 하지 않았다, 어머니 얼굴에 슬픈 주름살이 어리게 하지 않았다!'고 생각할 수 있도록, 젊을 때 조심하렴. 나중에 어른이 되면 이런저런 생각을 떠올리겠지만, 어머니를 고생시키지 않았다는 생각보다 훌륭한 건 없으니까, 울리치!"

조지는 의자에서 일어나 울리치를 어머니 옆자리에 앉히고, 괜히 허둥대며, 밖에 나가서 파이프 담배나 태우겠다는 말로 마무리한다.

CHAPTER XXXV
에스더 이야기

몇 주일을 병치레하는 사이에 일상생활은 먼 옛날처럼 느껴졌어요. 시간이 흘러서가 아니라 침실에서 무기력하게 꼼짝을 못 해서 생활습관이 변했기 때문이에요. 침실에 갇혀서 많은 나날을 지내기 전에 겪은 경험 전부가 하나같이 멀찌감치 물러나, 제가 살아온 다양한 단계를 구분할 수 없는 것 같았어요. 병석에 누운 채, 지금까지 살아온 삶을 이리저리 뒤엉킨 상태로 건강한 기슭에 남겨두고, 어두운 호수를 혼자서 건너는 느낌이었습니다.

제가 맡은 집안일을 할 수 없다는 생각에 처음에는 마음이 쓰였지만, 도니 선생님네 상록수 기숙학교 같기도 하고, 책가방을 들고 집으로 오던 여름철 오후 같기도 하고, 대모님 댁에 있는 것 같기도 하면서, 모든 게 오랜 옛날처럼 아득히 멀어졌어요. 인생살이가 이렇게 짧다는 건, 모든 기억이 이렇게 좁은 공간에 들어있다는 건 예전에 미처 몰랐습니다.

정말 아플 때는 어떤 일을 어떤 시기에 겪었는지조차 구분할 수 없어서 극도로 혼란스러웠습니다. 한없이 행복한 꼬마 아줌마 시절과 어린 시절과 소녀 시절이 동시에 몰려들어, 각 단계마다 저를 괴롭힌 걱정과 어려움은 물론, 그걸 순서대로 나열하려는 당혹감에 끝없이 시달렸습니다. 이런 상태를 안 겪은 사람이라면 제가 지금 무슨 말을 하는지, 그것 때문에 얼마나 커다란 불안감에 시달렸는지 모를 것 같습니다.

똑같은 이유로 제가 혼란에 휩싸인 시기를 – 기나긴 밤 같지만 그 사이에 낮도 많고 밤도 많을 게 분명한 시기를 – 거대한 계단을 열심히 오르는데, 꼭대기까지 가려고 몸부림치는데, 예전에 정원에서 본 벌레가 바닥을 기어가다 방해물과 맞닥뜨리자 방향을 틀어서 다시 기어가던 것처럼 방향을 틀어서 다시 힘겹게 올라가던 시기를 말하는 게 두렵습니다. 침대에 누워있다는 사실을 완벽하게 느낄 때도 있지만, 대체로 막연하게 느꼈던 것 같습니다. 찰리와 얘기하고, 찰리의 손길을 느끼고, 찰리가 곁에 있다는 걸 충분히 깨달을 때도 있지만, "아, 끝없는 계단이 또 나오는구나, 찰리……또 나오고 또 나오고……하늘 끝까지 이어지는 것 같아!"라고 투덜대면서 다시 힘겹게 오를 때가 많았습니다.

병세가 훨씬 심각할 때는 깜깜한 허공 어딘가에 떠 있고, 옆에는 불이 활활 타오르는 목걸이 같기도 하고 반지 같기도 하고 동그랗게 모인 별 같기도 한 게 있는데, 저는 그 가운데 하나였습니다! 끔찍한 불덩이 가운데 하나라는 게 말로 형용할 수 없을 정도로 고통스럽고 힘들어, 그곳을 벗어나고픈 소망만 가득했습니다.

아픈 경험을 이렇게 말하는 게 정말 따분하고 천박하게 보일지도 모릅니다. 하지만 제가 이 경험을 떠올리는 이유는 다른 사람을 힘들게 하려는 의도도, 이걸 떠올리면 제 고통이 줄어들어서도 아닙니다. 이상한 고통을 자세히 파악하면 그 강도를 줄이는데 도움이 될 것 같기 때문입니다.

악몽이 끝나면서 오랫동안 달콤한 잠이, 황홀한 휴식이 찾아왔습니다, 체력이 너무 떨어져서 아무런 걱정도 못 할 때, (지금 생각하면) 제가 죽어간다는 말이 들릴 때, 제가 죽은 걸 슬퍼할 사람들에 대한 연민 말고는 아무 감정도 안 떠오를 때. 이런 상태를 이해하는 분이 분명히 있을 겁니다. 저는 이런 상태에서 환한 빛이 처음 몰려들 때 겁에 질리다 그 빛이 또다시 몰려들 때 말로 형용 못 할 기쁨을 무한히 느꼈습니다.

방문 밖에서는 에이다 울음소리가 밤낮으로 들렸습니다. 너무 잔인하다고, 자신을 사랑하지 않는다고 울부짖는 소리였습니다. 방문을 열어달라고, 침대 곁을 지키겠다고 호소하며 애원하는 소리였습니다. 하지만 그런 소리가 들릴 때마다 할 수 있는 말은 "안 돼, 에이다, 절대로 안 돼!"가 전부였습니다. 그러면서 찰리에게 제가 죽든 살든 에이다를 이 방에 절대로 못 들어오게 하라는 말을 하고 또 했습니다. 찰리는 그렇게 절박한 시기에 제 말을 더없이 충실하게 따랐습니다. 조그만 손과 강인한 마음으로 방문을 단단히 지켰습니다.

하지만 이제 시력이 좋아지고 화려한 햇살은 매일매일 눈부시게 들어와, 저는 에이다에게 전염시킬 걱정 없이, 에이다가 아침과 저녁마다 보낸 편지를 읽을 수도, 그 편지를 입술에 대고 뺨에 댈 수도 있었습니다. 어린 하녀가 두 방을 조용조용 조심스럽게 오가며 정돈하는 모습도, 열린 창문에서 에이다에게 쾌활하게 말하는 모습도 볼 수 있었습니다. 집 안이 조용한 건 저에게 항상 친절하던 사람들이 배려하기 때문이란 사실도 이해할 수 있었습니다. 가슴 벅찬 황홀경에 빠져들며 흐느낄 수도 있고, 기운이 하나도 없는 상태에서 건강할 때처럼 행복할 수도 있었습니다.

기운도 조금씩 돌아왔습니다. 이상할 정도로 차분하게 누워서 저를 거드는 모습을 마치 다른 불쌍한 사람이라도 거드는 듯 가만히 지켜보는 대신, 조금씩 협조하고 그 양을 조금씩 늘리다, 결국에 웬만한 일은 스스로 하면서 삶에 관한 관심과 애착을 되찾게 되었습니다.

침대에서 처음 일어나 등에 베개를 베고 앉아서 찰리와 차를 맛나게 즐기던 유쾌한 순간이 지금도 또렷이 떠오릅니다! 조그만 하녀는 – 병약한 사람을 돌보러 세상에 내려온 천사가 분명한데 – 한없이 즐겁고 바쁘게 움직이다, 툭하면 다가와서 머리를 제 가슴에 누이고 껴안고 기뻐하며, 마냥 기뻐하며 눈물을 흘리는 통에, 저로선 "찰리, 네가 이러면 나는 다시 누워야 한단다, 생각보다 기운이 없거든!"이라고 말할 수밖에 없었답니다. 그러면 찰리는 조용하게 변해서 환한 얼굴로 두 방 사이를 이리저리 오가며 그늘에서 신성한 햇살로 나가고 그 햇살에서 그늘로 들어가, 저는 그런 모습을 평화롭게 지켜보았습니다. 두 방을 모두 정돈하면 침대 옆에 식탁을 예쁘게 차려서 하얀 식탁보를 깔고, 아래층에서 에이다가 보낸 사랑스럽고 아름다운 꽃으로 치장하고 입맛을 돋우는 다과를 차리면, 저는 기운을 차리고 오랫동안 생각하던 걸 찰리에게 말하곤 했답니다.

처음에는 실내가 쾌적하고 상쾌하다고, 얼룩 하나 없이 말끔하다고, 계속 누워만 있었다는 게 믿기지 않을 정도라고 칭찬했습니다. 찰리는 이 말을 듣고서 마냥 좋아하며 여느 때보다 환한 표정을 떠올렸습니다.

"그런데 찰리, 눈에 익숙한 뭔가가 사라진 것 같아."

제가 말하며 주변을 둘러보자, 찰리 역시 가련한 표정으로 주변을 둘러보며 고개를 젓는 척하는 게, 사라진 건 하나도 없다고 대답하는 것 같았습니다.

"그림 액자는 예전대로 걸려있니?"

"네, 아가씨."

"가구도, 찰리?"

"실내를 넓게 쓰려고 배치를 바꾼 것뿐이에요, 아가씨."

"그런데도 눈에 익은 무언가가 사라진 것 같아. 아, 뭔지 알겠다, 찰리! 바로 거울이야."

찰리가 식탁에서 일어나, 무언가 잊은 듯한 표정을 꾸미며 옆방으로 가더니, 그 방에서 흐느끼는 소리가 일었어요.

저도 이런 상황을 많이 떠올렸는데, 이제 확신이 들었어요. 그런데도 충격을 안 받은 걸 하느님께 감사한답니다. 찰리를 부르고, 그래서 찰리가 왔을 때 - 처음에는 웃는 척하다, 가까이 다가오면서 슬픈 표정을 떠올릴 때 - 두 팔로 꼭 껴안으면서 말했어요.

"나는 아무래도 괜찮아, 찰리. 예전 얼굴이 아니더라도 아무렇지 않게 살면 좋겠어."

이윽고 저는 커다란 안락의자에 앉는 건 물론이고 눈이 핑핑 돌긴 해도 찰리에게 의지한 채 옆방까지 갈 정도로 체력이 좋아졌습니다. 옆방에도 평소 자리에 거울은 없지만, 어차피 견딜 일이니 더 힘들 것도 없었답니다.

병을 앓는 사이에 잔다이스 아저씨 역시 계속 찾아왔었지만, 아저씨를 만나는 즐거움을 거부할 이유는 이제 완전히 사라졌습니다. 그래서 어느 날 아침에 처음 들어오시자마자 저를 꼭 껴안고는 "우리 아가, 귀여운 아가!"라는 말만 했답니다. 저는 아저씨 마음에 그윽한 사랑과 자비의 샘이 있다는 사실을 예전부터 알았으며 그걸 저보다 잘 아는 사람은 어디에도 없다고 생각했었는데, 과연 그 마음이 제 사소한 고통과 변화를 받아줄 수 있을까 하는 궁금증이 들었어요. 그와 동시에 '그럼, 당연하지! 아저씨는 변한 얼굴을 보셨어, 그래서 나를 더 사랑하시는 거야. 변한 얼굴을 보시고서, 예전 이상으로 나를 좋아하시는 거야. 그런 데 슬퍼할 일이 뭐가 있겠어?' 하는 생각이 절로 떠올랐어요.

아저씨는 침대 옆 소파에 앉아서 팔로 저를 부축했어요. 그리곤 다른 손으로 당신 얼굴을 가린 채 한동안 가만히 앉아있더니, 손을 떼어낼 때는 평소 모습으로 돌아왔어요. 어디에서도 못 볼만큼 쾌활한 모습이었어요.

"꼬마 아줌마, 정말 힘든 시기를 겪었구나. 강인한 정신으로 이겨냈어, 꼬마 아줌마!"

"제일 좋은 방향으로요, 아저씨."

"제일 좋은 방향? 그래, 제일 좋은 방향. 하지만 네가 앓는 동안 에이다도 나도 완벽한 고독과 슬픔에 시달렸단다. 캐디도 시간이 날 때마다 찾아오고, 주변 모두 크나큰 상실감에 시달리며 낙담했어, 심지어 불쌍한 리처드조차 불안감에 휩싸이고 – 나한테까지 편지를 보낼 정도로!"

그동안 에이다 편지로 캐디 소식은 들었지만, 리처드는 아니었어요. 그래서 어찌 된 일인지 물으니 아저씨가 대답했어요.

"그래, 그랬지. 에이다한테는 안 말하는 게 좋을 것 같았단다."

"그런데 아저씨는 아저씨한테까지 편지를 보냈다고 하셨어요, 리처드가 아저씨한테 편지를 보내는 건 자연스럽지 않은 것처럼, 리처드한테 편지를 보낼 더 좋은 친구라도 있는 것처럼요!"

"리처드는 더 좋은 친구가 있다고 생각해, 훨씬 좋은 친구. 사실, 리처드는 너한테 답장을 받을 수 없을 때 나한테 항의하는 편지를 보냈 단다, 잔뜩 화난 어투로 냉담하고 냉정하고 오만하게. 사랑스러운 꼬마 아줌마, 그래도 우리는 꾹 참아야 해. 리처드 잘못이 아니거든. 잔다이스 대 잔다이스 소송이 그 애 성격을 비비 꼬고 눈을 왜곡시킨 거야. 잔다이스 소송 때문에 나빠진 사람을, 더 나빠진 사람을, 지금까지 나는 수없이 보았단다. 그 소송에 말려들면 천사도 본성이 변할 수밖에 없어."

"아저씨는 안 변했잖아요."

제가 말하자, 아저씨가 웃으면서 대답했어요.

"아니야, 변했어. 남풍이 동풍으로 얼마나 많이 변했는지 모른단다. 리처드는 나를 오해하고 의심해. 변호사를 찾아가서 나를 믿지 말고 의심하라고 배운 거야. 나를 이해충돌 당사자로, 리처드 이익에 충돌하는 대상으로 들은 거야. 하지만 내 이름이 거론되는 요지경 같은 (도저히 벗어날 수 없는) 소송에서 벗어날 수만 있다면, 내 권리를 모두 포기해서 (인간의 힘으로 도저히 어쩔 수 없어 질질 끌려다니는) 소송을 끝낼 수만 있다면, 내가 지금 당장 그렇게 할 거란 사실을 하늘은 알아. 대법정이라는 바퀴에 치여서 수많은 소송인이 몸과 마음과 영혼이 무너진 채 죽어가는 가운데 정부 금고로 들어간 모든 돈을 - 천장까지 피라미드처럼 쌓아서 사악한 대법정을 추도한 돈을 - 받느니, 차라리 불쌍한 리처드가 본성을 되찾는 쪽을 선택할 테니까."

"리처드가 아저씨를 의심하다니 어떻게 그럴 수 있나요?"

제가 깜짝 놀라자, 아저씨가 대답했어요.

"아, 얘야, 거기엔 미묘한 독이 있어서 남용하다 보면 병이 커진단다. 혈액이 감염돼서 세상을 똑바로 못 보는 것이니 리처드 잘못이 아니지."

"하지만 끔찍하게 불행하잖아요, 아저씨."

"잔다이스 소송에 말려드는 자체로 끔찍하게 불행한 거야, 꼬마 아줌마. 그보다 더 큰 불행은 없어. 썩어빠진 갈대를 조금씩 받아들이다 보면 결국에는 주변 모든 게 썩어버리거든. 하지만 내 영혼을 걸고 다시 말하는데, 우리는 불쌍한 리처드를 인내해야 돼, 탓하지 말고. 리처드처럼 상큼한 젊은이가 그런 식으로 망가지는 모습을 지금까지 숱하게 보았단다!"

저는 아저씨가 그렇게 자애롭고 공평하게 행동하는데도 아무런 열매를 못 맺는 게 안타깝고 슬프다는 말을 안 할 수 없었어요. 그러자 아저씨가 쾌활하게 대답했답니다.

"더든 아줌마, 그렇게 말하면 안 돼. 중요한 건 에이다가 행복해지는 거야. 나는 리처드와 에이다가 나랑 의심하는 적이 아니라 친구가 될 수 있다고, 우리가 소송을 굳세게 거부할 수 있다고 생각했어. 하지만 기대가 너무 컸던 거야. 리처드는 어린 시절부터 잔다이스 소송에 눈이 멀었어."

"하지만 아저씨, 리처드가 잠깐만 겪다가 무엇이 엉터리고 거짓인지 깨닫길 바랄 수도 있지 않나요?"

"그래, 당연히 그러길 바라야지, 에스더, 너무 안 늦게 깨닫도록. 어떤 경우든 우리는 리처드를 나무라지 말아야 해. 잔다이스 소송에 빠져들면, 다 자란 어른이든 훌륭한 인격자든 1년이나 2년이나 3년 안에 성격이 안 변하고 안 망가질 사람은 없어. 그런데 불쌍한 리처드가 저러는 게 뭐가 이상하겠니?"

아저씨가 갑자기 조그맣게 말하는 게, 머릿속 생각이 밖으로 흘러나오는 것 같았어요.

"그렇게 불행한 젊은이로서는 대법정이 그런 식으로 흘러가는 걸 처음에는 당연히 못 믿을 거야. (어떻게 믿을 수 있겠니?) 그래서 잔뜩 달아올라선 자신에게 유리한 판결이 나오는 거로 정리되기만 기대하지. 하지만 재판은 질질 늘어지고, 실망하고, 좌절하고, 고통스럽기만 하면서 자신만만한 희망과 인내심은 조금씩 빠져나가. 그래도 여전히 기대하고 갈망하다, 자신을 둘러싼 세상 전체가 썩어 문드러졌다면서 절망하고. 아, 하느님! 그러다 끝나는 거란다!"

아저씨는 말하는 내내 처음에 그런 것처럼 한쪽 팔로 받쳐주는데, 다정한 마음이 너무나 소중하게 다가와서 저는 친아버지 같은 애정을 느끼며 아저씨 어깨에 머리를 기댔어요. 기운을 충분히 되찾으면 리처드를 만나서 정신 차리게 하겠다고 마음속으로 다짐도 하고요.

"우리 소중한 아가씨가 회복한 즐거운 시간에 괜한 얘기만 했구나. 너를 만나자마자 물어보라는 말이 있었단다. 그래, 에이다가 언제 만나러 오면 되겠니, 내 사랑?"

아저씨가 물었어요. 저도 오랫동안 하던 생각이었어요. 거울을 치운 문제와 관련이 있긴 하지만 결정적인 건 아니었어요. 사랑스러운 에이다라면 얼굴이 변한 걸 중요하게 여기진 않을 테니까요.

"친애하는 아저씨, 에이다를 오랫동안 못 오게 했네요, 에이다는 저한테 빛과 같은데도."

"나도 잘 알아, 더든 아줌마, 아주 잘."

아저씨는 더없이 훌륭하고, 그 손길에는 불쌍히 여기는 마음과 애정이 가득하고, 그 목소리는 너무나 편안해서 저는 순간적으로 꼼짝도 할 수 없어, 입을 다물었어요. 그러자 아저씨가 다시 말했어요.

"그래, 그래, 피곤하구나. 잠시 쉬렴."

하지만 저는 잠시 뒤에 말했어요.

"에이다를 오랫동안 못 오게 한 김에, 조금 더 제 방식대로 하고 싶어요, 아저씨. 에이다를 만나기 전에 이 집을 잠시 떠나면 좋겠어요. 제가 움직여도 될 때 찰리와 단둘이 시골집에 가서 지낸다면, 그래서 체력도 기르고 달콤한 공기도 마시고 에이다랑 재회하는 행복을 학수고대하면서 일주일 정도 지낸다면, 모두한테 좋을 것 같아요."

오랫동안 갈망하던 사랑하는 에이다 앞에 나서기 전, 얼굴이 변한 저 자신에 조금 더 적응하길 바라는 마음이 한심한 생각은 아니길 바라지만, 저는 정말 그런 마음이었어요. 아저씨는 제 생각을 알아차린 게 분명했어요. 하지만 저는 걱정하지 않았어요. 설사 한심한 생각이라 해도 아저씨는 충분히 받아줄 테니까요.

"제멋대로 하던 꼬마 아줌마가 이렇게 꿈쩍 못할 때조차 자기 방식대로 하려고 하는군, 아래층에서 눈물을 흘리는 사람이 있는데. 그런데도 하느님 맙소사! 보이손 선생이 기사도 정신을 발휘한 나머지, 네가 내려와서 편히 쉬도록 내부를 모두 바꾸었으니, 당장 내려와서 편히 안 묵는다면 하늘과 땅에 맹세컨대 자신은 건물을 몽땅 허물어버리겠다는, 벽돌 한 장 안 남기겠다는 끔찍한 선언을 편지에 담아서 보냈단다!"

그러시면서 편지 한 장을 건네는데, 그 편지는 "친애하는 잔다이스"라는 평범한 인사말조차 뺀 채 "나는 오늘 오후 한 시에 집을 비울 예정이니 에스더 아가씨가 내려와서 편히 안 묵는다면"이라는 말부터 하고는, 매우 진지하면서도 강력한 표현으로, 아저씨가 알려준 독특한 선언으로 나아갔어요. 우리는 그 마음을 즐기면서 마음껏 웃고는, 내일 당장 제안을 고맙게 받아들이겠다는 감사 답장을 보내기로 결정했답니다. 정말 고마운 편지였어요. 제가 꼭 가보고 싶은 곳으로 체스니 대저택 이상을 떠올릴 순 없었거든요.

아저씨가 회중시계를 쳐다보며 말했어요.

"꼬마 아줌마, 올라오기 전에 네가 일찍 안 지치도록 조심하려고 미리 시간을 정했는데, 그 시간이 마지막으로 치닫는구나. 부탁할 게 또 있어. 네가 아프다는 소식을 듣고서 플라이트 할머니가 여기까지 단숨에 걸어왔단다, 불쌍하게도 댄스용 신발을 신고서 30㎞나 되는

거리를. 우리가 집에 있어서 다행이었어, 아니면 다시 걸어서 돌아가야
했을 테니까."

모든 사람이 저를 행복하게 만들려고 뻔한 음모를 꾸미는 것 같았
어요!

"그러니, 꼬마 아줌마, 보이손 선생 댁이 무너지는 걸 구하러 가기
전에 시간을 내서 만나준다면, 순진한 할머니가 참 기쁘고 자랑스러울
거야, 잔다이스라는 유명한 성을 같은 쓰는 내가 평생을 애써도 못
그럴 만큼."

지금 생각하면 아저씨는 힘겹게 사는 불쌍한 할머니의 순진무구한
모습에 저한테 교훈이 될 무언가가 있다는 걸 알고 있었던 게 분명해요.
아저씨가 말하는 순간에 그걸 느꼈어요. 그래서 더할 나위 없이 기꺼운
마음으로 당연히 할머니를 만나겠다고 대답했답니다. 플라이트 할머니
가 예전에도 가여웠는데, 당시에는 더 그랬거든요. 불행하게 사는 플라
이트 할머니를 예전에도 얼마 안 되는 힘이나마 기꺼이 돕고 싶었는데,
당시에는 그런 마음이 훨씬 강했거든요.

우리는 플라이트 할머니가 오후에 역마차를 타고 와서 저와 함께
이른 만찬을 들도록 하자고 약속했어요. 아저씨가 떠나자, 저는 긴 의
자로 얼굴을 돌린 채, 이렇게 수많은 은총을 누리는 제가 반드시 극복해
야 할 사소한 시련을 힘겨워했다면 용서해 달라고 기도했어요. 어릴
적 생일날 기도가, 모든 일에 만족하고 부지런하며 다정한 마음으로
누군가에게 바람직한 일을 해서 최대한 사랑받으며 살아가겠다던 어릴
적 기도가 떠올라, 제가 모든 사람이 보내는 애정을 누리며 행복하게
산다는 사실이 민망할 정도였어요. 하지만 이렇게 허약하다면 이 모든
은총이 다 무슨 소용일까요? 저는 어릴 적 언어로 어릴 적 기도를 다시
하다, 어릴 적 평화가 그대로 깃드는 걸 느꼈어요.

이제 아저씨는 매일 찾아왔어요. 일주일 정도가 지나자 두 방을 걸어 다닐 수도, 창문 커튼 뒤에 숨어서 에이다와 대화를 한참 나눌 수도 있었어요. 사랑하는 얼굴에 제 얼굴을 드러낼 용기는 아직 없어서 에이다는 저를 못 보지만, 저는 에이다를 볼 수 있었답니다.

약속한 날에 플라이트 할머니가 왔어요. 불쌍한 할머니는 평소의 점잖은 자세를 잃은 채 제 방으로 단숨에 달려와서 "아, 친애하는 피츠 잔다이스!"라고 진심으로 슬퍼하며 제 목을 잡고 스무 번이나 키스했어요. 그리고 조그만 손가방에 손을 넣다 한탄했어요.

"맙소사! 서류밖에 없네요, 피츠 잔다이스. 손수건을 빌려야겠어요."

찰리는 손수건을 건네고, 착하디착한 할머니는 그걸 제대로 사용했어요. 두 손으로 잡아서 눈에 갖다 댄 채 가만히 앉아서 오랫동안 눈물을 흘렸거든요. 그러다 조심스레 설명했어요.

"기뻐서 운다오, 친애하는 피츠 잔다이스. 고통스러워서 우는 게 아니라. 다시 만나서 정말 기뻐요. 그대가 만나는 영광을 허락해서 정말 고맙고요. 나는 그대를 만나는 게 훨씬 좋다오, 대법관을 만나는 것보다도. 하지만 재판정에는 꼬박꼬박 나간다오. 그건 그렇고 아가씨, 손수건 얘기가 나와서 말인데……"

플라이트 할머니가 이 지점에서 찰리를, 역마차가 서는 지점까지 마중 나갔던 찰리를 쳐다보았어요. 찰리 역시 저를 힐끗 보는 게, 그 얘기를 하고 싶지 않은 표정이었고요. 그러자 플라이트 할머니가 말했어요.

"맞아요! 그래, 그게 맞아요! 내가 그 말을 하는 건 경솔한 짓이에요. 하지만 친애하는 피츠 잔다이스 아가씨, 안타깝게도 나는……"

할머니가 자기 머리를 가리키며 계속 말했어요.

"여기가 약간 산만하다오(우리끼리니까 하는 얘긴데, 아가씨는 그렇게 생각하지 않겠지만). 그 이상은 아니라오."

저는 웃으면서 물었어요. 할머니가 더 말하고 싶은 것 같았거든요.

"저한테 무슨 말씀을 하시려 했나요? 호기심을 발동시켰으니, 어서 말씀하세요."

플라이트 할머니는 중대한 위기를 어떻게 넘겨야 좋을지 찰리를 쳐다보고, 찰리는 "할머니, 그렇다면 전부 말씀드리세요"라고 대답해서 플라이트 할머니를 크게 기쁘게 했어요. 그래서 할머니는 특유의 신비로운 방식으로 말했답니다.

"정말 똑똑해요, 우리 어린 친구는. 조그맣지만, 저엉말 똑똑해요! 그래요, 아가씨, 재미난 얘기라오. 그 이상은 아니라오. 그래도 참 재밌다오. 역마차에서 내렸는데 누군가 쫓아와서 쳐다보니, 아가씨, 아주 초라한 보닛을 쓴 불쌍한 여자가……"

"제니 아주머니였어요, 아가씨."

찰리가 말하자, 플라이트 할머니가 기분 좋게 인정했어요.

"맞아요! 제니. 마아자요! 그 여자가 우리 어린 친구한테 한 말은, 얼굴에 망사를 쓴 숙녀가 움막까지 찾아와서 피츠 잔다이스 건강이 어떤지 묻고는 우리 사랑스러운 피츠 잔다이스가 쓰던 물건이란 이유 하나로 보관하던 손수건을 가져갔다는 거예요! 망사를 쓴 숙녀가 그랬다니, 정말 이상하지 않아요?"

제가 깜짝 놀란 표정으로 쳐다보니까 찰리가 대답했어요.

"아가씨, 제니 아주머니 말이, 아기가 죽었을 때 아가씨가 놓고 간 손수건이라고, 그래서 아기 유품이랑 같이 보관했대요. 그게 아가씨 손수건이기도 하고 아기를 덮은 물건이기도 해서요."

플라이트 할머니는 찰리가 똑똑하다는 표시를 다양하게 하면서 속삭였어요.

"덩치는 조그만데, 정말 똑똑해요! 아주 사랑스럽고요! 아가씨, 말하는 것도 어떤 변호사보다 똑 부러진다오!"

"그래, 찰리. 나도 기억나. 그래서?"

제가 묻자, 찰리가 대답했어요.

"그래서 아가씨, 손수건을 그 숙녀가 가져갔대요. 제니 아주머니는 돈을 아무리 많이 주더라도 손수건을 내주고 싶지 않았는데, 그 숙녀가 그냥 집어갔대요, 상당한 돈을 남겨놓고요. 그분이 누군지 제니 아주머니는 조금도 몰라요, 아가씨!"

"맙소사, 대체 누굴까?"

제가 궁금해하니 플라이트 할머니가 신비로운 표정으로 다가와서 제 귀에 입술을 대며 말했어요.

"아가씨, 내 생각에 ― 우리 조그만 친구한테는 말하지 마세요 ― 그 숙녀는 대법관 부인이에요. 대법관이 기혼이거든요. 그런데 부인이 대법관을 끔찍이도 못살게 구는 거예요. 보석값을 안 주면 대법관 서류를 불구덩이로 던지면서요, 아가씨!"

당시에는 그 숙녀가 누군지 많이 생각하지 않았어요. 캐디 같다는 느낌을 받았거든요. 손님 대접에 신경 쓰느라 바쁘기도 했고요. 역마차를 타고 오느라 추위에 시달린 데다 배도 고픈 것 같아, 만찬이 들어올 때는 종이봉투에 담아온 초라한 스카프와 닳을 대로 닳아서 여기저기 꿰맨 장갑을 제대로 착용하도록 거들어야 했거든요. 생선, 구운 닭고기, 송아지 고기, 채소, 푸딩, 백포도주로 구성한 만찬에서 주인 역할도 해야 했고요. 게다가 플라이트 할머니가 맛나게 먹는 모습을, 그러면서도 당당한 의식을 안 잊는 모습을 보는 게 너무나 즐거워서 다른 생각은 못 했답니다.

식사가 끝나고, 사랑하는 에이다가 철저하게 감독하고 장식까지 한

후식이 나오자, 플라이트 할머니는 더없이 행복하게 수다를 늘어놓아, 저는 할머니 얘기를 듣고 싶었어요. 할머니는 당신 얘기를 하는 걸 언제나 좋아했거든요. 그래서 이렇게 물었어요.

"대법관 재판에 오래도록 참석하셨겠지요, 플라이트 할머니?"

"그럼, 수많은 세월을 그렇게 보냈다오, 아가씨. 이제 판결이 나올 거예요. 금방."

기대감과 동시에 불안이 가득한 표정을 보고 저는 말문을 엉뚱하게 잡았다는 의심이 들었답니다. 그 문제를 더 꺼내면 안 되겠다고 생각했어요.

"우리 아버지도 판결을 기다렸다오. 우리 오빠도. 우리 언니도. 모두 판결을 기다렸다오. 내가 기다리는 것처럼."

"그분들 모두……"

"마아자요. 모두 죽었다오, 아가씨."

플라이트 할머니가 계속 말하길 바라는 것 같아, 저는 그 주제를 피하는 것보다 맞장구를 쳐주는 편이 바람직할 것 같았어요. 그래서 물었어요.

"그 판결은 더 안 기다리는 게 좋지 않을까요?"

"맙소사, 당연하지요, 아가씨!"

"그럼 재판에 더 안 참석하는 것도?"

"그것도 당연하지요. 절대로 안 나오는 판결을 기다리다 보면 늘 녹초가 된다오, 친애하는 피츠 잔다이스! 뼈까지 삭을 정도로!"

할머니가 당신 팔을 살짝 보여주는데 섬뜩할 정도로 뼈가 앙상했어요. 그러더니 할머니는 특유의 신비로운 표정으로 말했어요.

"하지만 아가씨, 대법정은 사람을 끔찍하게 빨아들인다오. 쉿! 우리 조그만 친구한테는 말하지 말아요. 무서워서 덜덜 떨 테니까. 이유는 충분하다오. 대법정이 사람을 잔인하게 빨아들여서 도저히 벗어날 수 없고, 그래서 계속 기다려야 하니 말이오."

저는 그렇지 않다고 설득하려 했어요. 할머니는 웃는 얼굴로 조용히 듣다 곧바로 대답했고요.

"그래요, 그래요, 그래! 아가씨는 내가 살짝 산만한 걸 보고서 그렇게 생각하는 거예요. 살짝 산만한 게 저엉말 이상하거든, 안 그런가요? 저엉말 혼란스럽기도 하고. 머리 쪽이. 내가 보기에도 그래요. 하지만 아가씨, 대법정에서 수많은 세월을 보내는 동안 내 눈으로 똑똑히 본 게 있다오. 책상에 있는 재판장 지팡이와 봉인."

그게 무슨 역할을 한다고 생각하시는데요? 제가 가만히 물었어요.

"빨아들이는 거. 사람들을 빨아들이는 거라오, 아가씨. 사람들한테서 평화를 빨아내고. 이성을 빨아내고. 선량한 표정을 빨아내고. 좋은 성격을 빨아내고. 심지어 밤에 깊이 잠자는 시간조차 빨아낸다오. 차갑게 반짝이는 악마들!"

플라이트 할머니는 암담한 말투로 끔찍한 비밀을 털어놓으면서도, 자신을 두려워할 이유는 하나도 없다고 여기길 바라는 듯, 상냥한 표정으로 고개를 끄덕이며 제 팔을 톡톡 쳤답니다. 그러면서 말했어요.

"가만있자. 내가 살아온 얘기를 할게요. 괴물들이 나를 빨아들이기 전에 – 내가 그 괴물들을 보기 전에 – 무얼 하면서 살았는지. 탬버린 연주? 아니에요. 탬버 자수.[48] 나는 언니와 함께 탬버 자수를 놓았어요. 아버지와 오빠는 건축업을 했고요. 모두 함께 살았지요. 저엉말 윤택하게, 아가씨! 처음에는 우리 아버지가 빨려들었어요 – 천천히. 가정도 함께 빨려들고요. 삼사 년 뒤에는 모질고 형편없고 어이없게 파산했지요, 어떤 설명도 없이. 아버지는 완전히 변했어요, 피츠 잔다이스. 채무

---

48) 천에 원형을 그려서 안에 놓는 자수.

338

자 감옥에 끌려갔어요. 거기서 죽었지요. 그러자 우리 오빠가 빨려들어, 순식간에 술주정뱅이가 됐어요. 그러다 누더기. 그러다 죽음. 그런 다음에는 우리 언니가 빨려들었어요. 쉿! 어떻게 됐는지는 묻지 마세요! 나는 병에 걸려서 비참하게 살다, 모든 게 대법정 때문이라는 말을 들었다오. 예전에 툭하면 듣던 대로, 그래서 대법정에 들어가서 괴물을 쳐다보았다오. 그 모습을 보는 순간에 나 자신도 빨려들어, 도저히 벗어날 수 없었다오."

당시 충격이 새롭게 떠오르는 듯 잔뜩 긴장한 목소리로 나지막이 말하던 이야기를 끝내자, 할머니는 평소의 상냥한 분위기를 조금씩 되찾았어요.

"아가씨는 내 말을 안 믿는구려! 어쩔 수 없지! 나중에는 믿겠지요. 나는 약간 산만하거든요. 하지만 내 눈으로 똑똑히 보았다오. 새로운 얼굴이 나타나서 재판장 지팡이와 봉인의 마법에 아무런 의심 없이 빨려드는 광경을 수없이 보았다오. 우리 아버지도 빨려들고 우리 오빠도. 우리 언니도. 나도. 그런 얼굴이 새롭게 나타날 때마다 켄지 같은 사람은 '이분이 플라이트 할머니랍니다. 맙소사, 새로 오셨군요. 이리 와서 플라이트 할머니랑 인사하세요!'라고 말한답니다. 저엉말 반가워요. 이렇게 만나다니, 영광입니다! 그리곤 우리 모두 웃어요. 하지만 피츠 잔다이스, 앞으로 어떻게 될지 나는 똑똑히 안다오. 그 사람들보다 훨씬 잘 안다오, 악마가 언제 빨아당길지. 나는 그 징후를 안다오, 아가씨. 악마들이 빨아당기는 걸 보았거든. 어떻게 끝장내는지도 보았거든. 피츠 잔다이스 아가씨."

할머니는 다시 나지막이 말했어요.

"악마들이 우리 친구 잔다이스 피후견인한테 수작을 걸기 시작하는 모습도 보았다오. 누구든 그 젊은이를 막아야 해요. 안 그러면 빨려들어서 끝장날 테니까."

할머니는 저를 물끄러미 보더니 얼굴에 부드러운 미소를 조금씩 머금었어요. 그러다 너무 우울하게 말한 게 걱정스럽기도 하고, 정신이 산만한 게 걱정스럽기도 했는지, 포도주를 마시면서 공손하게 말했어요.

"그래요, 아가씨, 아까 말한 것처럼, 나는 금방 나올 판결을 기다린다오. 그러면 새를 모두 풀어주고 판결받은 재산도 사람들한테 모두 나누어줄 거라오."

저는 할머니가 리처드를 암시하는 말에, 앞뒤가 안 맞지만 바싹 여윈 모습으로 보여주는 슬픈 결말에 충격을 받았어요. 하지만 다행히도 할머니는 다시 쾌활한 표정으로 환하게 웃으며 고개를 끄덕였어요. 손을 뻗어서 제 손을 잡으며 흥겹게 말하기도 했고요.

"하지만 아가씨. 내 주치의를 축하하지 않았네요. 단 한 번도, 아직은!"

저는 무슨 말인지 모르겠다고 고백할 수밖에 없었어요.

"나한테 지극한 관심을 보인 주치의, 우드코트 선생, 아가씨. 보수를 한 푼도 안 받고 나를 치료했지요. 마지막 심판 날까지. 마지막 심판 날에는 대법관 지팡이와 봉인이 나한테 옭아맨 마법이 풀린다오."

"우드코트 선생님은 멀리 떠나셔서 축하하기에는 너무 늦은 것 같아요, 플라이트 할머니."

"맙소사, 아가씨, 무슨 일이 있었는지 모르나요?"

"네."

"영국 전역에서 그 얘기만 하는데도요, 사랑하는 피츠 잔다이스!"

"네. 제가 오랫동안 갇혀 지냈다는 사실을 잊으셨네요."

"맞아요! 멍청한 소릴 했군요. 하지만 아까 말한 괴물이 다른 모든

것과 더불어 내 기억까지 모조리 앗아갔다오. 저엉말 강력한 마법, 그
죠? 으음, 아가씨, 동인도 바다에서 배가 난파하는 끔찍한 사고가 있었
답니다."

"우드코트 선생님 배가!"

"걱정하지 말아요, 아가씨. 그분은 무사해요. 끔찍한 사건. 사방에
주검이 널브러지고. 수백 명이 죽거나 죽어가고. 불, 폭풍, 어둠. 암초
에 걸려서 수많은 사람이 바다에 빠지고. 그런 곳에서 주치의가 영웅답
게 행동했다오. 차분하고 용감하게 사방을 돌아다니면서. 수많은 목숨
을 구하고, 굶주림과 목마름은 불평하지 않고, 남은 옷으로 벌거벗은
사람들을 감싸고, 어떻게 할지 알려주고 이끌면서 사람들을 지휘하고
아픈 사람을 치료하고, 죽은 자를 묻고, 가련한 생존자를 마침내 안전
한 곳으로 구출했다오! 그래서 지칠 대로 지친 생존자들이 주치의를
칭송했다오. 육지에 도착하는 순간, 모두 무릎을 꿇고 축복했다오. 그
래서 온 나라가 시끌벅적하다오. 잠깐만! 내 서류 가방이 어디 있지?
기사가 있으니 직접 읽어보세요, 직접!"

저는 고상한 이야기를 모두 읽었어요, 눈물이 두 눈을 가려서 글자가
제대로 안 보이는 탓에 정말 느리고 애매하게, 그러다 눈물이 터져,
할머니가 기다랗게 오려온 신문 기사를 내려놓곤 했답니다. 그렇게
자비롭고 용감한 사람을 알고 지냈다는 사실이 자랑스럽고, 그 사람이
그렇게 유명하다는 사실이 기쁘고, 그 행동이 너무나 존경스럽고 사랑
스러운 나머지, 폭풍에 시달리다 간신히 살아남아 그 사람 앞에서 무릎
을 꿇은 채 구원자라며 칭송한 사람들마저 부러웠어요. 저도 그 자리에
서 훌륭하고 용감한 사람 앞에 무릎을 꿇고 칭송하고 싶었어요. 어떤
사람이라도 - 어머니라도, 누이라도, 부인이라도 - 그 사람을 저보다
존경할 순 없을 것 같았어요. 정말로 존경스러웠거든요!

가련한 할머니는 오린 기사를 저에게 선물하고, 떠날 시간이 다가오자 역마차를 안 놓치려고 서둘면서도 난파선 얘기를 계속하는데, 저는 여전히 흥분한 상태라서 제대로 알아듣지 못했답니다.

마침내 할머니는 스카프와 장갑을 정성스럽게 접으며 말했어요.

"아가씨, 용감한 주치의는 작위를 받아야 마땅해요. 분명히 작위를 받을 거예요. 아가씨 생각도 그렇죠?"

자격만 본다면, 그렇다. 가능성을 본다면, 아니다.

"왜요, 피츠 잔다이스?"

할머니가 매섭게 반발했어요. 저는 평화 시기에 봉사한 사람은, 아무리 훌륭하고 위대한 봉사라도, 대단히 많은 돈을 국가에 헌납할 때 말고는 영국에서 작위를 내리는 전통이 없다고 대답했어요.

"맙소사, 어떻게 그런 말을? 학문, 지혜, 탁월한 인류애, 각 분야를 발전시켜서 영국을 위대하게 만든 모든 사람이 작위를 받는다는 건 아가씨도 알잖아요! 주변을 둘러보고 생각해보세요, 아가씨. 이 땅에서 작위를 훌륭하게 여기는 가장 커다란 이유는 바로 그거라는 사실을 모른다면, 내가 보기에, 아가씨 머리가 약간 산만하다는 뜻이에요!"

안타깝게도 플라이트 할머니가 자기주장을 확신하다 못해, 순간적으로 화까지 냈어요.

비밀로 간직하던 조그만 이야길 이제부터 털어놓아야 하겠어요. 저는 우드코트 선생이 저를 사랑한다고, 그분이 조금 더 부자였다면 멀리 떠나기 전에 사랑한다는 말을 했을 거라고 가끔 생각했답니다. 그분이 그렇게 말했더라면 정말 기뻤을 거라는 생각도 가끔 했고요. 하지만 이번에는 그런 일이 없어서 잘됐다는 생각이 들었답니다! 그분이 알던 얼굴은 완전히 사라졌다는, 한 번도 못 본 얼굴에 얽매이는 굴레를 자유롭게 풀어주겠다는 편지를 보내야 한다면 제가 얼마나 고통스럽겠어요!

아, 그럴 필요가 없어서 정말 다행이었어요! 저는 거대한 고통을 하느님 은혜로 모면한 채 어린 시절로 돌아가서 기도했답니다, 그분이 용감하고 훌륭한 일을 했으니 앞길이 훤히 풀리기를, 가로막는 무엇 하나 없기를, 제가 끊어낼 사슬도 없고, 그분이 질질 끌려다닐 사슬도 없으니, 저는 평범한 시민으로 소박하게 살아가고, 그분은 중요한 일을 하면서 고상하게 살아가기를, 인생길이 엇갈렸지만, 저는 그분이 좋게 본 예전의 저보다 훨씬 훌륭한 사람이 돼서 인생길이 끝날 무렵에 그분을 아무런 욕심 없이 순수하게 만날 수 있기를.

CHAPTER XXXVI
체스니 대저택

찰리와 저 단둘이 링컨셔로 간 것은 아니에요. 보이손 선생 댁에 무사히 도착하는 모습을 보아야겠다고 잔다이스 아저씨가 마음을 정하고 우리랑 도로에서 이틀을 보내셨어요. 신선한 공기와 향기, 꽃, 나뭇잎, 풀잎, 흘러가는 구름 등, 자연 전체가 어느 때보다도 아름답고 훌륭하게 다가왔어요. 제가 아파서 얻은 첫 번째 소득이에요. 온 세상이 기쁘게 반기는데 무엇이 아쉽겠어요.

잔다이스 아저씨는 즉시 돌아갈 예정이라, 우리는 내려가는 길에 사랑하는 에이다가 내려올 날을 결정하고, 제가 편지를 쓰면 아저씨가 전달하기로 약속했어요. 아저씨는 목적지에 도착하고 삼십 분만에, 초여름 쾌적한 초저녁에, 길을 되짚어 떠났어요.

착한 요정이 마법 지팡이를 흔들어서 제가 묵을 집을 지었다 해도, 제가 공주고 착한 요정이 제일 좋아하는 대녀라 해도, 그렇게 훌륭하게 준비한 집에 들어올 순 없었을 거예요. 사소한 취향과 기호까지 모두 떠올리고 거기에 맞춰서 완벽하게 준비한 나머지, 실내를 절반도 돌아보기 전에 깜짝깜짝 놀라서 열 번이나 주저앉을 뻔했거든요. 하지만 찰리에게 모두 구경시키는 식으로 꾹 참았답니다. 찰리가 기뻐하는 모습을 보면서 마음을 차분하게 가라앉힌 거예요. 그래서 정원을 산책하고 찰리가 더는 감탄할 수 없을 때 저는 마음을 차분하고 행복하게 가라앉혔답니다. 다과를 든 다음에는 '에스더, 이제 정신 차리고 차분히 앉아서 집주인한테 감사 편지를 써야겠어'라고 저 자신에게 말할 수 있다는 게 정말 고마웠어요. 보이손 선생님은 그분 얼굴처럼 환하게 환영하는 쪽지를 남겨놓으시어 카나리아를 잘 보살펴달라고 부탁하셨는데, 이건 그분이 저를 믿는다는 최고의 찬사였어요. 따라서 런던으로 가신 보이손 선생께, 선생님께서 좋아하시는 식물과 나무가 하나같이 얼마나 아름다운지, 어떤 새보다 놀라운 새가 아름답게 노래해서 저를 얼마나 어여쁘게 환영했는지, 심지어 제 어깨에 앉아서 노래하며 어린 하녀를 황홀하게 하더니 평소처럼 새장으로 어떻게 들어갔는지 알리고, 마치 꿈을 꾸는 것 같다는 느낌을 짧은 편지에 담았어요. 그래서 우체국으로 보낸 다음에는 짐을 풀고 정돈하며 바쁜 시간을 보내다, 찰리에게 오늘 밤에는 더 일하지 말라면서 잠자리로 일찍 보냈어요.

당시까지 거울을 안 본 데다, 거울을 갖다 달라고 한 적도 없었거든요. 꼭 이겨내야 할 약점이란 건 알지만, 지금 있는 이곳에 도착하면 새롭게 시작하겠다고 스스로 계속 다짐했거든요. 그래서 혼자 있고 싶었어요. 방에 혼자 남아서는 "에스더, 앞으로 행복하게 살려면, 진실한 마음을 갖게 해달라고 기도하려면, 약속을 꼭 지켜야 해"라고 말했어요. 저는 약속을 지키자고 굳게 다짐했지만, 그 전에 가만히 앉아서 주변에 가득한 축복을 모두 떠올렸어요. 그런 다음에 기도하고 조금 더 생각했어요.

머리칼을 잘라야 할 위험이 몇 차례 있었지만 여전히 안 자른 상태였어요. 그래서 머리칼이 길고 숱이 많았어요. 저는 머리칼을 풀어서 한 차례 흔들고는 화장대 거울로 갔어요. 얇은 옥양목으로 거울을 가린 상태였어요. 옥양목을 걷고 가만히 쳐다보는데, 머리칼이 얼굴을 가려서 아무것도 안 보였어요. 머리칼을 옆으로 젖힌 채 거울에 비친 얼굴을 바라보다, 그 얼굴이 저를 평온하게 바라보는 모습에 용기를 얻었어요. 제 얼굴이 정말 많이 변했거든요, 아, 정말 많이. 처음에는 너무 이상한 나머지, 아까 언급한 용기가 아니었다면 두 손으로 가린 채 물러났을 거예요. 하지만 금방 익숙하게 보이기 시작해서 얼굴이 변한 정도를 처음보다 확실히 파악했어요. 예상한 모습은 아니지만, 구체적으로 예상한 적도 없지만, 행여나 구체적으로 예상했더라면 깜짝 놀랄 게 분명했어요.

저는 미인도 아니고, 미인이라고 생각한 적도 없지만, 이 얼굴은 분명히 아니었어요. 예전 얼굴이 완전히 사라졌어요. 눈물 몇 방울로, 감사하는 눈물 몇 방울로 예전 얼굴을 깨끗이 보낼 수 있다는 게, 거울 앞에서 잠자리에 들 준비를 하며 머리를 매만질 수 있다는 게, 하늘에 고마울 뿐이었어요.

마음에 걸리는 게 하나 있어서 잠들기 전에 한참 생각했어요. 우드코트 선생이 보낸 꽃이에요. 꽃이 시든 다음에는 말려서 제일 좋아하는 책갈피에 넣어두었거든요. 아무도 몰랐어요, 에이다조차. 그분이 지금과 다른 얼굴에 보낸 꽃을 제가 가지고 있어도 괜찮을까, 그분께 실례가 되는 건 아닐까 의심스러웠어요. 그분께 실례가 되고 싶지 않았어요, 그분이 전혀 모르는 제 마음속 은밀한 곳에서조차. 제가 그분을 사랑할 수도 있었기 때문에, 제가 그분께 헌신할 수도 있었기 때문에. 돌이킬 수 없는 과거를 추억하는 기념으로 간직한다면, 어떤 형태로든 지난

과거를 더는 돌아보지 않는다면, 꽃을 간직해도 되겠다는 결론에 마침내 도달했어요. 이 마음을 사소하게 여기지 않기를 바랍니다. 저는 정말 진지했으니까요.

저는 아침 일찍 일어나, 찰리가 살금살금 들어올 때 거울 앞에 앉아 있는 모습을 일부러 보여주었어요.

"맙소사, 맙소사, 아가씨! 아가씨가 맞으세요?"

찰리가 깜짝 놀라며 소리쳐서 머리칼을 가만히 올리며 대답했어요.

"그래, 찰리. 기분이 상쾌해, 행복하고."

찰리가 마음의 부담을 더는 게 보였습니다. 하지만 저는 더 커다란 마음의 부담을 덜어냈습니다. 최악을 마주하고도 마음을 차분하게 가라앉혔으니까요. 이 글을 쓰면서 내가 완벽하게 정복할 수 없는 약점까지 드러내겠지만, 그 약점은 늘 순식간에 흘러가고 행복한 마음이 굳건하게 자리 잡았으니까요.

에이다가 오기 전에 굳센 정신과 체력을 충분히 다지고자, 저는 찰리와 함께 온종일 신선한 공기를 쐬기로 세세한 계획을 세웠어요. 아침 식사 전에 밖으로 나갔다 돌아와서 일찍 식사하고, 점심을 전후로 또 나가고, 간식 다음에 정원을 산책하다 잠자리에 일찍 들고, 언덕이란 언덕은 전부 오르고, 큰길과 오솔길과 근처 들판은 모두 탐험하기로 한 거예요. 체력을 회복하고 기운을 내기에 좋은 음식은 보이손 선생의 착한 가정부가 늘 종종걸음으로 다가와서 먹고 마시도록 건네는 식이었어요. 공원에서 쉴 때도 가정부가 음식 바구니를 들고서 종종걸음으로 다가오는 소리가 들리곤 했답니다. 환한 얼굴로 다가와서 영양가 있는 음식을 자주 먹는 게 중요하다고 말하기도 하고요.

그곳에는 제가 타기에 딱 좋은 조랑말도 한 마리 있었어요. 목이 짧고 갈기가 두 눈을 덮고 통통한, 마음이 내킬 때는 힘들이지 않아도 빠르게 달리는, 보물 같은 조랑말이었어요. 하루 이틀이 지나자 제가 부르면 조그만 방목장에서 다가와 손으로 주는 걸 먹기도 하고 뒤를 졸졸 따라오기도 했어요. 그러다 친한 친구가 돼, 저를 태우고 그늘진 오솔길을 게으름피우며 나아가거나 고집부릴 때마다, 그 목을 쓰다듬으면서 "스텁스[49] 내가 그렇게 좋아하는 걸 알면서도 빨리 안 달리다니 너무 놀랍구나. 내 말을 듣는 게 좋을 거야. 안 그러면 멍청하게 변해서 잠만 잘 테니까"라고 말하면, 스텁스는 머리를 한두 차례 우스꽝스럽게 흔들면서 곧장 달려가고, 찰리는 흥미로운 광경을 조용히 서서 지켜보다 웃는 소리가 제 귀에 음악 소리처럼 다가왔답니다.

스텁스라는 이름을 누가 붙였는지 모르지만 거친 살갗에 딱 어울리는 이름이었어요. 한번은 조그만 이륜마차에 묶고서 녹색 오솔길을 8km나 의기양양하게 달렸는데, 파리가 지겹게 달라붙으면서 귀 주변을 맴도는 게 싫은지, 우리가 마냥 칭찬할 때 갑자기 멈춰서 앞으로 나갈 생각은 않고 멀뚱히 서서 파리만 곰곰이 생각하는 거예요. 스텁스가 이제 더는 파리를 못 견디겠다고 판단한 것 같았어요. 제가 고삐를 찰리에게 건네고 마차에서 내려 걸어가면, 그때 비로소 뒤를 기분 좋게 쫓아오면서 제 팔꿈치에 머리를 기대고 소매에 귀를 비벼대는 식이었거든요. 제가 "스텁스, 내가 아는 너라면 이제 나를 태우고 조금 더 달릴 수 있을 거야"라고 말하는 건 아무런 소용도 없었어요. 제가 곁을 떠나자마자 그대로 멈춰서 꼼짝을 안 했으니까요. 끝내는 조금 전처럼 앞장서서 걸을 수밖에 없어, 마을 사람들이 배꼽을 잡으며 웃는 가운데 집으로 돌아가곤 했답니다.

찰리와 저는 마을 사람들과 금방 친해졌어요. 일주일이 지나자 우리가 지나갈 때마다, 하루에 몇 번을 지나가도 모든 집에서 얼굴을 내밀고

49) 그루터기란 뜻이다.

반갑게 인사했거든요. 예전에는 주로 어른을 알고 아이는 일부만 알았지만, 이번에는 교회 첨탑까지도 다정하고 친숙한 표정으로 바라보는 것 같았답니다. 새로 사귄 친구 가운데 나이가 많은 할머니도 있는데, 내부를 하얗게 회칠하고, 바깥 대문을 활짝 열면 건물 전면이 사라지는 조그만 초가집에 살았어요. 할머니는 뱃일하는 손자가 있어, 제가 편지를 대신 써주면서 손자가 즐겨 앉던 벽난로 모서리와 낡은 걸상을 편지 꼭대기에 그렸어요. 이 그림을 마을 사람들은 세상에서 가장 훌륭한 그림으로 여기더니, 머나먼 플리머스 항구에서 그 그림을 미국까지 가지고 가겠다는, 미국에 도착하면 다시 편지하겠다는 답장이 왔을 때는 우체국과 우편배달 시스템이 받아야 할 찬사를 제가 모두 누렸답니다.

신선한 공기를 충분히 마시고, 많은 아이와 놀고, 많은 사람과 잡담하고, 많은 농가에 초대받고, 찰리를 공부시키고, 에이다에게 기다란 편지를 매일 쓰느라, 제가 겪은 조그만 손실은 생각할 시간조차 없이 쾌활하게 지냈어요. 이따금 뜬금없이 떠오르긴 해도 바쁘게 지내는 사이에 사라졌어요. 한번은 생각보다 크게 다가온 적도 있어요. 한 아이가 "어머니, 저 아가씨는 왜 예전처럼 아름답지 않은가요?"라고 물은 거예요. 하지만 아이가 그것 때문에 저를 좋아하는 마음이 줄어든 게 아니라는 사실을, 보드라운 손으로 제 얼굴을 매만져서 고쳐주려 한다는 사실을 깨닫는 순간, 저는 다시 기운을 차렸어요. 다정한 사람은 자신보다 못한 사람에게 섬세하게 배려하는 게 너무나 당연하다는 사실 역시 다양하게 겪으면서 크나큰 위안을 얻었어요. 그런 모습이 특히 감동적으로 다가온 적도 있어요. 조그만 마을 교회로 들어가니, 결혼식이 막 끝나서 신혼부부가 결혼 서류에 서명할 때였어요.

펜을 먼저 받은 신랑이 십자가를 삐뚤삐뚤 그려서 서명했어요. 신부도 자기 차례에 똑같이 서명했어요. 신부는 제가 지난번에 왔을 때부터 알던 사이로, 마을에서 제일 예쁠 뿐 아니라 학교 성적도 탁월했기에 저는 깜짝 놀란 눈으로 바라보았어요. 그러자 신부가 옆으로 다가와서 맑은 눈에 진정한 사랑과 존경이 어린 눈물을 머금은 채, "신랑은 착하고 좋은 사람이에요, 아가씨. 하지만 아직 글씨를 못 쓰는데 – 저한테 배울 건데 – 저는 무슨 일이 있더라도 신랑을 창피하게 하지 않을 거예요!"라고 조그맣게 속삭였어요. 노동하는 사내 딸도 이렇게 고상한 영혼을 지녔는데, 제가 두려울 게 뭐겠어요!

신선한 공기는 예전처럼 불어닥치며 기운을 북돋고, 새 얼굴은 옛날 얼굴처럼 건강한 혈색이 돌아왔어요. 찰리도 얼굴이 장밋빛으로 환하게 반짝이니 우리는 온종일 즐겁게 지내다 밤마다 곤하게 잠들었어요.

체스니 대저택 공원 숲에는 우리가 제일 좋아하는 곳이 있어요. 동그랗게 돋아서 전경이 더없이 좋아, 벤치까지 설치한 곳이에요. 전경을 좋게 하려고 나무도 베어내서 널찍하고, 그 너머로 햇살이 비치는 경치는 한없이 아름다워, 하루에 최소한 한 번은 올라갔어요. 그곳에 앉으면 건물 베란다에 있는 '유령길'이 어찌나 멋지게 보이던지요. 데드록 가문에 내려오는 오랜 전설을 보이손 선생께 들은 터라, 섬뜩한 명칭이 전경과 어우러지면서 매혹적인 모습에 신비로운 느낌을 더했어요. 그곳에는 기슭도 있는데 제비꽃이 아름답기로 유명한 곳이라, 찰리는 야생화를 따는 게 즐거워서 그곳을 저만큼 좋아했어요.

제가 대저택 근처나 건물 안으로 절대로 안 들어가는 이유를 묻는 건 아무런 의미도 없어요. 여기에 도착해서 들은 바에 따르면 그 집 가족은 그 집에 없고, 내려올 예정도 아니에요. 대저택에 대한 호기심이나 궁금증이 없는 건 결코 아니었어요. 정반대로 그곳 벤치에 앉을 때마다 실내는 어떻게 진열했을까, 소문대로 유령길에서 발걸음 소리가 일까 곰곰이 생각하곤 했거든요. 데드록 귀부인을 보았을 때 묘한 느낌을 받은 탓에 부인이 없을 때조차 건물에 접근하지 못하는 걸 수 있는데, 확실치는 않았어요. 건물을 보면 부인 얼굴과 모습이 당연히 떠오르겠지만, 그것 때문에 건물을 멀리한다고 말할 순 없어도, 뭔가 확실히 있긴 했어요. 어떤 이유가 있든 아무 이유도 없든, 저는 한 번도 가까이 다가가지 않았어요. 이야기가 새로운 방향으로 접어드는 날까지.

한참을 돌아다니다, 저는 제일 좋아하는 곳에서 편히 쉬고 찰리는 멀지 않은 곳에서 제비꽃을 땄어요. 멀리 떨어진 대저택 짙은 그늘에 누운 유령길을 쳐다보면서 그곳에 출몰한다는 여성 모습을 가만히 떠올리는데, 숲에서 누군가 다가오는 느낌이 들었어요. 거리는 멀고 나뭇잎은 짙고 나뭇가지가 바닥에 진한 그늘까지 드리운 터라 누군지 파악할 수 없어, 처음에는 누가 다가오는지 알아보지 못했어요. 하지만 모습은 조금씩 드러나다, 여성으로, 숙녀로, 데드록 귀부인으로 나타났어요. 제가 앉은 곳으로 혼자서 평소보다 빠르게 걸어오는 모습을 저는 깜짝 놀란 눈으로 바라보았어요.

갑자기 나타난 데드록 귀부인을 보는 순간, 누군지 깨닫기도 전에 가까이 다가오는 순간, 저는 가슴이 뛰었어요. 그만 일어나서 다른 데로 가려고 했어요. 하지만 그럴 수 없었어요. 꼼짝도 못 했어요. 데드록 귀부인이 황급히 만류하는 손짓 때문도, 빠르게 다가오면서 내민 두 손 때문도, 완전히 바뀐 자세 때문도, 교만하고 도도한 느낌이 사라진 것 때문도 아니었어요. 어릴 적에 오랫동안 갈망하고 꿈꾸던 무엇이, 어떤 얼굴에서도 못 본 무엇이, 데드록 귀부인에게서 예전에 한 번도 못 본 무엇이 그 얼굴에 어렸기 때문이었어요.

기운이 쭉 빠지면서 두려움이 몰려들어, 찰리를 불렀습니다. 그와 동시에 데드록 귀부인이 멈추더니 제가 익히 알던 모습으로 거의 돌아갔어요. 그러다 천천히 다가오며 말했어요.

"에스더 아가씨, 안타깝게도 나 때문에 놀란 모양이군. 아직은 기운을 충분히 못 차렸을 텐데. 중병을 앓았으니. 소식을 듣고 많이 걱정했다네."

창백한 귀부인 얼굴에서 눈을 뗄 수도, 앉아있던 벤치에서 꼼짝할 수도 없었어요. 귀부인이 저에게 손을, 끔찍하게 차가운 손을 내미는데, 그 느낌이 억지로 차분하게 꾸미는 자세와 너무나 달라, 저는 그만큼 더 커다란 마력에 빠져들었어요. 지금 생각하면 그때 머릿속에 무슨 생각이 소용돌이쳤는지조차 모르겠어요.

"이제 기운을 차리는 중이지?"

부인이 다정하게 물었어요.

"조금 전까지만 해도 꽤 좋아졌답니다, 데드록 귀부인."

"저 애는 하녀인가?"

"네."

"저 애를 먼저 보내고, 나랑 같이 아가씨 집으로 걸어가련?"

"찰리, 꽃을 들고 집으로 먼저 가렴, 금방 쫓아갈 테니."

제가 말하자, 찰리는 예의 바르게 무릎을 구부리며 인사하고, 빨갛게 물든 얼굴로 보닛 모자를 묶고 먼저 떠났어요. 그러자 데드록 귀부인이 바로 옆에 앉았어요.

귀부인 손에 제 손수건이, 죽은 아기를 덮어준 손수건이 있는 걸 보았을 때 제 마음이 어땠는지는 말로 설명할 수 없어요.

저는 귀부인을 쳐다보았지만, 제대로 볼 수도 없고 제대로 들을 수도 없고 숨을 쉴 수도 없었습니다. 심장이 너무 쿵쾅거렸습니다. 생명이 그 자리에서 무너지는 것 같았습니다. 하지만 저를 당신 가슴에 꼭 껴안고 뽀뽀하고 흐느껴 울고 불쌍히 여기면서 조그맣게 부를 때, 무릎을 꿇으며 쓰러져서 "아, 우리 아가, 우리 아가, 바로 내가 사악하고 불행한 엄마란다! 아, 제발 나를 용서하렴!"이라고 울부짖을 때, 끝없이 고통스러워하면서 제 발밑 맨땅에 쓰러질 때, 저는 감정이 북받치는 가운데도 얼굴이 변한 게, 얼굴이 비슷하다는 이유로 귀부인을 불명예스럽게 만들 수 없다는 사실에, 저를 보고 귀부인을 보아도 누구도 비슷한 구석을 찾을 수 없게 한 하느님 섭리가 고마웠습니다.

저는 어머니를 일으켜 세우면서, 이렇게 힘들고 굴욕스럽게 무릎 꿇지 말라 사정하고 간청했습니다. 자제력을 잃어, 앞뒤가 안 맞는 말이 입에서 흘러나왔습니다. 당혹스럽기도 하지만 어머니가 발밑에 엎드린 모습에 놀라기도 했습니다. 그래서 저는, 당신 자식은, 어떤 경우라도 어머니를 용서할 테고, 용서한다고, 이미 오래전에 용서했다고 말했습니다, 아니, 말하려고 했습니다. 나는 가슴에 어머니를 사랑하는 마음이 넘쳐흐른다고, 그 마음은 예전에 어떤 일이 있었더라도 변하지 않고 변할 수 없다고. 태어나서 어머니 가슴에 처음 안긴 제가 어떻게 그러겠느냐고, 온 세상이 어머니에게 등을 돌린다 해도 제가 어떻게 등을 돌리겠느냐고, 저는 생명을 주신 어머니를 받아들이고 축복할 수밖에 없다고, 그런 말씀 마시라고. 저는 어머니를 꼭 껴안고 어머니는 저를 꼭 껴안아, 여름날 고요한 숲에 평화롭지 않은 건 잔뜩 흥분한 우리 두 사람밖에 없는 것 같았습니다.

"나를 받아들이고 축복하다니, 너무 늦었어. 나는 어두운 길을 혼자 걸어야 해, 그 길이 어떤 길이라도. 하루하루, 어떨 때는 매시간, 죄지은 발을 내디딜 길이 안 보이더라도. 그건 내가 이 세상에서 받아야 할 형벌이야. 자업자득. 혼자 견디고, 숨겨야 해."

자신이 겪을 형벌을 떠올리는 순간조차, 어머니는 주변에 대한 자부심과 냉정한 자세를 습관처럼 드러내다 곧바로 내던졌습니다.

"나는 비밀을 지켜야 해, 무슨 수를 써서라도. 나는 다른 남자와 결혼한, 비열하고 불명예스러운 존재라고!"

좌절을 억누르며 뱉어내는 소리가 비명을 내지르는 소리보다 끔찍했습니다. 두 손으로 얼굴을 감싼 채 몸을 움츠리는 모습이 제 손길을 피하려는 것 같을 뿐, 아무리 설득하고 사정해도 어머니를 일으켜 세울 순 없었습니다. 어머니 입에서 나온 말은 안 돼, 안 돼, 안 돼가 전부였습니다. 다른 곳에서는 자부심과 오만함이 가득할지언정, 모성애라는 자연스러운 감정 앞에서는 죄책감과 부끄러움만 가득했습니다.

어머니가 더없이 불행한 표정으로 말씀하셨습니다. 네가 아프다는 말을 듣고서 미칠 것 같았다. 자신이 낳은 아기가 살았다는 사실을 그때 처음 알았다. 예전에는 네가 그 아기라는 사실을 상상조차 못 했다. 처음이자 마지막으로 너에게 말하려고 여기까지 일부러 내려왔다. 이 순간 이후로 우리는 서로 만날 수도 편지를 주고받을 수도 말을 주고받을 수도 없다. 그러면서 당신 손으로 쓴 편지를 건네셨습니다. 다 읽고 태워라 – 자신은 바라는 게 없으니 자신을 위해서가 아니라, 남편과 너를 위해서 – 앞으로 자신을 죽은 사람으로 여겨라. 딸 앞에서 괴로워하는 모습을 어머니가 딸을 사랑하는 증거로 받아들일 수 있다면, 자신이 얼마나 고통스러워하는지 이해하고 동정할 수 있다면, 제발 그렇게 해달라. 희망도 없고 도와줄 사람도 없다. 죽을 때까지 비밀을 지키든, 도중에 드러나서 자신이 결혼한 가문에 굴욕과 치욕이 되든 혼자 싸워나가야 한다. 누구도 자신을 사랑할 수 없고, 누구도 자신에게 구원의 손길을 내밀 수 없다.

"그렇다면 비밀은 지금까지 안전했나요? 지금도 안전한가요, 사랑하는 어머니?"

"아니야. 하마터면 드러날 뻔했어. 우연히 막았을 뿐이야. 언제 무슨 일이 있을지 몰라…… 내일이든, 언제든."

"특별히 걱정되는 사람이 있나요?"

제가 묻자, 어머니가 제 손에 뽀뽀하며 말했어요.

"쉿! 나 때문에 덜덜 떨면서 울지 말려무나. 나는 울어줄 가치가 없어. 한 사람이 유난히 걱정스럽단다."

"적인가요?"

"친구는 아니야. 열정이 하나도 없어. 적도 친구도 못 될 사람. 데드록 레스터 경의 자문변호사, 기계적으로 충성할 뿐 집착하지 않고, 명문가의 비밀을 다 안다는 평판과 이익과 특권을 누리느라 급급하지."

"그 사람이 의심하나요?"

"많이."

"다른 일 때문인가요?"

"그래! 주변을 맴돌며 언제나 감시하지. 나는 그자를 일정한 거리에 떼어놓을 수는 있어도 완전히 떨쳐낼 순 없단다."

"그 사람은 동정심이나 양심의 가책 같은 게 없나요?"

"하나도 없어, 분노도 없고. 그 사람은 할 일에만 신경 쓸 뿐, 다른 것엔 무관심해. 그 사람이 할 일로 삼는 건, 비밀을 캐서 움켜잡고 권력을 누리는 거야, 누구한테도 말하지 않고."

"그 사람을 믿을 수 있나요?"

"영원히 못 믿어. 내가 여태껏 오랜 세월을 걸어온 어두운 길도 결국엔 끝나겠지. 길이 끝날 때까지 혼자 걸어갈 뿐이야, 어떻게 끝나든. 끝나는 길이 가까울 수도 있고 멀 수도 있지만 길이 이어지는 한 발길을 돌리지 못해."

"사랑하는 어머니, 마음을 굳히셨나요?"

"그래. 오늘날까지 나는 어리석음으로 어리석음을 덮고, 자부심으로 자부심을 덮고, 경멸로 경멸을 덮고, 오만으로 오만을 덮고, 허영으로 더 많은 허영을 덮으면서 살아왔어. 그럴 수만 있다면 이 위험도 이겨내겠어, 그대로 죽을 수도 있고. 주변에 위험이 가득해, 체스니 저택을 이 숲이 완전히 에워싼 것처럼. 하지만 가야 해. 다른 길은 없어. 그 길밖에 없어."

"잔다이스 아저씨께서……"

제가 입을 여는 순간에 어머니가 급히 물었어요.

"그분도 의심하니?"

"아니에요, 그런 거 조금도 없어요! 그분은 그런 분이 아니에요!"

저는 잔다이스 아저씨가 자신이 아는 전부라며 저한테 알려준 내용까지 말한 다음에 덧붙였어요.

"상식을 아는 선량한 분이시니, 그분께 알리면……"

어머니는 그 순간까지 입장을 조금도 안 바꾼 채, 한쪽 손을 들어서 제 입술을 막았어요. 그러다 잠시 뒤에 말했어요.

"그분한테 말해. 내가 허락하마 – 못난 엄마가 상처받은 딸에게 주는 조그만 선물로 – 하지만 나한테 결과를 말하진 마. 그만한 자존심은 남았으니까."

최선을 다해서 설명했습니다. 너무 놀랍기도 하고 고통스럽기도 해서 무슨 말을 하는지 모르면서도, 어릴 적에 자장가로 들은 적도 없고 칭찬하는 소리로 들은 적도 없고, 그리움을 느낀 적도 없고, 기억에 남는 느낌도 없어, 어머니 목소리가 뱉어내는 말 한마디 한마디가 너무나 낯설고 울적해도, 저는 설명했습니다. 잔다이스 아저씨는 저에게 어떤 아빠보다 훌륭하다고, 이야길 하면 함께 상의도 하고 지원도 받을 수 있다고. 하지만 어머니는 싫다고, 안된다고, 누구도 자신을 도울 수 있다고 답했습니다. 앞에 펼쳐진 황야를 혼자 걸어야 한다고. 그러면서 말했습니다.

"우리 아가, 우리 아가! 이게 마지막이로구나! 이 키스가 마지막이로구나! 네가 내 목에 팔을 두르는 것도 마지막이로구나! 이제 만나지 말아야 해. 내가 갈망하는 일이 성공하려면 지금까지 오랫동안 살아온 대로 살아가야 해. 그게 내가 받을 보상이고 숙명이야. 데드록 부인이 주변에서 아첨하는 말을 들으며 화려하고 눈부시게 살아간다는 소문을 들으면, 가면 뒤에서 양심의 가책에 시달리는 불쌍한 엄마를 생각하렴! 고통 속에서, 헛된 회한 속에서, 가슴에 하나밖에 없는 사랑과 진실을 죽이는 엄마를 생각하렴! 그리고 가능하다면 그런 엄마를 용서하렴, 하늘은 절대 용서치 않겠지만, 그래도 엄마를 용서해달라고 하늘에 대고 울부짖으렴!"

우리는 아직도 서로를 껴안았지만, 어머니는 단호하게 제 손을 잡아서 떼어내 제 가슴에 돌려놓은 채 마지막으로 키스하고 두 팔을 풀고 숲으로 들어갔습니다. 저는 혼자 남고, 밑에는 대저택이 햇살을 받으며 그늘을 드리웠습니다. 테라스와 탑이 아름다운, 차분하고 고요한 대저택이 원래는 완벽한 안식처로 보였는데, 지금은 어머니의 고통을 무자비하게 지켜보는 감시자로 보였습니다.

저는 병을 심하게 앓을 때처럼 처음에는 정신이 아찔하고 기운이 쑥 빠지는 가운데도 비밀이 드러날 위험을 막아야 한다는 절박감에, 약간의 의심조차 막아야 한다는 절박감에 정신을 차렸습니다. 울었다는 걸 찰리에게 숨길 준비도 했습니다. 정신을 바짝 차리고 조심하는 게 자식 된 도리라는 생각도 떠올렸습니다. 한동안은 너무 슬퍼서 터져 나오는 눈물을 억누르지 못했지만, 한 시간 정도를 보내자 마음이 진정

돼서 돌아가도 될 것 같았습니다. 집으로 정말 천천히 걸어가, 문 앞에서 기다리는 찰리에게, 데드록 귀부인과 헤어진 다음에 더 산책하고 싶었다고, 이리저리 돌아다녔더니 너무 피곤해서 일찍 누워야겠다고 말했습니다. 그리고 제 방으로 무사히 들어와서 편지를 읽었습니다. 어머니가 저를 버린 게 아니라는 사실을 - 저에게는 무엇보다 중요한 사실을 - 확실히 깨달았습니다. 하나밖에 없는 언니는, 어릴 적 대모님은, 죽어서 누워있던 제가 아직 살았다는 흔적을 발견하고, 저를 살리려는 욕망이나 의지 없이 의무감 하나로 아무도 모르게 기르느라, 제가 태어나고 몇 시간도 안 돼서 동생 얼굴을 두 번 다시 안 보았습니다. 그래서 저는 묘한 처지에 놓이고, 어머니가 알기에는 태어나자마자 이름조차 없이 숨 한 번 못 쉬고 땅에 묻혔습니다. 그러다 마을 교회에서 저를 처음 보는 순간, 아기가 살았다면 저런 모습이겠다는 생각이 들어서 깜짝 놀라긴 했지만, 그게 전부였습니다.

편지에 담긴 또 다른 내용은 여기에서 더 말하지 않겠습니다. 이야기를 계속하다 보면 말할 때가 있겠지요.

무엇보다 중요한 건 어머니가 쓴 편지를 태우고 재까지 없애는 일이었습니다. 그런 다음에는 제가 이렇게 자랐다는 사실 자체가 더없이 슬프게 떠올랐습니다. 부자연스럽거나 나쁘게 안 보이길 바라는데, 제가 아기 때 숨을 안 쉬었더라면 많은 사람에게 훨씬 바람직하고 좋았겠다는 생각이 들었습니다. 살아있는 자체로 나를 낳은 어머니와 자랑스러운 가문의 이름에 불명예가 될 수 있겠다는 공포도 몰려들었습니다. 머릿속이 혼란스럽고 흔들린 나머지, 태어나자마자 죽어야 했다는, 당시에 살아나지 말아야 했다는, 그게 옳았다는, 그게 운명이었다는 확신마저 들었습니다.

그런 느낌이 정말 또렷했습니다. 완전히 지쳐서 잠에 떨어졌다 일어나는 순간, 제가 다른 사람을 힘들게 하는 세상으로 돌아왔다는 생각이 떠올라서 눈물을 흘렸습니다. 저 자체가 해로운 증거일 수밖에 없는 어머니가, 체스니 대저택 소유자가, 해안에 몰아치는 파도처럼 귓가에 울리는 말이 새롭고 끔찍한 의미로, 대모님이 "네 엄마는, 에스더, 너한 테 불명예고, 너는 네 엄마한테 불명예야. 네가 모든 걸 파악해서 여자가 아니면 그 누구도 느낄 수 없는 불명예를 깨달을 때가 올 거다, 곧"이라고 한 말이 끔찍한 의미로 새롭게 와 닿으니, 저 자신이 어느 때보다 두려웠습니다. "성서에 쓰인 대로 다른 사람의 죄가 너한테 안 오도록 매일같이 기도해라"는 말도 새롭게 떠올랐습니다. 저 때문에 모든 죄악이 생겨난 것 같았습니다. 저에게 모든 죄악이 엉켰으며, 하늘이 그 벌을 내린 것 같았습니다.

해가 저물어 흐리고 슬프고 우울한 초저녁이 되어도 여전히 비통한 심정과 싸웠습니다. 혼자 밖으로 나가, 공원을 거닐면서 나무마다 떨어지는 땅거미와 발작하듯 날아가다 하마터면 저랑 부닥칠 뻔한 박쥐들을 바라보는데, 대저택에 처음으로 관심이 끌렸습니다. 제 마음이 조금 더 강했더라면 그렇게 가까이 다가가지 않았을 겁니다. 하지만 그러지 못했기에 대저택 옆으로 이어지는 길을 따라갔습니다.

오래 머물거나 올려다볼 용기는 없었지만 향기가 그윽한 테라스 정원 앞을, 널찍한 길을, 잘 가꾼 화단과 가지런한 잔디밭 앞을 지나갔습니다. 그러면서 아름답고 웅장한 건물을, 오래된 돌난간과 완만하고 널찍한 돌계단이 세월과 풍파에 시달린 모습을, 그 주변에, 그리고 오래된 돌난간 해시계 주변에 얽힌 이끼와 담쟁이덩굴을 보았습니다. 분수가 떨어지는 소리도 들었습니다. 길은 어두운 창문을 따라 기다랗게 이어지다 갈라지고, 그럴 때마다 독특하게 생긴 조그만 탑과 입구가 나오는데, 낡은 돌사자와 괴상한 괴물이 동굴처럼 그늘진 곳에서 털을 곤두세운 채 움켜쥔 문장 너머로 어두운 땅거미를 바라보며 으르렁댔습니다. 그곳에서 통로 밑으로 휘는 길을 따라 첫 번째 대문이 있는 안뜰을 지날 때는 (빠르게 걷는데도) 아무도 없는 마구간 근처에서 이는 묵직한 소리가, 빨갛고 노란 담장에 웅장하게 달라붙은 담쟁이덩굴 사이로 바람이 지나면서 웅얼대는 소리 같기도 하고, 닭 모양 풍향계가 나지막이 투덜대는 소리 같기도 하고, 개들이 짖어대는 소리 같기도 하고, 시계가 천천히 때리는 종소리 같기도 했습니다. 곧이어 달콤한 라임 냄새가 흘러들고 부스럭대는 잎사귀 소리도 들려, 저는 길이 건물 남쪽 면으로 꺾이는 데로 걸어가니, 바로 위에 유령길 돌난간이 있어, 불이 환한 창문에 어머니가 있을 것도 같았습니다. 여기부터는 바닥에 석판을 깔아서 판석을 밟는 소리가 울렸습니다. 걸음을 멈추고 둘러봐도 눈에 보이는 것 말고는 아무것도 안 보이는 터라, 저는 빠르게 걸어서 삼사 분 뒤에는 불 켜진 창문을 지나다, 제 걸음이 울리는 소리를 듣는 순간에 유령길 전설엔 끔찍한 진실이 담겼다는, 웅장한 건물에 재난을 불러올 사람이 바로 '나'라는, 울리는 걸음 소리가 그 사실을 경고하는 거라는 생각이 갑자기 떠올랐습니다. 저 자신에 대한 공포에 사로잡히면서 온몸에 소름이 돋아, 저는 저 자신과 모든 것에서 도망치며 왔던 길을 그대로 내달렸습니다, 관리인 오두막이 나올 때까지, 제 뒤로 공원이 음울하고 새까맣게 깔릴 때까지, 한 번도 안 멈추고.

밤이 되고 방에 홀로 남는 순간, 갑자기 몰려드는 불행에 기운이 쭉 빠지는 순간, 이런 자세는 옳지 않다는, 고마움을 모르는 짓이라는 깨달음이 밀려들었습니다. 그러다 사랑하는 에이다가 내일 온다는 기쁜 편지를, 제가 감동하지 않으면 대리석일 수밖에 없을 정도로 사랑스러운 기대감이 충만한 편지를 발견했습니다. 잔다이스 아저씨가 보

낸 또 다른 편지도 있었고요. 어디서든 더든 아줌마를 만난다면, 아줌마가 없으니 집안 꼴이 엉망이라는, 여기저기서 문제가 생긴다는, 열쇠꾸러미를 다른 누구도 관리할 수 없다는, 집안사람 모두 예전 집이 아니라며 투덜대다 못해, 더든 아줌마가 돌아올 때까지 반란이라도 일으킬 것 같다는 말을 전해달라는 내용이었어요. 이런 편지를 두 통이나 받으니, 크나큰 사랑을 받는다는, 행복한 존재라는 생각이 절로 떠올랐어요. 지난 삶도 되돌아보았어요. 그러다 보니 우울한 마음이 많이 풀리더군요.

죽을 운명이 아닐지 모른다는, 살아나면 안 되는 운명이 아닐 수 있다는, 그럴 운명이라면 이렇게 행복하게 살아오지 않았을 거라는 사실을 똑똑히 깨달은 거예요. 수많은 일이 하나로 엮여서 저를 행복하게 한다는 사실을, 부모의 죄악이 자식에게 내려온다는 속담은 제가 아침에 겪은 공포를 뜻하는 게 아니라는 사실을 똑똑히 깨달은 거예요. 저 역시 여왕과 마찬가지로 순수하게 태어났으며, 하늘에 계신 아버지 앞에서 제가 태어났다는 이유로 받을 벌은 없으며, 여왕 역시 그런 이유로 받을 상은 없다는 사실을 깨달은 거예요. 저는 그날 받은 충격을 통해서 얼굴이 변한 게 축복일 수 있다는 사실조차 깨달았어요. 마음을 새롭게 다지고 그 마음을 강하게 단련하게 해달라고 기도하며 저 자신과 불행한 어머니를 위해 온 마음을 쏟아붓다, 아침에 몰려든 어둠이 낱낱이 사라지는 걸 느꼈어요. 어둠은 잠잘 때도 안 찾아오더니, 다음 날 햇살이 깨울 때는 완전히 사라졌어요.

사랑스러운 에이다는 오후 5시에 도착할 예정이었어요. 에이다가 올 길을 따라 오랫동안 거슬러 올라가는 이상으로 그 시간을 바람직하게 보낼 방법을 당시에는 몰랐어요. 그래서 스텁스를 데리고 찰리와 함께 - 한 번 곤욕을 치른 다음부터는 마차를 안 매고 안장만 얹은 채 - 길을 따라 오랫동안 나아갔어요. 그러다 집으로 돌아왔어요. 돌아오는 도중에 대저택과 정원을 바라보니 모든 게 참 예쁘게 보였어요. 날아오르려 준비하는 새조차 건물의 중요한 일부처럼 보이고요.

에이다가 오려면 아직 두 시간을 더 보내야 하는데, 끝도 없이 길게만 느껴지는 시간 사이, 솔직히 고백하자면 저는 변한 얼굴 때문에 불안하고 초조했어요. 어여쁜 에이다를 지극히 사랑한 터라, 변한 얼굴이 저보다 에이다에게 미칠 영향이 더 걱정스러웠어요. 이렇게 걱정스러운 적은 한 번도 없었어요. 에이다가 마음의 준비를 충분히 했을까? 나를 마주하자마자 살짝 충격받고 실망하지 않을까? 얼굴이 변한 게 에이다가 예상한 이상은 아닐까? 예전의 에스더 얼굴을 못 찾는 건 아닐까? 나한테 적응하려고 처음부터 다시 시작하는 건 아닐까? 하는 생각이 절로 떠올랐어요.

저는 사랑스러운 에이다 얼굴에 떠오르는 표정을 한눈에 아는 데다, 사랑스러운 얼굴에 솔직한 마음만 어린다는 사실마저 잘 아니, 에이다가 저랑 마주치자마자 떠올린 표정을 못 숨기겠다는 확신이 들었어요. 그래서 실망스러운 내색을 드러낸다면, 그럴 가능성이 정말 큰데, 제가 제대로 반응할 수 있을까 곰곰이 생각했어요.

그럴 수 있을 것 같았어요. 지난 밤 이후로는 그럴 수 있을 것 같았어요. 하지만 기다리고 또 기다리며 이리 상상하고 저리 상상하며 생각하고 또 생각하는 건 좋은 자세가 아닌 것 같아서 길을 따라가다 만나기로 마음을 먹었어요.

그래서 찰리에게 "에이다랑 마주칠 때까지 혼자 길을 따라갈게"라고 말했어요. 찰리는 제가 좋다는 건 무엇이든 따르는 터라, 저는 찰리를 집에 둔 채 혼자 나왔어요.

하지만 3km도 채 못 갔는데, 멀리서 먼지구름이 이는 걸 보고 (아직은 에이다 역마차가 나타날 시간이 아니라는 걸 알면서도) 온몸이 와들 와들 떨려서 집으로 그냥 돌아가기로 마음을 바꿨어요. 그리곤 돌아서 자마자, (절대로 그럴 리 없다는 걸, 그럴 수 없다는 걸 알면서도) 역마 차가 바로 따라붙을 것 같은 공포에 떨면서 역마차가 못 따라붙도록 집까지 마구 달렸어요.

집으로 무사히 돌아온 다음에는 정말 어이가 없다는 생각이 들었어 요! 온몸이 달아올라, 상황을 최선이 아니라 최악으로 만든 거예요.

마침내, 아직은 최소한 15분 정도가 남은 것 같을 때, 제가 정원에서 와들와들 떨고 있을 때, 찰리가 갑자기 소리쳤어요.

"아가씨가 오세요, 아가씨! 아가씨가 오셨어요!"

그럴 생각은 아니지만, 저는 이 층 제 방으로 마구 달려가서 문 뒤에 숨었어요. 에이다가 계단을 올라오면서 "에스더, 사랑하는 에스더, 어 디에 있니? 꼬마 아줌마, 사랑스러운 더든 아줌마!" 하고 부를 때도 가만히 서서 와들와들 떨었어요.

에이다가 방안으로 뛰어들더니 다시 황급히 나가다 저를 보았어요. 아, 나의 수호천사여! 그립디그리운 표정, 사랑과 애정과 다정한 표정 만 가득했어요! 다른 표정은 하나도 없었어요, 단 하나도!

아, 정말 행복했어요, 바닥에 쓰러지니, 다정하고 아름다운 에이다도 함께 쓰러져서 흉터가 앉은 얼굴에 사랑스러운 뺨을 댄 채 눈물과 뽀뽀 세례를 퍼붓고, 떠올릴 수 있는 사랑스러운 이름을 모두 부르면서 어린 애처럼 흔들다, 애정이 가득한 가슴으로 저를 꼭 껴안았어요.

CHAPTER XXXVII
잔다이스 대 잔다이스

지켜야 하는 비밀이 제 비밀이라면 우리가 만나고 얼마 안 돼서 에이다에게 전부 털어놓았을 겁니다. 하지만 제 비밀이 아니니 털어놓을 권리도 없다고 느꼈습니다. 잔다이스 아저씨에게 털어놓을 권리조차, 매우 급한 이유가 생기지 않는 한. 혼자 짊어져야 할 부담이었습니다. 자식 된 도리가 분명하니, 사랑하는 에이다가 찾아와서 기쁘긴 해도 비밀을 털어놓을 충동이나 용기는 안 일었습니다. 에이다가 잠들고 주변이 고요할 때면 어머니가 생각나서 잠을 못 이루며 슬퍼해도, 다른 시간까지 그러진 않았습니다. 게다가 에이다는 저에게서 예전 모습을 찾아냈습니다 – 지금까지 충분히 말했으니, 그럴 수만 있다면 이제는 더 말하고 싶지 않은 구체적인 문제만 빼고.

첫날 초저녁에 에이다가 자수를 같이 놓으면서 그 집 가족이 대저택에 있느냐고 물을 때는, 그렇다고, 이틀 전에 숲에서 데드록 귀부인을 만났다고 대답할 수밖에 없을 때는 차분한 마음을 유지하는 게 정말 힘들었습니다. 데드록 귀부인이 저에게 무슨 말을 했느냐고 에이다가

물을 때는, 그분이 친절하게도 관심을 보여주셨다고 대답할 때는, 그래서 에이다가 그분이 아름답고 우아하긴 해도 참 거만하고 오만하고 냉랭한 사람이라고 말할 때는 더더욱 힘들었습니다. 하지만 찰리가 데드록 귀부인은 런던에서 다른 명문가를 찾아가는 도중에 들른 터라 이틀 밤을 묵은 게 전부라고, 우리가 이름 붙인 전망대에서 우리랑 만난 다음 날 아침 일찍 떠났다고 말하는 식으로 자신도 모르게 저를 구해주었습니다. 저는 한 달이 걸려도 다 못 들을 것 같은 소문과 풍문을 찰리는 하루 사이에 다 듣는 걸 보면, 어린애는 귀가 밝다는 속담이 맞는 것 같았습니다.

우리는 보이손 선생댁에 한 달 묵을 계획이었습니다. 기억이 맞는다면, 에이다가 찾아오고 일주일을 신나게 보내던 어느 날 초저녁, 우리가 정원사를 도와서 꽃에 물을 준 다음에 촛불을 켜자마자, 찰리가 진지한 표정으로 에이다 의자 뒤에 나타나서 저에게 밖으로 나오라는 이상한 손짓을 했습니다. 그리곤 두 눈을 동그랗게 뜬 채 속삭였어요.

"아! 아가씨, '데드록 술집'으로 오래요."

"맙소사, 찰리, 누가 나를 그런 술집으로 오라는 거니?"

제가 묻자, 찰리는 머리를 앞으로 내밀고 두 손을 조그만 앞치마 매듭에 올려서 대답하는데, 뭔가 수상하거나 은밀한 느낌을 즐길 때 나타나는 버릇이에요.

"저도 몰라요, 아가씨. 하지만 신사분이 인사말을 건넨 채, 제발 부탁이니 아무 말 말고 오라고 했대요, 아가씨."

"어떤 인사말, 찰리?"

"그 사람 인사말, 아가씨."

찰리가 대답했어요. 문법 공부를 하는데, 눈에 띄게 좋아진 부분은 없었어요.

"그런데 너는 그 말을 어떻게 전하는 거니, 찰리?"

"제가 전하는 게 아니에요, 아가씨. 그러블 아저씨예요, 아가씨."

"그러블 아저씨가 누군데, 찰리?"

"그러블 아저씨요, 아가씨. 모르세요, 아가씨? 그러블이 운영하는 데드록 술집."

찰리가 간판을 천천히 읽는 것처럼 대답했어요.

"술집 주인, 찰리?"

"네, 아가씨. 그분 부인은 정말 아름다운데, 발목이 분질러져서 뼈가 붙질 않아요. 그분 동생은 톱질하는 사람인데, 감옥에 갇혔어요. 사람들 말이 맥주를 너무 마셔서 일찍 죽을 거래요."

찰리 대답을 듣고, 저는 무슨 일인지도 모른 채, 지금은 뭐든 쉽게 걱정하는 터라, 직접 찾아가야겠다고 생각했어요. 그래서 찰리에게 보닛 모자와 망사와 숄을 가져오라 지시하고 걸친 다음, 보이손 선생댁 정원만큼이나 잘 아는 조그만 언덕길을 내려갔어요.

그러블 선생은 셔츠 차림으로 꽤 깨끗하고 조그만 술집 입구에 서서 저를 기다렸어요. 제가 오는 걸 보고서는 두 손으로 모자를 벗어서 (아주 무거운) 쇠그릇이라도 되는 듯 두 손으로 든 채, 모래 깔린 통로를 나아가서 제일 좋은 응접실로 안내했어요. 양탄자가 깔끔하게 깔린 실내에는 필요 이상으로 화분이 많고, 캐롤라인 왕비 채색 인쇄 초상화가 있고, 조개껍데기, 훌륭한 쟁반이 여러 개, 유리 상자 두 개에 박제해서 말린 물고기 두 마리, 이상한 알 같기도 하고 이상한 호박 같기도 한 물체 하나가 천장에 매달렸어요. 저는 술집 입구에 서 있는 그러블 선생을 자주 봐서 그 느낌을 잘 알아요. 쾌활한 표정, 단단한 체구, 중년남성 모자를 쓰고 장화를 신어야 벽난로 앞에서 편히 쉴 것 같은, 하지만 교회에 갈 때 말고는 외투를 안 입을 것 같은 느낌이요.

그러블 선생이 촛불 심지를 다듬고 촛불이 어떤지 살피려고 뒤로 살짝 물러나더니 그대로 나갔어요. 너무나 뜻밖이었어요. 누가 저를 찾는지 물으려 했거든요. 응접실 맞은편 입구가 열려 있는데, 귀에 익숙한 목소리가 들리다 멈췄어요. 그리고는 제가 있는 공간으로 다가오는 걸음 소리가 빠르고 경쾌하게 들리더니, 다름 아닌 리처드가 나타나는 거예요!

"친애하는 에스더! 제일 친한 친구!"

리처드가 말하고, 우리 모두 깜짝 놀라면서도 친형제처럼 더없이 따뜻하고 반갑게 인사하는 기쁨을 누리고 숨을 돌리는 순간, 저는 에이다도 잘 있다고 말했어요.

"머릿속 생각에 곧바로 대답하는 걸 보면 예전의 다정한 모습 그대로야!"

리처드가 말하면서 저를 의자로 데려가더니, 바로 옆 의자에 앉았어요.

저는 망사를 올렸어요, 조금만.

"예전의 다정한 모습 그대로야!"

리처드가 예전처럼 진심으로 말했어요.

저는 망사를 모두 올리고 한쪽 손을 리처드 소매에 올린 채 얼굴을 똑바로 마주하며, 다정하게 반겨주니 고맙다고, 이렇게 만나서 정말 반갑다고, 아플 적에 결심한 내용 때문에 더 그렇다고 한 다음에 그게 무엇인지 말했어요.

"친애하는 꼬마 아줌마, 꼭 만나고 싶었어, 나는 꼬마 아줌마한테 이해받고 싶거든."

리처드 말에 저는 고개를 저으면서 대답했어요.

"나는 네가 다른 분을 이해하길 바라, 리처드."

"존 잔다이스 얘기를 곧장 꺼내는군…… 존 잔다이스가 맞지?"

"당연하지."

"그렇다면 나 역시 곧장 말할 수 있겠군, 내가 이해받고 싶은 게 바로 그 문제니까. 그대한테……꼬마 아줌마! 존 잔다이스도 다른 누구도 아니라!"

리처드가 말하는데, 그런 어투로 말하는 모습을 보는 게 저는 너무 고통스럽고, 리처드도 그걸 알아챘어요.

"그래, 그래, 꼬마 아줌마. 지금 얘기하진 말자. 네가 지금 묵는 집에 너랑 팔짱 끼고 들어가서 매혹적인 에이다를 깜짝 놀라게 하고 싶거든. 존 잔다이스에게 충성하더라도 그 정도는 들어주겠지?"

"친애하는 리처드, 너는 그분 집에서도 진심으로 환영받아 - 네 집이니까, 네가 그렇게 생각만 한다면. 그러니 이 집에서도 당연히 진심으로 환영받지!"

제가 대답하자, 리처드가 감탄했어요.

"정말 훌륭한 꼬마 아줌마로군!"

저는 지금 하는 일이 마음에 드느냐고 물었어요.

"아, 마음에 들어! 괜찮은 편이야. 당장은 무얼 하든 똑같잖아. 나중에 정착한 다음에도 계속 일할지는 모르겠지만. 돈 받고 팔 수도 있겠고. 당장은 귀찮은 일에 신경 쓰지 말자."

젊고 잘생긴 모습은 어떤 점이든 플라이트 할머니와 정반대인데! 그늘진 표정으로 무언가를 갈망하는 모습은, 아아, 섬뜩할 정도로 똑같았어요!

"현재는 휴가를 받아서 런던에 있어."

"정말?"

제가 묻자, 리처드는 아무렇지 않은 미소를 억지로 떠올리며 대답했

어요.

"응. 기나긴 휴정기 전에 둘러보려고 급히 왔어…… 대법정 소송을. 마침내 우리 소송도 돌아갈 거야, 장담해."

저는 머리를 절레절레 흔들고, 리처드는 다시 그늘이 가득한 얼굴로 말했어요.

"그래, 재밌는 주제는 아니야. 오늘 밤에는 이 문제를 바람에 실려서 사방으로 날려버리는 거야. 휘휘! 사라져라! 그런데, 지금 누가 나랑 있는지 알아?"

"아까 스킴폴 선생 목소리가 들리던데?"

"맞아, 바로 그분이야. 누구보다 많은 도움을 주시지. 정말 매혹적인 어린애거든!"

저는 두 사람이 함께 온 걸 누가 아느냐 묻고, 리처드는 아니라고, 아무도 모른다고 대답했어요. 자신이 스킴폴 선생을 "친애하는 늙은 아기"라 부르면서 자택으로 찾아갔더니 친애하는 늙은 아기가 우리 있는 곳을 알려주었다고, 그래서 우리를 만나러 내려가겠다고 하니까 친애하는 늙은 아기 역시 단번에 함께하길 원했다고, 그래서 여기까지 데려왔다면서 이렇게 덧붙였어요.

"그분은 몸무게 세 배쯤 나가는 금덩이처럼 소중한 분이야, 여행경비를 모두 부담할 가치가 있어. 정말 유쾌하거든. 세속적인 때가 안 묻었어. 맑고 신선해!"

저는 스킴폴 선생이 모든 경비를 리처드에게 물리는 게 비세속적인 증거는 아니라고 보았지만, 아무 말도 안 했어요. 스킴폴 선생이 들어와서 대화 주제를 바꾸었거든요. 그분은 저를 만난 걸 기뻐하면서, 저 때문에 기뻐하는 눈물과 동정하는 눈물을 6주일간 간헐적으로 흘렸다고, 좋아졌다는 소식을 듣고서 그렇게 기쁠 수 없었다고, 이제는 세상에 선과 악이 뒤섞인 걸 이해한다고, 다른 사람이 아플 때 자신은 건강한 걸 다행스럽게 여긴다는 사실을 깨달았다고, 어떤 원리인지는 모르겠지만 A가 사팔뜨기면 B는 똑바로 바라보는 게 그만큼 더 즐겁고, C가 목발이면 D는 비단 스타킹을 신은 살과 뼈를 그만큼 더 소중하게 여기는 법이라면서 이렇게 주장했어요.

"친애하는 에스더 아가씨, 여기 우리 친구 리처드는 미래에 대한 꿈이 확실하여 그 꿈으로 어두운 대법정을 밝힌다오. 정말 바람직하고, 고무적이고, 시적 감성이 풍부하지요! 옛날 옛적에는 목양 신과 요정들이 숲과 들판에서 피리를 불고 춤추는 식으로 목동을 즐겁게 했지요. 여기에 있는 현대판 목동은, 우리 목가적인 리처드는, 판사석에서 판결을 읊조리는 선율에 운명의 여신이 그 시종을 뛰놀게 하는 식으로 우중충한 법정을 환히 밝힌답니다. 어쩌나 유쾌하던지요! 심술궂게 투덜대길 좋아하는 사람들은 나한테 '법을 남용하면 도대체 무슨 소용이 있어? 그런 놈을 어떻게 변호하냐?'고 비난하겠지만, 나는 '투덜대는 친구여, 나는 그들을 변호하는 게 아니라, 그들이 내 취향에 맞는다는 얘기라네. 양치는 젊은이가 있는데, 내 친구인데, 이 친구는 그들을 극히 황홀한 대상으로 바꾸어놓는다네. 그들이 존재하는 이유가 그것 때문이라고 말할 순 없지만, 어쩌면 그것 때문일 수도 있다네 – 나는 세속적으로 투덜대는 사람들 사이에서 어린애라, 당신네한테든 나한테든 무얼 설명할 필요가 없고.'"

저는 스킴폴 선생이 리처드에게 정말 나쁜 친구일 수 있겠다는 생각을 진지하게 떠올렸어요. 이렇게 중요한 시기에, 올바른 원칙과 목표를 세워야 할 시기에, 나사 하나가 기분 좋게 빠져서 원칙과 목적을 가볍게 외면한 채 모든 걸 미루는 사람을 옆에 끼고 다닌다는 사실이 불편하게 다가왔어요. 잔다이스 아저씨처럼 친척들이 불행하게 휩싸인 분쟁과 소송을 억지로 떨쳐내려 애쓰는 데다 세상 경험도 충분한 사람이라면, 스킴폴 선생처럼 순수하고 솔직한 사람을 통해서 억지로 위안을 얻을 수도 있겠다는 사실은 이해하지만, 스킴폴 선생이 겉보기처럼 순수한 인물은 아닐지 모른다는, 무책임하고 게으른 생활습관에 어떤 식으로든 도움을 받으려고 그런 척하는 걸지도 모른다는 생각이 들었거든요.

두 사람은 걸어서 저를 집까지 배웅하고, 스킴폴 선생은 대문에서 헤어지고, 저는 리처드랑 안으로 조용히 들어서며 "사랑하는 에이다, 너를 만나겠다는 신사분을 데려왔어"라고 말했어요. 깜짝 놀라서 빨갛게 물드는 얼굴색을 읽는 건 어렵지 않았어요. 에이다는 리처드를 지극히 사랑했으며, 리처드도 그걸 알고, 저도 그걸 알았어요. 하지만 친척 자격으로 만나는 정도에 불과한 것 역시 뻔히 보였답니다.

저는 의심병이 사악하게 도지는 느낌이, 리처드가 에이다를 끔찍하게 사랑하는 건 아니라는 느낌이 들었습니다. 누구든 그럴 수밖에 없으니 리처드 역시 에이다를 숭배하고, 예전의 결혼 약속을 새롭게 하고픈 갈망은 있는 것 같은데, 에이다가 잔다이스 아저씨에게 맹세한 바를 지킬 거란 사실도 분명히 알았거든요. 그런데 잔다이스 대 잔다이스 소송을 마음에서 떨쳐내기 전까지, 리처드는 모든 문제에서 진실함과 성실함을 미룰 수밖에 없으며, 그런 자세는 이 문제에서도 마찬가지라는 생각이 제 머릿속에 고통스럽게 떠오른 거예요. 아아! 그렇게 나쁜 병에 안 걸렸더라면 리처드가 어땠을지, 이제 저로선 상상조차 할 수 없었어요!

리처드는 에이다에게 솔직하게 말했어요, 자신은 존 잔다이스가 제시하고 에이다가 (절대적으로 믿고) 받아들인 조건을 무력화시키려고 몰래 찾아온 게 아니라고, 자신은 공개적으로 에이다를 만나고 나를

373

만나서 자신이 존 잔다이스와 맞서는 이유를 해명하러 왔다고. 친애하는 늙은 아기가 금방 돌아올 예정이니 내일 아침에 나를 만나고 싶다고, 그러면 솔직하게 자세히 설명하겠다고 간청했어요. 저는 7시에 공원을 산책하자 제안하고, 리처드도 받아들였어요. 스킴폴 선생은 곧바로 나타나, 우리를 한 시간 동안 즐겁게 해주었어요. 꼬마 채무자 감옥을 (찰리를) 만났을 때는 찰리에게 아버지 같은 분위기로 말하고요, 자신은 돌아가신 부친이 일할 거리를 충분히 만들어주었다고, 어린 동생 가운데 한 명이 그 일을 시작한다면 이번에도 일할 거리를 충분히 만들어주겠다고. 그리고는 물 탄 포도주를 마시면서 기쁜 눈으로 우리를 둘러보며 덧붙였어요.

"나는 그런 그물망에 툭하면 걸려도 계속 빠져나온다오 - 누가 돈을 대신 내주는 선박처럼 - 선박 회사처럼. 누군가 나를 위해서 늘 그렇게 한다오. 나는 돈이 없으니, 내가 돈을 낼 수 없어서. 그래서 누군가 대신 내준다오. 그래서 풀려나온다오. 나는 강물에 박힌 말뚝이 아니니 말이오. 그래서 나온다오. 그게 누군지 물어본다면, 맹세하건대 대답할 순 없다오. 그 사람을 위해서 건배합시다. 하느님, 그이를 축복하소서!"

리처드는 아침에 약간 늦게 나왔지만, 많이 늦은 건 아니고, 우리는 공원으로 들어섰어요. 공기는 맑고 고요하며 하늘엔 구름 한 점 없었어요. 새들은 즐겁게 노래하고 이끼와 풀과 나무는 하나같이 반짝이며 놀라운 광경을 엮어냈어요. 어제보다 숲이 스무 배는 풍성하게 변한 느낌인 게, 모두가 잠든 고요한 밤에 자연이 그날을 영광스럽게 만들려고 평소보다 오래 깨어나서 나뭇잎 하나하나를 정성스레 가꾼 것 같았어요.

"사랑스러운 곳이군. 법정의 시끌벅적한 불협화음은 하나도 없어!"

리처드가 둘러보며 감탄했어요.

하지만 다른 문제는 있었어요.

"좋은 생각이 떠올랐는데, 친애하는 꼬마 아줌마, 소송이 해결되면 여기에 내려와서 편히 쉬는 거야."

리처드 말에 제가 물었어요.

"지금 내려와서 편히 쉬는 게 좋지 않겠어?"

"아, 지금 쉬는 건, 혹은 지금 뭔가 구체적으로 움직이는 건 쉽지 않아. 단순히 말해서, 못 그래, 최소한 나는."

"왜?"

"이유는 너도 알아, 에스더. 다 못 지은 집에 산다면, 지붕을 얹어야 할 수도 있고 지붕을 내려야 할 수도 있고 - 내일이든, 다음 날이든, 다음 주든, 다음 달이든, 다음 해든 - 꼭대기부터 바닥까지 허물어야 할 수도 있고 새로 올려야 할 수도 있어서 - 편히 쉴 수도, 정착할 수도 없다고. 바로 내가 그래. 지금? 우리 같은 소송인한테 지금은 없어."

간밤의 어두운 표정을 또 보는 순간, 불쌍하게 방황하는 조그만 할머니가 "빨아들인다"고 표현한 말을 믿을 수 있을 것 같았어요. 떠올리는 자체로 끔찍하지만, 지난번에 사망한 불행한 사내 역시 똑같은 그늘이 있었어요. 그래서 말했어요.

"친애하는 리처드, 대화를 시작하기에 좋은 주제는 아닌 것 같아."

"그렇게 말할 줄 알았어, 더든 아줌마."

"나만 그러는 게 아니야, 리처드. 가문에 내린 저주를 끌어안고 어떤 희망이든 기대든 품지 말라고 예전에 너한테 경고한 사람은 내가 아니라고."

제가 말하자, 리처드가 초조한 어투로 말했어요.

"존 잔다이스 얘기로 돌아가는군! 그래! 결국에는 그 사람 이야기가 나올 수밖에 없어, 내가 말하려는 핵심이 바로 그 사람이거든. 그러니 지금 얘기하는 것도 좋겠지. 어떻게 그리도 눈뜬장님일 수 있니, 친애하는 에스더? 그 사람은 이해당사자라는 걸, 내가 소송 내용을 하나도 모르는 게, 그래서 아무런 관심도 없는 게 그 사람한테 이익이라는 걸, 하지만 나한테는 아무런 이익도 안 된다는 걸 모르겠니?"

제가 대뜸 충고했어요.

"아, 리처드, 아저씨를 그렇게 많이 만나고 아저씨 말을 그렇게 많이 듣고도, 아저씨 집에 살면서 아저씨를 그렇게 충분히 보았으면서도, 듣는 사람이 아무도 없는 외진 곳에서 나한테 어떻게 그렇게 말하면서 의심할 수 있니?"

리처드 얼굴이 빨갛게 달아오르는데, 좋은 성격을 타고난 터라 양심의 가책을 받는 것 같았어요. 그래서 한동안 침묵하다 가라앉은 목소리로 대답했어요.

"에스더, 내가 야비한 성격은 아니라는 걸, 나 역시 젊은이가 의심하고 불신하는 태도를 옳지 않게 여긴다는 걸 너도 분명히 알 거야."

"그래, 알아. 그것보다 확실히 아는 건 없을 정도로."

"역시 꼬마 아줌마야, 너다워. 그 말을 들으니까 마음이 놓여. 소송에 신경 쓰다 보면, 정말 나쁜 소송이라 조금이나마 마음의 위안을 얻고 싶거든, 그동안 너한테 말할 기회는 없었지만."

"나도 잘 알아, 리처드. 뭐라고 할까? 그래, 그렇게 곡해하는 게 네 성격에 안 맞는다는 건 나도 너만큼 알아. 그 성격을 바꾼 게 무언지도 너만큼 알고."

제가 대답하자, 리처드는 조금 더 흥겹게 말했어요.

"그래, 꼬마 아줌마, 너는 모든 문제에서 나를 공평하게 보겠지. 그렇다면 좋아. 내가 안 좋은 영향력에 빠져드는 불행을 겪는다면 그 사람도 똑같아. 그래서 내 성격이 살짝 비뚤어졌다면 그 사람 역시 살짝 비뚤어 졌고. 그 사람이 존경할만한 사내가 아니라는 뜻은 아니야. 복잡하고 불확실한 소송을 떠나서 보면, 그 사람은 존경할만한 사내가 분명해. 하지만 그 소송은 사람을 오염시켜. 그 소송이 모든 사람을 오염시키는 건 너도 알아. 그 사람이 그렇게 말하는 걸 오십 번은 들었으니까. 그런데 그 사람은 왜 벗어나려 하지?"

"그만큼 훌륭한 인격자니까, 그만큼 소용돌이에 말려들지 않으려고 끊임없이 노력하니까, 리처드."

제가 대답하니, 리처드는 특유의 쾌활한 어투로 반박했어요.

"아, 그러니까 저러니까! 잘 모르겠지만, 꼬마 아줌마, 소용돌이를 벗어나서 무관심한 상태를 유지하는 게 그럴듯한 지혜일 수도 있어. 다른 이해당사자들까지 느슨하게 풀어지거든. 그러다 보면 사람은 죽고 쟁점은 사라져서 자신한테 유리하게 돌아가고."

저는 리처드가 너무나 불쌍해서 더는 나무라질 못했어요, 표정으로도. 리처드가 실수하더라도 다정하게 대하고, 리처드가 나쁘게 말하더라도 전혀 화내지 않는 잔다이스 아저씨 모습이 떠올랐어요.

"에스더, 존 잔다이스를 뒤에서 비난하러 찾아오진 않았다는 건 너도 알아. 나는 결백하다는 말을 하러 온 거야. 내가 말하고 싶은 건, 어릴 적에는 이 소송에 관심이 없어서 모든 게 좋았고 우리 역시 잘 지냈지 만, 그것에 관심을 두고 속을 들여다보면서 모든 게 달라졌다는 거야. 존 잔다이스는 내가 못마땅한 방향을 수정하지 않는 한, 나랑 에이다가 맺은 혼약을 깨야 한다는, 내가 에이다한테 어울리지 않는다는 주장을 했어. 그런데 에스더, 문제는 나한테 못마땅한 방향을 수정할 생각이 없다는 거야. 그 사람은 명령할 권리가 없고, 나는 그 사람이 제시한

불공평한 타협 조건을 못 받아들이겠다는 거야. 그 사람이 좋아하든 싫어하든 나는 내 권리와 에이다의 권리를 추구하겠다는 거야. 이게 오랫동안 곰곰이 생각해서 도달한 결론이야."

불쌍한 리처드! 오랫동안 곰곰이 생각한 흔적이 또렷했어요. 얼굴도 목소리도 몸짓도 그걸 선명하게 보여주었어요.

"그래서 우리 각자는 생각이 다르다, 각자 생각을 숨기지 말고 노골적으로 드러내는 게 낫다고 당당하게 말했어. (너는 모르겠지만 내 생각을 편지로 담아서 보냈거든.) 그동안 보여주신 선의와 보호는 고맙지만, 당신은 당신 길을 가고 나는 내 길을 간다. 사실, 우리가 가는 길은 다르다. 내가 당신보다 더 많은 유산을 받아야 한다는 유언 내용도 있다. 물론 논쟁할 여지는 있으니 확정판결이라고 할 순 없지만, 그런 게 있고, 우리는 그만큼 처지가 다르다."

"네가 보낸 편지 이야긴 너한테 처음 듣는 건 아니야, 리처드. 어떤 모욕감도 없고 분노한 느낌도 없는 말로 벌써 들었어."

제가 말하자, 리처드가 누그러진 어투로 물었어요.

"정말? 복잡하고 불확실한 소송을 떠나서 보면 존경할만한 사내라고 말한 게 다행이군. 하지만 나는 늘 그렇게 말하고, 그걸 의심한 적도 없어. 친애하는 에스더, 내 생각이 거칠게 들리고 우리가 대화한 내용을 전달하면 에이다 귀에도 그렇게 들리겠지. 하지만 나 같은 처지가 되면, 켄지 사무실에서 그랬듯 소송 서류를 들여다보면, 잔뜩 쌓인 고소와 맞고소, 고발과 맞고발을 보면, 나는 비교적 양호한 편이라는 생각이 들 거야."

"그럴 수도 있겠지. 그런데 그 많은 서류에 진실과 정의가 충분하다고 생각해, 리처드?"

"이 소송 어딘가에는 진실과 정의가 있어, 에스더……"

"예전에는, 오래전에는."

제가 말하자, 리처드가 충동적으로 반박했어요.

"있어…… 확실히 있어…… 어딘가에 분명히, 결국엔 드러날 수밖에 없다고. 에이다를 입막음용 뇌물로 활용하는 건 진실과 정의를 드러내는 방법이 아니야. 너는 이 소송이 나를 바꾸었다고 했어. 존 잔다이스도 이 소송은 조금이라도 참여한 사람을 예전에도 바꾸고 지금도 바꾸고 앞으로도 바꾼다 하고. 그렇다면 내가 할 수 있는 모든 힘을 다해서 소송을 끝내려고 애쓰는 게 오히려 너무나 정당한 거 아니야?"

"네가 할 수 있는 모든 힘, 리처드! 오랜 세월이 지나는 동안 다른 사람들도 그랬으리라고 생각하지 않니? 그런데 그렇게 많은 사람이 달려들어서 어려운 문제가 조금이라도 쉬워졌니?"

제가 묻자마자 리처드가 불끈 화내며 매섭게 대답하는 모습은 지난번에 겪은 슬픈 사례[50]를 그대로 떠올리게 했어요.

"영원히 그럴 수는 없어. 나는 젊고 진지해. 에너지와 결단력으로 기적을 일으킨 사례는 많다고. 다른 사람들은 자신의 절반만 이 일에 쏟아부었어. 나는 이 일에 나 자신을 모두 바치고 이 일을 삶의 목표로 삼는다고."

"아, 리처드, 그럴수록 나쁜 거야, 그럴수록 나쁜 거라고!"

"아니야, 아니야, 아니야, 그런 식으로 말하지 마. 너는 소중하고 착하고 똑똑하고 차분하고 축복받은 아가씨야. 하지만 선입견이 있어. 얘기하다 보니 존 잔다이스로 돌아오는군. 분명히 말하건대 착하디착한 에스더, 내가 그 사람과 맺은 관계는 그 사람한테 편할 뿐이고 나한테는 아니야. 자연스러운 관계가 아니었다고."

"그러면 각자 자기 길을 가면서 원한을 품는 게 자연스러운 관계니,

---

50) 그리들리가 분노에 시달리다 비참하게 죽은 사례.

리처드?"

"아니야, 나는 그렇게 말하지 않았어. 이 모든 일은 우리를 부자연스러운 관계로 만들기 때문에 이 모든 일과 자연스러운 관계는 양립할 수 없다고 말했어. 이게 문제를 한시바삐 해결해야 하는 또 다른 이유고! 이 문제가 다 끝나면 내가 그 사람을 오해했다는 사실이 드러날 수도 있어. 이 문제에서 벗어나면 머리가 맑아질 테니 말이야. 그러면 네가 오늘 한 말에 공감할 수도 있고. 그럼 내가 오해한 걸 인정하고 그 사람한테 그만큼 배상할 수도 있고."

불확실한 미래가 확실하게 될 때까지 모든 걸 미루겠다! 그때까지는 모든 걸 혼란스럽고 애매한 상태로 유지하겠다!

"너는 정말 좋은 친구야, 에스더. 그러니 내가 존 잔다이스를 괜히 헐뜯고 변덕을 부리고 반발하는 게 아니라고, 뚜렷한 목적과 이유가 있다고 에이다한테 말하면 좋겠어. 너를 통해서 입장을 전하고 싶어, 에이다는 존 잔다이스를 극히 존경하고 존중하니까. 그런데 너라면 내가 선택한 길을 부드럽게 말할 테니까, 공감은 못 할지언정."

리처드가 말하다, 갑자기 주저하며 덧붙였어요.

"왜냐하면…… 왜냐하면 한마디로, 에이다처럼 다른 사람 말을 쉽게 믿은 아가씨 눈에 다투길 좋아하고 논쟁하길 좋아하는 모습으로 미덥잖게 보이긴 싫거든."

여태까지 한 말 가운데 지금 한 말이 제일 리처드답다고 말하니, 상대도 인정했어요.

"그래, 그럴 수 있어, 꼬마 아줌마. 내가 듣기에도 그런 것 같아. 하지만 시간이 지나다 보면 나도 공명정대하게 살아갈 수 있겠지. 그렇게 되면 모든 게 정상으로 돌아올 테니 걱정하지 마."

저는 에이다에게 말하고 싶은 건 그게 전부냐 묻고, 리처드는 대답했

어요.

"아니야. 존 잔다이스가 답장을 보낸 일도 알려줘. 평소 같은 자세로 '친애하는 리처드'라고 부르면서, 생각을 바꾸도록 설득하려 애썼다고. 내가 어떻게 생각하든 자신은 조금도 안 변한다는 식으로. (하나같이 좋은 말이지만 그런다 해서 달라지는 건 없어.) 내가 자주 못 찾아간다면, 그건 에이다 문제도 내 문제처럼 연구하기 때문이라고 – 우리 두 사람은 한배를 탔다고 – 어떤 소문이 들리더라도 나를 경솔하거나 경박한 사람으로 여기지 않길 바란다는 말도, 정반대로, 나는 소송을 끝내길 학수고대하고 늘 그쪽으로 연구한다는 말도 전하면 고맙겠어. 나는 성년이 됐으니 내 갈 길을 가는 거라고, 존 잔다이스에 대한 의무에서 완전히 벗어났다고, 하지만 에이다는 여전히 법정에서 정한 피후견인 이니 우리 혼약을 부활하자고 아직은 요청하지 않겠다고. 에이다가 성년이 돼서 스스로 결정할 즈음이면 나도 원래대로 돌아가고, 우리 두 사람 모두 세속적으로 완전히 다른 환경에 처하리라 믿는다고. 네가 특유의 사려 깊은 방식으로 에이다한테 전달한다면, 그건 나를 훌륭하고 다정하게 도와주는 거야, 친애하는 에스더. 그럼 나는 온 힘을 다해서 잔다이스 대 잔다이스를 해결하겠어. 물론 황폐한 집에도 그대로 전달하는 게 좋겠지."

"리처드, 너는 나를 그렇게 많이 믿지만, 내가 조언하는 말은 안 받아들이겠지?"

"이 분야에 관한 한 어쩔 수 없어, 친애하는 에스더. 다른 분야라면 얼마든지."

리처드가 대답했어요. 자신의 삶에 다른 분야가 있기라도 한 것처럼! 생활과 성격 전체가 한 가지 색깔로 물들지 않기라도 한 것처럼!

"질문은 해도 되겠지, 리처드?"

제가 묻자, 리처드가 웃으면서 긍정했어요.

"그렇겠지. 네가 안 물으면 누가 묻겠니."

"너는 정착해서 살 수 없다고 네 입으로 말했어."

"어떻게 그러겠니, 친애하는 에스더, 결정된 게 없는데!"

"그럼 빚을 또 지니?"

갑작스러운 질문에 리처드가 깜짝 놀라며 대답했어요.

"당연하지."

"그게 당연한 거니?"

"당연하지. 돈이 없으면 그 일에 온전히 투신할 수 없잖아. 유언장에 따르면 에이다와 나는 상당한 유산을 받는다는 사실을 잊었나 보구나, 어쩌면 모를 수도 있고. 문제는 액수가 크냐 작으냐 뿐이야. 어떤 쪽이든 빚은 그 수준을 안 넘고."

리처드는 재미있다는 표정으로 덧붙였어요.

"그것도 모르는구나, 꼬마 아가씨. 나는 괜찮아! 충분히 헤쳐나갈 수 있다고, 아가씨!"

저는 너무나 절박한 위험을 피부로 느끼고 떠오르는 모든 방법을 동원해서 에이다 이름으로, 잔다이스 아저씨 이름으로, 제 이름으로, 리처드에게 위험을 경고하고 잘못된 생각을 설득하려 했어요. 하지만 리처드가 젊잖고 차분하게 들어주긴 해도, 어떠한 말도 리처드에게 못 스며들고 그대로 튕겨 나왔어요. 잔다이스 아저씨가 보낸 편지조차 왜곡해서 받아들이니 어찌 보면 당연한 결과였어요. 하지만 아직은 에이다가 남았어요.

우리는 마을로 다시 걸어가고, 저는 아침을 먹으러 집으로 가서 어떻게 말할지 준비한 다음, 우리가 끔찍하게 여겨야 할 이유를, 리처드가 정체성을 잃고 삶을 헛되이 날려 보낸다는 사실을 에이다에게 구체적으로 알려주었어요. 물론 에이다는 극히 슬퍼했지만, 리처드를 많이 사랑하는 만큼 리처드가 잘못하는 걸 바로 잡아줄 힘 역시 당연히 저랑 비교도 못 할 만큼 크니, 다음 같은 편지를 곧바로 썼어요.

친애하는 리처드,

네가 오늘 아침에 한 말을 에스더한테 전해 들었어. 그래서 편지를 써, 에스더가 너한테 한 말을 나 역시 온 마음을 다해서 되풀이하려고. 잔다이스 아저씨가 진실하고 성실하고 선량한 분이라는 사실을 깨닫고 그분께 (의도치 않게) 잘못한 걸 깊이, 깊이 슬퍼할 때가 분명히 있을 걸 알려주려고.

다음으로 하고 싶은 말을 어떻게 써야 할지 모르겠지만, 너는 내가 하려는 말을 이해하리라 믿어. 나는 정말 두려워, 리처드, 네가 부분적으로나마 나를 위해서 커다란 불행을 감수한다는 게…… 네가 불행하면 나도 불행하거든. 정말 그렇다면, 혹은 나를 염두에 두고 그 일을 하는 거라면, 진심으로 부탁하고 간청하는데 제발 그만둬. 우리 두 사람한테 태어날 때부터 따라붙은 그늘에 영원히 등 돌리는 이상으로 네가 나를 행복하게 할 수 있는 건 없어. 이렇게 말한다고 화내지 마. 제발, 제발, 친애하는 리처드, 나를 위해서, 그리고 너 자신을 위해서, 우리 둘을 어릴 적에 고아로 만든 고통의 근원을 당연히 혐오하는 마음으로, 제발, 제발, 그 소송을 영원히 잊어버려. 너든 나든, 그 소송은 좋은 게 없고 희망도 없다는 걸, 거기서 슬픔밖에 못 얻는다는 걸 뼈저리게 느낄 이유가 충분하잖아.

친애하는 리처드, 말할 필요도 없겠지만, 너는 완전히 자유며, 첫 번째 환상보다 훨씬 훌륭하게 사랑할 사람을 만날 가능성이 커. 한마디만 굳이 더한다면, 네가 선택한 상대는 네가 소박하든 가난하든 현실적으로 선택한 길을 열심히 가고 의무를 다하면서 성실하게 사는 모습을 훨씬 행복하게 바라볼 거야, 네가 다른 모든 목표에 무관심한 채 허송세월하며 초조하게 사는 대가로 너와 함께 부자로 (정말 그렇게 된다고 해도) 살기를 바라기보다는. 아는 것도 없고 경험도 부족한 내가 자신만만하게 말하는 게 네 눈에 이상하게 보일 수도 있겠지만, 나는 그걸 마음속 깊이 또렷하게 알아.

친애하는 리처드에게,

누구보다 애정이 깊은

에이다

이 편지를 받고 리처드가 곧장 찾아왔지만 변한 부분은 그다지 없었어요. "누가 옳고 누가 그른지 두고 보자……확실히 보여주겠다……두고 보면 안다!"고 말했으니까요. 에이다가 다정한 편지를 보냈다고 생각했는지 잔뜩 신나서 활기가 넘치는 모습이었어요. 하지만 저는 한숨이 절로 나왔어요. 그 편지를 다시 읽고서 그보다 강력한 영향을 받기만 바랄 뿐이었어요.

두 사람은 내일 아침 역마차로 떠날 준비를 마치고 그날 하루를 우리와 함께 보냈는데, 저는 스킴폴 선생에게 말할 기회를 엿보았어요. 우리 모두 바깥에서 주로 지낸 터라 기회는 금방 찾아오고, 저는 리처드를 부추기면 책임을 져야 한다고 조심스레 말했어요. 그러자 스킴폴 선생은 한없이 유쾌하게 웃으며 대답했어요.

"책임, 친애하는 에스더 아가씨? 나는 책임이라는 걸 모르는 사람이라오. 평생에 걸쳐서 책임을 진 적이 한 번도 없다오…… 그럴 능력 자체가 없어서 말이오."

"그래도 누군가는 책임을 져야 할 거예요."

제가 소심하게 말했어요. 상대는 나이도 훨씬 많고 아는 것도 훨씬 많으니까요. 하지만 스킴폴 선생은 새로운 관점에 깜짝 놀라면서도 여전히 흥겹게 대답했어요.

"맙소사, 그래요? 하지만 모든 사람이 돈을 갚아야 하는 건 아니잖소? 최소한 나는 아니라오. 그런 적이 한 번도 없으니 말이오. 여길 보세요, 친애하는 에스더 아가씨."

스킴폴 선생이 주머니에서 은화와 동전을 한 줌 꺼내며 계속 말했어요.

"여기에 돈이 있어요. 얼만지는 몰라요. 계산할 능력이 없거든요. 4실링 9펜스라고, 아니면 4파운드 9실링이라고 합시다. 그런데 사람들은 이걸로 모자란다고 해요. 아마 맞을 거예요. 그래서 나는 모자라는 돈을 착한 사람한테 빌려요. 상대가 계속 빌려준다면, 내가 왜 안 빌리겠어요? 그게 바로 해럴드 스킴폴이에요. 그게 책임이라면, 나도 책임을 지는 거고."

이러면서 동전을 주머니에 느긋하게 넣고 세련된 얼굴에 미소를 머금으며 다른 사람 얘기처럼 재미나게 하는 게, 스킴폴 선생은 진짜이 일이랑 아무런 상관이 없는 게 아닌가 의심까지 일어날 정도였어요.

"책임이란 소리가 이왕 나왔으니, 나는 아가씨처럼 신선하게 책임지는 사람과 만나는 행복을 여태껏 못 누렸다는 말을 하고 싶구려. 내가볼 때 아가씨는 책임지는 사람의 표본이라오. 아가씨가 주변에 체계적인 질서를 확립하려고 애쓰는 모습을 보면 저게 바로 책임이라는 말이 절로 나온답니다!"

이런 얘기까지 들으니 하고 싶은 말을 꺼내는 게 쉽지 않았지만, 그래도 저는 스킴폴 선생이 만사를 낙관적으로 바라보는 리처드를 부추기지 말고 자제시키길 바란다고 간신히 말했어요. 그러자 스킴폴 선생은 이렇게 반박했어요.

"기꺼이 그러리다, 할 수만 있다면. 하지만 친애하는 에스더 아가씨,

나는 기교도 없고 아닌 척도 못 한다오. 리처드가 유산을 쫓아서 내 손을 맞잡고 웨스트민스터 법정으로 우아하게 나아간다면, 나는 따라 갈 수밖에 없다오. 리처드가 '스킴폴, 함께 춤추자!'고 말한다면, 나는 함께 춤출 수밖에 없다오. 상식이 있다면 안 그러겠지만, 나는 상식이 없거든."

리처드를 생각하면 너무 안타깝다고 말하니, 스킴폴 선생이 대답했 어요.

"그렇게 생각하는구려! 그러지 마시오, 그러지 마. 리처드한테 상식 이 풍부하다고 - 훌륭한 사내라고 - 주름살이 가득하다고 - 무서울 정도로 실용적이라고 - 주머니마다 잔돈을 거슬러 받을 10파운드 지폐 가 있다고 - 손에 장부 책이 있다고 - 전체적으로, 세금을 받는 세리랑 비슷하다고 생각합시다. 친애하는 리처드는 낙천적이고, 열정적이고, 장애물을 뛰어넘고, 어린 새싹처럼 풍부한 시적 감수성으로, 지극히 존경스러운 동지에게 '나는 황금빛 전망을 바라봅니다, 전망이 환하며 아름답고 즐겁습니다. 이제 나는 갑니다, 모든 장애물을 뛰어넘어서!' 라고 말하지요. 그럼 지극히 존경스러운 동지는 장부 책으로 리처드를 때리면서 그런 게 어디에 있어, 그쪽에는 수수료와 사기와 말총 가발과 까만 법복밖에 없다고 융통성 없는 산문체로 말하는 거예요. 그 차이는 참 고통스럽지요. 끝까지 상식적이지만 내 눈에는 좋아 보이지 않는다 오. 그래서 못 그런다오. 장부 책도 없고 세금을 받는 세리 같은 성향도 아니라오. 나는 전혀 존경스럽지 않으며, 존경스러운 사람이 되고 싶지 도 않다오. 이상하게 보이겠지만, 그게 나라오!"

더 말하는 건 소용이 없어, 저는 스킴폴 선생을 완전히 포기한 채, 약간 앞서가는 에이다와 리처드를 따라붙자고 제안했어요. 스킴폴 선 생은 오전에 대저택을 다녀온 터라, 넷이 함께 걸으면서 가족 초상화를 묘하게 설명했어요. 오래전에 죽은 귀부인 가운데는 편안한 지팡이도 그 손에 들어가는 순간에 공격 무기로 변하는, 섬뜩한 목동 같은 여인이 있다. 이들은 딱딱한 차림에 파우더를 뿌리고 온몸을 무섭게 칠한 원시 인 족장처럼 반창고를 온몸에 붙이고 양 떼를 모질게 다뤄서 평민을 벌벌 떨게 한다. 어떤 레스터 경은 전쟁터에서 올라탄 말이 뒷발로 일어선 사이로 폭탄이 터지고 연기가 나고 불빛이 번뜩이고 도시가 화염에 싸이고 요새를 공격하는 걸 보면, 그 정도는 데드록 가문이 아무렇지 않게 여기는 게 분명하다. 눈동자는 유리알 같고, 다양한 나 뭇가지나 홰에 멋들어지게 올라서서 활력은 딱히 없이 유리 상자에 화려한 모습으로 들어있는 걸 보면, 데드록 가문 전체는 산 채로 "박제 인간"이 된 게 분명하다.

그 이름이 나올 때마다 마음이 불편하던 참인데, 리처드가 깜짝 놀라 는 탄성을 내지르며 낯선 사내에게, 먼저 발견하고 우리 쪽으로 천천히 다가오는 사내에게 급히 다가가는 게 저는 다행스럽고, 스킴폴 선생은 감탄했어요.

"맙소사! 볼스!"[51]

우리는 저 사람이 리처드 친구냐 묻고, 스킴폴 선생은 이렇게 대답했 어요.

"친구도 되고 법률 자문도 되지요. 친애하는 에스더 아가씨, 상식과 책임과 성실함을 합친 사람을 보고 싶다면 - 그 표본을 보고 싶다면 - 볼스가 바로 그런 사내랍니다."

우리는 리처드가 그런 이름을 가진 변호사에게 도움을 받는다는 소 식을 못 들었다고 하니, 스킴폴 선생이 대답했어요.

"법적으로 성년이 되었을 때 수다쟁이 켄지와 헤어지고 볼스를 만난

---

51) Vholes는 Voles를 약간 바꾼 단어로, Voles는 '들쥐 떼'를 뜻한다.

것 같아요. 아니, 분명히 그래요, 내가 두 사람을 소개했으니 말이오."

"예전부터 알던 사람인가요?"

에이다가 물었어요.

"볼스? 친애하는 에이다 아가씨, 저런 직업에 종사하는 신사를 몇 명 안답니다. 저 사람은 이런저런 일을, 민사를 - 흔히 표현하는 소송에 걸렸을 때 - 깔끔하게 처리하는데, 나도 저 사람이 진행하는 소송에 걸린 적이 있다오. 그러자 좋은 사람이 나타나서 돈을 - 상당한 액수에 4펜스로 끝나는데, 파운드와 실링을 잊어버렸지만 4펜스로 끝난 건 확실하다오, 그때 다른 사람한테 4펜스를 빚졌다는 사실이 묘한 충격으로 다가왔거든 - 치르고 우리는 친구가 되었다오. 그래서 볼스는 소개를 부탁하고 나는 부탁을 들어주었다오."

스킴폴 선생이 갑자기 떠오른다는 표정으로 솔직한 미소를 머금으며 덧붙였어요.

"지금 생각하자니 볼스가 나한테 뇌물을 준 것 같은데? 무언가를 주면서 수수료라고 했거든. 5파운드 지폐였나? 맞아, 5파운드 지폐가 분명하구려!"

스킴폴 선생은 이어서 말할 생각이었으나 리처드가 흥분한 상태로 돌아와서 볼스 변호사를 급하게 소개했어요. 혈색은 창백하고 잔뜩 오므린 입술은 냉혹하고 얼굴 여기저기에 빨간 부스럼이 있고, 커다란 키에 깡마른, 대략 50세 나이에, 어깨는 높고 상체는 약간 굽은 사내였어요. 까만 옷차림에 까만 장갑을 끼고 턱까지 단추를 채운 모습이 무생물처럼 보인다는 사실과 두 눈이 리처드를 천천히 집요하게 쳐다본다는 사실 말고 별다른 특징은 없었어요.

그런데 말하는 소리를 들으니, 입안에서 오물거리듯 말하는 묘한 특징도 있었습니다.

"두 분 아가씨를 방해하지 않았길 바랍니다. 대법정 공고에 리처드 선생 소송이 나오면 즉각 알려주기로 약속했는데, 직원 한 명이 간밤에 우편 발송 시간이 지난 뒤에 비로소 내일 소송이 있다는 공고가 나왔다고 갑자기 알려줘서, 내가 직접 전달하려고 오늘 아침 일찍 역마차를 타고 곧장 달려온 거랍니다."

그러자 리처드는 잔뜩 달아오른 얼굴로 에이다와 저를 의기양양하게 바라보며 말했어요.

"맞아, 우리는 전처럼 느릿느릿 일하지 않아. 이제 바쁘게 움직인다고! 볼스 변호사님, 아무 마차나 빌려 타고 우체국이 있는 마을까지 가서 오늘 밤 우편마차를 타고 재판 시간 전까지 가야 합니다!"

"무어든 말씀만 하시면 따르겠습니다."

볼스 변호사가 대답하자, 리처드는 시계를 바라보며 말했어요.

"가만있자. 데드록 여인숙으로 뛰어간다면, 여행 가방을 싸고 이륜이든 사륜이든 아무 마차나 빌린다면, 앞으로 한 시간은 여유가 있겠군. 다과를 들러 돌아올 테니, 에이다, 내가 없는 동안 에스더와 함께 볼스 변호사님을 모시고 있을래?"

그리곤 허겁지겁 떠나서 초저녁 어스름 녘으로 사라지고, 뒤에 남은 우리는 집으로 걸어가다 제가 먼저 물었어요.

"리처드가 내일 출두해야 하나요, 변호사님? 그럼 좋은 게 있나요?"

"아닙니다, 아가씨. 좋은 건 없습니다."

볼스 변호사 대답에 에이다와 저는 그런데도 리처드가 가야 한다는 사실에, 그래서 실망만 한다는 사실에 안타까워하고, 볼스 변호사는 이렇게 설명했어요.

"리처드 선생은 관련된 재판을 꼭 지켜본다는 원칙을 세웠는데, 고객이 원칙을 제시할 때 부도덕한 내용이 아니라면, 나는 거기에 따를 의무가 있답니다. 업무를 정확하고 공개적으로 처리하길 바라니까요. 나는 홀아비로 딸이 - 엠마, 제인, 캐롤라인 - 셋인데, 맡은 일을 제대로 이행해서 세 딸에게 좋은 이름을 남기기만 바랄 뿐이랍니다. 여기는 참 쾌적한 곳으로 보이네요, 아가씨."

바로 옆에서 제가 걸은 터라 저에게 하는 질문 같아서 저는 그렇다고 대답한 다음, 특히 좋은 점을 몇 가지 열거했어요. 그러자 볼스 변호사가 말했어요.

"정말요? 나는 연로하신 아버님을 톤턴 계곡에 - 아버님 고향에 - 모시는 특권을 누리면서 한없이 아름다운 풍경에 감탄한답니다. 그곳처럼 아름다운 곳이 또 있을 줄 몰랐습니다."

저는 대화를 이어가는 차원에서, 시골에서 살고 싶으시냐 묻고, 볼스 변호사는 대답했어요.

"제 마음을 울리시는군요, 아가씨. 나는 건강이 안 좋아서 (소화계통에 문제가 있어서) 나 자신만 생각한다면 시골에서 휴양해야 한답니다, 변호사 일을 하다 보면 사람들과 접촉할 기회도 많지 않은 데다, 특히 내가 어울리길 바라는 숙녀분들과 접촉할 기회가 많지 않거든요. 하지만 세 딸 엠마, 제인, 캐롤라인이 있고 연로하신 아버님까지 계시니 내 생각만 할 순 없답니다. 백두 살 나이로 돌아가신 할머니는 이제 더 먹여 살릴 필요가 없긴 하지만, 내가 열심히 일해야 먹고살 사람은 아직도 많답니다."

입안에서 오물거리는 어투와 활력 없는 태도 때문에 말을 알아들으려면 상당한 집중이 필요했어요.

"딸 얘기를 계속해서 미안하지만, 세 딸은 나한테 약점이랍니다. 불쌍한 세 딸에게 좋은 이름과 함께 자립할 자산을 약간은 남겨주고 싶거든요."

드디어 보이손 선생 댁에 도착하니 다과 테이블이 준비된 채 우리를 기다렸어요. 리처드는 곧바로 황급히 나타나더니, 볼스 변호사 의자로 상체를 기울여서 귀에 대고 속삭였고요. 그러자 볼스 변호사가 - 지금까지 대답한 목소리에 비하면 - 커다랗게 대답했답니다.

"함께 타고 가자고요, 선생? 나는 아무래도 괜찮습니다, 선생. 무어든 말씀만 하시면 따르겠습니다."

우리가 잇따라 이해한 바에 따르면, 스킴폴 선생은 리처드가 이미 요금을 지급한 두 자리를 내일 아침에 모두 차지해야 했어요. 에이다와 저는 리처드가 걱정스럽기도 하고 너무 갑자기 헤어진다는 게 안타깝기도 해서 마음이 우울한 나머지, 스킴폴 선생에게 야간 여행객 두 분이 떠나면 데드록 여인숙으로 가서 주무시라고 정중하면서도 단호하게 요청했어요.

리처드는 당장에라도 기적을 행할 듯 신난 표정이고, 우리는 이륜마차를 기다리게 한 마을 언덕 꼭대기로 올라갔어요. 어떤 사내가 마차에 매단 푸르스름한 말[52] 머리에서 등불을 들고 있더군요.

두 사람이 등불 불빛을 받으며 나란히 앉은 모습을, 리처드는 한 손으로 고삐를 쥔 채 잔뜩 상기돼서 좋아하며 웃고, 볼스 변호사는 까만 장갑을 끼고 턱밑까지 단추를 채운 모습으로 가만히 앉아서 리처드를 바라보는 게 마치 먹잇감을 바라보며 좋아하는 듯한 모습을, 저는 평생 못 잊을 거예요. 눈앞에는 따뜻하고 새까만 밤이, 여름철 번개가, 산울타리와 높다란 나무가 늘어서 좁다란 마차길이, 양쪽 귀를 곤두세운 푸르스름한 말 한 필이, 마침내 잔다이스 대 잔다이스 소송을 향해 전속력으로 달리는 마차가 커다란 그림처럼 펼쳐졌어요.

---

52) 요한 묵시록 6장 8절. '푸르스름한 말 한 필이 있고, 그 위에 탄 사람은 죽음이라는 이름을 가진 사람이었다.'

친애하는 에이다는 그날 밤에 저에게 말했어요, 앞으로 리처드가 부유하든 가난하든, 친구가 많든 적든, 자신에게 중요한 건 리처드에게 한 여인의 변함없는 사랑이 더 많이 필요한 만큼 그 여인이 변함없는 마음으로 리처드를 더 많이 사랑하는 거라고, 최근에 리처드가 엉뚱하게 행동하면서 자신을 어떻게 생각하든, 자신은 리처드를 늘 생각하겠다고 – 리처드에게 헌신할 수 있다면 자신은 어떻게 되든 상관없다고, 리처드를 보살필 수 있다면 아무리 힘들어도 상관없다고.

에이다가 이 말을 지켰을까요?

저는 길게 뻗은 여행길을, 이미 많이 달려서 끝이 조금씩 선명하게 드러나는 여행길을 바라봅니다. 대법정 소송이라는 죽음의 바다와 그 해변에 가득한 과일[53] 위로 더없이 선량하고 진실한 에이다가 지금 제 눈에 보이는 것 같습니다.

---

53) 사해 해안에서 자라는 소돔의 사과는 보기에 먹음직하나 막상 따면 부서져서 연기와 재처럼 날아간다. 저주와 멸망과 허망함을 상징한다.

CHAPTER XXXVIII

갈등

약속한 시각에 우리는 황폐한 집으로 돌아가고, 분에 넘치는 환영을 받았어요. 저는 건강과 체력을 완전히 회복했으며, 집안 열쇠꾸러미는 제 방에 얌전히 누워서 흥겹게 쨍그랑대는 게, 저 혼자 새해를 맞이한 것 같았어요. 그래서 깊이 다짐했답니다.

"다시 시작하는 거야, 에스더. 다시 일하는 게 미칠 듯이 좋은 건 아닐지언정, 더 즐겁고 만족스러운 마음으로 해내는 거야. 너한테 말할 건 이게 전부야, 아가씨!"

아침마다 장부를 정리하고 속풀이 비밀방을 비롯해 이 방 저 방을 끊임없이 오가며 서랍과 찬장을 정리하고 모든 걸 새롭게 시작하느라, 처음 며칠은 잠시도 짬이 안 났어요. 하지만 마침내 정리를 끝내고 일에 질서가 잡히자, 저는 런던을 몇 시간 방문했어요. 링컨셔에서 태운 편지 내용 가운데 하나가 마음에 걸렸거든요.

저는 캐디 젤리비를 – 처녓적 이름이 익숙해서 아직도 이렇게 부르는데 – 이번에 방문하는 핑계로 삼아, 작은 볼일이 있으니 함께 움직이자고 미리 편지를 보냈어요. 새벽 일찍 나서서 역마차를 타고 런던으로 떠나자 해가 뜨기 전에 뉴맨 거리에 도착했어요.

결혼식 이후로 못 만난 캐디가 어찌나 기뻐하며 다정하게 맞이하던지 저로선 캐디 남편이 질투하지나 않을까 걱정스러울 정도였어요. 하지만 캐디 남편 역시 그만큼 나쁜 건 똑같았어요 – 제 말은 그만큼 좋았다는 뜻이에요. 한마디로 흔해 빠진 분위기에, 무슨 일이든 제가 조금이나마 거들 가능성은 조금도 허용하지 않았거든요.

아버지 터비드롭은 여전히 침대에 있고, 캐디는 시아버지가 먹을 초콜릿을 갈고, 도제라는 조그만 아이는 – 댄스 분야에도 도제가 있다는 사실이 신기한데 – 그걸 위층으로 가져가려고 옆에서 우울하게 기다렸어요. 캐디는 시아버지가 정말로 친절하고 사려 깊다고, 그래서 더불어 행복하게 산다고 말했어요. (그들이 함께 산다는 말은, 노인네가 좋은 물건과 좋은 방을 다 차지하고, 캐디와 남편은 나머지를 가지고 마구간 위 구석방 두 칸에서 쪼들리게 산다는 뜻이에요.)

"너희 어머니는, 캐디?"

제가 묻자, 캐디가 대답했어요.

"응, 엄마 소식은 아빠를 통해서 듣지만 직접 만난 적은 거의 없어. 다행히도 사이는 좋은데, 엄마는 내가 댄스 선생이랑 결혼한 걸 어리석게 여기셔. 자신한테 옮길까 두려워하시는 것 같아."

젤리비 여사는 어머니로서 당연히 할 역할과 의무를 외면했다는, 망원경으로 수평선 너머를 살펴서 다른 역할과 의무를 찾기 전에 자신이야말로 어리석게 행동하지 않도록 조심해야 했다는 생각이 문득 떠올랐지만, 굳이 말할 필요는 없어서 마음속에 묻어두었어요.

"그럼 너희 아빠는, 캐디?"

"매일 초저녁마다 오셔서 저기 구석 자리에 앉는 걸 좋아하셔, 나는 쉬시는 모습을 보는 게 정말 기쁘고."

구석 자리를 보니, 젤리비 선생이 머리를 기댄 자국이 벽에 또렷했어요. 마침내 편히 쉴 곳을 찾은 듯해서 저까지 마음이 놓였어요.

"너는, 캐디? 늘 바쁘지, 그치?"

"으음, 정말 바빠, 언니. 비밀 하나를 말하자면, 나도 댄스를 교습할 만한 실력을 익히는 중이야. 프린스 체력이 안 좋아서 옆에서 거들고 싶어. 학교에 갔다 여기서 또 교습하고 개인교습마저 하는데 도제까지 가르쳐야 하니, 할 일이 불쌍할 정도로 많거든!"

도제까지 둔다는 사실이 여전히 이상해서 저는 도제가 몇 명이냐고 물었어요.

"네 명. 한 명은 여기서 살고 세 명은 밖에서 살아. 모두 착한 아이들이야. 함께 모이면 열심히 일하는 대신 짓궂게 놀려고 들어서 문제긴 하지만. 그래서 방금 본 사내아이는 텅 빈 주방에서 혼자 왈츠를 연습해. 다른 아이들도 곳곳에 흩어놓고."

"그럼 스텝만 연습하는 거니?"

"응, 스텝만 연습하는 거야. 어떤 스텝이든 새로 배울 때마다 몇 시간이고 연습해. 교습소에서는 댄스를 추는데, 지금은 매일 아침 다섯 시에 피겨를 연습해."

"맙소사, 정말 열심히 사는구나!"

제가 감탄하자, 캐디가 웃으면서 대답했어요.

"내가 장담하는데, (시아버지를 깨우면 안 되니까 우리 방에 울리도록 했는데) 바깥에 사는 도제들이 새벽에 초인종을 울리면, 그래서 창문을 올려서 도제들이 팔꿈치마다 조그만 댄스용 신발을 끼고 입구 계단에 기다리는 모습을 바라보면 굴뚝 청소하는 아이[54]가 그대로 떠

---

54) 1834년 제정된 법에 따라, 굴뚝을 청소하는 아이는 이른 새벽에 거리에서 "굴뚝 청소"라

오른다니까."

이런 얘기를 들으니까 저는 댄스가 정말 독특하게 보이고, 캐디는 자신이 말한 효과를 즐기면서 자신이 공부하는 내용을 자세히 얘기했어요.

"언니도 알다시피 비용을 줄이려면 나도 피아노를 칠 줄 알고 조그만 바이올린도 켤 줄 알아야 하니, 댄스 연습에다 악기 연습까지 해. 엄마가 다른 엄마 같았다면 애초에 악기를 조금은 다룰 줄 알았겠지만, 실제로는 하나도 몰라서 처음엔 너무 힘들더라고, 힘이 빠질 정도로. 하지만 귀가 좋고 힘든 일도 금방 적응하는 데다 - 이것 역시 엄마 덕분인데 - 뜻이 있으면 길이 있는 법이잖아, 언니."

캐디는 이 말과 함께 웃으면서 조그만 피아노에 앉더니, 4인조 춤곡을 열심히 쳤어요. 그런 다음에 얼굴을 붉히며 기분 좋게 일어나 여전히 웃으면서 말했어요.

"비웃지 마. 그래야 좋은 언니지!"

저는 금방이라도 울 것 같았지만 꾹 참았어요. 그리고 진심으로 격려하며 칭찬했어요. 남편은 댄스 교습을 하고, 자신 역시 댄스 교습을 하는 게 조그만 야심이지만, 꾹 참으면서 자연스럽고 건전하고 사랑스럽게 열심히 살아가는 모습이 선교사만큼 훌륭하다는 생각이 들었거든요.

캐디도 환하게 웃으면서 대답했어요.

"언니, 그 말을 들으니까 얼마나 힘이 나는지 모를 거야. 내가 언니한테 고마워하는 게 얼마나 많은지도 모르고, 별 볼 일 없는 나지만 엄청나게 변했잖아, 언니! 처음 만난 날 기억나, 내가 잉크 범벅으로 무례하

고 외칠 수 없었다. 그래서 하인들이 일과를 시작할 때까지 입구 계단에서 기다려야 했다.

게 군 날? 그때만 해도 내가 사람들한테 댄스를 가르치는 걸, 수많을 가능성과 불가능성을, 누가 생각이나 했겠어!"

우리가 대화하는 사이에 자리를 비켜준 캐디 남편이 돌아와 교습소에서 도제들을 연습시킬 준비를 하자, 캐디는 이제 저를 따라나서도 된다고 알려주었어요. 하지만 저는 아직은 아니라고 말했어요. 당장은 그러면 안 될 것 같았거든요. 그래서 우리 셋은 도제들이 기다리는 곳으로 가고 저도 함께 댄스를 배웠어요.

도제는 모두 이상하게 생긴 아이들이었어요. (저 나름대로는 텅 빈 주방에서 혼자 왈츠를 추느라 우울하게 변한 건 아니길 바라는) 사내아이 말고도 두 사내아이와 얇은 옷이 더럽고 다리를 쩔뚝이는 여자애한 명이 있었어요. 여자애는 조숙한 표정에 (마찬가지로 얇은 천으로 만든) 초라한 보닛 모자 차림으로 실밥이 터져 나온 벨벳 손가방에 댄스용 신발을 넣어서 왔어요. 사내아이들 역시 하나같이 꾀죄죄하고, 댄스를 연습하지 않을 때는 주머니에 넣어온 줄과 구슬과 조그만 뼈로 만든 장난감을 가지고 노는데, 다리와 발이 정말 – 뒤꿈치는 더더욱 – 더러웠어요.

저는 캐디에게 저 아이들 부모는 댄스를 직업으로 가르치는 이유가 무어냐고 물었어요. 캐디는 자신도 모른다고, 댄스 선생을 시키려는 걸 수도 있고 무대에 올리려는 걸 수도 있다고 대답했어요. 부모들은 가난한 사람으로, 우울한 사내아이는 어머니가 맥주 가게를 운영했어요.

우리는 한 시간 동안 댄스를 열심히 배우고, 우울한 사내아이는 지극히 우울한 표정으로 놀라운 실력을 즐기는 것 같은데도 그 즐거움이 허리 위로 올라오진 않았어요. 캐디는 남편이 춤추는 모습을 자세히 지켜보다 자신만의 동작으로 차분하고 우아하게 추는데, 예쁜 얼굴과 몸매가 멋있게 어우러졌어요. 어린 도제들을 가르치는 일도 대부분 넘겨받아서, 남편은 거의 간섭하지 않다가 꼭 끼어들어야 할 때만 나서서 동작을 보여주는 식이었어요. 대신에 남편은 곡을 연주하고요. 얇은 옷을 입은 여자애가 남자아이들한테 새침 떠는 모습도 볼만했어요. 우리는 그렇게 한 시간 동안 춤췄어요.

연습이 끝나자 캐디 남편은 교외에 있는 학교로 떠날 준비를 하고, 캐디는 나랑 나갈 준비를 하려고 뛰어갔어요. 저는 그동안 교습소에 앉아서 도제들을 찬찬히 쳐다보았어요. 밖에서 온 사내아이 둘은 짧은 장화를 신으러 층계참으로 올라갔는데, 그곳에 사는 아이가 반발한 모습으로 볼 때 그 머리칼을 잡아당긴 게 분명했어요. 그리곤 웃옷 단추를 모두 채우고 댄스용 신발을 웃옷에 찔러넣은 채 돌아와서 차가운 고기 샌드위치 봉투를 꺼내더니, 그리스 칠현금을 그린 벽 밑에 앉아서 먹었어요. 옷이 얇은 여자애는 댄스용 신발을 손가방에 휙 넣고 다 떨어진 신발을 신고 머리를 흔들어서 누추한 보닛 모자를 단번에 쓰고는, 춤추는 게 재미있느냐는 제 질문에, "사내아이들만 없으면요"라고 대답하더니 보닛 모자 끈을 턱밑에 매며 집으로 내빼고, 캐디는 돌아와서 이렇게 말했어요.

"시아버지께서 옷을 다 못 차려입어서 언니가 떠나기 전에 만나는 기쁨을 못 누린다며 안타까워하셔. 언니는 그분이 제일 좋아하는 사람이거든."

저는 그렇게 말씀하시니 고맙다고 대답할 뿐, 그런 관심은 기꺼이 거절하겠다는 말까지 굳이 안 덧붙이고, 캐디는 다시 말했어요.

"시아버지는 옷을 차려입는데 시간이 걸려. 그쪽 분야로 많은 존경을 받기 때문에 대충 차려입으면 안 되거든. 시아버지가 우리 아빠한테 얼마나 친절한지 몰라. 초저녁이면 아빠한테 섭정 황태자 말씀을 하시는데, 아빠가 그렇게 열심히 듣는 모습은 처음 봐."

저는 아버지 터비드롭이 젤리비 선생에게 예의범절을 강조하는 모습이 머릿속에 그대로 떠올랐어요. 그래서 아버지 터비드롭이 친정 아빠와 함께 밖에 자주 나가느냐고 물었어요.

"아니, 그건 모르겠지만 시아버지는 아빠한테 즐겨 얘기하고, 아빠는 시아버지를 존경하고 가만히 들으며 좋아하셔. 물론 아빠는 예의범절에 대해서 뭐라고 주장하실 분이 아니지만, 두 분이 잘 어울리셔. 언니도 보면 깜짝 놀랄 거야. 나는 아빠가 코담배 하시는 모습을 한 번도 못 봤는데, 초저녁마다 시아버지 담뱃갑에서 한 줌씩 집어 코에 넣었다 빼곤 하신다니까."

이렇게 절박한 시기에 아버지 터비드롭이 젤리비 선생을 보리오부라-가에서 구원했다는 사실이 저는 무엇보다 즐거우면서도 이상했어요. 그런데 캐디가 약간 망설이며 말했어요.

"다만 피피가 시아버지한테 폐를 안 끼칠까 걱정스러웠는데, 다행히도 시아버지는 피피한테 참 다정하셔. 피피를 데려오라고 말씀하실 정도로, 언니! 침대에서 피피한테 신문도 가져오게도 하시고, 토스트 껍질을 먹으라고 주기도 하시고, 집 안 여기저기로 심부름도 보내시고, 나한테 가서 6펜스를 받으라는 말씀도 하셔. 한마디로 나한테 복이 덩굴째 굴러왔으니 고마운 줄 알아야 해. 그런데 어디에 가는 거야, 에스더 언니?"

"구 거리 도로(the Old Street Road). 변호사 사무실 직원한테 할 말이 있거든. 내가 런던에 처음 와서 너를 만난 날 역마차 사무실로 마중 나온 직원. 지금 생각나는데, 우리를 너희 집으로 데려간 신사."

"그렇다면, 정말이지, 나도 같이 가는 게 당연할 것 같아."

캐디가 대답했어요.

우리는 '구 거리 도로'로 간 다음, 거피 노부인 댁으로 가서 거피 노부인이 있느냐고 물었어요. 거피 노부인은 응접실을 독차지한 채 몸뚱이가 현관문에 껴서 호두알처럼 깨질 위험을 감수하며 몰래 내다보다, 누구를 찾느냐 묻고는 문을 곧장 열어서 우리를 들여보냈어요. 거피 노부인은 모자가 커다랗고 코가 빨갛고 눈빛이 불안하지만, 웃음이 가득했어요. 조그만 거실은 손님 맞을 준비까지 마쳤는데, 아들 초상화가 있어서 쳐다보니, 실물보다 더 실물 같은 게, 실물에 끈질기게 달라붙어서 절대로 안 놓아줄 것 같았어요.

그곳에는 초상화뿐 아니라 실물도 있었어요. 색상이 화려한 옷차림으로 탁자에 앉아서 집게손가락을 이마에 댄 채 법률서류를 읽고 있었답니다. 그러다 벌떡 일어나며 반겼어요.

"에스더 아가씨, 대단히 반갑습니다. 어머니, 다른 숙녀분도 앉도록 의자 하나를 갖다 주고 출입구를 비워주시겠어요?"

거피 노부인은 끊임없이 웃는 모습이 익살스러운 가운데 아들이 부탁한 대로 하더니, 모서리에 앉아서 찜질이라도 하는 듯 손수건을 가슴에 대고 두 손으로 꼭 움켜잡았어요.

저는 캐디를 소개하고, 거피는 제 친구라면 누구든 대환영이라고 말했어요. 그런 다음에 저는 본론으로 넘어갔어요.

"실례를 무릅쓰고 편지를 보냈습니다, 선생."

거피는 가슴 안주머니에서 편지를 꺼내 입술에 대고는 꾸벅 인사하며 안주머니에 다시 넣는 것으로 대답을 대신했어요. 거피 어머니는 너무 좋은 나머지 환하게 웃으며 머리를 돌려서 팔꿈치로 캐디를 콕콕 찌르고요.

"단둘이서 얘기할 수 있을까요?"

제가 물었어요. 그 순간에 거피 노부인처럼 우스꽝스러운 모습은 어디에서도 못 본 것 같아요. 웃는 소리는 안 냈지만, 머리를 돌리다 흔들고 손수건으로 입을 꽉 틀어막더니, 팔꿈치로, 그다음에는 손으로, 그다음에는 어깨로 캐디를 찌르면서 더없이 좋아하느라, 캐디를 데리고 조그만 접이문을 정말 어렵게 지나서 옆에 있는 노부인 침실로 들어갔거든요. 거피가 이렇게 말할 정도였답니다.

"에스더 아가씨, 어머니를 용서하세요. 아들이 행복하길 바라는 마음이 너무 강해서 저러시는 거랍니다. 마음이 들뜨긴 하셨지만, 하나같이 모성애 때문이랍니다."

거피가 말하는데, 제가 얼굴을 가린 망사를 걷어 올리는 순간, 얼굴이 그리도 빨갛게 변할 수 있다는 사실이 저는 참 신기했어요.

"켄지 법률 사무실을 찾아가는 대신 여기서 잠시 뵙자고 요청한 이유는, 선생께서 저한테 은밀한 말씀을 하실 때 같이 하신 부탁을 떠올리고, 선생이 당황하실까 두려웠기 때문입니다."

제가 말했어요. 하지만 거피는 이미 당황한 게 분명했어요. 그렇게 흔들리고 그렇게 당황하고 그렇게 놀라면서 두려워하는 표정은 생전처음 보았으니까요.

"에스더 아가씨, 실-실-실례합니다만, 우리 직업에서-우리는-우리는 말을 또렷이 하는 게 중요합니다. 은밀한 말씀이라고 하셨는데, 제가-제가 그렇게 단언하는 영광을 누린 날에는……"

목에서 무언가 올라왔는데 삼키질 못하는 것 같았어요. 그래서 손을 목에 댄 채 기침하고 얼굴을 찡그리고 다시 삼키려 애쓰다 다시 기침하고 다시 얼굴을 찡그리고, 주변을 둘러보다 법률서류를 펄럭였어요. 그러다 설명했어요.

"갑자기 현기증이 나서, 아가씨, 정신이 없군요. 저는-에-가끔 이런 증세가 나타난답니다-에-제기랄!"

저는 회복할 시간을 주고, 거피는 한 손을 이마에 대다 떼고 의자를
뒤로 물려서 구석으로 가는데 그 시간을 사용했어요. 그러다 말했어요.

"제가 말하고 싶었던 건, 아가씨, 맙소사 - 기관지에 문제가 있는
것 같군 - 그때 다행히도 아가씨가 제 단언에 반발하고 거부했다는
사실입니다. 아마 아가씨도 - 아가씨도 인정하는 걸 반대하지 않으시겠
지요? 증인은 없지만, 그걸 인정하신다면 - 아가씨 마음에 - 만족스러
울 겁니다."

"제가 선생의 청혼을 어떤 조건이나 제한 없이 거절했다는 건 의심할
여지가 없습니다, 거피 선생."

제가 대답하자, 거피는 덜덜 떨리는 손으로 탁자 길이를 재며 말했
어요.

"고맙습니다, 아가씨. 지금까지는 만족스럽군요, 아주 훌륭한 분이
세요. 에-이건 확실히 기관지 문제야!-기관지에 문제가 있는 게 분명해
-에-당시에 제가 단언한 게 마지막이었으며, 효력은 이미 끝났다고
말씀드린다 해도 - 아가씨든 누구든 상식적으로 생각하면 다 아는 부분
이라서 꼭 필요한 절차는 아닌데 - 제가 그렇게 말씀드린다 해도 반대
하진 않으시겠죠?"

"역시 충분히 공감합니다."

"아마-에-구체적인 형식에 얽매일 필요는 없겠지만, 그러는 게 아가
씨 마음에 흡족할 것 같은데, 그 사실을 인정하는 일 역시 반대하지
않으시겠죠, 아가씨?"

"제 의지로 완벽하고 자유롭게 인정합니다."

"고맙습니다. 아주 훌륭하십니다. 유감스럽게도 저는 형편도 별로고
피치 못할 사정까지 있어, 그 제안을 연장하거나 어떤 형태로든 새롭게
제안할 수 없지만, 가끔은 우정어린 마음으로 되돌아볼 순 있을 것

같군요."

거피가 말하는데, 다행히도 기관지 문제가 좋아지고 탁자 길이를
재는 동작도 멈췄어요.

"그럼 이제 찾아온 용건을 말씀드려도 괜찮을까요?"

제가 다시 말하니, 거피가 대답했어요.

"네, 그렇게 하십시오. 상식도 훌륭하고 생각도 훌륭하다는 사실을
충분히 확인했으니, 아가씨, 최대한 구체적으로 말씀하십시오, 아가씨
가 무슨 말씀을 하시든 기쁘게 들을 테니까요."

"당시에 청혼하면서 친절하게 암시하시길……"

제가 말하자, 거피가 황급히 끼어들었어요.

"죄송합니다, 아가씨, 암시라는 단어는 거론치 않는 게 좋겠습니다.
저는 제가 무얼 암시했다고 인정할 순 없으니까요."

그래서 저는 다시 말했어요.

"당시에 선생은 제 이익을 증진하고 제 행운을 도모하는데 필요한
수단을 찾겠다고 말씀하셨어요. 제가 고아로, 잔다이스 선생님 자비에
기대서 살아간다는 확신에 근거해서 하신 말씀 같아요. 제가 선생께
부탁하려는 핵심은, 거피 선생, 저를 도우려는 모든 생각을 단념하시라
는 겁니다. 이 생각을 때때로 했고 최근에 아픈 뒤로 특히 많이 했습니
다. 그러다 마침내 결정했으니, 행여나 그 생각을 떠올리고 행동하신다
면 크게 실수하시는 거라는 이야길 하려고 찾아왔습니다. 선생은 저와
관련해서 조금이라도 도움이 되거나 기쁨이 되는 내용을 찾아낼 수
없습니다. 저는 제가 성장한 과정을 충분히 아니, 그런 식으로 저한테
이익을 줄 수 없다는 사실을 확실히 말씀드립니다. 어쩌면 선생은 그
일을 오래전에 포기했을 수 있습니다. 그렇다면 쓸데없이 번거롭게
한 걸 용서하십시오. 그렇지 않다면 부디 부탁하오니, 제가 드린 말씀

을 믿으시고 이제부터 모두 포기하시기 바랍니다. 부탁하겠습니다, 제 마음의 평화를 위해서."

"그렇게 말씀하시다니, 상식도 훌륭하고 생각도 훌륭하다는 얘기를 안 할 수 없군요. 훌륭한 생각보다 만족스러운 건 없으니, 아가씨 의도를 오해했다면 충분히 사과드릴 준비가 되었습니다. 그러니 이렇게 사과드리면서, 상식도 훌륭하고 생각도 훌륭하시니, 사정이 이렇게 흘러간 걸 이해하시길 부탁드립니다."

기관지가 막히는 문제는 많이 좋아진 게 분명합니다. 그래서 제가 부탁한 내용을 기꺼이 들어줄 것 같긴 한데, 많이 부끄러운 표정이었습니다. 그런데도 다시 입을 열려는 것 같아, 저는 급히 막았습니다.

"제가 드릴 말씀을 마저 끝내도록, 그래서 다시 말할 필요가 없도록 해주세요, 선생. 제가 최대한 은밀하게 찾아온 이유는 선생이 남모르게 하길 바라셨기 때문이며, 저는 지금까지 그 원칙을 늘 존중했기 때문입니다. 아까 제가 아팠다는 얘기마저 했으니, 제가 선생께 요청할 수도 있던 미묘한 부분은 이제 완전히 사라졌음을 충분히 깨달았다는 사실을 말하길 주저할 이유는 조금도 없습니다. 그래서 부탁드린 것이니 충분히 생각하시고 들어주시길 바랍니다."

거피는 부끄러운 기색이 더욱더 늘어나더니, 빨갛게 달아오른 얼굴로 대답할 때는 더없이 부끄럽고 솔직한 표정이었습니다.

"명예를 걸고, 목숨을 걸고, 영혼을 걸고, 이렇게 살아있는 사람으로 말씀드리는데, 아가씨가 바라는 대로 하겠습니다! 그걸 거스르는 행동은 절대로 안 하겠습니다. 아가씨가 바라신다면 맹세라도 하겠습니다. 그것에 대해 지금 이 순간에 문제가 된다면, 진실을, 모든 진실을, 오로지 진실만을 말할 것을 맹세합니다. 그러니……"

거피가 법정에서 증언하듯 빠르게 말한 다음에 뒷말을 이어가려는 순간, 저는 자리에서 벌떡 일어나며 대답했어요.

"이제 됐습니다. 고맙습니다. 캐디, 그만 가자!"

거피 어머니도 캐디와 함께 나타나고 (이번에는 조용히 웃으며 저를 콕콕 찌르고) 우리는 그곳을 나왔습니다. 거피는 잠에서 덜 깬 게 아니면 몽유병자처럼 현관까지 배웅하더니, 우리가 떠나는 모습을 멍하니 바라보았습니다.

그러나 거피는 모자조차 안 써서 기다란 머리칼을 사방으로 흩날리며 곧바로 쫓아와서 멈춰 세우고는 열심히 말했습니다.

"에스더 아가씨, 명예와 영혼을 걸고 말씀드리는데, 저를 믿으셔도 됩니다!"

"알겠습니다, 믿겠습니다."

제가 대답하니, 거피는 한쪽 발을 내밀고 다른 쪽 발을 그대로 둔 채 말했습니다.

"미안합니다만, 아가씨, 숙녀분이 - 증인이 - 계시는 곳에서 아까 하신 말씀을 다시 하신다면 아가씨 마음에 흡족하실 것 같습니다."

그래서 저는 캐디를 바라보며 말했습니다.

"그래, 캐디, 내 말을 듣고 놀라지 마, 어떤 약혼도 없었어……"

"청혼이나 혼약은 어떤 형태로든 없었다."

거피가 제안해서 저는 다시 말했습니다.

"청혼이나 혼약은 어떤 형태로든 없었어, 이 신사분과……"

"윌리엄 거피, 미들섹스 펜턴빌 펜턴 플레이스."

거피가 중얼대고, 저 역시 다시 말했습니다.

"이 신사분과, 윌리엄 거피, 미들섹스 펜턴빌 펜턴 플레이스, 나 사이에."

"고맙습니다, 아가씨. 충분…… 실례합니다만, 숙녀분 성함이, 성과 세례명 모두?"

저는 모두 알려주었어요.

"기혼이겠지요? 기혼. 고맙습니다. 예전에는 캐디 젤리비, 독신, 런던이지만 교구 관리 바깥지역에 거주. 지금은 옥스퍼드 거리 뉴맨에 거주. 고맙습니다."

거피가 말하고는 집으로 뛰어가더니, 다시 급하게 돌아와서 기운이 하나도 없는 표정으로 쓸쓸하게 말했습니다.

"그 문제에 관해, 제가 형편도 그런 데다 피치 못할 사정까지 있어, 기한이 한참 지난 제안을 갱신할 수 없어서 정말이지 죄송하지만, 어쩔 도리가 없네요. 어쩔 도리가 있다면 좋겠는데 말입니다."

저는 어쩔 도리가 확실히 없다고, 그 문제는 의심할 여지가 없다고 대답했습니다. 그러자 거피는 고맙다면서 자기 어머니 집으로 뛰어가다, 다시 돌아왔습니다.

"아가씨는 훌륭한 분이십니다. 우정의 정원에 제단을 세울 수 있다면…… 영혼을 걸고 말씀드리니, 연애 감정만 빼면, 다른 모든 점에서 저를 믿으셔도 됩니다!"

거피가 바람 부는 거리에서 마음속으로 갈등하며 어머니네 현관문과 우리 사이를 계속 오가는 모습이 (기다란 머리칼을 흩날려서 더더욱) 남의 눈길을 끄는 터라, 우리는 걸음을 재촉했어요. 저는 마음이 가벼웠어요. 하지만 마지막으로 뒤돌아보니, 거피는 마음속으로 여전히 갈등하며 이리저리 흔들렸어요.

CHAPTER XXXIX
변호사와 의뢰인

볼스 변호사라는 이름은 대법정 거리 시몬드 법학예비원 문기둥에 전설적인 1층보다 유명한 이름으로 새겨져 있다. 시몬드 법학예비원은 조그맣고 창백하고 흰자위에 슬픔이 가득한 법학예비원으로, 석탄재에서 알갱이를 골라내는 체와 칸막이 두 칸이 있는 커다란 쓰레기통처럼 생겼다. 얼핏 보면 시몬드가 알뜰한 사람이라 낡은 건축자재로 건물을 지어서 자재가 마르는 순간부터 썩어 문드러지기 시작하며 비열하고 인색한 시몬드 묘비로 변한 것 같다. 그렇게 우중충한 시몬드 묘비 한쪽에 볼스 변호사 사무실이 있다.

볼스 변호사 사무실은 한쪽 구석에 처박힌 채 수줍은 위치에 수줍게 자리하고 막힌 벽만 바라보며 눈을 깜박인다. 어둡고 울퉁불퉁한 통로를 1m 정도 들어가면 볼스 변호사의 새까만 문이 나오는데, 햇빛이 쨍쨍한 한여름 아침에도 햇볕 한 줄기 안 드는 각도로, 지하실 층계참까만 격벽까지 튀어나와, 잘 모르는 사람은 이마를 찧기 일쑤다. 볼스 변호사 사무실은 규모가 너무나 작은 나머지 직원 한 명이 걸상을 벗어나지 않고도 문을 열 수 있으며, 똑같은 책상에 앉아서 팔꿈치를 맞댄 또 다른 직원 역시 같은 방식으로 편리하게 벽난로 불길을 뒤적일 수 있다. 양 떼가 병에 걸린 듯한 냄새에 곰팡내까지 뒤섞인 이유는 밤마다 (낮에도 종종) 양 기름 양초를 태우는 데다 우중충한 서랍 속에서 벌레가 양피지 법률서류를 좀먹기 때문일 가능성이 크다. 그게 아니더라도 실내 공기는 텁텁하고 답답하다. 페인트나 회칠을 마지막으로 한 게 언제인지는 인간의 기억을 넘어서고, 굴뚝 두 개는 연기가 흘러나와서 사방에 검댕투성이며, 창문은 우중충하게 금 간 채 묵직한 틀에 끼어서 달라붙어, 엄청나게 노력하지 않는 한 늘 더러운 상태로 늘 안 열리겠다고 작정한 것 같다. 그래서 날씨가 뜨거우면 두 창문 가운데 약한 쪽 틈새에 장작을 비집어 넣는 식으로 열기 일쑤다.

볼스 변호사는 매우 훌륭한 인물이다.[55] 사무실 규모는 안 크지만, 인물은 매우 훌륭하다. 돈을 많이 벌었거나 현재 열심히 버는 유명한 변호사들 역시 볼스 변호사를 가장 훌륭한 인물로 꼽는다. 변호할 기회를 결코 안 놓치니, 이는 볼스 변호사가 훌륭하다는 증거다. 어떤 쾌락도 안 즐기니, 이것 역시 볼스 변호사가 훌륭하다는 증거다. 언제나 수줍어하면서 진지하니, 이것 역시 볼스 변호사가 훌륭하다는 증거다. 소화기관에 문제가 있으니, 이것 역시 지극히 훌륭하다. 그런데도 세 딸을 위해서 열심히 일한다. 게다가 톤턴 계곡에 있는 아버지까지 부양한다.

영국 헌법은 첫 번째 대원칙이 '스스로 알아서 하게 하라'다. 이보다 또렷한 원칙은 어디에도 없으니, 오늘날까지 다양한 위기를 겪으면서 일관되게 유지됐다. 이런 관점에서 볼 때, 영국 헌법은 이치에 맞게

---

55) 찰스 디킨스는 마크 안토니가 "브루투스는 명예로운 인물이다"라고 한 것처럼, 여기에서 반어법을 사용했다.

설계되었지, 평민이 아무렇게나 생각하는 것처럼 소름 끼치는 미로는 아니다. 헌법의 대원칙은 스스로 비용을 들여서 알아서 해결하는 거라는 사실을 평민들이 확실히 인식한다면, 더는 지금처럼 투덜대지 않을 게 확실하다.

하지만 대원칙을 확실히 모를 때 – 대충 알고 혼란스럽게 이해할 때 – 평민은 평화와 주머니가 고통받는다며 무례하게 투덜댄다. 그럴 때는 볼스 변호사라는 훌륭한 인물이 강력한 대항마로 등장한다. 켄지 변호사가 똑똑한 의뢰인에게 이렇게 말할 정도다.

"헌법을 폐지하라고요, 선생? 절대로 동의할 수 없습니다. 법을 바꾸면, 선생, 성급하게 처리하면, 여러분을 유력하게 대변하는 변호사들이, 가령 볼스 변호사처럼 여러분을 대변하는 변호사들이 어떻게 되는지 아십니까? 여러분을 유력하게 대변하는 변호사는 지상에서 깡그리 사라지게 됩니다. 여러분이 – 사회 시스템 전체가 – 볼스 변호사 같은 사람한테, 근면하고 끈기 있고 확고하고 날카로운 사람한테 모질게 대하면 안 되는 거 아닙니까! 친애하는 선생, 현 상황에 불만이 많은 심정은 충분히 이해합니다. 이번 소송에 약간 밀렸으니까요. 그렇다 해서 볼스 변호사 같은 사람까지 깡그리 없애자는 목소리를 키울 순 없습니다."

볼스 변호사가 훌륭하다는 말은 의회 청문회에서 유명한 변호사가 답변한 기록에도 다음같이 나온다. "(제517869) 질문: 귀하의 주장에 따르면, 이런 관행은 일 처리가 늘어질 수밖에 없다는 건가요? 답변: 그렇습니다, 많이 늘어집니다. 질문: 그 비용이 큰가요? 답변: 아무런 비용도 안 든다고 말할 순 없습니다. 질문: 말할 수 없이 짜증도 나나요? 답변: 그렇게 말할 순 없습니다. 제가 짜증을 낸 적은 없으니까요. 정반대입니다. 질문: 하지만 그들을 없애면 개업 변호사들한테 피해가

간다고 생각하십니까? 답변: 물론입니다. 질문: 그럼 피해를 받는 유형을 사례로 들 수 있습니까? 답변: 네. 주저하지 않고 볼스 변호사를 사례로 들겠습니다. 완전히 망할 테니까요. 질문: 볼스 변호사는 그 분야에서 훌륭한 인물로 여겨지나요? 답변: 볼스 변호사는 그 분야에서 가장 훌륭한 인물로 여겨집니다." 10년 사이에 가장 확실한 질의응답이었다.

그래서 친숙한 대화를 나눌 때, 관심이 많은 세간의 논객이라면 이렇게 말할 것이다. 사회가 어디로 가는지 모르겠다, 지금 우리는 벼랑으로 곤두박질치고 있다, 다른 것도 사라진다, 이러한 변화는 볼스 같은 사람에게 – 톤턴 계곡에 아버지가 있고 집에 세 딸이 있는, 훌륭한 인물에게 – 죽음이다. 이런 방향으로 몇 발짝 더 나아간다면, 볼스 아버지는 어떻게 해야 한다는 건가? 죽어야 한다는 건가? 볼스 세 딸은? 봉제 공장에 들어가거나 다른 집 가정교사로 들어가야 한다는 건가? 볼스 변호사와 가족이 조그만 식인종 가족인데 식인 습관을 없애야 한다고 주장하는 건, 잔뜩 화난 주창자들이 '식인을 불법으로 하자, 그래서 볼스 가족을 굶겨 죽이자'는 것과 같다!

간단히 말하자면, 집에 세 딸이 있고 톤턴 계곡에 아버지가 있는 볼스 변호사는 썩어 문드러져서 위험하고 위태로운 토대를 커다란 나무로 받치듯, 자신에게 주어진 의무를 꾸준히 수행한다. 엄청나게 많은 사람에게, 엄청나게 많은 사례에서, 문제가 되는 건 틀린 걸 바르게 고치는 게 아니라 (이는 아무런 관계도 없으니) 볼스처럼 탁월하고 훌륭한 사람에게 피해를 주느냐 도움을 주느냐 하는 것이다.

대법관은 십 분도 안 돼서 "일어나" 오랜 휴정기에 들어간다. 볼스 변호사와 젊은 의뢰인은, 그리고 몇몇 파란 가방들 역시, 이제 막 먹이를 삼킨 커다란 뱀처럼 법률서류를 마구 집어넣고 사무실이라는 뱀굴

410

로 돌아간다. 훌륭한 사람이라면 당연히 그래야 하는 것처럼 볼스 변호사는 차분하고 태연하게, 꽉 끼는 까만 장갑은 허물을 벗듯 손에서 벗겨내고, 꽉 끼는 모자는 두피를 벗듯 머리에서 들어 올리고 자기 책상에 앉는다. 의뢰인은 모자와 장갑을 벗어서 어디에 떨어져도 상관없다는 듯 쳐다보지도 않고 아무 데나 던진 채 한숨과 신음을 동시에 뱉어내며 의자에 풀썩 주저앉아, 콕콕 쑤시는 머리를 한 손으로 받치는 모습이 '좌절한 젊은이의 초상' 같다.

"이번에도 된 게 하나도 없어! 하나도, 하나도!"

리처드가 한탄하자, 볼스가 차분하게 반박한다.

"그렇게 말하지 마세요, 선생. 그건 공평하지 않으니까, 공평하지 않아!"

"그럼 뭐든 된 게 있나요?"

리처드가 우울하게 쳐다보자, 볼스가 대답한다.

"중요한 건 그게 아닐 수 있어요. 중요한 건 무엇을 하느냐로 가를 수 있어요, 무엇을 하느냐?"

"그래서 무엇을 하는데요?"

의뢰인이 뚱한 표정으로 묻자, 볼스는 책상에 두 팔을 올리고 오른손 손가락 다섯 개 끝과 왼손 손가락 다섯 개 끝을 가만히 모으다, 다시 가만히 떨어뜨리고는, 의뢰인을 천천히 단호하게 쳐다보며 대답한다.

"많은 걸 하지요, 선생. 마차 바퀴에 어깨를 대고 열심히 밀어야 하거든요, 리처드 선생, 바퀴가 나가는 방향을 돌리려면요."

"그렇겠지요, 지옥 불이 활활 타오르는 마차 바퀴를. 지랄 같은 너덧 달을 앞으로 어떻게 견디냐고요!"

젊은이가 한탄하며 벌떡 일어나서 거닐자, 볼스는 상대가 어디를 가든 두 눈으로 꾸준히 쫓아가며 대답한다.

"선생은 성격이 너무 급한데, 몸에 안 좋아요. 실례지만 나로선 안달복달하지 말라고, 초조해하지 말라고, 기운을 헛되이 낭비하지 말라고 충고하고 싶군요. 인내심을 기르라고요. 좀 더 바람직하게 버티라고요."

"볼스 변호사님을 본받아야 하는 건가요?"

리처드가 말하고는 초조하게 웃으며 의자에 다시 앉아서 문양 없는 양탄자 바닥을 발로 톡톡 치고, 볼스는 전문가다운 취향과 두 눈으로 의뢰인을 맛나게 요리하듯, 혈색 없이 차분한 얼굴로 쳐다보며 입속에서 우물대는 화법으로 대답한다.

"나는 선생이든 누구든 나를 모델로 본받으라는 주제넘은 말을 절대로 안 한답니다. 세 딸에게 좋은 이름을 남겨주는 거로 족하답니다. 나는 나를 중심으로 여기는 사람이 아니랍니다. 하지만 선생께서 나를 콕 집어서 말씀하셨으니, 게다가 나한테 신경이 둔감하다고 말씀하시고 싶은 것 같은데 나는 그걸 바람직하게 여기는 게 확실하니 - 둔감하다 치고 - 나처럼 둔감한 신경을 조금이나마 나누어드리고 싶을 뿐이랍니다."

그러자 의뢰인이 겸연쩍은 표정으로 변명한다.

"볼스 변호사님을 둔감하다고 비난할 의도는 없었습니다."

하지만 볼스는 한결같은 표정으로 대답한다.

"의도가 있었습니다, 자신도 모르는 사이에. 당연합니다. 나는 냉정한 머리로 선생의 이익을 보호할 의무가 있으니, 현재와 같은 시기에 잔뜩 흥분한 선생한테는 둔감하게 보일만 하다는 걸 충분히 이해합니다. 집에 있는 세 딸은 나를 훨씬 잘 안답니다. 연로하신 아버지도 나를 훨씬 잘 안답니다. 하지만 가족은 나를 선생보다 오랫동안 보아온데다, 애정을 느끼고 철석같이 믿는 눈은 업무상 불신하는 눈과 다르겠

413

지요. 나는 업무상 불신하는 눈빛을 나무라는 게 아닙니다. 정반대입니다. 선생의 이익을 보호하려면 모든 점에서 검증받아야 하며, 그런 눈빛을 받는 것 역시 당연하니, 충분히 검토하고 비판하시기 바랍니다. 하지만 선생의 이익을 보호하려면 나로선 냉정하고 체계적으로 사고할 수밖에 없습니다, 리처드 선생. 당연히 그럴 수밖에요…… 선생이 아무리 싫어하더라도."

볼스 변호사는 쥐구멍을 꾸준히 노리는 사무실 고양이를 힐끗 쳐다본 뒤, 젊은 의뢰인에게 매혹적인 시선을 다시 고정하고, 나가지도 않고 말도 크게 안 하는 더러운 귀신[56]이 몸속에 있는 듯, 단추를 턱밑까지 채운 채 절반만 들리는 목소리로 말한다.

"선생은 휴정기 기간에 무얼 하느냐고 물었어요. 선생 같은 군인은 신경만 쓰면 즐겁게 보낼 방법이 다양하답니다. 휴정기 기간에 나한테 무얼 하느냐고 물으신다면, 나는 훨씬 간단하게 대답하겠습니다. 선생의 이익을 보호하는 것. 여기에 매일매일 나와서 선생의 이익을 보호하는 것. 그게 의무니, 리처드 선생, 개정기든 휴정기든 나한테는 차이가 없습니다. 이익을 지키는 문제를 상담하고 싶다면, 언제든 찾아오십시오. 다른 변호사는 도시를 빠져나가도, 나는 안 나갑니다. 그들이 도시를 빠져나가는 걸 비난하자는 게 아닙니다. 나는 안 나간다고 말하는 것뿐입니다. 이 책상은 선생이 기댈 반석입니다!"

볼스 변호사가 책상을 두드리자 텅 빈 관처럼 공허한 소리가 난다. 하지만 리처드한테는 아니다. 뭔가 훨씬 듬직한 소리로 들린다. 어쩌면 볼스 변호사도 뭔가 훨씬 듬직한 인물일 수 있다. 마침내 리처드가 훨씬 친숙하고 상냥하게 말한다.

"변호사님은 세상에서 가장 믿음직하며, 변호사님과 함께하는 건

---

56) 루가 4장 35-36절; '예수께서 꾸짖으시니……더러운 귀신이 다 물러가지 않는가!'

절대로 속이지 않을 전문가랑 함께하는 것임을 나는 잘 압니다. 하지만 내 입장이 되어 보세요, 질질 끌리며 뒤죽박죽으로 살아가고, 매일같이 어려운 상황에 빠져들고, 잇따라 희망을 품다 잇따라 좌절하고, 상황은 계속 안 좋아지는데 다른 것 역시 좋아질 것 같지 않으니까요. 변호사님 역시 이 소송을 어둡게 바라볼 때가 있잖아요, 내가 그러는 것처럼."

"아시다시피 나는 절대로 희망을 부추기지 않습니다. 나는 절대로 희망을 부추기지 않는다는 말은 처음부터 드렸습니다. 이런 소송에서. 소송비용 대부분이 자산에서 나오는 소송은 더더욱. 희망을 부추기려면 좋은 이름을 포기해야 합니다. 소송비용이 목적처럼 보일 테니까요. 조금 전에 상황이 좋아질 기미가 없다고 하셨는데, 저로서는 구체적인 사실에 근거에서 그걸 부정할 수밖에 없습니다."

그러자 리처드가 환한 얼굴로 묻는다.

"그래요? 왜 그렇지요?"

"리처드 선생을 법률 대리하는 사람이……"

"변호사님이 금방 말씀하신 것처럼……내가 기댈 반석이지요."

볼스 변호사는 머리를 조용히 끄덕이며 텅 빈 책상을 톡톡 쳐, 재가 재에 떨어지고 먼지가 먼지에 떨어지는[57] 소리를 내며 말한다.

"맞습니다, 선생이 기댈 반석입니다. 이건 매우 중요한 사실입니다. 선생은 단독 변호를 받으며, 다른 사람의 이익에 묻혀서 더는 안 보이지 않습니다. 이것 역시 매우 중요합니다. 소송은 잠자지 않으니, 우리가 깨우고, 신선한 공기를 쐬게 하고, 이리저리 걸어 다니게 합니다. 이것 역시 매우 중요합니다. 잔다이스라고 모두 똑같은 게 아닙니다, 명목상으로도 실질상으로도. 이것 역시 매우 중요합니다. 이제 누구도 자기

---

57) 장례식에서 사람이 죽은 걸 위로하는 기도문으로, 시신에 시신이 쌓인다는 뜻이다.

방식대로 소송을 풀어갈 수 없습니다. 이것 역시 매우 중요합니다, 확실히."

리처드는 얼굴이 갑자기 빨갛게 달아올라서 주먹으로 책상을 내려친다.

"볼스 변호사님! 내가 존 잔다이스 집에 처음 갔을 때, 존 잔다이스는 겉보기처럼 관심이 없는 게 아니라고 - 속셈이 천천히 드러날 거라고 - 어떤 사람이 말했다면, 중상모략하지 말라고 온갖 말로 반박하면서 열심히 변호했을 겁니다. 세상을 전혀 몰랐던 거지요! 하지만 지금 분명히 말씀드리는데, 존 잔다이스는 나한테 소송 자체가 되었습니다. 추상적인 소송이 아니라 존 잔다이스 자체며, 그 사람 때문에 고통을 받을수록 나는 분노가 치솟고, 하루가 늦어지고 그만큼 더 실망할수록 나는 존 잔다이스한테 그만큼 손해를 더 보는 것입니다."

"아닙니다, 아니에요. 그렇게 말하지 마세요. 꼭 참아야 합니다, 우리 모두. 게다가 나는 남을 절대로 비방하지 않습니다, 선생. 남을 절대로 비방하지 않아요."

볼스 변호사가 말하자, 의뢰인이 벌컥 화내며 반박한다.

"볼스 변호사님, 존 잔다이스는 할 수만 있다면 소송을 없애리란 사실을 변호사님 역시 나만큼이나 잘 알잖아요."

볼스 변호사도 마지못한 표정으로 인정한다.

"그래요, 소송에 적극적으로 참여하지 않아요. 존 잔다이스가 소송에 적극 참여하지 않은 건 확실해요. 그렇다 해도 의도는 바람직할 수 있어요. 그 속마음을 누가 읽을 수 있겠습니까, 리처드 선생!"

"변호사님이 읽을 수 있잖아요."

"내가요, 리처드 선생?"

"그 사람이 어떤 의도인지 충분히 알잖아요. 우리 이익이 서로 충돌

합니까, 아닙니까? 그것만-나한테-말씀하세요!"

리처드가 마지막 세 마디를 강조하면서 자신이 기댈 반석을 세 차례 때린다.

볼스는 꿈쩍도 안 한다. 굶주린 두 눈조차 안 흔들린다.

"리처드 선생, 내가 잔다이스 선생의 이익을 선생의 이익과 마찬가지로 법률대리를 한다면, 그건 내가 선생의 법률 자문으로서 의무를 다하지 않는 게, 선생의 이익에 최선을 다하지 않는 게 됩니다. 하지만 그런 일은 없습니다, 선생. 나는 절대로 남을 탓하지 않으니까요. 세 딸을 둔 아버지며 연로하신 아버지를 모시는 자식으로, 절대로 남을 탓하지 않으니까요. 하지만 전문가로서 할 일에는 한치도 주저하지 않습니다, 가족 사이에 불화가 인다 해도. 선생께서는 지금 선생의 이익을 위해서 전문적으로 상담한다고 나는 이해하는데요, 그게 맞습니까? 그렇다면 나는 선생의 이익이 잔다이스 선생의 이익과 다르다고 대답하겠습니다."

"당연히 다르지요! 변호사님이 예전에 발견하셨잖아요."

"리처드 선생, 나는 제삼자에 대해서 필요 이상으로 말하지 않습니다. 세 딸 엠마, 제인, 캐롤라인한테 아빠의 좋은 이름과 함께, 열심히 일하고 인내해서 벌어들인 얼마 안 되는 재산이라도 남겨주고 싶을 뿐입니다. 또한 같은 업종에 종사하는 동료 변호사들과 우호적으로 살아가고 싶을 뿐입니다. 스킴폴 선생이 이 방에서 우리를 만나는 영광을 - 지극한 영광이라고 말하지는 않겠습니다, 나는 절대로 비굴하게 아첨하지 않으니까요 - 베푸셨을 때, 선생이 다른 변호사한테 의뢰한 동안 나는 선생의 이익에 대해서 어떤 의견도 조언도 제공할 수 없다고 분명히 말했습니다. 켄지와 카보이 변호사 사무실에 대해서도 적절한 의견을 말했습니다, 매우 좋은 곳이라고. 그런데도 선생은 그곳에서 자신의 이익을 빼내 나한테 맡기는 게 좋겠다고 판단했습니다. 선생은 그 이익을 순수하게 가져오고, 나는 그 이익을 순수하게 받아들였습니다. 그 이익은 지금 이 사무실에서 가장 중요합니다. 내가 예전에 말한 걸 선생이 들으신 것처럼, 나는 소화기관이 안 좋은데, 편히 쉬면 좋아질 수도 있습니다. 하지만 편히 쉬지 않습니다, 선생을 대변하는 동안에는. 선생은 내가 필요하면 언제든 여기로 찾아올 수 있습니다. 어디로 소환하든, 나는 갑니다. 오랜 휴정기 내내, 선생, 나는 선생의 이익을 연구해서 개정기 이후에 하늘도 땅도 (당연히 대법정도) 놀라도록 모든 시간을 투여할 것입니다. 그래서 최종적으로……"

볼스 변호사는 단호한 어투로 엄숙하게 선언한다.

"유산을 취득한 것에 대해 선생에게 최종적으로 온 마음을 다해서 축하할 때 - 나는 절대로 희망을 부추기지 않지만, 이 정도는 말할 수 있을 것 같은데. 선생은 나한테 하나도 안 줘도 됩니다, 유산에서 허용된 승소비용에 포함되지 않은, 변호인과 의뢰인 사이에서 남은 비용 말고는.[58] 나는 선생께 생색을 내지 않지만, 게으름을 피우며 판에 박힌 일을 하는 대신, 열정을 가지고 적극적으로 활동한 것만큼은, 변호인으로서 의무를 다한 것만큼은 인정받고 싶습니다. 우리 사이에 모든 정리가 끝나면 제 의무도 순조롭게 끝나는 겁니다."

볼스는 모든 원칙을 선언하고 마지막으로, 부대로 돌아가기 전에 변호비용으로 20파운드 어음을 끊어달라면서 덧붙인다.

"최근에 자잘한 상담과 출장이 많아서, 선생……"

---

58) 볼스는 여기에서 전문 용어를 사용한다. '변호인과 의뢰인 사이의 비용'은 변호인이 법률 서비스를 제공한 비용이다. '승소비용'은 소송에서 패한 측이 지급하는 비용으로, 액수는 유산 범위 안에서 재판부가 결정한다. 볼스가 리처드에게 말하지 않은 것은, 설사 리처드가 승소하여 유산에서 승소비용을 받는다 해도, 볼스에게 '남은 비용'으로 지급할 비용이 충분하지 않을 수 있다는 사실, 승소하더라도 리처드는 빚더미에 앉을 가능성이 크다는 사실이다.

볼스가 일과표를 넘기면서 이어간다.

"비용이 쌓였는데, 나는 자산가가 아닙니다. 내가 공개적으로 – 변호인과 의뢰인 사이에는 뭐든지 공개해도 부족하다는 게 원칙이라 – 언급한 관계를 우리가 처음 맺을 때, 나는 자산가가 아니라고, 자산가를 만나는 게 목적이라면 서류를 켄지 변호사 사무실에 그냥 두는 편이 낫다고 했습니다. 아닙니다, 리처드 선생, 여기에서 자산가가 특별히 유리하거나 불리한 건 없습니다."

볼스가 다시 텅 빈 책상을 때리며 마무리한다.

"이건 선생이 기댈 반석입니다. 이상도 이하도 아닙니다."

실망감을 이겨낸 의뢰인은 막연한 희망을 다시 불태우고, 어음 갚을 날짜를 복잡하게 따져보고 계산하다, 펜에 잉크를 묻혀서 어음을 쓴다. 그러는 동안, 볼스는 몸과 마음에 단추를 단단히 채운 채 리처드를 가만히 바라본다. 그러는 동안, 볼스의 사무실 고양이는 쥐구멍을 노려본다.

마지막으로 의뢰인은 볼스 변호사와 악수하며, 하늘을 위하고 땅을 위해 대법정에서 "자신이 제대로 헤쳐나가도록" 최선을 다해달라고 간청한다. 희망을 절대로 부추기지 않는 볼스 변호사는 의뢰인 어깨에 손바닥을 대고 미소를 지으며 대답한다.

"나는 여기에 늘 있습니다, 선생. 여기에서 마차 바퀴에 어깨를 대고 늘 열심히 밀 테니 직접 찾아오셔도, 편지를 보내셔도 좋습니다."

두 사람이 헤어지자, 혼자 남은 볼스는 궁극적으로 세 딸을 위해서 일과표에 적힌 사소한 내용을 어음 장부로 옮겨 적는다. 열심히 일하는 곰이나 여우도 자기 새끼를 위해서 길을 헤매는 여행객이나 닭을 그렇게 사냥하는데, 이렇게 말한다 해서, 앙상한 얼굴에 홀쭉한 몸매로 단추를 끝까지 채운 홀아비와 케닝턴 습지의 소박한 집에 사는 세 딸을 깔보는 건 아닐 것이다.

리처드는 그늘이 짙은 시몬드 법학예비원을 나와 - 오늘따라 햇살이 우연히 비치는 - 대법정 거리로 들어서며 깊은 생각에 잠긴 채 걸어가다 링컨 법학원으로 꺾어서 나무가 무성한 링컨 법학원 그늘 아래를 지난다. 이렇게 어슬렁거리는 수많은 사람에게 - 고개를 숙이고 손톱을 물어뜯고 눈길을 내리깔고 발걸음은 무겁고 분위기는 또렷한 목적 없이 몽롱하고, 물어뜯기고 뜯느라, 사는 게 피곤한 사람들에게 - 얼룩덜룩한 나무 그늘이 떨어진다. 리처드는 아직 초라하지 않지만, 금방 그렇게 될 수 있다. 지혜보다 선례를 중시하는 대법정에는 이런 선례 역시 풍부하니 수만 명 가운데 한 명만 다를 이유가 무어겠는가?

하지만 리처드가 몰락한 게 아직은 얼마 안 되니, 그렇게 어슬렁대며 걸어가면서도, 그곳을 그렇게 싫어하면서도, 몇 달 동안이나마 머물려고 애쓰는 게, 자신만큼은 완전히 다르다고 느끼는 것 같다. 걱정과 불안과 불신과 의혹이 좀먹어서 마음이 무겁긴 해도, 여기에 처음 왔을 때와 비교하면 자신이 너무나 변했다는 사실에, 마음속 느낌이 너무나 다르다는 사실에 놀라며 슬퍼할 공간은 있을 수 있다. 그러나 부당한 행위는 부당한 행위를 낳으니, 그림자와 싸워서 패배하면 구체적인 싸움 대상을 만들어내는 법이다. 산 사람은 누구도 이해할 수 없는 애매한 소송에 오랫동안 시달리다 보면, 구체적인 대상을 - 이러한 폐허에서 자신을 구해줄 친구를 - 적으로 만들지 않고는 견딜 수 없는 법이다. 리처드는 볼스에게 모든 걸 사실대로 말했다. 그래서 마음이 딱딱한 상태든 부드러운 상태든, 어느 쪽이든, 자신이 손해를 본다고, 자신이 설정한 목표를 방해받는다고, 그 목표는 자신이 존재를 쏟아부을 소송일 수밖에 없다고 확신하니, 자신을 구체적으로 억압하는 적을 자신의 눈으로 규정하는 건 리처드에게 너무나 정당할 수밖에 없다.

이런 점에서 리처드는 괴물일까 아닐까, 혹은 기록 천사[59]가 기록한 내용에는 대법정에서 이런 사례가 무수히 많을까 아닐까?

리처드가 깊은 생각에 잠긴 채 손톱을 물어뜯으며 광장을 가로질러서 남쪽 통로 그늘로 들어설 때, 이런 부류에 익숙한 눈 두 쌍이 물끄러미 쳐다본다. 거피와 위블로, 나무 밑 나지막한 돌난간에 기댄 상태다. 리처드가 땅바닥만 내려다보며 바로 옆을 지나자, 위블이 구레나룻을 매만지며 말한다.

"거피, 불에 탈 사람이 저기 가는군! 자연 발화할 사례라기보다는 연기를 잔뜩 내면서 탈 사례 같아."

"아! 잔다이스 소송에서 빠져나오질 않으니 사방에 빚이 가득하겠지. 나는 저 친구를 많이 알지 못해. 우리 사무실에 임시로 나올 때만 해도 런던 기념탑만큼이나 잘난 척하더니만. 나야 저놈이 나간 게 잘됐지, 직원으로든 고객으로든! 그런데 위블, 아까 말한 대로 그들은 지금 그 일에 매달려 있어."

거피가 흥미진진한 대화로 돌아가더니 다시 팔짱을 끼우고 난간에 기댄 자세를 고치며 덧붙인다.

"여전히 그 일에 매달려 있다고, 친구, 여전히 물품을 조사하고 서류를 검토하고 산더미 같은 잡동사니 고물을 분류하면서. 이런 속도라면 7년은 매달려야 할 거야."

"그래서 스몰도 거드는 중인가?"

"응, 일주일 휴가를 얻었거든. 일이 너무 많아서 할아버지 혼자 처리하기 어렵다고, 자신이 도와주는 편이 좋겠다고 켄지한테 말했어. 스몰이 숨기는 게 너무 많아서 나하고는 냉각기가 있었어. 하지만 스몰은 너랑 내가 먼저 그랬다 주장하고, 틀린 말은 아닌지라 내가 먼저 손을

---

59) 최후의 심판 때 제시할 인간의 행위를 기록하는 천사.

421

내밀어서 예전 관계를 회복했어. 그래서 그들이 그 일에 몰두한다는 사실도 알게 된 거야."

"너는 아직 그 집에 안 가봤지?"

위블이 불쑥 묻자, 거피가 살짝 당황하며 대답한다.

"위블, 자네니까 솔직히 말하는데, 네가 함께 간다면 모를까 나 혼자 가고 싶은 마음은 없어. 그래서 함께 가서 네 물건을 옮기자고 제안한 거야. 한 시간이 또 흘러가는군!"

거피가 갑자기 신비로우면서도 다정한 어투로 이어간다.

"위블, 피치 못할 사정 때문에 예전에 자네한테 친구로서 말한, 가장 소중하게 여기던 계획이, 짝사랑하던 영상이, 우울하게 끝났다고 말할 수밖에 없게 되었어. 그 영상은 산산이 부서지고 우상은 바닥에 깔렸어. 내가 예전에 친구로서 너한테 도움을 받으며 손에 넣으려 하던 물건과 관련해서 이제 내가 품은 유일한 소망은 그 물건을 그대로 두자는 거, 망각에 묻어버리자는 거야. (친구로서 자네한테 묻는데) 자연 발화로 쓰러진 노인이, 변덕스럽고 괴팍한 성격으로 볼 때 - 자네가 살아있는 걸 본 다음에 - 다시 생각하고 그 편지를 다른 곳에 옮겨놓을 가능성이, 그래서 그날 밤에 불타지 않았을 가능성이 있다고 생각해?"

위블은 가만히 생각한다. 그러다 머리를 젓는다. 그럴 가능성은 절대로 없다.

그래서 두 사람은 영장발행 거리로 걸어가고, 거피는 다시 말한다.

"위블, 친구로서 내 말을 한 번만 더 들어주게. 추가 설명 없이, 우상이 무너졌다는 말만 다시 하겠네. 이제는 추구할 목적이 없어, 망각에 묻어버리는 것 말고는. 나는 그러기로 맹세했어. 영상이 산산이 부서졌거든, 피치 못할 사정도 있고 자네가 그 집에 있을 때 문제의 서류처럼 보이는 물건이 있던 지점을 손짓이나 눈짓으로 알려준다면, 내가 그것을 내 손으로 집어다 불에 던져버리고 말겠어."

위블이 고개를 끄덕인다. 거피는 무슨 말이든 심문하는 어투나 최종 진술을 요약하는 어투로 하길 좋아하는 터라, 법정에서 변론하는 것 같기도 하고 로맨스에 빠져든 것 같기도 한 분위기로 열심히 말하다 그 말에 스스로 취한 채, 친구랑 나란히 영장발행 거리로 의기양양하게 나아간다.

영장발행 거리가 생긴 이래로 '포르투나투스의 지갑'[60]처럼 소문이 안 끊기는 가운데, 고물상에서 작업은 계속된다. 규칙적으로, 매일 아침 8시에 스몰위드 노인을 모서리로 데려와서 안으로 들여가고, 스몰위드 할머니와 주디와 바르트도 그렇게 한다. 규칙적으로, 매일, 저녁 9시까지 그곳에 머물며, 근처 상점에서 양이 적은 집시 음식을 사다 먹으며, 고인의 보물 사이로 뛰어들어 샅샅이 뒤지고 파헤친다. 그러면서도 보물이 무언지 비밀로 하니, 영장발행 거리 사람들은 미칠 지경이다. 그래서 찻주전자마다 기니 금화가 쏟아져나오고, 커다란 사발마다 크라운 금화가 넘쳐흐르고, 낡은 의자와 매트리스마다 은행권 지폐가 가득하다고 상상한다. 마을 사람들은 데니얼 댄서 남매에 대한 (채색 그림이 든) 싸구려 역사책은 물론 서퍽 주 엘위스 선생에 관한 책[61]까지 본 터라, 책에 나오는 독특한 내용을 크룩에게 그대로 적용한다. 쓰레기 청소부를 두 번이나 불러서 낡은 종이와 재, 깨진 유리병을 수레에 가득 실어서 버릴 때, 마을 사람 전체가 모여들어 밖으로 나오는 쓰레기 자루를 자세히 살핀다. 잔뜩 굶주린 조그만 펜을 바꿔가며 얇은 종이에 글을 쓰는 두 신사 역시 동네를 훑고 다니는 모습이 여전히 보이는데, 최근에 다퉜는지, 서로 모른 척한다. 동네 술집은 동네에 만연한 관심

---

60) 포르투나투스는 중세 유럽 전설에 나오는 거지로, 운명의 여신에게 영원히 안 비는 지갑을 받지만, 결국엔 그것 때문에 파멸한다.
61) 둘 다 유명한 구두쇠로, 집 안에 금을 가득 숨겨두었다는 내용이다.

사를 음악회에 활용한다. '꼬마 술찌끼'는 '만담'이라는 장르에 그대로 적용해서 커다란 갈채를 받더니, 사람들에게 영감을 자극하는 '개그'로 영역을 넓힌다. 심지어 처녀 가수 멜빌슨조차 '우리는 고개를 끄덕이는 사이'라는 스코틀랜드 민요를 살려서 '강아지는 고깃국을 좋아해'[62]를 (그 음식이 무엇이든) 능글맞게 부르며 머리를 옆집 고물상으로 돌려서 '스몰위드 노인은 돈 찾는 걸 좋아해'를 즉각 떠올리게 하니, 밤마다 앙코르를 두 번이나 받는 영광도 누린다. 그런데도 마을 사람들이 발견한 건 하나도 없으니, 동네에 나타나서 사람들에게 둘러싸인 예전 세입자에게, 파이퍼 부인과 퍼킨스 부인이 말한 것처럼, 동네 전체가 무언가를 찾아내려고, 더 많이 찾아내려고, 계속 들쑤신다.

위블과 거피는 동네 사람들이 쳐다보는 가운데, 고인이 살던 꽉 닫힌 문을 두드려서 커다란 관심을 받는다. 하지만 예상과 달리, 안에서 받아들이는 순간, 모든 관심과 인기는 순식간에 사그라든다.

건물 전체에 많든 적든 덧문을 모조리 닫아서 일 층은 촛불이 필요할 정도로 어둡다. 스몰이 고물상 안쪽으로 데려오자, 두 사람은 햇빛이 환한 곳에서 들어온 터라 처음에는 컴컴한 어둠 말고 아무것도 안 보인다. 그러다 스몰위드 노인은 쓰레기 종이 우물 혹은 무덤 모서리 의자에 앉아있고, 고결한 주디는 공동묘지 관리인처럼 쓰레기 무덤을 더듬고, 그 옆에서 스몰위드 노부인은 온종일 내던진 종이와 서류와 원고 무더기에 휘감긴 모습이 조금씩 보인다. 스몰을 포함해, 가족 전체가 먼지와 얼룩에 까만 악마처럼 변해, 분위기는 한층 더 섬뜩하다. 주변에는 쓰레기더미가 예전보다 심하게 널브러지니, 더 더러울 수 없는 곳이 더 더럽게 변해, 죽은 주인의 흔적까지, 심지어 벽에 쓴 분필 글씨까지

---

62) 노래 가사: 고양이는 우유를 좋아해. 강아지는 고깃국을 좋아해. 숙녀는 고가씨를 좋아해. 아가씨는 어린애를 좋아해. 우리는 고개를 끄덕이는 사이.

음산하게 보인다.

두 사람이 들어오자, 스몰위드 노인과 주디는 동시에 수색을 멈추고 팔짱을 낀다. 그런 가운데 노인이 쉰 목소리로 말한다.

"아하! 안녕하시오, 신사분들, 안녕하시오! 물건을 가져가려고 오셨소, 위블 선생? 잘했소, 잘했어. 하! 하! 우리가 그것도 팔아버릴 수 있었다오, 너무 오랫동안 두면 창고 보관비를 내야 하니 말이오. 집으로 돌아온 기분이 들겠구려. 만나서 반갑소, 만나서 반가워!"

위블은 고맙다 말하고 주변을 둘러본다. 거피 눈동자가 위블 눈동자를 따라간다. 위블 눈동자가 색다른 걸 못 찾고 원래대로 돌아온다. 거피도 원래대로 돌아오다, 스몰위드 노인과 눈동자가 마주친다. 매혹적인 노인이 여전히 중얼댄다. 태엽이 풀리기 시작한 기계처럼.

"안녕하시오, 선생……안녕하……안녕……"

그러다 태엽이 완전히 풀려서 씩 웃으며 침묵하는 상태로 빠져드는 순간, 거피는 맞은편 어둠 속에 뒷짐 진 채 서 있는 토킹혼 변호사를 보고 깜짝 놀라고, 스몰위드 노인은 다시 말한다.

"신사분께서 친절하시게도 우리 변호사로 활약하신다오. 나처럼 별볼 일 없는 의뢰인을 받아주시기엔 너무나 유명한 분이, 친절하게도 은혜를 베푸신다오!"

거피는 친구 옆구리를 살짝 찔러서 다시 쳐다보게 하며 허리를 대충 숙여서 인사하니, 토킹혼 변호사 역시 편안하게 고개를 끄덕이며 답례하는데, 할 일이 특별히 없기에 여기에 와서 재미난 구경을 한다는 표정이다.

"여기에 대단한 물건이 가득할 겁니다, 노인장."

거피가 말하자, 스몰위드 노인이 대답한다.

"헌 옷이랑 쓰레기만 가득하다오, 친구! 헌 옷이랑 쓰레기만! 나랑 바르트랑 손녀딸 주디가 팔아도 될만한 품목을 골라내려고 열심히 작업한다오. 하지만 아직은 별다른 게 없구려. 아직은……별다른 게……없……"

스몰위드 노인은 태엽이 다시 풀리고, 위블 눈동자는, 거피 눈동자가 쫓아가는 가운데, 실내를 다시 둘러보고 원래대로 돌아온다. 그리고 말한다.

"그래요, 선생님, 더는 방해하지 않겠습니다, 우리가 2층으로 올라가는 걸 허락하신다면."

"어디든, 선생, 어디든! 집에 왔으니, 마음대로 하시구려!"

두 사람이 2층으로 올라가자, 거피가 무언가를 묻는 표정으로 눈썹을 추켜세우고 쳐다보지만 위블은 고개를 가로젓는다. 두 사람이 바라본 옛날 방은 적막하고 우중충하기만 하다. 잊지 못할 밤에 타오른 불에서 올라온 재가 색바랜 벽난로 쇠창살에 그대로 박혔다. 두 사람은 어떤 물건을 만지는 것도 끔찍하게 싫어, 먼저 입으로 호호 불어서 먼지를 털어낸 다음에 만지는 식이다. 오래 머물고 싶은 생각도 없어, 가지고 나갈 물건을 최대한 빠르게 챙길 뿐, 입도 뻥긋하지 않는다. 그러다 위블이 움찔하며 말한다.

"여길 봐. 재수 없는 고양이가 들어왔어!"

거피가 의자 뒤로 물러난다.

"스몰이 고양이 얘기를 했어. 그날 밤에 저놈이 용처럼 발톱을 휘두르며 펄쩍펄쩍 뛰어오르다, 건물 꼭대기로 나가서 보름 동안 돌아다니더니 몸이 빼빼 말라서 굴뚝으로 떨어졌다네. 너는 저런 짐승을 본 적이 있니? 모든 걸 다 아는 표정이잖아, 그치? 자기가 크룩인 것처럼 말이야. 훠이훠이! 저리 나가, 괴물아!"

고양이 제인 아가씨가 문가에서 꼬리를 바짝 추켜세운 채 입을 크게 벌리고 호랑이처럼 으르렁대는 게 복종할 것 같지 않더니, 토킹혼 변호사가 들어오다 발에 걸리는 순간, 잔뜩 화나서 색바랜 바지에 침을 뱉고 욕설을 뱉어내다 굽은 등으로 계단을 오른다. 건물 지붕을 또 돌아다니다 굴뚝으로 떨어질 모양이다.

"거피, 대화 좀 할 수 있을까?"

토킹혼이 묻는 순간, 거피는 '영국 미인의 최고봉 갤러리'를 벽에서 떼어내, 훌륭한 작품을 초라한 종이상자에 넣는 작업에 열중하다, 빨갛게 달아오른 얼굴로 대답한다.

"저로서는 같은 업종에 종사하는 모든 분한테, 선생님처럼 유명하며 선생님처럼 대단한 분한테는 더더욱, 예의를 다하고 싶습니다. 하지만 토킹혼 변호사님, 저한테 하실 말씀이 있으시다면 제 친구가 있는 앞에서 하셔야 합니다."

"아, 정말?"

"네, 변호사님. 개인적인 이유는 전혀 아닌데, 저한테는 매우 중요하답니다."

거피가 대답하자, 토킹혼 변호사는 자신이 조용히 들어온 방 벽난로 돌처럼 태연하게 말한다.

"당연하지, 당연해. 굳이 어떤 조건을 내걸어야 할 정도로 중요한 내용은 아니라네, 거피."

토킹혼 변호사가 입을 다물고 미소를 머금는데, 바지만큼이나 우중충하고 색바랜 미소다. 그러다 다시 말한다.

"축하를 받아야겠더군, 거피. 젊은이치고는 운이 좋으니까."

"네, 정말 좋습니다, 토킹혼 변호사님, 불만도 전혀 없고요."

"불만? 신분 높은 친구가 있고 대저택에 자유롭게 드나들고 우아한 귀부인을 만나는 자네가? 맙소사, 거피, 런던에는 자네처럼 될 수만 있다면 어떤 희생이라도 치를 사람이 많아."

거피는 자신이 그 사람들처럼 될 수만 있다면 더 많은 희생이라도 기꺼이 치르겠다는 표정으로 대답한다.

"변호사님, 켄지와 카보이에 합당하게 진행하는 업무라면, 아무리 친한 친구고 지인이라도, 같은 분야에 종사하는 분이라도 말씀드릴 수 없으며, 링컨 법학원의 토킹혼 변호사님도 예외는 아닙니다. 따라서 변호사님을 존경하는 마음으로 무례를 범하지 않고 말씀드리는데, 저한테는 더 설명할 의무가 없습니다. 다시 말씀드리는데, 무례를 범하지……"

"아, 그렇군!"

"……않고 더 말씀드릴 생각이 없습니다."

거피가 말하자, 토킹혼 변호사가 차분하게 고개를 끄덕이며 대답한다.

"그렇군. 좋아. 초상화들을 보아하니 상류사회에 관심이 아주 많은 것 같은데?"

토킹혼 변호사가 지적하자 위블이 깜짝 놀라면서 부드러운 책망을 받아들이고, 토킹혼은 연기에 그을린 벽난로에 등을 대고 서 있다 갑자기 두 눈에 안경을 쓰고 돌아보며 묻는다.

"이게 누구야? '데드록 귀부인'. 하! 똑같이 그리긴 했는데, 강인한 성격을 빼먹었군. 잘 있게, 신사분들. 잘 있게!"

토킹혼 변호사가 나가자, 거피는 식은땀이 뻘뻘 흐르는 가운데, 황급히 움직여서 '최고봉 갤러리'를 모두 내리고 데드록 귀부인으로 마무리한 다음, 깜짝 놀란 친구에게 허둥지둥 말한다.

"위블, 물건을 어서 챙겨서 나가세. 지금 내가 손에 든 백조 같은 귀족 구성원 가운데 한 명과 나 사이에 은밀한 대화와 교류가 있었다는 사실을 자네한테 더는 숨길 수 없게 되었군. 때가 되면 다 말하려 했어. 하지만 더 말할 순 없어. 내가 한 맹세도 있고, 우상은 산산이 깨져나가고, 피치 못할 사정도 있으니, 모든 걸 망각 속으로 묻어두자고. 친구라는 이름으로, 상류사회 소식지를 통해서 그동안 자네가 보여준 지긋지긋한 관심이라는 이름으로, 그동안 융통해준 얼마 안 되는 돈이라는 이름으로 부탁하니, 더 캐묻지 말고 그냥 묻어버리자고!"

거피가 변론하듯 쏟아내는 사이에 위블은 머리털 끝까지, 심지어 잘 가꾼 구레나룻까지 멍한 표정으로 쳐다본다.

CHAPTER XL
국가와 가정

　영국은 몇 주 동안 끔찍한 상태다. 쿠들 경은 내각 총사퇴를 천명하고, 토마스 두들 경은 내각 구성을 거부하니, (흔히 말하는) 대영제국에 쿠들과 두들 말고는 아무도 없는 터라, 정부도 없었다. 그나마 다행스러운 건, 위대한 두 인물 사이에서 한때는 불가피해 보이던 적대적 충돌이 안 일어났다는 사실이다. 양측이 총질을 시작하면, 그래서 쿠들과 두들이 서로를 죽이면, 아동복에 기다란 스타킹을 신은 어린 쿠들과 어린 두들이 성장할 때까지 영국은 정부 구성을 미루어야 할 것으로 추정되기 때문이다. 하지만 이렇게 엄청난 국가적 재난은, 쿠들 경이 뜨겁게 논쟁하는 와중에 토마스 두들 경의 비열한 경력 전체를 경멸하고 혐오했다면 그건 당파가 다를지언정 자신이 더없이 훌륭한 두들 경에게 감탄한 증거일 뿐임을 적시에 밝히면서, 그와 동시에 반대편에서도 토마스 두들 경은 마음속으로 쿠들 경이야말로 덕성과 명예의 본보기로 후대에 길이 전해질 인물로 여긴다고 밝히면서 반전을 맞이했다. 그래도 영국은 몇 주 동안 물살이 사나운 해협에서 (데드록 레스

430

터 경이 제대로 지적한 것처럼) 선장 없이 폭풍우를 뚫고 나가야 했는데, 정말 놀라운 건 영국 전역이 아무렇지 않은 듯, 대홍수 이전처럼 평화롭게 먹고 마시고 결혼식을 즐겼다는 사실이다. 하지만 쿠들은 위험을 알고, 두들도 위험을 알고, 부하들과 추종자들 역시 위험을 또렷하게 인식했다. 그러다 마침내 토마스 두들 경은 내각 구성에 동의했을 뿐 아니라 모든 남성 조카와 모든 남성 친척과 모든 처남을 끌어들여서 내각을 멋들어지게 구성했다. 낡은 배가 둥둥 떠갈 희망이 아직은 남은 것이다.

두들은 온 나라에 자신을 알려야 한다는 걸 깨달았다, 주로 금화와 맥주 형태로. 이렇게 변형된 상태로 두들은 수많은 지역에, 영국 전역에 모습을 동시에 드러낸다. 영국 전역은 금화 형태로 두들을 주머니에 넣기 바쁘고 맥주 형태로 두들을 마시기 바쁜데도 두들은 새파랗게 질린 얼굴로 자신은 절대로 안 그랬다고 – 영국의 영광과 도덕을 위해 노력할 뿐이라고 – 맹세하니, 두들 지지자와 쿠들 지지자 모두 영국이 치르는 종교의식을 지원하고자 전국으로 흩어지면서 런던 사교계 시즌은 갑자기 끝난다.

체스니 대저택 하녀장 라운스웰 부인은 아직 아무런 지시도 안 내려왔으나, 나리 가족이 머지않아 내려올 걸, 수많은 친척과 함께 위대한 국가 재건 사업에 어떤 형태로나마 이바지할 걸 깨닫는다. 그래서 시간을 효율적으로 이끌며 계단을 오르내리고 갤러리와 통로를 따라가고 방마다 지나서 시간이 너무 늦기 전에 모든 준비를 마치니, 바닥마다 문질러서 광택은 번뜩이고, 양탄자는 모두 깔리고, 커튼마다 먼지를 털고, 침대마다 정갈하고 푹신하며, 식품 저장실과 주방 역시 전투 준비를 마친다 – 데드록 가문의 위엄에 소홀하지 않도록.

모든 준비는 태양이 뉘엿뉘엿 떨어지는 여름철 초저녁에 끝난다.

사람을 맞이할 준비는 마쳤으나 사람이라곤 벽마다 초상화로 걸린 인물이 전부니, 대저택은 엄숙하면서도 적적할 뿐이다. 초상화에 걸린 인물이 세상에 머물다 떠난 것처럼, 현존하는 데드록 주인 역시 초상화 속 인물로 사라지는 상상을 할 것 같은, 자신이 고요한 갤러리를 가만히 바라보는 것처럼 저들 역시 가만히 바라보았다는 걸, 자신이 사라지면 저택에 생길 공백을 생각하는 것처럼 저들 역시 생각했다는 걸, 저택은 자신이 없어도 아무렇지 않다는 믿기 어려운 현실을 자신이 지금 깨달은 것처럼 저들 역시 깨달았다는 걸, 그래서 자신이 지금 메아리 울리는 문을 닫고서 저들 세상을 떠나듯 저들 역시 이 세상을 떠났다는 걸, 저들을 그리워할 여운은 조금도 안 남기고 그렇게 죽어갔다는 걸 떠올릴 것 같은 분위기다.

이렇게 해가 떨어질 즈음이면 건물 전체는 우중충한 회색 돌덩이가 아니라 황금으로 지은 건물처럼 화려하고 아름답게 반짝이고, 창문마다 화염에 휩싸인 듯 다른 창문으로 뻗어낸 햇살은 사방에 가득한 여름처럼 화려하게 넘쳐흐른다. 그래서 얼어붙은 데드록 초상화마다 부드럽게 녹인다. 잎사귀 그림자가 노닐면서 초상화에 담긴 모습이 이상하게 움직인다. 모서리에 아둔하게 박힌 판사는 무심코 윙크하고, 곤봉을 들고 노려보는 준남작은 턱에 보조개가 어리고, 돌처럼 냉혹하고 무자비한 귀부인 목동은 따사로운 햇살이 가슴 한가운데로 파고드니, 백년 전에 그랬다면 정말 좋을 뻔했다. 하이힐을 신은 모습이 볼룸나나와 똑같이 보이는 조상은 – 지난 이백 년 동안 처녀로 어두운 그늘을 드리웠으나 – 머리에 후광이 어리는 성녀가 되고, 찰스 2세 궁정에서 명예 시녀를 지낸, 커다란 눈을 비롯해 모든 점에서 매력이 넘치는 조상은 이글거리는 물속에서 목욕하는 것 같으니, 햇빛이 이글거릴 때는 물결마저 인다.

하지만 불타던 태양도 죽어간다. 바닥이 어스레하더니 벽마다 어둠이 천천히 기어올라 데드록 조상을 늙어 죽은 분위기로 뒤바꾼다. 그러다 이제, 오래된 고목에서 나온 어둠이 거대한 벽난로 선반 위에 걸린 우리 귀부인 초상화로 떨어지며 창백한 얼굴에 퍼덕이는 게, 거대한 팔로 망사나 후드를 들고서 그 얼굴을 덮어씌울 기회만 노리는 것 같다. 벽에 걸린 어둠은 그렇게 짙어지며 높아지다 – 빨간 암흑으로 천장에 어리더니 – 결국 불꽃마저 꺼진다.

테라스에서 가깝게 보이던 전망이 모두 엄숙하게 멀어지다 – 가깝게 보이던 아름다운 대상이 이렇게 변하는 건 처음도 아니고 마지막도 아니니 – 머나먼 환영으로 변한다. 연한 안개가 피어오르고 이슬이 떨어지고 정원에 가득한 꽃내음은 공중에 묵직하게 깔린다. 숲마다 거대한 나무 한 그루처럼 뭉쳐 든다. 그러다 달이 떠오르니 다시 흩어져, 나무줄기 너머로 여기저기에 지평선을 이루며 희미하게 반짝여서 높이 솟은 거대한 아치문 사이로 은은한 빛깔을 환상적으로 흩뜨린다.

달이 높이 뜨니, 깃들 사람이 어느 때보다 절실하게 필요한 대저택은 생명 없는 몸통 같다. 이제, 죽은 자는 말할 것도 없고 침실에서 외롭게 잠자던 사람들 생각이 슬금슬금 떠오르는 것마저 무섭다. 지금은 어둠이 지배하는 시간으로, 구석마다 동굴이며 아래로 내려가는 계단마다 구덩이고, 색 유리창마다 창백하게 빛나면서 바닥에 푸르르한 색조를 흩뿌리고, 어떤 물체든 본연의 모습을 잃은 채 거대한 층계참 기둥처럼 보일 수 있고, 우중충한 빛을 받는 갑옷은 살며시 움직여도 분간할 수 없고, 눈구멍이 뚫린 헬멧은 안에 머리가 든 것처럼 섬뜩하다. 하지만 체스니 대저택에 깃든 모든 어둠 가운데 제일 먼저 오고 제일 늦게 물러나는 어둠은 기다란 응접실에서 우리 귀부인 초상화에 깃든 어둠이다. 이런 시간 이런 빛에, 어둠은 섬뜩하게 추켜올린 손으로 변해,

잘생긴 얼굴이 숨을 내쉴 때마다 협박하니, 라운스웰 부인 접견실에서 하인이 말한다.

"마님께서 안 좋으십니다, 부인."

"마님께서 안 좋으시다니! 무슨 일이 있나?"

"마님께서 지난번에 여기에 다녀오신 뒤로 - 나리와 같이 오실 때 말고, 지나가는 새처럼 홀로 다녀오신 뒤로 - 계속 안 좋으십니다, 부인. 바깥도 예전처럼 자주 안 나가시고 내실에만 머무실 때가 많습니다."

하인이 말하자, 하녀장은 느긋하면서도 자랑스럽게 대답한다.

"토마스, 체스니 대저택으로 내려오면 기운을 금방 차리실 거야! 여기보다 공기가 맑고 흙이 상쾌한 곳은 세상 어디에도 없거든!"

이 말에 토마스는 할 말이 있지만, 목덜미부터 관자놀이까지 매끄러운 머리를 쓰다듬는 식으로 암시할 뿐 더 말하는 걸 억누른 채, 하인 식당으로 물러나서 차가운 고기 파이와 맥주로 배를 채운다.

토마스는 고귀한 상어보다 한발 앞서 찾아오는 방어류 물고기다. 다음 날 초저녁에는 레스터 경과 귀부인이 대규모 수행단과 내려오고, 친척을 비롯한 다양한 인물이 사방팔방에서 몰려든다. 그때부터 몇 주 동안 이상한 선거운동원이 사방에서 기어들어, 두들이 금화와 맥주 형태로 뿌려지는 지역 곳곳으로 흩어지지만, 바삐 움직이는 척만 할 뿐 어디에서도 별다른 활동은 안 한다.

이러한 국가 대사가 있을 때마다 레스터 경은 친척이 꽤 유용하다는 사실을 발견한다. 만찬 파티에서 '몰이'에 적극적으로 나서는 건 명예로운 밥 스테이블스를 따를 사람이 없다. 말에 올라타서 연설장과 투표장을 바삐 오가며 '영국'을 편드는 데는 친척들 이상을 따를 사람이 없다. 볼룸니나는 약간 둔하긴 해도 혈통을 숨길 순 없으니, 프랑스식 수수께끼는 오래돼서 시대를 한 바퀴 돌아 요즘은 거의 새로운 내용으로 들리는 터라, 쾌활하게 대화하는 걸 높이 평가하는 사람도 많고, 데드록 정통 후손과 만찬을 드는 영광은 물론, 무도회에서 손을 잡는 특권을 갈망하는 사람도 많다. 이런 국가 대사 때는 춤도 애국하는 방법이니, 볼룸니나는 연금 한 푼 안 주는 배은망덕한 국가를 위해서 늘 빙글빙글 돌아간다.

우리 귀부인은 수많은 손님을 맞이하는데 별다른 수고를 안 하니, 몸이 여전히 안 좋아서 밤늦도록 머무는 경우도 드물다. 하지만 적막한 만찬마다, 무거운 점심마다, 바실리스크[63] 무도회마다, 여타의 우울한 행사마다, 우리 귀부인이 모습을 비추기만 해도 분위기는 살아난다. 레스터 경은 대저택에 들어오는 행운을 누리는 사람이라면 최소한 대접만큼은 누구에게도 소홀하지 않다고 확신하는 터라, 턱없이 만족스러운 표정으로 거대한 냉동고처럼 손님들 사이를 움직인다.

날마다 친척들은 (농촌에서는 가죽 장갑과 사냥용 채찍을 들고, 읍내에서는 양가죽 장갑과 승마용 채찍을 들고) 말에 올라탄 채 먼지 사이를 빠르게 걷고 도로변 잔디를 느리게 달려서 연설장과 투표장을 오가며 보고하고, 레스터 경은 그것에 근거해서 만찬 뒤에 장광설을 늘어놓는다. 날마다 할 일 없는 선거운동원은 매우 바쁜 척 움직인다. 날마다 볼룸니나는 국가 문제를 꺼내면서 레스터 경과 짧은 대화를 나누고, 레스터 경은 볼룸니나가 뜻밖으로 깊이 사고하는 여성이라는 결론을 내린다.

"어떻게 흘러가나요? 잘되나요?"

볼룸니나가 두 손을 깍지끼며 묻는다.

중요한 고비는 거의 넘겼고, 두들은 자신을 전국에 며칠만 더 알리면

---

63) 전설에 나오는 괴물 뱀으로, 한번 노려보거나 입김을 쐬기만 해도 사람이 죽었다 한다.

된다. 레스터 경은 만찬을 끝내고 기다란 응접실에 막 들어와서 구름처럼 몰려든 친척에 둘러싸여 별처럼 화려하게 빛난다. 그런 레스터 경이 한 손에 명단을 들며 대답한다.

"볼룸니나, 괜찮은 편이에요."

"겨우 괜찮은 편!"

여름철 날씨인데도 레스터 경은 초저녁이면 자신이 즐기는 전용 벽난로에 늘 불을 피운다. 그래서 평소처럼 벽난로 앞에서 칸막이를 친 의자에 앉아, 단호하면서도 살짝 불쾌한 어투로 다시 말하는 게, 나는 평민이 아니라고, 내가 괜찮은 편이라고 한 말을 평민이 한 말과 똑같이 받아들이면 안 된다고 말하는 것 같다.

"볼룸니나, 괜찮은 편이에요."

"최소한, 레스터 경을 반대하는 사람은 없겠지요."

볼룸니나가 자신만만하게 단언한다.

"그래요, 볼룸니나. 안타깝게도 나라가 여러 측면에서 상식을 잃고 헤매긴 하지만……"

"그 정도로 미친 건 아니라는 거죠? 그 말을 들으니까 마음이 놓이네요."

볼룸니나가 대신 마무리한 문장이 레스터 경은 마음에 든다. 그래서 머리를 우아하게 끄덕이는 게, '가끔 경솔하게 굴기는 해도 전체적으로 괜찮은 여자'라고 말하는 것 같다.

사실, 반대파 문제에 대해서 정통 데드록 출신 볼룸니나가 한 말은 지극히 불필요하다. 국가적 행사가 있을 때마다 레스터 경은 언제나 도매로 대량 주문을 하고 돈을 즉각 지급하는 식으로 표를 긁어모은다. 자신에 속한 다른 조그만 자리 두 개는 덜 중요한 소매 주문처럼 처리하는 거로, 상인들에게 사람을 보내서 "이 물건으로 의원 두 명을 만들어

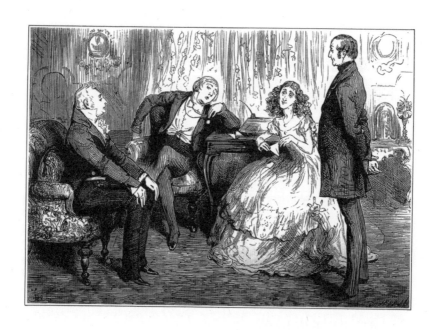

437

주면 고맙겠소"라고 말하는 거로 충분하다.

"안타깝게도 볼룸니나, 사람들 정신이 썩어 문드러졌는지, 정부에 반대하는 야당이 사방에 퍼지는 분위기가 또렷하다오."

"쓰레기들!"

볼룸니나는 한탄하고, 레스터 경은 소파와 긴 의자에 모여앉은 친척을 바라보며 계속 말한다.

"심지어, 정부 여당이 분파를 억누르던 지역조차 상당수는 – 아니, 대부분은……" (참고로 설명하자면, 쿠들 지지파는 두들 지지파에게 늘 분파고, 두들 지지파는 쿠들 지지파에게 늘 분파다.) "여당 측이 막대한 비용을 투입해서 간신히 이겼다는 충격적인 사실을 밝히지 않을 수 없군요."

레스터 경은 위엄이 가득하고 분노 역시 가득한 표정으로 친척들을 쳐다보며 덧붙인다.

"수십만 파운드나 되는 돈을!"

볼룸니나에게 단점이 있다면 너무 순진하다는 점인데, 이는 평민에게는 지극히 잘 어울려도 귀족 여성에겐 약간 안 어울리는 덕성이다. 그런데도 순진한 성격에 이끌려서 불쑥 묻는다.

"왜요?"

"볼룸니나, 볼룸니나!"

레스터 경이 엄하게 나무라자, 볼룸니나는 특유의 조그만 비명을 내지르며 변명한다.

"아니에요, 아니에요, 제 말은 왜냐는 뜻이 아니에요. 제가 정말 멍청했어요! 제 말은 참 안타깝다는 뜻이었어요!"

"안타깝다는 뜻이라니 다행이구려."

레스터 경이 대답하자, 볼룸니나는 그렇게 섬뜩한 사람은 반역자로 모두 재판해서 정부 여당을 편들게 해야 한다고 재빨리 주장한다. 하지만 레스터 경은 상대가 변명하는 투로 하는 말에 관심을 안 보인 채 다시 말한다.

"안타깝다는 뜻이라니 다행이구려, 볼룸니나. 선거구민들이 창피한 줄 알아야 해요. 하지만 비합리적으로 질문할 의도 없이 무심코 '왜?'냐고 물었으니, 내가 대답하리다. 필요 경비 때문이요. 그대의 양식을 믿고 하는 말이니, 볼룸니나, 이 문제는 두 번 다시 거론하지 마시오, 여기서든 다른 데서든."

레스터 경은 볼룸니나를 확실하게 찍어 눌러야 한다고 다짐한다. 무려 이백 군데나 되는 선거구에서 필요 경비를 뇌물이라는 불쾌한 단어로 연결한다는 소문이 돌기 때문이다. 그러면서 야비한 놈들이 작당해, 국교회 미사 때 의회를 기리며 일상적으로 바치는 기도문을 빼자고, 대신 상태가 정말 안 좋은 하원의원 658명을 위해서 기도하자고 제안했기 때문이다.

볼룸니나는 이제 막 야단맞고 넋이 나가다, 잠시 뒤에 정신을 차리고 말한다.

"토킹혼 변호사가 죽도록 일했을 거예요."

그러자 레스터 경이 감았던 눈을 뜨며 대답한다.

"토킹혼이 죽도록 일해야 할 이유를 모르겠군요. 토킹혼이 무슨 일을 하는지도 모르겠고. 그 사람은 후보가 아니라오."

볼룸니나는 토킹혼 변호사도 고용했어야 한다고 주장한다. 레스터 경은 그 사람을 누가 무엇 때문에 고용해야 하느냐고 묻는다. 볼룸니나는 다시 겸연쩍어하면서 누구든 법적 조언을 받고 준비하는 일에 그 사람이 필요할 거라고 넌지시 말한다. 레스터 경은 자신이 아는 의뢰인 가운데 토킹혼의 도움이 필요한 사람은 하나도 없다고 대답한다.

데드록 귀부인은 열린 창가에 앉아서 방석이 놓인 창턱에 한쪽 팔을 기댄 채 공원으로 떨어지는 초저녁 그림자를 내다보다, 토킹혼 이름이 나오는 순간부터 관심을 기울이는 기색이다.

허약한 몸에 콧수염을 기른 친척 한 명이 긴 의자에 앉아, 토킹혼이 법률 자문을 하려고 철강산업 지대에 내려갔다는 말을 어제 들었는데, 선거가 오늘 끝나니, 토킹혼이 와서 쿠들 쪽 후보자가 깨졌다는 소식을 알리면 딱 좋겠다고 말한다.

바로 그때, 커피를 시중들던 하인이 레스터 경에게 토킹혼 변호사가 와서 지금 저녁을 먹는 중이라고 알린다. 우리 귀부인은 순간적으로 고개를 안쪽으로 돌리다, 조금 전처럼 바깥을 다시 내다본다.

볼룸니나는 보고 싶은 사람이 왔다는 소리를 듣고 좋아한다. 토킹혼 변호사는 정말 독창적이면서도 신경이 무딘 사람이고, 무엇이든 알면서도 말을 절대로 안 하는 인물이다! 볼룸니나가 볼 때 토킹혼 변호사는 프리메이슨[64]이 분명하다. 지부 우두머리로, 짧은 앞치마를 하고 촛대와 흙손을 든 사람들이 우상으로 떠받들 게 확실하다. 볼룸니나가 젊을 때처럼 활달하게 말해서 관심을 끌더니, 이렇게 덧붙인다.

"그 사람은 내가 온 이후로 여기에 여러 번 왔어요. 그 마음이 갈대처럼 흔들려서 애를 많이 먹었지요. 그 사람이 죽어버리면 좋겠다는 생각조차 했으니까요."

초저녁 어둠이 짙어진 걸 수도 있고 마음속이 어두워진 걸 수도 있겠지만, 우리 귀부인 역시 얼굴에 그늘이 깔리는 게 "나도 그 사람이 죽어버리면 좋겠다!"고 생각하는 것 같다.

---

64) "자유 석공 모임"이라는 뜻으로 16세기 말에서 17세기 초에 인도주의와 박애주의를 지향하며 생겨난 친목 단체 혹은 취미 클럽으로, 회원 가운데에는 개혁을 주장하는 정치가와 사상가가 많았다.

"토킹혼 변호사라면 언제든 환영이지, 어디서든 생각이 깊은 사람이니. 유익한 인물로 존경도 받고."

레스터 경이 말하자, 허약한 친척은 그 사람이 "엄청난 부자"일 것이라 추측하고, 레스터 경은 이렇게 대답한다.

"나랏일을 많이 하니까요. 따라서 당연히 많은 돈을 받는 데다, 최고위 상류층과 거의 비슷한 자격으로 교류하지요."

모든 사람이 놀란다. 근처에서 총소리가 울렸기 때문이다.

볼룸니나가 앙상하게 말라붙은 비명을 조그맣게 내지르며 묻는다.

"맙소사, 저건 뭐지?"

"생쥐. 총으로 생쥐를 쏜 거예요."

우리 귀부인이 말하는 순간에 토킹혼 변호사가 들어오고, 등잔불과 촛불을 든 하인들이 뒤를 잇는다. 그러자 레스터 경이 만류한다.

"아니야, 아니야, 그러지 마. 귀부인, 어둑한 게 싫소?"

정반대다, 우리 귀부인은 어두운 게 좋다.

"볼룸니나는?"

아! 볼룸니나는 어둠 속에 앉아서 대화하는 게 더없이 즐겁다.

레스터 경이 다시 말한다.

"그것들을 모두 내가게. 토킹혼, 미안하오. 잘 지냈소?"

토킹혼 변호사는 평소처럼 느긋하게 다가오다, 도중에 우리 귀부인에게 인사하고, 레스터 경과 악수한 다음, 준남작의 조그만 탁자 맞은편이라서 무슨 말이든 하기에 적절한 의자에 앉는다. 레스터 경은 우리 귀부인이 몸도 안 좋은데 창문까지 열어놓고 있다 감기라도 걸릴까 걱정한다. 우리 귀부인은 그 말이 고맙지만, 거기에 앉아서 신선한 공기를 쐬는 걸 선호한다. 레스터 경이 일어나서 귀부인에게 스카프를 제대로 씌워주고 자리로 돌아온다. 그러는 사이에 토킹혼은 코담배를 손가락으로 집는다.

레스터 경이 묻는다.

"자, 선거는 어떻게 됐소?"

"아, 처음부터 무의미했어요. 어림없었지요. 저쪽 후보 두 명이 표를 모두 가져갔어요. 귀하 쪽이 모든 점에서 패했지요. 3대 1."

정치적으로 어떤 의견도 안 갖는 건 토킹혼의 탁월한 원칙 가운데 하나다. 실제로 아무런 의견이 없다. 그래서 "우리 쪽"이 아니라 "귀하 쪽"이라고 말한다.

레스터 경은 위엄있게 분노한다. 볼룸나는 "패했다"는 말을 생전 들어본 적이 없다. 허약한 친척은 폭도에게 투표권을 주면 그런 사태가 일어날 수밖에 없다고 주장한다. 침묵이 깔리자, 빠르게 깊어지는 어둠 속에서 토킹혼이 다시 말한다.

"사람들이 라운스웰 부인 아들을 후보로 내세우려 했던 지역이랍니다."

"저번에 당신이 나한테 제대로 알려준 것처럼, 그 사람은 바람직한 감성과 이성으로 제안을 거절했지요. 라운스웰 선생이 이 방에서 삼십 분이나 토로한 정서를 내가 어떤 식으로든 인정한다고 말할 순 없지만, 그 제안을 거부한 건 정말 잘한 거라오."

레스터 경이 말하자, 토킹혼이 대답한다.

"하! 그렇다 해도 이번 선거에 열심히 활약하는 것까지 막지는 못했답니다."

레스터 경이 숨을 헉 들이마시는 소리가 또렷하다. 그리고 묻는다.

"무슨 말이오? 라운스웰 선생이 이번 선거에 열심히 활약했다고 했소?"

"누구보다 열심히."

"우리 측에 맞서서……?"

"그렇습니다, 귀하 측에 맞서서. 연설을 잘하지요. 평이하면서도 단호하게. 효과는 치명적이었답니다. 엄청난 힘을 발휘했지요. 동종업종 사람을 앞장서서 이끌었으니까."

누구도 똑똑히 볼 순 없지만 레스터 경이 위엄있게 노려본다는 걸 모든 사람이 느끼는 가운데, 토킹혼이 결정타를 날린다.

"아들이 곁에서 많이 도왔답니다."

"아들이라고 했소?"

레스터가 끔찍할 정도로 정중하게 묻는다.

"네, 아들."

"우리 귀부인 몸종으로 일하는 젊은 여자와 결혼하길 바라는 아들?"

"네, 그 아들. 아들이 하나랍니다."

레스터 경은 콧방귀를 뀌고 노려보는 느낌마저 풍기며 섬뜩하게 침묵하다 입을 연다.

"그렇다면 내가 명예를 걸고, 목숨을 걸고, 모든 평판과 원칙을 걸고 말하는데, 사회를 지켜주던 수문이 무너져, 거기에서 터져 나온 봇물이 모든 걸 하나로 엮어주던 뼈대를 완전히 삼켜버렸군요!"

친척들 모두 분개한다. 볼룸나는 지금이야말로 권력을 쥔 사람이 달려들어 뭔가 강력한 결단을 내려야 한다고 주장한다. 허약한 친척은 나라 전체가 지옥으로 무지막지하게 떨어진다고 주장한다. 레스터 경은 숨도 제대로 못 쉬면서 말한다.

"이 얘기는 그만하고 싶소. 굳이 말할 가치도 없소. 귀부인, 젊은 하녀에 대해서 말하고 싶은데……"

우리 귀부인이 창가에서 나지막하지만 단호하게 대답한다.

"그 애를 내보낼 생각은 없어요."

"내가 말하려던 건 그게 아니었소. 당신이 그렇게 말해서 다행이오. 내가 말하고 싶은 건, 당신은 그 애를 지켜줄 가치가 있다고 생각하니, 위험한 사람들이 어쩌지 못하도록 최선을 다해서 그 애를 지켜야 한다는 거요. 그런 사람과 어울리면 본분과 원칙이 깨질 수밖에 없다는 사실을 알려주시오. 그 애가 더 좋은 운명을 누리며 살아가도록 지켜주시오. 적절한 시기에 체스니 저택에서 남편을 찾도록 해주겠다는 말도 좋을 것이오……"

레스터 경이 잠시 생각하다 덧붙인다.

"조상을 모시는 제단에서 질질 끌려 나오지 않을 남편을."

한마디, 한마디가 정중하고 예의 바른 게 평소에 부인에게 말하던 어투 그대로다. 귀부인은 머리만 살짝 끄덕인다. 달이 떠올라, 차갑고 흐릿한 달빛이 귀부인이 앉은 곳으로 살며시 흘러들어서 귀부인 머리를 밝힌다.

"하지만 그 사람들도 나름대로는 자부심이 강하답니다."

토킹혼은 말하자, 레스터 경이 자기 귀를 의심한다.

"자부심?"

"그 하녀가 현재와 같은 상황에서 체스니 대저택에 머문다면, 하녀가 그 사람들을 포기하는 대신에 그 사람들이 하녀를 – 사랑이든 뭐든, 모두 – 자발적으로 포기한다 해도 저는 안 놀라겠습니다."

"맙소사! 당신이 잘 알겠구려, 토킹혼 변호사. 그 사람들과 어울렸으니."

레스터가 분노를 억누르며 말하자, 변호사가 대답한다.

"사실입니다, 레스터 경. 나는 구체적인 사실을 말한 겁니다. 좋습니다, 귀부인께서 허락하신다면 내가 재미난 이야기를 하나 해드리겠습니다."

귀부인은 고개를 끄덕이고, 볼룸니나는 기뻐한다. 이야기라니! 아, 마침내 저 사람이 무슨 이야기를 하려나 보다! 유령이 나오는 이야기? 볼룸니나가 기대한다.

"아닙니다. 실제로 존재하는 사람 이야기."

토킹혼 변호사가 입을 다물더니, 평소의 단조로운 어투에 강조하는 느낌을 살짝 더하며 말한다.

"실제로 존재하는 사람 이야기. 볼룸니나 아가씨. 레스터 경, 제가 최근에 비로소 파악한 내용입니다. 짤막합니다. 들어보면 아실 겁니다. 당장은 이름을 숨기겠습니다. 귀부인께서 저를 사악한 인간으로 여기지 않길 바랄 뿐입니다. 가능하겠지요?"

나지막한 벽난로 불빛은 달빛 쪽을 바라보는 토킹혼을 밝힌다. 달빛은 꿈쩍도 않는 데드록 귀부인을 비춘다.

"라운스웰 선생이 사는 읍내에는 내가 지금 말한 것과 똑같은 환경에 처한 사람이 있는데, 딸이 어떤 귀부인의 눈에 드는 행운을 누렸답니다. 내가 말하는 귀부인은 그 사람한테만 고귀한 게 아니라, 실제로 귀하 같은 신사와 결혼한 귀부인이랍니다, 레스터 경."

레스터 경은 "그렇군요, 토킹혼 변호사"라고 정중하게 말한다. 이 말에는 강철 공장 주인이 보기에도 귀부인은 도덕적으로 매우 훌륭하게 보일 게 분명하다는 의미가 들어있다.

"귀부인은 부자에 아름다운 분으로, 그 여자애가 마음에 들어서 언제나 곁에 두고 다정하게 대했습니다. 그런데 귀부인은 고귀한 마음속에 비밀이 있었습니다. 가슴속에 꾹꾹 오랫동안 눌러온 비밀입니다. 만나서 좋을 게 하나도 없는 난봉꾼과 – 육군 대위와 – 젊을 적에 결혼을 약속한 겁니다. 귀부인은 그 남자랑 실제로 결혼하지는 않았지만, 딸을 낳아주었습니다."

벽난로 불빛에, 달빛 쪽을 쳐다보는 토킹혼이 보인다. 달빛에, 꿈쩍 않는 데드록 귀부인 옆모습이 보인다.

"육군 대위는 죽고, 귀부인은 자신이 안전하다고 믿었습니다. 하지만 이 자리에서 굳이 말할 필요가 없는 일련의 사태로 인해 그 사실이 드러났습니다. 내가 들은 바에 따르면, 귀부인이 하루는 크게 당황하고 경솔하게 행동한 게 시작이었습니다. 아무리 굳센 사람이라도 (귀부인은 성격이 정말 굳세거든요) 늘 조심한다는 게 얼마나 어려운지를 잘 보여주는 사례지요. 집안에 엄청난 문제가 생기고 온 식구가 놀랐다는 건 귀하도 쉽게 추측할 테니 상상에 맡기겠습니다, 레스터 경, 남편의 슬픔을. 하지만 그게 핵심은 아닙니다. 그 사실을 듣는 순간, 라운스웰 선생과 같은 읍내에 사는 사람은 딸이 맨땅에서 짓밟힐지언정 그 귀부인 밑에서 일하는 영광을 더는 용납하지 않았습니다. 그만한 자존심은 있으니, 그 사람은 잔뜩 화나서 딸을 데리고 나왔습니다, 불명예와 치욕에 시달리기라도 한 것처럼. 귀부인이 예의를 다하는 모습은 그 사람과 딸한테 명예롭다는 느낌이 사라졌습니다, 완벽하게. 그래서 딸의 처지에 분개했습니다, 귀부인이 비천한 평민이라도 되는 것처럼. 이야기는 이게 전부입니다. 고통스러울 수밖에 없는 내용을 데드록 귀부인께서 양해하시기 바랍니다."

이야기에 담긴 교훈에 대해서 다양한 의견이 나오는데, 대체로 볼룸니나 의견과 충돌한다. 볼룸니나는 실제로 그런 귀부인이 있다는 말을 못 믿겠다면서 이야기를 아예 부정한다. 대다수는 허약한 친척이 받은 느낌대로, "라운스웰과 같은 마을에 사는 사람인데 아무려면 어때"라는 말로 기운다. 레스터 경은 마음속으로 농민 반란군 워트 타일러를 떠올리는 형태로 일련의 사건을 정리한다.

대화는 길게 늘어나지 않는다. 필요 경비가 나온 뒤로 체스니 대저택에서 매일같이 연회가 늦도록 열리다, 이제 비로소 가족과 친척만 오붓하게 남은 첫날이기 때문이다. 시간이 10시를 지나자, 레스터 경은 토킹혼 변호사에게 촛불을 가져오도록 종을 울리라고 부탁한다. 그때 비로소 달빛을 머금은 개울물은 호수로 불어나고, 그때 비로소 데드록 귀부인은 처음으로 움직이며 일어나서 물 한 잔 마시려고 탁자로 다가온다. 환한 촛불에 박쥐처럼 껌뻑대던 친척들이 물잔을 건네려고 우르르 몰려든다. 볼룸니나는 (언제든 가능하면 좋은 물건을 사용하는 터라) 다른 물잔을 집어 들어, 물을 살짝 마신다. 데드록 귀부인은 친척들이 숭배하는 눈빛으로 쳐다보는 가운데 기다랗게 보이는 복도를 우아하면서도 냉정하게 천천히 걸어가는데, 그 미모에 요정 조각상도 수줍어한다.

2권 끝